In der dunklen Vorzeit waren die Menschen den Gefahren der Liebe schutzlos ausgeliefert, doch inzwischen gibt es ein Mittel gegen »Amor deiliria nervosa«. Jeder junge Erwachsene muss sich nur einem kleinen Eingriff unterziehen und schon ist er für immer von diesem Leiden befreit. Der Gesellschaft geht es viel besser, die Menschen sind genügsam und friedfertig. Bald ist es auch für die 17-jährige Lena so weit, ihr Eingriff steht unmittelbar bevor. Doch da trifft sie Alex und eine ganz neue Welt tut sich auf. Plötzlich fragt sie sich, ob ein Leben ohne Liebe wirklich so erstrebenswert ist. Aber jedes Aufbegehren ist strengstens verboten und mit dem Liebeswahn Infizierte werden erbarmungslos verfolgt …

Schon als Kind hat Lauren Oliver leidenschaftlich gern Bücher gelesen und dann Fortsetzungen dazu geschrieben. Irgendwann wurden daraus ihre eigenen Geschichten. Sie hat Philosophie und Literatur studiert und kurz bei einem Verlag in New York gearbeitet. Lauren Oliver lebt in Brooklyn.

Lauren Oliver im Berlin Verlag

Wenn du stirbst, zieht dein ganzes Leben an dir vorbei, sagen sie
(978-3-8333-0978-6)

Lauren Oliver

delirium

Aus dem Englischen von Katharina Diestelmeier

Berlin Verlag Taschenbuch

Das Zitat auf S. 383 stammt aus E. E. Cummings Gedicht
»i carry your heart with me«, dt. »Ich trage dein Herz bei mir.
Ich habe es stets dabei …«. Übersetzung von Lars Vollert,
aus: »like a perhaps hand. Poems – Gedichte«,
© Verlag C.H. Beck, München
2010, S. 97. Mit freundlicher Genehmigung des Verlags.

FSC
www.fsc.org
MIX
Papier aus verantwortungsvollen Quellen
FSC® C019821

Dezember 2014

Die Originalausgabe erschien 2011 unter dem
Titel *Delirium* bei Harper Collins, New York

Umschlaggestaltung: ZERO Werbeagentur, München
unter Verwendung eines Motivs von © Stephen Carroll / Arcangel Images
Satz: Greiner & Reichel, Köln
Druck und Bindung: Druckerei C. H. Beck, Nördlingen
Printed in Germany
ISBN 978-3-8333-0992-2

www.berlinverlag.de

Für all diejenigen, die mich in der Vergangenheit mit Amor deliria nervosa infiziert haben – ihr wisst, wer gemeint ist.
Für all diejenigen, die mich in Zukunft infizieren werden – ich kann es kaum erwarten, euch kennenzulernen.
Und an euch alle: Danke.

eins

Die gefährlichsten Krankheiten sind die, die einem das Gefühl geben, gesund zu sein.

Spruch 42, *Das Buch Psst*

Es ist jetzt vierundsechzig Jahre her, dass der Präsident und das Konsortium die Liebe als Krankheit identifiziert haben, und vor dreiundvierzig Jahren haben die Wissenschaftler ein Heilmittel dagegen entwickelt. In meiner Familie haben alle den Eingriff bereits hinter sich. Meine ältere Schwester Rachel ist jetzt seit neun Jahren gesund. Sie ist schon so lange gegen die Liebe immun, dass sie sagt, sie erinnere sich noch nicht einmal mehr an ihre Symptome. Mein Eingriff findet in genau fünfundneunzig Tagen statt, am 3. September. Meinem Geburtstag.

Viele Leute haben Angst vor dem Eingriff. Manche Leute wehren sich sogar dagegen. Aber ich habe keine Angst. Ich kann es kaum erwarten. Mir wäre es am liebsten, er wäre gleich morgen, aber man muss mindestens achtzehn sein, bevor man geheilt wird, manchmal sogar noch ein bisschen älter. Sonst funktioniert der Eingriff nicht richtig: Die Folgen können Hirnschäden, partielle Lähmungserscheinungen, Blindheit oder Schlimmeres sein.

Der Gedanke, dass ich immer noch die Krankheit im Blut habe, gefällt mir nicht. Manchmal kann ich sie regelrecht spüren, wie sie sich in meinen Adern windet wie etwas Verdorbenes, saure Milch oder so etwas. Ich fühle mich schmutzig. Ich muss an Kinder mit Wutanfällen denken. An Widerstand, an kranke Mädchen, die mit ihren Fingernägeln über den Asphalt kratzen und sich die Haare ausreißen, während ihnen Speichel aus dem Mund tropft.

Und natürlich muss ich an meine Mutter denken.

Nach dem Eingriff werde ich für immer glücklich und immun sein. Das sagen alle, die Wissenschaftler, meine Schwester und Tante Carol. Erst wird der Eingriff gemacht und dann wird mir ein Junge zugeteilt, den die Gutachter für mich auswählen. In ein paar Jahren heiraten wir. In letzter Zeit träume ich nachts von meiner Hochzeit. Ich stehe mit Blumen im Haar unter einem weißen Baldachin und halte die Hand von jemandem. Aber immer, wenn ich mich zu ihm umdrehe, verschwimmt sein Gesicht und ich kann ihn nicht erkennen. Doch seine Hände sind kühl und trocken und mein Herz klopft gleichmäßig in meiner Brust – und in meinem Traum weiß ich, dass es immer in diesem Rhythmus weiterschlagen wird, nicht aussetzen oder hüpfen, flattern oder rasen, einfach nur *bumm, bumm, bumm,* bis ich sterbe.

Immun und schmerzlos.

Es war nicht immer alles so gut wie jetzt. In der Schule haben wir gelernt, dass die Leute früher, in den dunklen Zeiten, nicht wussten, was für eine tödliche Krankheit die Liebe ist. Sie hielten sie lange sogar für etwas Gutes, etwas, worüber man sich freuen und wonach man streben sollte. Aber genau deshalb ist sie ja so gefährlich: »Sie beeinträchtigt den Verstand, bis man nicht mehr in der Lage ist, klar zu denken oder rationale Entscheidungen über das eigene Wohlergehen zu treffen.« (Das ist Symptom Nummer zwölf aus dem Abschnitt über Amor deliria nervosa im Persönlichen Sicherheits- und Schutztraktat. Glück und Gesundheit für alle, 12. Auflage, oder, wie wir es nennen, Das Buch Psst.) Die Leute damals sprachen von anderen Krankheiten – von Stress, Herzbeschwerden, Angstzuständen, Depressionen, Bluthochdruck, Schlaflosigkeit, bipolarer Störung –, ohne zu bemerken, dass dies nur Symptome der Amor deliria nervosa waren.

Natürlich sind wir in den Vereinigten Staaten noch nicht völlig erlöst von der Deliria. Solange der Eingriff nicht perfektioniert wird, solange er nicht sicher für unter Achtzehnjährige ist, werden wir nie vollkommen vor der Krankheit gefeit sein. Sie bewegt sich immer noch mit unsichtbaren, suchend ausgestreckten Tentakeln unter uns und nimmt uns in ihren Würgegriff. Ich habe unzählige Ungeheilte gesehen, die zu ihrem Eingriff gezerrt wurden, gequält und gezeichnet von der Liebe. Sie hätten sich lieber die Augen ausgekratzt oder versucht, sich an den Stacheldrahtzäunen um die Labors herum aufzuspießen, anstatt sich von ihr loszusagen.

Vor einigen Jahren gelang es einem Mädchen am Tag des Eingriffs, aufs Dach des Laboratoriums zu klettern. Sie fiel schnell, ohne einen Schrei. Noch Tage später brachten sie das Gesicht des toten Mädchens in den Nachrichten, um uns an die Gefahren der Deliria zu erinnern. Ihre Augen waren offen und ihr Hals unnatürlich verrenkt, aber so, wie ihre Wange auf dem Asphalt ruhte, hätte man meinen können, sie habe sich hingelegt, um ein Nickerchen zu halten. Es war überraschend wenig Blut zu sehen – nur ein kleines dunkles Rinnsal in ihren Mundwinkeln.

Noch fünfundneunzig Tage, dann bin ich immun. Natürlich bin ich aufgeregt. Ich frage mich, ob der Eingriff wohl wehtun wird. Ich will es hinter mich bringen. Es ist nicht leicht, geduldig zu sein. Es ist nicht leicht, keine Angst zu haben, solange ich noch nicht geheilt bin, obwohl ich bisher nicht von der Deliria befallen worden bin.

Trotzdem mache ich mir Sorgen. Es heißt, die Liebe habe die Leute früher in den Wahnsinn getrieben. Das ist schon schlimm genug. *Das Buch Psst* berichtet aber auch von Menschen, die gestorben sind, weil sie die Liebe verloren oder nie gefunden haben. Und das macht mir am meisten Angst.

Die gefährlichste aller Krankheiten. Sie endet auf jeden Fall tödlich, ob man sie hat oder nicht.

zwei

Wir müssen ständig auf der Hut vor der Krankheit sein;
die Gesundheit unserer Nation, unseres Volkes, unserer Familien und
unseres Geistes hängt von ständiger Wachsamkeit ab.

»Wesentliche Maßnahmen zum Gesundheitsschutz«,
Das Buch Psst

Der Geruch nach Orangen erinnert mich immer an Beerdigungen. Am Morgen meiner Evaluierung wache ich von genau diesem Geruch auf: Ich werfe einen Blick auf den Wecker, der auf dem Nachttisch steht. Es ist sechs Uhr.

Das Licht ist noch grau, die Sonne dringt nur langsam in das Zimmer, das ich mir mit den beiden Töchtern meiner Cousine teile. Grace, die jüngere, kauert bereits angezogen auf ihrem Bett und beobachtet mich. Sie hält eine ganze Orange in der Hand und versucht mit ihren kleinen Kinderzähnen hineinzubeißen wie in einen Apfel. Mein Magen zieht sich zusammen und ich schließe die Augen, um die Erinnerung an das warme, kratzige Kleid zu vertreiben, das ich anziehen musste, als meine Mutter gestorben war; die Erinnerung an die murmelnden Stimmen, eine große, raue Hand, die mir ein Stück Orange nach dem anderen reichte, damit ich daran sog und still war. Während der Beerdigung aß ich vier Orangen, Stück für Stück, und als nur noch ein Haufen Schalen auf meinem Schoß übrig war, begann ich an ihnen zu saugen. Der bittere Geschmack half mir, die Tränen zurückzuhalten.

Ich schlage die Augen auf und Grace beugt sich vor, die Orange in der ausgestreckten Handfläche.

»Nein, Gracie.« Ich schiebe die Decke weg und stehe auf. Mein Magen ballt sich zusammen wie eine Faust und entspannt sich wieder. »Und die Schale kann man übrigens nicht mitessen.«

Sie blinzelt weiterhin mit ihren großen grauen Augen zu mir auf, ohne etwas zu sagen. Ich seufze und setze mich neben sie. »So«, sage ich und zeige ihr, wie sie die Orange mit dem Fingernagel schälen kann. Ich pelle leuchtend orangefarbene Kringel ab und lasse sie in ihren Schoß fallen, wobei ich die ganze Zeit die Luft anhalte, um den Geruch nicht einzuatmen. Grace sieht mir schweigend zu. Als ich fertig bin, hält sie die geschälte Orange in beiden Händen, als wäre es eine Glaskugel und sie hätte Angst, sie zu zerbrechen.

Ich gebe ihr einen Stups. »Los, jetzt kannst du sie essen.« Sie starrt sie bloß an und ich seufze erneut und fange an, die Orange nach und nach für sie in Stücke zu teilen. Dabei flüstere ich so freundlich wie möglich: »Weißt du, die anderen wären netter zu dir, wenn du gelegentlich etwas sagen würdest.«

Sie antwortet nicht. Nicht, dass ich wirklich damit gerechnet hätte. Tante Carol hat Grace in den sechs Jahren und drei Monaten ihres Lebens kein Wort sagen hören – nicht eine einzige Silbe. Carol glaubt, mit Gracies Gehirn sei etwas nicht in Ordnung, aber bisher haben die Ärzte nichts gefunden. »Sie ist strohdoof«, hat Carol erst neulich ungerührt festgestellt, als sie Grace dabei beobachtete, wie sie einen bunten Block in den Händen drehte wie etwas Wunderschönes und Geheimnisvolles, als erwartete sie, dass er sich jeden Moment in etwas anderes verwandeln würde.

Ich stehe auf und gehe zum Fenster, weg von Grace und ihren großen, starrenden Augen und ihren dünnen, schnellen Fingern. Sie tut mir leid.

Marcia, Gracies Mutter, ist tot. Sie hatte ursprünglich immer gesagt, sie wolle keine Kinder. Das ist eine der Kehrseiten des Eingriffs: Ohne die Deliria nervosa ist manchen Leuten die Vorstellung, Eltern zu werden, zuwider. Glücklicherweise gibt es nur selten Fälle ausgeprägter Ablehnung – in denen ein Elternteil unfähig ist, eine *normale, pflichtgemäße und verantwortungsvolle Bindung* zu seinen Kindern aufzubauen, und sie schließlich ertränkt, ihnen die Luft abdrückt oder sie totschlägt, weil sie weinen.

Aber die Gutachter entschieden, dass Marcia zwei Kinder bekommen sollte. Damals schien das sinnvoll. Ihre Familie hatte in der Jahresuntersuchung hohe Stabilitätswerte erreicht. Ihr Mann war ein renommierter Wissenschaftler. Sie wohnten in einem riesigen Haus in der Winter Street. Marcia war eine begeisterte Köchin und gab in ihrer Freizeit Klavierunterricht.

Aber als Marcias Ehemann in den Verdacht geriet, ein Sympathisant zu sein, änderte sich natürlich alles. Marcia und ihre Kinder Jenny und Grace mussten wieder zu Marcias Mutter, meiner Tante Carol, ziehen, und überall, wo sie hingingen, tuschelten die Leute und zeigten mit dem Finger auf sie. Grace erinnert sich daran bestimmt nicht mehr; es würde mich wundern, wenn sie überhaupt irgendwelche Erinnerungen an ihre Eltern hätte.

Marcias Mann verschwand, bevor der Prozess begann. Wahrscheinlich war das gut so. Es sind meistens Schauprozesse. Sympathisanten werden fast immer hingerichtet. Wenn nicht, bekommen sie dreimal lebenslänglich und werden in die Grüfte gesperrt. Das wusste Marcia natürlich. Tante Carol glaubt, dass Marcias Herz deshalb nur wenige Monate nach dem Verschwinden ihres Ehemanns den Geist aufgegeben hat, als sie an seiner Stelle angeklagt wurde. Einen Tag nachdem ihr die Unterlagen zugestellt wurden, ging sie die Straße entlang und – *zack!* Herzinfarkt.

Herzen sind zerbrechlich. Deshalb muss man so vorsichtig damit sein.

Heute wird ein heißer Tag, das merkt man. Es ist jetzt schon heiß im Zimmer, und als ich das Fenster einen Spaltbreit öffne, um den Orangengeruch rauszulüften, fühlt sich die Luft draußen so dick und schwer an wie eine Zunge. Ich atme den sauberen Geruch von Seetang und feuchtem Holz ein, höre auf die entfernten Schreie der Möwen, die irgendwo hinter den niedrigen grauen Gebäuden über der Bucht ihre endlosen Kreise ziehen. Ein Automotor heult draußen auf. Das Geräusch erschreckt mich und ich zucke zusammen.

»Nervös wegen deiner Evaluierung?«

Ich drehe mich um. Tante Carol steht mit gefalteten Händen in der Tür.

»Nein«, sage ich, obwohl das gelogen ist.

Sie lächelt kaum wahrnehmbar, nur ein kurzes Zucken. »Keine Sorge, das wird schon. Geh duschen, nachher helfe ich dir mit deinen Haaren. Auf dem Weg können wir deine Antworten noch mal durchgehen.«

»Okay.« Meine Tante starrt mich weiter an. Ich winde mich innerlich und kralle meine Fingernägel ins Fensterbrett hinter mir. Ich habe es schon immer gehasst, gemustert zu werden. Aber ich werde mich wohl daran gewöhnen müssen. Während der Prüfung werden mich vier Gutachter zwei Stunden lang aus nächster Nähe anstarren. Und dabei werde ich nichts als einen dünnen Plastikkittel tragen – halb durchsichtig –, damit sie meinen Körper sehen können.

»Sieben oder acht Punkte, schätze ich«, sagt meine Tante und schürzt die Lippen. Das wäre ein anständiges Ergebnis und darüber wäre ich froh. »Allerdings wirst du nicht mehr als sechs Punkte bekommen, wenn du dich jetzt nicht wäschst.«

Die zwölfte Klasse ist fast vorbei und die Evaluierung ist mein letzter Test. In den vergangenen vier Monaten hatte ich alle meine Abschlussprüfungen – Mathe, Naturwissenschaften, mündliche und schriftliche Leistungstests, Soziologie, Psychologie und Fotografie (als Wahlfach) –, und irgendwann in den nächsten paar Wochen erfahre ich meine Noten. Ich bin ziemlich sicher, dass ich gut genug abgeschnitten habe, um aufs College zu dürfen. Ich war schon immer eine gute Schülerin. Die akademischen Sachverständigen werden meine Stärken und Schwächen analysieren und mir dann eine Uni und ein Studienfach zuweisen.

Die Evaluierung ist der letzte Schritt, bevor ich einem Partner zugeteilt werde. In den kommenden Monaten werden mir die Gutachter eine Liste mit vier oder fünf genehmigten Treffern zuschicken. Einer davon wird dann nach meinem Collegeabschluss mein Ehemann (vorausgesetzt, ich habe alle meine Abschlussprüfungen bestanden. Mädchen, die durchfallen, heiraten den ihnen zugeteilten Partner direkt nach der Highschool). Die Gutachter werden ihr Bestes tun, um mich mit jemandem zusammenzubringen, der ein ähnliches Ergebnis in der Evaluierung erreicht hat. So weit wie möglich versuchen sie große Unterschiede bei Intelligenz, Temperament, sozialer Herkunft und Alter zu vermeiden. Natürlich hört man gelegentlich auch Horrorstorys: Fälle, in denen ein armes achtzehnjähriges Mädchen an einen wohlhabenden Achtzigjährigen vergeben wurde oder so.

Die Treppe gibt ihr grässliches Ächzen von sich und Gracies Schwester Jenny erscheint. Sie ist neun und groß für ihr Alter, aber sehr dünn: Sie ist nur Haut und Knochen und ihre Brust ist eingesunken wie ein gewölbtes Backblech. Es ist nicht nett von mir, aber ich mag sie nicht besonders. Sie sieht genauso verhärmt aus wie ihre Mutter früher.

Sie stellt sich neben meine Tante in die Tür und starrt mich an. Ich bin nur eins siebenundfünfzig groß und Jenny ist erstaunlicherweise nur ein paar Zentimeter kleiner als ich. Es ist albern, vor meiner Tante und meinen Cousinen verlegen zu sein, aber ein heißes Kribbeln kriecht meine Arme hinauf. Ich weiß, dass sie sich alle Sorgen um mein Abschneiden bei der Evaluierung machen. Es ist wichtig, dass mir jemand Gutes zugeteilt wird. Für Jenny und Grace sind es noch Jahre bis zu ihrem Eingriff. Wenn ich eine gute

Partie mache, bedeutet das in einigen Jahren ein Extraeinkommen für die Familie. Es würde vielleicht auch das Getuschel zum Verstummen bringen, die Fetzen hämischen Singsangs, die uns vier Jahre nach dem Skandal immer noch überallhin zu folgen scheinen wie das Geräusch raschelnder Blätter im Wind: *Sympathisant, Sympathisant, Sympathisant*.

Das ist nur geringfügig besser als das andere Wort, das mich nach dem Tod meiner Mutter jahrelang verfolgte, ein schlangenähnliches Zischen, das dahinkriecht und eine Giftspur hinter sich zurücklässt: *Selbstmord*. Ein Wort, das zur Seite gesprochen wird, ein Wort, das die Leute flüstern, wispern und hüsteln; ein Wort, das hinter vorgehaltener Hand gesagt oder in verschlossenen Räumen gemurmelt wird. Nur in meinen Träumen hörte ich, wie das Wort gebrüllt, herausgeschrien wurde.

Ich hole tief Luft, dann bücke ich mich, um die Plastikkiste unter meinem Bett hervorzuziehen, damit meine Tante nicht sieht, dass ich zittere.

»Heiratet Lena heute?«, fragt Jenny. Ihre Stimme erinnert mich immer an Bienen, die träge in der Hitze summen.

»Red keinen Unsinn«, sagt meine Tante, aber sie klingt nicht ärgerlich. »Du weißt doch, dass sie nicht heiraten kann, bevor sie geheilt ist.«

Ich hole mein Handtuch aus der Kiste und richte mich auf, das Handtuch gegen die Brust gedrückt. Von diesem Wort – *heiraten* – bekomme ich einen ganz trockenen Mund. Alle heiraten, sobald sie ihre Ausbildung abgeschlossen haben. So ist das nun mal. »Die Ehe steht für Ordnung und Stabilität, sie ist das Kennzeichen einer gesunden Gesellschaft. (siehe *Das Buch Psst,* »Grundlagen der Gesellschaft«, S. 114). Aber beim Gedanken daran beginnt mein Herz trotzdem heftig zu flattern wie ein Insekt hinter Glas. Ich habe noch nie einen Jungen berührt – natürlich nicht, denn Körperkontakt mit Ungeheilten des anderen Geschlechts ist verboten. Ehrlich gesagt habe ich noch nicht mal mehr als fünf Minuten mit einem Jungen geredet, abgesehen von meinen Cousins, meinem Onkel und Andrew Marcus, der meinem Onkel im *Stop-N-Save* hilft, dauernd in der Nase bohrt und seine Popel unter die Gemüsekonserven schmiert.

Und wenn ich meine Abschlussprüfungen nicht bestanden habe – *bitte, bitte, guter Gott, mach, dass ich bestanden habe* –, wird meine Hochzeit stattfinden, sobald ich geheilt bin, in weniger als drei Monaten. Was bedeutet, dass auch meine Hochzeits*nacht* stattfinden wird.

Der Orangengeruch ist immer noch sehr intensiv und mein Magen zieht sich erneut zusammen. Ich vergrabe das Gesicht in meinem Handtuch und atme ein, um die Übelkeit zu vertreiben.

Von unten ist Geschirrklappern zu hören. Meine Tante seufzt und sieht auf die Uhr.

»Wir müssen in weniger als einer Stunde los«, sagt sie. »Du machst besser voran.«

drei

Herr, hilf uns, mit den Füßen auf der Erde zu bleiben
Und mit den Augen auf dem Weg
Und immer der gefallenen Engel zu gedenken,
Die beim Versuch, sich zu erheben,
Von der Sonne versengt wurden und mit verglühenden Flügeln
Ins Meer stürzten.
Herr, hilf mir, den Blick auf der Erde zu halten
Und ihn nicht vom Weg abzuwenden,
Auf dass ich niemals stolpere.

42. Psalm

Meine Tante besteht darauf, mich zu den Labors zu begleiten, die bei den anderen Regierungsbüros unten am Pier stehen: eine Reihe leuchtend weißer Gebäude, die wie Zähne über dem schlürfenden Mund des Ozeans glitzern. Als ich noch klein und gerade erst zu ihr gekommen war, brachte sie mich jeden Tag zur Schule. Meine Mutter, meine Schwester und ich hatten näher an der Grenze gewohnt, und ich war fasziniert und entsetzt von all den gewundenen, düsteren Straßen, die nach Müll und altem Fisch stanken. Ich wünschte mir immer, meine Tante würde meine Hand halten, aber das tat sie nie, und ich ballte die Fäuste, folgte dem hypnotisierenden Rascheln ihrer Cordhose und fürchtete mich vor dem Augenblick, in dem die St.-Anne-Mädchenschule über der Kuppe des letzten Hügels auftauchen würde, dieses dunkle Gebäude aus Stein, das von Rissen und Furchen überzogen war wie das wettergegerbte Gesicht eines der Industriefischer, die im Hafen arbeiteten.

Erstaunlich, wie sich die Dinge verändern. Damals hatte ich Angst vor den Straßen Portlands und wäre meiner Tante nicht von der Seite gewichen. Jetzt kenne ich die Wege so gut, dass ich ihren Neigungen und Windungen mit geschlossenen Augen folgen könnte, und wäre heute am liebsten allein. Ich kann das Meer riechen, obwohl man es noch nicht sehen kann, und das macht mich ruhiger. Durch das Salz, das vom Meer hergeweht wird, fühlt die Luft sich strukturiert und schwer an.

»Denk dran«, sagt Tante Carol zum tausendsten Mal, »sie wollen zwar etwas über deine Persönlichkeit erfahren, aber je allgemeiner du antwortest, desto größer sind deine Chancen, für eine Vielzahl von Positionen in Betracht gezogen zu werden.« Wenn meine Tante über die Ehe spricht, zitiert sie immer aus dem *Buch Psst* und benutzt mit Vorliebe Wörter wie *Pflicht*, *Verantwortung* und *Beständigkeit*.

»Verstanden«, sage ich. Ein Bus donnert an uns vorbei. An seiner Seite erkenne ich das Emblem der St.-Anne-Schule und ich ziehe schnell den Kopf ein, als ich mir vorstelle, wie Cara McNamara oder Hillary Packer aus dem dreckverkrusteten Fenster sehen und kichernd auf mich zeigen. Alle wissen, dass heute meine Evaluierung ist. Es gibt nur vier pro Jahr und die Termine werden lange im Voraus vergeben.

Von dem Make-up, auf dem Tante Carol bestanden hat, fühlt sich meine Haut verklebt und glatt an. Im Badezimmerspiegel zu Hause sah ich aus wie ein Fisch, vor allem, weil meine Haare mit Klammern und Spangen vollgesteckt sind: ein Fisch, dem ein Haufen Metallhaken aus dem Kopf ragen.

Ich mag kein Make-up, habe mich nie für Kleider oder Lipgloss interessiert. Meine beste Freundin Hana hält mich für verrückt, aber das ist auch kein Wunder. Sie sieht absolut großartig aus – selbst wenn sie ihre Haare nur zu einem unordentlichen Knoten dreht, sieht es aus, als hätte sie sich absichtlich so gestylt.

Ich bin nicht hässlich, aber auch nicht hübsch. Alles ist so mittelmäßig. Meine Augen sind weder grün noch braun, sondern eine Mischung. Ich bin nicht dünn, aber auch nicht dick. Das Einzige, was man eindeutig über mich sagen kann, ist, dass ich klein bin.

»Wenn sie dich – da sei Gott vor – nach deinen Cousins und Cousinen fragen, sagst du, du hättest sie nicht gut gekannt …«

»Mh-mhm.« Ich höre nur mit einem Ohr zu. Es ist heiß, zu heiß für Juni, und mein Rücken und meine Achseln jucken bereits vom Schweiß, obwohl ich mich am Morgen großzügig mit Deo eingesprüht habe. Rechts von uns liegt die Casco Bay, eingerahmt von Peaks Island und Great Diamond Island, wo die Wachtürme stehen. Dahinter ist das offene Meer – und dahinter wiederum befinden sich all die zerfallenen Länder und Städte, die von der Krankheit zerstört wurden.

»Lena? Hörst du mir überhaupt zu?« Carol legt mir eine Hand auf den Arm und dreht mich zu sich herum.

»Blau«, plappere ich ihr nach. »Blau ist meine Lieblingsfarbe. Oder Grün.« Schwarz ist zu makaber. Rot wird sie nervös machen. Rosa ist zu kindlich. Orange ist schräg.

»Und was machst du gerne in deiner Freizeit?«

Ich entwinde mich sanft ihrem Griff. »Das sind wir doch schon durchgegangen.«

»Das hier ist wichtig, Lena. Wahrscheinlich der wichtigste Tag deines ganzen Lebens.«

Ich seufze. Mit einem mechanischen Sirren schwingen vor uns langsam die Tore auf, die die Regierungslabors abriegeln. Es haben sich bereits zwei Schlangen gebildet: auf einer Seite die Mädchen und fünfzehn Meter weiter an einem anderen Eingang die Jungen. Ich blinzele ins Sonnenlicht und versuche Bekannte zu entdecken, aber die auf dem Meer glitzernde Sonne treibt mir schwarze Punkte vor die Augen.

»Lena?«, hakt meine Tante nach.

Ich hole tief Luft und leiere die Rede herunter, die wir eine Milliarde Mal geprobt haben. »Es macht mir Spaß, bei der Schülerzeitung mitzuarbeiten. Ich interessiere mich für Fotografie, weil man dabei einen einzelnen Augenblick einfangen und bewahren kann. Ich bin gerne mit meinen Freunden zusammen und gehe häufig zu Konzerten im Deering Oaks Park. Ich laufe gern und war zwei Jahre lang Vize-Kapitänin der Crosslaufmannschaft. Im 5-km-Lauf bin ich Schulmeisterin. Ich kümmere mich oft um meine jüngeren Familienmitglieder und mag Kinder.«

»Du schneidest eine Grimasse«, sagt meine Tante.

»Ich mag Kinder sehr«, wiederhole ich und verziehe den Mund zu einem Lächeln. Ehrlich gesagt mag ich nicht besonders viele Kinder außer Gracie. Sie sind immer so unruhig und laut, sie fassen alles an und sabbern und machen in die Hose. Aber ich weiß, dass ich irgendwann eigene Kinder haben muss.

»Schon besser«, sagt Carol. »Weiter.«

Zum Abschluss sage ich: »Meine Lieblingsfächer sind Mathe und Geschichte«, und sie nickt zufrieden.

»Lena!«

Ich drehe mich um. Hana steigt gerade aus dem Auto ihrer Eltern, ihre blonden Haare fallen in Strähnen und Wellen um ihr Gesicht, ihre halb durchscheinende Tunika entblößt eine sonnengebräunte Schulter. Alle Mädchen und Jungen, die vor den Labors in der Schlange warten, haben sich umgedreht und sehen sie an. Hana hat diese Macht über Menschen.

»Lena! Warte!« Hana rennt die Straße entlang und winkt mir überschwänglich zu. Der Wagen hinter ihr wendet langsam: vor und zurück, vor und zurück in der engen Einfahrt, bis er in die andere Richtung weist. Das Auto von Hanas Eltern ist so schnittig und dunkel wie ein Panther. Die wenigen Male, die wir zusammen damit gefahren sind, habe ich mich gefühlt wie eine Prinzessin. Kaum jemand besitzt heutzutage ein Auto und noch weniger

Leute haben ein Auto, das *fährt*. Öl ist streng rationiert und sehr teuer. Einige Leute aus der Mittelschicht haben vor ihren Häusern noch Autos wie Denkmäler stehen, kalt und ungenutzt, die Räder makellos und neu.

»Hallo, Lena«, sagt Hana atemlos, als sie uns eingeholt hat. Eine Zeitschrift fällt aus ihrer halb geöffneten Tasche und sie bückt sich, um sie aufzuheben. Es ist eine der Regierungsveröffentlichungen, *Heim und Familie,* und als Reaktion auf meine gehobenen Augenbrauen verzieht sie das Gesicht. »Mom hat gesagt, ich soll sie mitnehmen und darin lesen, während ich auf meine Evaluierung warte. Sie meint, das würde einen guten Eindruck machen.« Hana steckt einen Finger in den Hals und tut so, als würde sie sich übergeben.

»Hana«, flüstert meine Tante scharf. Die Angst in ihrer Stimme lässt mein Herz aussetzen. Carol verliert praktisch nie die Beherrschung, noch nicht mal für einen Moment. Sie dreht schnell den Kopf in beide Richtungen, als rechnete sie damit, dass an diesem sonnigen Morgen Aufseher oder Gutachter auf der Straße herumstünden.

»Keine Sorge. Wir werden nicht beobachtet.« Hana kehrt meiner Tante den Rücken zu und formt mit den Lippen: *noch nicht*. Dann grinst sie.

Die doppelte Schlange aus Mädchen und Jungen vor uns wird länger und reicht inzwischen bis auf die Straße. Jetzt gleiten die Glastüren der Labors auf, mehrere Krankenschwestern mit Klemmbrettern tauchen auf und schicken Leute in die Wartezimmer. Meine Tante legt mir eine Hand auf den Ellbogen, leicht und flüchtig wie ein Vogel.

»Ihr stellt euch besser an«, sagt sie. Ihre Stimme klingt wieder normal. Ich wünschte, ein wenig von ihrer Ruhe würde auf mich abfärben. »Und – Lena?«

»Ja?« Mir ist unwohl zu Mute. Die Labors wirken weit entfernt und sind so weiß, dass ich es kaum ertragen kann, sie anzusehen, der Bürgersteig vor uns schimmert in der Hitze. Die Worte *der wichtigste Tag deines ganzen Lebens* gehen mir wieder und wieder im Kopf herum. Die Sonne fühlt sich an wie ein riesiger Scheinwerfer.

»Viel Glück.« Meine Tante schenkt mir ihr Millisekundenlächeln.

»Danke.« Irgendwie wünschte ich, Carol würde noch etwas sagen – so etwas wie: *Du schaffst das,* oder: *Mach dir keine Gedanken* –, aber sie steht einfach nur blinzelnd da, ihr Gesicht so beherrscht und undurchdringlich wie immer.

»Keine Sorge, Mrs Tiddle.« Hana zwinkert mir zu. »Ich kümmere mich darum, dass sie es nicht völlig vermasselt. Versprochen.«

All meine Nervosität ist wie weggeblasen. Hana steht der ganzen Sache so gelassen gegenüber, so gleichgültig und normal.

Gemeinsam gehen wir auf die Labors zu. Hana ist fast eins fünfundsiebzig. Wenn ich neben ihr hergehe, muss ich nach jedem zweiten Schritt einen kleinen Hüpfer machen, um mit ihr mitzuhalten, und fühle mich schließlich immer wie eine Ente, die im Wasser auf und nieder hopst. Heute macht mir das allerdings nichts aus. Ich bin froh, dass sie bei mir ist. Ansonsten wäre ich jetzt schon völlig fertig.

»Gott«, sagt sie, als wir uns den Schlangen nähern. »Deine Tante nimmt diese ganze Sache ziemlich ernst, was?«

»Na ja, es *ist* ernst.« Wir stellen uns hinten an. Jetzt erkenne ich einige Leute: ein paar Mädchen aus der Schule; ein paar Typen, die ich hinter einer der Schulen für Jungen, der Spencer-Schule, Fußball spielen gesehen habe. Einer von ihnen sieht in meine Richtung und bemerkt, dass ich zu ihm rüberstarre. Er hebt die Augenbrauen und ich senke schnell den Blick, während mein Gesicht sofort ganz heiß wird und mein Magen anfängt zu kribbeln.

In nicht mal drei Monaten wird dir ein Partner zugeteilt, sage ich mir, aber die Wörter bedeuten nichts und klingen bloß lächerlich wie bei einem der Spiele, die wir als Kinder gespielt haben, bei denen immer Quatsch-Sätze herauskamen: *Ich will eine Banane zum Rennboot. Gib meinen nassen Schuh deinem blubbernden Muffin.*

»Ja, ich weiß. Glaub mir, ich habe *Das Buch Psst* auch gelesen, genau wie alle anderen.« Hana schiebt ihre Sonnenbrille hoch, klimpert mir mit ihren Wimpern zu und sagt mit zuckersüßer Stimme: »Der Tag der Evaluierung ist ein aufregendes Übergangsritual und ermöglicht dir eine Zukunft des Glücks, der Stabilität und Partnerschaft.« Sie lässt ihre Sonnenbrille wieder zurück auf die Nase fallen und verzieht das Gesicht.

»Glaubst du etwa nicht daran?« Ich senke meine Stimme zu einem Flüstern.

Hana benimmt sich seltsam in letzter Zeit. Sie war schon immer anders als viele Leute – offener, unabhängiger, furchtloser. Das ist einer der Gründe, warum ich ursprünglich ihre Freundin sein wollte. Ich war schon immer schüchtern und habe ständig Angst, das Falsche zu sagen oder zu tun. Hana ist das genaue Gegenteil.

Aber seit neuestem ist es mehr als das. Zum Beispiel wurde sie in der Schule nachlässig und ist mehrmals zum Direktor gerufen worden, weil sie den Lehrern widersprochen hat. Und manchmal hört sie mitten im Satz auf zu sprechen und klappt den Mund zu, als wäre sie gegen ein Hindernis gestoßen. Dann ertappe ich sie gelegentlich dabei, dass sie aufs Meer hinausstarrt, als würde sie darüber nachdenken, einfach wegzuschwimmen.

Als ich sie jetzt so ansehe, ihre klaren grauen Augen und ihren Mund, der so dünn und angespannt ist wie eine Bogensehne, versetzt es mir einen Stich. Ich muss daran denken, wie meine Mutter einen Augenblick durch die Luft ruderte, bevor sie wie ein Stein ins Meer fiel; ich muss an das Gesicht dieses Mädchens denken, das vor all den Jahren vom Dach des Laboratoriums gesprungen ist, an ihre Wange auf dem Asphalt. Aber ich verdränge die Gedanken an die Krankheit. Hana ist nicht krank. Das kann nicht sein. Das wüsste ich.

»Wenn es ihnen wirklich um unser Glück ginge, würden sie uns selbst jemanden auswählen lassen«, grummelt Hana.

»Hana«, sage ich mit scharfer Stimme. Das System zu kritisieren ist das schlimmste Vergehen, das es gibt. »Nimm das zurück.«

Sie hebt die Hände. »Okay, okay. Ich nehm's zurück.«

»Du weißt doch, dass das nicht funktioniert. Guck dir an, wie es früher war. Die ganze Zeit über Chaos, Kämpfe und Krieg. Den Leuten ging es schlecht.«

»Ich hab doch gesagt, ich nehm's zurück.« Sie lächelt mich an, aber ich bin immer noch sauer und sehe weg.

»Außerdem«, fahre ich fort, »haben wir sehr wohl eine Wahl.«

Normalerweise erstellen die Gutachter eine Liste mit vier oder fünf genehmigten Treffern und man darf sich daraus jemanden aussuchen. So sind alle zufrieden. In all den Jahren, seit der Eingriff durchgeführt und die Ehen vermittelt werden, gab es weniger als zwölf Scheidungen in Maine und weniger als tausend in den gesamten Vereinigten Staaten – und in fast all diesen Fällen stand entweder der Ehemann oder die Ehefrau im Verdacht, Sympathisant zu sein, weshalb die Scheidung nötig war und vom Staat genehmigt wurde.

»Eine *beschränkte* Wahl«, verbessert sie mich. »Wir dürfen aus Leuten wählen, die für uns ausgewählt wurden.«

»Jede Wahl ist beschränkt«, gebe ich giftig zurück. »So ist das Leben.«

Sie macht den Mund auf, wie um etwas zu erwidern, aber stattdessen fängt sie einfach an zu lachen. Dann nimmt sie meine Hand und drückt sie, zweimal kurz, zweimal lang. Das ist unser altes Zeichen, eine Gewohnheit, die wir in der zweiten Klasse entwickelt haben, wenn eine von uns Angst hatte oder aufgeregt war, eine Art auszudrücken: *Keine Sorge, ich bin hier*.

»Schon gut. Jetzt werd nicht gleich aggressiv. Es gibt nichts Besseres als die Evaluierungen, okay? Lang lebe der Tag der Evaluierung.«

»Das klingt schon besser«, sage ich, aber ich bin immer noch nervös und ärgerlich. Die Schlange schiebt sich langsam vorwärts. Wir durchqueren die Eisentore mit ihrer verworrenen Krone aus Stacheldraht und betreten die lange Auffahrt, die zu den verschiedenen Laborkomplexen führt. Wir gehen auf Gebäude 6C zu. Die Jungen gehen zu 6B und die Schlangen führen langsam voneinander weg.

Als wir weiter nach vorne kommen, trifft uns jedes Mal, wenn die Glastüren aufgleiten und sich summend wieder schließen, ein Schwall klimatisierter Luft. Es fühlt sich herrlich an, als würde man einen Moment lang von Kopf bis Fuß in eine dünne Schicht Speiseeis getaucht, und ich drehe mich um und hebe meinen Pferdeschwanz an. Ich wünschte, es wäre nicht so verdammt heiß. Zu Hause haben wir keine Klimaanlage, nur große, unförmige Ventilatoren, die immer mitten in der Nacht den Geist aufgeben. Und meistens dürfen wir noch nicht mal die benutzen. Sie verbrauchen zu viel Strom, sagt Carol, und den sollen wir nicht verschwenden.

Schließlich sind nur noch wenige Leute vor uns. Eine Krankenschwester kommt mit einem Stapel Klemmbretter und einer Handvoll Stifte aus dem Gebäude und fängt an, sie in der Schlange zu verteilen.

»Bitte füllt alle nötigen Felder aus«, sagt sie, »medizinische und familiäre Vorgeschichte eingeschlossen.«

Mein Herz klopft mir bis zum Hals. Die ordentlich nummerierten Kästchen auf der Seite – Nachname, Vornamen, Rufname, aktuelle Adresse, Alter – verschwimmen. Ich bin froh, dass Hana vor mir steht. Sie macht sich schnell daran, die Formulare auszufüllen, wozu sie das Klemmbrett auf ihrem Unterarm abstützt und mit dem Stift über das Papier saust.

»Die Nächste.«

Die Türen gleiten wieder auf und eine andere Krankenschwester erscheint und macht Hana ein Zeichen einzutreten. In der kühlen Dunkelheit hinter ihr kann ich ein leuchtend weißes Wartezimmer mit einem grünen Teppich erkennen.

»Viel Glück«, wünsche ich ihr.

Sie dreht sich um und schenkt mir ein kurzes Lächeln. Aber ich merke, dass sie jetzt doch nervös ist. Zwischen ihren Augenbrauen steht eine dünne Falte und sie kaut an ihrer Lippe.

Sie macht sich auf den Weg ins Labor, dann dreht sie sich plötzlich wieder um und kommt zu mir zurück. Ihr Gesicht sieht wild und fremd aus, sie packt mich an beiden Schultern und hält ihren Mund direkt an mein Ohr. Ich bekomme einen solchen Schreck, dass mir das Klemmbrett runterfällt.

»Du weißt doch, dass man nicht glücklich sein kann, ohne manchmal auch unglücklich zu sein, oder?«, flüstert sie und ihre Stimme ist rau, als hätte sie gerade geweint.

»Was?«

Ihre Nägel bohren sich in meine Schultern und in diesem Augenblick habe ich Angst vor ihr. »Man kann nicht glücklich sein, wenn man nicht manchmal auch unglücklich ist. Das weißt du doch, oder?«

Bevor ich etwas erwidern kann, lässt sie mich los, und plötzlich ist ihr Gesicht wieder so gelassen, hübsch und gefasst wie immer. Sie bückt sich, um mein Klemmbrett aufzuheben, und reicht es mir mit einem Lächeln. Dann dreht sie sich um und ist hinter den Glastüren verschwunden, die sich so sanft öffnen und hinter ihr schließen wie Wasser, das über einem sinkenden Gegenstand zusammenschlägt.

vier

Der Teufel stahl sich in den Garten Eden. Er trug den Samen der Krankheit – Amor deliria nervosa – bei sich. Das Samenkorn wuchs und gedieh und wurde zu einem herrlichen Apfelbaum, der Äpfel trug, so leuchtend rot wie Blut.

Aus: *Genesis.*
Eine vollständige Geschichte der Welt und des bekannten Universums
von Dr. Steven Horace, Harvard University

Als mich die Schwester ins Wartezimmer einlässt, ist Hana bereits weg – einen der antiseptischen weißen Flure entlang und hinter einer der Dutzenden identischen weißen Türen verschwunden –, obwohl ungefähr sechs andere Mädchen noch hier warten. Eine sitzt über ihr Klemmbrett gebeugt auf einem Stuhl, schreibt, streicht ihre Antworten durch, schreibt. Eine andere fragt eine Krankenschwester hektisch, was der Unterschied zwischen »chronischen Krankheiten« und »bestehenden Krankheiten« sei. Sie sieht aus, als stünde sie kurz vor irgendeinem Anfall – eine Ader zeichnet sich auf ihrer Stirn ab und ihre Stimme wird immer lauter und hysterischer. Ich frage mich, ob sie auf ihrem Bogen »eine Tendenz zu Angstzuständen« vermerken wird.

Es ist nicht lustig, aber ich muss trotzdem lachen. Ich halte die Hand vors Gesicht und schnaube in meine Handfläche. Wenn ich besonders nervös bin, neige ich dazu, albern zu werden. In der Schule kriege ich bei den Arbeiten immer Ärger, weil ich lache. Ich überlege, ob ich das wohl hätte aufschreiben müssen.

Eine Schwester nimmt mir das Klemmbrett ab und blättert die Seiten durch, um zu überprüfen, ob ich alles ausgefüllt habe.

»Lena Haloway?«, fragt sie mit ihrer hellen, abgehackten Stimme, die alle Krankenschwestern zu haben scheinen, als wäre das Teil ihrer medizinischen Ausbildung.

»Mh-mhm«, sage ich, verbessere mich dann aber schnell. Meine Tante hat mir gesagt, dass die Gutachter ein gewisses Maß an Förmlichkeit erwarten. »Ja, das bin ich.« Es ist immer noch komisch, meinen echten Nachnamen zu hören, *Haloway,* und ein mulmiges Gefühl macht sich in meiner Magengrube breit. Während der letzten zehn Jahre habe ich den Namen meiner Tante, Tiddle, benutzt. Auch wenn es ein ziemlich blöder Nachname ist – Hana hat mal gesagt, er klinge wie Kindersprache für kitzeln –, verbindet man ihn wenigstens nicht mit meinen Eltern. Die Tiddles sind immerhin eine richtige Familie. Die Haloways sind nichts weiter als eine Erinnerung. Aber zu offiziellen Zwecken muss ich meinen Geburtsnamen benutzen.

»Komm mit.« Die Krankenschwester zeigt auf einen der Flure und ich folge dem gleichmäßigen *Klick-Klack* ihrer Absätze über das Linoleum. Die Flure sind blendend hell. Das Flattern arbeitet sich von meinem Magen in meinen Kopf hoch und macht mich ganz benommen. Ich versuche mich zu beruhigen, indem ich mir das Meer draußen vorstelle, sein stampfendes Atmen, die kreisenden Möwen am Himmel.

Es ist bald vorbei, sage ich mir. *Es ist bald vorbei und dann gehst du nach Hause und musst nie wieder an die Evaluierung denken.*

Der Flur scheint sich endlos hinzuziehen. Weiter vorn geht eine Tür auf und wieder zu, und als wir einen Augenblick später um eine Ecke biegen, stürmt ein Mädchen an uns vorbei. Ihr Gesicht ist rot und ganz offenbar hat sie geweint. Sie hat es anscheinend bereits hinter sich. Ich glaube in ihr eines der ersten Mädchen zu erkennen, die eingelassen wurden.

Unweigerlich tut sie mir leid. Die Evaluierungen dauern normalerweise zwischen dreißig Minuten und zwei Stunden, aber es ist allgemein bekannt, dass es umso besser für einen läuft, je länger einen die Gutachter dabehalten. Das trifft natürlich nicht immer zu. Vor zwei Jahren erlangte Marcy Davies Berühmtheit, weil sie nach einer Dreiviertelstunde schon wieder draußen war und unglaubliche zehn Punkte erhielt. Letztes Jahr dagegen stellte Corey Winde den unübertroffenen Rekord für die längste Evaluierung auf – dreieinhalb Stunden – und bekam trotzdem nur drei Punkte. Es gibt natürlich ein System hinter den Evaluierungen, aber trotzdem haben sie bis zu einem gewissen Grad auch etwas Zufälliges an sich. Manchmal macht es den Eindruck, als würden sie den Prozess absichtlich so einschüchternd und verwirrend wie möglich gestalten.

Ich stelle mir plötzlich vor, wie ich diese sauberen, sterilen Flure entlangrenne und alle Türen eintrete. Dann bekomme ich augenblicklich ein schlechtes Gewissen. Gerade jetzt zu zweifeln ist mehr als unpassend und in Gedanken verfluche ich Hana. Sie ist schuld, weil sie mir da draußen diese Sachen gesagt hat. *Man kann nicht glücklich sein, ohne manchmal auch unglücklich zu sein. Eine beschränkte Wahl. Wir dürfen aus Leuten wählen, die für uns ausgewählt wurden.*

Ich bin *froh,* dass jemand anders die Wahl für uns trifft. Ich bin froh, dass ich nicht selbst wählen muss – aber in erster Linie bin ich froh, dass ich nicht jemand anderen dazu bringen muss, *mich* auszuwählen. Für Hana wäre es natürlich kein Problem, wenn die Dinge immer noch so wären wie in den alten Zeiten. Hana mit ihrem goldenen Haar, den hellen grauen Augen und perfekten Zähnen, ihrem Lachen, das jeden im Umkreis von drei Kilometern dazu bringt, sich nach ihr umzudrehen und mitzulachen. Selbst wenn ihr etwas misslingt, sieht Hana dabei gut aus; man möchte die Hand ausstrecken, um ihr zu helfen, oder ihre Bücher aufheben. Wenn *ich* über meine Füße stolpere oder mir Kaffee über das T-Shirt kippe, schauen die Leute weg. Man kann geradezu sehen, wie sie denken: *Wie ungeschickt.* Und immer, wenn ich auf Fremde treffe, wird mein Verstand ganz benebelt, klamm und grau wie Straßen im Tauwetter, nachdem es stark geschneit hat – ganz anders als Hana, die immer genau weiß, was sie sagen soll.

Kein Junge bei Verstand würde mich je auswählen, solange es Menschen wie Hana auf der Welt gibt: Es wäre, wie einen muffigen Keks zu nehmen, obwohl man eigentlich eine große Schüssel Eis mit Sahne, Kirschen und Schokostreuseln möchte. Deshalb werde ich mich über meine ordentlich ausgedruckte Seite mit »genehmigten Treffern« freuen. Wenigstens bekomme ich so überhaupt jemanden ab. Es spielt keine Rolle, wenn mich niemand für hübsch hält (obwohl ich mir manchmal, nur einen Augenblick lang, wünsche, jemand täte das). Es würde noch nicht mal eine Rolle spielen, wenn ich nur ein Auge hätte.

»Hier rein.« Die Krankenschwester bleibt schließlich vor einer Tür stehen, die genauso aussieht wie alle anderen. »Du kannst deine Kleider und persönlichen Gegenstände im Vorraum ablegen. Bitte zieh den Kittel, der dort bereithängt, mit der Öffnung nach hinten an. Du kannst dir gerne noch einen Moment Zeit lassen, einen Schluck Wasser trinken, meditieren.«

Ich stelle mir Hunderte und Aberhunderte Mädchen vor, die im Schneidersitz auf dem Boden sitzen, die Hände mit den Handflächen nach oben auf den Knien, und *Omm* singen, und muss erneut den heftigen Drang zu lachen unterdrücken.

»Aber bitte vergiss nicht: Je länger du für die Vorbereitungen brauchst, desto weniger Zeit haben die Gutachter, dich kennenzulernen.«

Sie lächelt angespannt. Alles an ihr ist angespannt: ihre Haut, ihre Augen, ihr Laborkittel. Sie sieht mich direkt an, aber ich habe den Eindruck, dass sie mich gar nicht richtig wahrnimmt, dass sie in Gedanken bereits den Weg zum Wartezimmer zurückklappert, bereit, das nächste Mädchen den nächsten Flur entlangzuführen und ihr den gleichen Sermon zu halten. Ich fühle mich sehr einsam, umgeben von diesen dicken Wänden, die jedes Geräusch schlucken, abgeschirmt von der Sonne, dem Wind und der Hitze, alles so perfekt und unnatürlich.

»Wenn du fertig bist, geh weiter durch die blaue Tür. Die Gutachter erwarten dich im Labor.«

Nachdem die Schwester davongestöckelt ist, betrete ich den Vorraum, der klein und genauso hell ist wie der Flur. Er sieht aus wie ein normales Untersuchungszimmer beim Arzt. In der Ecke steht ein riesiger medizinischer Apparat, der regelmäßig piept, daneben eine mit Papier bedeckte Untersuchungsliege. Es riecht nach Desinfektionsmittel. Ich ziehe mich aus und fröstele. Die Klimaanlage verursacht mir überall Gänsehaut und die Härchen auf meinen Armen richten sich auf. Großartig. Jetzt werden die Gutachter mich für ein pelziges Biest halten.

Ich falte meine Kleider, auch den BH, zu einem ordentlichen Stapel zusammen und schlüpfe in den Kittel. Er ist aus superdünnem Plastik und als ich ihn um meinen Körper wickele und mit einem Knoten in der Taille befestige, bin ich mir vollkommen bewusst, dass man praktisch alles – auch meine Unterhose – dadurch sehen kann.

Bald ist es vorbei.

Ich atme tief durch und gehe durch die blaue Tür.

Im Labor ist es noch heller – blendend hell, so dass die Gutachter mich erst einmal nur als jemand Blinzelnden wahrnehmen können, der einen Schritt zurücktritt und die Hand vors Gesicht hält. Vier Schatten treiben in einem Kanu vor mir. Dann gewöhnen sich meine Augen an das Licht und der Anblick verwandelt sich in die vier Gutachter, die hinter einem langen, niedrigen Tisch sitzen. Der Raum ist riesig und vollkommen leer, abgesehen von den Gutachtern und einem stählernen OP-Tisch, der in der Ecke an der Wand steht. Deckenlampen strahlen in Doppelreihen auf mich herab und mir fällt auf, wie hoch dieser Raum ist, bestimmt an die zehn Meter. Ich habe den starken Drang, die Arme vor der Brust zu verschränken, mich irgendwie zu bedecken. Mein Mund wird ganz trocken und mein Verstand wird genauso heiß, leer und weiß wie die Lichter. Ich kann mich nicht erinnern, was ich tun oder sagen soll.

Zum Glück spricht einer der Gutachter, eine Frau, zuerst. »Hast du deine Bogen dabei?« Ihre Stimme klingt freundlich, aber das hilft nicht gegen die Faust, die sich tief unten in meinem Magen geballt hat und meine Eingeweide zerquetscht.

O Gott, denke ich. *Ich mach mir in die Hose. Gleich mach ich mir hier vor allen Leuten in die Hose.* Ich versuche mir vorzustellen, was Hana sagen wird, wenn das hier vorbei ist, wenn wir durch die Nachmittagssonne spazieren, umgeben vom schweren Geruch nach Salz und sonnengewärmtem Asphalt. »Himmel«, wird sie sagen, »was für eine Zeitverschwendung. Wie sie dagehockt und mich angestarrt haben wie vier Frösche auf einem Baumstamm.«

»Äh … – ja.« Ich trete näher und es fühlt sich an, als wäre die Luft fest geworden und leistete mir Widerstand. Als ich nur noch einen knappen Meter vom Tisch entfernt bin, strecke ich den Arm aus und reiche den Gutachtern mein Klemmbrett. Es sind drei Männer und eine Frau, aber ich stelle fest, dass ich ihnen nicht lange ins Gesicht sehen kann. Ich mustere sie kurz, dann ziehe ich mich wieder zurück, ohne mehr als den flüchtigen Eindruck von einigen Nasen, ein paar dunklen Augen, dem Aufblitzen einer Brille gewonnen zu haben.

Mein Klemmbrett hüpft die Reihe der Gutachter entlang. Ich presse die Arme an die Seiten und versuche entspannt auszusehen.

Hinter mir zieht sich eine Tribüne über die ganze Länge der Wand, etwa sechs Meter über dem Boden. Der Zugang führt durch eine kleine rote Tür hoch oben hinter den ansteigenden

Reihen aus weißen Sitzen, die offensichtlich für Studenten, Ärzte, Praktikanten und Nachwuchswissenschaftler gedacht sind. Die Wissenschaftler des Labors führen nicht nur den Eingriff durch, sie kümmern sich auch um die anschließenden Nachsorgeuntersuchungen und behandeln oft auch andere schwierige Fälle.

Mir wird bewusst, dass die Operation hier durchgeführt wird, in diesem Raum. Dazu dient wahrscheinlich der OP-Tisch. Die Angstfaust ballt sich erneut in meinem Magen. Obwohl ich oft daran gedacht habe, wie es wohl sein wird, geheilt zu sein, habe ich aus irgendeinem Grund nie über den eigentlichen Eingriff nachgedacht: den harten Metalltisch, die blinkenden Lichter über mir, die Schläuche und Kabel und den Schmerz.

»Lena Haloway?«

»Ja, das bin ich.«

»Gut. Warum erzählst du uns zu Anfang nicht ein bisschen was über dich?« Der Gutachter mit der Brille beugt sich vor, breitet die Hände aus und lächelt. Er hat große quadratische weiße Zähne, die mich an Badezimmerkacheln erinnern. In seinen Brillengläsern spiegelt sich das Licht, so dass ich seine Augen nicht erkennen kann und wünschte, er würde die Brille absetzen. »Erzähl uns etwas über die Dinge, die du gerne tust. Deine Interessen, Hobbys, Lieblingsfächer.«

Ich beginne meine vorbereitete Rede über Fotografie, Laufen und die Zeit, die ich mit meinen Freunden verbringe, aber ich bin unkonzentriert. Ich sehe, wie die Gutachter vor mir nicken, wie ihre Gesichter lächeln und offener werden, während sie sich Notizen machen, daher weiß ich, dass sie bisher zufrieden sind, aber ich kann die Wörter, die aus meinem Mund kommen, überhaupt nicht hören. Ich bin auf den metallenen OP-Tisch fixiert, schaue immer wieder aus den Augenwinkeln zu ihm hinüber und sehe, wie er im Licht blinkt und schimmert wie eine Klinge.

Und plötzlich fällt mir meine Mutter ein. Meine Mutter war

auch nach drei verschiedenen Eingriffen nicht geheilt und die Krankheit bemächtigte sich ihrer, nagte an ihrem Inneren, ließ ihre Augen hohl und ihre Wangen bleich werden, sie übernahm die Kontrolle über ihre Füße und führte sie Stück für Stück bis an die Kante einer sandigen Klippe und dann in die helle, dünne Luft des Sprungs über den Rand.

Das hat man mir zumindest erzählt. Ich war damals sechs. Ich erinnere mich nur noch an den nächtlichen Druck ihrer heißen Finger auf meinem Gesicht und an ihre letzten geflüsterten Worte. *Ich liebe dich. Vergiss das nicht. Das können sie uns nicht nehmen.*

Ich schließe schnell die Augen, überwältigt von der Vorstellung, wie meine Mutter sich windet, während ein Dutzend Wissenschaftler in Laborkitteln sie beobachtet und sich ungerührt Notizen macht. Drei Mal wurde sie auf einen Metalltisch geschnallt; drei Mal sah ihr eine Gruppe Beobachter von der Tribüne aus zu und registrierte ihre Reaktionen, als die Nadeln und dann der Laser ihre Haut durchbohrten. Normalerweise sind die Patienten während des Eingriffs betäubt und spüren nichts, aber meiner Tante ist irgendwann mal rausgerutscht, dass man beim dritten Eingriff davon abgesehen hatte, meine Mutter zu betäuben, weil man glaubte, die Narkose würde die Wirkung der Operation beeinträchtigen.

»Möchtest du etwas Wasser?« Gutachterin Nummer eins zeigt auf eine Wasserflasche und ein Glas auf dem Tisch. Sie hat gemerkt, wie ich zusammengezuckt bin, aber das macht nichts. Meine persönliche Erklärung habe ich hinter mir und an der Art, wie mich die Gutachter ansehen – erfreut, stolz, als wäre ich ein kleines Kind, das es geschafft hat, alle Holzklötze in die richtigen Löcher zu stecken –, kann ich erkennen, dass es gut gelaufen ist.

Ich gieße mir ein Glas Wasser ein und trinke ein paar Schlucke, dankbar für die Pause. Schweiß kribbelt mir unter den Armen, auf der Kopfhaut und im Nacken, und ich bete zu Gott, dass sie es nicht sehen können. Ich versuche meinen Blick auf die Gutachter gerichtet zu halten, aber da steht er am Rand meines Gesichtsfelds und grinst mich an: der verdammte Tisch.

»Also gut, Lena. Wir werden dir jetzt ein paar Fragen stellen. Wir möchten, dass du ehrlich antwortest. Denk daran, wir wollen dich als *Menschen* kennenlernen.«

Als was denn sonst? Die Frage taucht in meinem Kopf auf, bevor ich es verhindern kann. *Als Tier?*

Ich hole tief Luft und zwinge mich dazu, zu nicken und zu lächeln. »Prima.«

»Nenne uns einige deiner Lieblingsbücher.«

»*Liebe, Krieg und wie beides zusammenhängt* von Christopher Malley«, antworte ich automatisch. »*Grenze* von Philippa Harolde.« Ich versuche die Bilder zu vertreiben, aber es ist zwecklos: Sie steigen jetzt wie eine Flut. Das eine Wort schreibt sich immer wieder in mein Gehirn ein, als wollte es sich dort einbrennen. *Schmerz*. Es war geplant, meine Mutter ein viertes Mal zu operieren. In der Nacht, in der sie starb, sollte sie abgeholt und zu den Labors gebracht werden. Aber stattdessen war sie in die Dunkelheit geflüchtet und hatte sich in die Luft erhoben. Hatte mich mit diesen Worten geweckt – *Ich liebe dich. Vergiss das nicht. Das können sie uns nicht nehmen* –, und noch lange nachdem sie verschwunden war, schien der Wind sie zu mir zurückzutragen, sie in den vertrockneten Bäumen und in den Blättern zu wiederholen, die in der kalten, grauen Dämmerung mit rauen Stimmen wisperten. »Und *Romeo und Julia* von William Shakespeare.«

Die Gutachter nicken, machen sich Notizen. *Romeo und Julia* ist Pflichtlektüre im Gesundheitsunterricht der neunten Klasse.

»Und warum?«, fragt Gutachter Nummer drei.

Es ist beängstigend – das müsste ich sagen. Es ist ein Lehrstück, eine Warnung vor den Gefahren der alten Welt, aus der Zeit, bevor es das Heilmittel gab. Aber meine Kehle ist wie zugeschwollen. Da ist kein Platz, um die Worte hindurchzulassen. Sie stecken fest wie die Kletten, die an unseren Kleidern kleben bleiben, wenn wir bei den Farmen vorbeilaufen. Und in diesem Augenblick kommt es mir vor, als könnte ich das tiefe Tosen des Meeres hören, sein entferntes, durchdringendes Murmeln. Ich kann mir vorstellen, wie sich sein Gewicht über meiner Mutter schließt, Wasser schwer wie Stein. Und heraus kommt: »Es ist schön.«

Ruckartig heben sich alle Köpfe, um mich anzusehen, wie Marionetten, die an denselben Fäden hängen.

»Schön?« Gutachterin Nummer eins rümpft die Nase. Sirrende, frostige Anspannung liegt in der Luft und mir wird klar, dass ich einen Riesenfehler gemacht habe.

Der Gutachter mit der Brille beugt sich vor. »Das ist ein interessanter Begriff, den du da verwendest. Sehr interessant.« Als er diesmal seine Zähne zeigt, erinnern sie mich an die gebogenen weißen Fänge eines Hundes. »Kann es vielleicht sein, dass du Leiden schön findest? Dass du Gewalt genießt?«

»Nein. Nein, das ist es nicht.« Ich versuche klar zu denken, aber mein Kopf ist voll vom wortlosen Rauschen des Meeres. Es wird von Minute zu Minute lauter. Und jetzt kommt es mir vor, als könnte ich ganz leise auch Schreie hören – als würde mich das Schreien meiner Mutter über ein Jahrzehnt hinweg erreichen. »Ich meine nur ... Es hat etwas so Trauriges ...« Ich kämpfe, rudere, habe jetzt das Gefühl, in dem weißen Licht und dem Tosen zu ertrinken. Opfer. Ich will etwas über Opfer sagen, aber ich kriege das Wort nicht raus.

»Machen wir weiter.« Gutachterin Nummer eins, die so nett klang, als sie mir das Wasser anbot, hat jeden Anschein von Freundlichkeit verloren. Jetzt ist sie ganz geschäftsmäßig. »Etwas Einfaches. Was ist deine Lieblingsfarbe?«

Ein Teil meines Gehirns – der vernünftige, wohlerzogene Teil, mein logisches Ich – schreit: Blau! Sag Blau! Aber dieses andere, ältere Etwas in mir reitet auf den Wellen aus Klang und steigt mit dem zunehmenden Lärm empor: »Grau«, platze ich heraus.

»Grau?«, wiederholt Gutachter Nummer vier voller Entrüstung.

Mein Herz rutscht mir in einer endlosen Abwärtsbewegung bis in die Hose. Ich weiß, ich hab's verbockt, ich gehe baden, kann geradezu sehen, wie meine Werte sinken. Aber es ist zu spät. Ich bin erledigt – das Rauschen in meinen Ohren, das immer lauter wird, ein wildes Getrampel macht mir das Denken unmöglich. Ich schicke schnell eine gestammelte Erklärung hinterher. »Nicht wirklich Grau. Kurz bevor die Sonne aufgeht, gibt es einen Moment, in dem der ganze Himmel diese blasse Unfarbe annimmt – nicht direkt Grau, aber so etwas Ähnliches, eher eine Art Weiß, und das hat mir schon immer gefallen, weil es mich daran erinnert, wie es ist, wenn man darauf wartet, dass etwas Schönes passiert.«

Aber sie hören mir nicht mehr zu. Alle starren mit schräg gelegten Köpfen und irritierten Mienen an mir vorbei, als versuchten sie vertraute Wörter in einer Fremdsprache auszumachen. Und dann wird das Tosen und Schreien plötzlich lauter und mir wird bewusst, dass ich mir das gar nicht nur eingebildet habe. Da schreien wirklich Leute und man hört ein polterndes, grollendes, trommelndes Geräusch, als würden sich tausend Füße gleichzeitig bewegen. Und da ist noch ein drittes, das die beiden anderen Geräusche untermalt: ein wortloses, unmenschliches Brüllen.

In meiner Verwirrung kommt mir alles zusammenhanglos vor, wie im Traum. Gutachterin Nummer eins erhebt sich halb von ihrem Stuhl und sagt: »Was zum Teufel …?«

Im selben Augenblick sagt Brillengesicht: »Bleiben Sie hier, Helen. Ich seh mal nach, was los ist.«

Aber in diesem Moment geht plötzlich die blaue Tür auf und undeutlich erkenne ich eine Herde Kühe – echte, lebendige, schwitzende, muhende Kühe –, die ins Labor gedonnert kommt.

Und ob das Getrampel war, denke ich und bin einen seltsamen, isolierten Moment stolz darauf, das Geräusch richtig identifiziert zu haben.

Dann wird mir bewusst, dass eine Gruppe ausgesprochen schwerer und ausgesprochen verängstigter Herdentiere auf mich zustürmt und mich gleich niedertrampeln wird.

Augenblicklich springe ich in die Ecke und zwänge mich hinter den OP-Tisch, wo ich vor den panischen Tieren geschützt bin. Ich strecke nur ein kleines bisschen den Kopf hervor, damit ich sehen kann, was passiert. Die Gutachter klettern jetzt auf ihren Tisch, während sich um sie herum Wände aus braunen und gefleckten Kuhflanken schließen. Gutachterin Nummer eins schreit aus vollem Hals, und Brillengesicht brüllt: »Ganz ruhig, ganz ruhig!«, obwohl er sich an sie klammert, als wäre sie ein Rettungsfloß und er kurz vor dem Ertrinken.

Einigen Kühen hängen irgendwelche Perücken krumm und schief auf dem Kopf und andere sind nachlässig in dieselben Kittel gewickelt, wie ich einen trage. Einen Moment lang bin ich mir sicher, dass ich träume. Vielleicht war dieser ganze Tag nur ein Traum und gleich wache ich auf und stelle fest, dass ich immer noch zu Hause im Bett liege, am Morgen meiner Evaluierung. Aber dann bemerke ich den Slogan auf den Flanken der Kühe: NICHT HEILUNG. TOD. Die Wörter sind unsauber genau über die ordentlich eingebrannten Nummern geschrieben, die diese Kühe als Schlachtvieh identifizieren.

Ein Kribbeln tänzelt meine Wirbelsäule hinauf und die Puzzleteile ergeben langsam ein vollständiges Bild. Alle paar Jahre dringen die Invaliden – Leute, die in der Wildnis leben, dem unkontrollierten Land, das zwischen den anerkannten Städten und Orten liegt – nach Portland ein und organisieren irgendeine Art von Protest. Einmal haben sie nachts rote Totenköpfe auf die Häuser aller bekannten Wissenschaftler gemalt. Ein andermal ist es ihnen gelungen, in die Polizeizentrale einzubrechen, von der aus alle Patrouillen und Wachschichten Portlands koordiniert werden, und das komplette Mobiliar aufs Dach zu räumen, sogar die Kaffeeautomaten. Das war eigentlich ziemlich witzig – und ziemlich erstaunlich, denn man sollte doch annehmen, die Zentrale wäre das bestgesicherte Gebäude in ganz Portland. Die Leute in der Wildnis betrachten Liebe nicht als Krankheit und sie glauben nicht an das Heilmittel. Sie halten es für grausam. Daher der Slogan.

Jetzt begreife ich: Die Kühe sollen uns darstellen, diejenigen, die begutachtet werden. Als wären wir alle ein Haufen Herdentiere.

Die Kühe haben sich ein bisschen beruhigt. Sie stürmen nicht mehr umher, sondern schieben sich im Labor hin und her. Gutachterin Nummer eins schlägt mit einem Klemmbrett auf die Kühe ein, die muhend gegen den Tisch stoßen und an den Blättern knabbern, die darauf verteilt sind – die Notizen der Gutachter, wie mir bewusst wird, als eine Kuh sich ein Blatt Papier schnappt und es dabei durchreißt. Gott sei Dank. Vielleicht fressen die Kühe *alle* Notizen auf und dann können die Gutachter nicht mehr nachvollziehen, dass ich die ganze Sache hier total vermasselt habe. In meiner Deckung hinter dem OP-Tisch – in Sicherheit vor den scharfkantigen, stampfenden Hufen – muss ich zugeben, dass die ganze Sache eigentlich zum Brüllen ist.

Da höre ich es. Irgendwie kann ich über das ganze Schnauben und Trampeln und Geschrei hinweg über mir das Lachen hören – leise, kurz und melodisch, als schlüge jemand ein paar Töne auf einem Klavier an.

Die Tribüne. Ein Junge steht auf der Tribüne und beobachtet das Chaos hier unten. Und er *lacht*.

Als ich aufsehe, ruht sein Blick auf meinem Gesicht. Mein Atem strömt aus meinem Körper und alles erstarrt, als würde ich ihn durch die Linse meiner Kamera ansehen, ganz nah herangezoomt, und die Welt hielte während dieser winzigen Zeitspanne zwischen dem Öffnen und Schließen der Blende kurz inne.

Er hat goldbraunes Haar, wie Blätter im Herbst, wenn sie sich gerade verfärben, und helle, bernsteinfarbene Augen. Ich weiß augenblicklich, dass er einer derjenigen ist, die hierfür verantwortlich sind. Ich weiß, dass er in der Wildnis leben muss; ich weiß, dass er ein Invalide ist. Mein Magen verkrampft sich vor Angst und ich klappe den Mund auf, um etwas zu rufen – ich weiß nicht genau, was –, aber genau in diesem Moment schüttelt er kaum wahrnehmbar den Kopf und ich bringe keinen Ton heraus. Dann tut er das absolut, völlig Undenkbare.

Er *zwinkert* mir zu.

Schließlich geht die Alarmanlage los. Sie ist so laut, dass ich mir mit beiden Händen die Ohren zuhalten muss. Ich wende den Blick ab, um nachzusehen, ob die Gutachter ihn entdeckt haben, aber sie sind immer noch mit ihrem kleinen Tänzchen auf dem Tisch beschäftigt, und als ich wieder nach oben schaue, ist er verschwunden.

fünf

Tritt nicht auf einen Spalt, sonst wird Mama nicht alt.
Tritt nicht auf einen Stein, sonst bleibst du ganz allein.
Tritt nicht auf eine Bank, sonst wirst du liebeskrank.
Beachte das Verbot, sonst sind bald alle tot.

Bekanntes Kinderlied, zum Seilspringen
oder als Klatschspiel

In dieser Nacht habe ich wieder den Traum.

Ich stehe an der Kante einer großen weißen Klippe aus Sandstein. Der Vorsprung, auf dem ich stehe, beginnt zu bröckeln, abzubrechen und tief, tief, tief hinabzustürzen – Hunderte von Metern, ins Meer, das so kräftig peitscht und tost, dass es aussieht wie in einem riesigen schäumenden Topf, überall Schaumkronen und wogende Wellen. Ich habe Angst hinunterzufallen, aber aus irgendeinem Grund kann ich mich nicht rühren oder von der Klippe zurücktreten, nicht einmal, als ich merke, wie der Boden unter mir wegrieselt, Millionen Moleküle, die sich im Raum, im Wind neu zusammenfinden. Jeden Moment werde ich fallen.

Und kurz bevor ich weiß, dass unter mir nichts mehr ist als Luft – dass ich jeden Augenblick den Wind um mich heulen hören werde, während ich ins Wasser stürze –, teilen sich die donnernden Wellen unter mir und ich sehe das blasse, aufgedunsene, blau gefleckte Gesicht meiner Mutter direkt unter der Wasseroberfläche treiben. Ihre Augen sind geöffnet, ihr Mund aufgesperrt, als würde sie schreien, ihre Arme schaukeln auf beiden Seiten ausgestreckt in der Strömung, als wartete sie nur darauf, mich zu umschlingen.

Dann wache ich auf. Dann wache ich immer auf.

Mein Kissen ist feucht und meine Kehle ganz rau. Ich habe im Schlaf geweint. Gracie liegt neben mir zusammengerollt, eine Wange flach aufs Laken gepresst, und ihr Mund formt endlose, lautlose Wiederholungen. Sie kommt immer zu mir ins Bett, wenn ich diesen Traum habe. Sie spürt es irgendwie.

Ich streiche ihr die Haare aus dem Gesicht und ziehe die verschwitzte Decke von ihren Schultern. Es wird mir schwerfallen, Grace zurückzulassen, wenn ich ausziehe. Unsere Geheimnisse haben uns zusammengeschweißt, durch sie sind wir uns ganz nah. Sie ist die Einzige, die von der »Kälte« weiß, einem Gefühl, das mich manchmal überkommt, wenn ich im Bett liege. Ein schwarzes, leeres Gefühl, das mir den Atem raubt und mich nach Luft schnappen lässt, als hätte man mich in eiskaltes Wasser geworfen. In solchen Nächten denke ich – obwohl es falsch ist und verboten – an diese seltsamen und schrecklichen Worte, *Ich liebe dich,* und überlege, wie sie sich wohl in meinem Mund anfühlen würden, versuche mir ihren beschwingten Rhythmus auf der Zunge meiner Mutter ins Gedächtnis zu rufen.

Und natürlich bewahre ich *ihr* Geheimnis. Ich bin die Einzige, die weiß, dass Grace nicht blöd oder zurückgeblieben ist: Ihr fehlt überhaupt nichts. Ich bin die Einzige, die sie jemals sprechen gehört hat. Als sie eines Nachts zu mir ins Bett gekommen war, wachte ich früh am Morgen auf, als die Schatten der Nacht sich gerade von den Wänden zurückzogen. Sie schluchzte neben mir leise in ihr Kissen und wiederholte immer wieder dasselbe Wort, wobei sie sich die Decke in den Mund gestopft hatte, so dass ich sie kaum verstehen konnte: »Mommy, Mommy, Mommy.« Als versuchte sie, sich da durchzubeißen; als erstickte es sie im Schlaf. Ich nahm sie in den Arm und drückte sie an mich, und nach einer Weile, die sich anfühlte wie Stunden, hatte das Wort sie erschöpft und sie schlief wieder ein. Ihr Körper entspannte sich langsam, ihr Gesicht war vom Weinen heiß und geschwollen.

Das ist der wahre Grund, weshalb sie nicht spricht. Alle anderen Wörter werden von diesem einen ausgesperrt, es schwebt über allem, ein Wort, das immer noch in den dunklen Ecken ihrer Erinnerung widerhallt. *Mommy*.

Ich weiß das. Ich kann mich auch daran erinnern.

Ich setze mich auf und sehe, wie das Licht an den Wänden heller wird, höre das Kreischen der Möwen draußen, trinke Wasser aus dem Glas neben meinem Bett. Heute ist der zweite Juni. Noch vierundneunzig Tage.

Grace zuliebe wünschte ich, man könnte das Heilmittel früher einsetzen. Der Gedanke, dass auch sie eines Tages operiert wird, tröstet mich. Eines Tages wird sie immun sein und die Vergangenheit mit all ihrem Schmerz wird sich in etwas so Schmackhaftes verwandeln wie der Brei, mit dem wir unsere Babys füttern.

Eines Tages werden wir alle immun sein.

Als ich mich zum Frühstück nach unten schleppe – ich fühle mich, als hätte mir jemand Sand in beide Augen gestreut –, gibt es bereits eine offizielle Version des Vorfalls in den Labors. Unser kleiner Fernseher läuft leise, während Carol das Frühstück macht, und von den monotonen Stimmen der Nachrichtensprecher schlafe ich beinahe wieder ein. *»Gestern wurde ein mit Schlachtvieh beladener Lkw mit einer Lieferung Medikamente verwechselt, was zu beispiellosem Chaos führte, wie Sie in unserem Beitrag sehen können.«* Und dann zeigen sie noch Bilder von kreischenden Krankenschwestern, die mit Klemmbrettern auf muhende Kühe einschlagen.

Das ergibt zwar keinen Sinn, aber solange niemand die Invaliden erwähnt, sind alle zufrieden. Offiziell wissen wir gar nichts von ihrer Existenz. Offiziell existieren sie noch nicht mal. Offiziell wurden alle Leute, die in der Wildnis leben, vor über fünfzig Jahren während der Offensive vernichtet.

Vor fünfzig Jahren wurden die Grenzen der Vereinigten Staaten geschlossen. Sie werden ununterbrochen von Militär bewacht. Keiner kann rein. Keiner kommt raus. Jede genehmigte und offiziell anerkannte Gemeinde muss ebenfalls von einer Grenze umgeben sein – das ist Vorschrift – und jede Reise zwischen zwei Gemeinden muss von der örtlichen Verwaltung schriftlich genehmigt werden. Den Antrag muss man sechs Monate im Voraus stellen. Das alles dient unserem eigenen Schutz. *Sicherheit, Unversehrtheit, Gemeinschaft* – so lautet der Wahlspruch unseres Landes.

Im Großen und Ganzen war die Regierung erfolgreich. Seit die Grenze geschlossen wurde, hat kein Krieg mehr stattgefunden und es gibt kaum noch Kriminalität, abgesehen von einzelnen Fällen von Sachbeschädigung oder Bagatelldiebstählen. Es gibt keinen Hass mehr in den Vereinigten Staaten – zumindest nicht unter den Geheilten. Nur vereinzelt Fälle von Ablehnung –, aber jeder medizinische Eingriff birgt ein gewisses Risiko.

Allerdings ist es der Regierung bisher nicht gelungen, das Land von den Invaliden zu befreien, und das ist der einzige Schönheitsfehler des Systems. Deshalb sprechen wir nicht über die Invaliden. Wir tun so, als gäbe es die Wildnis – und die Leute, die dort leben – gar nicht. Das Wort wird selten ausgesprochen, außer wenn ein Sympathisant verschwindet oder sich herausstellt, dass zwei junge Leute zusammen weggelaufen sind, bevor sie geheilt werden konnten.

Und jetzt kommt die richtig gute Nachricht: Sämtliche Evaluierungen von gestern sind für ungültig erklärt worden. Wir bekommen alle einen neuen Termin, was bedeutet, dass ich eine zweite Chance habe. Ich schwöre, dass ich es diesmal nicht vermasseln werde. Mein Zusammenbruch in den Labors kommt mir mittlerweile völlig idiotisch vor. Hier am Frühstückstisch, wo alles so ordentlich und hell und normal aussieht – die angeschlagenen blauen Becher mit Kaffee, das gelegentliche Piepen der Mikrowelle (abgesehen von den Lampen eins der wenigen Elektrogeräte, die uns Carol benutzen lässt) –, erscheint der gestrige Tag wie ein langer, seltsamer Traum. Es ist wirklich ein Wunder, dass eine Gruppe fanatischer Invaliden, genau als ich gerade dabei war, durch die wichtigste Prüfung meines Lebens zu rasseln, beschlossen hat, eine Herde Kühe loszulassen. Ich weiß wirklich nicht, was da über mich gekommen ist. Ich muss daran denken, wie Brillengesicht die Zähne gezeigt hat, und an den Moment, als ich meinen Mund »Grau« sagen hörte, und zucke gleich wieder zusammen. *Wie blöd kann man denn sein?*

Plötzlich wird mir bewusst, dass Jenny etwas zu mir gesagt hat.

»Was?« Ich blinzele und sehe Jenny langsam scharf. Ich beobachte ihre Hände, die sorgfältig den Toast in Stücke schneiden.

»Ich habe gefragt, was mit dir los ist.« Hin und her, hin und her. Das Messer stößt klirrend gegen den Teller. »Du siehst aus, als müsstest du gleich kotzen oder so.«

»Jenny«, mahnt Carol. Sie steht an der Spüle und macht den Abwasch. »Dein Onkel frühstückt noch.«

»Mir geht's gut.« Ich breche ein Stück Toast ab, streiche damit über die Butter, die mitten auf dem Tisch vor sich hin schmilzt, und zwinge mich zum Essen. Das Letzte, was ich jetzt gebrauchen kann, ist ein gutes, altes Familien-Verhör. »Ich bin nur müde.«

Carol dreht sich zu mir um. Ihr Gesicht erinnert mich immer an das einer Puppe. Selbst wenn sie redet, selbst wenn sie gereizt oder glücklich oder verwirrt ist, bleibt ihr Gesichtsausdruck immer eigenartig unbewegt. »Konntest du nicht schlafen?«

»Geschlafen hab ich schon«, sage ich, »ich hab nur schlecht geträumt, das ist alles.«

Am anderen Ende des Tisches hebt Onkel William unvermittelt

den Kopf von seiner Zeitung. »O Gott. Weißt du was? Jetzt fällt's mir wieder ein. Ich habe letzte Nacht auch etwas geträumt.«

Carol hebt die Augenbrauen und sogar Jenny scheint interessiert. Es ist ausgesprochen ungewöhnlich, dass ein Geheilter träumt. Carol hat mir mal gesagt, dass ihre Träume in den seltenen Fällen, wenn sie noch träumt, von Geschirr handeln, Stapel um Stapel, die in den Himmel klettern, und manchmal klettert sie daran hoch, von Tellerrand zu Tellerrand zieht sie sich bis in die Wolken und versucht den Gipfel des Stapels zu erreichen. Aber er hört nie auf. Er dehnt sich bis ins Unendliche. Meine Schwester Rachel träumt, soweit ich weiß, nie.

William lächelt. »Ich habe das Badezimmerfenster abgedichtet. Weißt du noch, Carol, dass ich neulich gesagt habe, dass es da reinzieht? Wie auch immer, ich habe die Dichtungsmasse reingespritzt, aber immer, wenn ich gerade fertig war, schmolz sie weg – fast wie Schnee – und der Wind kam wieder durch und ich musste von vorne anfangen. Immer und immer wieder – stundenlang, so hat sich's zumindest angefühlt.«

»Wie eigenartig«, sagt meine Tante lächelnd und kommt mit einem Teller Spiegeleier an den Tisch. Mein Onkel mag sie ganz flüssig, und wie sie da mit Öl besprenkelt auf dem Teller liegen, wabbelt und schwabbelt das Eigelb, als würde es Hula-Hoop tanzen. Mein Magen verkrampft sich.

William sagt: »Kein Wunder, dass ich heute Morgen so müde bin. Ich habe die ganze Nacht gearbeitet.«

Alle lachen, nur ich nicht. Ich würge ein Stück Toast herunter und frage mich, ob ich noch träumen werde, wenn ich geheilt bin.

Ich hoffe nicht.

Das ist das erste Jahr seit der sechsten Klasse, in dem ich keine einzige Stunde zusammen mit Hana habe, daher sehe ich sie erst nach der Schule, als wir uns in der Umkleidekabine treffen, um laufen zu gehen, auch wenn die Crosslaufsaison seit ein paar Wochen zu Ende ist. (Als wir mit der Mannschaft zu den Regionalmeisterschaften gefahren sind, war das erst das dritte Mal, dass ich Portland verlassen habe, und obwohl wir nur sechzig Kilometer den grauen, kahlen Highway entlanggefahren sind, konnte ich die ganze Zeit kaum schlucken, weil meine Kehle so rau war wie Schmirgelpapier.) Hana und ich versuchen trotzdem so oft wie möglich zusammen zu laufen, sogar in den Schulferien.

Ich habe mit sechs damit angefangen, nachdem meine Mutter Selbstmord begangen hatte. Der Tag, an dem ich zum ersten Mal über einen Kilometer weit lief, war der Tag ihrer Beerdigung. Man hatte mir gesagt, ich solle mit meinen Cousins und Cousinen oben bleiben, während meine Tante das Haus für die Feier danach herrichtete und das ganze Essen auftrug. Marcia und Rachel sollten mich fertig machen, aber während sie mir beim Anziehen halfen, fingen sie plötzlich wegen irgendwas an zu streiten und achteten nicht mehr auf mich. Also ging ich runter, den Reißverschluss am Rücken meines Kleides halb hochgezogen, um meine Tante um Hilfe zu bitten. Mrs Eisner, die damals neben meiner Tante wohnte, war auch da. Als ich in die Küche kam, sagte sie gerade: »Es ist natürlich furchtbar. Aber es gab sowieso keine Hoffnung mehr für sie. So ist es viel besser. Es ist auch besser für Lena. Wer will schon so eine Mutter?«

Das war nicht für meine Ohren bestimmt. Mrs Eisner schnappte erschrocken nach Luft, als sie mich sah, und ihr Mund klappte schnell zu, wie ein Korken, der zurück in die Flasche fährt. Meine Tante stand einfach nur da, und in diesem Augenblick war es, als würden sich die Welt und die Zukunft in einem einzigen Punkt vereinen, und ich begriff, dass das hier – die Küche, die makellosen cremefarbenen Linoleumböden, die strahlenden Lampen und die knallgrüne Götterspeise auf der Arbeitsplatte – alles war, was übrig blieb, jetzt, wo meine Mutter nicht mehr da war.

Hier konnte ich nicht bleiben. Ich konnte den Anblick der Küche meiner Tante nicht ertragen, nachdem ich begriffen hatte, dass es auch *meine* Küche sein würde. Ich konnte die Götterspeise nicht ertragen. Meine Mutter hatte Götterspeise *verabscheut*. In meinem Körper breitete sich ein Kribbeln aus, als schwirrten tausend Mücken durch mein Blut und stächen mich von innen, und ich wollte am liebsten schreien, springen und mich winden.

Ich rannte los.

Hana hat einen Fuß auf die Bank gestellt und bindet sich die Schuhe, als ich hereinkomme. Mein schreckliches Geheimnis ist, dass ich zum Teil deswegen gerne mit Hana laufe, weil es das einzige, alleinige, ausschließliche kleine bisschen ist, das ich besser kann als sie, aber das würde ich niemals im Leben offen zugeben.

Ich bin noch nicht mal dazu gekommen, meine Tasche abzustellen, als sie sich schon vorbeugt und mich am Arm packt.

»Ist das nicht unglaublich?« Sie kämpft gegen ein Lächeln an und ihre Augen sind ein Farbenrad – blau, grün, gold – und blitzen wie immer, wenn sie aufgeregt ist. »Das waren bestimmt die Invaliden. Zumindest sagen das alle.«

Wir sind allein in der Umkleidekabine – die Saison ist für alle Sportmannschaften vorbei –, aber unwillkürlich drehe ich den Kopf. »Nicht so laut.«

Sie richtet sich ein wenig auf und wirft die Haare über eine Schulter. »Keine Panik. Ich hab mich umgesehen. Hab sogar in alle Toilettenkabinen geguckt. Die Luft ist rein.«

Ich schließe den Spind auf, den ich in all den zehn Jahren hier in der St.-Anne-Schule hatte. Auf dem Boden liegt eine Schicht aus Kaugummipapier, zerknitterten Zetteln und Büroklammern, und darauf mein kleiner schlaffer Stapel Laufklamotten, zwei Paar Schuhe, das Trikot der Crosslaufmannschaft, ein Dutzend halb leerer Flaschen Deo, Haarspülung und Parfüm. In weniger als zwei

Wochen mache ich meinen Schulabschluss und werde das Innere dieses Schließfachs nie wiedersehen, und einen Augenblick lang macht mich das traurig. Es ist eklig, aber ich mochte den Turnhallengeruch eigentlich immer: den Industriereiniger, das Deo, die Fußbälle und sogar den ständigen Schweißgeruch. Ich finde ihn tröstlich. Es ist komisch, wie das Leben funktioniert. Man will etwas und wartet und wartet und es kommt einem ewig vor, bis es eintritt. Dann ist es so weit und es geht vorbei und dann möchte man nichts lieber, als sich in den Moment zurückzuziehen, bevor sich die Dinge verändert haben.

»Wer sind denn bitte alle? In den Nachrichten heißt es, es sei ein Versehen gewesen, ein Lieferfehler oder so was.« Ich verspüre das Bedürfnis, die offizielle Version zu wiederholen, obwohl ich genauso gut wie Hana weiß, dass das nichts als Blödsinn ist.

Sie setzt sich breitbeinig auf die Bank und sieht mich an. Wie üblich ignoriert sie die Tatsache, dass ich es nicht leiden kann, wenn andere Leute mir beim Umziehen zugucken. »Stell dich nicht dümmer, als du bist. Wenn es in den Nachrichten kam, ist es garantiert nicht wahr. Und außerdem, wer verwechselt bitte eine Kuh mit einer Schachtel verschreibungspflichtiger Medikamente? So schwer ist es ja wohl nicht, den Unterschied festzustellen.«

Ich zucke mit den Schultern. Sie hat natürlich Recht. Sie sieht mich immer noch an, deshalb wende ich mich etwas ab. Ich fühle mich nicht so wohl in meinem Körper wie Hana und einige der anderen Mädchen an der Schule, bin das unangenehme Gefühl nie losgeworden, dass ich an den entscheidenden Stellen irgendwie falsch zusammengesetzt worden bin. Als hätte mich ein Amateurkünstler entworfen. Wenn man nicht genau drauf achtet, ist es okay, aber sobald man näher hinsieht, stechen einem all die Flecken und Fehler deutlich ins Auge.

Hana streckt ein Bein aus und fängt an sich zu dehnen, doch sie scheint noch nicht bereit, das Thema fallenzulassen. Hana ist so fasziniert von der Wildnis wie niemand sonst, den ich kenne. »Wenn man mal darüber nachdenkt, ist das ganz schön beeindruckend. Die Planung und alles. Es waren doch mindestens vier oder fünf Leute nötig – vielleicht sogar mehr –, um das alles zu koordinieren.«

Ich muss kurz an den Jungen denken, den ich auf der Tribüne gesehen habe, an sein leuchtendes herbstblätterfarbenes Haar und wie er beim Lachen den Kopf zurückgelegt hat, so dass ich seine gewölbte schwarze Mundhöhle sehen konnte. Ich habe niemandem von ihm erzählt, noch nicht mal Hana, und jetzt denke ich, ich hätte es tun sollen.

Hana fährt fort: »Irgendjemand muss die Sicherheitscodes gekannt haben. Vielleicht ein Sympathisant …«

Am Eingang zu den Umkleidekabinen knallt laut eine Tür und Hana und ich zucken beide zusammen und sehen uns mit aufgerissenen Augen an. Schritte klappern schnell über das Linoleum. Nach ein paar Sekunden des Zögerns schneidet Hana elegant ein sicheres Thema an: die Farbe der Roben für die Abschlussfeier, die dieses Jahr orange sind. Gerade da kommt Mrs Johanson, die Verantwortliche für den Schulsport, hinter den Reihen aus Schließfächern hervor und lässt ihre Trillerpfeife um einen Finger kreisen.

»Wenigstens sind sie nicht braun wie an der Fielston-Schule«, sage ich, obwohl ich Hana kaum zuhöre. Mein Herz hämmert und ich muss immer noch an den Jungen denken und überlege, ob Mrs Johanson das Wort *Sympathisant* gehört hat. Aber sie nickt uns einfach nur im Vorbeigehen zu, von daher ist es unwahrscheinlich.

Ich bin inzwischen richtig gut darin – das eine zu sagen, während ich an etwas ganz anderes denke; so zu tun, als hörte ich zu, obwohl das überhaupt nicht stimmt; mich ruhig und zufrieden zu geben, wenn ich eigentlich völlig außer mir bin. Das ist eine der Fähigkeiten, die man perfektioniert, wenn man älter wird. Man muss lernen, dass *immer* jemand zuhört. Als ich das erste Mal das Handy benutzt habe, das sich meine Tante und mein Onkel teilen, war ich überrascht von den ungleichmäßigen Störungen, die mein Gespräch mit Hana immer wieder unterbrachen, bis mir meine Tante erklärte, dass das nur die Abhörgeräte der Regierung seien, die sich willkürlich in Handy-Gespräche schalteten, sie aufzeichneten und gezielt nach Begriffen wie *Liebe*, *Invalide* oder *Sympathisant* durchforsteten. Es wird niemand extra ausgewählt. Es funktioniert alles nach dem Zufallsprinzip. Aber so ist es fast noch schlimmer. Ich habe praktisch immer das Gefühl, es schweifte ein kreisender Blick aus einem riesigen Auge über mir und beleuchtete meine bösen Gedanken, als wäre ich ein Tier, das unbewegt und weiß vom ewig rotierenden Strahl eines Leuchtturms erfasst wird.

Manchmal glaube ich, ich habe zwei Ichs, von denen eins direkt über dem anderen dahingleitet: mein Ich an der Oberfläche, das nickt, wenn es nicken soll, und sagt, was es sagen soll, und ein anderer, tiefer liegender Teil, der Teil, der sich Sorgen macht und träumt und »grau« sagt. Meistens bewegen sie sich synchron und ich bemerke den Spalt zwischen ihnen kaum, aber manchmal fühlt es sich an, als wäre ich zwei völlig verschiedene Menschen und könnte jeden Augenblick auseinanderbrechen. Ich habe Rachel mal davon erzählt. Sie lächelte nur und sagte, das würde nach dem Eingriff alles besser. Nach dem Eingriff, sagte sie, wäre alles ein Dahinrollen, ein Gleiten, jeder Tag kinderleicht.

»Fertig«, sage ich und knalle die Tür zu meinem Schließfach zu. Wir können immer noch hören, wie Mrs Johanson pfeifend auf der Toilette zugange ist. Die Klospülung wird betätigt. Ein Wasserhahn geht an.

»Heute darf ich die Strecke aussuchen«, sagt Hana mit blitzenden Augen, und bevor ich den Mund aufmachen kann, um zu protestieren, springt sie vor und klatscht mir auf die Schulter.

»Du bist's«, sagt sie, springt geschmeidig von der Bank und sprintet lachend auf die Tür zu, so dass ich rennen muss, um sie einzuholen.

Vorhin hat es ein Gewitter gegeben, das für Abkühlung gesorgt hat. Wasser verdampft aus Pfützen auf der Straße und legt eine glitzernde Decke aus Nebel über Portland. Der Himmel über uns ist jetzt strahlend blau. Die Bucht ist glatt und silbern, die Küste sieht aus wie ein riesiger Gürtel, der darumgeschnallt ist, um sie an ihrem Platz zu halten.

Ich frage Hana nicht, wo sie hinläuft, aber es überrascht mich nicht, als sie die gewundenen Straßen nach Old Port hochläuft, auf den alten Fußweg zu, der parallel zur Commercial Street zu den Labors führt. Wir versuchen uns an die kleineren, weniger überlaufenen Straßen zu halten, aber es ist beinahe aussichtslos. Es ist halb vier. Überall ist Schulschluss und durch die Straßen schieben sich Schüler auf dem Nachhauseweg. Ein paar Busse rumpeln vorbei und ein oder zwei Autos zwängen sich durch die Massen. Autos gelten als Glücksbringer. Wenn sie vorbeifahren, strecken die Leute die Hand aus und streichen über die glänzenden Motorhauben, die sauberen Fenster, die bald voller Fingerabdrücke sein werden.

Hana und ich laufen nebeneinanderher und tauschen die Neuigkeiten des Tages aus. Über die misslungenen Evaluierungen gestern oder die Gerüchte über die Invaliden sprechen wir nicht. Wir sind von zu vielen Leuten umgeben. Stattdessen erzählt sie mir von ihrer Ethikarbeit und ich erzähle ihr von Cora Dervishs Streit mit Minna Wilkinson. Wir sprechen auch über Willow Marks, die seit letztem Mittwoch nicht mehr in der Schule war. Gerüchten zufolge wurde Willow vergangene Woche von Aufsehern während der Ausgangssperre im Deering Oaks Park aufgegriffen – mit einem Jungen.

Es gibt schon seit Jahren solche Gerüchte über Willow. Sie ist einfach die Art Mensch, über die die Leute reden. Sie hat blonde Haare, färbt sich aber immer einzelne Strähnen mit Filzstiften. Ich kann mich daran erinnern, wie wir in der neunten Klasse bei einem Ausflug ins Museum an einer Gruppe Jungen aus der Spencer-Schule vorbeigingen und sie so laut, dass es unsere Aufsicht leicht hätte hören können, sagte: »Einen von denen würde ich gerne direkt auf den Mund küssen.« Angeblich wurde sie in der Zehnten mit einem Jungen erwischt, kam aber mit einer Verwarnung davon, weil sie keine Symptome der Deliria zeigte. Menschen machen gelegentlich Fehler. Das ist biologisch bedingt, Ergebnis eines chemischen und hormonellen Ungleichgewichts, das gelegentlich auch zu Perversion führen kann, dazu, dass sich Jungen von Jungen und Mädchen von Mädchen angezogen fühlen. Auch diese Triebe werden durch den Eingriff geheilt.

Aber diesmal scheint es ernst zu sein und gerade als wir auf die Center Street einbiegen, lässt Hana die Bombe platzen: Mr und Mrs Marks haben sich einverstanden erklärt, den Termin für Willows Eingriff ein halbes Jahr vorzuziehen. Sie wird die Abschlussfeier verpassen, um geheilt zu werden.

»Ein halbes Jahr?«, wiederhole ich. Wir laufen schon seit zwanzig Minuten in hohem Tempo, deshalb bin ich mir nicht sicher, ob das starke Hämmern in meiner Brust die Folge der Anstrengung oder der Neuigkeit ist. Ich keuche mehr als eigentlich angebracht, als säße jemand auf meiner Brust. »Ist das nicht gefährlich?«

Hana weist mit dem Kopf nach rechts zu einer Abkürzung durch eine schmale Gasse. »Das wurde schon öfter gemacht.«

»Ja, aber nicht mit Erfolg. Was ist mit den Nebenwirkungen? Psychische Schwierigkeiten? Blindheit?« Es gibt mehrere Gründe, warum die Wissenschaftler den Eingriff bei keinem unter achtzehn vornehmen, aber der wichtigste ist, dass er bei jüngeren Leuten einfach nicht so gut zu funktionieren scheint und schon zu allen möglichen schwerwiegenden Problemen geführt hat. Die

Wissenschaftler vermuten, dass das Gehirn und seine Nervenbahnen vorher noch zu formbar sind, noch immer im Entwicklungsprozess. Je älter man zum Zeitpunkt des Eingriffs ist, desto besser, aber bei den meisten Leuten wird der Termin so bald wie möglich nach dem achtzehnten Geburtstag angesetzt.

»Wahrscheinlich glauben sie, es sei das Risiko wert«, sagt Hana. »Besser als die Alternative, weißt du? *Amor deliria nervosa. Die gefährlichste aller Krankheiten.*« Das ist der Slogan, der auf allen Broschüren über geistige Gesundheit steht, die je zum Thema Deliria verfasst wurden. Hanas Stimme klingt ausdruckslos, als sie ihn wiederholt. Über den ganzen verrückten Ereignissen gestern habe ich Hanas Bemerkung vor der Evaluierung völlig vergessen. Aber jetzt fällt sie mir wieder ein. Und mir fällt auch ein, wie seltsam sie ausgesehen hat mit diesem trüben, undurchdringlichen Blick.

»Auf geht's.« Ich spüre ein Ziehen in meiner Lunge und mein linker Oberschenkel verhärtet sich. Die einzige Möglichkeit durchzuhalten ist, schneller und aktiver zu laufen.

»Na, dann zeig mal, was du draufhast.« Hanas Gesicht verzieht sich zu einem Grinsen und wir geben beide Gas. Der Schmerz in meiner Lunge schwillt an und breitet sich aus, bis es sich anfühlt, als wäre er überall und zöge durch all meine Zellen und Muskeln gleichzeitig. Jedes Mal, wenn ich mit meinem linken Bein auf dem Asphalt aufkomme, zucke ich zusammen. So ist es immer zwischen dem dritten und fünften Kilometer, als würden sich die ganze Anstrengung, Nervosität, Gereiztheit und Angst in kleine Nadelstiche körperlichen Schmerzes verwandeln, und man kann nicht atmen oder sich vorstellen, noch weiter zu laufen, und nichts weiter denken als: *Ich kann nicht. Ich kann nicht. Ich kann nicht.*

Und dann ist es genauso plötzlich weg. Der ganze Schmerz verschwindet, der Oberschenkel ist wieder locker, die Faust entlässt meine Brust aus ihrer Umklammerung und das Atmen fällt mir leicht. Augenblicklich steigt ein absolutes Glücksgefühl in mir auf: der feste Boden unter mir, die Einfachheit der Bewegung, wie ich mich abstoße, in Zeit und Raum vorwärtsdränge, völlige Freiheit und Entspannung. Ich werfe einen Blick zu Hana hinüber. An ihrem Gesichtsausdruck kann ich ablesen, dass sie dasselbe verspürt. Sie hat die Mauer ebenfalls durchbrochen. Sie spürt, dass ich sie ansehe, dreht sich mit ihrem wippenden Pferdeschwanz, der einen leuchtenden Bogen bildet, zu mir um und reckt mir den Daumen entgegen.

Es ist seltsam. Beim Laufen fühle ich mich Hana näher als sonst. Selbst wenn wir nicht reden, scheint uns ein unsichtbares Band zu verbinden, das unseren Rhythmus, unsere Arme und Beine in Einklang bringt, als reagierten wir beide auf dieselben Trommelschläge. Es wird mir immer bewusster, dass sich das nach dem Eingriff ebenfalls ändern wird. Sie wird ins West End ziehen und sich dort mit ihren Nachbarn anfreunden, mit reicheren und kultivierteren Leuten als ich. Ich werde in irgendeiner schäbigen Wohnung in der Cumberland Street bleiben und Hana nicht vermissen oder mich auch nur daran erinnern, wie es war, wenn wir nebeneinander herliefen. Man hat mich gewarnt, dass mir das Laufen nach dem Eingriff vielleicht keinen Spaß mehr macht. Eine weitere Nebenwirkung des Heilmittels: Die Leute verändern oft ihre Gewohnheiten, verlieren das Interesse an ihren früheren Hobbys und Sachen, die ihnen Freude bereitet haben.

»Die Geheilten, zu starkem Verlangen unfähig, sind dadurch von Schmerzen sowohl in der Erinnerung als auch in der Zukunft befreit« (*Das Buch Psst,* »Nach dem Eingriff«, S. 132).

Die Welt rast vorbei, Menschen und Straßen in einem langen Band aus Farben und Klängen. Wir laufen an der St.-Vincent-Schule vorbei, der größten reinen Jungenschule Portlands. Fünf, sechs Jungen spielen draußen Basketball, dribbeln den Ball träge herum, rufen sich etwas zu. Ihre Worte sind verschwommen, eine undeutliche Abfolge von Rufen und Brüllen und vereinzelt aufbrandendem Gelächter, so wie Jungen immer klingen, wenn sie in Gruppen zusammen sind und man sie nur hinter einer Ecke, auf der anderen Straßenseite oder unten am Strand hört. Es ist, als hätten sie eine eigene Sprache, und ungefähr zum tausendsten Mal denke ich, wie froh ich bin, dass wir auf Grund der Regeln zur Geschlechtertrennung nur wenig miteinander zu tun haben.

Als wir an ihnen vorbeilaufen, meine ich ein kurzes Innehalten wahrzunehmen, einen Sekundenbruchteil, in dem alle den Blick heben und ihn uns zuwenden. Ich bin zu verlegen, um zu gucken. Mein gesamter Körper wird weiß vor Hitze, als hätte mich jemand gerade kopfüber in einen Ofen gesteckt. Aber einen Augenblick später spüre ich, wie ihre Blicke über mich hinwegstreichen wie ein Windhauch und an Hana hängenbleiben. Ihr blondes Haar blitzt neben mir auf wie eine Münze in der Sonne.

Der Schmerz kehrt in meine Beine zurück, sie fühlen sich bleischwer an, aber ich zwinge mich dazu, weiterzulaufen, als wir in die Commercial Street einbiegen und die St.-Vincent-Schule hinter uns lassen. Ich merke, wie Hana sich anstrengt, mit mir mitzuhalten. Ich wende den Kopf und stoße mit Mühe hervor: »Wer zuerst da ist!« Aber als Hana mit schwingenden Armen gleichzieht und mich beinahe überholt, senke ich den Kopf und presche vorwärts, rotiere so schnell ich kann mit den Beinen, versuche Luft in meine Lunge zu saugen, die sich anfühlt, als wäre sie zur Größe einer Erbse geschrumpft, und kämpfe gegen die Rebellion meiner Muskeln an. Mein Gesichtsfeld ist schwarz eingerahmt und alles, was ich sehen kann, ist der Maschendrahtzaun, der plötzlich vor uns aufragt und uns den Weg versperrt, und dann strecke ich die Hand aus und schlage mit solcher Wucht dagegen, dass er wackelt, drehe mich um und rufe »Erste!«, als Hana eine Sekunde nach mir ankommt und nach Atem ringt. Wir lachen beide, hicksen und schnappen gierig nach Luft, während wir im Kreis gehen, um unsere Atmung zu beruhigen.

Als Hana schließlich wieder normal atmet, richtet sie sich lachend auf. »Ich hab dich gewinnen lassen«, sagt sie, unser Standardwitz.

Ich kicke ein paar Kieselsteine in ihre Richtung. Sie duckt sich kreischend.

»Red dir das ruhig ein.« Mein Pferdeschwanz hat sich gelöst und ich nestle die Haare aus dem Gummiband und werfe den Kopf nach vorn, damit mir der Wind den Nacken kühlt. Schweiß läuft mir in die Augen, die anfangen zu brennen.

»Netter Anblick.« Hana schubst mich leicht und ich stolpere seitwärts, werfe den Kopf wieder zurück und will ihr einen Stoß versetzen.

Sie weicht mir aus. Im Maschendrahtzaun ist eine Lücke, von der eine schmale Zufahrtsstraße wegführt. Sie ist von einem niedrigen Metalltor verschlossen. Hana springt hinüber und macht mir ein Zeichen, ihr zu folgen. Ich habe gar nicht bemerkt, wo wir sind. Die Zufahrtsstraße führt über einen Parkplatz und durch eine Ansammlung von Müllcontainern und Lagerhäusern. Dahinter steht die vertraute Reihe aus weißen quadratischen Gebäuden, die aussehen wie riesige Zähne. Dies muss einer der Seiteneingänge des Laborkomplexes sein. Ich sehe jetzt, dass der Maschendrahtzaun oben von Stacheldrahtschleifen gekrönt ist und alle fünf Meter ein Schild hängt, auf dem steht: PRIVATGELÄNDE. ZUTRITT FÜR UNBEFUGTE VERBOTEN.

»Ich glaube nicht, dass wir …«, hebe ich an, aber Hana unterbricht mich.

»Komm schon«, ruft sie, »entspann dich mal.«

Ich lasse meinen Blick schnell über den Parkplatz jenseits des Tors und die Straße hinter uns schweifen. Niemand da. Das kleine Wachhäuschen direkt hinter dem Tor ist ebenfalls leer. Ich beuge mich vor und spähe hinein. Auf einem Stück Butterbrotpapier liegt ein halb aufgegessenes Sandwich und ein paar Bücher sind unordentlich auf einem kleinen Tisch neben einem altmodischen Radio aufgestapelt, das inmitten der Stille rauschende und abgehackte Musikfetzen ausspuckt. Ich kann auch keine Überwachungskameras entdecken, obwohl es welche geben muss. Alle Regierungsgebäude sind vernetzt. Ich zögere noch einen Moment, dann schwinge ich mich über das Tor und hole Hana ein. Ihre Augen leuchten vor Aufregung und mir wird klar, dass das von Anfang an ihr Plan und ihr Ziel war.

»Hier müssen die Invaliden reingekommen sein«, sagt sie schnell und atemlos, als hätten wir die ganze Zeit über das, was gestern bei den Labors passiert ist, gesprochen. »Meinst du nicht?«

»Es sieht nicht so aus, als wäre es sehr schwierig gewesen.« Ich versuche beiläufig zu klingen, aber das alles hier – die leere Zufahrtsstraße und der riesige Parkplatz, der in der Sonne schimmert, die blauen Container und die Stromkabel, die im Zickzack über den Himmel verlaufen, die glitzernd weißen, schrägen Labordächer – verursacht mir ein unbehagliches Gefühl. Alles ist still – beinahe erstarrt, wie manchmal im Traum oder kurz vor einem heftigen Gewitter. Ich will es Hana nicht sagen, aber ich würde so ziemlich alles geben, um zurück nach Old Port zu laufen, zu den vertrauten Straßen und Geschäften.

Obwohl niemand in der Nähe ist, habe ich den Eindruck, beobachtet zu werden. Er ist stärker als das normale Gefühl der Überwachung in der Schule, auf der Straße und sogar zu Hause, wo man immer aufpassen muss, was man sagt und tut, dieses Gefühl der Enge und Eingeschlossenheit, an das sich alle irgendwann gewöhnen.

»Ja, echt.« Hana tritt mit der Fußspitze in die festgetretene Erde vor uns. Eine Staubwolke wirbelt auf und senkt sich langsam wieder. »Ziemlich bescheidene Sicherheitsvorkehrungen für eine wichtige medizinische Einrichtung.«

»Ziemlich bescheidene Sicherheitsvorkehrungen für einen Streichelzoo«, sage ich.

»Das will ich jetzt aber nicht gehört haben«, ertönt eine Stimme hinter uns. Hana und ich zucken zusammen.

Ich drehe mich um. Die Welt scheint für einen Augenblick stillzustehen.

Hinter uns steht ein Junge, den Kopf schräg gelegt. Ein Junge mit karamellfarbener Haut und goldbraunen Haaren, die dieselbe Farbe haben wie Herbstblätter, kurz bevor sie vom Baum fallen.

Er ist es. Der Junge von gestern, von der Tribüne. Der Invalide.

Abgesehen davon, dass er offenbar kein Invalide ist. Er trägt Jeans und das blaue kurzärmlige Uniformhemd eines Wachmanns; an seinem Kragen klemmt ein offizieller Regierungsausweis in einer Plastikhülle.

»Da gehe ich mal eben zwei Sekunden weg, um mir noch was zu trinken zu holen« – er zeigt auf die Wasserflasche in seiner Hand –, »und bei meiner Rückkehr finde ich einen ausgereiften Einbruch vor.«

Ich bin so verwirrt, dass ich mich weder bewegen noch sprechen noch sonst etwas tun kann. Hana glaubt bestimmt, dass ich Angst habe, denn sie meldet sich schnell zu Wort. »Wir sind nicht eingebrochen. Wir haben gar nichts gemacht. Wir waren nur joggen und haben … äh, uns verlaufen.«

Der Junge verschränkt die Arme vor der Brust und stellt sich auf die Hacken. »Und ihr habt keins der Schilder dort draußen bemerkt, hm? ›Zutritt für Unbefugte verboten‹?«

Hana sieht weg. Sie ist auch nervös, das kann ich spüren. Hana ist tausendmal selbstbewusster als ich, aber keine von uns ist es gewohnt, im Freien zu stehen und sich mit einem Jungen zu unterhalten, erst recht nicht mit einem jungen Wachmann, und Hana ist anscheinend inzwischen aufgegangen, dass er bereits eine Menge Gründe hat, uns festzunehmen.

»Die müssen wir übersehen haben«, murmelt sie.

»Mh-mhm.« Er hebt die Augenbrauen. Es ist offensichtlich, dass er uns nicht glaubt, aber zumindest wirkt er nicht verärgert. »Sie sind auch ziemlich unscheinbar. Da hängen nur ein paar Dutzend. Ich kann schon verstehen, dass ihr sie nicht bemerkt habt.«

Er sieht einen Augenblick blinzelnd zur Seite und ich habe das Gefühl, dass er sich ein Lachen verkneift. Er ähnelt keinem der Wachleute, die ich bisher gesehen habe – zumindest nicht den typischen Wachen an der Grenze und rund um Portland, die alle fett, mürrisch und alt sind. Ich muss daran denken, wie sicher ich gestern war, dass er aus der Wildnis kommt, an diese feste Gewissheit in meinem tiefsten Innern.

Aber ich habe mich geirrt. Als er den Kopf wendet, sehe ich das unverwechselbare Zeichen eines Geheilten: das Mal des Eingriffs, eine dreizackige Narbe direkt hinter dem linken Ohr, wo die Wissenschaftler eine Spezialnadel mit drei Spitzen einführen, die nur dazu dient, den Patienten ruhigzustellen, damit der Eingriff durchgeführt werden kann. Die Leute tragen ihre Narben wie Ehrenabzeichen. Man sieht kaum Geheilte mit langen Haaren, und die Frauen, die ihr Haar nicht ganz kurz geschnitten haben, binden es sorgfältig zurück.

Meine Angst lässt nach. Sich mit einem Geheilten zu unterhalten ist nicht illegal. Das fällt nicht unter die Geschlechtertrennung.

Ich bin mir nicht sicher, ob er mich erkannt hat oder nicht. Wenn ja, lässt er es sich nicht anmerken. Schließlich kann ich mich nicht länger zurückhalten und platze heraus: »Du. Ich hab dich gestern ...« Doch ich bin nicht in der Lage, den Satz zu beenden. *Ich hab dich gestern gesehen. Du hast mir zugeblinzelt.*

Hana sieht erschrocken aus. »Ihr kennt euch?« Sie wirft mir einen Blick zu. Hana weiß, dass ich bisher kaum zwei Worte mit einem Jungen gewechselt habe, abgesehen von »Dürfte ich bitte mal vorbei« auf der Straße oder »Entschuldige, dass ich dir auf den Fuß getreten bin«, wenn ich mit jemandem zusammenstoße. Wir dürfen mit ungeheilten Jungen außerhalb unserer eigenen Familie nur den allernötigsten Kontakt haben. Selbst nachdem sie geheilt sind, gibt es kaum einen Anlass oder Grund dazu, außer wenn wir mit einem Arzt oder Lehrer oder so jemandem zu tun haben.

Er wendet sich mir zu. Sein Gesichtsausdruck ist vollkommen professionell und beherrscht, aber ich schwöre, dass ich etwas in seinen Augen aufblitzen sehe, einen amüsierten oder erfreuten Blick. »Nein«, sagt er sanft. »Wir haben uns nie gesehen. Ich bin mir sicher, dass ich mich daran erinnern würde.« Es blitzt erneut in seinen Augen – lacht er über mich?

»Ich bin Hana«, sagt Hana. »Und das ist Lena.« Sie stößt mich mit dem Ellbogen an. Ich weiß, dass ich aussehen muss wie ein Fisch, wie ich so mit offenem Mund dastehe, aber ich bin zu entrüstet, um zu sprechen. Er lügt. Ich *weiß,* dass er es ist, den ich gestern gesehen habe, darauf würde ich meinen Kopf verwetten.

»Alex. Freut mich, euch kennenzulernen.« Alex wendet den Blick nicht von mir ab, als er Hana die Hand schüttelt. Dann streckt er auch mir die Hand entgegen. »Lena«, sagt er nachdenklich. »Schöner Name.«

Ich zögere. Beim Händeschütteln fühle ich mich immer unbehaglich, als spielte ich in zu großen Erwachsenenklamotten Verkleiden. Abgesehen davon habe ich noch nie einen Fremden direkt berührt. Aber er steht einfach weiter mit ausgestreckter Hand da, also hebe ich nach einem Moment den Arm und gebe ihm die Hand. Als wir uns berühren, durchfährt mich ein winziger Stromstoß und ich ziehe meine Hand schnell wieder zurück.

»Das ist die Kurzform von Magdalena«, sage ich.

»Magdalena.« Alex legt den Kopf zurück und sieht mich aus zusammengekniffenen Augen an. »Hübsch.«

Die Art, wie er meinen Namen sagt, lenkt mich vorübergehend ab. Aus seinem Mund klingt er melodisch, nicht hölzern und kantig, wie meine Lehrer ihn immer aussprechen. Seine Augen haben einen warmen bernsteinfarbenen Ton, und als ich ihn ansehe, blitzt plötzlich eine Erinnerung an meine Mutter auf, die Sirup über einen Stapel Pfannkuchen gießt. Beschämt wende ich den Blick ab, als wäre er irgendwie verantwortlich für diese Erinnerung, als hätte er mit seiner Hand in mich hineingegriffen und sie mir entwunden. Die Verlegenheit macht mich wütend und ich dringe weiter in ihn: »Ich kenne dich sehr wohl. Ich habe dich gestern in den Labors gesehen. Du hast auf der Tribüne gestanden und … alles beobachtet.« Mein Mut verlässt mich erneut im letzten Moment und ich sage nicht: *mich* beobachtet.

Ich spüre Hanas wütenden Blick auf mir, beachte sie jedoch nicht. Sie ist bestimmt sauer, dass ich ihr davon nichts erzählt habe.

Alex' Gesichtsausdruck verändert sich nicht. Nicht den Bruchteil einer Sekunde blinzelt er oder hört auf zu lächeln. »Das muss eine Verwechslung sein. Wachen dürfen während der Evaluierungen nicht in die Labors. Und Teilzeit-Wachen erst recht nicht.«

Wir stehen noch einen Augenblick da und sehen uns an. Jetzt weiß ich genau, dass er lügt, und das sorglose, träge Grinsen auf seinem Gesicht lässt in mir den Wunsch aufsteigen, die Hand auszustrecken und ihm eine runterzuhauen. Ich balle die Hände zu Fäusten und atme tief durch, um die Ruhe zu bewahren. Eigentlich bin ich kein aggressiver Mensch. Ich weiß nicht, warum ich so gereizt bin.

Hana mischt sich ein, um die Situation zu entschärfen: »Das ist alles? Ein Teilzeit-Wachmann und ein paar ›Betreten verboten‹-Schilder?«

Alex' Blick bleibt noch eine halbe Sekunde länger an mir hängen. Dann wendet er sich Hana zu, als bemerkte er sie erst jetzt. »Was meinst du damit?«

»Ich hätte bloß gedacht, dass die Labors besser geschützt sind. Es sieht aus, als wäre es nicht allzu schwer, hier einzudringen.«

Alex hebt die Augenbrauen. »Hast du vor, es auszuprobieren?«

Hana erstarrt und mein Blut wird zu Eis. Sie ist zu weit gegangen. Wenn Alex uns als potenzielle Sympathisantinnen, Unruhestifterinnen oder so was meldet, können wir uns auf monatelange Untersuchungen einstellen – und uns gleich von dem Gedanken verabschieden, bei der Evaluierung anständig abzuschneiden. Ich stelle mir vor, ein ganzes Leben lang Andrew Marcus dabei zusehen zu müssen, wie er mit dem Daumennagel Popel aus seiner Nase angelt, und mir wird übel.

Alex muss unsere Angst spüren, denn er hebt beide Hände. »Keine Panik, war doch nur Spaß. Ihr wirkt nicht gerade wie Terroristinnen.« Mir wird bewusst, wie albern wir in unseren kurzen Laufhosen, verschwitzten Tanktops und neonfarbenen Turnschuhen aussehen müssen. Oder ich zumindest. Hana sieht aus wie ein Sportmoden-Model. Ich spüre, wie ich rot anlaufe und eine erneute Welle der Gereiztheit in mir aufsteigt. Kein Wunder, dass die Aufseher sich für die Trennung von Jungen und Mädchen entschieden haben. Andernfalls wäre man ja die ganze Zeit wütend und schüchtern, verwirrt und gereizt – ein Albtraum.

»Das hier ist nur die Ladezone für Warenlieferungen und so was.« Alex zeigt hinter die Reihe aus Lagerhäusern. »Die echten Sicherheitsvorkehrungen fangen erst näher an der Einrichtung an. Rund-um-die-Uhr-Bewachung, Kameras, Elektrozaun etc.«

Hana sieht mich nicht an, aber als sie spricht, kann ich hören, wie sich Aufregung in ihre Stimme schleicht. »Die Ladezone? Da, wo die Anlieferungen reinkommen?«

Ich fange in Gedanken an zu beten: *Sag bitte nichts Dummes. Sag bitte nichts Dummes. Erwähn bitte nicht die Invaliden.*

»Du hast's erfasst.«

Hana tänzelt herum, verlagert ihr Gewicht von einem Fuß auf

den anderen. Ich versuche ihr einen warnenden Blick zuzuwerfen, aber sie weicht mir aus. »Das heißt, hier kommen die Lastwagen an? Mit medizinischer Ausrüstung und … und anderen Sachen?«

»Genau.« Ich habe erneut den Eindruck, dass in Alex' Augen etwas aufblitzt, obwohl sein Gesichtsausdruck ansonsten völlig neutral bleibt. Mir wird bewusst, dass ich ihm nicht traue, und ich frage mich erneut, warum er nicht zugibt, dass er gestern in den Labors war. Vielleicht nur, weil es verboten ist, so wie er gesagt hat. Vielleicht, weil er gelacht hat, anstatt zu helfen.

Oder vielleicht kann es ja doch sein, dass er mich einfach nicht wiedererkennt. Unsere Blicke haben sich nur ein paar Sekunden lang getroffen und ich bin sicher, dass ich für ihn nur ein verschwommenes mittelmäßiges Gesicht war, das man leicht vergisst. Nicht hübsch. Auch nicht hässlich. Nur unscheinbar wie tausend andere Gesichter, denen man auf der Straße begegnet.

Er dagegen ist alles andere als mittelmäßig. Es ist verrückt, dass ich hier in aller Öffentlichkeit stehe und mich mit einem fremden Jungen unterhalte, selbst *wenn* er geheilt ist, und obwohl mir der Kopf schwirrt, kommt es mir vor, als wäre mein Blick messerscharf, und ich nehme alles bis ins kleinste Detail wahr. Mir fällt auf, dass eine seiner Haarsträhnen sich wie ein Rahmen um seine Narbe kringelt; mir fallen seine großen braunen Hände auf, seine weißen Zähne und die perfekte Symmetrie seines Gesichts. Seine Jeans sind verwaschen und sitzen tief auf seiner Hüfte und die Schnürsenkel in seinen Turnschuhen sind von einem ganz eigenartigen Tintenblau, als hätte er sie mit einem Stift angemalt.

Ich überlege, wie alt er wohl sein mag. Er scheint ungefähr in meinem Alter zu sein, ein bisschen älter, neunzehn vielleicht. Ich überlege auch – ein kurzer, flüchtiger Gedanke –, ob er schon einer Partnerin zugeteilt wurde. Aber natürlich wurde er das. Das muss ja so sein.

Ich habe ihn unwillkürlich angestarrt und plötzlich dreht er sich zu mir um. Ich senke den Blick und verspüre die kurze, irrationale Angst, er könnte meine Gedanken gelesen haben.

»Ich würde mich zu gerne mal umschauen«, deutet Hana wenig subtil an. Ich strecke die Hand aus und kneife sie, als Alex nicht hersieht, woraufhin sie zurückweicht und mir einen schuldbewussten Blick zuwirft. Wenigstens fängt sie nicht an, ihn wegen gestern auszufragen, und bringt uns damit ins Gefängnis oder zu einem Verhör.

Alex wirft seine Wasserflasche hoch und fängt sie mit einer Hand auf. »Glaub mir, hier gibt's nichts zu sehen. Außer du bist ein Fan von Industrie-Abfall. Davon gibt's 'ne Menge.« Er weist mit dem Kopf auf die Müllcontainer. »Oh – und die beste Aussicht von ganz Portland auf die Casco Bay. Die haben wir auch zu bieten.«

»Wirklich?« Hana zieht die Nase kraus, vorübergehend von ihrer Detektiv-Mission abgelenkt.

Alex nickt, wirft erneut die Flasche hoch und fängt sie wieder auf. Als sie im hohen Bogen durch die Luft fliegt, blitzt die Sonne kurz im Wasser auf. »*Die* kann ich euch zeigen«, sagt er. »Kommt mit.«

Ich will bloß weg, aber Hana sagt: »Klar«, also trotte ich hinter ihr her und verfluche im Stillen ihre Neugier und Versessenheit auf alles, was mit den Invaliden zu tun hat. Nie wieder werde ich sie unsere Laufstrecke aussuchen lassen. Sie und Alex gehen vor mir und ich schnappe Bruchstücke ihres Gesprächs auf. Ich höre, wie er sagt, er studiere an einem der Colleges, bekomme aber nicht mit, was. Hana erzählt ihm, wir würden bald unseren Schulabschluss machen. Er sagt, er sei neunzehn, sie sagt, wir würden beide in ein paar Monaten achtzehn. Zum Glück sprechen sie nicht über die missglückten Evaluierungen gestern.

Die Zufahrtsstraße stößt auf eine andere, schmalere Straße, die parallel zur Fore Street verläuft und steil Richtung Eastern Promenade Park bergauf führt. Hier gibt es Reihen aus langen, metallenen Lagerschuppen. Die Sonne steht hoch am Himmel, bleich und unerbittlich. Ich habe unglaublichen Durst, aber als Alex sich umdreht und mir einen Schluck aus seiner Wasserflasche anbietet, sage ich schnell und zu laut: »Nein, danke.« Der Gedanke, mit meinem Mund die Stelle zu berühren, die sein Mund berührt hat, macht mir schon wieder Angst.

Als wir oben auf dem Berg ankommen – wir sind alle drei ein bisschen außer Atem vom Anstieg –, liegt die Casco Bay rechts von uns ausgebreitet wie auf einer riesigen Landkarte, eine glitzernde, schimmernde Welt aus Blau- und Grüntönen. Hana schnappt nach Luft. Die Aussicht ist wirklich schön, so unverstellt und perfekt. Am Himmel schweben üppige weiße Wolken, die mich an Daunenkissen erinnern, und die Möwen ziehen träge Bogen über dem Wasser, bilden Vogelmuster, die sich gleich wieder auflösen.

Hana tritt ein paar Schritte vor. »Das ist unglaublich. Wahnsinn, oder? Egal, wie lange ich hier lebe, daran gewöhne ich mich nie.« Sie dreht sich um und sieht mich an. »Ich glaube, so mag ich das Meer am liebsten. Mitten am Nachmittag, sonnig und hell. Genau wie auf einem Foto. Findest du nicht, Lena?«

Ich bin so entspannt – genieße den Wind, der mir über Arme und Beine streicht und ein kühles und köstliches Gefühl verursacht, genieße die Aussicht und das hoch stehende, blinzelnde Sonnenauge –, dass ich fast vergessen habe, dass Alex bei uns ist. Er ist zurückgeblieben, steht ein Stück hinter uns, und seit wir hier oben sind, hat er kein Wort gesagt.

Deshalb erschrecke ich fast zu Tode, als er sich vorbeugt und mir ein einzelnes Wort ins Ohr flüstert: »Grau.«

»Was?« Ich wirbele mit klopfendem Herzen herum. Hana hat sich wieder dem Wasser zugewandt und redet weiter davon, wie gerne sie jetzt ihre Kamera dabei hätte und wie man irgendwie nie das dabei hat, was man gerade braucht. Alex steht ganz nah bei mir – so nah, dass ich seine Wimpern einzeln ausmachen kann wie feine Pinselstriche auf einem Ölgemälde – und jetzt tanzt das Licht buchstäblich in seinen Augen, die leuchten, als stünden sie in Flammen.

»Was hast du gesagt?«, wiederhole ich. Meine Stimme ist nur ein krächzendes Flüstern.

Er lehnt sich noch ein paar Zentimeter näher zu mir. Und es kommt mir vor, als schössen die Flammen aus seinen Augen und setzten meinen ganzen Körper in Brand. Ich war einem Jungen noch nie so nah. Ich fürchte, ich falle gleich in Ohnmacht, und möchte gleichzeitig wegrennen. Aber ich kann mich nicht rühren.

»Ich habe gesagt, ich finde das Meer schöner, wenn es grau ist. Oder nicht richtig grau. Eine blasse Zwischenfarbe. Es ist, wie wenn man darauf wartet, dass etwas Schönes passiert.«

Er erinnert sich. Er war doch da. Der Boden unter meinen Füßen scheint sich aufzulösen wie in dem Traum von meiner Mutter. Ich kann nichts weiter sehen als seine Augen, das Muster aus Schatten und Licht, das sich darin bewegt.

»Du hast gelogen«, bringe ich heiser hervor. »Warum hast du gelogen?«

Er antwortet mir nicht und weicht ein kleines Stück zurück. »Noch schöner ist es allerdings bei Sonnenuntergang. Gegen halb neun sieht der Himmel aus, als würde er brennen, vor allem unten bei der Bucht, bei Back Cove. Das solltest du sehen.« Er macht eine Pause und obwohl seine Stimme leise und beiläufig klingt, habe ich das Gefühl, dass er mir etwas Wichtiges mitteilen will. »Heute Abend wird es bestimmt unglaublich.«

Mein Gehirn setzt sich knirschend in Bewegung und verarbeitet langsam seine Worte, die Art, wie er bestimmte Einzelheiten betont. Dann fällt der Groschen: Er hat mir eine Zeit und einen Ort genannt. Er will sich mit mir treffen. »Willst du damit sagen, wir …?«, hebe ich an, aber genau in diesem Moment kommt Hana zu mir zurückgerannt und packt mich am Arm.

»Mann«, sagt sie lachend. »Kaum zu glauben, aber es ist schon nach fünf. Wir müssen echt los.« Sie zieht mich hinter sich her, bevor ich protestieren kann, und als ich auf die Idee komme, einen Blick über die Schulter zu werfen, um zu schauen, ob Alex hinter uns hersieht oder mir irgendein Zeichen gibt, ist er bereits aus meinem Blickfeld verschwunden.

sechs

Mama, Mama, hilf mir heim,
Bin draußen im Wald, bin ganz allein.
Ich traf einen Werwolf; mit Zähnen, so groß,
Ging er auf meine Gedärme los.

Mama, Mama, hilf mir heim,
Bin draußen im Wald, bin ganz allein.
Ich traf einen Vampir; mit Zähnen, so groß,
Ging er auf meine Kehle los.

Mama, Mama, bring mich zu Bett,
Ich schaff's nicht mehr heim, werd hier sterben im Dreck.
Ich traf den Invaliden mit einem Lächeln, so groß,
Ich verfiel seiner Kunst und auf mein Herz ging er los.

»Heimweg eines Kindes«, aus: *Kinderreime und Volksmärchen,*
herausgegeben von Cory Levinson

Am Abend bin ich ganz zerstreut. Als ich den Tisch decke, gieße ich aus Versehen Wein in Gracies Saftglas und Orangensaft in das Weinglas meines Onkels, und beim Käsereiben bleibe ich so oft mit den Fingerknöcheln an den Zacken der Reibe hängen, dass mich meine Tante schließlich mit den Worten aus der Küche schickt, sie esse ihre Ravioli lieber ohne Hautfetzen. Ich muss immer wieder daran denken, was Alex zuletzt zu mir gesagt hat, und an das endlos sich verändernde Muster in seinen Augen, den eigenartigen Ausdruck in seinem Gesicht – als würde er mich einladen. *Gegen halb neun sieht der Himmel aus, als würde er brennen, vor allem unten bei der Bucht, bei Back Cove. Das solltest du sehen …*

Liegt es auch nur ansatzweise im Bereich des Möglichen, dass er mir eine Botschaft übermitteln wollte? Ist es denkbar, dass er sich mit mir verabreden wollte?

Bei der Vorstellung wird mir ganz schwindelig.

Außerdem muss ich die ganze Zeit an das eine Wort denken, das er mir unbewegt direkt ins Ohr geflüstert hat: *Grau*. Er war da; er hat mich gesehen; er hat sich an mich *erinnert*. So viele Fragen drängen sich gleichzeitig in meinem Kopf. Als hätte sich der Nebel, für den Portland bekannt ist, in mir ausgebreitet und normales, sinnvolles Denken unmöglich gemacht.

Schließlich fällt meiner Tante auf, dass irgendetwas nicht stimmt. Kurz vor dem Abendessen helfe ich Jenny wie immer bei den Hausaufgaben und frage sie das Einmaleins ab. Wir sitzen auf dem Boden im Wohnzimmer, das direkt neben dem »Esszimmer« liegt (einer Nische, in der kaum ein Tisch und sechs Stühle Platz haben). Ich habe ihr Mathebuch auf den Knien und stelle ihr die Aufgaben, aber mein Gehirn hat sich verselbstständigt und ich bin mit den Gedanken eine Million Kilometer entfernt. Oder besser gesagt, genau fünfeinhalb Kilometer, unten im Marschland von Back Cove. Ich kenne die Entfernung genau, weil es bis dorthin eine gute Laufstrecke ist. Jetzt überschlage ich, wie lange ich mit dem Fahrrad brauchen würde, und gleich darauf verfluche ich mich dafür, das überhaupt zu erwägen.

»Sieben mal acht?«

Jenny kneift die Lippen zusammen. »Sechsundfünfzig.«

»Neun mal sechs?«

»Zweiundfünfzig.«

Andererseits gibt es kein Gesetz, das einem verbietet, mit einem Geheilten zu sprechen. Geheilte sind immun. Sie können den Ungeheilten als Mentoren oder Ratgeber dienen. Auch wenn Alex nur ein Jahr älter ist als ich, sind wir durch den Eingriff voneinander getrennt. Er könnte genauso gut mein Großvater sein.

»Sieben mal elf?«

»Siebenundsiebzig.«

»Lena.« Meine Tante ist aus der Küche gekommen, hat sich am Esstisch vorbeigezwängt und steht jetzt hinter Jenny. Ich blinzele zweimal und versuche mich zu konzentrieren. Carols Miene ist besorgt. »Ist irgendwas?«

»Nein.« Ich senke schnell den Blick. Ich hasse es, wenn mich meine Tante so ansieht, als könnte sie alles Schlechte in meiner Seele lesen. Ich habe Schuldgefühle, nur weil ich an einen Jungen gedacht habe, obwohl er geheilt ist. Wenn sie das wüsste, würde sie sagen: *Oh, Lena. Sei vorsichtig. Denk dran, was mit deiner Mutter passiert ist.* Sie würde sagen: *Diese Krankheit liegt einem einfach im Blut.* »Warum?«

Ich hefte den Blick auf den abgetretenen Teppich unter mir. Carol beugt sich vor, schnappt sich Jennys Mathebuch von meinem Schoß und sagt laut mit ihrer klaren, hohen Stimme: »Neun mal sechs ist vierundfünfzig.« Sie klappt das Buch energisch zu. »Nicht zweiundfünfzig, Lena. Ich nehme doch an, du kannst das kleine Einmaleins?«

Jenny streckt mir die Zunge raus.

Meine Wangen fangen an zu glühen. »Entschuldige. Ich bin wohl irgendwie … abgelenkt.«

Kurzes Schweigen. Carols Blick brennt in meinem Nacken. Ich habe das Gefühl, ich müsste gleich anfangen laut zu schreien oder zu weinen oder alles zu gestehen, wenn sie mich weiter so anstarrt.

Schließlich seufzt sie. »Du denkst immer noch an die Evaluierung, nicht wahr?«

Ich stoße die Luft aus und ein Stein fällt mir vom Herzen. »Ja. Wahrscheinlich.« Vorsichtig sehe ich zu ihr auf und sie lächelt ihr kleines, flüchtiges Lächeln.

»Ich weiß, es ist frustrierend für dich, die ganze Sache noch mal durchmachen zu müssen. Aber sieh es doch so – das nächste Mal bist du noch besser vorbereitet.«

Ich nicke und versuche erleichtert auszusehen, obwohl ein leises, stechendes Schuldgefühl an mir zu nagen beginnt. Seit heute Morgen habe ich überhaupt nicht mehr an die Evaluierung gedacht, nicht ein einziges Mal. »Ja, du hast Recht.«

»Komm jetzt. Es gibt Essen.« Meine Tante streckt die Hand aus und streicht mir mit einem Finger über die Stirn. Er ist kühl und beruhigend und so schnell verschwunden wie der leiseste Windhauch. Jetzt flammt das Schuldgefühl in mir mit voller Kraft auf und in diesem Moment kann ich nicht glauben, dass ich überhaupt nur darüber *nachgedacht* habe, zur Bucht runterzufahren. Es ist hundertprozentig das absolut Falsche, und als ich zum Abendessen aufstehe, fühle ich mich rein, schwerelos und glücklich, wie wenn es einem nach langem Fieber wieder besser geht.

Aber während des Essens kehrt meine Neugier – und damit auch mein Zweifel – zurück. Ich kann kaum dem Gespräch folgen. Das Einzige, was ich denken kann, ist: *Soll ich? Soll ich nicht? Soll ich? Soll ich nicht?* Einmal erzählt mein Onkel etwas von einem seiner Kunden und ich bemerke, dass alle lachen, also lache ich auch, aber ein bisschen zu laut und zu lang. Alle sehen mich an, sogar Gracie, die die Nase krauszieht und den Kopf schräg legt wie ein Hund, der an etwas Unbekanntem schnuppert.

»Alles in Ordnung, Lena?«, fragt mein Onkel und rückt seine Brille gerade, als hoffte er, mich dadurch klarer sehen zu können. »Du wirkst ein wenig seltsam.«

»Mir geht's gut.« Ich schiebe ein paar Ravioli auf meinem Teller hin und her. Normalerweise kann ich allein schon eine halbe Packung verdrücken, vor allem nach einem langen Lauf (und habe trotzdem noch Platz für Nachtisch), aber heute habe ich gerade mal ein paar Bissen heruntergewürgt. »Ich bin nur gestresst.«

»Lass sie in Ruhe«, sagt meine Tante. »Sie macht sich Sorgen wegen der Evaluierung. Die ist ja nicht gerade plangemäß verlaufen.«

Sie sieht meinen Onkel an und die beiden wechseln einen kurzen Blick. Ich bin plötzlich ganz aufgeregt. Es ist ungewöhnlich, dass sich meine Tante und mein Onkel so ansehen, mit einem wortlosen, bedeutungsgeladenen Blick. Meistens beschränkt sich ihr Austausch auf das Übliche – mein Onkel erzählt von der Arbeit, meine Tante erzählt von den Nachbarn. *Was gibt's zum Abendessen? Das Dach hat ein Loch. Blablabla.* Vielleicht erwähnen sie jetzt endlich mal die Wildnis und die Invaliden. Aber dann schüttelt mein Onkel kaum wahrnehmbar den Kopf.

»Solche Verwechslungen kommen andauernd vor«, sagt er und spießt ein Stück Ravioli auf die Gabel. »Neulich erst habe ich Andrew gebeten, drei Kartons Viks Orangensaft zu bestellen. Aber er vertauscht die Bestellnummern und was meint ihr, was stattdessen geliefert wurde? Drei Kartons Baby-Milchpulver. Ich hab ihm gesagt, ›Andrew‹, hab ich gesagt ...«

Ich blende das Gespräch wieder aus, dankbar, dass mein Onkel so gerne redet, und glücklich, dass meine Tante sich für mich eingesetzt hat. Das Gute daran, relativ schüchtern zu sein, ist, dass niemand einen drängt, wenn man mal seine Ruhe haben will. Ich beuge mich vor und werfe einen Blick auf die Küchenuhr. Halb acht und wir sind noch nicht mal fertig mit Essen. Und danach muss ich beim Abräumen und Spülen helfen, was immer ewig dauert; die Spülmaschine verbraucht zu viel Strom, deshalb spülen wir von Hand.

Die Sonne draußen ist mit goldenen und rosa Fäden überzogen. Sie sieht aus wie die Zuckerwatte von *Sugar Shack* in der Innenstadt, ganz glänzend, länglich und bunt. Der Sonnenuntergang heute wird bestimmt wirklich wunderschön. In diesem Augenblick ist der Drang zu gehen so stark, dass ich mich an meinem

Stuhl festklammern muss, um nicht plötzlich aufzuspringen und zur Tür rauszurennen.

Schließlich nehme ich mir vor, mir keinen weiteren Stress zu machen und es dem Zufall oder Schicksal oder wem auch immer zu überlassen. Wenn ich rechtzeitig mit Essen und Geschirrspülen fertig bin, um es noch nach Back Cove zu schaffen, fahre ich. Wenn nicht, bleibe ich zu Hause. Sobald ich diese Entscheidung getroffen habe, fühle ich mich eine Million Mal besser, und es gelingt mir sogar, noch ein paar Bissen Ravioli runterzukriegen, bevor Jenny (Wunder über Wunder) plötzlich, wenn auch spät, richtig an Tempo zulegt und ihren Teller leer isst und meine Tante verkündet, ich könne abräumen, wenn ich fertig sei.

Ich stehe auf und fange an, die Teller zu stapeln. Es ist fast acht. Selbst wenn ich es schaffe, das ganze Geschirr in einer Viertelstunde zu spülen – und das ist ziemlich knapp –, wird es schwierig, um halb neun am Strand zu sein. Geschweige denn um neun zurück, wenn die Ausgangssperre für Ungeheilte beginnt.

Und wenn ich während der Ausgangssperre draußen erwischt werde …

Eigentlich weiß ich gar nicht, was dann passieren würde. Ich war immer pünktlich zu Hause.

Gerade als ich mich damit abgefunden habe, dass es keine Möglichkeit gibt, rechtzeitig zur Bucht und wieder zurück zu kommen, tut meine Tante das Undenkbare. Als ich die Hand ausstrecke, um ihren Teller abzuräumen, sagt sie: »Heute musst du das Geschirr nicht spülen, Lena. Das mache ich.«

Dabei legt sie mir eine Hand auf den Arm. Genau wie vorhin ist die Berührung so flüchtig und kühl wie der Wind.

Und bevor ich noch über die Folgen nachdenken kann, platze ich heraus: »Ich müsste auch noch schnell zu Hana rüber.«

»Jetzt?« Ein alarmierter – oder misstrauischer? – Ausdruck scheint im Gesicht meiner Tante auf. »Es ist fast acht.«

»Ich weiß. Wir ... sie ... sie hat ein Lehrbuch, das sie mir noch geben muss. Das ist mir gerade eingefallen.«

Jetzt richtet sich der misstrauische Ausdruck – er ist auf jeden Fall misstrauisch – auf ihrer Miene häuslich ein und sorgt dafür, dass sie die Augenbrauen zusammenzieht und ihre Lippen aufeinanderpresst. »Ihr habt doch gar nicht die gleichen Fächer. Und deine Abschlussprüfungen sind längst vorbei. So wichtig kann es also nicht sein.«

»Es ist nicht für die Schule.« Ich verdrehe die Augen in dem Versuch, Hanas Lässigkeit zu imitieren, obwohl meine Handflächen schwitzen und mir das Herz in der Brust hämmert. »Es ist eine Art Ratgeber, mit Tipps. Für die Evaluierung. Sie weiß, dass ich mich besser vorbereiten muss, nachdem ich gestern beinahe versagt habe.«

Meine Tante wirft meinem Onkel erneut einen kurzen Blick zu. »In einer Stunde fängt die Ausgangssperre an«, sagt sie zu mir. »Wenn du dann draußen erwischt wirst ...«

Vor lauter Nervosität flammt Wut in mir auf. »Ich weiß über die Ausgangssperre Bescheid«, fauche ich. »Schließlich musste ich mir das ja nur mein ganzes Leben lang anhören.«

Im selben Augenblick, als die Wörter ausgesprochen sind, bereue ich sie und ich senke den Blick, um Carol nicht ansehen zu müssen. Ich habe ihr nie widersprochen, habe immer versucht, so geduldig, gehorsam und brav wie möglich zu sein – so *unsichtbar* wie möglich, ein nettes Mädchen, das beim Spülen und mit den Kindern hilft, die Hausaufgaben macht, gehorcht und nicht aufmuckt. Ich weiß, ich muss Carol dankbar dafür sein, dass sie Rachel und mich nach dem Tod meiner Mutter aufgenommen hat. Wenn sie nicht gewesen wäre, würde ich vermutlich in einem der Waisenhäuser vor mich hin vegetieren, ungebildet, unbemerkt, wahrscheinlich später einen Job in einem Schlachthaus antreten, um dort Schafsinnereien oder Kuhkacke wegzuputzen oder so was. Mit Glück könnte ich vielleicht – vielleicht! – bei einer Reinigungsfirma arbeiten.

Niemand adoptiert ein Kind, dessen Vergangenheit von der Krankheit befleckt ist.

Ich wünschte, ich könnte Carols Gedanken lesen. Ich habe keine Ahnung, was sie denkt, aber sie scheint mich zu analysieren, zu versuchen meinen Gesichtsausdruck zu deuten. Ich denke immer wieder: *Ich tue nichts Falsches, es ist harmlos, es ist alles in Ordnung mit mir,* und wische meine Handflächen hinten an meiner Jeans ab. Bestimmt sieht man dort schon Schweißflecken.

»Beeil dich«, sagt sie schließlich, und kaum hat sie es ausgesprochen, bin ich weg, sprinte die Treppe hoch und tausche meine Sandalen gegen Turnschuhe. Dann poltere ich wieder hinunter und stürme zur Tür hinaus. Meine Tante hatte noch nicht mal Zeit, das Geschirr in die Küche zu räumen. Sie ruft mir etwas zu, als ich an ihr vorbeirausche, aber ich bekomme nicht mehr mit, was sie sagt. Gerade als das Fliegengitter hinter mir zufällt, beginnt die antike Standuhr im Wohnzimmer zu schlagen. Acht Uhr.

Ich schließe mein Fahrrad auf und fahre den Gartenweg entlang und auf die Straße hinaus. Die Pedale quietschen, ächzen und wackeln. Dieses Fahrrad hat vor mir schon meiner Cousine Marcia gehört und muss mindestens fünfzehn Jahre alt sein. Und dass es das ganze Jahr über draußen steht, verbessert seinen Zustand auch nicht gerade.

Ich fahre Richtung Back Cove, glücklicherweise geht es bergab. Die Straßen sind zu dieser Zeit immer ziemlich leer. Die Geheilten sind zum größten Teil drinnen, sitzen beim Abendessen, räumen auf, machen sich fürs Bett und eine weitere traumlose Nacht fertig, und alle Ungeheilten sind zu Hause oder auf dem Weg dorthin, während sie nervös beobachten, wie die Minuten bis zur Ausgangssperre um neun Uhr vorbeiwirbeln.

Meine Beine tun immer noch vom Laufen vorhin weh. Wenn

ich es rechtzeitig nach Back Cove schaffe und Alex da ist, werde ich furchtbar aussehen, verschwitzt und eklig. Aber ich fahre trotzdem weiter. Jetzt, wo ich aus dem Haus bin, schiebe ich all meine Zweifel weg und konzentriere mich darauf, so schnell zu treten, wie meine verkrampften Beine es zulassen. Ich sause durch die verwaisten Straßen auf die Bucht zu, nehme jede Abkürzung, die mir einfällt, und beobachte, wie die Sonne stetig auf die strahlend goldene Linie des Horizonts zusinkt, als wäre der Himmel – der in diesem Moment in einem leuchtenden, metallischen Hellblau erstrahlt – Wasser und das Licht glitte einfach hindurch.

Um diese Uhrzeit war ich erst ein paarmal allein draußen und es fühlt sich eigenartig an, gleichzeitig Furcht einflößend und berauschend, genau wie heute Nachmittag, als ich mich in aller Öffentlichkeit mit Alex unterhalten habe – als wäre das kreisende Auge, von dem ich weiß, dass es immer alles beobachtet, nur für den Bruchteil einer Sekunde geblendet worden, als würde die Hand, die man sein ganzes Leben lang gehalten hat, plötzlich verschwinden und man könnte sich frei bewegen.

In den Fenstern um mich herum zucken Lichter, hauptsächlich Kerzen und Laternen; dies hier ist eine ärmliche Gegend und alles ist rationiert, vor allem Gas und Strom. Irgendwann verliere ich die Position der Sonne aus den Augen hinter den vier- und fünfstöckigen Häusern, die immer dichter beieinanderstehen, seit ich auf die Preble Street eingebogen bin: hohe, dunkle Gebäude, die sich aneinanderschmiegen, als bereiteten sie sich schon auf den Winter vor und drängten sich dicht zusammen, um sich zu wärmen. Ich habe noch gar nicht darüber nachgedacht, was ich zu Alex sagen soll, und bei der Vorstellung, allein neben ihm zu stehen, rutscht mir plötzlich das Herz in die Hose. Ich halte an und schnappe nach Luft. Mein Puls hämmert wie wild. Nachdem ich mich einen Moment ausgeruht habe, fahre ich weiter, langsamer jetzt. Es sind immer noch gut anderthalb Kilometer bis zur Bucht, aber sie ist bereits zu sehen, blitzt rechts von mir auf. Die Sonne schwebt über den dunklen Umrissen der Bäume. Mir bleiben höchstens noch zehn, fünfzehn Minuten, bevor es vollkommen dunkel wird.

Dann trifft mich ein anderer Gedanke wie ein Faustschlag und ich muss fast schon wieder anhalten: Er wird nicht da sein. Ich komme zu spät und er ist schon wieder gegangen. Oder das Ganze entpuppt sich als großer Scherz oder Streich.

Ich lege einen Arm auf meinen Magen, flehe die Ravioli an zu bleiben, wo sie sind, und fahre wieder schneller.

Ich bin so damit beschäftigt, einen Fuß nach dem anderen kreisen zu lassen – links, rechts, links, rechts – und mir in Gedanken ein Tauziehen mit meinem Verdauungstrakt zu liefern, dass ich die Aufseher nicht kommen höre.

Ich will gerade über die schon lange kaputte Ampel an der Baxter Street rasen, als ich plötzlich von einer Mauer aus schwirrendem, hüpfendem Licht geblendet werde: dem Strahl von einem Dutzend Taschenlampen, die auf meine Augen gerichtet sind, so dass ich abrupt bremsen muss, eine Hand vors Gesicht halte und beinahe über den Lenker fliege – was eine Katastrophe wäre, weil ich in der Eile vorhin meinen Helm vergessen habe.

»Halt«, bellt die Stimme eines der Aufseher – des Anführers der Patrouille, nehme ich an. »Personenkontrolle.«

Die Aufseher – sowohl Freiwillige als auch offiziell bei der Regierung Angestellte – patrouillieren jede Nacht in Gruppen durch die Stadt, halten Ausschau nach Ungeheilten, die sich nicht an die Ausgangssperre halten, und suchen die Straßen und (wenn die Vorhänge offen sind) Häuser nach ungenehmigten Aktivitäten ab. Das kann zum Beispiel sein, wenn zwei Ungeheilte sich berühren oder nach Einbruch der Dunkelheit zusammen unterwegs sind – oder sogar zwei Geheilte, die mit »Aktivitäten befasst sind, die auf das Wiederaufleben der Deliria nach dem Eingriff schließen lassen«, wie zu häufigem Umarmen und Küssen. Das passiert zwar selten, aber es kommt durchaus vor.

Die Aufseher berichten direkt an die Regierung und arbeiten eng mit den Wissenschaftlern in den Labors zusammen. Die Aufseher waren dafür verantwortlich, dass meine Mutter zu ihrem dritten Eingriff geschickt wurde; eine Patrouille sah sie eines Nachts nach ihrem zweiten misslungenen Eingriff, wie sie über einem Foto weinte. Sie betrachtete ein Bild meines Vaters und hatte vergessen, die Vorhänge ganz zu schließen. Innerhalb weniger Tage war sie wieder in den Labors.

Normalerweise kann man den Aufsehern leicht aus dem Weg gehen. Man hört sie praktisch auf einen Kilometer Entfernung. Sie haben Walkie-Talkies, um sich mit anderen Patrouille-Einheiten abzusprechen, und das Rauschen der sich ein- und ausschaltenden Funkgeräte klingt, als flöge ein riesiger summender Schwarm Hornissen auf einen zu. Ich habe nur gerade nicht aufgepasst. Während ich mich insgeheim für meine Dummheit verfluche, angele ich mein Portemonnaie aus meiner Hosentasche. Wenigstens habe ich dran gedacht, *das* einzustecken. Es ist illegal, ohne Personalausweis in Portland unterwegs zu sein. Und das Letzte, was man sich wünscht, ist eine Nacht im Gefängnis zu verbringen, während die da oben versuchen, deine Identität festzustellen.

»Magdalena Ella Haloway«, sage ich und bemühe mich um eine feste Stimme, als ich dem verantwortlichen Aufseher meinen Ausweis reiche. Er hält seine Taschenlampe immer noch auf mein Gesicht gerichtet und zwingt mich dadurch zum Blinzeln, wodurch ich ihn kaum erkennen kann. Er ist groß; das ist alles, was ich sehe. Groß, dünn, kantig.

»Magdalena Ella Haloway«, wiederholt er. Er dreht meinen Ausweis zwischen seinen langen Fingern und wirft einen Blick auf meinen Identitäts-Code, eine Nummer, die jeder US-Bürger zugeteilt bekommt. Die ersten drei Ziffern stehen für den Staat, die nächsten drei für die Stadt, die folgenden drei für den Familienverband, die letzten für die individuelle Identität. »Und was machst du hier, Magdalena? In weniger als vierzig Minuten beginnt die Ausgangssperre.«

Weniger als vierzig Minuten. Das heißt, es ist fast halb neun. Ich verlagere mein Gewicht und gebe mir große Mühe, nicht ungeduldig zu wirken. Viele der Aufseher – vor allem die freiwilligen – sind schlecht bezahlte Stadtbedienstete: Fensterputzer, Gaszähler-Ableser oder Wachleute.

Nachdem ich tief Luft geholt habe, sage ich so unschuldig wie möglich: »Ich wollte noch kurz zur Bucht runterfahren.« Ich gebe mein Bestes, um zu lächeln und leicht beschränkt auszusehen. »Nach dem Abendessen hatte ich so ein Völlegefühl.« Mehr als unbedingt nötig sollte ich nicht lügen. Das bringt mich nur in Schwierigkeiten.

Der leitende Aufseher mustert mich weiterhin, die Taschenlampe auf mein Gesicht gerichtet, meinen Personalausweis in der Hand. Einen Augenblick scheint er zu zögern und ich glaube schon fast, dass er mich gehen lässt, aber dann gibt er meinen Ausweis an einen anderen Aufseher weiter. »Lass den bitte mal durchs SÜS laufen, okay? Stell sicher, dass er gültig ist.«

Mein Herz sackt weg. SÜS ist das Sicherheits-Überprüfungs-System, ein Computernetzwerk, in dem alle gültigen Identitäten für jeden Einzelnen im ganzen Land gespeichert sind. Es kann zwanzig bis dreißig Minuten dauern, bis das System die passenden Datensätze gefunden hat, je nachdem, wie viele andere Leute es gerade abfragen. Er wird wohl nicht wirklich glauben, dass ich einen Ausweis gefälscht habe, aber mir läuft langsam die Zeit davon.

Und dann meldet sich wundersamerweise eine Stimme aus dem hinteren Teil der Gruppe. »Sie ist sauber, Gerry. Ich kenne sie. Sie kauft häufig bei uns im Laden ein. Wohnt in der Cumberland Street 172.«

Gerry dreht sich um und senkt dabei seine Taschenlampe. Ich blinzele gegen die schwarzen Flecken in meinem Sichtfeld an und erkenne vage einige Gesichter – eine Frau, die in der örtlichen Reinigung arbeitet und immer den ganzen Nachmittag kaugummikauend vor der Tür lehnt und gelegentlich auf die Straße spuckt; den Verkehrspolizisten, der im Stadtzentrum in der Nähe der Franklin Arterial arbeitet, einer Ausfallstraße – eine der wenigen Gegenden von Portland, in denen es genug Verkehr gibt, um einen Polizisten zu rechtfertigen; einen der Typen, die unseren Müll abholen. Und dann, ganz hinten, Dev Howard, dem der *Quikmart* in unserer Straße gehört.

Die meisten unserer Lebensmittel bringt mein Onkel aus seinem *Stop-N-Save,* einer Kombination aus Delikatessengeschäft und Tante-Emma-Laden drüben in Munjoy Hill, mit nach Hause – hauptsächlich Konserven, Nudeln und Aufschnitt –, aber gelegentlich, wenn wir dringend Klopapier oder Milch brauchen, laufe ich schnell zum *Quikmart* rüber. Mr Howard war mir schon immer irgendwie unheimlich. Er ist total dünn und hat schwarze Augen mit Schlupflidern, die mich an eine Ratte erinnern. Aber heute könnte ich ihn knutschen. Ich hätte nicht gedacht, dass er überhaupt meinen Namen kennt. Er hat noch nie mehr zu mir gesagt als: »Ist das alles für heute?«, nachdem er meine Einkäufe eingetippt hat, wobei er mich unter den dunklen Schatten seiner Augenlider hervor finster ansieht. Ich nehme mir vor, mich bei ihm zu bedanken, wenn ich ihn das nächste Mal sehe.

Gerry zögert noch einen Sekundenbruchteil, aber ich merke, wie die anderen Aufseher unruhig werden, von einem Fuß auf den anderen treten, darauf erpicht, ihre Runde fortzusetzen und jemanden zu finden, den sie festnehmen können.

Gerry muss dasselbe Gefühl haben, denn er macht eine ruckartige Kopfbewegung in meine Richtung. »Gib ihr den Ausweis zurück.«

Am liebsten würde ich vor Erleichterung auflachen und ich muss mir große Mühe geben, ernst zu bleiben, als ich meinen Ausweis entgegennehme und wieder einstecke. Meine Hände zittern ein wenig. Es ist komisch, dass die Anwesenheit der Aufseher immer so eine Reaktion hervorruft. Selbst wenn sie relativ nett sind, denkt man unweigerlich an die ganzen Horrorstorys, die man gehört hat – die Razzien, Prügelattacken und Hinterhalte.

»Sei vorsichtig, Magdalena«, sagt Gerry. »Sieh zu, dass du vor Anbruch der Ausgangssperre wieder zu Hause bist.« Er leuchtet mir erneut mit der Taschenlampe in die Augen. Ich hebe den Arm und blinzele gegen das blendende Licht an. »Du willst doch keinen Ärger kriegen.«

Er sagt es leichthin, aber einen Augenblick glaube ich, unterschwellig etwas Hartes in seinen Worten wahrzunehmen, einen Anflug von Wut oder Aggression. Aber dann sage ich mir, dass ich einfach bloß unter Verfolgungswahn leide. Egal, was die Aufseher tun, sie sind zu unserem Schutz da, sie wollen nur unser Bestes.

Die Gruppe schiebt sich rundum an mir vorbei, ich bin ein paar Sekunden lang in einer Welle aus rauen Schultern und Baumwolljacken, fremdem Geruch nach Aftershave und Schweiß gefangen. Walkie-Talkies erwachen um mich herum rauschend zum Leben und verklingen. Ich schnappe Wortfetzen und Übertragungsschnipsel auf: *Market Street, ein Mädchen und ein Junge, möglicherweise infiziert, ungenehmigte Musik in der St. Lawrence Street, offenbar wird dort getanzt* … Ich werde zwischen Armen, Hüften und Ellbogen hin- und hergeschubst, bis die Gruppe schließlich an mir vorbei ist und ich wieder ausgespuckt werde und allein auf der Straße zurückbleibe, während sich die Schritte der Aufseher hinter mir entfernen. Ich warte, bis ich das Summen ihrer Funkgeräte und ihre Stiefel auf dem Asphalt nicht mehr hören kann.

Dann fahre ich los und verspüre erneut ein erhebendes Gefühl in der Brust. Glück und Freiheit. Unglaublich, wie leicht ich es aus dem Haus geschafft habe. Ich hätte nie gedacht, dass ich in der Lage bin, meine Tante anzulügen – ich hätte nie gedacht, dass ich überhaupt lügen kann –, und wenn ich daran denke, wie knapp ich einem stundenlangen Verhör durch die Aufseher entgangen bin, würde ich am liebsten auf und ab hüpfen und die Faust hochreißen. Heute kann mir keiner was. Und es sind nur noch ein paar Minuten bis zur Bucht. Mein Herz schlägt wieder schneller, als ich daran denke, wie ich den grasbedeckten Abhang hinabschlittern und Alex sehen werde, dessen Silhouette sich vor den letzten, blendenden Sonnenstrahlen abzeichnet – als ich an das einzelne Wort denke, das er in mein Ohr gehaucht hat. *Grau.*

Ich rase die Baxter Street entlang, die sich den letzten Kilometer nach Back Cove hinunterschlängelt. Und dann bleibe ich abrupt stehen. Die Gebäude sind hinter mir zurückgeblieben und von vereinzelten baufälligen Schuppen auf beiden Seiten der rissigen und schadhaften Straße ersetzt worden. Dahinter neigt sich ein kurzer Streifen aus hohem, von Unkraut durchsetztem Gras zu der kleinen Bucht hinab. Das Wasser ist ein riesiger Spiegel, den der Himmel rosa und golden färbt. Genau in diesem einen Augenblick, in dem ich um die Kurve biege, gibt die Sonne – ein Bogen aus reinem Gold über dem Horizont – ihre letzten blitzenden Sonnenstrahlen ab, macht die Dunkelheit des Wassers zunichte, taucht alles für den Bruchteil einer Sekunde in Weiß und verschwindet dann, versinkt und nimmt das Rosa, das Rot und den Purpur aus dem Himmel mit sich, auf dessen ausgeblutetem Grund nichts als Dunkelheit zurückbleibt.

Alex hatte Recht. Es war großartig – einer der schönsten Sonnenuntergänge, die ich je gesehen habe.

Einen Moment kann ich mich nicht rühren oder irgendetwas anderes tun, als einfach nur keuchend und mit starrem Blick dazustehen. Dann überkommt mich Benommenheit. Ich bin zu spät. Die Aufseher müssen sich in der Zeit geirrt haben. Es ist inzwischen bestimmt nach halb neun. Selbst wenn Alex irgendwo an dieser sanft geschwungenen Bucht auf mich warten sollte, sind meine Aussichten, ihn zu finden und es vor der Ausgangssperre nach Hause zu schaffen, gleich null.

Meine Augen brennen und die Welt vor mir verschwimmt, Farben und Formen vermischen sich. Ich glaube schon, dass ich weine, und vor lauter Schreck vergesse ich alles – ich vergesse Enttäuschung und Frust, vergesse, wie ich mir Alex am Strand vorgestellt habe, vergesse den Gedanken an seine Haare, die die ersterbenden Sonnenstrahlen reflektieren wie blitzendes Kupfer. Ich kann mich nicht erinnern, wann ich das letzte Mal geweint habe. Es ist Jahre her. Ich wische mir mit dem Handrücken über die Augen und mein Blick wird wieder klar. Es ist nur Schweiß, stelle ich erleichtert fest; ich schwitze, der Schweiß läuft mir in die Augen. Trotzdem weicht das bleierne Gefühl nicht aus meinem Magen.

Ich bleibe ein paar Minuten mit gespreizten Beinen über dem Fahrrad stehen und umklammere den Lenker, bis ich mich etwas beruhigt habe. Ein Teil von mir würde am liebsten sagen: Scheiß drauf, sich auf den Sattel setzen und den Berg hinunter aufs Wasser zufliegen, während mir der Wind die Haare zerzaust – scheiß auf die Ausgangssperre, scheiß auf die Aufseher, scheiß auf alles. Aber ich kann nicht; ich könnte es nicht; ich könnte es niemals. Ich habe keine Wahl. Ich muss nach Hause.

In einem unsicheren Kreis wende ich mein Fahrrad und fahre die Straße wieder hinauf. Jetzt, nachdem mein Adrenalinspiegel gesunken ist, fühlen sich meine Beine an, als wären sie aus Eisen, und nach nicht mal fünfhundert Metern bin ich schon außer Atem. Diesmal halte ich bewusst nach Aufsehern, Polizei und Patrouillen Ausschau.

Auf dem Nachhauseweg rede ich mir ein, dass es so das Beste ist. Ich muss verrückt sein, im Halbdunkel herumzurasen, nur um mich mit irgendeinem Typen am Strand zu treffen. Außerdem gibt es doch für alles eine Erklärung: Er arbeitet in den Labors und hat sich vermutlich am Tag der Evaluierung aus irgendeinem völlig harmlosen Grund reingeschlichen – um aufs Klo zu gehen oder seine Wasserflasche aufzufüllen.

Und ich sage mir, dass ich mir das wahrscheinlich sowieso nur eingebildet habe – die Botschaft, das Treffen. Wahrscheinlich sitzt er irgendwo in seiner Wohnung und bereitet seine Seminare vor. Wahrscheinlich hat er die beiden Mädchen, die er heute bei den Labors getroffen hat, längst vergessen. Wahrscheinlich wollte er nur höflich sein und ein bisschen Small Talk machen.

Es ist das Beste so. Aber egal, wie häufig ich es wiederhole, das seltsame hohle Gefühl im Bauch geht nicht weg. Und so verrückt es ist, ich werde den hartnäckigen, bohrenden Eindruck nicht los, dass ich etwas vergessen oder übersehen habe oder für immer verloren.

sieben

Von allen Funktionssystemen des Körpers ist das kardiologische das empfindlichste. Die Hauptaufgabe der Gesellschaft besteht darin, es vor Infektion und Verfall zu bewahren, denn sonst steht die Zukunft der gesamten menschlichen Spezies auf dem Spiel. Wie eine Sommerfrucht mit Hilfe des ganzen Arsenals der modernen Landwirtschaft vor Schädlingsbefall, Quetschungen und Fäulnis geschützt wird, so müssen wir auch das Herz schützen.

»Rolle und Zweck der Gesellschaft«,
Das Buch Psst

Ich bin nach Maria Magdalena benannt, die beinahe an der Liebe gestorben wäre. »Mit Deliria infiziert und die gesellschaftlichen Regeln missachtend, verliebte sie sich in Männer, die sie nicht haben wollten oder nicht für sie sorgen konnten« (Das Buch der Klagelieder, Maria 13,1).

Wir haben in Bibelwissenschaften alles darüber gelernt. Erst kam Johannes, dann Matthäus, dann Jeremia, Petrus und Judas und viele andere namenlose Männer.

Ihre letzte Liebe war ihre größte, heißt es: ein Mann namens Joseph, der sein ganzes Leben über Junggeselle gewesen war und sie auf der Straße auflas, verletzt, gebrochen und halb wahnsinnig von der Deliria. Es ist umstritten, was für ein Mann Joseph war – ob er rechtschaffen war oder nicht, ob er selbst je der Krankheit verfiel –, aber auf jeden Fall kümmerte er sich gut um sie. Er pflegte sie gesund und versuchte ihr Frieden zu bringen.

Doch dafür war es bereits zu spät. Ihre Vergangenheit quälte sie, all die gescheiterten, zerstörten Liebschaften, das Übel, das sie anderen zugefügt hatte und das ihr widerfahren war. Sie aß kaum etwas; sie weinte den ganzen Tag; sie klammerte sich an Joseph und flehte ihn an, sie nie zu verlassen, fand jedoch keinen Trost in seiner Güte.

Und dann wachte sie eines Morgens auf und Joseph war weg – ohne ein Wort oder eine Erklärung. An diesem letzten Verlust zerbrach sie schließlich und sie warf sich zu Boden und flehte Gott an, sie von ihrer Not zu befreien.

Er erhörte ihre Gebete und in seiner unendlichen Güte erlöste er sie stattdessen vom Fluch der Deliria, die allen Menschen als Strafe für die Sünde Adams und Evas auferlegt worden war. In gewissem Sinne war Maria Magdalena die allererste Geheilte.

»Und so wandelte sie nach Jahren des Leids und des Schmerzes rechtschaffen und in Frieden bis ans Ende ihrer Tage« (Das Buch der Klagelieder, Maria 13,21).

Ich fand es immer eigenartig, dass mich meine Mutter Magdalena genannt hat. Sie glaubte doch gar nicht an das Heilmittel. Das war ja genau ihr Problem. Und im Buch der Klagelieder geht es die ganze Zeit um die Gefahren der Deliria. Ich habe viel darüber nachgedacht und bin schließlich zu dem Schluss gekommen, dass meine Mutter wohl trotz allem wusste, dass sie falschlag: dass das Heilmittel und der Eingriff das Beste waren. Ich glaube, dass sie bereits damals wusste, was sie tun würde – sie wusste, was passieren würde. Wahrscheinlich war mein Name auf eine gewisse Weise ihr Abschiedsgeschenk für mich. Er war eine Botschaft.

Ich glaube, sie wollte mir damit sagen: *Vergib mir. Irgendwann wird dir sogar dieser Schmerz genommen.*

Seht ihr? Egal, was alle sagen, ich weiß, sie war nicht ganz schlecht.

In den nächsten zwei Wochen bin ich so beschäftigt wie nie. Der Sommer erfüllt Portland mit aller Macht. Anfang Juni war zwar die Hitze schon da, aber noch nicht die Farbe – die Grüntöne waren blass und zurückhaltend, morgens war es empfindlich kühl –, jetzt, in der letzten Schulwoche, sind die Farben sensationell kräftig: unglaublich blaue Himmel und purpurfarbene Gewitter und pechschwarze Nächte und Blumen so leuchtend rot wie Blutflecken. Jeden Tag ist nach der Schule irgendeine Versammlung oder Zeremonie oder Abschlussparty. Hana wird zu allen eingeladen; ich zu den meisten, was mich überrascht.

Harlowe Davis – die wie Hana im West End wohnt und deren Vater irgendwas für die Regierung macht – lädt mich zu einem »zwanglosen Abschieds-Ding« ein. Ich wusste noch nicht mal, dass sie meinen Namen kennt – immer wenn sie mit Hana geredet hat, ist ihr Blick über mich hinweggestrichen, als wäre ich mehr nicht wert. Ich gehe trotzdem hin. Ich war schon immer neugierig auf ihr Haus und es entpuppt sich als genauso spektakulär, wie ich es mir vorgestellt habe. Ihre Familie hat auch ein Auto und überall Elektrogeräte, die ganz offensichtlich täglich benutzt werden, Waschmaschinen und Trockner und riesige Kronleuchter mit Dutzenden und Aberdutzenden von Glühbirnen. Harlowe hat fast die ganze Abschlussklasse eingeladen – wir sind insgesamt siebenundsechzig und auf der Party sind so um die fünfzig –, weshalb ich mich gleich weniger bevorzugt fühle, aber es macht trotzdem Spaß. Wir sitzen im Garten, während die Haushälterin mit immer mehr Platten voll Essen rein- und rausläuft – Krautsalat und Kartoffelsalat und andere Beilagen –, und ihr Vater wendet Spareribs und Hamburger auf dem riesigen rauchenden Grill. Ich esse, bis ich das Gefühl habe, gleich zu platzen, und muss mich auf die Decke zurücksinken lassen, auf der ich mit Hana sitze. Wir bleiben fast bis zur Ausgangssperre dort, als die Sterne durch einen dunkelblauen Vorhang linsen, die Mücken alle auf einmal auffliegen und wir kreischend und lachend nach ihnen schlagen und zurück ins Haus rennen. Nachher denke ich, dass dies einer der schönsten Tage seit langem war.

Sogar Mädchen, die ich gar nicht besonders leiden kann – wie Shelly Pierson, die mich seit der sechsten Klasse hasst, weil ich beim Wissenschaftswettbewerb gewonnen habe und sie nur Zweite geworden ist –, werden plötzlich nett. Wahrscheinlich liegt es daran, dass wir alle wissen, das Ende rückt näher. Die meisten von uns werden sich nach dem Schulabschluss nicht wiedersehen, und selbst wenn, wird es anders sein. *Wir* werden anders sein. Wir werden erwachsen sein, geheilt, markiert, etikettiert, identifiziert, mit einem Partner versehen und ordentlich auf unseren Lebensweg gesetzt, perfekte runde Murmeln, die in gleichmäßigen, gespurten Bahnen rollen.

Theresa Katz wird schon vor dem Ende der Schulzeit achtzehn und wird geheilt; Morgan Dell auch. Sie fehlen ein paar Tage und kommen kurz vor dem Schulabschluss wieder. Die Veränderung ist unglaublich. Sie wirken jetzt friedlich, reif und irgendwie weit weg, als wären sie von einer dünnen Eisschicht umgeben. Noch vor zwei Wochen war Theresas Spitzname Theresa Kotz und alle haben sich über sie lustig gemacht, weil sie immer so gebeugt ging und an ihren Haarspitzen kaute und generell ziemlich unordentlich war, aber jetzt geht sie aufrecht, die Augen geradeaus gerichtet, die Lippen zu einem kaum wahrnehmbaren Lächeln verzogen, und alle treten auf dem Gang ein Stück zur Seite, wenn sie vorbeikommt. Das Gleiche gilt für Morgan. Es ist, als wären ihre ganze Unsicherheit und Befangenheit zusammen mit der Krankheit verschwunden. Nicht mal Morgans Beine zittern mehr. Immer wenn sie im Unterricht etwas sagen musste, wurde das Zittern so schlimm, dass ihr Tisch wackelte. Aber nach dem Eingriff – *zack!* – ist es einfach so weg. Natürlich sind sie nicht die ersten geheilten Mädchen in unserer Klasse – Eleanor Rana und Annie Hahn wurden beide bereits im Herbst geheilt und ein halbes Dutzend anderer Mädchen hatte den Eingriff in diesem Halbjahr –, aber bei diesen beiden ist der Unterschied irgendwie augenfälliger.

Mein Countdown läuft weiter. Einundachtzig Tage, dann achtzig, dann neunundsiebzig.

Willow Marks kehrt nicht mehr in die Schule zurück. Gerüchte dringen bis zu uns durch – dass sie ihren Eingriff hatte und er gut verlaufen ist; dass sie ihren Eingriff hatte, ihr Gehirn verrücktspielt und sie vielleicht in die Grüfte eingewiesen wird, eine Kombination aus Gefängnis und psychiatrischer Anstalt; dass sie in die Wildnis geflohen ist. Nur eins ist sicher: Die gesamte Familie Marks steht jetzt unter ständiger Überwachung. Die Aufseher machen Mr und Mrs Marks – und die gesamte Verwandtschaft – dafür verantwortlich, ihre Tochter nicht anständig erzogen zu haben, und nur wenige Tage nachdem Willow angeblich im Deering Oaks Park aufgegriffen wurde, höre ich mit, wie meine Tante und mein Onkel sich flüsternd darüber unterhalten, dass Willows Eltern beide gefeuert worden sind. Eine Woche später heißt es, dass sie zu einem entfernten Verwandten ziehen mussten. Offenbar wurden ihre Scheiben immer wieder mit Steinen eingeworfen und über die ganze Seite ihres Hauses wurde groß SYMPATHISANTEN geschrieben. Das ergibt alles keinen Sinn, denn es war bekannt, dass Mr und Mrs Marks darauf gedrängt hatten, man solle bei ihrer Tochter den Eingriff trotz des Risikos früh durchführen, aber wie meine Tante sagt: So verhalten sich Leute, wenn sie Angst haben. Alle haben Panik davor, dass die Deliria irgendwie in größerem Ausmaß ihren Weg nach Portland findet. Alle wollen eine Epidemie vermeiden.

Die Familie Marks tut mir natürlich leid, aber so liegen die Dinge nun mal. Es ist wie mit den Aufsehern: Man ist möglicherweise nicht so begeistert von den Patrouillen und Personenkontrollen, aber da man ja weiß, dass das alles nur der eigenen Sicherheit dient, ist es unmöglich, sich *nicht* kooperativ zu verhalten. Und es klingt vielleicht schrecklich, aber lange denke ich nicht über Willows Familie nach. Es gibt einfach zu viele

Highschool-Abschlussformulare abzuheften und nervöse Energie zu verarbeiten, Schließfächer auszuräumen und letzte Arbeiten zu schreiben und Leute, von denen man sich verabschieden muss.

Hana und ich finden kaum Zeit, gemeinsam zu laufen. Wenn wir es tun, halten wir uns in stiller Übereinkunft an unsere alten Strecken. Es wundert mich, dass sie den Nachmittag bei den Labors nie wieder erwähnt. Aber Hanas Verstand ist immer sehr sprunghaft und jetzt ist sie besessen von einer Grenzverletzung im Norden, die angeblich auf das Konto der Invaliden geht. Ich erwäge noch nicht einmal, wieder zu den Labors zu gehen, nicht eine einzige Sekunde. Ich beschäftige mich mit allem und jedem außer den immer noch offenen Fragen über Alex – was mir nicht einmal so schwerfällt. Inzwischen kann ich kaum noch glauben, dass ich einen Abend lang durch die Straßen von Portland geradelt bin und sowohl Carol als auch die Aufseher angelogen habe, nur um mich mit ihm zu treffen. Schon am nächsten Tag kam es mir vor wie ein Traum oder ein Trugbild. Ich muss vorübergehend verrückt geworden sein: Mein Hirn war vom Laufen in der Hitze durcheinandergeraten.

Bei der Entlassungszeremonie am letzten Schultag sitzt Hana drei Reihen vor mir. Als sie auf dem Weg zu ihrem Platz an mir vorbeigeht, greift sie nach meiner Hand – drückt zweimal lang, zweimal kurz –, und als sie sich setzt, kippt sie den Kopf nach hinten, so dass ich sehen kann, was sie mit Filzstift oben auf ihre Abschlussmütze geschrieben hat: GOTT SEI DANK! Ich muss mir das Lachen verkneifen und sie dreht sich um und sieht mich mit einem gespielt strengen Blick an. Wir sind alle ganz ausgelassen und ich habe mich den Mädchen der St.-Anne-Schule nie so nah gefühlt wie an diesem Tag – wie wir alle in der Sonne schwitzen, die wie ein übertriebenes Lächeln auf uns herabstrahlt, uns mit den Abschlussbroschüren Luft zufächeln, versuchen nicht zu gähnen oder die Augen zu verdrehen, während Schulleiter McIntosh irgendwas von »Erwachsensein« und »unserem Eintritt in die Gemeinschaftsordnung« faselt, wie wir uns gegenseitig anstoßen und an den Kragen unserer kratzigen Roben zerren, um ein bisschen Luft abzukriegen.

Unsere Familien sitzen auf weißen Plastikklappstühlen unter einer cremeweißen Zeltplane, an der lauter Flaggen flattern: die Schulflagge, die Stadtflagge, die Staatsflagge, die amerikanische Flagge. Sie klatschen höflich für jede Absolventin, die auf die Bühne geht, um ihre Urkunde entgegenzunehmen. Als ich dran bin, lasse ich den Blick auf der Suche nach meiner Tante und meiner Schwester über das Publikum schweifen, aber ich habe solche Angst davor, zu stolpern und zu stürzen, während ich meinen Platz auf der Bühne einnehme und mir Schulleiter McIntosh die Urkunde überreicht, dass ich nichts weiter sehe als Farben – Grün, Blau, Weiß, ein Durcheinander aus rosa und braunen Gesichtern. Im Rauschen der klatschenden Hände kann ich keine einzelnen Geräusche ausmachen. Nur Hanas Stimme, laut und deutlich wie eine Glocke: »Halleluja, Halena!« Das ist unser spezieller Anfeuerspruch, den wir vor Leichtathletikwettkämpfen und Arbeiten immer gerufen haben, eine Kombination aus unseren beiden Namen.

Anschließend stellen wir uns auf, um jeweils mit unserer Urkunde fotografiert zu werden. Ein offizieller Fotograf ist extra dafür engagiert worden und mitten auf dem Fußballfeld wurde ein dunkelblauer Hintergrund aufgestellt, vor dem wir alle posieren. Wir sind allerdings zu aufgeregt, um das mit den Bildern ernst zu nehmen. Dauernd beugt sich jemand lachend vor, so dass man auf den Fotos nichts weiter sieht als den Scheitel.

Bei mir springt im letzten Moment Hana dazu und legt mir einen Arm um die Schultern, und der Fotograf ist so überrascht, dass er trotzdem abdrückt. *Klick!* Und so sehen wir aus: Ich wende mich mit offenem Mund gerade Hana zu, kurz davor, in Gelächter auszubrechen. Sie ist einen ganzen Kopf größer als ich, hat die Augen geschlossen und den Mund auf. Ich glaube wirklich, dass dieser Tag etwas Besonderes an sich hatte, vielleicht sogar Magisches, denn obwohl mein Gesicht ganz rot ist und die Haare auf meiner Stirn verschwitzt aussehen, ist es, als hätte Hana ein bisschen auf mich abgefärbt – trotz allem und nur auf diesem einen Foto bin ich hübsch. Mehr als hübsch. Sogar schön.

Die Schulband spielt die ganze Zeit, meistens richtig, und die Musik strömt über den Platz. Die Vögel, die durch die Luft kreisen, antworten darauf. Es ist, als würde etwas von uns genommen, ein riesiger Druck, und bevor ich noch weiß, wie mir geschieht, drängen sich alle meine Mitschülerinnen zu einer riesigen Umarmung zusammen. Wir springen auf und ab und kreischen: »Geschafft! Geschafft! Geschafft!« Und weder Eltern noch Lehrer versuchen uns zu trennen. Als wir uns voneinander lösen, sehe ich, wie sie im Kreis um uns herumstehen und uns mit geduldigen Mienen und gefalteten Händen beobachten. Ich fange den Blick meiner Tante auf und mein Magen verknotet sich. Ich weiß, dass sie uns wie alle anderen diesen Moment schenkt – unseren letzten gemeinsamen Moment, bevor sich die Dinge für immer verändern.

Und die Dinge werden sich verändern – sie tun es jetzt schon, in diesem Augenblick. Als sich die Traube in kleinere Grüppchen trennt und sich aus diesen dann einzelne Personen lösen, sehe ich, wie Theresa Katz und Morgan Dell bereits über den Rasen in Richtung Straße gehen. Sie gehen beide mit ihren Familien weg, den Kopf gesenkt, ohne auch nur einmal zurückzublicken. Mir fällt auf, dass sie nicht mit uns gefeiert haben, und ebenso, dass ich Eleanor Rana, Annie Hahn und die anderen Geheilten auch nicht gesehen habe. Sie müssen schon nach Hause gegangen sein. Ein eigenartiger Schmerz kriecht in meine Kehle, obwohl die Dinge eben so sind: Alles ist irgendwann zu Ende, die Leute machen weiter, blicken nicht zurück. So soll es ja sein.

Ich erblicke Rachel in der Menge und laufe zu ihr, plötzlich will ich unbedingt in ihrer Nähe sein. Ich wünschte, sie würde die Hand ausstrecken und mir durchs Haar wuscheln, wie früher, als ich noch ganz klein war, und sagen: »Gut gemacht, kleiner Spinner«, ihr alter Spitzname für mich.

»Rachel!« Völlig ohne Grund bin ich außer Atem und es fällt mir schwer, die Worte hervorzubringen. Ich freue mich so, sie zu sehen, dass ich in Tränen ausbrechen könnte. Was ich natürlich nicht tue. »Du bist gekommen.«

»Natürlich bin ich gekommen.« Sie lächelt mich an. »Du bist meine einzige Schwester, schon vergessen?« Sie reicht mir einen Strauß Blumen, den sie mitgebracht hat, locker in braunes Papier eingeschlagen. »Herzlichen Glückwunsch, Lena.«

Ich berge mein Gesicht in den Blumen und atme ihren Duft ein, um den Drang zu unterdrücken, Rachel zu umarmen. Einen Augenblick stehen wir einfach da und blinzeln uns an, dann streckt sie den Arm nach mir aus. Ich bin sicher, sie wird den alten Zeiten zuliebe den Arm um mich legen oder mich wenigstens kurz drücken.

Stattdessen streicht sie mir nur eine Haarsträhne aus der Stirn. »Iih«, sagt sie, immer noch lächelnd. »Du bist ganz verschwitzt.«

Es ist dumm und unreif, enttäuscht zu sein, aber trotzdem bin ich es. »Das liegt an der Robe«, sage ich und da wird mir klar, dass das in der Tat das Problem sein muss: Es ist die Robe, die mich würgt, mich erstickt, mir das Atmen schwer macht.

»Los, komm«, sagt sie. »Tante Carol will dir sicher auch gratulieren.«

Tante Carol steht zusammen mit meinem Onkel, Grace und Jenny am Rand des Platzes und unterhält sich mit Mrs Springer, meiner Geschichtslehrerin. Ich falle in Rachels Rhythmus ein. Sie ist nur ein paar Zentimeter größer als ich und wir gehen im Gleichschritt, aber etwa einen Meter voneinander entfernt. Sie schweigt. Mir ist bewusst, dass sie bereits darüber nachdenkt, wann sie wieder nach Hause und in ihr Leben zurückkehren kann.

Ich muss noch einen Blick zurückwerfen. Ich kann nicht anders. Ich sehe die Mädchen in ihren flammend orangefarbenen Roben umhergehen. Alles scheint weggezoomt zu werden und sich plötzlich von mir zurückzuziehen. Die Stimmen vermischen sich und lassen sich nicht mehr voneinander unterscheiden – wie das gleichmäßige Rauschen des Meeres, das den Rhythmus von Portland untermalt, so gleichmäßig, dass man es kaum bemerkt. Alles sieht schlicht und klar aus und reglos, als wäre es genau skizziert und dann mit Tinte nachgezeichnet worden – das starre Lächeln der Eltern, die blendenden Blitzlichter der Kameras, offene Münder und leuchtend weiße Zähne, dunkles glänzendes Haar, tiefblauer Himmel und unerbittliches Licht, alle ertrinken in Licht. Alles ist so deutlich zu sehen und so perfekt, dass ich mir sicher bin, es ist bereits eine Erinnerung oder ein Traum.

acht

H steht für Wasserstoff, mit Ordnungszahl eins,
Bei Fusion eine Wonne, wird heiß wie die Sonne,
Auch heller strahlt keins.

He steht für Helium, mit Ordnungszahl zwei,
Das edle Gas hebt die Welt wie Atlas,
Schwebt geisterhaft vorbei.

Li steht für Lithium, mit Ordnungszahl drei,
Brennt als Haufen aus Scheiten, die Toten zu begleiten –
Und bringt mir tödlichen Schlaf herbei.

Be steht für Beryllium, mit Ordnungszahl vier …

Aus den Gebeten der Elemente
(»Gebet und Studium«, *Das Buch Psst*)

In den Sommerferien muss ich meinem Onkel montags, mittwochs und samstags im *Stop-N-Save* helfen, meistens beim Regaleauffüllen und hinter der Aufschnitt-Theke, gelegentlich auch bei der Buchführung in dem kleinen Büro hinter dem Gang mit den Frühstücksflocken und Kurzwaren. Glücklicherweise wird Andrew Marcus Ende Juni geheilt und bekommt eine feste Stelle in einem anderen Lebensmittelgeschäft zugewiesen.

Am vierten Juli mache ich mich morgens auf den Weg zu Hanas Haus. Wir gehen jedes Jahr zum Feuerwerk im Eastern Promenade Park. Da spielt immer eine Band und Straßenverkäufer bauen ihre Buden auf, an denen sie gebratene Fleischspieße, Maiskolben und Apfelstrudel mit einer Lache Vanilleeis in kleinen Papierschiffchen verkaufen. Der vierte Juli – der Tag unserer Unabhängigkeit, der Tag, an dem wir die endgültige Schließung der Grenzen begehen – ist einer meiner Lieblingsfeiertage. Ich mag die Musik, die in den Straßen ertönt, mag es, wie dicker Rauch von den Grills aufsteigt und die Menschen schattenhaft und verschwommen wirken lässt. Vor allem mag ich die vorübergehende Verkürzung der Ausgangssperre: Alle Ungeheilten dürfen bis elf draußen bleiben. In den letzten Jahren haben Hana und ich eine Art Spiel daraus gemacht, die Zeit bis zur letzten Sekunde auszunutzen, und jedes Jahr waren wir knapper dran. Vergangenes Jahr betrat ich das Haus um genau 22:58 Uhr, mit hämmerndem Herzen und vor Erschöpfung zitternd – ich hatte rennen müssen. Aber als ich im Bett lag, konnte ich mir das Grinsen nicht verkneifen. Ich hatte das Gefühl, gerade noch mal davongekommen zu sein.

Ich tippe den vierstelligen Code an Hanas Haustür ein – sie hat ihn mir in der achten Klasse verraten und gesagt, es sei ein »Vertrauensbeweis«, aber auch, dass sie mich »von Kopf bis Fuß aufschlitzen« würde, wenn ich ihn an irgendjemanden weitergäbe – und betrete das Haus. Ich mache mir nicht die Mühe zu klopfen. Ihre Eltern sind fast nie zu Hause und Hana geht nicht an die Tür. Ich bin so ziemlich die Einzige, die sie besucht. Es ist komisch. Hana war immer beliebt in der Schule – die anderen sahen zu ihr auf und wollten sein wie sie –, aber obwohl sie total nett zu allen war, hat sie außer mir keine richtige Freundin.

Manchmal frage ich mich, ob sie sich wünscht, ihr wäre in der zweiten Klasse bei Mrs Jablonski eine andere Tischnachbarin zugeteilt worden, denn so haben wir uns kennengelernt. Hana heißt mit Nachnamen Tate und wir wurden in alphabetischer Reihenfolge gesetzt (damals benutzte ich bereits den Nachnamen meiner Tante, Tiddle). Ich frage mich, ob sie sich wünscht, sie wäre neben Rebecca Tralawny oder Katie Scarp oder sogar Melissa Portofino gesetzt worden. Manchmal habe ich das Gefühl, sie verdiente eine beste Freundin, die einfach ein bisschen weniger gewöhnlich ist. Hana hat mir mal gesagt, dass sie mich mag, weil ich echt bin – weil ich wirklich etwas fühle. Aber genau das ist ja das Problem: dass ich viel fühle.

»Hallo?«, rufe ich, sobald ich im Haus bin. In der Eingangshalle ist es wie immer dunkel und kühl. Auf meinen Armen bildet sich Gänsehaut. Egal, wie oft ich schon bei Hana war, ich bin immer wieder erstaunt, wie stark die Klimaanlage ist, die irgendwo tief in der Wand summt. Einen Augenblick stehe ich einfach nur da, atme den frischen Geruch nach Möbelpolitur, Fensterputzmittel und frisch geschnittenen Blumen ein. Aus Hanas Zimmer oben dringt Musik. Ich versuche das Lied zu erkennen, aber ich kann den Text nicht verstehen, höre nur die Bässe, die durch die Bodendielen hämmern.

Am Kopf der Treppe halte ich kurz inne. Hanas Zimmertür ist zu. Ich erkenne es eindeutig nicht, das Lied, das dort läuft – oder eigentlich eher dröhnt, so laut, dass ich mir ins Gedächtnis rufen muss, dass Hanas Haus auf allen vier Seiten von Bäumen und Rasen abgeschirmt wird und ihr niemand die Aufseher auf den Hals hetzen wird. Es ist vollkommen anders als alle Musik, die ich je gehört habe. Es ist eine kreischende, schrille, wilde Art Musik: Ich kann noch nicht mal sagen, ob der Sänger ein Mann oder eine Frau ist. Kleine elektrisch geladene Finger klettern meine Wirbelsäule hinauf, ein Gefühl, das ich immer als Kind hatte, wenn ich in die Küche schlich, um mir aus der Speisekammer einen Keks zu stibitzen – kurz bevor ich das Knarren und Knirschen der Schritte meiner Mutter in der Küche hinter mir hörte und schuldbewusst herumwirbelte, die Hände und das Gesicht voller Krümel.

Ich schüttele das Gefühl ab und stoße Hanas Tür auf. Sie sitzt am Computer, die Füße auf dem Tisch, wippt mit dem Kopf und klopft einen Rhythmus auf ihre Oberschenkel. Sobald sie mich sieht, wirft sie sich nach vorn und schlägt auf ihre Tastatur. Die

Musik verstummt augenblicklich. Eigenartigerweise wirkt die folgende Stille genauso laut.

Hana wirft die Haare über eine Schulter und rutscht vom Tisch weg. Etwas blitzt in ihrem Gesicht auf, ein Ausdruck, der zu schnell wieder weg ist, als dass ich ihn identifizieren könnte. »Hi«, flötet sie etwas zu fröhlich. »Hab dich gar nicht reinkommen hören.«

»Ich bezweifle, dass du mich gehört hättest, wenn ich die Tür eingetreten hätte.« Ich gehe zu ihrem Bett rüber und lasse mich darauffallen. Hana hat ein französisches Bett mit drei Daunenkissen. Es ist himmlisch. »Was war das?«

»Was war was?« Sie zieht die Knie an die Brust und dreht sich einmal mit ihrem Stuhl im Kreis. Ich stütze mich auf die Ellbogen und betrachte sie. Hana stellt sich nur dann so blöd, wenn sie etwas zu verbergen hat.

»Die Musik.«

Sie sieht mich immer noch verständnislos an.

»Das Lied, das du in voller Lautstärke gehört hast, als ich reinkam. Das, wovon mir fast die Trommelfelle geplatzt sind.«

»Ach *das*.« Hana pustet sich die Haarsträhnen aus dem Gesicht. Damit verrät sie sich auch. Immer wenn sie blufft, spielt sie ständig mit ihren Haaren herum. »Nur eine neue Band, die ich im Netz entdeckt habe.«

»Bei BEMF?«, hake ich nach. Hana ist Musikfan und hat früher Stunden damit verbracht, durch die BEMF zu surfen, die Bibliothek der erlaubten Musik und Filme.

Hana sieht weg. »Nicht direkt.«

»Was soll das heißen, ›nicht direkt‹?« Das Intranet wird wie alles in den Vereinigten Staaten zu unserem Schutz kontrolliert und beobachtet. Alle Webseiten, alle Inhalte werden von Regierungsstellen geschrieben, so auch die Liste der erlaubten Unterhaltung, die alle zwei Jahre aktualisiert wird. E-Books kommen in die BEB, die Bibliothek der erlaubten Bücher, Filme und Musik kommen in die BEMF, und gegen eine kleine Gebühr kann man das alles auf seinen Computer runterladen. Wenn man einen hat, versteht sich. Ich habe keinen.

Hana seufzt, die Augen immer noch abgewandt. Schließlich sieht sie mich an. »Kannst du ein Geheimnis für dich behalten?«

Jetzt setze ich mich ganz auf und rutsche an die Bettkante. Es gefällt mir nicht, wie sie mich ansieht. Ich bin misstrauisch. »Was ist los, Hana?«

»Kannst du ein Geheimnis für dich behalten?«, wiederholt sie.

Ich muss daran denken, wie ich am Tag der Evaluierung neben ihr vor den Labors stand und die Sonne auf uns runterknallte, wie sie ihren Mund an mein Ohr hielt, um etwas über Glück und Unglück zu flüstern. Plötzlich habe ich Angst um sie, *vor* ihr. Aber ich nicke und sage: »Ja, natürlich.«

»Gut.« Sie senkt den Blick, fummelt einen Augenblick am Saum ihrer Shorts herum, dann holt sie tief Luft. »Ich habe letzte Woche so einen Typen kennengelernt …«

»Was?« Ich falle beinahe vom Bett.

»Keine Panik.« Sie hebt eine Hand. »Er ist geheilt, okay? Er arbeitet für die Stadt. Als Zensor.«

Mein Herzschlag verlangsamt sich und ich lehne mich wieder gegen ihre Kissen. »Okay. Und?«

»Und«, sagt Hana und zieht das Wort lang, »er saß mit mir im Wartezimmer. Als ich bei der Physiotherapie war.« Hana hat sich im Herbst den Knöchel verstaucht und muss immer noch einmal die Woche zur Physiotherapie. »Und wir sind ins Gespräch gekommen.«

Sie schweigt. Ich kann nicht so recht erkennen, worauf die Sache rausläuft oder was das mit der Musik zu tun haben soll, die sie gehört hat, also warte ich einfach darauf, dass sie weiterspricht.

Das tut sie schließlich auch. »Wie auch immer, ich hab ihm von den Abschlussprüfungen erzählt und dass ich unbedingt auf die University of Southern Maine will, und er erzählte mir von seiner Arbeit – was er jeden Tag so macht, verstehst du. Er programmiert die Zugangsbeschränkungen im Netz, damit Leute nicht einfach irgendetwas schreiben, selbst etwas reinstellen oder falsche Informationen abgeben können, ›aufrührerische Ansichten‹« – sie setzt das in imaginäre Anführungsstriche und verdreht die Augen – »und lauter so Zeug. Er ist so was wie ein Intranet-Wachmann.«

»Aha«, sage ich. Am liebsten würde ich Hana auffordern, endlich zum Punkt zu kommen – ich weiß von den Sicherheitsbeschränkungen im Intranet, das wissen alle –, aber dann würde sie nur ganz verstummen.

Sie holt tief Luft. »Aber er programmiert nicht nur die Sicherheitsvorkehrungen. Er sucht auch nach Lücken, durch die zum Beispiel Einbrüche geschehen. Vor allem Hacker durchbrechen die gesamten Sicherungshürden und schaffen es, ihren eigenen Kram zu posten. Die Regierung nennt so was Springer – Webseiten, die vielleicht eine Stunde oder ein, zwei Tage zugänglich sind, bevor sie entdeckt werden, Webseiten voll mit unerlaubtem Kram – Meinungen, Foren, Videoclips und Musik.«

»Und du hast so eine Seite gefunden.« Ein flaues Gefühl hat sich in meinem Magen eingenistet. In meinem Hirn blitzen immer wieder Wörter auf wie eine blinkende Neonreklame: *illegal, Verhör, Überwachung. Hana.*

Ihr scheint nicht aufzufallen, dass ich völlig verstummt bin. Plötzlich ist sie wieder lebhaft, so ungestüm und energisch wie sonst, und sie beugt sich nach vorn und sprudelt hervor: »Nicht nur eine. Dutzende. Es gibt sie tonnenweise da draußen, man muss nur wissen, wie man suchen muss. *Wo* man suchen muss. Es ist unglaublich, Lena. All diese Leute – sie müssen übers ganze Land verteilt sein –, die sich durch die Schleifen und Lücken stehlen. Du solltest mal lesen, was die Leute schreiben. Über … über das Heilmittel. Es sind nicht nur die Invaliden, die nicht daran glauben. Es gibt Leute hier, überall, die nicht glauben …« Ich starre sie so durchdringend an, dass sie den Blick senkt und das Thema wechselt. »Und du solltest mal die Musik hören. Unglaubliche, erstaunliche Musik, so was hast du noch nie gehört, die reißt einem beinahe den Kopf weg. Da willst du nur schreien, auf und ab springen, Dinge kaputt schlagen, weinen …«

Hanas Zimmer ist groß – fast doppelt so groß wie mein Zimmer zu Hause –, aber es kommt mir vor, als rückten die Wände immer näher. Falls die Klimaanlage noch an ist, spüre ich sie zumindest nicht. Die Luft fühlt sich heiß und schwer an, wie feuchter Atem, und ich stehe auf und gehe ans Fenster. Hana bricht schließlich ab. Ich versuche das Fenster aufzuschieben, aber es rührt sich nicht vom Fleck. Ich drücke und ziehe am Rahmen.

»Lena«, sagt Hana zaghaft nach einer Weile.

»Es geht nicht auf.« Ich kann nichts weiter denken als: Ich brauche Luft. Der Rest meiner Gedanken ist eine verschwommene Mischung aus rauschenden Funkgeräten, Neonlichtern, Laborkitteln, Stahltischen und OP-Besteck – ein Bild von Willow Marks, die schreiend zu den Labors gezerrt wird, und von ihrem Haus, das mit Filzstiften und Farbe verschandelt ist.

»Lena«, sagt Hana erneut, lauter jetzt. »Komm schon.«

»Es klemmt. Das Holz muss sich von der Hitze verzogen haben. Es geht einfach nicht auf.« Ich stemme mich dagegen und das Fenster saust schließlich nach oben. Ein Knall ist zu hören, als der Riegel abspringt und mitten auf dem Boden landet. Einen Augenblick stehen Hana und ich da und starren ihn an. Die Luft, die durch das offene Fenster hereinströmt, hilft mir auch nicht. Draußen ist es noch heißer.

»Entschuldigung«, murmele ich. Ich kann Hana nicht ansehen.

»Ich wollte nicht … ich wusste nicht, dass es verriegelt war. Die Fenster bei uns zu Hause kann man nicht verriegeln.«

»Mach dir keine Gedanken wegen des Fensters. Das blöde Fenster ist mir egal.«

»Als Grace noch klein war, ist sie mal aus ihrem Gitterbett geklettert und hat es beinahe bis aufs Dach geschafft. Sie hat einfach das Fenster hochgeschoben und ist losgeklettert.«

»Lena.« Hana streckt die Arme aus und fasst mich an den Schultern. Ich weiß nicht, ob ich Fieber habe oder was los ist, alle fünf Sekunden wird mir abwechselnd heiß und kalt, aber bei ihrer Berührung durchfährt es mich eiskalt und ich zucke schnell zurück. »Du bist sauer auf mich.«

»Ich bin nicht sauer. Ich mache mir Sorgen.« Aber das ist nur die halbe Wahrheit. Ich bin doch sauer – wütend sogar. Die ganze Zeit über bin ich blind neben ihr hergetrottet, die dämliche Freundin, habe über unseren letzten gemeinsamen Sommer nachgedacht, mich wegen der Liste mit meinen potenziellen Partnern aufgeregt, wegen der Evaluierungen und Abschlussprüfungen und normalen Sachen, und sie hat die ganze Zeit genickt, gelächelt und gesagt: »Mh-mhm, ja, ich auch«, und: »Bestimmt geht alles gut«, und gleichzeitig hat sie sich hinter meinem Rücken in jemanden verwandelt, den ich nicht kenne – jemanden mit Geheimnissen und seltsamen Gewohnheiten und Meinungen über Dinge, an die wir eigentlich noch nicht mal *denken* sollten. Jetzt weiß ich auch, warum ich mich am Tag der Evaluierung so erschreckt habe, als sie sich zu mir umgedreht hat, um mir mit weit aufgerissenen, leuchtenden Augen etwas zuzuflüstern. Das war, als wäre sie für einen Augenblick verschwunden – meine beste Freundin, meine einzige echte Freundin – und an ihrer Stelle wäre dort eine Fremde.

Genau das ist die ganze Zeit über passiert: Hana hat sich langsam in eine Fremde verwandelt.

Ich drehe mich wieder zum Fenster.

Eine scharfe Klinge aus Traurigkeit durchbohrt mich. Wahrscheinlich wäre es irgendwann sowieso passiert. Ich wusste immer, dass es so kommen würde. Alle, denen du vertraust, alle, von denen du glaubst, du könntest auf sie zählen, enttäuschen dich irgendwann. Wenn man sie sich selbst überlässt, lügen die Menschen, haben Geheimnisse, verändern sich und verschwinden, manche hinter einem anderen Gesicht oder einem anderen Charakter, manche in dichtem Morgennebel hinter einer Klippe. Deshalb ist das Heilmittel so wichtig. Deshalb brauchen wir es.

»Hör zu, ich werde nicht gleich verhaftet, nur weil ich mir ein paar Webseiten angucke. Oder Musik höre oder so was.«

»Das könnte aber passieren. Es sind schon Leute für weniger verhaftet worden.« Das weiß sie auch. Sie weiß es, aber es ist ihr egal.

»Ja, okay, ich hab's satt.« Hanas Stimme zittert leicht, was mich aus dem Konzept bringt. Ich habe sie noch nie so verletzlich erlebt.

»Wir sollten noch nicht mal darüber reden. Irgendjemand könnte ...«

»Uns zuhören?«, beendet sie den Satz für mich. »Mein Gott, Lena, das hab ich auch satt. Du nicht? Immer aufpassen müssen, sich umdrehen, darauf achten, was man sagt, denkt, tut. Ich kann ... ich kann nicht atmen, nicht schlafen, mich nicht *bewegen*. Ich habe das Gefühl, als wären überall Mauern. Egal, wo ich hingehe – *zack!* Da ist eine Mauer. Egal, was ich will – *zack!* Wieder eine Mauer.«

Sie fährt sich mit der Hand durch die Haare. Ausnahmsweise sieht sie mal nicht hübsch und beherrscht aus. Sie sieht bleich und unglücklich aus und ihr Gesichtsausdruck erinnert mich an etwas, aber ich komme nicht darauf, was es ist.

»Es ist zu unserem eigenen Schutz«, sage ich und wünschte, ich klänge selbstbewusster. Ich konnte noch nie gut streiten. »Alles wird besser, sobald wir …«

Sie unterbricht mich erneut. »Sobald wir geheilt sind?« Sie lacht, ein kurzes, bellendes Geräusch, vollkommen humorlos, aber wenigstens widerspricht sie mir nicht direkt. »Klar. Das sagen alle.«

Plötzlich geht es mir auf: Sie erinnert mich an die Tiere, die wir mal bei einem Schulausflug zum Schlachthof gesehen haben. Alle Kühe standen nebeneinander in ihren Boxen und starrten uns stumm an, als wir vorbeigingen, mit demselben Ausdruck in den Augen, Angst und Resignation und noch etwas anderes. Verzweiflung. Nun bekomme ich wirklich Angst um Hana, geradezu Panik.

Aber als sie weiterspricht, klingt sie etwas ruhiger. »Vielleicht stimmt das. Dass es besser wird, sobald wir geheilt sind, meine ich. Aber bis dahin … Das ist unsere letzte Chance, Lena. Unsere letzte Chance, irgendwas zu tun. Unsere letzte Chance, eine Wahl zu treffen.«

Da ist das Wort vom Tag der Evaluierung wieder – *Wahl* –, aber ich nicke, weil ich nicht will, dass sie erneut loslegt. »Was willst du machen?«

Sie sieht weg, beißt sich auf die Lippe und ich kann erkennen, dass sie mit sich ringt, ob sie mir vertrauen soll oder nicht. »Da ist diese Party heute Abend …«

»Was?« Die Angst ist zurück.

Sie spricht schnell weiter: »Den Hinweis habe ich auf einer der Springerseiten gefunden – was mit Musik, ein paar Bands, die an der Grenze in Stroudwater auf einer der Farmen spielen.«

»Das ist ja wohl nicht dein Ernst. Du … du gehst da doch nicht wirklich hin, oder? Du denkst doch nicht etwa darüber nach?«

»Es ist sicher, okay? Ich versprech's dir. Diese Webseiten … es ist echt unglaublich, Lena, ich schwöre, du wärst begeistert, wenn du sie dir ansehen würdest. Sie sind versteckt. Meistens Links, die in normale Seiten mit offiziellem Regierungszeugs eingebettet sind, aber ich weiß nicht, irgendwie merkt man das, sie fühlen sich nicht richtig an, weißt du. Sie gehören nicht dahin.«

Ich klammere mich an ein einzelnes Wort. »Sicher? Wie kann das sicher sein? Dieser Typ, den du kennengelernt hast, der Zensor – seine Arbeit besteht genau darin, Leute aufzustöbern, die dumm genug sind, solche Sachen zu posten ...«

»Sie sind nicht *dumm,* im Gegenteil, sie sind total schlau ...«

»Ganz zu schweigen von den Aufsehern und Patrouillen und der Jugendwache und all dem anderen, das das Ganze zu einer bescheuerten Idee macht ...«

»Gut.« Hana hebt die Arme und lässt sie auf ihre Schenkel klatschen. Das Geräusch ist so laut, dass ich zusammenzucke. »Gut. Es ist also eine blöde Idee. Es ist riskant. Weißt du was? *Das ist mir egal.*«

Einen Augenblick herrscht Schweigen. Wir funkeln uns gegenseitig an und die Luft zwischen uns ist wie geladen, wie eine dünne elektrische Spule, die gleich explodieren wird.

»Und was ist mit mir?«, frage ich schließlich und bemühe mich, das Zittern in meiner Stimme zu unterdrücken.

»Du kannst gerne mitkommen. Halb elf, Roaring Brook Farm, Stroudwater. Musik. Tanzen. Weißt du – *Spaß*. Das, was wir haben sollten, bevor sie uns das halbe Gehirn rausschneiden.«

Ich ignoriere den letzten Teil ihres Kommentars. »Ich glaube nicht, Hana. Falls du es vergessen hast, wir haben heute Abend was anderes vor. Haben die letzten fünfzehn Jahre Pläne für diesen Abend gemacht.«

»Tja, nun, die Dinge ändern sich.« Sie kehrt mir den Rücken zu, aber ich habe das Gefühl, als hätte sie den Arm ausgestreckt und mir in den Bauch geboxt.

»Gut.« Meine Kehle ist zugeschnürt. Diesmal weiß ich, dass es ernst ist, und ich bin kurz davor, loszuheulen. Ich gehe zu ihrem Bett rüber und sammle meine Sachen ein. Natürlich ist meine Tasche umgekippt und jetzt ist Hanas Bettdecke von kleinen Papierschnipseln, Kaugummipapier, Münzen und Stiften übersät. Ich stopfe sie hastig zurück in meine Tasche und versuche die Tränen zurückzuhalten. »Mach heute Abend ruhig, was du willst. Ist mir egal.«

Vielleicht hat Hana ein schlechtes Gewissen, denn ihre Stimme wird etwas sanfter. »Im Ernst, Lena. Überleg doch, ob du mitkommen willst. Wir kriegen schon keine Probleme, versprochen.«

»Das kannst du nicht versprechen.« Ich hole tief Luft und wünschte, meine Stimme würde aufhören zu zittern. »Das weißt du nicht. Du kannst nicht sicher sein.«

»Und *du* kannst nicht dauernd solche Angst haben.«

Das ist es: Das gibt den Ausschlag. Ich wirbele wütend herum, etwas Schwarzes und Urtümliches steigt in mir auf. »*Natürlich* habe ich Angst. Und zwar *zu Recht*. Und wenn du keine Angst hast, liegt das nur daran, dass du dein perfektes kleines Leben führst und deine perfekte kleine Familie hast und für dich alles perfekt, perfekt, perfekt ist. Du *siehst* das nicht. Du *kapierst* das nicht.«

»Perfekt? Glaubst du das? Glaubst du, mein Leben ist perfekt?« Ihre Stimme ist ruhig, aber voller Wut.

Ich würde am liebsten vor ihr zurückweichen, aber ich zwinge mich dazu, stehen zu bleiben. »Ja, das glaube ich.«

Sie stößt erneut ein bellendes Lachen aus, ein kurzer, heftiger Laut. »Du glaubst also, das hier ist es, hm? Mehr kann man nicht erwarten?« Sie dreht sich mit ausgestreckten Armen einmal um sich selbst, so als umarme sie das Zimmer, das Haus, alles.

Ihre Frage erschreckt mich. »Was denn sonst?«

»*Alles*, Lena.« Sie schüttelt den Kopf. »Hör zu, ich werde mich nicht entschuldigen. Ich weiß, du hast deine Gründe dafür, ängstlich zu sein. Was mit deiner Mutter passiert ist, ist fürchterlich …«

»Lass meine Mutter da raus.« Mein Körper ist angespannt, wie elektrisiert.

»Aber du kannst sie nicht weiterhin für alles verantwortlich machen. Sie ist seit über zehn Jahren tot.«

Die Wut verschluckt mich, ein dicker Nebel. Mein Verstand rast wild dahin wie Räder über Eis und stößt wahllos gegen Wörter: *Angst. Verantwortlich. Vergiss das nicht. Mom. Ich liebe dich.* Und jetzt wird mir klar, dass Hana wirklich eine falsche Schlange ist – sie hat lange darauf gewartet, mir das zu sagen, hat darauf gewartet, sich hereinzuwinden, so tief und schmerzhaft es geht, und zuzubeißen.

»Leck mich.« Das sind die beiden Wörter, die schließlich rauskommen.

Sie hebt beide Hände. »Hör zu, Lena, ich sage nur, du musst dich davon losmachen. Du bist ihr *überhaupt* nicht ähnlich. Und du wirst nicht so enden wie sie. Das steckt nicht in dir.«

»Leck mich.« Sie versucht nett zu sein, aber mein Verstand lässt nichts mehr hinein und die Worte kommen von allein, stolpern übereinander, und ich wünschte, jedes einzelne wäre ein Hieb in ihr Gesicht, *zackzackzackzack*. »Du weißt nicht das Geringste über sie. Und du weißt nichts über mich. Du weißt überhaupt nichts.«

»Lena.« Sie streckt die Hand nach mir aus.

»Fass mich nicht an.« Ich stolpere rückwärts, schnappe mir meine Tasche, stoße gegen ihren Schreibtisch, als ich auf die Tür zugehe. Meine Sicht ist verschwommen und ich kann kaum das Treppengeländer erkennen. Ich strauchele, falle beinahe die Treppe runter, taste mich bis zur Haustür. Ich denke, Hana ruft vielleicht hinter mir her, aber alles wird von einem Dröhnen, einem Rauschen in meinem Kopf übertönt. Sonnenschein, strahlendes, strahlendes weißes Licht – kaltes stechendes Eisen unter meinen Fingern, das Tor –, der Geruch nach Meer, Benzin. Heulen, das immer lauter wird. Ein wiederkehrendes Schmettern: *Tuut, tuut, tuut.*

Ganz plötzlich wird mein Kopf wieder klar und ich springe gerade noch rechtzeitig von der Straße, bevor ich von einem Polizeiauto überfahren werde, das mit dröhnender Hupe und jaulender Sirene an mir vorbeibraust und mich hustend inmitten von Dreck und Staub zurücklässt. Meine Kehle schmerzt so stark, dass ich würgen muss, und als ich schließlich den Tränen freien Lauf lasse, ist das eine große Erleichterung, wie wenn man etwas Schweres fallen lässt, nachdem man es lange Zeit getragen hat. Als ich einmal angefangen habe zu weinen, kann ich nicht wieder aufhören, und den ganzen Nachhauseweg über muss ich alle paar Sekunden mit der Handfläche über die Augen reiben und die Tränen wegwischen, damit ich sehen kann, wohin ich gehe. Ich tröste mich mit dem Gedanken, dass mir das alles in weniger als zwei Monaten nichtig vorkommen wird. Es wird von mir abfallen und ich werde neu und frei wiederauferstehen wie ein Vogel, der sich in die Lüfte schwingt.

Und genau das versteht Hana nicht. Für einige von uns geht es um mehr als die Deliria. Einige von uns, die Glücklichen, bekommen die Chance, wiedergeboren zu werden: neuer, frischer, besser. Genesen und wieder ganz und perfekt, wie ein missgestaltetes Stück Eisen, das glühend, glitzernd und messerscharf aus dem Feuer kommt.

Das ist alles, was ich will – alles, was ich immer wollte. Das ist die Verheißung, die das Heilmittel birgt.

neun

Herr, halte unsere Herzen fest;
So, wie du die Planeten in ihrer Umlaufbahn hältst und das Chaos
ihrer Entstehung kühltest –
So, wie die Schwerkraft deines Willens Stern um Stern am Bersten hindert,
Verhindert, dass Meer sich in Staub, Staub sich in Wasser verwandelt,
Die Planeten vor der Kollision bewahrt,
Die Sonne vor dem Zerspringen –
So, Herr, halte auch unsere Herzen fest
In stetiger Umlaufbahn
Und führe sie auf dem richtigen Weg.

Psalm 21
(Aus: »Gebet und Studium«, *Das Buch Psst*)

Selbst als ich an diesem Abend im Bett liege, wiederholen sich Hanas Worte endlos in meinem Kopf. *Du wirst nicht so enden wie sie. Das steckt nicht in dir.* Ich weiß, dass sie das nur gesagt hat, um mich zu trösten – es sollte mich beruhigen, aber aus irgendeinem Grund tut es das nicht. Aus irgendeinem Grund regt es mich auf; in meiner Brust ist ein tiefer Schmerz, als steckte dort ein kaltes, scharfes Messer.

Es gibt noch etwas, das Hana nicht versteht: meine Gedanken und Sorgen wegen der Krankheit und die Unsicherheit, ob ich eine Veranlagung dazu geerbt habe – das ist alles, was mir von meiner Mutter geblieben ist. Die Krankheit ist das Einzige, was ich von ihr weiß. Es ist das Bindeglied zwischen uns.

Abgesehen davon habe ich nichts.

Nicht, dass ich keine Erinnerungen an sie hätte. Die gibt es – sogar eine ganze Menge, dafür, dass ich noch sehr klein war, als sie gestorben ist. Ich erinnere mich, wie sie mich nach draußen schickte, nachdem es gerade frisch geschneit hatte, um Pfannen mit Schnee vollzupacken. Sobald wir wieder drinnen waren, tröpfelten wir Ahornsirup in die schneegefüllten Pfannen und sahen zu, wie er fast augenblicklich zu bernsteinfarbenen Bonbons erstarrte, schleifenförmig und zerbrechlich, zuckrige Filigranarbeiten wie essbare Schnürsenkel. Ich weiß noch, wie gern sie uns etwas vorsang, wenn sie uns am Strand unterhalb des Eastern Promenade Park ins Wasser tauchte. Ich wusste damals nicht, wie seltsam das war. Andere Mütter bringen ihren Kindern auch das Schwimmen bei. Andere Mütter tauchen ihre Babys auch ins Wasser und cremen sie mit Sonnencreme ein und tun all diese Dinge, die eine Mutter laut dem Kapitel über Elternschaft im *Buch Psst* tun sollte.

Aber sie singen nicht.

Ich weiß noch, dass sie mir Teller mit Buttertoast brachte, wenn ich krank war, und mich auf meine Verletzungen küsste, wenn ich hingefallen war. Und ich weiß noch, dass eine Frau einmal, als sie mich aufhob und mich in ihren Armen hin- und herzuwiegen begann, nachdem ich vom Fahrrad gestürzt war, nach Luft schnappte und sagte: »Sie sollten sich schämen«, und ich verstand nicht, warum, und weinte noch mehr. Danach tröstete sie mich nur noch, wenn wir allein waren. In der Öffentlichkeit runzelte sie die Stirn und sagte: »War doch nicht so schlimm, Lena. Steh auf.«

Wir tanzten auch ausgelassen. Meine Mutter nannte das »Sockenparty«, weil wir die Teppiche im Wohnzimmer aufrollten, unsere dicksten Socken anzogen und dann über die hölzernen Dielen rutschten und schlitterten. Sogar Rachel machte mit, obwohl sie immer betonte, sie sei schon zu alt für Babyspiele. Meine Mutter zog die Vorhänge zu, stopfte Kissen unter die Vorder- und die Hintertür und drehte die Musik auf. Wir mussten so lachen, dass ich jedes Mal Bauchschmerzen hatte, wenn ich ins Bett ging.

Irgendwann verstand ich, dass sie die Vorhänge an den Sockenpartyabenden zuzog, damit die Patrouillen nicht auf uns aufmerksam wurden, dass sie die Türspalte mit Kissen verstopfte, damit die Nachbarn uns nicht anzeigten, weil wir Musik hörten und zu viel lachten, beides potenzielle Symptome der Deliria. Ich verstand, dass sie das Armeeabzeichen meines Vaters – einen silbernen Dolch, ein Erbstück von dessen Vater, den sie ständig an einer Kette um den Hals trug – unter ihren Hemdkragen schob, sobald wir das Haus verließen, damit niemand es sah und Verdacht schöpfte. Ich verstand, dass die glücklichsten Momente meiner Kindheit eine Lüge waren. Sie waren falsch, gefährlich und illegal. Sie waren sonderbar. Meine *Mutter* war sonderbar, ein Freak, und wahrscheinlich habe ich diese Sonderbarkeit von ihr geerbt.

Eigentlich frage ich mich zum ersten Mal, was sie in der Nacht gefühlt und gedacht haben muss, als sie zu den Klippen hinaus- und dann immer weiterging, die Füße in der Luft. Ich frage mich, ob sie wohl Angst hatte. Ich frage mich, ob sie an mich oder Rachel gedacht hat. Ich frage mich, ob es ihr leidtat, uns zurückzulassen.

Ich fange auch an, über meinen Vater nachzudenken. An ihn erinnere ich mich überhaupt nicht, obwohl ich einen schwachen, lange zurückliegenden Eindruck zweier warmer, rauer Hände habe. Und ich stelle mir ein großes Gesicht vor, das über meinem schwebt, aber ich glaube, das liegt nur daran, dass meine Mutter ein gerahmtes Foto von meinem Vater und mir in ihrem Schlafzimmer hatte. Ich war damals erst ein paar Monate alt und er hielt mich lächelnd im Arm und blickte in die Kamera. Aber es ist unmöglich, dass ich mich *wirklich* an ihn erinnere. Ich war noch nicht mal ein Jahr, als er starb. Krebs.

Die Hitze ist fürchterlich, kompakt, sie gerinnt an den Wänden. Jenny liegt mit weit ausgestreckten Armen und Beinen rücklings auf ihrer Bettdecke und atmet leise mit offenem Mund. Sogar Grace schläft fest und murmelt lautlos in ihr Kissen. Das ganze

Zimmer riecht nach feuchtem Atem, Haut, Zungen und warmer Milch.

Ich klettere aus dem Bett, bereits mit einer schwarzen Jeans und einem T-Shirt bekleidet. Ich habe mir nicht mal die Mühe gemacht, mir meinen Schlafanzug anzuziehen. Ich wusste, ich würde heute sowieso nicht schlafen können. Und bereits früher am Abend habe ich eine Entscheidung getroffen. Ich saß mit Carol, Onkel William, Jenny und Grace am Abendbrottisch, alle kauten und schluckten schweigend und starrten sich ausdruckslos an, und ich fühlte mich, als drückte die Luft auf mich herab und nähme mir den Atem wie zwei Fäuste, die sich fester und fester um einen mit Wasser gefüllten Luftballon schließen, als mir plötzlich etwas bewusst wurde.

Hana hat gesagt, es würde nicht in mir stecken, aber sie irrt sich.

Mein Herz klopft so laut, dass ich es hören kann, und ich bin mir sicher, dass es allen anderen genauso geht – dass meine Tante schon aufrecht in ihrem Bett sitzt, um mich zu schnappen und mir vorzuwerfen, dass ich mich hinausschleichen will. Was natürlich genau das ist, was ich vorhabe. Ich wusste gar nicht, dass ein Herz überhaupt so laut klopfen kann, und es erinnert mich an eine Kurzgeschichte von Edgar Allan Poe, die wir in Sozialkunde lesen mussten. Darin geht es um einen Mann, der jemanden umbringt und sich dann der Polizei stellt, weil er überzeugt ist, er könne das Herz des Toten unter seinen Dielenbrettern klopfen hören. Es ist eigentlich eine Geschichte über Schuld und die Gefahren des zivilen Ungehorsams, und als ich sie zum ersten Mal gelesen habe, fand ich sie irgendwie öde und melodramatisch. Aber jetzt verstehe ich sie. Poe muss sich ziemlich oft aus dem Haus geschlichen haben, als er jung war.

Mit angehaltenem Atem drücke ich die Schlafzimmertür auf und bete, dass sie nicht quietscht. Plötzlich stößt Jenny einen kleinen Schrei aus und mein Herz erstarrt. Aber dann dreht sie sich um, schlingt einen Arm um ihr Kissen und ich atme langsam aus. Sie schläft nur unruhig.

Im Flur ist es vollkommen dunkel, genau wie im Schlafzimmer meiner Tante und meines Onkels, und die einzigen Geräusche sind das Flüstern der Bäume draußen und das leise Ticken und Ächzen der Wände, der übliche arthritische Klang eines alten Hauses. Schließlich traue ich mich hinaus auf den Flur und ziehe die Zimmertür hinter mir zu. Ich gehe so langsam, dass es sich fast anfühlt, als würde ich mich gar nicht bewegen, und taste mich an den Beulen und Unebenheiten der Tapete bis zur Treppe, dann lasse ich meine Hand Zentimeter um Zentimeter das Geländer hinuntergleiten und gehe auf Zehenspitzen hinab. Selbst so kommt es mir vor, als kämpfte das Haus gegen mich, als wollte es unbedingt, dass ich erwischt werde. Bei jedem Schritt scheint etwas zu knarren, zu quietschen oder zu ächzen. Jedes einzelne Dielenbrett bebt und zittert unter meinen Füßen und ich fange an, in Gedanken mit dem Haus zu feilschen: *Wenn ich es bis zur Haustür schaffe, ohne Tante Carol zu wecken, schwöre ich bei Gott, dass ich nie wieder eine Tür zuknallen werde. Ich werde dich nie wieder »alte Bruchbude« nennen, noch nicht mal in Gedanken, und ich werde nie wieder den Keller verfluchen, wenn er mit Wasser vollläuft, und ich werde nie, nie, nie wieder gegen die Schlafzimmerwand treten, wenn ich sauer auf Jenny bin.*

Vielleicht hört mich das Haus wirklich, denn wundersamerweise schaffe ich es tatsächlich bis zur Tür. Ich halte noch einen Moment inne und lausche auf das Geräusch von Schritten im Obergeschoss, flüsternde Stimmen, irgendetwas – aber abgesehen von meinem Herzen, das immer noch kräftig und laut schlägt, ist es still. Sogar das Haus scheint zu zögern und sich auszuruhen, denn die Tür schwingt mit einem kaum wahrnehmbaren Flüstern auf und im letzten Augenblick, bevor ich in die Nacht hinaushusche, sind die Zimmer hinter mir so dunkel und leise wie ein Grab.

Auf dem Treppenabsatz zögere ich. Das Feuerwerk ist seit einer Stunde vorbei – ich habe die letzten stotternden Explosionen gehört, wie entfernte Gewehrsalven, als ich mich gerade fürs Bett fertig gemacht habe – und jetzt sind die Straßen seltsam still und vollkommen leer. Es ist kurz nach elf. Einige Geheilte sind bestimmt noch im Eastern Promenade Park unterwegs. Alle anderen sind zu Hause. Keine einzige Straßenlaterne brennt. Schon vor Jahren wurden außer in den reichsten Gegenden Portlands alle Laternen abgeschaltet und sie kommen mir vor wie erblindete Augen. Gott sei Dank scheint der Mond hell.

Ich lausche auf das Geräusch von vorbeiziehenden Patrouillen oder Aufsehergruppen – beinahe hoffe ich, etwas zu hören, weil ich dann wieder reingehen muss, ins Bett, in Sicherheit. Schon wieder beginnt mich die Panik zu durchbohren. Aber alles ist vollkommen still und ruhig, fast wie erstarrt. Die Stimme der Vernunft ruft mir laut zu, ich solle das Richtige, das Gute tun, umkehren und die Treppe wieder hinaufsteigen, aber die Sturheit irgendwo in meinem Inneren lässt mich weitergehen.

Ich laufe den Weg entlang und schließe mein Fahrrad vom Zaun los.

Mein Rad klappert etwas, vor allem, wenn man anfängt zu treten, deshalb gehe ich ein Stück zu Fuß die Straße entlang. Die Reifen surren beruhigend über den Asphalt. Ich war noch nie im Leben so spät draußen. Noch nie habe ich die Ausgangssperre missachtet. Aber neben meiner Furcht – die natürlich immer da ist, dieses beständige drückende Gewicht – kämpft sich ein kleines, zuckendes Gefühl der Aufregung nach oben und schiebt die Angst ein wenig zur Seite. So etwas wie: *Es ist alles okay, mir geht es gut, ich kann das.* Ich bin nur ein Mädchen – ein mittelmäßiges Mädchen, eins siebenundfünfzig, nichts Besonderes –, aber ich kann das, und keine Ausgangssperre und Patrouille der Welt kann mich aufhalten. Es ist unglaublich, was für ein gutes Gefühl mir dieser Gedanke gibt. Es ist unglaublich, wie er die Angst aufbricht, wie eine winzige Kerze, die mitten in der Nacht angezündet wird, die Umrisse der Dinge sichtbar macht und die Dunkelheit hinwegleuchtet.

Als ich das Ende der Straße erreiche, springe ich auf mein Fahrrad und spüre, wie der Gang einrastet. Der Fahrtwind ist angenehm, und ich achte darauf, nicht zu schnell zu fahren, und bin wachsam für den Fall, dass Aufseher in der Nähe sind. Glücklicherweise liegen Stroudwater und die Roaring Brook Farm genau in der entgegengesetzten Richtung des Eastern Promenade Park mit seinen Feierlichkeiten zum vierten Juli. Sobald ich den breiten Streifen Ackerland erreicht habe, der Portland wie ein Gürtel umgibt, dürfte es weniger gefährlich sein. Die Farmen und Schlachthäuser werden selten von Patrouillen kontrolliert. Aber erst muss ich noch durchs West End, wo reiche Leute wie Hana wohnen, durch Libbytown und auf der Congress Street Bridge über den Fore River. Glücklicherweise sind alle Straßen, in die ich einbiege, leer.

Stroudwater ist eine gute halbe Stunde entfernt, selbst wenn ich schnell fahre. Als ich die Halbinsel verlasse – mich von den Gebäuden und Geschäften im Zentrum von Portland entferne und die Außenbezirke erreiche –, werden die Häuser kleiner und stehen weiter auseinander, zurückgesetzt auf ungleichmäßigen Gärten voller Unkraut. Hier ist es noch nicht richtig bäuerlich, aber es sieht schon mehr nach Landleben aus: Pflanzen, die durch halb verfallene Veranden wachsen, eine Eule, die traurig in der Dunkelheit ruft, eine schwarze Sichel aus Fledermäusen, die plötzlich den Himmel durchschneidet. Vor fast allen diesen Häusern stehen Autos – genau wie vor den reicheren Häusern im West End –, aber diese hier stammen ganz offensichtlich vom Schrottplatz. Sie sind auf Betonblöcken aufgebockt und rostbedeckt. Einem wächst ein Baum genau durch das Sonnendach, als wäre das Auto gerade vom

Himmel gefallen und dort aufgespießt worden, und bei einem anderen ist kein Motor in der offenen Motorhaube. Als ich vorbeifahre, schreckt eine Katze miauend aus dem schwarzen Hohlraum auf und blinzelt mich an.

Nachdem ich den Fore River überquert habe, verschwinden die Häuser ganz und es reiht sich nur noch Feld an Feld und Farm an Farm. Ihre Namen – Meadow Lane, Sheepsbay und Willow Creek – klingen heimelig und nett, Orte, an denen vielleicht jemand Muffins backt und frische Milch fürs Buttern entrahmt. Aber in Wahrheit gehören die meisten Farmen großen Firmen, sind mit Vieh vollgestopft und werden häufig von Waisen betrieben.

Eigentlich mag ich diese Gegend, aber im Dunkeln ist es hier irgendwie unheimlich, so offen und vollkommen ausgestorben, und ich muss daran denken, dass es, wenn jetzt eine Patrouille käme, kein Versteck, keine Gasse gäbe, in die ich abbiegen könnte. Jenseits der Felder sehe ich die niedrigen dunklen Umrisse von Scheunen und Silos, einige davon brandneu, andere stehen kaum noch aufrecht und klammern sich an die Erde, als hätten sie sich mit Zähnen daran festgebissen. In der Luft liegt ein leicht süßlicher Geruch nach wachsenden Pflanzen und Dung.

Die Roaring Brook Farm liegt direkt an der Südwestgrenze. Sie ist schon seit Jahren verlassen, nachdem das halbe Hauptgebäude und zwei Getreidesilos bei einem Brand zerstört wurden. Ungefähr fünf Minuten bevor ich dort ankomme, meine ich ein kaum wahrnehmbares rhythmisches Hämmern durch das krächzende Lied der Grillen hindurch zu hören, aber eine Weile lang weiß ich nicht genau, ob ich es mir nur einbilde oder ob das vielleicht mein Herz ist, das wieder angefangen hat zu wummern. Etwas weiter vorne bin ich mir allerdings sicher. Noch bevor ich den kleinen Weg erreiche, der zur Scheune führt – oder zumindest zu dem Teil der Scheune, der noch steht –, tauchen plötzlich Musikfetzen auf und kristallisieren in der Nachtluft wie Regen, der sich plötzlich in Schnee verwandelt und zu Boden schwebt.

Jetzt habe ich wieder Angst. Das Einzige, was ich denken kann, ist: *falsch, falsch, falsch,* das Wort hämmert in meinem Kopf. Tante Carol würde mich umbringen, wenn sie wüsste, was ich hier tue. Mich umbringen oder mich in die Grüfte werfen lassen oder ins Labor schleppen, um den Eingriff vorzuziehen, so wie bei Willow Marks.

Als ich die Abzweigung nach Roaring Brook sehe und das große Metallschild, das im Boden steckt: STÄDTISCHES EIGENTUM, BETRETEN VERBOTEN, steige ich vom Fahrrad. Ich schiebe es ein Stückchen in den Wald neben der Straße. Das Farmhaus selbst und die alte Scheune sind immer noch hundertfünfzig bis zweihundert Meter entfernt, aber ich will mein Rad nicht weiter mitnehmen. Allerdings schließe ich es auch nicht ab. Sollte es eine Razzia geben – was Gott verhüten mag –, will ich nicht im Halbdunkel an einem Schloss rumfummeln müssen. Dann muss es schnell gehen.

Ich gehe um das BETRETEN VERBOTEN-Schild herum. Ich bin schon zu einer richtigen Expertin im Missachten von Schildern geworden und muss daran denken, wie Hana und ich über das Tor bei den Labors geklettert sind. Es ist seit langem das erste Mal, dass ich wieder an diesen Nachmittag denke, und gleich darauf steigt ein Bild von Alex vor mir auf, eine Erinnerung an ihn, wie er lachend mit zurückgelegtem Kopf auf der Tribüne steht.

Ich muss mich auf die Landschaft um mich herum konzentrieren, die Helligkeit des Mondes, die Wildblumen an der Straße. So kann ich das Gefühl, mich jeden Moment übergeben zu müssen, besser zurückdrängen. Ich weiß nicht genau, was mich dazu gebracht hat, das Haus zu verlassen, warum ich glaube Hana beweisen zu müssen, dass sie sich irrt, und ich versuche den Gedanken – der viel beunruhigender ist als alles andere – zu ignorieren, dass mein Streit mit Hana nur eine Ausrede war.

Dass ich vielleicht, tief unten in mir drin, einfach nur neugierig war.

Jetzt bin ich nicht neugierig. Jetzt habe ich Angst. Und komme mir total dämlich vor.

Das Farmhaus und die alte Scheune stehen in einer Senke zwischen zwei Bergen, in einem Mini-Tal, als befänden sich die Gebäude genau in der Mitte zwischen zwei geschürzten Lippen. Das Haupthaus kann ich noch nicht sehen, aber je näher ich der Hügelkuppe komme, desto deutlicher und lauter wird die Musik. So etwas habe ich noch nie gehört. Das ist auf keinen Fall die erlaubte Musik, die man auf BEMF runterladen kann, ordentlich, harmonisch und strukturiert, die Art Musik, die bei offiziellen Sommerkonzerten in der Konzertmuschel im Deering Oaks Park gespielt wird.

Jemand singt. Eine wunderschöne Stimme, dick und schwer wie warmer Honig, strömt so schnell eine Tonleiter hinauf und herunter, dass mir schwindlig wird. Die Musik, die die Stimme untermalt, ist seltsam, unharmonisch und wild – aber nicht zu vergleichen mit dem Heulen und Kratzen, das ich heute aus Hanas Computer gehört habe, obwohl ich bestimmte Ähnlichkeiten erkennen kann, bestimmte Muster in Melodie und Rhythmus. Die Musik heute Vormittag klang fürchterlich und schepperte undeutlich durch die Lautsprecher. Diese Musik hier ebbt ab und schwillt an, ungleichmäßig, traurig. Sie erinnert mich auf eigenartige Weise an die stürmische See, die peitschenden, klatschenden Wellen und das Spritzen der Gischt gegen den Kai.

Als ich die Musik höre, als ich den letzten Kamm des Hügels erklimme und die halb zerfallene Scheune und das baufällige Farmhaus vor mir liegen, gerade als die Musik anschwillt, eine Welle, kurz bevor sie bricht, verlässt mich mein gesamter Atem auf einmal und ich bleibe, von der Schönheit gelähmt und erstaunt, stehen. Einen Augenblick kommt es mir wirklich so vor, als würde ich aufs Meer hinabschauen – auf einen Ozean aus Menschen, die sich im Licht, das aus der Scheune dringt, winden und tanzen wie Schatten, die sich um eine Flamme drehen.

Die Scheune ist vollkommen ausgebrannt, oben offen und schwarz vom Feuer, den Elementen ausgesetzt. Nur noch die Hälfte steht überhaupt – einzelne Abschnitte von drei Wänden, Teile des Dachs, das Stück einer erhöhten Plattform, auf der früher wohl Heu gelagert wurde. Dort spielt die Band. Dünne, kümmerliche Bäume wachsen zaghaft auf den Feldern. Ältere Bäume, denen der Brand Rinde, Äste und Blätter genommen hat, zeigen wie Geisterfinger in den Himmel.

Fünfzehn Meter hinter der Scheune sehe ich den niedrigen Streifen aus Schwärze, wo das unkontrollierte Land beginnt. Die Wildnis. Aus dieser Entfernung kann ich den Grenzzaun nicht erkennen, aber mir ist, als spürte ich den Strom in der Luft summen. Ich war nur ein paarmal in der Nähe des Grenzzauns. Einmal vor Jahren nahm meine Mutter mich mit dorthin, damit ich dem Surren der Elektrizität zuhörte. Die Spannung ist so stark, dass die Luft zu brummen scheint; man kann einen Schlag bekommen, wenn man nur einen Meter entfernt steht. Ich musste meiner Mutter versprechen, ihn nie, nie, niemals anzufassen. Sie erzählte mir, dass damals, als der Eingriff für alle obligatorisch wurde, einige Leute versucht hätten, über die Grenze zu fliehen. Es gelang ihnen nicht, den Zaun mit mehr als einer Hand zu berühren, bevor sie wie Speck gebraten wurden – ich weiß noch, dass sie genau das sagte, wie Speck. Seitdem bin ich ein paarmal mit Hana daran entlanggelaufen, immer sorgsam darauf bedacht, mindestens drei Meter Abstand zu halten.

In der Scheune hat jemand Lautsprecher und Verstärker und sogar zwei riesige Industrielampen aufgestellt. Die Leute in der

Nähe der Bühne wirken blendend weiß und hyperrealistisch, der Rest bleibt dunkel, undeutlich und verschwommen. Ein Lied ist zu Ende und die Menge tost, ein Meeresgeräusch. Ich denke: *Sie haben bestimmt das Stromnetz einer der anderen Farmen angezapft.* Ich denke: *Was für eine blöde Idee, ich finde Hana nie, hier sind viel zu viele Leute* – und dann setzt ein neues Lied ein, das genauso wild und schön ist, und es kommt mir vor, als streckte sich die Musik über den riesigen schwarzen Zwischenraum hinweg und zupfte mich an meinem Herzen, in meinem Innersten, als schlüge sie mich an wie eine Saite. Ich mache mich auf den Weg hügelabwärts zur Scheune. Das Komische ist, ich tue es nicht bewusst. Meine Füße gehen einfach von alleine, als wären sie zufällig auf irgendeiner unsichtbaren Schiene und alles wäre nur ein Gleiten, Gleiten, Gleiten.

Einen Augenblick vergesse ich, dass ich eigentlich nach Hana suche. Ich bin wie in einem Traum, in dem seltsame Dinge geschehen, die sich aber nicht seltsam anfühlen. Alles ist unscharf – alles ist in Nebel gehüllt – und von Kopf bis Fuß erfüllt mich ein einziger, dringlicher Wunsch: Ich möchte mich der Musik nähern, die Musik besser hören, will, dass sie immer weiterspielt.

»Lena! O Mann, Lena!«

Das reißt mich aus meiner Benommenheit und mir wird plötzlich bewusst, dass ich in einem riesigen Menschengewühl stehe.

Nein. Nicht einfach Menschen. Jungen. Und Mädchen. Alle sind ungeheilt, keine Spur eines Makels an ihrem Hals – zumindest bei denen, die nahe genug sind, dass ich sie gründlich mustern kann. Jungen und Mädchen, die sich unterhalten. Jungen und Mädchen, die lachen. Jungen und Mädchen, die sich einen Becher teilen. Plötzlich fürchte ich, gleich ohnmächtig zu werden.

Hana kommt auf mich zugestürmt, sie nimmt die Ellbogen zu Hilfe, um sich zwischen den Leuten durchzuzwängen, und bevor ich auch nur den Mund aufmachen kann, springt sie mich an wie bei der Abschlussfeier und umarmt mich fest. Ich erschrecke so, dass ich rückwärtsstolpere und beinahe hinfalle.

»Du bist hergekommen.« Sie löst sich von mir und starrt mich an, lässt ihre Hände jedoch auf meinen Schultern liegen. »Du bist wirklich gekommen.«

Ein weiteres Lied geht zu Ende und die Sängerin – sie ist nicht besonders groß und hat lange schwarze Haare – ruft etwas von einer Pause. Als mein Gehirn langsam wieder hochfährt, denke ich etwas total Dämliches: *Sie ist sogar noch kleiner als ich und trotzdem singt sie vor fünfhundert Leuten.*

Dann denke ich: *Fünfhundert Leute, fünfhundert Leute, was mache ich hier mit fünfhundert Leuten?*

»Ich kann nicht bleiben«, sage ich schnell. Sobald die Worte ausgesprochen sind, bin ich erleichtert. Was auch immer ich hier beweisen wollte, habe ich bewiesen. Jetzt kann ich wieder gehen. Ich muss raus aus dieser Menge, dem Stimmengewirr, der wogenden Mauer aus Brüsten und Schultern um mich herum. Ich war eben zu sehr in der Musik gefangen, um mich umzusehen, aber jetzt nehme ich alles wahr: die Farben und den Parfümgeruch und Hände, die sich um uns herum drehen und strecken.

Hana klappt den Mund auf – vielleicht um etwas zu entgegnen –, aber in diesem Moment werden wir unterbrochen. Ein Junge, dem seine aschblonden Haare ins Gesicht fallen, schiebt sich mit zwei großen Plastikbechern zu uns durch und reicht Hana einen davon. Sie nimmt ihn, bedankt sich und wendet sich dann wieder mir zu.

»Lena«, sagt sie, »das ist Drew, ein Freund von mir.« Einen Augenblick sieht sie schuldbewusst aus, aber dann lächelt sie wieder so breit wie immer, als stünden wir mitten in der Schule und unterhielten uns über einen Biotest.

Ich öffne den Mund, aber es kommen keine Wörter heraus, was wahrscheinlich gut ist, denn in meinem Kopf ist ein riesiger Feueralarm angesprungen. Es klingt vielleicht dumm und naiv, aber nicht einen Augenblick lang auf dem Weg zur Farm habe ich auch nur in Erwägung gezogen, dass die Party gemischtgeschlechtlich sein könnte. Auf die Idee bin ich überhaupt nicht gekommen.

Die Ausgangssperre zu missachten ist eine Sache. Unerlaubte Musik zu hören sogar noch schlimmer. Aber gegen die Regeln zur Geschlechtertrennung zu verstoßen ist eines der schlimmsten Verbrechen, die es gibt. Deshalb wurde Willow Marks' Eingriff vorgezogen und ihr Haus beschmiert. Deshalb wurde Chelsea Bronson von der Schule geworfen. Sie war angeblich dabei erwischt worden, wie sie mit einem Jungen von der Spencer-Schule gegen die Ausgangssperre verstieß, und deshalb wurden ihre Eltern seltsamerweise gefeuert und die ganze Familie gezwungen, ihr Haus zu räumen. Und zumindest in Chelsea Bronsons Fall gab es noch nicht mal Beweise. Es war einfach ein Gerücht.

Drew winkt mir halbherzig zu. »Hallo, Lena.«

Mein Mund klappt auf und zu. Immer noch kein Ton. Einen Augenblick stehen wir da und schweigen unbehaglich. Dann streckt er mir unvermittelt einen Becher entgegen, eine ruckartige Geste. »Whiskey?«

»Whiskey?«, gebe ich quiekend zurück. Ich habe erst ein paarmal in meinem Leben Alkohol getrunken. An Weihnachten, wenn Tante Carol mir ein Viertelglas Wein einschenkt, und einmal bei Hana, als wir Brombeerlikör aus der Bar ihrer Eltern stibitzten und tranken, bis sich die Decke über uns zu drehen begann. Hana lachte und kicherte, aber mir gefiel es nicht, ich mochte weder den süßen, übelkeiterregenden Geschmack in meinem Mund noch die Art, wie meine Gedanken auseinanderzudriften schienen wie Nebel im Sonnenlicht. Außer Kontrolle – das fand ich furchtbar.

Drew zuckt mit den Achseln. »Gab nichts anderes. Der Wodka ist bei diesen Veranstaltungen immer als Erstes alle.« *Bei diesen*

Veranstaltungen – so wie in: *Diese Veranstaltungen finden statt,* also: *öfters.*

»Nein, danke.« Ich versuche ihm den Becher zurückzugeben. »Hier.«

Er winkt ab, offenbar versteht er mich falsch. »Kein Problem. Ich hol einfach noch einen.«

Drew lächelt Hana kurz zu, bevor er in der Menge verschwindet. Ich mag sein Lächeln, die Art, wie es sich schief bis zu seinem linken Ohr hochzieht – aber als mir bewusst wird, dass ich darüber nachdenke, ob mir sein Lächeln gefällt, spüre ich, wie die Panik mich durchströmt, in meinem Blut pulsiert, eine Zukunft voller Getuschel und Anklagen.

Kontrolle. Es geht um Kontrolle.

»Ich muss los«, gelingt es mir zu sagen. Ein Fortschritt.

»Los?« Sie runzelt die Stirn. »Du bist den ganzen Weg hier rausgelaufen …«

»Ich bin mit dem Rad gekommen.«

»Okay. Du bist also den ganzen Weg mit dem Rad hier rausgefahren und jetzt willst du gleich wieder gehen?« Hana greift nach meiner Hand, aber ich verschränke schnell die Arme. Einen Moment lang wirkt sie verletzt. Ich gebe vor zu zittern, damit sie sich nicht mies fühlt, und frage mich, warum es gerade so komisch ist, mit ihr zu reden. Sie ist meine beste Freundin, das Mädchen, das ich seit der zweiten Klasse kenne, das Mädchen, das immer ihre Kekse mit mir teilte und einmal Jillian Dawson mit der Faust ins Gesicht schlug, nachdem Jillian gesagt hatte, meine Familie sei einfach krank.

»Ich bin müde«, sage ich. »Und ich sollte nicht hier sein.« Ich würde am liebsten sagen: »Du solltest auch nicht hier sein«, aber ich verkneife es mir.

»Hast du die Band gehört? Sie sind großartig, oder?« Hana ist viel zu nett, total Hana-untypisch, und ein durchdringender, stechender Schmerz trifft mich unter den Rippen. Sie versucht höflich zu sein. Sie benimmt sich, als wären wir Fremde. Sie spürt auch, dass es verkrampft ist.

»Ich … ich hab sie verpasst.« Aus irgendeinem Grund soll Hana nicht wissen, dass ich sehr wohl dabei war und dass ich sie sehr wohl großartig finde, mehr als großartig. Es ist zu persönlich – sogar peinlich, etwas, wofür man sich schämen muss, und obwohl ich den ganzen Weg hierher zur Roaring Brook Farm gekommen bin und die Ausgangssperre missachtet habe und all das, nur um sie zu treffen und mich zu entschuldigen, kehrt das Gefühl von heute Morgen zurück: Ich kenne Hana nicht mehr und sie kennt mich auch nicht richtig.

An ein gewisses Doppelgefühl bin ich gewöhnt, daran, eine Sache zu denken und eine andere tun zu müssen, an dieses ständige Tauziehen. Aber irgendwie ist Hana ganz eindeutig in die andere Hälfte hinübergerutscht, in die andere Welt, die Welt der unaussprechlichen Gedanken, Dinge und Menschen.

Kann es denn sein, dass ich die ganze Zeit über vor mich hin gelebt habe, für Arbeiten gelernt habe, lange Strecken mit Hana gelaufen bin – und diese andere Welt einfach so existiert hat, parallel zu meiner oder darunter, lebendig, um aus den Schatten und Gassen zu schlüpfen, sobald die Sonne untergegangen ist? Illegale Partys, unerlaubte Musik, Leute, die einander berühren, ohne Angst vor der Krankheit zu haben, ohne Angst um sich zu haben.

Eine Welt ohne Angst. Unmöglich.

Und obwohl ich mitten in der größten Menge stehe, die ich je gesehen habe, fühle ich mich plötzlich sehr einsam.

»Bleib«, sagt Hana leise. Obwohl es eine Aufforderung ist, nehme ich ein Zögern in ihrer Stimme wahr, als stellte sie eine Frage. »Dann kriegst du den zweiten Teil noch mit.«

Ich schüttele den Kopf. Ich wünschte, ich wäre nicht hergekommen. Ich wünschte, ich hätte das hier nie gesehen. Ich wünschte, ich wüsste nicht, was ich jetzt weiß, könnte morgen aufwachen und zu Hana rüberfahren, mit ihr am Strand des Eastern Promenade Park liegen und darüber jammern, wie langweilig Sommerferien sind, wie immer. Könnte glauben, dass sich nichts verändert hat. »Ich geh dann«, sage ich und wünschte, meine Stimme würde nicht so zittern. »Es ist aber okay. Du kannst ruhig bleiben.«

In dem Moment, als ich es ausspreche, wird mir bewusst, dass sie mir gar nicht angeboten hat, mich zu begleiten. Sie sieht mich mit einer eigenartigen Mischung aus Bedauern und Mitleid an.

»Ich kann mitkommen, wenn du willst«, sagt sie, aber das bietet sie jetzt nur an, damit ich mich nicht schlecht fühle.

»Nein, nein. Schon okay.« Meine Wangen glühen und ich mache einen Schritt zurück, ich will endlich hier weg. Ich stoße gegen jemanden – einen Jungen –, der sich umdreht und mich anlächelt. Ich löse mich schnell von ihm.

»Lena, warte.« Hana will mich wieder festhalten. Obwohl sie bereits ein Getränk in der Hand hat, schiebe ich ihr meinen Becher in die andere Hand, so dass sie innehalten muss und kurz die Stirn runzelt, während sie versucht, mit beiden Getränken in der Armbeuge zu jonglieren, und in diesem Augenblick tänzele ich rückwärts aus ihrer Reichweite.

»Ist schon okay, wirklich. Wir reden morgen.« Dann schiebe ich mich durch eine enge Lücke zwischen zwei Leuten – das ist der einzige Vorteil daran, eins siebenundfünfzig zu sein, man findet leichter solche Zwischenräume – und bevor ich weiß, was geschieht, ist Hana hinter mir zurückgeblieben und von der Menge verschluckt worden. Ich bahne mir einen Weg von der Scheune weg, den Blick gesenkt, und hoffe, meine Wangen kühlen bald wieder ab.

Bilder wirbeln vorbei, verschwommen, und erneut ist es wie in einem Traum. Junge. Mädchen. Junge. Mädchen. Sie lachen, drängeln, berühren einander an den Haaren. Ich habe mich noch nie, nicht ein einziges Mal in meinem ganzen Leben, so anders und fehl am Platz gefühlt. Ein hohes, mechanisches Kreischen ertönt und dann fängt die Band wieder an zu spielen, aber diesmal gibt mir die Musik überhaupt nichts. Ich bleibe noch nicht mal stehen. Ich gehe einfach weiter, auf den Hügel zu, und stelle mir die kühle Stille der sternenbeschienenen Felder vor, die vertrauten dunklen Straßen Portlands, den gleichmäßigen Rhythmus der Patrouillen, die leise im Gleichschritt dahinmarschieren, die Rückkopplung ihrer Walkie-Talkies – regelmäßig, normal, vertraut, meins.

Schließlich lichtet sich die Menge. Es war heiß zwischen so vielen Menschen, und die frische Brise pikst auf meiner Haut und kühlt mein Gesicht. Die Scheune ist zum Himmel und zur Nacht hin offen. In ihr glüht es weiß vom Licht, und sie erinnert mich an eine gewölbte Hand, die eine kleine Flamme birgt.

»Lena!«

Es ist eigenartig, dass ich die Stimme sofort erkenne, obwohl ich sie erst ein einziges Mal für zehn, höchstens fünfzehn Minuten gehört habe – es ist das Lachen, das sie begleitet, wie wenn sich jemand in einer öden Unterrichtsstunde zu dir rüberbeugt, um dir ein richtig gutes Geheimnis zu verraten. Alles erstarrt. Das Blut hört auf, durch meine Adern zu strömen. Mein Atem hört auf zu fließen. Einen Augenblick verstummt sogar die Musik. Alles, was ich höre, ist ein leises und regelmäßiges, angenehmes Geräusch, wie das entfernte Schlagen einer Trommel, und ich denke: *Ich höre mein Herz.* Allerdings weiß ich, dass das nicht sein kann, weil mein Herz auch erstarrt ist. Mein Blick wird wie durch den Zoom einer Kamera wieder scharf und ich sehe nur Alex, der sich durch die Menge hindurchzwängt und auf mich zukommt.

»Lena! Warte.«

Kurz blitzt Panik in mir auf – eine wirre Sekunde lang denke ich, er muss als Mitglied einer Patrouille hier sein und es gibt eine Razzia oder so was –, aber dann sehe ich, dass er normal gekleidet ist, in Jeans, seinen abgewetzten Turnschuhen mit den tintenblauen Schnürsenkeln und einem ausgeblichenen T-Shirt.

»Was machst du denn hier?«, stammele ich, als er mich eingeholt hat.

Er grinst. »Ich freue mich auch, dich zu sehen.«

Er lässt einen knappen Meter Abstand zwischen uns, worüber ich froh bin. So kann ich im Halbdunkel die Farbe seiner Augen nicht erkennen, und gerade jetzt darf ich mich nicht ablenken lassen, darf ich ein Gefühl wie bei den Labors nicht zulassen, als er sich vorbeugte, um mir etwas zuzuflüstern – dieses klare Bewusstsein, dass sein Mund nur wenige Zentimeter von meinem Ohr entfernt war, die Angst, die Schuldgefühle und die Aufregung zugleich.

»Ich mein es ernst.« Ich gebe mir alle Mühe, ihn mürrisch anzusehen.

Sein Lächeln wird schwächer, verschwindet jedoch nicht ganz. Er bläst Luft zwischen den Lippen hervor. »Ich bin wegen der Musik hier«, sagt er. »Wie alle anderen auch.«

»Aber du kannst doch nicht …« Ich versuche Worte zu finden, unsicher, was ich eigentlich sagen will. »Aber das hier ist …«

»Illegal?« Er zuckt die Achseln. Eine Haarsträhne kringelt sich vor seinem linken Auge und als er sich umdreht, um den Blick über die Party schweifen zu lassen, bricht sich das Licht von der Bühne darin und sie funkelt in diesem verrückten Goldbraun. »Es ist in Ordnung«, sagt er leiser, so dass ich den Kopf vorschieben muss, um ihn über die Musik hinweg hören zu können. »Niemand tut jemandem was.«

Das weißt du nicht, will ich gerade sagen, aber in seinen Worten schwingt eine Spur Trauer mit und ich halte inne. Alex fährt sich mit einer Hand durch die Haare und ich erkenne die kleine dunkle, dreizackige Narbe hinter seinem linken Ohr, vollkommen symmetrisch. Vielleicht trauert er nur dem nach, was er durch den Eingriff verloren hat. Musik bewegt die Menschen zum Beispiel nicht mehr so wie vorher, und auch wenn er eigentlich vom Gefühl des Bedauerns geheilt sein müsste, funktioniert das Heilmittel eben nicht bei allen gleich und ist nicht immer perfekt. Deshalb träumen meine Tante und mein Onkel manchmal noch. Deshalb bekam meine Cousine Marcia immer wieder hysterische Weinkrämpfe, ganz unvermittelt und ohne ersichtlichen Grund.

»Und was ist mit dir?« Er wendet sich wieder mir zu und sein Lächeln ist zurück, genau wie der neckende, zwinkernde Tonfall in seiner Stimme. »Was hast du für eine Ausrede?«

»Ich wollte eigentlich gar nicht kommen«, sage ich schnell. »Ich musste ...« Ich breche ab, als mir klar wird, dass ich gar nicht sicher bin, warum ich überhaupt hier bin. »Ich musste jemandem was geben«, sage ich schließlich.

Er hebt die Augenbrauen, sichtbar unbeeindruckt. Ich spreche schnell weiter: »Hana. Meiner Freundin. Du hast sie neulich kennengelernt.«

»Ich erinnere mich«, sagt er. Ich habe noch nie jemanden so lange lächeln sehen. Es ist, als wäre das der natürliche Ausdruck auf seinem Gesicht. »Du hast dich übrigens noch gar nicht entschuldigt.«

»Wofür?« Die Menge hat sich näher an die Bühne gedrängt, daher sind Alex und ich nicht länger von Leuten umringt. Gelegentlich geht jemand mit einer Flasche in der Hand vorbei und singt schräg mit, aber die meiste Zeit sind wir allein.

»Dafür, dass du mir einen Korb gegeben hast.« Einer seiner Mundwinkel zuckt noch etwas höher und ich habe erneut das Gefühl, als teilte er ein wunderbares Geheimnis mit mir, als versuchte er mir etwas zu sagen. »Du bist damals nicht bei Back Cove aufgetaucht.«

Plötzlicher Triumph erfüllt mich – er hat also wirklich in der Bucht auf mich gewartet! Er wollte sich wirklich mit mir treffen!

Gleichzeitig lodert die Angst in mir auf. Er will etwas von mir. Ich bin mir nicht sicher, was, aber ich kann es spüren und es beunruhigt mich.

»Also?« Er verschränkt die Arme und wippt auf seinen Fersen, immer noch lächelnd. »Entschuldigst du dich jetzt oder nicht?«

Seine Unbeschwertheit und Selbstsicherheit gehen mir auf die Nerven, genau wie neulich bei den Labors. Es ist so unfair, weil ich mich so ganz anders fühle – als würde ich gleich einen Herzinfarkt bekommen oder zu einer Pfütze zerschmelzen.

»Ich entschuldige mich nicht bei Lügnern«, sage ich, überrascht, wie unbewegt meine Stimme klingt.

Er zuckt zusammen. »Was soll das heißen?«

»Komm schon.« Ich verdrehe die Augen, werde immer selbstbewusster. »Du hast behauptet, du hättest mich bei der Evaluierung nicht gesehen. Du hast behauptet, du hättest mich nicht wiedererkannt.« Ich zähle seine Lügen an den Fingern ab. »Du hast behauptet, du wärst am Tag der Evaluierung noch nicht mal in den Labors gewesen.«

»Okay, okay.« Er hebt beide Hände. »Tut mir leid, ja? Hör zu, ich bin derjenige, der sich entschuldigen muss.« Er sieht mich einen Moment an und seufzt dann. »Ich habe dir doch erzählt, dass die Wachleute während der Evaluierungen den Laborkomplex nicht betreten dürfen. Damit das Verfahren ›rein‹ bleibt oder so was, ich weiß es nicht. Aber ich brauchte echt eine Tasse Kaffee, und im zweiten Stock in Block C steht eine Maschine, die richtig guten macht, mit echter Milch und allem, also habe ich mich mit meinem Zugangscode reingeschmuggelt. Das ist alles. Ende der Geschichte. Und nachher musste ich deswegen lügen. Das könnte mich den Job kosten. Und ich arbeite nur bei den blöden Labors, um mein Studium zu finanzieren …« Er verstummt. Ausnahmsweise sieht er nicht selbstsicher aus. Er sieht besorgt aus, als hätte er Angst, ich könnte ihn wirklich verraten.

»Und warum warst du auf der Tribüne?«, hake ich nach. »Warum hast du mich beobachtet?«

»Ich bin gar nicht bis in den zweiten Stock gekommen«, sagt er. Er sieht mich durchdringend an, als schätzte er meine Reaktion ab. »Ich kam rein und … und hörte plötzlich dieses verrückte Geräusch. Dieses tosende, dröhnende Geräusch. Und noch etwas anderes. Ein Schreien oder so was.«

Ich schließe kurz die Augen und erinnere mich an die brennenden weißen Lampen und daran, dass ich glaubte, das Meer vor den Labors rauschen zu hören und die Schreie meiner Mutter über die Entfernung eines Jahrzehnts hinweg. Als ich die Augen wieder öffne, betrachtet mich Alex immer noch.

»Wie auch immer, ich hatte keine Ahnung, was los war. Ich dachte – ich weiß nicht … Es klingt verrückt, aber ich dachte, vielleicht würden die Labors angegriffen oder so was. Und als ich da so stehe, sind da plötzlich ungefähr hundert *Kühe,* die auf mich zugerannt kommen …« Er zuckt mit den Achseln. »Links von mir war dieses Treppenhaus. Ich bin durchgedreht und abgehauen. Ich bin mal davon ausgegangen, dass Kühe keine Treppen steigen.« Er lächelt wieder, diesmal flüchtig, vorsichtig. »Und so bin ich auf der Tribüne gelandet.«

Eine völlig normale, vernünftige Erklärung. Ich bin erleichtert und habe jetzt weniger Angst vor ihm. Gleichzeitig rührt sich etwas in meiner Brust, ein dumpfes Gefühl, eine Enttäuschung. Und eine gewisse Sturheit, ein Teil von mir, der immer noch an ihm zweifelt. Ich sehe wieder vor mir, wie er auf der Tribüne stand, den Kopf lachend zurückgelegt; wie er mir zugezwinkert hat. Wie er gewirkt hat – amüsiert, selbstbewusst, glücklich. Überhaupt nicht verängstigt.

Eine Welt ohne Angst …

»Du weißt also nichts darüber, wie … wie es dazu kam?« Ich kann kaum glauben, dass ich mich das traue. Ich balle die Fäuste.

Hoffentlich bemerkt er nicht, wie erstickt meine Stimme plötzlich klingt.

»Die Verwechslung bei der Anlieferung, meinst du?« Er sagt es leichthin, ohne dass seine Stimme stockt oder bricht, und der letzte meiner Zweifel verschwindet. Genau wie jeder Geheilte stellt er die offizielle Version nicht in Frage. »Ich war an diesem Tag nicht für die Warenannahme zuständig. Sal, der Typ, der dafür verantwortlich war, wurde rausgeschmissen. Man muss die Ware eigentlich bei Anlieferung überprüfen. Ich nehme an, diesen Punkt hat er ausgelassen.« Er legt den Kopf schräg und streckt die Hände aus. »Zufrieden?«

»Zufrieden«, sage ich. Aber der Druck in meiner Brust ist immer noch da. Obwohl ich vorhin noch unbedingt aus dem Haus rauswollte, wünschte ich jetzt, ich müsste nur blinzeln und wäre wieder in meinem Bett, würde die Decke von meinen Beinen streifen und mir bewusst werden, dass alles – die Party, die Begegnung mit Alex – nur ein Traum war.

»Also …?« Er weist mit dem Kopf wieder Richtung Scheune. Die Band spielt irgendwas Lautes, Schnelles. Ich weiß nicht, warum ich die Musik vor kurzem noch gut fand. Jetzt kommt sie mir nur vor wie Lärm – tosender Lärm. »Meinst du, wir können näher ran, ohne zertrampelt zu werden?«

Ich ignoriere die Tatsache, dass er gerade »wir« gesagt hat, ein Wort, das aus irgendeinem Grund unglaublich attraktiv klingt, wenn er es auf seine singende, lachende Art ausspricht. »Eigentlich wollte ich gerade gehen.« Mir wird klar, dass ich wütend auf ihn bin, ohne zu wissen, warum – vielleicht weil er nicht das ist, was ich in ihm gesehen habe. Obwohl ich.eigentlich dankbar dafür sein sollte, dass er normal ist, geheilt und immun.

»Du wolltest gehen?«, wiederholt er ungläubig. »Du kannst doch jetzt nicht nach Hause.«

Ich achte immer darauf, mich nicht von Ärger und Zorn hinreißen zu lassen. Das kann ich mir bei Carol nicht erlauben. Ich schulde ihr so viel – und abgesehen davon fand ich es nach den paar Wutanfällen, die ich als Kind hatte, immer furchtbar, wenn sie mich tagelang von der Seite ansah; als würde sie mich analysieren und beurteilen. Ich wusste, was sie dachte: *Genau wie ihre Mutter.* Aber jetzt gebe ich nach und lasse die Wut in mir aufsteigen. Ich habe die Leute satt, die so tun, als wäre diese Welt – diese andere Welt – die normale und ich der Freak. Das ist unfair: Als wären alle Regeln plötzlich geändert worden und irgendjemand hätte vergessen, es mir zu sagen.

»Das kann ich sehr wohl und das werde ich auch.« Ich drehe mich um und gehe den Hügel hoch, in der Annahme, dass er mich dann in Ruhe lässt. Zu meiner Überraschung tut er das nicht.

»Warte!« Er rennt hinter mir den Berg hoch.

»Was machst du da?« Ich wirbele zu ihm herum – erneut erstaunt, wie selbstsicher ich klinge, wenn man bedenkt, dass mein Herz rast und stolpert. Vielleicht liegt darin das Geheimnis, wie man mit Jungen redet – vielleicht muss man einfach die ganze Zeit wütend sein.

»Wieso?« Wir sind beide etwas außer Atem vom Bergauflaufen, aber er bringt trotzdem noch ein Lächeln zu Stande. »Ich will nur mit dir reden.«

»Du verfolgst mich.« Ich verschränke unwillkürlich die Arme, wie um den Raum zwischen uns zu versperren. »Du verfolgst mich schon *wieder*.«

Das war's. Er geht ein paar Schritte zurück und ich verspüre eine kurze, boshafte Freude darüber, dass ich ihn überrumpelt habe. »Schon wieder?«, wiederholt er. Ich bin froh, dass ausnahmsweise nicht ich diejenige bin, die stottert oder nach Worten ringt.

Die Wörter fliegen mir nur so aus dem Mund: »Ist doch schon ein bisschen seltsam, dass ich dich mein ganzes Leben lang noch nie gesehen habe und dich dann plötzlich überall treffe.« Ich hatte gar nicht vor, das zu sagen – eigentlich war mir das überhaupt nicht seltsam vorgekommen –, aber in dem Moment, in dem ich es ausspreche, wird mir bewusst, dass es wahr ist.

Ich rechne damit, dass er sauer wird, aber erstaunlicherweise legt er den Kopf zurück und lacht ausgiebig und laut, während das Mondlicht die Wölbung seiner Wangen, sein Kinn und seine Nase versilbert. Ich bin so überrascht von seiner Reaktion, dass ich einfach dastehe und ihn anstarre. Schließlich sieht er mich an. Obwohl ich seine Augen immer noch nicht erkennen kann – denn alles, was der Mond nicht in helles, kristallklares Silber taucht, ist in tiefster Schwärze verborgen –, erscheinen sie mir hell und klar, wie an dem Tag bei den Labors.

»Vielleicht warst du einfach nicht aufmerksam genug«, sagt er leise und wippt leicht auf seinen Füßen nach vorn.

Ich trete unbewusst einen halb schlurfenden Schritt zurück. Seine Nähe macht mir Angst; das Gefühl, wir würden uns berühren, obwohl unsere Körper ein ganzes Stück voneinander entfernt sind.

»Was … was soll das heißen?«

»Das soll heißen, dass du dich irrst.« Er schweigt und sieht mich an und ich gebe mir Mühe, meine Mimik zu kontrollieren, obwohl ich spüren kann, wie mein linkes Auge sich anspannt und zuckt. Hoffentlich fällt ihm das in der Dunkelheit nicht auf. »Wir haben uns schon oft gesehen.«

»Ich würde mich daran erinnern, wenn wir uns schon mal getroffen hätten.«

»Ich habe nicht gesagt, wir hätten uns *getroffen*.« Er versucht nicht, den Abstand zwischen uns zu überwinden, und zumindest dafür bin ich dankbar. Er kaut seitlich auf seiner Lippe – das lässt ihn jünger wirken. »Darf ich dich was fragen?«, fährt er fort. »Wie kommt es, dass du nicht mehr am Gouverneur vorbeiläufst?«

Unwillkürlich schnappe ich nach Luft. »Woher weißt du das mit dem Gouverneur?«

»Ich studiere an der UP«, sagt er. University of Portland – jetzt fällt es mir wieder ein, der Nachmittag, an dem wir den Hügel hinaufgegangen sind, um vom hinteren Teil des Laborkomplexes aus aufs Meer zu sehen, wie mir der Wind Bruchstücke seines Gesprächs mit Hana zutrug. Damals hatte er wirklich gesagt, er sei Student. »Ich habe letztes Semester in der Kaffeerösterei am Monument Square gearbeitet. Ich habe dich andauernd gesehen.«

Mein Mund klappt auf und zu. Kein Wort kommt heraus; immer wenn ich es am nötigsten brauche, hat mein Gehirn Pause. Natürlich kenne ich die Kaffeerösterei; Hana und ich sind zwei- bis dreimal pro Woche daran vorbeigelaufen und haben die Studenten wie dahintreibende Schneeflocken hinein- und herausströmen und den Dampf von ihren Bechern pusten sehen. Die Kaffeerösterei liegt an einem kleinen, kopfsteingepflasterten Platz namens Monument Square. Er markiert die Hälfte einer der Zehnkilometerrunden, die ich früher oft gelaufen bin.

Mitten auf dem Platz steht die Statue eines Mannes, schon ganz verwittert von Schnee und Wind und mit ein paar geschwungenen Graffitikringeln bekritzelt. Er beugt sich vor, eine Hand hält den Hut auf seinem Kopf fest, so dass es aussieht, als kämpfte er gegen einen heftigen Sturm oder kräftigen Gegenwind an. Seine andere Faust ist nach vorn gestreckt. Es ist offensichtlich, dass er vor langer Zeit irgendetwas hielt – wahrscheinlich eine Fackel –, aber irgendwann brach dieses Teil ab oder wurde gestohlen. Jetzt schreitet der Gouverneur also mit leerer Faust vorwärts, ein kreisrundes Loch in der Hand, das ein perfektes Versteck für Nachrichten und Geheimbotschaften darstellt. Hana und ich haben manchmal in seiner Faust nachgesehen, ob etwas Gutes drinsteckte. Aber da war nie was – abgesehen von ein paar zusammengeklebten Kaugummis und einigen Münzen.

Wann oder warum Hana und ich anfingen, ihn Gouverneur zu nennen, weiß ich eigentlich gar nicht mehr. Durch Wind und Regen ist die Plakette am Fuß der Statue unlesbar geworden. Sonst nennt ihn niemand so. Alle anderen sagen bloß: »Die Statue am Monument Square.« Alex muss eins unserer Gespräche über den Gouverneur mit angehört haben.

Alex sieht mich immer noch abwartend an und mir wird klar, dass ich seine Frage nicht beantwortet habe. »Ich muss immer mal die Strecke wechseln«, sage ich. Ich bin wahrscheinlich seit März oder April nicht mehr beim Gouverneur vorbeigelaufen. »Sonst wird es langweilig.« Und dann, weil ich nicht anders kann, quieke ich: »Du erinnerst dich an mich?«

Er lacht. »Du warst kaum zu übersehen. Du bist immer um die Statue rumgerannt und -gesprungen und hast irgendwas gerufen.«

Hitze kriecht mir den Nacken und die Wangen hinauf. Bestimmt bin ich wieder knallrot, und ich danke Gott dafür, dass wir uns von den Bühnenlichtern entfernt haben. Das habe ich völlig vergessen; ich bin immer hochgesprungen und habe versucht mit dem Gouverneur abzuklatschen, wenn Hana und ich vorbeigerannt sind, als eine Art psychische Einstimmung auf den Lauf zurück zur Schule. Manchmal haben wir sogar »Halena!« gerufen. Wir müssen einen total bescheuerten Eindruck gemacht haben.

»Ich …« Ich lecke mir über die Lippen, krame nach einer Erklärung, die nicht lächerlich klingt. »Beim Laufen macht man manchmal komische Sachen. Wegen der Endorphine und so. Das ist wie eine Droge, weißt du? Bringt das Gehirn durcheinander.«

»Mir hat's gefallen«, sagt er. »Du hast …« Er verstummt kurz. Sein Gesicht zieht sich ein wenig zusammen, eine winzige Veränderung, die ich in der Dunkelheit kaum erkennen kann, aber in diesem Augenblick sieht er so unbewegt und traurig aus, dass es mir beinahe den Atem raubt, als sei *er* eine Statue oder ein anderer

Mensch. Ich fürchte schon, er wird den Satz nicht zu Ende bringen, aber dann sagt er: »Du hast glücklich ausgesehen.«

Eine Weile stehen wir einfach nur schweigend da. Dann ist er plötzlich wieder zurück, der unbeschwerte, lächelnde Alex. »Ich habe einmal eine Nachricht für dich hinterlassen. In der Faust des Gouverneurs, weißt du?«

Ich habe einmal eine Nachricht für dich hinterlassen. Das ist unmöglich, zu verrückt, um auch nur gedacht zu werden, und ich höre, wie ich wiederhole: »Du hast eine Nachricht für mich hinterlassen?«

»Ich bin ziemlich sicher, dass es irgendwas Blödes war. Nur Hallo und ein Smiley und mein Name. Aber dann bist du nicht mehr gekommen.« Er zuckt die Achseln. »Sie ist bestimmt immer noch da. Die Nachricht, meine ich. Inzwischen wahrscheinlich nur noch ein bisschen Papierbrei.«

Er hat mir eine Nachricht hinterlassen. Er hat *mir* eine Nachricht hinterlassen. Für mich. Die Vorstellung – die Tatsache, dass er mich überhaupt bemerkt und länger an mich gedacht hat als nur eine Sekunde – ist großartig und überwältigend, sie bringt meine Beine zum Zittern und meine Hände fühlen sich taub an.

Und dann bekomme ich Angst. So fängt es an. Selbst wenn *er* geheilt ist, selbst wenn *er* immun ist – *ich* bin es nicht, und so fängt es an. *Erste Phase: geistige Abwesenheit; Konzentrationsschwierigkeiten; Mundtrockenheit; starkes Schwitzen, feuchte Handflächen; Benommenheit und Orientierungslosigkeit.* Übelkeit und Erleichterung zugleich durchfluten mich. Mir kommt es vor, als wüssten es längst alle, als hätten alle mein fürchterlichstes Geheimnis schon immer gekannt. Tante Carol hatte die ganze Zeit Recht, genau wie meine Lehrer und meine Cousins und Cousinen. Ich bin eben doch genau wie meine Mutter. Und dieses Etwas, die Krankheit, steckt in mir, bereit, jeden Moment in mir auszubrechen, mich zu vergiften.

»Ich muss gehen.« Ich mache mich wieder auf den Weg den

Hügel hinauf, renne jetzt beinahe, aber er kommt mir erneut nach.

»He. Nicht so schnell.« Auf der Hügelkuppe streckt er den Arm aus und legt eine Hand auf mein Handgelenk, damit ich anhalte. Seine Berührung brennt und ich zucke schnell zurück. »Lena. Warte einen Moment.«

Obwohl ich weiß, dass ich es nicht tun sollte, bleibe ich stehen. Es liegt daran, wie er meinen Namen ausspricht: wie Musik.

»Du musst dir keine Sorgen machen, okay? Du musst keine Angst haben.« Seine Stimme funkelt wieder. »Ich flirte nicht mit dir.«

Verlegenheit durchströmt mich. *Flirten*. Ein schmutziges Wort. Er denkt, ich würde denken, er würde mit mir flirten. »Ich ... ich habe nicht gedacht, dass du ... ich würde nie denken, dass du ...« Die Wörter stoßen in meinem Mund zusammen und jetzt weiß ich, dass es gar nicht so dunkel sein kann, dass ihm die Schamesröte auf meinem Gesicht verborgen bleiben könnte.

Er legt seinen Kopf schräg. »Flirtest *du* denn mit *mir?*«

»Was? Nein«, stottere ich. Mein Verstand dreht sich, blind, voller Panik, und mir wird bewusst, dass ich nicht mal genau weiß, was Flirten eigentlich ist. Ich kenne es nur aus Schulbüchern; ich weiß nur, dass es etwas Schlechtes ist. Kann man flirten, ohne zu wissen, dass man flirtet? Flirtet er doch mit mir? Mein linkes Auge zuckt wie besessen.

»Keine Panik«, sagt er und hebt beide Hände in einer Geste, die zu besagen scheint: *Nicht böse sein.* »War nur Spaß.« Er dreht sich nur leicht nach links, ohne mich aus den Augen zu lassen. Der Mond beleuchtet deutlich seine dreizackige Narbe: ein perfektes weißes Dreieck, eine Narbe, die Ordnung und Regelmäßigkeit ausstrahlt. »Ich bin immun, schon vergessen? Ich kann dir nichts anhaben.«

Er sagt es ruhig, gelassen, und ich glaube ihm. Und trotzdem stellt mein Herz sein hektisches Flattern in meiner Brust nicht ein, schraubt sich höher und höher, bis ich sicher bin, dass es gleich mit mir abhebt. So fühle ich mich immer, wenn ich ganz oben in Munjoy Hill ankomme und die Congress Street hinabblicke, auf die ganze Stadt, die unter mir liegt, auf die Straßen, die in Grün- und Grautönen schimmern – aus der Entfernung sowohl schön als auch fremd –, kurz bevor ich die Arme ausbreite und es losgeht, ich den Berg hinunterstolpere, -springe und -renne, während mir der Wind ins Gesicht peitscht und ich nicht mal versuche mich zu bewegen, sondern mich einfach von der Schwerkraft ziehen lasse.

Atemlos; aufgeregt; in Erwartung des Falls.

Plötzlich merke ich, wie leise es ist. Die Band hat aufgehört zu spielen und die Menge ist auch verstummt. Das einzige Geräusch ist der Wind, der über das Gras wispert. Von unserem Standort fünfzehn Meter jenseits der Hügelkuppe aus sind die Scheune und die Party nicht zu sehen. Ich stelle mir kurz vor, wir wären die einzigen Menschen draußen in der Dunkelheit – die einzigen wachen und lebenden Menschen in der Stadt, auf der ganzen Welt.

Dann beginnen sich zarte Musikstränge in die Luft zu winden, sanft, seufzend, zunächst so leise, dass ich die Klänge für den Wind halte. Diese Musik ist vollkommen anders als die vorhin – zart und zerbrechlich, als wäre jede Note gesponnenes Glas oder ein seidener Faden, der sich in die Nachtluft hinauf- und wieder zurückschlängelt. Ich bin erneut fasziniert davon, wie wunderschön sie ist, so etwas habe ich noch nie gehört, und wie aus dem Nichts überwältigt mich das Verlangen, zu lachen und zu weinen zugleich.

»Das ist mein Lieblingslied.« Eine Wolke schiebt sich vor den Mond und hüllt Alex' Gesicht in Schatten. Er sieht mich immer noch an und ich wüsste gerne, was er denkt. »Hast du schon mal getanzt?«

»Nein«, sage ich etwas zu heftig.

Er lacht leise. »Keine Angst, ich verrat's auch niemandem.«

Bilder von meiner Mutter: wie weich ihre Hände waren, wenn sie mich über die ausgedehnten polierten Holzböden in unserem Haus wirbelte wie beim Eiskunstlauf; der Flötenton ihrer Stimme, wenn sie lachend die Lieder mitsang, die aus den Lautsprechern erklangen. »Meine Mutter hat getanzt«, sage ich. Die Worte rutschen mir heraus und ich bereue sie praktisch sofort.

Aber Alex fragt nicht nach und lacht auch nicht. Er sieht mich weiterhin unverwandt an. Einen Augenblick scheint er etwas sagen zu wollen. Aber dann streckt er nur die Hand über den Zwischenraum, über die Dunkelheit hinweg nach mir aus.

»Hast du Lust?«, fragt er. Seine Stimme ist über dem Wind fast nicht zu hören – so leise, dass es kaum ein Flüstern ist.

»Lust wozu?« Mein Herz dröhnt, rauscht in meinen Ohren, und obwohl immer noch mehrere Zentimeter zwischen unseren Händen sind, ist da eine knisternde, summende Energie, die uns miteinander verbindet. Nach der Hitze zu urteilen, die meinen Körper durchströmt, könnte man meinen, wir wären eng aneinandergepresst, Handfläche an Handfläche, Gesicht an Gesicht.

»Tanzen«, sagt er im selben Augenblick, als er die letzten paar Zentimeter überbrückt, meine Hand ergreift und mich an sich zieht, und in dieser Sekunde schraubt sich die Melodie in die Höhe und alles wird eins, seine Hand mit meiner und die anschwellende, immer lauter werdende Musik.

Wir tanzen.

Die meisten Dinge, sogar die größten Bewegungen auf der Erde, beginnen mit etwas Kleinem. Ein Erdbeben, das eine Stadt zerstört, beginnt vielleicht mit einer leichten Erschütterung, einem Zittern, kaum wahrnehmbar. Musik beginnt mit einer Schwingung. Die Flut, die vor zwanzig Jahren nach fast zwei Monaten strömendem Regen Portland überschwemmte, zwischen den Labors hindurchschoss, über tausend Häuser beschädigte, Reifen,

Mülltüten und alte, stinkende Schuhe mit sich riss und durch die Straßen schwemmte, danach eine dünne Schicht aus grünem Schimmel zurückließ, einen Gestank nach Fäulnis und Verfall, der monatelang nicht aus der Luft wich, begann mit einem fingerbreiten Rinnsal, das auf den Kai schwappte.

Und Gott schuf das Universum aus einem Atom, das nicht größer war als ein Gedanke.

Gracies Leben brach wegen eines einzelnen Wortes auseinander: *Sympathisant*. Meine Welt explodierte wegen eines anderen Wortes: *Selbstmord*.

Genauer: Das war das *erste* Mal, dass meine Welt explodierte.

Als meine Welt zum zweiten Mal explodierte, war es auch wegen eines Wortes. Eines Wortes, das sich aus meiner Kehle hocharbeitete und auf meine Lippen und darüber hinwegtanzte, bevor ich auch nur nachdenken oder es zurückhalten konnte.

Die Frage lautete: *Wollen wir uns morgen treffen?*

Und das Wort war: *Ja*.

zehn

Symptome der Amor deliria nervosa

Erste Phase

Geistige Abwesenheit; Konzentrationsschwierigkeiten
Mundtrockenheit
starkes Schwitzen, feuchte Handflächen
Anfälle von Benommenheit und Orientierungslosigkeit
Bewusstseinsstörungen; Gedankenflucht;
eingeschränktes Urteilsvermögen

Zweite Phase

Phasen der Euphorie, Hysterie und Antriebssteigerung
Phasen der Verzweiflung; Lethargie
wechselnder Appetit; schnelle Gewichtsveränderung
Bewusstseinseinengung, Verlust anderer Interessen
geschädigtes Urteilsvermögen; Realitätsverzerrung
Schlafstörungen; Schlaflosigkeit oder Abgeschlagenheit
zwanghafte Gedanken und Handlungen; Verfolgungswahn; Verunsicherung

Dritte Phase (kritisch)

Atembeschwerden; Schmerzen in Brust, Hals oder Magen
Schluckbeschwerden; Nahrungsverweigerung
völliger Zusammenbruch der rationalen Fähigkeiten; Fehlhandlungen;
Gewaltfantasien; Halluzinationen und Wahnvorstellungen

Vierte Phase (final)

emotionale oder körperliche Lähmungserscheinungen
(partiell oder vollständig)
Tod

Sollten Sie den Verdacht haben, Sie selbst oder jemand, den Sie kennen, könnte unter Deliria leiden, nutzen Sie den gebührenfreien Notruf 1-800-PRÄVENTION. Wir informieren Sie über eine sofortige Aufnahme und Behandlung.

Ich habe bisher nie verstanden, wie Hana so häufig und leicht lügen kann. Aber wie alles andere wird auch das Lügen immer einfacher, je öfter man es tut.

Deshalb sage ich am nächsten Tag, als ich von der Arbeit komme und Carol mich fragt, ob es mir etwas ausmacht, dass es schon zum vierten Mal in Folge Hotdogs gibt (das Ergebnis eines Lieferüberschusses im *Stop-N-Save;* wir haben auch schon mal zwei Wochen lang Baked Beans gegessen), Sophia Hennerson aus der Schule habe mich und ein paar andere Mädchen zum Abendessen eingeladen. Ich muss noch nicht mal darüber nachdenken. Die Lüge kommt von ganz allein. Und obwohl ich spüre, wie meine Handflächen feucht werden, bleibt meine Stimme ruhig und ich bin ziemlich sicher, dass ich nicht rot anlaufe, denn Carol wirft mir ihr übliches flüchtiges Lächeln zu und sagt, das höre sich nett an.

Um halb sieben steige ich auf mein Fahrrad und fahre zum East End Beach, wo Alex und ich uns verabredet haben.

Es gibt eine Menge Strände in Portland. Der East End Beach ist wahrscheinlich einer der unbeliebtesten – weshalb meine Mutter ihn sehr mochte. Die Strömung ist hier stärker als am Willard Beach oder Sunset Park. Ich weiß nicht genau, warum. Es ist mir auch egal. Ich war schon immer eine gute Schwimmerin. Nach dem ersten Mal – als meine Mutter den Griff um meine Taille löste und ich sowohl Panik als auch Nervenkitzel und Aufregung verspürte – lernte ich ziemlich schnell und mit vier Jahren paddelte ich schon ganz allein bis über die Brandung hinaus.

Es gibt noch mehr Gründe, warum die meisten Leute den East End Beach meiden, obwohl er nur einen kurzen Fußmarsch den Berg hinunter vom beliebten Eastern Promenade Park entfernt liegt. Der Strand besteht nur aus einem kurzen Streifen felsigem, mit Kies durchsetztem Sand. Er grenzt an das hintere Ende des Laborkomplexes, wo die Lagerhallen und Müllcontainer stehen, nicht gerade ein besonders schöner Anblick. Und wenn man rausschwimmt, hat man genau die Tukey's Bridge und das Stück unkontrolliertes Land zwischen Portland und Yarmouth im Blick. Viele Leute sind nicht gerne so nah an der Wildnis. Es macht sie nervös.

Mich macht es auch nervös, aber einem Teil von mir – einem winzigen, kleinen Stückchen von einem Teil – gefällt es. Nachdem meine Mutter gestorben war, hatte ich eine Zeit lang diese Fantasien, dass sie in Wirklichkeit gar nicht tot war – und mein Vater auch nicht, sondern dass sie in die Wildnis geflohen waren, um zusammen sein zu können. Er war fünf Jahre vor ihr gegangen, um alles vorzubereiten, und hatte ein kleines Haus mit einem Holzofen gebaut und mit Möbeln, die er aus Ästen zusammengezimmert hatte. Irgendwann, malte ich mir aus, würden sie zurückkommen, um mich zu holen. Ich stellte mir sogar mein Zimmer bis ins kleinste Detail vor: ein dunkelroter Teppich, ein kleiner rot-grüner Patchwork-Quilt, ein roter Stuhl.

Allerdings wurde mir bald klar, wie falsch diese Fantasie war. Wenn meine Eltern in die Wildnis geflüchtet wären, wären sie Sympathisanten, Widerständler. Es war besser, dass sie tot waren. Außerdem begriff ich, dass meine Fantasien über die Wildnis genau das waren – Illusionen, Kleinkinderkram. Die Invaliden besitzen nichts, sie haben keine Möglichkeit, Handel zu treiben oder an rot-grüne Patchwork-Quilts, Stühle oder irgendetwas anderes zu kommen. Rachel hat mir einmal erzählt, dass sie leben müssen wie Tiere, dreckig, hungrig, verzweifelt. Sie hat gesagt, dass die Regierung sich deshalb nicht die Mühe macht, etwas gegen sie zu unternehmen, noch nicht mal ihre Existenz anerkennt. Sie werden sowieso bald alle aussterben, erfrieren, verhungern oder einfach die Krankheit ihren Lauf nehmen lassen und sich daraufhin gegeneinander wenden, einander bekämpfen und sich gegenseitig die Augen auskratzen.

Sie hat gesagt, das sei sogar schon passiert – die Wildnis sei inzwischen vielleicht leer und verlassen, dunkel und ausgestorben, es gebe dort nur noch das Rascheln und Wispern der Tiere.

Wahrscheinlich hat sie Recht mit den anderen Sachen – dass die Invaliden leben wie Tiere –, aber was Letzteres angeht, irrt sie sich offensichtlich. Sie leben und sie sind da draußen und wollen nicht, dass wir das vergessen. Deshalb organisieren sie die Demonstrationen. Deshalb haben sie die Kühe in den Labors freigelassen.

Erst als ich am East End Beach ankomme, bin ich aufgeregt. Obwohl die Sonne hinter mir sinkt, strahlt sie das Wasser weiß an und bringt alles zum Glitzern. Ich schirme meine Augen gegen das blendende Licht ab und entdecke Alex unten am Wasser, ein langer schwarzer Pinselstrich vor all dem Blau. Der gestrige Abend fällt mir wieder ein, die Finger seiner Hand, die so leicht gegen meinen Rücken drückten, dass es schien, als träumte ich – seine andere Hand, trocken und beruhigend wie ein von der Sonne gewärmtes Stück Holz, hielt meine umfasst. Wir tanzten richtig, so wie die Leute bei ihrer Hochzeit tanzen, nachdem die Beziehung zu ihrem zugeteilten Partner offiziell gemacht wurde, aber irgendwie besser, lockerer und weniger steif.

Er sitzt mit dem Rücken zu mir, den Blick aufs Meer gerichtet, und ich bin froh darüber. Ich bin verlegen, als ich die morschen, vom Salzwasser verzogenen Stufen hinunterstapfe, die vom Parkplatz zum Strand führen, und bleibe kurz stehen, um meine Schnürsenkel aufzubinden und die Turnschuhe abzustreifen, die ich dann in eine Hand nehme. Der Sand fühlt sich warm unter meinen nackten Füßen an, als ich auf Alex zugehe.

Ein alter Mann kommt mit einer Angel vom Wasser herauf. Er wirft mir einen misstrauischen Blick zu, dreht sich zu Alex um, sieht wieder mich an und runzelt die Stirn. Ich klappe den Mund auf, um zu sagen: »Er ist geheilt«, aber der Mann grunzt nur etwas im Vorbeigehen und ich kann mir nicht vorstellen, dass er sich die Mühe machen wird, die Aufseher zu rufen, deshalb sage ich nichts. Nicht, dass wir sonst ernsthafte Schwierigkeiten bekämen – das hat Alex gemeint, als er sagte: »Ich bin immun« –, aber ich habe auch keine Lust, eine Menge Fragen zu beantworten und meinen Identitäts-Code durchs SÜS laufen zu lassen und all so was. Außerdem, wenn die Aufseher tatsächlich hierhergerast kämen, um »verdächtiges Verhalten« zu überprüfen, nur um dann festzustellen, dass irgendein Geheilter Mitleid mit einem siebzehnjährigen Nichts hat, wären sie bestimmt sauer – und würden ihren Ärger garantiert an irgendjemandem auslassen.

Mitleid. Ich schiebe das Wort schnell beiseite, überrascht, wie schwierig es ist, so etwas nur zu denken. Den ganzen Tag lang habe ich versucht, nicht darüber nachzudenken, warum um alles in der Welt Alex so nett zu mir ist. Ich habe mir sogar – eine kurze, dumme Sekunde lang – vorgestellt, dass ich nach meiner Evaluierung vielleicht ihm als Partnerin zugeteilt werde. Diesen Gedanken musste ich auch verscheuchen. Alex hat seine Liste bereits erhalten, seine empfohlenen Treffer – sicher schon vor seinem Eingriff, direkt nach der Evaluierung. Er ist noch nicht verheiratet, weil er noch studiert, das ist alles. Aber sobald er fertig ist, wird er heiraten.

Dann fange ich natürlich an, über das Mädchen nachzudenken, das ihm zugeteilt wurde – jemand wie Hana, habe ich beschlossen, mit hellblonden Haaren und der lästigen Fähigkeit, sogar das Binden eines Pferdeschwanzes anmutig aussehen zu lassen, als wäre es die Choreografie eines Tanzes.

Am Strand sind noch vier weitere Leute: eine Mutter mit Kind, etwa dreißig Meter entfernt. Sie sitzt in einem Klappstuhl, dessen Bezug ganz ausgeblichen ist, und starrt ausdruckslos zum Horizont, während das Mädchen – wahrscheinlich nicht älter als drei – in die Wellen watschelt, umkippt, einen Schrei ausstößt (vor Schmerz oder Freude?) und sich wieder aufrappelt. Hinter ihnen geht ein Paar spazieren. Der Mann und die Frau berühren sich nicht – und lächeln auch nicht, aber sie wirken ganz ruhig, als wären sie von einer unsichtbaren Schutzblase umgeben.

Dann stehe ich hinter Alex und er dreht sich um, sieht mich und lächelt. Die Sonne fängt sich in seinem Haar, färbt es vorübergehend weiß. Dann nimmt es wieder sein normales Goldbraun an.

»Hallo«, sagt er. »Schön, dass du gekommen bist.«

Ich bin wieder schüchtern, komme mir blöd vor, wie ich dastehe, meine abgewetzten Schuhe in einer Hand. Ich spüre, dass meine Wangen heiß werden, deshalb senke ich den Blick und lasse meine Schuhe fallen, drehe sie mit dem Zeh einmal im Sand. »Ich hab doch gesagt, dass ich komme, oder?« Die Worte sollten eigentlich nicht so barsch klingen und ich zucke zusammen, verfluche mich in Gedanken. Es ist, als hätte ich einen Filter im Gehirn, der aber nichts verbessert, sondern alles verdreht, und das, was aus meinem Mund kommt, ist vollkommen falsch, vollkommen anders als das, was ich denke.

Glücklicherweise lacht Alex. »Ich meine ja nur, dass du mich letztes Mal versetzt hast«, sagt er. Er macht eine Kopfbewegung auf den Sand hin. »Willst du dich nicht setzen?«

»Klar«, sage ich erleichtert. Ich fühle mich deutlich wohler, sobald wir beide im Sand sitzen. Das macht es weniger wahrscheinlich, dass ich hinfalle oder irgendwas Blödes tue. Ich ziehe die Beine an die Brust und lege mein Kinn auf die Knie. Alex lässt einen guten halben Meter Platz zwischen uns.

Wir sitzen ein paar Minuten lang schweigend da. Erst denke ich hektisch darüber nach, was ich sagen könnte. Jede Sekunde scheint sich unendlich auszudehnen und ich bin ziemlich sicher, dass Alex mich für stumm hält. Aber dann befreit er eine halb vergrabene Muschel aus dem Sand und schleudert sie ins Meer, und mir wird bewusst, dass er sich überhaupt nicht unbehaglich fühlt. Da werde ich lockerer. Ich bin sogar dankbar für das Schweigen.

Manchmal, wenn man Dinge einfach betrachtet, wenn man einfach still dasitzt und die Welt existieren lässt – dann, ich schwöre es, bleibt die Zeit manchmal für einen winzigen Augenblick stehen und die Welt hält in ihrer Drehung inne. Nur einen Augenblick lang. Und wenn es irgendeine Möglichkeit gäbe, in diesem Augenblick zu leben, würde man ewig leben.

»Wir haben Ebbe«, sagt Alex. Er wirft eine weitere Muschel in hohem Bogen hinaus und sie landet genau in der Brandung.

»Ich weiß.« Das Meer lässt ein Durcheinander aus matschigem grünen Seetang, Zweigen und krabbelnden Einsiedlerkrebsen hinter sich zurück, und die Luft riecht durchdringend nach Salz und Fisch. Eine Möwe hüpft pickend über den Strand und ich sehe ihre kleinen, tiefen Krallenabdrücke. »Meine Mutter ist immer mit mir hergekommen, als ich klein war. Wir sind ein bisschen rausgelaufen bei Ebbe – so weit es geht jedenfalls. Komisches Zeug, was da so angeschwemmt wird – Pfeilschwanzkrebse, riesige Muscheln und Seeanemonen. Das alles bleibt einfach liegen, wenn sich das Wasser zurückzieht. Sie hat mir hier auch schwimmen beigebracht.« Ich weiß nicht, warum die Wörter jetzt aus mir heraussprudeln, warum ich den plötzlichen Drang habe zu reden. »Meine Schwester blieb meistens am Strand und baute Sandburgen und wir spielten, es wären echte Städte, als wären wir den ganzen Weg bis zum anderen Ende der Welt geschwommen, zu den ungeheilten Orten. Nur, dass sie in unserer Vorstellung überhaupt nicht krank oder zerstört oder fürchterlich waren. Sie waren alle schön und friedlich und aus Glas und Licht und so was.«

Alex schweigt weiterhin und zieht mit einem Finger Linien in den Sand. Aber ich merke, dass er mir zuhört.

Die Wörter stolpern weiter: »Ich weiß noch, dass meine Mutter mit mir auf der Hüfte im Wasser auf und ab gesprungen ist.

Und dann hat sie einmal einfach losgelassen. Ich meine, natürlich nicht wirklich. Ich hatte diese aufblasbaren Dinger an den Armen. Aber ich hab mich so erschrocken, dass ich aus vollem Hals losgebrüllt habe. Ich war erst ein paar Jahre alt, aber ich kann mich noch genau daran erinnern, echt. Ich war dermaßen erleichtert, als sie mich wieder hochnahm. Aber … aber auch irgendwie enttäuscht. Als hätte ich die Chance auf etwas Großartiges verpasst, weißt du?«

»Und was ist dann passiert?« Alex sieht mich mit schräg gelegtem Kopf an. »Kommt ihr nicht mehr her? Mag deine Mutter das Meer nicht mehr?«

Ich sehe weg, zum Horizont. Das Wasser ist heute recht ruhig. Flach, in allen Schattierungen aus Blau und Purpur, zieht es sich mit einem leise schmatzenden Geräusch zurück. Harmlos. »Sie ist gestorben«, sage ich, überrascht, wie schwierig es ist, das auszusprechen. Alex neben mir schweigt und ich rede schnell weiter. »Sie hat sich umgebracht. Als ich sechs war.«

»Das tut mir leid«, sagt er so leise, dass ich es kaum höre.

»Mein Vater ist gestorben, als ich acht Monate alt war. Ich kann mich gar nicht mehr an ihn erinnern. Ich glaube … ich glaube, daran ist sie irgendwie zerbrochen. Meine Mutter, meine ich. Sie war nicht geheilt. Es hat nicht funktioniert. Ich weiß nicht, warum. Sie haben es dreimal versucht … haben versucht sie zu retten. Sie hatte den Eingriff dreimal, aber er … er hat bei ihr nicht gewirkt.« Ich halte kurz inne, atme ein, traue mich nicht, Alex anzusehen, der so ruhig und still neben mir sitzt wie eine Statue, wie ein geschnitztes Stück Schatten. Trotzdem kann ich nicht aufhören zu reden. Ich habe die Geschichte meiner Mutter noch nie jemandem erzählt. Das war nie nötig. Alle um mich herum, alle in der Schule, alle Nachbarn und die Freunde meiner Tante – sie wussten bereits über meine Familie und ihre schmachvollen Geheimnisse Bescheid. Deshalb sahen sie mich immer mitleidig von der Seite an. Deshalb ritt ich jahrelang auf einer Welle des Flüsterns in jedes Zimmer und wenn ich eintrat, verstummten plötzlich alle und machten schuldbewusste, erschrockene Gesichter. Sogar Hana wusste Bescheid, bevor sie und ich in der zweiten Klasse Sitznachbarinnen wurden. Ich erinnere mich daran, weil sie mich auf dem Klo dabei ertappte, wie ich in ein Papiertaschentuch weinte und es in meinen Mund stopfte, damit mich niemand hörte. Sie stieß die Klotür mit dem Fuß auf, stand dort und starrte mich an. *Ist es wegen deiner Mutter?,* fragte sie, die ersten Worte, die sie je an mich gerichtet hat.

»Ich wusste nicht, dass mit ihr etwas nicht stimmte. Ich wusste nicht, dass sie krank war. Ich war zu jung, um es zu verstehen.« Ich halte den Blick auf den Horizont gerichtet, eine feste dünne Linie, gespannt wie ein Drahtseil. Das Wasser zieht sich immer weiter zurück, und wie immer, seit ich klein war, stelle ich mir dasselbe vor: dass es vielleicht nicht wieder zurückkommt. Vielleicht verschwindet der ganze Ozean für immer, zieht sich über die Erdoberfläche zurück wie Lippen über Zähne und bringt die kalte, weiße Härte darunter zum Vorschein, den bleichen Knochen. »Wenn ich es gewusst hätte, hätte ich es vielleicht …«

Im letzten Augenblick versagt mir die Stimme und ich kann nichts weiter sagen, kann den Satz nicht beenden. *… hätte ich es vielleicht verhindern können.* Es ist ein Satz, den ich noch nie ausgesprochen habe, den ich mir noch nicht mal zu denken gestattet habe. Aber der Gedanke ist da, türmt sich massiv und unverrückbar auf wie eine steile Felswand: Ich hätte es verhindern können. Ich hätte es verhindern müssen.

Wir sitzen schweigend da. Irgendwann während meiner Geschichte müssen die Mutter und ihr Kind zusammengepackt haben und nach Hause gegangen sein; Alex und ich sind ganz allein am Strand. Jetzt, wo die Wörter nicht mehr sprudeln und aus mir herausdrängen, kann ich nicht glauben, wie viel ich mit einem fast vollkommen Fremden geteilt habe, und noch dazu mit einem Jungen. Plötzlich winde ich mich vor Verlegenheit. Ich will unbedingt noch irgendetwas sagen – irgendwas Harmloses über die Gezeiten oder das Wetter –, aber wie üblich habe ich ein totales Brett vor dem Kopf, wenn mein Verstand unbedingt funktionieren soll. Ich habe Angst, Alex anzusehen. Als ich schließlich den Mut aufbringe, ihm einen winzigen Seitenblick zuzuwerfen, sitzt er da und starrt in die Bucht hinaus. Sein Gesicht ist absolut undurchdringlich, abgesehen von einem kleinen Muskel, der unten an seinem Kiefer zuckt. Mir rutscht das Herz in die Hose. Genau, wie ich befürchtet habe – jetzt schämt er sich für mich, ist angewidert von meiner Familiengeschichte, von der Krankheit, die durch mein Blut fließt. Jeden Moment wird er aufstehen und mir erklären, es sei besser, wenn wir nicht mehr miteinander reden. Es ist komisch. Ich kenne Alex gar nicht mal richtig und zwischen uns gibt es eine unüberbrückbare Kluft, aber der Gedanke regt mich trotzdem auf.

Ich möchte am liebsten aufstehen und wegrennen, damit ich nicht nicken und verständnisvoll tun muss, wenn er sich mir zuwendet und sagt: *Hör mal, Lena, tut mir leid, aber …*, und mir diesen allzu vertrauten Blick zuwirft. (Letztes Jahr lief ein tollwütiger Hund in Munjoy Hill herum, der alle biss und nach jedem schnappte. Er hatte Schaum vor dem Mund, war halb verhungert, räudig, voller Flöhe und ihm fehlte ein Bein, aber trotzdem brauchte es zwei Polizisten, um ihn zu erschießen. Eine Menge Schaulustige hatte sich angesammelt und ich war auch da. Ich kam gerade vom Laufen. Zum ersten Mal in meinem Leben verstand ich den Blick, mit dem mich die Leute immer bedacht hatten, das Lippenkräuseln, wenn sie den Namen *Haloway* hörten. Mitleid, ja – aber auch Abscheu und die Angst vor Ansteckung. Genau so sahen sie den Hund an, während er sich im Kreis drehte, um sich schnappte und sabberte; und dann ein kollektives erleichtertes

Aufatmen, als die dritte Kugel ihn schließlich niederstreckte und er aufhörte zu zucken.)

Gerade als ich denke, ich halte es nicht länger aus, streckt Alex seine Hand aus und streicht ganz leicht mit einem Finger über meinen Ellbogen. »Komm, wir machen ein Wettrennen«, sagt er, steht auf und klopft sich den Sand von der Hose. Er reicht mir die Hand und hilft mir hoch, ein Lächeln flackert wieder über sein Gesicht. In diesem Augenblick bin ich ihm unendlich dankbar. Er verwendet meine Familiengeschichte nicht gegen mich. Er hält mich nicht für schmutzig oder beschädigt. Als ich stehe, habe ich das Gefühl, dass er kurz meine Hand drückt, eine schnelle Bewegung, und ich bin erschrocken und glücklich und muss an Hanas und mein Geheimzeichen denken.

»Nur, wenn du was für totale Demütigung übrighast«, sage ich.

Er hebt die Augenbrauen. »Du glaubst also, du könntest mich schlagen?«

»Das glaube ich nicht. Ich *weiß* es.«

»Werden wir ja sehen.« Er legt den Kopf schräg. »Also, wer als Erstes bei den Bojen ist, okay?«

Das haut mich um. Allzu weit zieht sich das Meer in der Casco Bay bei Ebbe nicht zurück; die Bojen treiben immer noch auf gut einem Meter Wasser. »Du willst ins Meer rausrennen?«

»Angst?«, fragt er grinsend.

»Ich hab keine Angst, ich will nur …«

»Gut.« Er streckt den Arm aus und streicht mit zwei Fingern über meine Schulter. »Wie wär's dann mit etwas weniger Reden und etwas mehr … *Los!*«

Das letzte Wort ruft er und dann rast er los. Ich brauche zwei ganze Sekunden, bevor ich hinter ihm herrenne, und brülle: »Das ist unfair! Ich war noch nicht so weit!«, und wir lachen beide, als wir in unseren Kleidern durch das seichte Wasser platschen, wo die kleinen Rillen und Versenkungen des Meeresbodens durch die Ebbe sichtbar geworden sind. Muschelschalen knirschen unter meinen Füßen. Ich bleibe mit dem Zeh in einer Schlinge aus rotem und purpurfarbenem Seetang hängen und falle beinahe auf die Nase. Mit einer Handfläche fange ich mich ab und komme wieder ins Gleichgewicht, habe Alex beinahe eingeholt, als er sich bückt, eine Handvoll Sand aufhebt und sich umdreht, um mich damit zu bewerfen. Ich kreische und ducke mich, aber ein bisschen davon erwischt mich trotzdem an der Wange und tropft meinen Hals hinunter.

»Du bescheißt!«, stoße ich hervor, außer Atem vom Rennen und Lachen.

»Man kann nicht bescheißen, wenn es keine Regeln gibt«, sagt Alex über die Schulter.

»Keine Regeln also?« Wir platschen jetzt bis zum Schienbein durchs Wasser und ich fange an, ihn nass zu spritzen, sprenkele ein Muster auf seinen Rücken und seine Schultern. Er dreht sich um und fährt mit dem Arm über die Wasseroberfläche, erzeugt einen glitzernden Bogen. Ich drehe mich weg, um ihm auszuweichen, rutsche aus und falle ins Wasser, wobei meine Shorts und die untere Hälfte meines T-Shirts klatschnass werden. Von der plötzlichen Kälte muss ich nach Luft schnappen. Alex kämpft sich weiter vorwärts, den Kopf zurückgelegt, sein Lächeln strahlend. Sein Gelächter perlt so laut auf und davon, dass ich mir vorstelle, wie es an der Great Diamond Island vorbeiläuft, hinterm Horizont versinkt und weit bis in andere Teile der Welt gelangt. Ich rappele mich auf und stürze hinter ihm her. Die Bojen wippen gut fünf Meter vor uns und das Wasser reicht mir bis zu den Knien, dann zu den Schenkeln und dann bis hoch an die Taille und zum Schluss müssen wir beide halb rennen und halb schwimmen und rudern dabei heftig mit den Armen. Ich kann weder atmen noch denken oder etwas anderes tun als lachen und platschen und mich auf die leuchtend roten wippenden Bojen konzentrieren, mich aufs Gewinnen konzentrieren, aufs Gewinnen, ich muss gewinnen, und als wir nur noch einen knappen Meter entfernt sind und er immer noch in Führung liegt und meine Beine sich bleiern anfühlen, meine Kleider mich hinabziehen, als hätte ich Steine in den Taschen, werfe ich mich, ohne nachzudenken, nach vorn auf ihn, drücke ihn unter Wasser, spüre, wie mein Fuß seinen Oberschenkel berührt, als ich mich von ihm abstoße und mich ausstrecke, um an der Boje abzuschlagen. Das Plastik flutscht unter meiner Hand weg. Wir müssen ungefähr vierhundert Meter vom Strand entfernt sein, aber weil Ebbe ist, kann ich noch stehen, das Wasser geht mir bis zur Brust. Ich reiße triumphierend die Arme hoch, als Alex prustend wieder hochkommt und den Kopf schüttelt, so dass Wasser windmühlenartig aus seinen Haaren schießt.

»Gewonnen«, stoße ich hervor.

»Du hast beschissen«, sagt er, schiebt sich ein paar Schritte weiter vor und lässt sich dann mit beiden Armen nach hinten fallen, lehnt sich über das Seil, das zwischen den Bojen verläuft. Er drückt seinen Rücken durch, so dass sein Gesicht in den Himmel gerichtet ist. Sein T-Shirt ist völlig durchnässt und Wasser tropft von seinen Wimpern und läuft über seine Wangen.

»Keine Regeln«, sage ich, »also kann man nicht bescheißen.«

Grinsend wendet er sich mir zu. »Ich hab dich sowieso gewinnen lassen.«

»Ja, sicher.« Ich spritze ein bisschen Wasser auf ihn und er hebt die Hände, als wollte er sich ergeben. »Du bist einfach ein schlechter Verlierer.«

»Ich hab nicht viel Übung darin.« Da ist dieses Selbstvertrauen wieder, diese Gelassenheit, die einen halb wahnsinnig machen kann, der schräg gelegte Kopf und das Lächeln. Aber heute macht es mich nicht wahnsinnig. Heute gefällt es mir, heute habe ich das Gefühl, als färbte es irgendwie auf mich ab, so, als müsste ich nur oft in seiner Nähe sein und schon würde ich mich nie wieder unbehaglich, ängstlich oder unsicher fühlen.

»Schon klar.« Ich verdrehe die Augen und schlinge einen Arm um die Boje, genieße es, wie die Strömung um meine Brust plätschert, genieße das merkwürdige Gefühl, bekleidet draußen im Meer zu sein, genieße, wie mein T-Shirt an mir klebt. Bald kommt die Flut und das Wasser wird zurückströmen. Wir müssen langsam zurück zum Strand schwimmen, was ganz schön anstrengend werden wird.

Aber das ist mir egal. Mir ist *alles* egal – ich mache mir keine Gedanken, wie in aller Welt ich Carol erklären soll, warum ich klatschnass nach Hause komme, mit Seetang an meinem Rücken und dem Geruch nach Salz in meinen Haaren, oder wie lange es noch bis zur Ausgangssperre dauert oder warum Alex überhaupt so nett zu mir ist. Ich bin einfach nur *glücklich,* ein reines, brodelndes Gefühl. Hinter den Bojen ist die Casco Bay dunkelrot, die Wellen schaumgekrönt. Es ist verboten, über die Bojen hinauszuschwimmen – hinter den Bojen liegen die Inseln mit den Wachtürmen und dahinter ist das offene Meer, das Meer, das zu unkontrollierten Orten führt, zu Orten voller Krankheit und Angst –, aber in diesem Moment stelle ich mir vor, einfach unter dem Seil durchzutauchen und hinauszuschwimmen.

Links von uns sind die leuchtend weißen Umrisse des Laborkomplexes zu sehen und dahinter, in der Ferne, Old Port, dessen Holzstege wirken wie riesige hölzerne Tausendfüßler. Rechts von uns liegen Tukey's Bridge und die lange Reihe aus Wachhäuschen, die die Brücke säumen und sich dann weiter die Grenze entlangziehen. Alex bemerkt meinen Blick.

»Schön, nicht wahr?«, fragt er.

Die Brücke ist graugrün gefleckt, von Spritzwasser und Algen überzogen, und sieht aus, als lehnte sie sich leicht gegen den Wind. Ich rümpfe die Nase. »Sie ist irgendwie ziemlich runtergekommen, oder? Meine Schwester sagt immer, eines Tages fällt sie ins Meer, kippt einfach um.«

Alex lacht. »Ich habe nicht von der Brücke gesprochen.« Er macht nur eine leichte Bewegung mit dem Kinn. »Ich meinte dahinter.« Er hält den Bruchteil einer Sekunde inne. »Ich meinte die Wildnis.«

Hinter Tukey's Bridge liegt die Nordgrenze, die am entgegengesetzten Ende von Back Cove entlang verläuft. Während wir dort stehen, gehen die Lichter in den Wachhäuschen an, eins nach dem anderen, und leuchten gegen den immer dunkler werdenden blauen Himmel an – ein Zeichen, dass es spät wird und ich bald nach Hause muss. Ich kann mich aber nicht überwinden zu gehen, noch nicht mal, als ich spüre, wie das Wasser an meiner Brust anfängt zu strudeln und zu wirbeln. Die Flut kommt. Jenseits der Brücke bewegt sich das saftige Grün der Wildnis gleichmäßig im Wind wie eine sich endlos neu formierende Mauer, ein dichter Keil aus Grün, der sich einen Weg zur Casco Bay bahnt und Portland von Yarmouth trennt. Von hier aus können wir gerade mal ein kleines Stück davon sehen, einen leeren Fleck ohne Lichter, ohne Boote, ohne Gebäude: schwarz und undurchdringlich, eigenartig. Aber ich weiß, dass die Wildnis sich weiter erstreckt, kilometerweit und immer weiter über das Festland zieht, über das ganze Land, wie ein Monster, das seine Tentakel um die zivilisierten Teile der Welt schlingt.

Vielleicht liegt es an dem Wettrennen zu den Bojen oder daran, dass ich ihn geschlagen habe, oder an der Tatsache, dass er nichts Böses gegen mich oder meine Familie gesagt hat, als ich ihm von meiner Mutter erzählt habe, aber mich durchströmt immer noch mit aller Kraft das Schwindel- und Glücksgefühl und ich habe den Eindruck, ich könnte Alex alles erzählen, ihn alles fragen. Also sage ich: »Kann ich dir ein Geheimnis anvertrauen?« Ich warte seine Antwort nicht ab, das ist nicht nötig, und ich rede einfach weiter. »Ich hab früher viel darüber nachgedacht. Über die Wildnis, meine ich, und wie es dort wohl ist … und über die Invaliden, ob es sie wirklich gibt.« Aus den Augenwinkeln habe ich den Eindruck, dass er leicht zusammenzuckt, daher spreche ich schnell weiter. »Ich habe manchmal gedacht … mir vorgestellt, dass meine Mutter vielleicht gar nicht tot wäre, weißt du? Dass sie vielleicht einfach in die Wildnis abgehauen wäre. Nicht, dass das besser wäre. Wahrscheinlich wollte ich einfach nicht, dass sie ganz weg ist. Es war leichter, mir vorzustellen, sie wäre irgendwo da draußen und würde singen …« Ich breche ab und schüttele den Kopf, erstaunt, dass ich mich so wohlfühle, wenn ich mit Alex rede. Erstaunt und dankbar. »Was ist mit dir?«, frage ich.

»Was soll mit mir sein?« Alex beobachtet mich mit einem Gesichtsausdruck, den ich nicht deuten kann. Beinahe, als hätte ich ihn verletzt, aber das ergibt keinen Sinn.

»Hast du je darüber nachgedacht, in die Wildnis zu gehen, als du klein warst? Nur zum Spaß, meine ich, im Spiel.«

Alex blinzelt, wendet den Blick ab und zieht eine Grimasse. »Ja, klar. Oft.« Er streckt die Hand aus und schlägt auf die Bojen. »Keine von denen hier. Keine Mauern, gegen die man rennt. Keine Augen. Freiheit und genug Platz, Orte, an denen man sich ausstrecken kann. Ich denke immer noch über die Wildnis nach.«

Ich starre ihn an. Niemand benutzt mehr solche Wörter: *Freiheit, genug Platz*. Alte Wörter. »Immer noch? Sogar noch danach?«

Ohne es zu wollen oder darüber nachzudenken, strecke ich die Hand aus und streiche kurz mit den Fingern über die dreizackige Narbe an seinem Hals.

Er zuckt vor meiner Berührung zurück, als hätte ich ihn versengt, und ich lasse beschämt die Hand sinken.

»Lena …«, sagt er mit ganz seltsamer Stimme; als wäre mein Name etwas Saures, ein Wort, das ihm einen schlechten Geschmack im Mund verursacht.

Ich weiß, ich hätte ihn nicht so berühren sollen. Damit habe ich eine Grenze überschritten und er wird mich daran erinnern, was es bedeutet, ungeheilt zu sein. Ich glaube, ich werde vor Demütigung sterben, wenn er jetzt anfängt, mir einen Vortrag zu halten, deshalb plappere ich weiter. »Die meisten Geheilten denken nicht über solche Sachen nach. Carol – das ist meine Tante – sagt immer, das sei Zeitverschwendung. Da draußen gebe es nichts weiter als Tiere und Land und Insekten, all das Gerede über die Invaliden sei nur erfunden, nur Kinderkram. Sie sagt, an die Invaliden zu glauben, sei dasselbe, wie an Werwölfe oder Vampire zu glauben. Weißt du noch, wie die Leute früher immer gesagt haben, es gebe Vampire in der Wildnis?«

Alex lächelt, aber wieder ist es eher ein Zusammenzucken. »Lena, ich muss dir was sagen.« Seine Stimme klingt jetzt etwas fester, aber irgendetwas in seinem Tonfall macht mir Angst und ich will ihn nicht zu Wort kommen lassen.

Ich kann einfach nicht mehr aufhören zu reden. »Hat es wehgetan? Der Eingriff, meine ich. Meine Schwester hat gesagt, es sei keine große Sache gewesen, nicht mit den ganzen Schmerzmitteln, die sie einem geben, aber meine Cousine Marcia meinte, es sei schlimmer als alles andere, schlimmer als eine Geburt, obwohl es bei ihrem zweiten Kind ungefähr fünfzehn Stunden gedauert hat, bis es endlich da war ...« Ich breche ab und werde rot, verwünsche mich in Gedanken für die alberne Wendung des Gesprächs. Ich wünschte, ich könnte zur Party gestern Nacht zurückspulen, als mein Gehirn ganz leer war; es ist, als hätte ich die Wörter für einen Anfall von verbalem Erbrechen aufgespart. »Ich habe aber keine Angst«, schreie ich beinahe, als Alex erneut den Mund aufklappt, um etwas zu sagen. Ich will die Situation verzweifelt irgendwie retten. »Bis zu meinem Eingriff ist es nicht mehr lang. Sechzig Tage. Ganz schön bescheuert, hm? Dass ich zähle. Aber ich kann's kaum erwarten.«

»Lena.« Alex' Stimme ist jetzt stärker, kräftiger und bringt mich schließlich zum Schweigen. Er dreht sich zu mir, so dass wir uns direkt gegenüber stehen. In diesem Moment hebt sich mein Fuß vom Sandboden ab. Das Wasser reicht mir schon bis zum Hals. Die Flut steigt schnell. »Hör zu. Ich bin nicht der … für den du mich hältst.«

Ich muss mich anstrengen, um stehen zu bleiben. Plötzlich zieht und zerrt die Strömung an mir. So kam es mir schon immer vor. Das Wasser läuft langsam ab, kommt aber schnell zurück. »Was soll das heißen?«

Seine Augen – abwechselnd golden und bernsteinfarben, die Augen eines Tieres – mustern mein Gesicht, und ohne zu wissen, warum, habe ich wieder Angst. »Ich bin nicht geheilt«, sagt er. Einen Augenblick schließe ich die Augen und stelle mir vor, ich hätte mich verhört, stelle mir vor, ich hätte nur das leise Plätschern der Wellen für seine Stimme gehalten. Aber als ich die Augen wieder aufschlage, steht er immer noch da und starrt mich an, er sieht schuldbewusst aus und noch irgendwie anders – traurig vielleicht? – und ich weiß, dass ich richtig gehört habe. Er sagt: »Bei mir wurde der Eingriff nicht gemacht.«

»Du meinst, es hat nicht funktioniert?«, frage ich. Mein Körper kribbelt, wird ganz taub, und erst da wird mir bewusst, wie kalt es ist. »So wie bei meiner Mutter?«

»Nein, Lena. Ich …« Er sieht blinzelnd weg und sagt leise: »Ich weiß nicht, wie ich dir das erklären soll.«

Von meinen Fingerspitzen bis zu meinen Haarwurzeln fühle ich mich jetzt wie mit Eis überzogen. Unzusammenhängende Bilder gehen mir im Kopf herum, ein Film in einer Endlosschleife: Alex, der auf der Tribüne steht, seine Haare wie eine Blätterkrone; wie er seinen Kopf dreht und die ordentliche dreizackige Narbe genau neben seinem linken Ohr zeigt; wie er die Hand nach mir ausstreckt und sagt: *Ich bin immun. Ich werde dir nichts tun.* Die Wörter fangen wieder an, aus mir herauszusprudeln, aber ich spüre sie nicht, spüre kaum etwas. »Es hat nicht funktioniert und du hast es niemandem gesagt. Hast gelogen, damit du weiter studieren kannst, Arbeit findest, eine Partnerin ausgewählt und zugeteilt bekommst und all das. Aber in Wirklichkeit bist du nicht … du bist immer noch … du könntest immer noch …« Ich bringe es nicht über mich, das Wort zu sagen. Krank. Ungeheilt. Elend. Ich habe das Gefühl, *mir* wird gleich ganz elend.

»Nein.« Alex' Stimme ist so laut, dass ich einen Schreck bekomme. Ich trete einen Schritt zurück, meine Füße rutschen auf dem glitschigen und unebenen Meeresgrund aus und ich gehe beinahe unter, aber als Alex eine Bewegung macht, um mich zu berühren, zucke ich zurück, aus seiner Reichweite. Sein Gesicht nimmt einen harten Ausdruck an, als hätte er eine Entscheidung getroffen. »Pass auf. Ich bin nie geheilt worden. Mir wurde nie eine Partnerin zugeteilt oder jemand für mich ausgewählt oder so was. Ich war noch nicht mal bei der Evaluierung.«

»Unmöglich.« Ich kriege das Wort kaum raus, ein Flüstern. Der Himmel kreist über mir, lauter Blau-, Rosa- und Rottöne, die durcheinanderwirbeln, bis es aussieht, als würde ein Teil des Himmels bluten. »Unmöglich. Du hast die Narbe.«

»*Eine* Narbe«, verbessert er mich, etwas sanfter jetzt. »Einfach nur eine Narbe. Nicht *die* Narbe.« Dann dreht er den Kopf und lässt mich einen Blick auf seinen Hals werfen. »Eine kleine Narbe, ein umgekehrtes Dreieck. Leicht nachzumachen. Mit einem Skalpell, einem Taschenmesser, irgendetwas.«

Ich schließe erneut die Augen. Die Wellen steigen um mich herum und von der Bewegung, diesem Heben und Senken, werde ich mich wirklich gleich übergeben, direkt hier im Wasser. Ich würge das Gefühl hinunter, versuche die Erkenntnis zurückzudrängen, die hinten an meinen Verstand klopft und droht mich zu überwältigen. Ich öffne die Augen und krächze: »Wie …?«

»Du musst das verstehen, Lena. Ich *vertraue* dir. Begreifst du das?« Er sieht mich so durchdringend an, dass ich seine Augen wie eine Berührung spüren kann, und ich halte den Blick abgewandt. »Ich hatte nicht vor … ich wollte dich nicht anlügen.«

»Wie?«, wiederhole ich, lauter jetzt. Irgendwie bleibt mein Gehirn an dem Wort *lügen* hängen und vollführt eine endlose Schleife: *Es gibt keine Möglichkeit, die Evaluierungen zu vermeiden, außer wenn man lügt. Es gibt keine Möglichkeit, den Eingriff zu vermeiden, außer wenn man lügt. Man muss lügen.*

Einen Augenblick schweigt Alex und ich glaube schon, er wird kneifen und mir nicht mehr erzählen. Beinahe *wünschte* ich, es wäre so. Ich will unbedingt die Zeit zurückdrehen, zu jenem Moment zurückkehren, bevor er meinen Namen in diesem eigenartigen Tonfall ausgesprochen hat, zurück zu jenem triumphierenden, aufwogenden Gefühl, als ich ihn geschlagen habe, zurück zu diesem Gefühl von Glück und Freiheit. Wir machen noch ein Wettrennen, zum Strand. Wir treffen uns morgen und werden versuchen, den Fischern am Hafen ein paar frische Krebse abzuschwatzen.

Aber dann spricht er weiter. »Ich bin nicht von hier«, sagt er. »Ich meine, ich bin nicht in Portland geboren. Nicht direkt.« Er spricht mit diesem Tonfall, den alle benutzen, wenn sie kurz davor sind, einen auseinanderzureißen. Sanft – sogar freundlich –, als würde die Nachricht einfach dadurch, dass man mit einer einschläfernden Stimme spricht, besser werden. *Tut mir leid, Lena, aber deine Mutter war eine gequälte Frau.* Als würde man so die unterschwellige Gewalt nicht wahrnehmen.

»Wo kommst du her?« Ich muss eigentlich nicht fragen. Ich weiß es bereits. Die Erkenntnis hat mich überrollt, überwältigt, ist über mir zusammengeschlagen. Aber ein kleiner Teil von mir glaubt, dass es, solange er es nicht ausspricht, auch nicht wahr ist.

Seine Augen sind unbewegt auf meine gerichtet, aber er macht eine Kopfbewegung nach hinten – hin zur Grenze, jenseits der Brücke, zu diesem endlos sich bewegenden Gewirr aus Zweigen und Blättern, Ranken und verschlungenen, wachsenden Dingen. »Von dort«, sagt er oder vielleicht glaube ich auch nur, dass er es sagt. Seine Lippen bewegen sich kaum. Aber die Bedeutung ist klar.

Er kommt aus der Wildnis.

»Ein Invalide«, sage ich. Es kommt mir vor, als scheuerte das Wort an meiner Kehle. »Du bist ein Invalide.« Ich gebe ihm eine letzte Chance, es zu leugnen.

Aber das tut er nicht. Er zuckt nur leicht zusammen und sagt: »Das Wort habe ich schon immer gehasst.«

Wie ich so dastehe, wird mir noch etwas klar: dass es kein Zufall war, wenn Carol sich immer über mich lustig machte, weil ich noch an die Invaliden glaubte, wenn sie immer den Kopf schüttelte, ohne sich die Mühe zu machen, von ihrem Strickzeug aufzusehen – *tick, tick, tick,* stießen die Nadeln aneinander, aufblitzendes Metall –, und sagte: »Wahrscheinlich glaubst du auch noch an Vampire und Werwölfe?«

Vampire, Werwölfe und Invalide: Dinge, die sich in dich verbeißen, dich zerreißen. Tödliche Dinge.

Ich habe plötzlich furchtbare Angst und verspüre einen starken Druck in der Magengrube und zwischen den Beinen, und einen verrückten und lächerlichen Moment lang bin ich sicher, dass ich gleich pinkeln muss. Der Leuchtturm auf Great Diamond Island geht an, legt einen breiten Streifen auf das Wasser, einen riesigen, anklagenden Finger. Ich fürchte von seinem Strahl erfasst zu werden, fürchte, er könne in meine Richtung weisen und dass ich dann das Dröhnen der staatlichen Hubschrauber höre und die Megafon-Stimmen der Aufseher, die schreien: »Illegale Aktivität! Illegale Aktivität!« Der Strand sieht hoffnungslos und furchtbar weit entfernt aus. Ich weiß gar nicht, wie wir so weit rausgekommen sind. Meine Arme fühlen sich schwer und nutzlos an und ich muss an meine Mutter denken, daran, wie sich ihre Jacke langsam mit Wasser vollsog.

Ich hole tief Luft, versuche meinen Verstand davon abzuhalten, sich zu drehen, versuche mich zu konzentrieren. Niemand kann wissen, dass Alex ein Invalide ist. Ich selbst wusste es ja auch nicht. Er sieht normal aus, hat die Narbe an der richtigen Stelle. Niemand kann unser Gespräch belauscht haben.

Eine Welle hebt sich und bricht an meinem Rücken. Ich stolpere nach vorn. Alex streckt die Hand aus und packt mich am Arm, damit ich nicht das Gleichgewicht verliere, aber gerade als eine weitere Welle über uns hinwegrauscht, reiße ich mich los. Ich schlucke Salzwasser, spüre, wie mir das Salz in den Augen brennt, und vorübergehend kann ich nichts sehen.

»Lass das«, stottere ich. »Wag ja nicht, mich anzufassen.«

»Lena, ich schwöre, ich wollte dich nicht verletzen. Ich wollte dich nicht belügen.«

»Warum tust du das?« Ich kann nicht geradeaus denken, kann kaum atmen. »Was willst du von mir?«

»Was ich will …?« Alex schüttelt den Kopf. Er sieht ernsthaft verwirrt aus – und auch verletzt, als wäre ich diejenige, die etwas falsch gemacht hat. Einen Augenblick flackert Sympathie in mir auf. Vielleicht sieht er das in meinem Gesichtsausdruck, diesen Bruchteil einer Sekunde, in dem ich meine Abwehrhaltung fallenlasse, denn in diesem Augenblick wird seine Miene sanfter und seine Augen leuchten wie Flammen, und obwohl ich kaum wahrnehme, wie er sich bewegt, hat er den Abstand zwischen uns plötzlich überwunden, legt mir seine warmen Hände auf die Schultern – Finger, die so warm und stark sind, dass ich beinahe aufschreie – und sagt: »Lena, ich mag dich, okay? Das war's. Das ist alles. Ich mag dich.« Seine Stimme ist so leise und hypnotisch, als würde er singen. Ich muss an Raubtiere denken, die sich lautlos von Bäumen fallen lassen; ich muss an riesige Katzen mit glühenden bernsteinfarbenen Augen denken, genau wie seine.

Und dann stolpere ich rückwärts, schwimme von ihm weg, mein T-Shirt und meine Shorts sind schwer vom Wasser, mein Herz hämmert schmerzvoll gegen meine Brust und mein Atem kratzt in meiner Kehle. Ich stoße mich vom Boden ab und schiebe mich mit den Armen vorwärts, halb rennend, halb schwimmend. Mit meiner vollgesogenen Kleidung komme ich nur zentimeterweise vorwärts, so dass ich das Gefühl habe, mich durch Sirup zu bewegen. Alex ruft meinen Namen, aber ich habe zu große Angst davor, mich umzudrehen und zu sehen, ob er mir folgt. Es ist wie in einem dieser Albträume, in denen etwas hinter einem her ist, man aber nicht nachsehen kann, was es ist. Alles, was man hört, ist sein Atem, der immer näher kommt. Man spürt, wie sein Schatten hinter einem aufragt, aber man ist wie gelähmt. Man weiß, dass man jeden Augenblick spüren wird, wie sich einem eisige Finger um den Hals legen.

Das schaffe ich nie, denke ich. *Ich schaffe es nie bis zurück.* Irgendwas kratzt über mein Schienbein und ich bilde mir ein, dass die Bucht um mich herum voller schrecklicher Unterwasserdinge ist, Haie und Quallen und giftige Aale, und obwohl ich weiß, das ist nur die Panik, würde ich mich am liebsten einfach gehenlassen und aufgeben. Der Strand ist noch so weit weg und meine Arme und Beine sind so schwer.

Alex' Stimme wird vom Wind hinweggepeitscht und klingt immer weiter entfernt, und als ich schließlich den Mut aufbringe, über meine Schulter zurückzublicken, sehe ich ihn neben den Bojen auf und ab wippen. Ich bin weiter gekommen, als ich dachte, und wenigstens folgt Alex mir nicht. Meine Angst lässt nach und der Knoten in meiner Brust löst sich. Die nächste Welle ist so kräftig, dass sie mich über einen steilen Unterwassergrat hinweghebt und mich in weichem Sand auf die Knie wirft. Als ich mich aufrappele, geht mir das Wasser nur noch bis zur Taille und ich wate den restlichen Weg zurück zum Ufer, schlotternd, dankbar, erschöpft.

Meine Schenkel zittern. Keuchend und hustend breche ich auf dem Strand zusammen. Nach den farbigen Flammen zu schließen, die am Himmel über Back Cove hinaufzüngeln – Orange, Rot, verschiedene Rosatöne –, muss es kurz vor Sonnenuntergang sein, wahrscheinlich etwa acht. Ein Teil von mir würde sich am liebsten einfach hinlegen, die Arme ausbreiten, sich ausstrecken und die ganze Nacht durchschlafen. Ich habe das Gefühl, dass ich die Hälfte meines Körpergewichts an Salzwasser geschluckt habe. Meine Haut brennt und überall ist Sand, in meinem BH, meiner Unterhose, zwischen meinen Zehen und unter meinen Fingernägeln. Was auch immer da im Wasser an meinem Schienbein entlanggekratzt hat, hat eine Spur hinterlassen: ein langes Blutrinnsal schlängelt sich über meinen Unterschenkel.

Ich sehe auf und einen kurzen, angstvollen Moment kann ich Alex nicht bei den Bojen entdecken. Mein Herz setzt aus. Dann sehe ich ihn, ein dunkler Punkt, der schnell durchs Wasser zieht. Er lässt die Arme beim Schwimmen anmutig kreisen. Er ist schnell. Ich komme auf die Beine, schnappe mir meine Schuhe und humpele zu meinem Fahrrad. Ich bin so erschöpft, dass es eine Weile dauert, bis ich die Balance halten kann, und erst schwanke ich in verrückten Schlangenlinien hin und her wie ein Kleinkind, das gerade Fahrradfahren lernt.

Ich blicke nicht ein einziges Mal zurück, bevor ich an unserem Gartentor angelangt bin. Inzwischen sind die Straßen leer und ruhig, die Nacht bricht bald an, die Ausgangssperre wird sich gleich um uns legen wie eine riesige warme Umarmung. Sie sorgt dafür, dass wir alle an unserem Platz sind, in Sicherheit.

elf

Seht es mal so: Wenn es draußen kalt ist und ihr mit den Zähnen klappert, packt ihr euch mit Wintermantel, Schals und Fäustlingen warm ein, damit ihr euch nicht erkältet. Nun, die Grenzen sind wie Hüte, Schals und Wintermäntel für das ganze Land! Sie halten die allerschlimmsten Krankheiten ab, damit wir gesund bleiben!
Aber etwas gab es nach der Errichtung der Grenzen für den Präsidenten und das Konsortium noch zu erledigen, bevor wir alle in Sicherheit waren und glücklich werden konnten. Die große Hygiene (manchmal auch »Die Offensive« genannt) dauerte nicht mal einen Monat, aber anschließend waren alle wilden Gebiete krankheitsfrei. Wir hatten uns mit ein wenig altmodischer Muskelkraft dahin aufgemacht und schrubbten die Problemstellen einfach weg, genau wie wenn eure Mutter den Küchentisch mit einem Schwamm abwischt, kinderleicht …*

** Hygiene*
1. Die Durchführung von Maßnahmen im Dienste von Sauberkeit und Gesundheit, dazu gehören auch Abwasser- und Müllentsorgung
2. Gesundheitslehre

Auszug aus:
Dr. Richards Geschichtsbuch für Kinder, 1. Kapitel

Noch ein Geheimnis über meine Familie: Mehrere Monate vor ihrem geplanten Eingriff bekam meine Schwester Deliria. Sie verliebte sich in einen Jungen namens Thomas, der ebenfalls ungeheilt war. Ganze Tage lang lagen Thomas und sie in einer Wildblumenwiese, schirmten ihre Augen gegen die Sonne ab und flüsterten sich Versprechen zu, die nie gehalten werden konnten. Rachel weinte die ganze Zeit und einmal gestand sie mir, dass Thomas gerne ihre Tränen wegküsste. Noch heute, wenn ich an diese Zeit zurückdenke – ich war damals erst acht –, denke ich an den Geschmack von Salz.

Die Krankheit arbeitete sich langsam immer tiefer in sie hinein, ein Tier, das sie von innen auffraß. Meine Schwester konnte nichts essen. Das wenige, zu dem wir sie überreden konnten, kam genauso schnell wieder hoch, wie sie es geschluckt hatte, und ich fürchtete um ihr Leben.

Thomas brach natürlich ihr Herz, was niemanden überraschte. Im *Buch Psst* heißt es: »Amor deliria nervosa bewirkt Veränderungen im präfrontalen Cortex des Gehirns und ruft dadurch Fantasien und Wahnvorstellungen hervor, die im fortgeschrittenen Krankheitsstadium Verzweiflungszustände nach sich ziehen.« (siehe »Folgen«, S. 36). Daraufhin lag meine Schwester ununterbrochen im Bett und tat nichts weiter, als die Schatten zu beobachten, die langsam über die Wände zogen, während sich die Rippen unter ihrer blassen Haut abzeichneten wie Holz, das aus dem Wasser ragt.

Aber selbst dann wehrte sie sich noch gegen den Eingriff und den Trost, den er ihr spenden würde. An dem Tag, als sie das Heilmittel verabreicht bekommen sollte, waren vier Wissenschaftler und mehrere Spritzen Beruhigungsmittel nötig, bevor sie sich beugte, bevor sie aufhörte, mit ihren langen, scharfen Nägeln zu kratzen, die sie wochenlang nicht geschnitten hatte, und zu schreien, zu fluchen und nach Thomas zu rufen. Ich sah zu, wie sie abgeholt wurde. Ich saß entsetzt in einer Ecke, während sie spuckte, zischte und um sich trat, und dachte an meine Eltern.

An jenem Nachmittag begann ich die Monate bis zu meinem Eingriff zu zählen, obwohl es noch fast ein Jahrzehnt hin war.

Schließlich wurde meine Schwester geheilt. Sanftmütig und zufrieden kam sie zu mir zurück, die Nägel makellos und rund geschnitten, die Haare zu einem langen, dicken Zopf geflochten. Mehrere Monate später wurde sie einem etwa gleichaltrigen

Informatiker zugeteilt, und einige Wochen nach ihrem Collegeabschluss heirateten sie. Sie hatten die Hände locker verschränkt und sahen beide geradeaus, als blickten sie in eine Zukunft aus Tagen, die ungetrübt von Sorgen, Unzufriedenheit oder Unstimmigkeiten verstreichen würden, eine Zukunft aus identischen Tagen wie Perlen auf einer Schnur.

Thomas wurde auch geheilt. Er wurde mit Ella verheiratet, die früher die beste Freundin meiner Schwester gewesen war, und jetzt sind alle glücklich. Rachel erzählte mir vor ein paar Monaten, dass sich die beiden Paare oft bei Picknicks und Nachbarschaftsveranstaltungen treffen, weil sie ziemlich nah beieinander im East End wohnen. Alle vier sitzen zusammen und führen höfliche und friedliche Gespräche, ohne dass der geringste Anflug aus der Vergangenheit die Ruhe und Vollkommenheit der Gegenwart stört.

Das ist das Schöne an dem Heilmittel. Niemand erwähnt jene vergangenen, heißen Tage auf der Wiese, als Thomas Rachels Tränen wegküsste und Welten erfand, einfach nur, um sie ihr versprechen zu können, oder als sie sich beim Gedanken daran, ohne ihn leben zu müssen, die Haut von den Armen zog. Ich bin sicher, dass ihr das peinlich ist, wenn sie sich überhaupt daran erinnert. Es stimmt zwar, dass ich sie gar nicht mehr so oft sehe – nur alle paar Monate, wenn ihr einfällt, dass sie mal wieder vorbeikommen sollte –, und so betrachtet könnte man vermutlich sagen, dass ich *trotz* des Eingriffs ein Stück von ihr verloren habe. Aber darum geht es nicht. Es geht darum, dass sie geschützt ist. Es geht darum, dass sie in Sicherheit ist.

Ich werde euch noch ein Geheimnis verraten, diesmal zu eurem Besten. Ihr denkt vielleicht, die Vergangenheit hätte euch was zu sagen. Ihr denkt vielleicht, dass ihr auf sie hören solltet, euch bemühen solltet, ihr Flüstern zu verstehen, euch nach hinten wenden oder bücken solltet, um ihre Stimme zu vernehmen, die vom Boden her, von den toten Orten her wispert. Ihr denkt vielleicht, dass darin etwas steckt, das für euch interessant sein könnte, etwas, das ihr verstehen müsstet oder das Sinn ergäbe.

Aber ich kenne die Wahrheit: Ich weiß es aus den Nächten der »Kälte«. Ich weiß, dass die Vergangenheit euch hinunterziehen wird, wenn ihr auf das Flüstern des Windes lauscht und auf das Geschwätz der Bäume, die sich aneinander reiben, und irgendeinen Code zu entziffern versucht oder zusammenzufügen, was zerbrochen ist. Es ist hoffnungslos. Die Vergangenheit ist nichts weiter als eine Last. Sie wird in euch liegen wie ein Stein.

Glaubt mir: Wenn ihr hört, dass die Vergangenheit mit euch spricht, wenn ihr spürt, wie sie hinten an euch zieht und mit den Fingern eure Wirbelsäule entlangfährt, ist das Beste – das Einzige –, was ihr tun könnt, wegzurennen.

In den Tagen nach Alex' Geständnis prüfe ich andauernd, ob ich Symptome der Krankheit an mir entdecke. Wenn ich im Laden meines Onkels an der Kasse stehe, beuge ich mich vor, stütze mich auf den Ellbogen und lege meine Hand an die Wange, so dass ich die Finger nach hinten bis zum Hals biegen kann, um meinen Puls zu fühlen und mich zu vergewissern, dass er normal geht. Morgens atme ich langsam und tief ein und lausche dabei, ob es in meiner Lunge kratzt. Ich wasche mir ständig die Hände. Ich weiß, dass Deliria nicht dasselbe ist wie eine Erkältung – man kann sie nicht bekommen, wenn man angeniest wird –, aber immerhin ist sie ansteckend, und als ich am Tag nach unserem Treffen am East End Beach mit schweren Gliedern, einem Kopf so leicht wie eine Seifenblase und starken Halsschmerzen aufwachte, war mein erster Gedanke, dass ich mich angesteckt hatte.

Nach ein paar Tagen geht es mir besser. Das einzig Komische ist, dass meine Sinne irgendwie trüber geworden sind. Alles wirkt ausgewaschen, wie eine schlechte Farbkopie. Ich muss mein Essen mit massenhaft Salz bestreuen, damit es nach etwas schmeckt, und alles, was meine Tante zu mir sagt, kommt mir von Mal zu Mal gedämpfter vor. Aber ich habe im *Buch Psst* gelesen und mich über alle bekannten Symptome der Deliria informiert und nichts gefunden, was dazu passt, weshalb ich schließlich davon ausgehe, dass ich gesund bin.

Trotzdem treffe ich Vorsichtsmaßnahmen. Ich bin fest entschlossen, keinen falschen Schritt zu tun, mir selbst zu beweisen, dass ich nicht so bin wie meine Mutter – dass die Sache mit Alex nur Zufall war, ein Fehler, ein ganz schrecklicher Unfall. Ich kann nicht leugnen, dass ich mich großer Gefahr ausgesetzt habe. Nicht auszudenken, was passieren würde, wenn irgendjemand herausfände, was mit Alex los ist, wenn irgendjemand wüsste, dass wir zitternd nebeneinander im Wasser gestanden haben, dass wir uns unterhalten, gelacht, uns *berührt* haben. Mir wird ganz übel. Immer wieder sage ich mir vor, dass es nicht mal mehr zwei Monate bis zu meinem Eingriff sind. Ich muss nichts weiter tun, als mich unauffällig zu verhalten und die nächsten sieben Wochen zu überstehen, und dann wird alles gut.

Ich komme jeden Abend ganze zwei Stunden vor der Ausgangssperre nach Hause. Ich übernehme freiwillig zusätzliche Schichten im Laden und verlange noch nicht mal meine üblichen acht Dollar pro Stunde. Hana ruft mich nicht an. Ich rufe sie auch nicht an. Ich helfe meiner Tante dabei, das Abendessen zu kochen, und anschließend räume ich unaufgefordert ab und spüle das Geschirr. Gracie macht einen Sommer-Nachhilfekurs – sie ist erst in der ersten Klasse und es ist bereits die Rede davon, dass sie eventuell sitzenbleibt – und jeden Abend ziehe ich sie auf meinen Schoß und helfe ihr, wenn sie sich mühsam durch ihre Hausaufgaben quält, flüstere ihr ins Ohr, bitte sie zu sprechen, sich zu konzentrieren, zuzuhören und überrede sie schließlich dazu, wenigstens die Hälfte der Antworten in ihr Heft zu schreiben. Nach einer Woche sieht meine Tante mich nicht mehr jedes Mal misstrauisch an, wenn ich zur Tür reinkomme, will nicht mehr wissen, wo ich gewesen bin, und eine weitere Last fällt von mir ab. Sie vertraut mir wieder. Es war nicht einfach zu erklären, warum in aller Welt Sophia Hennerson und ich uns direkt nach einem großen Familienabendessen zu einem spontanen Bad im Meer entschlossen hatten – noch dazu in unseren Kleidern. Noch schwerer zu erklären war es, warum ich dermaßen bleich und zitternd nach Hause kam, und mir war klar, dass meine Tante mir die Geschichte nicht abkaufte. Aber nach einer Weile entspannt sie sich in meiner Gegenwart wieder und hört auf, mich argwöhnisch anzusehen, als wäre ich ein Tier im Käfig, das jeden Moment durchdrehen könnte.

Tage verstreichen, die Zeit verrinnt, die Sekunden klicken wie Dominosteine, die nacheinander umkippen. Die Hitze wird täglich schlimmer. Sie kriecht durch die Straßen Portlands, gärt in den Müllcontainern und die Stadt stinkt wie eine riesige Achselhöhle. Die Wände schwitzen, die Straßenbahnen keuchen und beben. Leute versammeln sich vor den städtischen Gebäuden und hoffen darauf, einen kurzen Schwall kalter Luft abzubekommen, sobald die mechanischen Türen aufgleiten, weil ein Aufseher, ein Politiker oder ein Wachmann rein- oder rausmuss.

Ich muss mit dem Lauftraining aufhören. Bei meiner letzten ganzen Runde draußen stelle ich fest, dass mich meine Füße runter zum Monument Square tragen, am Gouverneur vorbei. Hoch oben flimmert die Sonne weiß vor Hitze, alle Gebäude zeichnen sich vor dem Himmel deutlich ab wie eine Reihe Metallzähne. Als ich bei der Statue ankomme, schnappe ich erschöpft nach Luft und vor meinen Augen dreht sich alles. Ich packe den Gouverneur am Arm und schwinge mich auf den Sockel der Statue. Das Metall brennt unter meiner Hand und die Welt schwankt wie verrückt, überall zucken Lichtstreifen. Mir ist undeutlich bewusst, dass ich reingehen sollte, aus der Hitze muss, aber mein Hirn ist total benebelt und deshalb bohre ich mit den Fingern in dem Loch in der

Faust des Gouverneurs. Ich weiß nicht, wonach ich suche. Alex hat gesagt, dass die Nachricht, die er vor Monaten für mich hinterlassen hat, schon längst zu Brei geworden sein muss. Meine Finger werden ganz klebrig, Reste geschmolzenen Kaugummis ziehen Fäden zwischen Daumen und Zeigefinger, aber ich wühle weiter. Und dann spüre ich, wie sie zwischen meine Finger gleitet, kühl und steif, zu einem Quadrat gefaltet: eine Nachricht.

Ich bin schon halb weggetreten, als ich sie aufklappe, aber ich rechne immer noch nicht wirklich damit, dass sie von ihm ist. Meine Hände beginnen zu zittern.

Lena,
es tut mir so leid. Bitte vergib mir.
Alex

An den Weg nach Hause kann ich mich nicht erinnern und meine Tante findet mich später halb ohnmächtig im Flur, wo ich vor mich hin murmele. Sie muss mich in eine Badewanne voller Eis stecken, damit meine Temperatur wieder runtergeht. Als ich schließlich zu mir komme, kann ich die Nachricht nirgends finden. Ich muss sie fallen gelassen haben und ich bin teils erleichtert und teils enttäuscht. Am Abend erfahren wir, dass am Zeit- und Temperaturgebäude 39 Grad gemessen wurden – der bisher heißeste Tag des Sommers.

Meine Tante verbietet mir, den Rest des Sommers über, draußen zu laufen. Ich sperre mich nicht dagegen. Ich traue mir selbst nicht über den Weg, kann nicht garantieren, dass mich meine Füße nicht wieder zum Gouverneur tragen würden, zum East End Beach, zu den Labors.

Ich bekomme einen neuen Termin für die Evaluierung mitgeteilt und verbringe die Abende damit, meine Antworten vor dem Spiegel zu proben. Meine Tante besteht auch jetzt darauf, mich zu den Labors zu begleiten, aber diesmal sehe ich Hana nicht. Ich sehe niemanden, den ich kenne. Selbst die vier Gutachter sind andere: schwebende ovale Gesichter, unterschiedliche Braun- und Rosatöne, zweidimensional wie schattierte Zeichnungen. Diesmal habe ich keine Angst. Ich spüre gar nichts.

Ich beantworte alle Fragen genau so, wie ich sollte. Als ich nach meiner Lieblingsfarbe gefragt werde, blitzt in meinem Bewusstsein ein Himmel in der Farbe von poliertem Silber auf, nur eine winzige kurze Sekunde, und ich meine ein Wort zu hören, das mir leise ins Ohr geflüstert wird – *Grau*.

Ich sage: »Blau«, und alle lächeln.

Ich sage: »Ich würde gerne Psychologie und Sozialregulierung studieren.« Ich sage: »Ich höre gern Musik, aber nicht zu laut.« Ich sage: »Sicherheit bedeutet Glück.« Lächeln, Lächeln und immer mehr Lächeln um mich herum, ein Raum voller Zähne.

Als ich fertig bin und den Raum verlasse, glaube ich, aus den Augenwinkeln eine schattenhafte Bewegung, ein Zucken wahrzunehmen. Ich werfe einen kurzen Blick hinauf zur Tribüne. Sie ist natürlich leer.

Zwei Tage später bekomme ich die Ergebnisse meiner Abschlussprüfungen – alle bestanden – und meine Endnote: acht Punkte. Meine Tante umarmt mich, es ist das erste Mal seit Jahren, dass sie mich umarmt. Mein Onkel klopft mir unbeholfen auf die Schulter und gibt mir beim Abendessen das größte Stück Hähnchen. Selbst Jenny scheint beeindruckt. Gracie rammt den Kopf gegen mein Bein, ein-, zwei-, dreimal, und ich mache einen Schritt zur Seite und sage ihr, sie soll sich nicht so anstellen. Ich weiß, dass sie sich aufregt, weil ich weggehen werde.

Aber so ist das Leben, und je schneller sie sich daran gewöhnt, desto besser.

Auch meine »genehmigten Treffer« werden mir mitgeteilt, eine Liste mit vier Namen und weiteren Angaben – Alter, Noten,

Interessen, empfohlener Berufsweg, Gehaltsprognose –, sorgfältig auf einem weißen Blatt Papier mit dem Stadtwappen Portlands im Briefkopf ausgedruckt. Wenigstens steht Andrew Marcus nicht drauf. Ich erkenne nur einen Namen: Chris McDonnell. Er hat leuchtend rote Haare und Hasenzähne. Ich kenne ihn nur, weil er letztes Jahr einmal, als ich mit Gracie draußen spielte, zu singen begann: »Da sind ja die Irre und die Waise«, und ohne nachzudenken, hob ich einen Stein vom Boden auf, drehte mich um und schleuderte ihn in seine Richtung. Der Stein traf ihn an der Schläfe. Einen Moment schielte Chris kurz. Der Stein hob die Finger an den Kopf und als er sie wieder wegnahm, waren sie dunkel vom Blut. Noch Tage danach hatte ich Angst rauszugehen, Angst, ich würde verhaftet und in die Grüfte geworfen. Mr McDonnell hat eine Firma für technische Dienstleistungen und er ist außerdem freiwilliger Aufseher. Ich war überzeugt, er wäre hinter mir her, nach dem, was ich seinem Sohn getan hatte.

Chris McDonnell. Phinneas Jonston. Edward Wung. Brian Scharff. Ich starre so lange auf die Namen, dass sich die Buchstaben zu Quatschwörtern neu zusammensetzen: *Mist geworden, Wunderbar, Nichts ausplaudern, Nimm Chris, Scharfe Sachen.*

Mitte Juli, als es nur noch sieben Wochen bis zu meinem Eingriff sind, muss ich mich entscheiden. Ich bringe die Ausgewählten in eine willkürliche Reihenfolge: 1. Phinneas Jonsto; 2. Chris McDonnell; 3. Brian Scharff; 4. Edward Wung. Die Jungen werden ihre Rangfolge auch einreichen; die Gutachter versuchen dann bei der Zuordnung, die Vorlieben zu berücksichtigen.

Zwei Tage später bekomme ich die offizielle Mitteilung: Ich werde den Rest meines Lebens mit Brian Scharff verbringen, dessen Hobbys »Nachrichten sehen« und »Fantasy Baseball« sind, der vorhat, »in der Elektrobranche« zu arbeiten, und »irgendwann mit einem Gehalt von 45 000 $ rechnen darf«, womit man »zwei bis drei Kinder ernähren könnte«. Ich werde ihm versprochen, bevor ich im Herbst mein Studium am Regional College in Portland aufnehme. Wenn ich meinen Abschluss mache, werden wir verheiratet sein.

Nachts schlafe ich traumlos. Morgens wache ich im Nebel auf.

zwölf

In den Jahrzehnten vor der Entwicklung des Heilmittels war die Krankheit so virulent geworden und hatte sich so weit verbreitet, dass ein Mensch ausgesprochen selten das Erwachsenenalter erreichte, ohne sich mindestens ein Mal (ernsthaft) mit Amor deliria nervosa angesteckt zu haben (siehe auch: »Statistiken, Vorgrenzzeit«) ... Viele Historiker heben hervor, dass in der Zeit vor dem Heilmittel die Gesellschaft als solche ein Spiegelbild der Krankheit war und sich durch Zerrissenheit, Chaos und Instabilität auszeichnete ... Fast die Hälfte aller Ehen wurde geschieden ... Der Drogenmissbrauch explodierte genau wie die Zahl der Todesfälle durch übermäßigen Alkoholkonsum.

Die Menschen waren so verzweifelt auf der Suche nach Linderung und Schutz vor der Krankheit, dass sie in großem Stil mit behelfsmäßigen Hausmitteln experimentierten, sehr oft mit tödlichen Folgen. Sie mischten aus verschiedenen herkömmlichen Erkältungsmitteln Medikamentencocktails, die abhängig machten und/oder zum Tode führten (siehe auch: »Heilkunde im Wandel der Zeiten«) ...

Die Entdeckung des Eingriffs, mit dem die Deliria geheilt werden kann, wird allgemein dem Neurowissenschaftler Cormac T. Holmes zugeschrieben, Mitglied des Gründungskonsortiums Neuer Wissenschaftler und einer der ersten Anhänger der Neuen Religion, die die heilige Dreifaltigkeit aus Gott, Wissenschaft und Ordnung lehrt. Holmes wurde einige Jahre nach seinem Tod heiliggesprochen und sein Körper wurde konserviert und ist im Allerheiligen-Denkmal in Washington, D.C., zu besichtigen (siehe Abb. auf S. 210ff.).

Aus: »Vor der Grenzziehung«,
Eine kurze Geschichte der Vereinigten Staaten von Amerika
von E.D. Thompson

An einem heißen Abend Ende Juli bin ich gerade auf dem Nachhauseweg vom *Stop-N-Save,* als ich jemanden meinen Namen rufen höre. Ich drehe mich um und sehe Hana den Hügel hinauf auf mich zulaufen.

»Was soll das denn?«, sagt sie, als sie etwas atemlos näher kommt. »Gehst du jetzt einfach an mir vorbei?«

Es überrascht mich, dass sie ganz offensichtlich verletzt ist. »Ich hab dich nicht gesehen«, sage ich, was auch stimmt. Ich bin müde. Heute haben wir im Laden Inventur gemacht, Windelpackungen, Konservendosen, Klopapierrollen aus den Regalen aus- und wieder eingeräumt und alles wieder und wieder gezählt. Meine Arme schmerzen und sobald ich die Augen schließe, sehe ich Barcodes. Ich bin so müde, dass es mir noch nicht mal peinlich ist, in der Öffentlichkeit mein mit Farbe beflecktes *Stop-N-Save*-T-Shirt zu tragen, das mir ungefähr zehn Nummern zu groß ist.

Hana sieht zur Seite und beißt sich auf die Lippe. Seit jener Nacht auf der Party habe ich nicht mehr mit ihr gesprochen und ich versuche angestrengt, mir irgendwas einfallen zu lassen, das ich zu ihr sagen könnte, irgendwas Beiläufiges und Normales. Es kommt mir plötzlich unglaublich vor, dass das hier mal meine beste Freundin war, dass wir tagelang zusammen sein konnten, ohne dass uns die Gesprächsthemen ausgingen, dass ich vor lauter Lachen mit Halsschmerzen von ihr nach Hause kam. Jetzt kommt es mir vor, als wäre eine Glaswand zwischen uns, unsichtbar, aber auch undurchdringlich.

Schließlich fällt mir etwas ein: »Ich habe meine Partnerliste bekommen«, während Hana gleichzeitig herausplatzt: »Warum hast du mich nicht zurückgerufen?«

Wir halten beide kurz erschrocken inne und fangen dann wieder an zu reden. Ich frage: »Du hast angerufen?«, und Hana fragt: »Hast du dir schon einen ausgesucht?«

»Du zuerst«, sage ich.

Hana fühlt sich offensichtlich unbehaglich. Sie sieht den Himmel an, ein kleines Kind, das in einem zu großen Badeanzug auf der anderen Straßenseite steht, die zwei Männer, die Unmengen Zeug auf einen Lastwagen weiter unten auf der Straße laden –

alles außer mir. »Ich habe dir ungefähr drei Nachrichten hinterlassen.«

»Ich habe keine Nachrichten bekommen«, sage ich schnell, während sich mein Herzschlag beschleunigt. Wochenlang war ich sauer, dass Hana sich nach der Party nicht gemeldet hat – sauer und verletzt. Aber ich sagte mir, dass es besser so sei. Ich sagte mir, Hana habe sich verändert und wahrscheinlich hätten wir uns sowieso nicht mehr viel zu sagen. Hana sieht mich an, als versuchte sie zu beurteilen, ob ich die Wahrheit sage. »Carol hat dir nicht ausgerichtet, dass ich angerufen habe?«

»Nein, ich schwör's.« Ich bin dermaßen erleichtert, dass ich lachen muss. In diesem Augenblick wird mir klar, wie sehr ich Hana vermisst habe. Selbst wenn sie sauer auf mich ist, ist sie die Einzige, die sich je freiwillig um mich gekümmert hat, nicht auf Grund von familiären Zwängen, Pflichtgefühl oder Verantwortungsbewusstsein und all dem anderen Kram, der laut dem *Buch Psst* so furchtbar wichtig ist. Alle anderen in meinem Leben – Carol und alle meine Cousins und Cousinen, die anderen Mädchen in der St.-Anne-Schule, sogar Rachel – haben nur Zeit mit mir verbracht, weil sie mussten. »Ich hatte keine Ahnung.«

Hana lacht allerdings nicht. Sie runzelt die Stirn. »Ist ja auch egal. War nicht so wichtig.«

»Hör zu, Hana ...«

Sie unterbricht mich. »Wie gesagt, war nicht so wichtig.« Sie verschränkt die Arme und zuckt mit den Schultern. Ich weiß nicht, ob sie mir glaubt oder nicht, aber es ist offensichtlich, dass die Dinge sich wirklich verändert haben. Das hier wird kein großes, glückliches Wiedersehen mehr. »Du hast also deine Partnerliste bekommen?«

Ihre Stimme klingt jetzt höflich und leicht formell, deshalb schlage ich denselben Tonfall an. »Brian Scharff. Ich habe angenommen. Und du?«

Sie nickt. Ein Muskel zuckt in ihrem Mundwinkel, kaum wahrnehmbar. »Fred Hargrove.«

»Hargrove. Wie der Bürgermeister?«

»Sein Sohn.« Hana nickt, sieht wieder weg.

»Wow. Gratuliere.« Ich bin unweigerlich beeindruckt. Hana muss bei der Evaluierung super abgeschnitten haben. Nicht, dass mich das wirklich überraschen würde.

»Ja. Ich Glückliche.« Hanas Stimme ist vollkommen tonlos. Ich weiß nicht, ob sie es sarkastisch meint. Aber sie kann sich wirklich glücklich schätzen, ob ihr das nun bewusst ist oder nicht. Und obwohl wir auf demselben sonnenüberfluteten Bürgersteig stehen, könnten wir genauso gut hunderttausend Kilometer voneinander entfernt sein.

Andere Herkunft, anderes Ziel – das ist ein altes Sprichwort, das Carol oft zitiert. Ich habe bisher nie verstanden, wie viel Wahrheit darin steckt.

Wahrscheinlich hat Carol mir deshalb nicht gesagt, dass Hana angerufen hat. Drei Anrufe vergisst man nicht einfach so und normalerweise ist Carol in solchen Dingen sehr gewissenhaft. Vielleicht wollte sie nur das Unvermeidliche beschleunigen, uns beiden ins Ziel helfen, an die Stelle, wo wir nicht mehr befreundet sind. Sie weiß, dass wir nach dem Eingriff – sobald die Vergangenheit und unsere gemeinsamen Erfahrungen ihren Einfluss auf uns verlieren, sobald wir unsere Erinnerungen nicht mehr so stark spüren – nichts mehr miteinander teilen werden. Carol hat wahrscheinlich auf ihre Art versucht, mich zu beschützen.

Es hat keinen Zweck, sie deswegen zur Rede zu stellen. Sie wird es nicht abstreiten. Sie wird mir nur einen ihrer ausdruckslosen Blicke zuwerfen und einen Spruch aus dem *Buch Psst* abspulen: »Gefühle halten nicht ewig. Die Zeit wartet auf niemanden, der Fortschritt aber wartet darauf, dass der Mensch ihn in die Hand nimmt.«

»Gehst du nach Hause?« Hana sieht mich immer noch an, als wäre ich eine Fremde.

»Ja«, sage ich. Ich zeige auf mein T-Shirt. »Ich hab mir gedacht, ich geh besser rein, bevor ich jemanden damit blende.«

Ein Lächeln huscht über Hanas Gesicht. »Ich begleite dich«, sagt sie, was mich überrascht.

Eine Weile lang gehen wir schweigend nebeneinanderher. Es ist nicht allzu weit bis zu mir und ich habe Angst, wir werden den ganzen Weg über kein Wort sprechen. Ich habe Hana noch nie so schweigsam erlebt, und das beunruhigt mich.

»Wo kommst du her?«, frage ich, nur um irgendwas zu sagen.

Hana zuckt neben mir zusammen, als hätte ich sie aus einem Traum geweckt. »East End Beach«, sagt sie. »Ich habe einen strengen Bräunungsplan.«

Sie hält ihren Arm neben meinen. Er ist mindestens sieben Nuancen dunkler als meiner, der immer noch blass ist, vielleicht ein bisschen sommersprossiger als im Winter. »Du nicht, was?« Diesmal lächelt sie echt.

»Äh, nein. Ich war nicht oft am Strand.« Ich versuche mit aller Kraft die Röte aus meinem Gesicht zu vertreiben.

Glücklicherweise bemerkt Hana nichts, oder wenn, sagt sie nichts. »Ich weiß. Ich habe Ausschau nach dir gehalten.«

»Wirklich?« Ich werfe ihr aus den Augenwinkeln einen Blick zu.

Sie verdreht die Augen. Ich bin froh, dass ihre normale Miene zurück ist. »Nicht aktiv. Aber ich war ein paarmal dort, ja. Hab dich nicht gesehen.«

»Ich hab viel gearbeitet«, sage ich. Ich füge nicht hinzu: *und zwar gerade, um nicht zum East End Beach zu gehen.*

»Läufst du noch?«

»Nein. Zu heiß.«

»Stimmt. Ich auch nicht. Ich dachte, ich mache besser Pause

bis zum Herbst.« Wir gehen wieder ein paar Schritte schweigend und dann zwinkert Hana mir mit schräg gelegtem Kopf zu. »Und sonst?«

Ihre Frage trifft mich unvorbereitet. »Was meinst du mit *und sonst?*«

»Genau das meine ich. Ich meine: Und sonst? Komm schon, Lena. Das ist unser letzter Sommer, schon vergessen? Der letzte Sommer in Freiheit, ohne Verantwortung und blablabla, all das Gute. Also, was hast du so gemacht? Wo bist du gewesen?«

»Ich … nichts. Ich habe nichts gemacht.« Darum ging es mir ja – keine Schwierigkeiten zu bekommen, so wenig wie möglich zu machen –, aber als ich die Worte ausspreche, werde ich irgendwie traurig. Der Sommer scheint sich mit rasender Geschwindigkeit zu verkürzen, zu einem kleinen Punkt zu schrumpfen, bevor ich auch nur die Gelegenheit hatte, ihn zu genießen. Es ist schon beinahe August. In ungefähr fünf Wochen wird der Wind sich nachts bemerkbar machen und die Blätter werden goldene Ränder bekommen. »Und was ist mit dir?«, frage ich. »Hattest du einen schönen Sommer?«

»Das Übliche.« Hana zuckt die Achseln. »Wie gesagt, ich war viel am Strand. Hab ein bisschen für die Farrels babygesittet.«

»Echt?« Ich rümpfe die Nase. Hana mag eigentlich keine Kinder. Sie sagt immer, sie seien klebrig wie Bonbons, die man zu lange in einer warmen Tasche hatte.

Sie schneidet eine Grimasse. »Ja, leider. Meine Eltern haben beschlossen, ich sollte ›üben, einen Haushalt zu führen‹ oder irgend so einen Scheiß. Stell dir vor, ich muss sogar einen richtigen Haushaltsplan für ein bestimmtes Budget aufstellen. Als würde ich durch die Überlegung, wie ich am besten sechzig Dollar pro Woche ausgebe, etwas übers Rechnungenbezahlen oder Verantwortung oder so was lernen.«

»Wieso das denn? Du wirst doch sowieso kein beschränktes

Budget haben.« Das sollte nicht bitter klingen, aber da ist er wieder, der Unterschied zwischen unseren Zukunftsaussichten.

Danach gehen wir schweigend weiter. Hana wendet den Blick ab, blinzelt leicht in die Sonne. Vielleicht bin ich nur traurig darüber, wie schnell der Sommer vorbeizieht, aber Erinnerungen steigen dicht und schnell vor mir auf wie ein Kartenspiel, das in meinem Kopf neu gemischt wird. Wie Hana an jenem Tag in der zweiten Klasse die Klotür aufstieß und die Arme verschränkte, als sie herausplatzte: *Ist es wegen deiner Mutter?* Wie wir bei einem der seltenen Male, die wir zusammen übernachten durften, bis nach Mitternacht aufblieben, kicherten und uns ausmalten, wer uns später als Partner vorgeschlagen würde: lauter tolle, unerreichbare Leute wie zum Beispiel der Präsident der Vereinigten Staaten oder unsere Lieblingsschauspieler. Wie wir nebeneinander herliefen und unsere Beine im Gleichschritt auf den Asphalt hämmerten wie der Rhythmus eines einzigen Herzens. Wie wir uns von den Wellen tragen ließen und uns auf dem Nachhauseweg vom Strand drei Kugeln Eis kauften und darüber diskutierten, ob Vanille oder Schokolade besser schmeckte.

Über zehn Jahre lang beste Freundinnen und schließlich endet alles mit der Klinge eines Skalpells, der Bewegung eines Laserstrahls durch das Gehirn und einem blitzenden Chirurgenmesser. Die ganze Geschichte, alles, was sie mir bedeutet hat, wird abgetrennt, treibt davon wie ein Ballon, dessen Leine gekappt wurde. In zwei Jahren – in zwei Monaten bereits – werden Hana und ich uns einfach nur zunicken, wenn wir uns auf der Straße begegnen. Verschiedene Menschen, verschiedene Welten, zwei Sterne, die ruhig ihre Bahn ziehen, Tausende Kilometer voneinander entfernt.

Die Sache mit der Geschlechtertrennung ist der falsche Ansatz. Wir sollten vor den Leuten geschützt werden, die uns unweigerlich eines Tages verlassen, vor all den Leuten, die verschwinden oder uns vergessen.

Vielleicht wird auch Hana nostalgisch, denn sie sagt plötzlich: »Weißt du noch, was wir alles für Pläne für diesen Sommer hatten? All die Dinge, die wir endlich machen wollten?«

Ich hake sofort ein. »Ins Schwimmbad der Spencer-Schule einbrechen ...«

»... und in Unterwäsche schwimmen gehen«, beendet Hana den Satz.

Ich lächele. »Über den Zaun bei der Cherryhill Farm klettern ...«

»... und den Ahornsirup direkt aus den Fässern naschen.«

»Den ganzen Weg von Munjoy Hill bis zum alten Flughafen laufen.«

»Mit den Fahrrädern zum Suicide Point fahren.«

»Diese Seilschaukel ausfindig machen, von der Sarah Miller uns erzählt hat. Die über dem Fore River.«

»Uns ins Kino schmuggeln und vier Filme hintereinander gucken.«

»Den Koboldbecher bei *Mae's* ganz essen.« Jetzt lächele ich richtig und Hana auch. Ich fange an zu zitieren: »›Ein riesiger Eisbecher für Leute mit Riesenappetit, mit dreizehn Kugeln, Sahne, Karamellsoße ...‹«

Hana führt fort: »›... und allen Toppings, die Ihre kleinen Monster bewältigen können!‹«

Wir lachen beide. Dieses Schild haben wir wahrscheinlich schon tausendmal gelesen. Seit der vierten Klasse reden wir von unserem zweiten Angriff auf den Koboldbecher. Damals haben wir's zum ersten Mal versucht. Hana wollte unbedingt an ihrem Geburtstag hin und nahm mich mit. Wir rollten beide den Rest des Abends auf dem Boden in ihrem Badezimmer herum, und dabei hatten wir nur sieben der dreizehn Kugeln geschafft.

Wir sind an meiner Straße angelangt. Ein paar Kinder spielen mitten auf der Fahrbahn. Es ist ein improvisiertes Fußballspiel:

Sie kicken eine Dose herum und schreien, ihre Körper braun und schweißglänzend. Ich erblicke Jenny unter ihnen. Ein Mädchen versucht sie mit dem Ellbogen zur Seite zu stoßen und Jenny dreht sich um und schubst sie auf die Erde. Das kleinere Mädchen fängt an zu weinen. Niemand kommt aus einem der Häuser, selbst als die Stimme des Mädchens zu einem durchdringenden Schreien anschwillt wie eine Sirene. Ein Vorhang oder ein Geschirrtuch flattert in einem der Fenster. Abgesehen davon ist die Straße still, bewegungslos.

Ich will unbedingt auf dieser Welle des guten Gefühls weiterreiten, die Dinge zwischen Hana und mir in Ordnung bringen, selbst wenn es nur für einen Monat ist. »Hör mal, Hana …« Mir ist, als müsste ich die Wörter an einem riesigen Klumpen in meinem Hals vorbeiquetschen; ich bin beinahe so nervös wie vor der Evaluierung. »Heute Abend läuft *Der defektive Detektiv* im Park. Doppelfolge mit Michael Wynn. Wir könnten hingehen, wenn du Lust hast.« *Der defektive Detektiv* ist diese Filmserie, die Hana und ich geliebt haben, als wir klein waren, über einen berühmten Detektiv, der eigentlich vollkommen unfähig ist, und seinen Partner, einen Hund. Am Ende löst immer der Hund alle Fälle. Die Hauptrolle wurde von vielen verschiedenen Schauspielern gespielt, aber unser Liebling war Michael Wynn. Als wir Kinder waren, malten wir uns immer aus, wie es wäre, ihn als Partner zugeteilt zu bekommen.

»Heute Abend?« Hanas Lächeln schwindet und mein Magen zieht sich zusammen. *Gott, bin ich blöd,* denke ich. *Es spielt sowieso keine Rolle.*

»Schon okay, wenn du nicht kannst. Ist egal. War bloß so 'ne Idee«, sage ich schnell und sehe weg, damit sie nicht merkt, wie enttäuscht ich bin.

»Nein … ich meine, ich würde wirklich gerne, aber …« Hana atmet geräuschvoll ein. Ich hasse das, hasse es, dass wir beide so verlegen sind. »Da ist diese Party« – sie verbessert sich schnell –, »diese *Sache,* wo ich mit Angelica Marston hinsoll.«

Mein Bauch fühlt sich plötzlich hohl an. Es ist erstaunlich, dass Worte so was bewirken können, einfach dein Inneres zerhacken. *Stöcke und Steine brechen nur die Beine, doch Schmerzen durch Wörter habe ich keine* – was für ein Blödsinn! »Seit wann triffst du dich denn mit Angelica Marston?«

Ich gebe mir erneut Mühe, nicht zu bitter zu klingen, aber mir wird bewusst, dass ich mich anhöre wie eine weinerliche kleine Schwester, die sich beklagt, dass sie nicht mitspielen darf. Ich beiße mir auf die Lippe und wende mich ab, wütend über mich selbst.

»Sie ist gar nicht so übel«, sagt Hana sanft. Ich kann es aus ihrer Stimme heraushören: Ich tue ihr leid. Das ist schlimmer als alles andere. Ich wünschte beinahe, wir würden uns wieder anschreien wie an jenem Tag bei ihr zu Hause – selbst das wäre besser als ihr vorsichtiger Tonfall, die Art, wie wir umeinander herumtänzeln. »Sie ist nicht mal arrogant. Sondern wahrscheinlich einfach nur schüchtern.«

Angelica Marston war letztes Jahr in der elften Klasse. Hana hat sich immer lustig über sie gemacht wegen der Art, wie sie ihre Schuluniform trug. Die war immer perfekt gebügelt und makellos, der Kragen ihrer Bluse genau an der richtigen Stelle gefaltet, ihr Rock schloss exakt am Knie ab. Hana sagte, Angelica Marston hätte einen Stock im Arsch, weil ihr Vater ein großer Wissenschaftler in den Labors war. Und sie lief wirklich so, immer ganz gehemmt und vorsichtig.

»Früher konntest du sie nicht ausstehen«, quieke ich. Meine Wörter scheinen mein Gehirn nicht um Erlaubnis zu fragen, bevor sie mir aus dem Mund springen.

»Das stimmt so nicht«, sagt Hana, als versuchte sie einer Zweijährigen Algebra zu erklären. »Ich *kannte* sie einfach nicht. Ich fand sie immer bescheuert, wegen ihrer Klamotten und so. Aber das kommt alles von ihren Eltern. Die sind total streng, echt überfürsorglich und so.« Hana schüttelt den Kopf. »Sie ist überhaupt nicht so. Sie ist … anders.«

Das Wort scheint kurz in der Luft zu vibrieren: *anders*. Einen Augenblick habe ich ein Bild von Hana und Angelica vor mir, untergehakt, während sie sich das Lachen verkneifen und nach Anbruch der Ausgangssperre durch die Straßen schleichen: die furchtlose, hübsche und witzige Angelica, genau wie Hana. Ich schiebe das Bild beiseite. Am anderen Ende der Straße tritt eins der Kinder fest gegen die Dose. Sie schlittert zwischen zwei verbeulten silbernen Mülltonnen auf der Straße hindurch, ein provisorisches Tor. Die Hälfte der Kinder springt auf und ab und reckt die Fäuste. Die andere, darunter Jenny, gestikuliert und brüllt irgendwas über Abseits. Mir wird zum ersten Mal bewusst, wie hässlich meine Straße in Hanas Augen aussehen muss, all die zusammengedrängten Häuser, bei denen die Hälfte der Scheiben fehlt, Veranden, die in der Mitte durchhängen wie alte, durchgelegene Matratzen. Sie ist so anders als die sauberen, ruhigen Straßen im West End mit ihren leisen, glänzenden Autos, den großen Toren und den grünen Hecken.

»Du könntest ja mitkommen«, sagt Hana leise.

Eine Welle des Hasses schlägt über mir zusammen. Hass auf mein Leben, auf seine Enge; Hass auf Angelica Marston mit ihrem geheimnistuerischen Lächeln und ihren reichen Eltern; Hass auf Hana, in erster Linie dafür, dass sie so dumm und unbekümmert und dickköpfig ist, und dafür, dass sie mich zurückgelassen hat, bevor ich dazu bereit war; und unter all diesen Schichten ist da noch etwas, irgendeine glühend heiße Klinge aus Unglück, die in meinem Innersten aufblitzt. Ich kann es nicht benennen, sehe es gar nicht mal deutlich vor mir, aber irgendwie ist mir klar, dass das – diese andere Sache – mich am allerwütendsten macht.

»Danke für die Einladung«, sage ich, ohne mir die Mühe zu machen, die Ironie zu unterdrücken. »Klingt echt super. Kommen auch Jungs?«

Entweder bemerkt Hana meinen Tonfall nicht – was ich bezweifle – oder sie ignoriert ihn. »Das ist doch der Sinn der Sache«, sagt sie trocken. »Na ja, und die Musik.«

»Musik?«, frage ich. Ich kann mein Interesse nicht verbergen. »Wie letztes Mal?«

Hanas Gesicht leuchtet auf. »Ja. Ich meine, nein. Eine andere Band. Aber diese Typen sollen genial sein – sogar noch besser als die vom letzten Mal.« Sie schweigt, dann wiederholt sie leise: »Du könntest mit uns kommen.«

Trotz allem gibt mir das zu denken. In den Tagen nach der Party auf der Roaring Brook Farm schienen mir Musikfetzen überallhin zu folgen. Ich hörte sie durch den Wind fliegen, ich hörte sie vom Meer her singen und durch die Wände des Hauses klagen. Manchmal wachte ich mitten in der Nacht auf, schweißüberströmt und mit hämmerndem Herzen, und die Noten klangen mir in den Ohren. Aber wenn ich wach war und versuchte, mich bewusst an die Melodien zu erinnern, ein paar Töne zu summen oder mir einen der Akkorde ins Gedächtnis zu rufen, gelang es mir nicht.

Hana starrt mich hoffnungsvoll an und wartet auf Antwort. Einen Moment tut sie mir leid. Ich möchte sie glücklich machen wie immer, möchte sehen, wie sie jubelt, die Faust hochreckt und mir ihr berühmtes Lächeln schenkt. Aber dann fällt mir ein, dass sie jetzt Angelica Marston hat, woraufhin sich etwas in meiner Kehle verhärtet. Sie zu enttäuschen erfüllt mich mit einer Art matter Befriedigung.

»Ich glaube nicht«, sage ich. »Aber trotzdem danke.«

Hana zuckt mit den Schultern und ich merke, dass sie sich Mühe gibt, so zu tun, als sei es nicht wichtig. »Falls du es dir noch anders überlegst ...« Sie versucht ein Lächeln, kann es aber nicht länger als eine Sekunde halten. »Tanglewild Lane. Deering Highlands. Du weißt schon, wo.«

Deering Highlands. Natürlich. Das ist ein verlassenes Wohngebiet gegenüber der Halbinsel. Vor einem Jahrzehnt entdeckte die Regierung dort Sympathisanten – und Gerüchten zufolge sogar einige Invaliden –, die in einer der großen Villen zusammenlebten. Es war ein riesiger Skandal. Die Razzia war das Ergebnis einer jahrelangen verdeckten Operation, und am Ende wurden zweiundvierzig Leute hingerichtet und noch mal hundert in die Grüfte geworfen. Seitdem ist Deering Highlands eine Geisterstadt: gemieden, vergessen, verdammt.

»Ja, okay. Du weißt auch, wo ...« Ich mache eine halbherzige Handbewegung die Straße entlang.

»Ja.« Hana sieht auf ihre Füße hinab, tritt von einem auf den anderen. Es gibt nichts mehr zu sagen, aber ich kann mich nicht einfach umdrehen und weggehen. Ich habe das schreckliche Gefühl, dass dies das letzte Mal ist, dass ich Hana sehe, bevor wir geheilt werden. Plötzlich bekomme ich Angst und ich wünschte, ich könnte das Gespräch zurückdrehen und all die sarkastischen oder gemeinen Sachen, die ich gesagt habe, zurücknehmen, ihr sagen, dass ich sie vermisse und wieder ihre beste Freundin sein möchte.

Aber gerade als ich damit herausplatzen will, winkt sie mir kurz zu und sagt: »Also, dann. Wir sehen uns.« Der Augenblick fällt in sich zusammen und mit ihm meine Gelegenheit zu sprechen.

»Okay. Bis dann.«

Hana geht die Straße entlang. Ich bin versucht ihr nachzusehen. Ich möchte mir ihren Gang einprägen – sie irgendwie in mein Gehirn einbrennen, so wie sie ist –, aber als ich sehe, wie sie zwischen dem grellen Sonnenlicht und dem Schatten hin und her schwankt, überlagert sich ihre Silhouette in meinem Kopf mit einer anderen, einem Schatten, der sich zwischen Dunkelheit und Licht entlangschlängelt, der gleich von der Klippe treten wird, und ich weiß nicht mehr, wen ich dort sehe. Plötzlich verschwimmt die ganze Welt und in meinem Hals verspüre ich einen heftigen Schmerz, daher drehe ich mich um und gehe schnell auf mein Haus zu.

»Lena!«, ruft sie mir nach, kurz bevor ich das Tor erreiche.

Ich wirbele herum, mein Herz macht einen Satz, vielleicht sagt sie es jetzt: *Ich vermisse dich. Lass uns noch mal von vorn anfangen.*

Sogar aus einer Entfernung von fünfzehn Metern kann ich sehen, wie Hana zögert. Dann macht sie diese flatternde Handbewegung und ruft: »Schon gut.« Als sie sich diesmal umdreht, schwankt sie nicht. Sie geht schnell geradeaus, biegt um eine Ecke und ist weg.

Was habe ich erwartet?

Darum geht es doch schließlich: Es gibt kein Zurück.

dreizehn

In den Jahren, bevor das Heilmittel völlig ausgereift war, wurde es nur auf Versuchsbasis angeboten. Die damit verbundenen Risiken waren hoch. Zu jener Zeit erlitt einer von hundert Patienten nach dem Eingriff einen tödlichen Ausfall seiner Hirnfunktionen.
Trotzdem stürmten die Menschen in Massen die Krankenhäuser, um geheilt zu werden; sie kampierten tagelang vor den Laboratorien in der Hoffnung, einen Termin für den Eingriff zu erhalten.
Diese Jahre sind auch als die Jahre der Wunder bekannt wegen der Menge an Leben, die Heilung und Vollkommenheit fanden und der Anzahl an Seelen, die von der Krankheit befreit wurden.
Und wenn Menschen auf dem Operationstisch starben, so geschah dies für einen guten Zweck und niemand sollte sie betrauern …

Aus: »Die Jahre der Wunder. Die frühe Lehre des Heilmittels«,
Eine kurze Geschichte der Vereinigten Staaten von Amerika von E. D. Thompson

Im Inneren des Hauses ist es sogar noch heißer als üblich: eine nasse, den Atem raubende Hitzewand. Carol kocht offenbar. Es riecht nach angebratenem Fleisch und Gewürzen – die Mischung mit den Sommergerüchen nach Schweiß und Moder ist irgendwie übelkeiterregend. Die letzten paar Wochen haben wir immer auf der Veranda zu Abend gegessen: triefende Nudelsalate, Aufschnitt und Sandwiches von der Wursttheke meines Onkels.

Carol streckt den Kopf aus der Küche, als ich vorbeigehe. Ihr Gesicht ist rot angelaufen und sie schwitzt fürchterlich. Dunkle Streifen aus Schweiß haben unter den Achseln Flecken auf der hellblauen Bluse hinterlassen, dunkelblaue Halbmonde.

»Du ziehst dich besser um«, sagt sie. »Rachel und David werden jeden Moment hier sein.«

Ich habe völlig vergessen, dass meine Schwester und ihr Mann zum Essen kommen wollten. Normalerweise sehe ich Rachel höchstens vier- oder fünfmal im Jahr. Als ich noch kleiner war, besonders nachdem Rachel gerade erst von uns weggezogen war, zählte ich die Tage, bis sie mich wieder besuchen würde. Ich glaube, ich habe das mit dem Eingriff damals noch nicht ganz verstanden, mir war nicht klar, was es für sie, für mich, für uns bedeutete. Ich wusste, dass sie vor Thomas und der Krankheit gerettet worden war, aber das war alles. Wahrscheinlich habe ich gedacht, dass sich ansonsten nichts verändern würde. Ich habe gedacht, dass alles, sobald sie mich besuchen käme, wieder so wäre wie früher, dass wir bei einer Tanzparty unsere Socken ruinieren würden oder dass sie mich auf ihren Schoß ziehen und mir Zöpfe flechten würde, mir eine ihrer Geschichten erzählen – von fernen Ländern und Hexen, die sich in Tiere verwandeln konnten.

Aber sie strich mir beim Eintreten nur flüchtig mit der Hand über den Kopf und spendete höflich Beifall, als Carol mich meine Multiplikations- und Divisionstabellen aufsagen ließ.

»Sie ist jetzt erwachsen«, erklärte mir Carol, als ich sie fragte, warum Rachel nicht mehr spielen wollte. »Irgendwann wirst du das verstehen.«

Danach kümmerte ich mich nicht mehr um die Notiz, die alle paar Monate auf dem Wandkalender in der Küche erschien: *R zu Besuch*.

Die Hauptthemen beim Abendessen sind Brian Scharff – Rachels Mann David ist der Kollege eines Freundes von Brians Cousin, daher betrachtet er sich anscheinend als Experte für die Familie – und das Regional College von Portland, wo ich im Herbst anfangen werde. Das erste Mal in meinem Leben werde ich mit Vertretern des anderen Geschlechts zusammen Unterricht haben, aber Rachel meint, ich solle mir deswegen keine Sorgen machen.

»Du wirst es nicht mal merken«, sagt sie. »Du wirst so beschäftigt sein mit Arbeit und Lernen.«

»Außerdem gibt es Sicherheitsvorkehrungen«, sagt Tante Carol. »Alle Studenten werden untersucht.« Was im Klartext bedeutet: Alle Studenten sind geheilt.

Ich muss an Alex denken und sage beinahe: *Nicht alle.*

Das Abendessen zieht sich bis in die Ausgangssperre hinein. Als meine Tante mir beim Abräumen hilft, ist es fast elf und Rachel und ihr Mann machen immer noch keine Anstalten zu gehen. Das ist noch etwas, worauf ich mich freue: In sechsunddreißig Tagen werde ich mir keine Gedanken mehr wegen der Ausgangssperre machen müssen.

Nach dem Essen gehen mein Onkel und David raus auf die Veranda. David hat zwei Zigarren mitgebracht – billige, aber immerhin – und der Rauchgeruch, süß und würzig und ein kleines bisschen tranig, schwebt durch das Fenster herein, vermischt sich mit dem Geräusch ihrer Stimmen, erfüllt das Haus mit blauem Dunst. Rachel und Tante Carol bleiben im Esszimmer und trinken verdünnten aufgewärmten Kaffee, der die gleiche schmutzig blasse Farbe hat wie altes Abwaschwasser. Von oben höre ich das Geräusch rennender Füße. Jenny neckt Grace, bis es ihr langweilig wird und sie ins Bett klettert, missmutig und unzufrieden, um sich von der Eintönigkeit eines weiteren Tages in den Schlaf lullen zu lassen.

Ich spüle das Geschirr – viel mehr als sonst, nachdem Carol darauf bestanden hat, eine Suppe zu servieren (eine heiße Möhrensuppe, die wir alle schwitzend herunterwürgten) und einen dick mit Knoblauch bestrichenen Schmorbraten, dazu schlaffen Spargel, den sie wahrscheinlich ganz unten in der Gemüsekiste gefunden hat. Zum Nachtisch gab es ein paar alte Kekse. Ich bin satt und die Wärme des Spülwassers an meinen Handgelenken und Ellbogen – dazu die vertrauten Stimmen, das Trappeln der Füße von oben, der schwere blaue Rauch – macht mich ganz schläfrig. Carol ist endlich eingefallen, nach Rachels Kindern zu fragen. Rachel zählt ihre Fähigkeiten auf, als würde sie eine Liste aufsagen, die sie erst vor kurzem mühevoll auswendig gelernt hat – Sara kann schon lesen, Andrew hat mit gerade mal dreizehn Monaten sein erstes Wort gesagt.

»Razzia, Razzia. Dies ist eine Razzia. Bitte befolgen Sie die Befehle und leisten Sie keinen Widerstand …«

Die Stimme, die von draußen hereindröhnt, lässt mich zusammenzucken. Rachel und Carol haben ihr Gespräch vorübergehend unterbrochen und lauschen dem Spektakel auf der Straße. David und Onkel William höre ich auch nicht. Sogar Jenny und Grace oben halten inne.

Abgehacktes Funkgeräterauschen von der Straße; das Geräusch von Hunderten und Aberhunderten Stiefeln, die im Gleichschritt über den Asphalt knallen; und diese fürchterliche megafonverstärkte Stimme: *»Dies ist eine Razzia. Achtung, dies ist eine Razzia. Bitte halten Sie Ihre Ausweise bereit …«*

Sie kommen. Augenblicklich muss ich an Hana und die Party denken. Das Zimmer fängt an sich zu drehen. Ich strecke die Hand aus und kralle mich an der Arbeitsplatte fest.

»Schon wieder eine Razzia?«, fragt Carol leise im Esszimmer. »Gab's nicht erst vor ein paar Monaten eine?«

»Am achtzehnten Februar«, sagt Rachel. »Ich erinnere mich noch. David und ich mussten mit den Kindern rauskommen. Und dann gab es irgendein Problem mit dem SÜS. Wir standen eine halbe Stunde im Schnee, bevor sie uns überprüft hatten. Anschließend hatte Andrew zwei Wochen lang Lungenentzündung.« Sie erzählt diese Geschichte, als spräche sie über eine kleinere Unannehmlichkeit im Waschsalon, als hätte sie eine Socke falsch einsortiert.

»Ist es doch schon so lange her?« Carol zuckt mit den Achseln und trinkt einen Schluck Kaffee.

Die Stimmen, die Schritte, das Rauschen – es kommt alles näher. Die Gruppen bewegen sich gemeinsam vorwärts, von Haus zu Haus – manchmal gehen sie zu jedem Haus in einer Straße, manchmal lassen sie ganze Blocks aus, manchmal gehen sie zu jedem zweiten. Es erfolgt nach dem Zufallsprinzip. Das heißt es zumindest. Bestimmte Häuser werden allerdings öfter ausgewählt als andere.

Aber sogar wenn man nicht auf einer schwarzen Liste steht, kann es passieren, dass man im Schnee wartet wie Rachel und ihr Mann, während die Aufseher und die Polizei die Identität überprüfen. Oder – noch schlimmer – während sie ins Haus kommen und auf der Suche nach verdächtigen Aktivitäten keinen Stein auf dem anderen lassen. Die Gesetze des Privateigentums sind bei Razzien aufgehoben. So ziemlich alle Gesetze sind bei Razzien aufgehoben.

Wir haben alle die Horrorstorys gehört: schwangere Frauen, die sich in aller Öffentlichkeit ausziehen mussten und untersucht wurden, Leute, die für zwei oder drei Jahre ins Gefängnis geworfen wurden, nur weil sie einen Polizisten schräg angesehen hatten oder einen Aufseher davon abhalten wollten, ein bestimmtes Zimmer zu betreten.

»Dies ist eine Razzia. Wenn Sie aufgefordert werden, das Haus zu verlassen, vergewissern Sie sich bitte, dass Sie alle relevanten Unterlagen in der Hand halten, darunter auch die Papiere aller Kinder, die älter sind als sechs Monate ... Jeder, der sich widersetzt, wird festgenommen und verhört ... Jeder, der das Vorgehen verzögert, wird wegen Behinderung der Staatsgewalt angezeigt ...«

Am anderen Ende der Straße. Dann ein paar Häuser entfernt ... Dann zwei Häuser entfernt ... Nein. Nebenan. Ich höre, wie der Hund der Richardsons anfängt wütend zu bellen. Dann Mrs Richardson, die sich entschuldigt. Wieder Bellen – dann murmelt jemand (ein Aufseher?) etwas und ich höre ein paar schwere Schläge und ein Wimmern, dann jemand anders, der sagt: »Du musst das Mistvieh ja nicht gleich umbringen«, und wieder jemand, der sagt: »Warum nicht? Ist wahrscheinlich eh voller Flöhe.«

Dann herrscht eine Weile lang Stille. Gelegentlich knistern die Walkie-Talkies, jemand spricht Identitäts-Codes in ein Telefon, Papier raschelt.

Dann: »Alles klar. Alles in Ordnung.« Und die Stiefel gehen weiter.

Trotz all ihrer Gleichgültigkeit wirken sogar Rachel und Carol angespannt, als die Stiefel an unserem Haus vorbeitrampeln. Carol umklammert ihre Kaffeetasse so fest, dass ihre Fingerknöchel weiß werden. Mein Herz hüpft und setzt immer wieder aus, wie ein Grashüpfer in meiner Brust.

Aber die Stiefel gehen vorbei. Rachel stößt einen hörbar erleichterten Seufzer aus, als wir mitbekommen, wie die Aufseher an eine Tür weiter unten in der Straße klopfen. »Machen Sie auf … Dies ist eine Razzia.«

Carols Kaffeetasse klappert auf die Untertasse und ich fahre vor Schreck zusammen. »Verrückt, oder?«, sagt sie und lacht gezwungen. »Selbst wenn man nichts verbrochen hat, macht es einen doch nervös.«

Ich spüre einen dumpfen Schmerz in meiner Hand und mir wird bewusst, dass ich mich nach wie vor an der Arbeitsplatte festkralle, als hinge mein Leben davon ab. Es gelingt mir nicht, mich zu entspannen oder mich zu beruhigen, noch als das Geräusch der Schritte immer weiter verhallt, die Megafon-Stimme immer verzerrter klingt, bis sie völlig unverständlich ist. Ich kann an nichts anderes denken als an die Gruppen, die die Razzien durchführen – manchmal ganze fünfzig in einer einzigen Nacht –, ausschwärmen, um Portland kreisen, es umgeben wie Wasser, das einen Strudel bildet, und alle und jeden einsammeln, denen sie Fehlverhalten oder Ungehorsam vorwerfen können, und sogar Leute, denen sie das nicht vorwerfen können.

Irgendwo da draußen tanzt Hana, wirbelt lächelnd herum, ihre blonden Haare fliegen hinter ihr – während sich Jungen um sie drängen und ungenehmigte Musik aus den Lautsprechern dröhnt. Ich kämpfe gegen unglaubliche Übelkeit an. Nicht auszudenken, was mit ihr – mit ihnen allen – passiert, wenn sie geschnappt werden.

Alles, was ich tun kann, ist hoffen, dass Hana noch gar nicht auf der Party ist. Vielleicht hat es zu lange gedauert, bis sie fertig war – das wäre möglich, Hana ist immer spät dran –, und sie war noch zu Hause, als die Razzien losgingen. Noch nicht mal Hana würde sich während einer Razzia nach draußen trauen. Das ist Selbstmord.

Aber Angelica Marston und alle anderen ... jeder Einzelne dort ... alle, die nur ein wenig Musik hören wollten ...

Ich muss daran denken, was Alex in jener Nacht gesagt hat, als ich ihn auf der Roaring Brook Farm getroffen habe: *Ich bin wegen der Musik hier, wie alle anderen auch.*

Ich verdränge das Bild aus meinem Kopf und sage mir, dass das nicht mein Problem ist. Ich sollte froh sein, wenn eine Razzia bei der Party durchgeführt wird und alle festgenommen werden. Was sie dort tun, ist gefährlich, nicht nur für sie, sondern für uns alle: So bahnt sich die Krankheit einen Weg.

Aber der tief in mir liegende Teil, der sture Teil, der bei meiner ersten Evaluierung *Grau* gesagt hat, drängt weiter und nagt an mir. *Na und?,* sagt er. Sie wollten also ein bisschen Musik hören. Richtige Musik – nicht die schnuckeligen kleinen Lieder, die bei der Konzertreihe Portland getutet werden, mit langweiligen Rhythmen und fröhlichen, munteren Klängen. *So* schlimm ist das, was sie da machen, ja nun auch nicht.

Dann fällt mir ein, was Alex noch gesagt hat: *Niemand tut jemandem was.*

Außerdem besteht immer noch die Möglichkeit, dass Hana heute Abend nicht spät dran war und dort draußen ist, ahnungslos, während die Razzia immer näher kommt. Um diesen Gedanken und den an Dutzende glänzende Klingen, die sich auf Hana senken, zu vertreiben, muss ich die Augen zusammenkneifen. Wenn sie nicht ins Gefängnis kommt, wird sie direkt zu den Labors geschafft – sie wird noch vor dem Morgengrauen geheilt, ungeachtet aller Gefahren oder Risiken.

Irgendwie ist es mir trotz allem, was mir im Kopf herumrast, und der Tatsache, dass sich das Zimmer weiterhin wie verrückt um mich dreht, gelungen, das ganze Geschirr zu spülen. Außerdem habe ich eine Entscheidung getroffen.

Ich muss da hin. Ich muss sie warnen.

Ich muss sie alle warnen.

Als Rachel und David gegangen sind und der Rest im Bett liegt, ist es Mitternacht. Jede Sekunde, die verstreicht, bereitet mir Todesqualen. Ich kann nur hoffen, dass die Razzia auf der Halbinsel mehr Zeit in Anspruch nimmt als üblich und es eine Weile dauert, bis die Aufseher es bis nach Deering Highlands schaffen. Vielleicht lassen sie die Highlands ja auch ganz aus. Nachdem die Mehrheit der Häuser dort leer steht, könnte das durchaus möglich sein. Aber da Deering Highlands früher die Brutstätte des Widerstands in Portland war, ist es doch wieder unwahrscheinlich.

Ich steige vorsichtig aus dem Bett, ohne mir die Mühe zu machen, meine Schlafanzughose und mein T-Shirt auszuziehen, die beide schwarz sind. Dann ziehe ich schwarze flache Schuhe an, und obwohl es ungefähr tausend Grad warm ist, hole ich eine schwarze Skimütze aus dem Schrank. Heute Nacht kann ich nicht vorsichtig genug sein.

Gerade als ich die Schlafzimmertür aufziehen will, höre ich ein leises Geräusch hinter mir, wie das Miauen einer Katze.

Ich fahre herum. Grace sitzt aufrecht im Bett und beobachtet mich.

Einen Moment starren wir uns nur an. Wenn Grace ein Geräusch macht, aus dem Bett steigt oder sonst irgendwas tut, wacht bestimmt Jenny auf und dann bin ich dran, erledigt, geliefert. Ich muss mir etwas einfallen lassen, womit ich sie beruhigen kann, versuche eine Lüge zusammenzuzimmern, aber dann, Wunder über Wunder, legt sie sich einfach wieder hin und schließt die Augen. Und obwohl es sehr dunkel ist, könnte ich schwören, dass sie ein winziges Lächeln im Gesicht hat.

Eine heftige Welle der Erleichterung erfüllt mich. Das Gute daran, dass Gracie sich weigert zu sprechen? Ich weiß, sie wird mich nicht verraten.

Ohne weitere Zwischenfälle schleiche ich hinaus auf die Straße, denke sogar daran, die drittletzte Treppenstufe auszulassen, die letztes Mal so laut gequietscht hat.

Nach dem Lärm und dem Aufruhr der Razzia ist die Straße jetzt eigenartig still und ruhig. Jedes einzelne Fenster ist dunkel, alle Rollos sind runtergelassen, als wollten die Häuser sich von der Straße abschirmen oder ihre Schultern zur Abwehr neugieriger Blicke hochziehen. Ein Stück rotes Papier streicht an mir vorbei, dreht sich im Wind wie die Steppenläufer in alten Cowboyfilmen. Ich erkenne darin die Ankündigung der Razzia, eine Erklärung voller unaussprechlicher Wörter, die die Aufhebung aller Bürgerrechte an diesem Abend für legal erklärt. Abgesehen davon könnte es eine Nacht wie jede andere sein – irgendeine ruhige, ausgestorbene, gewöhnliche Nacht.

Außer dass man im Wind noch ganz weit entfernt Getrappel von Schritten hören kann und ein hohes Gejammer, als würde jemand weinen. Die Geräusche sind so leise, dass man sie beinahe mit den Geräuschen des Meeres und des Windes verwechseln könnte. Beinahe.

Die Aufseher sind weitergezogen.

Schnell mache ich mich in Richtung Deering Highlands auf. Ich habe zu große Angst, mein Rad zu nehmen, fürchte, der kleine Reflektor an den Rädern könnte auffallen. Ich darf nicht darüber nachdenken, was ich hier eigentlich tue, darf nicht an die Konsequenzen denken. Ich weiß nicht, woher ich überhaupt diese Entschlossenheit habe. Nie hätte ich geglaubt, dass ich den Mut haben würde, das Haus in einer Razzianacht zu verlassen.

Offenbar hat Hana sich in mir geirrt. Offenbar habe ich nicht *immer* Angst.

Ich gehe gerade an einer schwarzen Mülltüte auf dem Bürgersteig vorbei, als ein leises Wimmern mich innehalten lässt. Ich drehe mich um, mein ganzer Körper augenblicklich höchst wachsam. Nichts. Das Geräusch wiederholt sich, unheimlich, wimmernd. Mir stehen die Haare auf den Armen zu Berge. Dann schüttelt sich die Mülltüte neben meinen Füßen.

Nein. Keine Mülltüte. Es ist Riley, Richardsons schwarzer Mischlingshund.

Ich mache ein paar schwankende Schritte auf ihn zu. Mit einem Blick erkenne ich, dass er im Sterben liegt. Er ist über und über mit einer klebrigen, glänzend schwarzen Substanz bedeckt – Blut, wird mir klar, als ich näher komme. Deshalb habe ich sein Fell im Dunkeln mit der glatten Oberfläche einer Plastiktüte verwechselt. Eins seiner Augen ist an den Asphalt gepresst; das andere ist offen. Sein Kopf ist eingeschlagen. Blut strömt ungehindert aus seiner Nase, schwarz und zähflüssig.

Mir fällt die Stimme ein, die ich gehört habe – *Ist wahrscheinlich eh voller Flöhe,* hat der Aufseher gesagt –, und das schnelle dumpfe Geräusch kurz zuvor.

Riley starrt mich mit einem so traurigen und anklagenden Blick an, dass es einen Moment wirklich so ist, als wäre er ein Mensch und versuchte mir etwas zu sagen – als versuchte er zu sagen: *Du hast mir das angetan.* Eine Welle der Übelkeit überkommt mich und ich möchte mich hinknien und ihn in die Arme nehmen oder meine Kleider ausziehen und ihm das Blut abwischen. Aber gleichzeitig bin ich völlig gelähmt. Ich kann mich nicht rühren.

Während ich erstarrt dastehe, zuckt und bebt er lange von der Schwanzspitze bis zur Schnauze. Dann bleibt er ruhig liegen.

Augenblicklich löst sich die Starre in meinen Armen und Beinen. Ich stolpere rückwärts, Galle steigt mir in den Mund. Ich renne einmal im Kreis und fühle mich wie an dem Tag, als ich mich mit Hana betrunken habe, völlig ohne Kontrolle über meinen Körper. Wut und Abscheu zerhacken mein Innerstes, am liebsten würde ich schreien.

Hinter einem Müllcontainer finde ich einen zusammengefalteten Pappkarton, zerre ihn zu Rileys Leiche und bedecke ihn vollständig damit. Ich versuche nicht an die Insekten zu denken, die sich bis zum Morgen über ihn hermachen werden. Überrascht spüre ich Tränen in meinen Augen brennen. Ich wische sie mit der Rückseite meines Arms weg. Aber als ich mich Richtung Deering aufmache, kann ich nichts weiter denken als: *Es tut mir leid, es tut mir leid, es tut mir leid, es tut mir leid,* wie ein Mantra oder ein Gebet.

Das Gute an Razzien: Sie sind laut. Ich muss nichts weiter tun, als im Schatten anzuhalten und auf die Schritte, das Rauschen, die Megafon-Stimmen zu hören. Ich wechsele die Richtung und nehme die Nebenstraßen, die, die ausgelassen wurden oder in denen die Razzia bereits stattgefunden hat. Anzeichen für die Razzien gibt es überall: umgekippte Mülltonnen und Container, Abfall, der auf der Straße verteilt wurde, bergeweise alte Quittungen, geschredderte Briefe, verdorbenes Gemüse und faulig riechende Schmiere, von der ich gar nicht wissen möchte, was es ist, und an den schlimmsten Stellen muss ich die Arme ausstrecken wie eine Seiltänzerin, um das Gleichgewicht zu halten. Ich komme an ein paar Häusern vorbei, die mit einem großen X gekennzeichnet sind, mit schwarzer Farbe auf die Wände und Fenster geklatscht wie ein schwarzer Schnitt. Die Menschen, die hier wohnen, sind als Unruhestifter oder Widerständler identifiziert worden. Der heiße Wind, der durch die Straßen pfeift, trägt Geräusche herbei, Rufen, Weinen, Hundebellen. Ich gebe mir Mühe, nicht an Riley zu denken.

Ich bleibe immer im Schatten, gleite in und aus Gassen und hetze von einem Container zum nächsten. Schweiß sammelt sich in meinem Nacken und unter meinen Armen und das liegt nicht nur an der Hitze. Alles sieht fremd, grotesk und verzerrt aus, auf einigen Straßen glitzern Glassplitter von zerbrochenen Fenstern, in der Luft hängt der Geruch nach Feuer.

Als ich gerade auf die Forest Avenue einbiege, betritt im selben Moment eine Gruppe Aufseher am anderen Ende die Straße. Ich husche zurück um die Ecke, presse mich flach an die Wand eines Haushaltswarenladens und gehe langsam in die Richtung, aus der ich gekommen bin. Die Wahrscheinlichkeit, dass mich einer der Aufseher gesehen hat, ist gering – ich war einen Häuserblock entfernt und es ist stockdunkel –, aber trotzdem kehrt mein Herz nicht zu seinem normalen Rhythmus zurück. Es ist, als müsste ich eine ausgesprochen schwierige Matheaufgabe lösen. *Ein Mädchen versucht vierzig Razziagruppen aus jeweils fünfzehn bis zwanzig Personen aus dem Weg zu gehen, die in einem Umkreis von gut zehn Kilometern verteilt sind. Angenommen, sie muss 4,3 Kilometer durchs Zentrum zurücklegen, wie hoch ist dann die Wahrscheinlichkeit, dass sie morgen früh in einer Gefängniszelle aufwacht? Pi kann auf 3,14 gerundet werden.*

Vor der Fahndungsaktion gehörte Deering Highlands zu den netteren Gegenden Portlands. Die Häuser waren groß und neu – zumindest für Maine, was bedeutet, dass sie in den letzten hundert Jahren gebaut wurden – und standen hinter Zäunen und Hecken, in Straßen mit Namen wie Lilac Way und Timber Road. Es gibt noch ein paar Familien in einigen Häusern, sehr arme, die es sich nicht leisten können, woanders hinzuziehen, oder keine neue Bleibe genehmigt bekommen haben. Aber zum Großteil steht das Viertel leer. Niemand wollte hierbleiben; niemand wollte mit dem Widerstand in Verbindung gebracht werden.

Das Eigenartigste an Deering Highlands ist, dass man sieht, wie überstürzt es verlassen wurde. Im Gras liegt immer noch rostiges Spielzeug herum und in einigen Auffahrten parken Autos, obwohl die meisten auseinandergenommen wurden, ihrer Metall- und Plastikinnereien beraubt wie Leichen, die von riesigen Geiern zerpflückt wurden. Die ganze Gegend macht den trostlosen Eindruck eines ausgesetzten Tieres: Die Häuser zerfallen langsam im hoch wuchernden Gras.

Normalerweise werde ich schon unruhig, wenn ich nur in die Nähe von Deering Highlands komme. Viele Leute sagen, dort herumzulaufen bringe Unglück, wie wenn man an einem Friedhof vorbeigeht, ohne den Atem anzuhalten. Aber heute Nacht habe ich das Gefühl, ich könnte ein Tänzchen auf dem Bürgersteig hinlegen. Alles ist dunkel, still und unberührt, keine Spur einer Razzia zu sehen, kein geflüstertes Gespräch oder auch nur das Klacken eines Absatzes auf dem Bürgersteig. Die Aufseher waren noch nicht hier. Vielleicht kommen sie gar nicht.

Ich renne schnell durch die Straßen, lege an Geschwindigkeit zu, jetzt, wo ich nicht mehr so darauf achten muss, im Schatten zu bleiben und mich lautlos zu bewegen. Deering Highlands ist ziemlich groß, ein Labyrinth aus gewundenen Straßen, die sich alle seltsam ähnlich sehen, mit Häusern, die aus der Dunkelheit aufragen wie gestrandete Schiffe. Die Rasenflächen sind über die Jahre alle verwildert, Bäume recken ihre knorrigen Äste in den Himmel und werfen merkwürdig gezackte Schatten auf den mondbeschienenen Asphalt. In der Nähe des Lilac Way verlaufe ich mich – irgendwie schaffe ich es, einmal im Kreis zu gehen und schließlich zweimal an dieselbe Abzweigung zu kommen –, aber als ich in die Tanglewild Lane einbiege, sehe ich in der Ferne ein trübes Licht durch eine verschlungene Wand aus Bäumen leuchten, und ich weiß, dass ich den Ort gefunden habe.

Neben der Auffahrt steckt ein alter Briefkasten schief in der Erde. Auf einer Seite ist immer noch schwach ein schwarzes X zu erkennen. Tanglewild Lane 42.

Ich kann verstehen, warum sie sich dieses Haus für die Party ausgesucht haben. Es steht ein ganzes Stück zurückgesetzt von der Straße. Die Bäume, die es umgeben, stehen so dicht, dass ich unweigerlich an den dunklen, flüsternden Wald jenseits der Grenze denken muss. Die Auffahrt entlangzugehen ist unheimlich. Ich halte den Blick auf den verschwommenen blassen Lichtschein im Haus gerichtet, der sich langsam ausdehnt und heller wird und, als ich näher komme, schließlich zu zwei beleuchteten Fenstern wird. Sie sind mit irgendeinem Stoff verhängt, vielleicht damit man nicht sieht, dass Leute im Haus sind. Es funktioniert nicht. Ich kann erkennen, wie sich Schattenmenschen im Haus hin und her bewegen. Die Musik ist ganz leise. Erst auf der Veranda höre ich sie überhaupt – entfernte, gedämpfte Melodien, die durch die Dielen zu dringen scheinen. Es muss einen Keller geben.

Auf dem Weg hierher habe ich mich beeilt, aber jetzt zögere ich, meine Hand an der Haustür, die Handfläche glitschig vom Schweiß. Ich habe mir nicht viele Gedanken darüber gemacht, wie ich alle da rausholen soll. Einfach was von einer Razzia zu rufen wird Panik verursachen. Alle werden gleichzeitig auf die Straße strömen, und dann ist die Wahrscheinlichkeit, unentdeckt nach Hause zu kommen, gleich Null. Irgendjemand wird bestimmt was hören; die Aufsehergruppen werden dem auf den Grund gehen und dann sind wir alle geliefert.

Ich verbessere mich in Gedanken. *Sie* sind geliefert. Ich bin nicht wie diese Leute auf der anderen Seite der Tür. Ich bin nicht sie.

Aber dann muss ich daran denken, wie Riley gezittert hat und anschließend reglos liegen blieb. Zu diesen Leuten gehöre ich auch nicht, zu denen, die das getan haben, die dabei zugesehen haben. Noch nicht mal die Richardsons haben sich um ihn bemüht, um ihren eigenen Hund. Sie haben ihn noch nicht mal zugedeckt, als er im Sterben lag.

So etwas würde ich nie tun. Niemals, nie im Leben. Selbst wenn ich eine Million Eingriffe hinter mir hätte. Er hat noch gelebt. Sein Herz schlug, sein Blut floss und er atmete, und sie haben ihn da liegenlassen wie Müll.

Sie. Ich. Wir. Sie. Die Worte flitzen in meinem Kopf hin und her. Ich wische mir die Handflächen hinten an meiner Hose ab und öffne die Tür.

Hana hat gesagt, diese Party wäre kleiner, aber mir kommt sie noch voller vor als die letzte, vielleicht weil die Zimmer winzig und voller Menschen sind. Über allem schimmert ein erstickender Vorhang aus Zigarettenrauch und es sieht so aus, als schwämmen alle unter Wasser. Es ist höllisch heiß hier drin, mindestens zehn Grad wärmer als draußen – Leute bewegen sich langsam, haben ihre kurzen Ärmel bis zu den Schultern hochgerollt, ihre Jeans bis zu den Knien hochgekrempelt, und auf der bloßen Haut liegt ein funkelnder Glanz. Einen Moment kann ich einfach nur dastehen und schauen. Ich denke: *Hätte ich doch eine Kamera dabei.* Wenn ich die Tatsache ignoriere, dass Hände Hände berühren und Körper aneinanderstoßen und noch tausend Sachen passieren, die fürchterlich und falsch sind, sieht es irgendwie schön aus.

Dann wird mir klar, dass ich Zeit verschwende.

Direkt vor mir steht ein Mädchen und versperrt mir den Weg. Sie hat mir den Rücken zugekehrt. Ich strecke die Hand aus und lege sie ihr auf den Arm. Ihre Haut ist so heiß, dass es brennt. Sie wendet sich mit rotem, erhitztem Gesicht zu mir um und dreht den Kopf zur Seite, um mich verstehen zu können.

»Sie machen eine Razzia«, sage ich zu ihr, überrascht, dass meine Stimme so fest klingt.

Die Musik klingt gedämpft, aber hartnäckig – sie kommt garantiert aus einer Art Keller –, nicht so verrückt wie letztes Mal, aber genauso seltsam und genauso großartig. Sie ist warm, fließend und erinnert mich an Honig und Sonnenlicht und rote Blätter, die im Wind zu Boden schweben. Aber die verschiedenen Gesprächsschichten und das Knarren der Schritte auf den Dielen erschweren das Hören.

»Was?« Sie streicht sich die Haare hinters Ohr.

Ich klappe den Mund auf, um *Razzia* zu sagen, aber statt meiner Stimme ertönt die von jemand anderem: eine laute, mechanische Stimme bellt von draußen, eine Stimme, die von allen Seiten gleichzeitig zu erbeben und zu knattern scheint, eine Stimme, die durch die Wärme und die Musik schneidet wie eine kalte Rasierklinge durch Haut. Gleichzeitig beginnt der Raum sich zu drehen, wirbelnde rote und weiße Lichter, die über entsetzten, erstarrten Gesichtern kreisen.

»Achtung. Dies ist eine Razzia. Keiner verlässt den Raum. Widerstand ist zwecklos. Dies ist eine Razzia.«

Ein paar Sekunden später fliegt die Tür nach innen auf und alles erstarrt im weißen Scheinwerferlicht, so hell wie die Sonne, und wird in Staub und Statuen verwandelt.

Dann lassen sie die Hunde los.

vierzehn

Der Mensch im Naturzustand ist unberechenbar, sprunghaft und unglücklich. Erst wenn seine animalischen Triebe unter Kontrolle gebracht sind, kann er verantwortungsbewusst, verlässlich und zufrieden leben.

Das Buch Psst

Ich habe mal einen Bericht über einen Braunbären gesehen, der im Zirkus von Portland während des Trainings aus Versehen von seinem Dompteur gestochen wurde. Ich war noch ziemlich klein, aber ich werde die Bilder nie vergessen. Der Bär raste als riesiger dunkler Fleck, ein albernes rotes Papierhütchen immer noch schief auf seinem Kopf, im Kreis herum und ging auf alles los, was er zwischen die Kiefer bekam: Luftschlangen, Klappstühle, Luftballons. Auf seinen Dompteur auch. Der Bär fiel über ihn her und machte Hackfleisch aus seinem Gesicht.

Das Schlimmste war sein panisches Gebrüll: ein andauerndes schreckliches, wütendes Bellen, das irgendwie menschlich klang.

Das fällt mir ein, als die Polizei und die Aufseher ins Haus fluten, durch die zertrümmerte Tür strömen, gegen die Fenster hämmern. Daran muss ich denken, als die Musik plötzlich abbricht und die Luft stattdessen von Rufen und Schreien und zerbrechendem Glas angefüllt ist, als mich heiße Hände von vorne und von der Seite schubsen und ich einen Ellbogen unters Kinn und einen anderen in die Rippen bekomme. Mir fällt der Bär ein.

Irgendwie trägt mich die von Panik erfasste Menge, die sich auf den hinteren Teil des Hauses zuschiebt und -kämpft, mit sich. Ich höre Hunde, die mit den Kiefern schnappen, und Aufseher, die schwere Schläger schwingen. Leute schreien – so viele Stimmen, dass es sich anhört wie eine einzige. Ein Mädchen hinter mir stürzt, stolpert und greift nach mir, als der Knüppel eines Aufsehers sie mit einem übelkeiterregenden Knacken am Hinterkopf trifft. Ich spüre, wie ihre Finger sich kurz in den Baumwollstoff meines T-Shirts krallen, dann schüttele ich sie ab und renne, schiebe, quetsche mich weiter voran. Ich habe keine Zeit für Mitgefühl und keine Zeit für Angst. Ich habe keine Zeit für etwas anderes als Bewegung, Schieben, Weitergehen, kann nichts anderes denken als *weg, weg, weg*.

Das Komische ist, dass ich einen Moment lang mitten in dem ganzen Lärm und der Verwirrung die Dinge ganz deutlich wahrnehme, in Zeitlupe, als sähe ich einen Film: Ich sehe, wie ein Hund sich auf einen Typen links von mir stürzt; ich sehe, wie seine Knie nachgeben, als er mit einem winzigen, kaum wahrnehmbaren Geräusch wie ein Atemhauch oder ein Seufzen vornüberfällt, während dort, wo sich die Zähne des Hundes in seinen Hals bohren, ein Halbmond aus Blut hochspritzt. Ein Mädchen mit aufblitzenden blonden Haaren geht unter den Schlägen der Aufseher zu Boden und als ich ihre blonden Haare sehe, setzt mein Herz einen Augenblick aus und ich denke, ich bin gestorben; ich denke, jetzt ist alles vorbei. Dann dreht sie schreiend den Kopf in meine Richtung, als die Aufseher mit Pfefferspray auf sie losgehen, und ich erkenne, dass es nicht Hana ist. Erleichterung durchströmt mich wie eine Welle.

Noch mehr Momentaufnahmen. Ein Film – nur ein Film. Das geschieht nicht wirklich, so was kann gar nicht wirklich geschehen. Ein Junge und ein Mädchen, die verzweifelt versuchen, in eins der Nebenzimmer zu gelangen, vielleicht weil sie glauben, dort gebe es einen Ausgang. Die Tür ist zu schmal, sie passen nicht beide gleichzeitig hindurch. Er trägt ein blaues T-Shirt, auf dem MARINE-AKADEMIE PORTLAND steht, und sie hat leuchtend rote

Haare wie Flammen. Noch vor fünf Minuten haben sie sich unterhalten und miteinander gelacht, standen so dicht beieinander, dass sie sich, wenn einer von ihnen aus Versehen nach vorne gekippt wäre, vielleicht geküsst hätten. Jetzt kämpfen sie miteinander. Sie ist kleiner, aber sie haut ihre Zähne in seinen Arm wie ein Hund, wie ein wildes Tier. Er brüllt, wütet, packt sie an den Schultern und schleudert sie gegen die Wand, aus dem Weg. Sie stolpert, fällt, rutscht aus, versucht aufzustehen. Einer der Aufseher, ein riesiger Kerl mit dem rötesten Gesicht, das ich je gesehen habe, bückt sich, krallt seine Finger um ihren Pferdeschwanz und zerrt sie auf die Füße. Der Junge von der Marine-Akademie kommt auch nicht davon. Zwei Aufseher folgen ihm und im Vorbeirennen höre ich die Schläge ihrer Knüppel, die unterdrückten Schreie.

Tiere, denke ich. *Wir sind Tiere.*

Die Leute schubsen einander, zerren, benutzen sich gegenseitig als Schutzschilde, als die Polizei immer näher kommt, vorwärtswogt, nach uns ausholt, die Hunde auf uns hetzt. Die Schläger schwingen so nah an meinem Kopf vorbei, dass ich den Luftzug im Nacken spüre. Ich denke an brennenden Schmerz, ich denke an Rot. Um mich herum dünnt die Menge immer mehr aus und die Aufseher kommen immer weiter voran. Einer nach dem anderen schreien die Leute neben mir auf und stürzen, werden von drei, vier, fünf Hunden zu Boden gerissen. Schreie, Schreie. Alle schreien.

Irgendwie werde ich nicht erwischt und ich rase durch die engen, knarrenden Flure, komme an verschwommenen Zimmern, an verschwommenen Leuten und Polizisten vorbei, mehr Licht, mehr zerbrochene Fenster, Motorengeräusch. Das Haus ist umzingelt. Und dann taucht die offene Hintertür vor mir auf – und jenseits davon dunkle Bäume, der kühle und wispernde Wald hinter dem Haus. Wenn ich es nach draußen schaffe … wenn es mir gelingt, mich lange genug vor den Lichtern zu verstecken …

Ein Hund bellt hinter mir und die dröhnenden Schritte eines Aufsehers kommen näher und näher, eine barsche Stimme ruft: »Halt!«, und mir wird plötzlich bewusst, dass ich allein im Flur bin. Noch fünfzehn Schritte ... dann noch zehn. Wenn ich es in die Dunkelheit schaffe ...

Noch anderthalb Meter bis zur Tür und ein plötzlicher, stechender Schmerz schießt durch mein Bein. Der Hund hat seine Kiefer um meine Wade geschlossen. Ich drehe mich um und da sehe ich ihn, den Aufseher mit dem breiten roten Gesicht, glitzernde Augen, lächelnd – o Gott, er lächelt, das hier macht ihm echt Spaß –, den Knüppel erhoben, bereit zuzuschlagen. Ich schließe die Augen, denke an Schmerzen, so weit wie der Ozean, denke an ein blutrotes Meer. Denke an meine Mutter.

Dann werde ich zur Seite gerissen und höre ein Knacken und ein Jaulen und der Aufseher sagt: »Scheiße.« Das Feuer in meinem Bein lässt etwas nach, das Gewicht des Hundes fällt ab und dann ist da ein Arm um meine Taille und eine Stimme an meinem Ohr – eine Stimme, die in diesem Moment so vertraut klingt, als hätte ich sie die ganze Zeit erwartet, als hätte ich sie schon immer in meinen Träumen gehört –, die haucht: »Hier lang.«

Alex hat weiterhin einen Arm um meine Taille geschlungen, trägt mich halb. Wir sind jetzt in einem anderen Flur, dieser hier ist kürzer und völlig leer. Jedes Mal, wenn ich mein rechtes Bein belaste, flammt der Schmerz wieder auf und brennt sich den ganzen Weg hinauf in meinen Kopf. Der Aufseher ist immer noch hinter uns und stinksauer – Alex hat mich genau im richtigen Moment zur Seite gezogen, so dass sein Knüppel auf seinen Hund anstatt auf meinen Schädel hinabgesaust ist – und ich weiß, dass ich Alex aufhalte, aber er lässt mich nicht los, nicht einen Augenblick.

»Hier rein«, sagt er und dann huschen wir in ein Zimmer. Wir müssen jetzt in einem Teil des Hauses sein, der nicht für die Party genutzt wurde. Hier ist es pechschwarz, trotzdem wird Alex nicht langsamer, geht einfach im Dunkeln weiter. Ich lasse mich vom Druck seiner Fingerspitzen leiten – links, rechts, links, rechts. Es riecht nach Moder und noch etwas anderem – fast so wie frische Farbe und dabei rauchig, als hätte hier jemand gekocht. Aber das ist unmöglich. Diese Häuser stehen seit Jahren leer.

Hinter uns kämpft sich der Aufseher in der Dunkelheit vorwärts. Er stößt gegen ein Hindernis und flucht. Einen Augenblick später kracht etwas auf den Boden; Glas zersplittert; weitere Flüche. Es hört sich an, als würde er zurückfallen.

»Rauf hier«, flüstert Alex so leise und so nah, dass es ist, als bildete ich es mir nur ein. Er hebt mich einfach hoch und ich merke, wie ich aus einem Fenster klettere, spüre das raue Holz des Rahmens über meinen Rücken kratzen und lande im weichen, feuchten Gras draußen auf meinem heilen Fuß.

Einen Moment später taucht Alex hinter mir in der Dunkelheit auf. Die Luft ist heiß, aber eine Brise ist aufgekommen, und als sie über meine Haut streicht, könnte ich vor Dankbarkeit und Erleichterung weinen.

Aber wir sind noch nicht in Sicherheit – weit davon entfernt. Die Dunkelheit bewegt und windet sich, wimmelt von Bahnen aus Licht. Taschenlampen scheinen rechts und links von uns durch den Wald, und in ihrem Strahl kann ich fliehende Gestalten erkennen, die wie Geister angestrahlt werden, einen Augenblick im Lichtschein erstarrt. Die Schreie dauern an, einige nur einen Meter entfernt, andere so weit weg und einsam, dass man sie mit etwas anderem verwechseln könnte – mit Eulen vielleicht, die friedlich in ihren Bäumen rufen. Dann nimmt Alex meine Hand und wir rennen wieder los. Jeder Schritt mit meinem rechten Fuß ist wie Feuer. Ich beiße mir von innen in die Wange, um nicht aufzuschreien, und schmecke Blut.

Chaos. Szenen aus der Hölle: Scheinwerfer von der Straße,

stürzende Schatten, brechende Knochen, Stimmen, die zersprin-gen und sich in Schweigen auflösen.

»Hier rein.«

Ohne zu zögern, tue ich, was er sagt. In der Dunkelheit ist wundersamerweise ein kleiner hölzerner Schuppen aufgetaucht. Er fällt beinahe auseinander und ist so von Moos und Weinranken überwuchert, dass er selbst aus nächster Nähe aussieht wie ein Gewirr aus Sträuchern und Bäumen. Ich muss mich bücken, um hineingehen zu können, und drinnen ist der Geruch nach Tierurin und nassem Hund so stark, dass ich beinahe würgen muss. Alex kommt hinter mir rein und schließt die Tür. Ich höre ein Rascheln und sehe, wie er sich hinkniet und eine Decke in den Spalt zwischen der Tür und dem Boden stopft. Die Decke muss die Quelle des Gestanks sein. Sie stinkt wirklich fürchterlich.

»Puh«, flüstere ich, das Erste, was ich zu ihm sage, und halte mir die Hand vor Mund und Nase.

»So können die Hunde uns nicht wittern«, gibt er nüchtern zurück.

Ich habe in meinem ganzen Leben noch niemanden kennengelernt, der derart ruhig bleiben kann. Mir kommt kurz der Gedanke, dass die Geschichten, die ich als Kind gehört habe, vielleicht doch wahr sind – vielleicht sind Invaliden wirklich Monster, Freaks.

Dann schäme ich mich. Er hat mir gerade das Leben gerettet.

Mich vor den Aufsehern gerettet. Vor denjenigen, die uns eigentlich beschützen und für unsere Sicherheit sorgen sollen. Die uns eigentlich vor Leuten wie Alex schützen sollen.

Nichts ergibt mehr einen Sinn. Mein Kopf dreht sich und ich bin ganz benommen. Ich stolpere, stoße gegen die Wand und Alex greift nach mir, damit ich nicht das Gleichgewicht verliere.

»Setz dich hin«, sagt er in demselben Befehlston, den er die ganze Zeit über benutzt hat. Es ist tröstlich, auf seine leisen, bestimmten Anweisungen zu hören. Ich lasse mich auf den Boden gleiten. Der Untergrund ist feucht und rau. Der Mond muss durch die Wolken gebrochen sein; Ritzen in den Wänden und im Dach lassen kleine Flecken silbrigen Lichts herein. Ich kann gerade so ein paar Regalbretter hinter Alex' Kopf ausmachen, einen Stapel Dosen – Farbe vielleicht? – in einer Ecke. Jetzt, wo wir beide sitzen, ist kaum noch Platz, um sich zu bewegen – der ganze Raum ist nur etwa einen Meter breit.

»Ich seh mir mal dein Bein an, okay?« Er flüstert immer noch. Ich nicke. Selbst im Sitzen lässt meine Benommenheit nicht nach.

Er kniet sich hin und zieht mein Bein auf seinen Schoß. Erst als er mein Hosenbein hochkrempelt, merke ich, wie nass der Stoff an meiner Haut ist. Offenbar blute ich. Ich beiße mir auf die Lippe und presse meinen Rücken fest gegen die Wand, erwarte, dass es wehtun wird, aber seine Hände auf meiner Haut zu spüren – kühl und stark – dämpft irgendwie alles, schiebt den Schmerz zur Seite wie eine Mondfinsternis, die den Mond mit einem dunklen Fleck überzieht.

Sobald er meine Hose bis zum Knie hochgekrempelt hat, dreht er mich etwas zur Seite, damit er meine Wade sehen kann. Ich stütze mich mit einem Ellbogen auf den Boden, trotzdem ist mir, als würde der Raum schwanken. Ich muss ziemlich stark bluten.

Er atmet heftig aus, ein kurzes Geräusch zwischen seinen Zähnen hindurch.

»Ist es schlimm?«, frage ich und traue mich nicht hinzusehen.

»Halt still«, sagt er. Und ich weiß, dass es schlimm ist, er es mir aber nicht sagen wird, und in diesem Moment durchströmt mich solche Dankbarkeit ihm gegenüber und solcher Abscheu gegenüber den Leuten da draußen – Jäger, Primitive, mit ihren scharfen Zähnen und schweren Stöcken –, dass die ganze Luft aus mir entweicht und ich mühsam nach Atem ringe.

Ohne mein Bein von seinem Schoß zu nehmen, streckt Alex die

Hand in eine Ecke des Schuppens aus. Er fummelt an irgendeiner Kiste herum und ein Metallverschluss geht quietschend auf. Kurz darauf beugt er sich mit einer Flasche über mein Bein.

»Das brennt jetzt kurz«, sagt er.

Eine Flüssigkeit spritzt auf meine Haut und von dem scharfen Geruch nach Alkohol blähen sich meine Nasenflügel. Flammen züngeln mein Bein entlang und ich schreie beinahe auf. Alex streckt eine Hand aus, und ohne nachzudenken, greife ich danach und drücke sie.

»Was ist das?«, presse ich zwischen zusammengebissenen Zähnen hervor.

»Isopropanol«, sagt er. »Zur Desinfektion.«

»Woher wusstest du, dass das hier war?«, frage ich, aber er antwortet nicht.

Er löst seine Hand aus meiner und mir wird bewusst, dass ich mich richtig fest an ihn geklammert habe. Aber um verlegen oder ängstlich zu sein, fehlt mir die Energie: Der Raum scheint zu pulsieren, das Halbdunkel wird immer verschwommener.

»Mist«, murmelt Alex. »Du blutest ganz schön.«

»Es tut nicht so doll weh«, flüstere ich, was gelogen ist. Aber er ist so ruhig, so gefasst, weshalb ich auch tapfer sein will.

Die Geräusche draußen, das Rennen und Rufen, verziehen sich und klingen seltsam, als würden sie durch Wasser gefiltert zu uns dringen. Auch Alex sieht aus, als wäre er meilenweit entfernt. Ich glaube fast, dass ich träume oder gleich ohnmächtig werde.

Und dann beschließe ich, dass ich auf jeden Fall träume, denn ich sehe, wie Alex sich sein T-Shirt über den Kopf zieht.

Was tust du da?, will ich schreien. Alex schüttelt das T-Shirt aus und beginnt den Stoff in lange Streifen zu reißen, wobei er nervös zur Tür blickt und jedes Mal kurz innehält und lauscht, wenn das Gewebe *Ssst* macht.

Ich habe noch nie einen Jungen ohne Hemd gesehen, abgesehen

von kleinen Kindern oder aus der Entfernung am Strand, wo ich mich nicht getraut habe, hinzugucken, weil ich keine Schwierigkeiten bekommen wollte.

Jetzt kann ich nicht aufhören zu starren. Das Mondlicht berührt gerade so seine Schulterblätter, sie glänzen etwas, wie Flügelspitzen, wie auf den Bildern von Engeln, die ich in Schulbüchern gesehen habe. Er ist dünn, aber auch muskulös. Wenn er sich bewegt, kann ich die Linien auf seinen Armen und seiner Brust erkennen, die so eigenartig, unglaublich und auf wunderschöne Art anders sind als die eines Mädchens, ein Körper, bei dem ich ans Rennen und Draußensein denken muss, an Wärme und Schwitzen. Hitze pulsiert durch meinen Körper, ein flatterndes Gefühl, als wären tausend winzige Vögel in meiner Brust losgelassen worden. Vielleicht liegt es am Blutverlust, aber der Raum scheint sich so schnell zu drehen, dass wir beide Gefahr laufen, hinaus- und in die Nacht geschleudert zu werden. Vorher schien Alex weit entfernt. Jetzt ist der Raum von ihm angefüllt. Er ist mir so nah, dass ich weder atmen noch mich bewegen, sprechen oder denken kann. Jedes Mal, wenn er mich mit den Fingern berührt, scheint die Zeit einen Augenblick zu schwanken, als würde sie sich gleich auflösen. Die ganze Welt löst sich auf, denke ich, außer uns. Uns.

»Hey.« Er streckt die Hand aus und fasst mich an der Schulter an, nur einen Moment, aber in diesem Moment schrumpft mein Körper zu diesem einzelnen Punkt unter seiner Hand zusammen und glüht vor Wärme. Ich habe mich noch nie so gefühlt, so ruhig und friedlich. Vielleicht liege ich im Sterben. Die Vorstellung regt mich aus irgendeinem Grund gar nicht groß auf. Eigentlich kommt es mir sogar irgendwie lustig vor. »Alles in Ordnung?«

»Prima.« Ich fange an, leise zu kichern. »Du bist nackt.«

»Was?« Sogar in der Dunkelheit erkenne ich, dass er fragend die Augen zusammenkneift.

»Ich habe noch nie einen Jungen so … so gesehen. Ohne T-Shirt. Nicht aus der Nähe.«

Er fängt an, das zerrissene T-Shirt vorsichtig um mein Bein zu wickeln und es zu verknoten. »Der Hund hat dich ganz schön erwischt«, sagt er. »Aber das müsste die Blutung stoppen.«

Der Ausdruck *die Blutung stoppen* klingt so medizinisch und bedrohlich, dass ich wieder etwas zu mir komme und mich konzentriere. Alex ist fertig mit dem provisorischen Verband. Der sengende Schmerz in meiner Wade ist von einem dumpfen, hämmernden Druck ersetzt worden.

Alex hebt mein Bein vorsichtig aus seinem Schoß. »Okay?«, fragt er und ich nicke. Dann rutscht er zu mir rüber und lehnt sich neben mir an die Wand, so dass unsere Arme sich nur an den Ellbogen berühren. Ich kann die Hitze spüren, die seine nackte Haut ausstrahlt, und davon wird mir heiß. Ich schließe die Augen und versuche nicht darüber nachzudenken, wie nah wir uns sind oder wie es sich anfühlen würde, mit den Händen über seine Schultern und seine Brust zu streichen.

Die Geräusche der Razzia draußen entfernen sich immer weiter, die Schreie werden weniger, die Stimmen klingen gedämpfter. Sie ziehen offenbar weiter. Ich bete im Stillen, dass Hana entkommen konnte; die Möglichkeit, dass sie es nicht geschafft hat, ist zu schrecklich, um darüber nachzudenken.

Alex und ich rühren uns immer noch nicht. Ich bin so müde, ich möchte ewig schlafen. Mein Zuhause scheint unfassbar weit weg zu sein und ich habe keine Ahnung, wie ich je dahin zurückkommen soll.

Plötzlich fängt Alex an zu sprechen, seine Stimme leise und drängend. »Hör zu, Lena. Wegen neulich am Strand – es tut mir leid. Ich hätte es dir früher sagen müssen, aber ich wollte dich nicht verschrecken.«

»Du bist mir keine Erklärung schuldig«, sage ich.

»Aber ich möchte es dir erklären. Du sollst wissen, dass ich nicht …«

»Pass auf«, unterbreche ich ihn. »Ich werd's keinem erzählen, okay? Ich werde dich nicht in Schwierigkeiten bringen oder so.«

Er schweigt. Ich merke, wie er den Kopf wendet, um mich anzusehen, aber ich starre geradeaus in die Dunkelheit.

»Das ist mir egal«, sagt er leiser. Wieder Schweigen, und dann: »Ich will nur nicht, dass du mich hasst.«

Der Raum schrumpft erneut, die Wände rücken näher. Ich kann seinen Blick auf mir spüren wie den heißen Druck einer Berührung, aber ich habe Angst, ihn anzusehen. Ich habe Angst, dass ich mich dann in seinen Augen verlieren werde und all die Dinge vergesse, die ich sagen müsste. Im Wald draußen ist es ganz still geworden. Kurz darauf fangen alle Grillen auf einmal laut zu zirpen an, ein heiseres Trillern.

»Warum ist dir das so wichtig?«, frage ich, kaum ein Flüstern.

»Das habe ich dir doch gesagt«, flüstert er zurück. Sein Atem kitzelt mich an der Stelle genau hinter dem Ohr und lässt mir die Nackenhaare zu Berge stehen. »Ich mag dich.«

»Du kennst mich doch gar nicht«, sage ich schnell.

»Ich würde dich aber gerne kennenlernen.«

Der Raum dreht sich wieder. Ich presse mich noch fester gegen die Wand im Versuch, nicht das Gleichgewicht zu verlieren. Es ist unmöglich: Er hat auf alles eine Antwort. Das geht zu schnell. Das muss ein Trick sein. Ich presse meine Handflächen auf den feuchten Boden, das feste, raue Holz spendet mir Trost.

»Warum mich?« Das will ich gar nicht fragen, aber die Worte schlüpfen hinaus. »Ich bin nichts …« Ich will sagen: *Ich bin nichts Besonderes,* aber mein Mund ist zu trocken. So muss es sein, wenn man einen Berg besteigt, wo die Luft so dünn ist, dass man einatmen kann, sooft man will, und immer noch nicht genügend Luft bekommt.

Alex antwortet nicht und mir wird bewusst, dass er diesmal keine Antwort hat, genau wie ich vermutet habe – denn es gibt keine. Er hat mich zufällig ausgewählt, zum Spaß, oder weil er glaubte, ich bin zu ängstlich, um ihn zu verraten.

Aber dann beginnt er zu sprechen. Er erzählt so schnell und flüssig, dass man merkt, er hat viel darüber nachgedacht, die Art Geschichte, die man sich immer wieder selbst vorsagt, bis die Kanten alle ganz glatt geschliffen sind. »Ich bin in der Wildnis geboren. Meine Mutter starb direkt nach meiner Geburt. Mein Vater ist auch tot. Er hat nie erfahren, dass er einen Sohn hatte. Ich habe den ersten Teil meines Lebens dort verbracht, bin einfach irgendwie herumgesprungen. All die anderen« – er zögert leicht und ich kann an seiner Stimme hören, dass er das Gesicht verzieht – »*Invaliden* haben sich gemeinsam um mich gekümmert. Das war eben so.«

Draußen halten die Grillen vorübergehend in ihrem Konzert inne. Einen Augenblick ist es, als wäre nichts Schlimmes passiert, als wäre heute Nacht gar nichts Ungewöhnliches passiert – einfach bloß eine heiße, träge Sommernacht, die darauf wartet, dass der Morgen sie beiseiteschiebt. In diesem Moment durchfährt mich ein stechender Schmerz, aber das hat nichts mit meinem Bein zu tun. Mir wird klar, wie klein alles ist, unsere ganze Welt, alles, was wir für wichtig halten – unsere Geschäfte, unsere Razzien, unsere Berufe, unser ganzes Leben. Und die Welt dreht sich immer weiter, die Nacht wird zum Tag und wieder zur Nacht, ein endloser Kreislauf; die Jahreszeiten wechseln und verändern sich wie ein Monster, das sein Fell abwirft, bevor ihm ein neues wächst.

Alex spricht weiter: »Als ich zehn war, kam ich nach Portland, um mich hier der Widerstandsbewegung anzuschließen. Ich werde dir nicht erklären, wie das genau läuft. Es war kompliziert. Ich bekam einen Identitäts-Code. Ich bekam einen neuen Nachnamen, eine neue Adresse. Es gibt mehr von uns, als du denkst – Invaliden und auch Sympathisanten –, mehr von uns, als irgendjemand weiß. Wir haben Leute bei der Polizei und in allen Abteilungen der Stadtverwaltung. Wir haben sogar Leute in den Labors.«

Als er das sagt, bekomme ich Gänsehaut auf den Armen.

»Worauf ich hinauswill, ist, dass es *möglich* ist, rein- und rauszukommen. Schwierig, aber möglich. Ich zog bei zwei Fremden ein – beides Sympathisanten – und man sagte mir, ich solle mich als ihren Neffen ausgeben.« Er zuckt kaum wahrnehmbar die Schultern. »Es war mir egal. Meine richtigen Eltern habe ich nie gekannt und ich bin von einem Dutzend verschiedener Tanten und Onkel aufgezogen worden. Es spielte keine Rolle.«

Seine Stimme ist ganz leise geworden und er scheint beinahe vergessen zu haben, dass ich hier bin. Ich weiß nicht genau, wo seine Geschichte hinführt, aber ich halte die Luft an, weil ich befürchte, dass er vielleicht aufhört zu reden, wenn ich nur ausatme.

»Ich fand es hier furchtbar. Du kannst dir gar nicht vorstellen, wie furchtbar ich es hier fand. All die Gebäude und die Leute, die so betäubt aussehen, und die Gerüche und dass alles so eng ist und die Regeln – Regeln, wohin man sich auch wendet, Regeln und Mauern, Regeln und Mauern. Ich war das nicht gewohnt. Ich fühlte mich wie in einem Käfig. Es *ist* ja auch einer: ein Käfig aus Grenzen.«

Ein Schreck durchfährt mich. In all den siebzehn Jahren und elf Monaten meines Lebens habe ich das nie, nicht ein einziges Mal, so gesehen. Ich habe so viel daran gedacht, was die Grenzen *aus*sperren, dass ich nie darauf gekommen bin, dass sie uns gleichzeitig *ein*sperren. Jetzt sehe ich es mit Alex' Augen, sehe, was das für ihn bedeutet hat.

»Erst war ich wütend. Ich habe alles Mögliche angezündet. Papier, Lehrbücher, Schulhefte. Irgendwie ging es mir davon besser.« Er lacht leise. »Ich habe sogar mein Exemplar des *Buchs Psst* verbrannt.«

Ein weiterer Schreck: *Das Buch Psst* zu verunstalten oder zu zerstören ist ein Verbrechen.

»Ich bin jeden Tag stundenlang an den Grenzen entlanggelaufen. Manchmal habe ich geweint.« Er erschaudert leicht und ich merke, dass er verlegen ist. Das ist nach einer ganzen Weile das erste Anzeichen dafür, dass er weiß, dass ich noch da bin, dass er mit mir redet, und der Drang, den Arm auszustrecken und seine Hand zu nehmen, ihn zu drücken oder ihn irgendwie zu bestärken, ist geradezu überwältigend. Aber meine Hände kleben weiterhin fest am Boden. »Nach einer Weile ging ich einfach nur vor mich hin. Ich beobachtete gerne die Vögel. Sie flogen auf unserer Seite auf und segelten hinüber in die Wildnis, ganz problemlos. Hin und her, hin und her, flitzten herum und drehten sich in der Luft. Ich konnte ihnen stundenlang zusehen. Sie waren vollkommen frei. Ich hatte gedacht, dass nichts und niemand in Portland frei wäre, aber ich hatte mich geirrt. Da waren immer noch die Vögel.«

Er schweigt eine Weile und ich denke, vielleicht ist seine Geschichte zu Ende. Ich frage mich, ob er wohl meine ursprüngliche Frage vergessen hat – *warum mich?* –, aber es ist mir unangenehm, ihn daran zu erinnern, also sitze ich einfach nur da und stelle mir vor, wie er bewegungslos an der Grenze steht und den Vögeln zusieht, die über ihn hinwegfliegen. Es beruhigt mich.

Nach einer gefühlten Ewigkeit spricht er weiter, diesmal mit so leiser Stimme, dass ich näher an ihn heranrücken muss, um ihn überhaupt zu verstehen. »Als ich dich das erste Mal sah, beim Gouverneur, war ich schon jahrelang nicht mehr an der Grenze gewesen, um die Vögel zu beobachten. Aber du hast mich an all das erinnert. Du bist hochgesprungen und hast irgendwas gerufen, und deine Haare lösten sich aus deinem Pferdeschwanz, und du warst so *schnell* …« Er schüttelt den Kopf. »Nur ein Aufblitzen und dann warst du weg. Genau wie ein Vogel.«

Ich weiß nicht, wie – ich hatte nicht vor, mich zu bewegen, und habe auch nicht gemerkt, dass ich mich bewegt habe –, aber irgendwie sitzen wir uns plötzlich, nur Zentimeter voneinander entfernt, in der Dunkelheit gegenüber.

»Alle schlafen. Sie schlafen seit Jahren. Du wirktest … wach.« Alex schließt die Augen, öffnet sie wieder. »Ich habe das Schlafen so satt.«

Mein Inneres hebt sich und flattert, wie um das zu tun, was er gerade beschrieben hat, als hätte es sich in aufsteigende und herabschießende Vögel verwandelt. Der Rest meines Körpers scheint auf einer starken, warmen Strömung hinwegzutreiben, als würde ein heißer Wind durch mich hindurchblasen, mich auseinanderreißen und in Luft verwandeln.

Das ist falsch, sagt eine Stimme in mir, aber es ist nicht meine. Es ist die Stimme einer anderen – ein Gemisch aus meiner Tante, Rachel, all meinen Lehrern und der verkniffenen Gutachterin, die beim zweiten Mal fast alle Fragen gestellt hat.

Laut sage ich: »Nein«, obwohl ein anderes Wort in mir hochsteigt und auffliegt, sprudelt wie frisches Wasser aus einer Quelle. *Ja, ja, ja.*

»Warum?« Es ist kaum noch ein Flüstern. Seine Hände suchen mein Gesicht, seine Fingerspitzen streichen kaum wahrnehmbar über meine Stirn, meine Ohren, meine Wangen. Überall, wo er mich berührt, brennt Feuer. Mein ganzer Körper lodert auf, wir beide werden zur doppelten Spitze derselben grellweißen Flamme. »Wovor hast du Angst?«

»Du musst das verstehen. Ich will einfach bloß glücklich sein.« Ich bekomme die Worte kaum heraus. Mein Verstand ist ganz benebelt, voller Rauch – es existiert nichts außer seinen Fingern, die sanft über meine Haut und durch meine Haare tanzen. Ich möchte, dass es aufhört. Ich möchte, dass es ewig so weitergeht. »Ich will einfach bloß normal sein, sein wie alle anderen.«

»Bist du sicher, dass es dich glücklich machen wird, so zu sein wie alle anderen?« Sein Atem an meinem Ohr und an meinem Hals, sein Mund streift meine Haut. Und da denke ich, vielleicht bin ich wirklich gestorben. Vielleicht hat mich der Hund gebissen und ich bin auf den Kopf geschlagen worden und all das ist nur ein Traum – der Rest der Welt hat sich aufgelöst. Nur er. Nur ich. Nur wir.

»Ich kenne nichts anderes.« Ich spüre, wie mein Mund sich öffnet, aber nicht, wie die Worte herauskommen, doch da sind sie, schweben in der Dunkelheit.

Er sagt: »Ich zeige dir etwas.«

Und dann küssen wir uns. Oder zumindest denke ich, dass wir uns küssen – ich habe es nur ein paarmal gesehen, kurze Küsschen mit gespitzten Mündern bei Hochzeiten oder Ähnlichem. Aber so etwas wie das hier habe ich noch nie gesehen oder mir vorgestellt oder auch nur erträumt. Dies ist wie Musik oder Tanzen, nur noch besser. Sein Mund ist leicht geöffnet, daher öffne ich meinen auch. Seine Lippen sind weich und von ihnen geht derselbe sanfte Druck aus wie von der ruhigen, eindringlichen Stimme in meinem Kopf, die immer wieder *Ja* sagt.

Die Wärme in mir nimmt immer noch zu, Wellen aus anschwellendem, brechendem Licht, die mir das Gefühl geben zu schweben. Seine Finger spielen mit meinen Haaren, halten meinen Nacken und meinen Hinterkopf, streichen über meine Schultern, und ohne darüber nachzudenken oder es zu wollen, bewegen sich meine Hände über seine Brust, seine heiße Haut, über seine Schulterblätter, die Rundung seines Kinns, das von Bartstoppeln bedeckt ist – alles seltsam und fremd und auf herrliche, wunderbare Weise neu. Mein Herz hämmert so wild, dass es schmerzt, aber es ist ein angenehmer Schmerz wie das Gefühl am ersten richtigen Herbsttag, wenn die Luft frisch ist und alle Blätter an den Rändern auflodern und der Wind ganz leicht nach Rauch riecht – wie ein Ende und gleichzeitig ein Neubeginn. Und unter meiner Hand kann ich spüren, wie sein Herz eine Antwort klopft, ein Echo meines Herzens, als würden unsere Körper miteinander sprechen.

Und plötzlich ist alles auf so lächerliche und dumme Art klar, dass mir nach Lachen zu Mute ist. Genau das hier will ich. Das ist das Einzige, was ich je wollte. Alles andere – jede einzelne Sekunde jedes einzelnen Tages, der vor diesem Moment, diesem Kuss lag – hatte nichts zu bedeuten.

Als er sich schließlich von mir löst, ist es, als hätte sich eine Decke über mein Gehirn gesenkt und all meine dröhnenden Gedanken und Fragen zum Verstummen gebracht, mich mit Ruhe und Glück gefüllt, die so tief reichen und so kühl sind wie Schnee. Das einzige Wort, das noch übrig ist, ist *Ja.* Ja zu allem.

Ich mag dich wirklich, Lena. Glaubst du mir jetzt?

Ja.

Darf ich dich nach Hause bringen?

Ja.

Treffen wir uns morgen?

Ja, ja, ja.

Die Straßen sind jetzt leer. Die gesamte Stadt liegt still und ruhig da. Die gesamte Stadt hätte einfach verschwinden können oder abbrennen, während wir im Schuppen saßen, und ich hätte es nicht bemerkt. Der Nachhauseweg ist verschwommen, ein Traum. Alex hält den ganzen Weg über meine Hand und wir bleiben zweimal in den längsten, dunkelsten Schatten stehen, um uns wieder zu küssen. Beide Male wünschte ich, die Schatten wären massiv, hätten Gewicht und würden sich um uns schließen und uns begraben, so dass wir für immer so stehen bleiben könnten, Brust an Brust, Lippen an Lippen. Beide Male spüre ich, wie sich etwas um meinen Oberkörper schnürt, wenn er sich von mir löst und meine Hand nimmt und wir weitergehen müssen, *ohne* uns zu küssen. Als könnte ich plötzlich nur noch richtig atmen, wenn wir uns küssen.

Irgendwie – viel zu bald – bin ich zu Hause, flüstere ihm Abschiedsworte zu und spüre seine Lippen ein letztes Mal über meine streichen, so leicht wie Wind.

Dann schleiche ich mich ins Haus und die Treppe hinauf in mein Zimmer, und erst als ich schon eine ganze Weile zitternd, schmerzerfüllt im Bett liege und ihn vermisse, wird mir klar, dass meine Tante, meine Lehrer und die Wissenschaftler Recht haben, was die Deliria angeht. Während der Schmerz sich in meine Brust bohrt, das kranke, sorgenvolle Gefühl mich durchwühlt und das Verlangen nach Alex in mir so scharf ist wie eine Rasierklinge, die durch meine Organe schneidet und mich zerfetzt, kann ich nichts weiter denken als: *Es bringt mich um, es bringt mich um, es bringt mich um. Und es ist mir egal.*

fünfzehn

Zuletzt schuf Gott Adam und Eva, auf dass sie glücklich und für immer als Mann und Frau zusammenlebten. Sie lebten jahrelang friedlich in einem schönen Garten inmitten hoher, gerader Pflanzen, die in ordentlichen Reihen wuchsen, und gut erzogener Tiere, die als Haustiere dienten. Ihre Gedanken waren so klar und sorglos wie der wolkenlose blassblaue Himmel, der sich wie ein Baldachin über ihren Köpfen spannte. Sie blieben unberührt von Krankheit, Schmerz oder Verlangen. Sie träumten nicht. Sie stellten keine Fragen. Jeden Morgen erwachten sie so erfrischt wie Neugeborene. Alles war immer gleich, aber es fühlte sich immer neu und gut an.

Aus: *Genesis. Eine vollständige Geschichte der Welt und des bekannten Universums*
von Dr. Steven Horace, Harvard University

Am nächsten Tag, einem Samstag, denke ich beim Aufwachen sofort an Alex. Dann versuche ich aufzustehen und Schmerz schießt durch mein Bein. Als ich den Schlafanzug hochziehe, sehe ich, dass ein kleiner Blutfleck durch das T-Shirt gesickert ist, das Alex um mein Bein gewickelt hat. Eigentlich müsste ich die Wunde waschen oder den Verband wechseln oder irgendwas, aber ich habe Angst davor, sie mir anzusehen. Jetzt fällt mir alles wieder ein, was auf der Party passiert ist – die Schreie, das Geschubse, die Hunde und die Knüppel, die durch die Luft sausten und zum tödlichen Schlag ausholten –, und einen Moment lang bin ich überzeugt, dass mir gleich schlecht werden wird. Dann lässt das Schwindelgefühl nach und ich muss an Hana denken.

Unser Telefon ist in der Küche. Meine Tante, die an der Spüle steht und den Abwasch macht, sieht mich überrascht an, als ich die Treppe runterkomme. Im Flurspiegel erhasche ich einen Blick auf mich selbst. Ich sehe furchtbar aus. Meine Haare stehen wirr vom Kopf ab, ich habe dicke Augenringe – unfassbar, dass mich irgendjemand je hübsch finden könnte.

Aber es gibt jemanden, der das tut. Beim Gedanken an Alex breitet sich ein goldenes Leuchten in mir aus.

»Beeil dich lieber«, sagt Carol. »Sonst kommst du zu spät zur Arbeit. Ich wollte dich gerade wecken.«

»Ich muss nur kurz Hana anrufen«, sage ich. Ich ziehe die Schnur, so lang es geht, und nehme das Telefon mit in die Speisekammer, um halbwegs ungestört zu sein.

Zuerst versuche ich es bei Hana zu Hause. Es klingelt einmal, zweimal, dreimal, viermal, fünfmal. Dann springt der Anrufbeantworter an. *»Dies ist der Anschluss der Familie Tate. Bitte hinterlassen Sie eine Nachricht, die nicht länger ist als zwei Minuten …«*

Ich lege schnell auf. Meine Finger haben angefangen zu zittern und es fällt mir schwer, Hanas Handynummer einzutippen. Direkt zur Mailbox.

Ihr Begrüßungstext ist genau derselbe wie immer *(»Hallo, tut mir leid, dass ich nicht ans Telefon gehen kann. Oder vielleicht tut's mir auch nicht leid – das hängt davon ab, wer anruft«)*, ihre Stimme klingt verzerrt und bebt vor unterdrücktem Gelächter. Den Spruch nach letzter Nacht zu hören – als wäre nichts gewesen – lässt mich zusammenfahren, wie wenn man sich plötzlich an einen Ort träumt, an den man lange nicht gedacht hat. Ich kann mich noch an den Tag erinnern, an dem sie die Ansage aufgenommen hat. Es war nach der Schule in ihrem Zimmer und sie probierte ungefähr eine Million Begrüßungstexte aus, bevor sie sich für diesen entschied. Mir war langweilig und ich schlug sie immer wieder mit einem Kissen, wenn sie schon wieder *nur einen noch* ausprobieren wollte.

»Hana, ruf mich unbedingt an«, sage ich so leise wie möglich ins Telefon. Mir ist mehr als bewusst, dass meine Tante mithört. »Ich arbeite heute. Du kannst mich im Laden erreichen.«

Unzufrieden lege ich auf. Ich habe Schuldgefühle. Während ich letzte Nacht mit Alex im Schuppen war, wurde sie möglicherweise verprügelt oder ist in Schwierigkeiten geraten; ich hätte nach ihr suchen müssen.

»Lena.« Meine Tante ruft mich streng zurück in die Küche, als ich gerade die Treppe hochgehe, um mich fertig zu machen.

»Ja?«

Sie tritt ein paar Schritte vor. Irgendetwas in ihrem Gesichtsausdruck macht mich nervös.

»Humpelst du?«, fragt sie. Ich habe angestrengt versucht, normal zu laufen.

Ich senke den Blick. Es ist einfacher zu lügen, wenn ich ihr nicht in die Augen sehe. »Ich glaube nicht.«

»Lüg mich nicht an.« Ihre Stimme wird kalt. »Du glaubst, ich wüsste nicht, was los ist, aber das tu ich sehr wohl.« Voller Entsetzen rechne ich schon damit, dass sie mich auffordert, meine Schlafanzughose hochzukrempeln, oder dass sie von der Party erfahren hat. Aber dann sagt sie: »Du warst wieder laufen, stimmt's? Obwohl ich es dir verboten habe.«

»Nur einmal«, platze ich erleichtert heraus. »Ich glaub, ich hab mir den Knöchel verstaucht.«

Carol schüttelt den Kopf und sieht enttäuscht aus. »Ehrlich, Lena. Ich weiß nicht, seit wann du nicht mehr auf mich hörst. Ich dachte, dass ausgerechnet du …« Sie bricht ab. »Na gut. Es sind nur noch fünf Wochen, stimmt's? Dann hat sich das alles erledigt.«

»Stimmt.« Ich zwinge mich zu einem Lächeln.

Den ganzen Morgen mache ich mir abwechselnd Sorgen um Hana oder denke an Alex. Ich tippe zweimal einen falschen Preis ein und muss Jed rufen, den Geschäftsführer meines Onkels, damit er den Betrag storniert. Dann werfe ich ein ganzes Gestell mit Tiefkühl-Nudelgerichten um und zeichne ein Dutzend Kartons Hüttenkäse falsch aus. Gott sei Dank ist mein Onkel heute nicht im Laden; er ist unterwegs, um Bestellungen auszuliefern, daher sind Jed und ich allein. Und Jed sieht mich eigentlich nie an und spricht auch nicht mit mir, abgesehen von dem einen oder anderen Grunzen. Ihm fällt bestimmt nicht auf, dass ich mich plötzlich in eine tollpatschige, unfähige Chaotin verwandelt habe.

Ich weiß natürlich, woher diese Probleme kommen. Orientierungslosigkeit, Zerstreutheit, Konzentrationsschwierigkeiten – all das sind typische Symptome in der ersten Phase der Deliria. Aber es ist mir egal. Wenn sich eine Lungenentzündung so gut anfühlen würde, würde ich mich im Winter barfuß und ohne Mantel raus in den Schnee stellen oder ins Krankenhaus gehen und die Lungenpatienten küssen.

Ich habe Alex gesagt, wann ich arbeiten muss, und wir haben vereinbart, uns direkt nach meiner Schicht, um sechs, bei Back Cove zu treffen. Die Minuten kriechen auf Mittag zu. Ich schwöre, Zeit ist noch nie langsamer verstrichen. Als brauchte jede Sekunde eine Extraeinladung, nur um zur nächsten weiterzuticken. Ich starre die Zeiger an, aber davon scheinen sie nur noch träger zu werden. Ich sehe, wie eine Kundin in dem schmalen Gang mit den sogenannten Frischeprodukten in der Nase bohrt; ich sehe auf die Uhr; sehe wieder die Kundin an; sehe zurück zur Uhr – und die Sekunde ist immer noch nicht verstrichen. Ich fürchte, dass die Zeit gänzlich stehenbleibt, während diese Frau ihren rosa Finger in ihrem rechten Nasenloch vergraben hat, direkt vor der Kiste mit welkem Salat.

Mittags habe ich eine Viertelstunde Pause. Ich gehe nach draußen und setze mich auf den Bürgersteig, wo ich ein paar Bissen von einem Sandwich runterwürge, obwohl ich keinen Hunger habe. Die Vorfreude darauf, Alex wiederzusehen, verträgt sich nicht sonderlich mit meinem Appetit. Ein weiteres Anzeichen der Deliria.

Und wennschon!

Um eins fängt Jed an, die Regale aufzufüllen, und ich sitze immer noch hinter der Kasse fest. Es ist extrem heiß und im Laden ist eine Fliege, die die ganze Zeit rumsummt und immer wieder gegen das Regal über meinem Kopf stößt, wo wir ein paar Schachteln Zigaretten und Medikamente gegen Sodbrennen und solche Sachen aufbewahren. Das Brummen der Fliege, der kleine Ventilator hinter mir und die Hitze machen mich schläfrig. Wenn ich könnte, würde ich den Kopf auf den Tresen legen und träumen, träumen, träumen. Ich würde träumen, dass ich wieder mit Alex im Schuppen säße. Ich würde von seiner festen Brust träumen, die sich an meine gepresst hat, und von seinen starken Händen und seiner Stimme.

Die Klingel über dem Eingang läutet einmal und ich schrecke aus meinem Tagtraum hoch.

Und da ist er, tritt durch die Tür, die Hände in den Taschen seiner ausgefransten Badeshorts. Seine Haare stehen verrückt vom Kopf ab, als bestünden sie aus Blättern und Zweigen. Alex.

Ich kippe beinahe von meinem Stuhl.

Er grinst mich kurz von der Seite an und geht dann gemütlich die Gänge entlang, wobei er völlig willkürlich irgendwelche Sachen einsammelt – darunter eine Tüte Schweinekrusten und eine Dose echt eklige Blumenkohlsuppe – und übertrieben interessierte Kommentare abgibt wie: »Das sieht ja lecker aus.« Ich kann mir nur mit Mühe das Lachen verkneifen. An einer Stelle muss er sich an Jed vorbeiquetschen – die Gänge im Laden sind ziemlich eng und Jed ist nicht gerade ein Leichtgewicht – und als Jed ihn kaum eines Blickes würdigt, werde ich ganz aufgeregt. Er weiß es nicht. Er weiß nicht, dass ich noch immer Alex' Lippen auf meinen fühlen kann, noch immer spüre, wie seine Hand über meine Schultern streicht.

Zum ersten Mal in meinem Leben habe ich etwas für mich getan, weil ich es wollte, und nicht, weil mir irgendjemand dazu geraten hat. Als Alex durch den Laden geht, hält uns ein unsichtbares Band zusammen, und irgendwie fühle ich mich davon mächtiger als je zuvor.

Schließlich kommt Alex mit einem Päckchen Kaugummi, einer Tüte Chips und einem Ginger Ale an die Kasse.

»Ist das alles?«, frage ich, darum bemüht, dass meine Stimme unbeteiligt klingt. Aber ich spüre, wie meine Wangen rot anlaufen. Seine Augen sind heute unglaublich, fast pures Gold.

Er nickt. »Das ist alles.«

Ich tippe alles mit zitternden Händen ein und würde so gerne noch etwas sagen, habe aber Angst, dass Jed es hören könnte. Da kommt ein weiterer Kunde herein, ein älterer Mann, der aussieht wie ein Aufseher. Also zähle ich Alex' Wechselgeld, so langsam und sorgfältig ich kann, damit er so lange wie möglich vor mir stehen bleibt.

Aber man kann nicht endlos das Wechselgeld auf einen Fünfdollarschein rausgeben. Schließlich reiche ich Alex das Geld. Unsere Finger berühren sich, als ich die Scheine in seine Hand lege, und ein Stromstoß durchfährt mich. Ich will nach ihm greifen, ihn an mich ziehen, ihn genau hier küssen.

»Einen wunderschönen Tag noch.« Meine Stimme klingt schrill, erstickt. Ich bin überrascht, dass ich die Worte überhaupt rausbringe.

»Oh, den werd ich haben.« Er schenkt mir sein unglaubliches, schiefes Lächeln, während er rückwärts auf die Tür zugeht. »Ich will noch zur Bucht runter.«

Und dann ist er weg, dreht sich um und tritt auf die Straße hinaus. Ich will ihm nachsehen, aber die Sonne blendet mich und er wird zu einem blitzenden, verschwommenen Schatten, der schwankt und dann verschwindet.

Ich kann es nicht ertragen. Der Gedanke daran, dass er durch die Straßen streift und sich immer weiter von mir entfernt, ist furchtbar. Und ich muss noch fünf Stunden bis zu unserem Treffen überstehen. Das schaffe ich nie. Ohne weiter nachzudenken, quetsche ich mich um den Tresen und nehme die Schürze ab, die ich anhatte, seit ich mich um ein Leck in einer der Tiefkühltruhen kümmern musste.

»Jed, gehst du bitte einen Moment an die Kasse?«, rufe ich.

Er blinzelt mich verwirrt an. »Wo willst du hin?«

»Der Kunde«, sage ich. »Ich hab ihm falsch rausgegeben.«

»Aber …«, hebt Jed an. Ich warte seine Einwände nicht ab. Ich kann es mir sowieso vorstellen. *Aber du hast doch ungefähr fünf Minuten lang das Wechselgeld abgezählt.* Na gut. Soll Jed doch denken, dass ich blöd bin. Damit kann ich leben.

Weiter unten auf der Straße ist Alex an der Ecke stehen geblieben und wartet darauf, dass ein städtischer Lastwagen vorbeirumpelt.

»He!«, rufe ich und er dreht sich um. Eine Frau, die auf der anderen Straßenseite einen Kinderwagen schiebt, hebt die Hand, um ihre Augen abzuschirmen, und beobachtet, wie ich die Straße entlanglaufe. Ich gehe, so schnell ich kann, aber wegen der Schmerzen in meinem Bein schaffe ich kaum mehr, als nur zu hoppeln. Ich spüre den Blick der Frau von oben bis unten auf meinem Körper, er prickelt wie Nadelstiche.

»Ich hab dir falsch rausgegeben.« Ich rufe es laut, obwohl ich nah genug bei ihm bin, um normal zu sprechen. Hoffentlich geht die Frau jetzt endlich weiter. Aber sie sieht noch immer zu uns rüber.

»Du hättest nicht kommen dürfen«, flüstere ich, als ich ihn eingeholt habe. Ich tue so, als würde ich ihm etwas in die Hand drücken. »Ich hab dir doch gesagt, wir sehen uns später.«

Er schiebt die Hand leichthin in seine Tasche und steigt nahtlos auf mein Täuschungsmanöver ein, dann flüstert er zurück: »Ich konnte es nicht erwarten.«

Alex wackelt vor meinem Gesicht mit dem Finger und guckt

streng, als würde er mich für meine Unaufmerksamkeit schelten. Aber seine Stimme klingt sanft und süß. Ich habe erneut das Gefühl, dass nichts anderes wirklich ist – weder die Sonne noch die Häuser oder die Frau auf der anderen Straßenseite, die uns nach wie vor anstarrt.

»In der Gasse um die Ecke ist eine blaue Tür«, sage ich leise, als ich mich mit entschuldigend erhobenen Händen zurückziehe. »Komm in fünf Minuten dorthin. Klopf viermal.« Dann sage ich lauter: »Hör mal, tut mir echt leid. Wie gesagt, ich habe mich wirklich vertan.«

Dann drehe ich mich um und humpele zurück zum Laden. Ich kann kaum glauben, was ich gerade getan habe. Ich kann nicht glauben, was ich für ein Risiko eingehe. Aber ich muss ihn einfach sehen. Ich muss ihn *küssen*. Ich brauche ihn so sehr, wie ich noch nie etwas gebraucht habe. Ich habe denselben Druck auf der Brust wie gegen Ende eines Sprints, wenn ich das Gefühl habe zu sterben und alles in mir danach schreit, ich solle aufhören und nach Luft schnappen.

»Danke«, sage ich zu Jed und nehme meinen Platz hinter dem Tresen wieder ein. Er murmelt irgendwas Unverständliches und schlurft zurück zu seinem Klemmbrett und seinem Stift, die er in Gang drei – SÜSSIGKEITEN, GETRÄNKE, CHIPS – auf den Boden gelegt hat.

Der Typ, den ich für einen Aufseher gehalten habe, hat seine Nase in einer der Tiefkühltruhen vergraben. Ich weiß nicht, ob er nach einem Tiefkühlgericht sucht oder einfach die kostenlose kalte Luft genießen will. Wie auch immer, als ich ihn ansehe, habe ich die gestrige Nacht wieder vor Augen, das Pfeifen in der Luft, als die Knüppel hinabsausten wie Sensen, und ich hasse ihn – sie alle. Ich stelle mir vor, wie ich den alten Kerl in die Kühltruhe schubse und ihm den Deckel auf den Kopf haue.

Der Gedanke an die Razzia weckt auch wieder die Angst um

Hana in mir. Nachrichten über die gestrigen Ereignisse finden sich in allen Zeitungen. Offensichtlich wurden Hunderte von Leuten aus ganz Portland gestern Nacht zum Verhör gebracht oder ohne viel Federlesens zu den Grüften gekarrt, obwohl ich nirgendwo einen speziellen Hinweis auf die Party in Deering Highlands gesehen habe.

Ich nehme mir vor, zu Hana nach Hause zu gehen, wenn sie mich bis heute Abend nicht zurückgerufen hat. Ich sage mir, dass es bis dahin gar keinen Zweck hat, sich Sorgen zu machen, aber die Schuldgefühle rumoren trotzdem in meinem Magen.

Der alte Typ beugt sich immer noch über die Tiefkühltruhe und achtet überhaupt nicht auf mich. Gut. Ich streife die Schürze wieder über und dann, nachdem ich mich vergewissert habe, dass Jed nicht hersieht, strecke ich die Hand aus, greife mir alle Ibuprofen-Flaschen – ungefähr ein Dutzend – und lasse sie in meine Schürzentasche gleiten.

Dann stoße ich einen lauten Seufzer aus. »Jed, du musst mich hier bitte noch mal ablösen.«

Er blickt mich mit seinen wässrigen blauen Augen an. Blinzel, blinzel. »Ich fülle gerade auf.«

»Na ja, aber wir haben gar keine Schmerzmittel mehr hier. Ist dir das nicht aufgefallen?«

Er starrt mich mehrere lange Sekunden an. Ich verschränke die Hände fest hinter meinem Rücken. Ansonsten würde mich ihr Zittern bestimmt verraten. Schließlich schüttelt er den Kopf.

»Ich geh mal gucken, ob ich im Lager noch welche finde. Kümmer du dich um die Kasse, okay?« Ich schiebe mich hinter der Theke vor, langsam, damit nichts klappert, und beuge meinen Körper leicht von ihm weg. Hoffentlich bemerkt er die Beule in meiner Schürze nicht. Dies ist eins der Symptome der Deliria, die nirgends erwähnt werden: Offensichtlich verwandelt einen die Krankheit in einen erstklassigen Lügner.

Ich schiebe mich um einen schwankenden Berg schlaffer Pappkartons, die hinten im Laden gestapelt sind, zwänge mich ins Lager und mache die Tür hinter mir zu. Leider kann man sie nicht abschließen, weshalb ich eine Kiste Apfelmus vor die Tür ziehe, falls Jed nachzusehen beschließt, warum meine Suche nach dem Ibuprofen so lange dauert.

Kurz danach klopft es leise an der Tür, die auf die Gasse hinausführt. *Klopf, klopf, klopf, klopf, klopf.*

Die Tür ist irgendwie schwerer als sonst. Es kostet mich all meine Kraft, sie aufzuziehen.

»Ich hab doch gesagt, *viermal* klopfen …«, sage ich, als die Sonne in den Raum fällt und mich vorübergehend blendet. Und dann vertrocknen die Wörter in meiner Kehle und ich ersticke beinahe.

»Hallo«, sagt Hana. Sie steht in der Gasse und tritt von einem Fuß auf den anderen, sie wirkt blass und besorgt. »Ich hatte gehofft, dich hier zu treffen.«

Einen Augenblick kann ich gar nichts entgegnen. Ich bin überwältigt vor Erleichterung – Hana ist hier, unversehrt, heil, wohlbehalten – und gleichzeitig durchzuckt mich die Angst. Ich suche schnell die Gasse ab: kein Anzeichen von Alex. Vielleicht hat er Hana gesehen und ist lieber wieder gegangen.

»Äh.« Hana runzelt die Stirn. »Lässt du mich rein oder nicht?«

»Oh, entschuldige. Ja, klar, komm rein.« Sie zwängt sich an mir vorbei und ich werfe einen letzten Blick die Gasse hoch und runter, bevor ich die Tür hinter mir schließe. Ich freue mich Hana zu sehen, bin aber auch nervös. Wenn Alex auftaucht, während sie hier ist …

Aber das wird er nicht, sage ich mir. *Er muss sie gesehen haben. Er muss wissen, dass er jetzt nicht herkommen darf.* Nicht, dass ich mir Sorgen mache, Hana würde mich verraten, aber trotzdem. Nach all den Predigten, die ich ihr über Sicherheit und Leichtsinn gehalten habe, könnte ich es ihr nicht verübeln, wenn sie mich auffliegen lassen würde.

»Ganz schön heiß hier drin«, sagt Hana und zieht an der Bluse, die ihr am Rücken klebt. Sie trägt eine weiße, lockere Bluse und weite Jeans mit einem dünnen goldenen Gürtel, von derselben Farbe wie ihre Haare. Aber sie sieht besorgt, müde und dünn aus. Als sie einmal im Kreis geht und sich im Lager umsieht, fallen mir kleine Kratzer auf der Rückseite ihrer Arme auf. »Weißt du noch, wie ich immer hergekommen bin und wir beide hier gesessen haben? Ich hab Zeitschriften und dieses blöde alte Radio mitgebracht, das ich damals hatte. Und du hast immer …«

»Chips und gekühlte Limo geklaut«, beende ich den Satz. »Ja, das weiß ich noch.« So haben wir früher die Sommer rumgekriegt, als ich anfing, Zeit im Laden abzusitzen. Ich dachte mir ständig Gründe aus, warum ich nach hinten gehen musste, und irgendwann am frühen Nachmittag tauchte Hana auf und klopfte fünfmal ganz leise an die Tür. Fünfmal. Ich hätte es wissen müssen.

»Ich habe deine Nachricht von heute Morgen bekommen«, sagt Hana und dreht sich zu mir um. Ihre Augen wirken sogar noch größer als sonst. Vielleicht liegt es daran, dass der Rest ihres Gesichts kleiner aussieht, irgendwie eingefallen. »Ich bin vorbeigekommen und hab dich nicht an der Kasse gesehen, deshalb dachte ich, ich geh mal hier rum. Ich war nicht in der Stimmung, mich mit deinem Onkel zu unterhalten.«

»Er ist heute gar nicht da.« Ich entspanne mich langsam. Alex wäre längst hier, wenn er vorhätte zu kommen. »Nur Jed und ich.«

Ich kann nicht sagen, ob Hana mir zuhört. Sie kaut nervös an ihrem Daumennagel – eine Angewohnheit, von der ich dachte, sie hätte sie schon vor Jahren abgelegt – und starrt auf den Boden, als wäre es das faszinierendste Stück Linoleum, das sie je gesehen hätte.

»Hana?«, frage ich. »Alles in Ordnung?«

Plötzlich wird sie von einem heftigen Beben geschüttelt, ihre Schultern kippen nach vorn und sie beginnt zu schluchzen. Ich habe Hana in meinem ganzen Leben nur zweimal weinen sehen – als ihr jemand beim Völkerball in der zweiten Klasse den Ball direkt in den Magen feuerte und letztes Jahr, nachdem wir gesehen hatten, wie ein krankes Mädchen vor den Labors von der Polizei zu Boden gerungen wurde und ihr Kopf dabei so fest auf den Asphalt knallte, dass wir es bis zu unserem Standort hören konnten, gut fünfzig Meter entfernt. Einen Moment bin ich total erstarrt und unsicher, was ich tun soll. Sie hebt nicht die Hände ans Gesicht oder versucht ihre Tränen abzuwischen oder so etwas. Sie steht einfach nur da, die Hände an ihren Seiten zu Fäusten geballt, und zittert so sehr, dass ich Angst habe, sie könne umkippen.

Ich strecke den Arm aus und streiche ihr mit einer Hand kurz über die Schulter. »Schhh, Hana. Schon gut.«

Sie zuckt zurück. »Nichts ist gut.« Sie atmet tief und stockend ein und spricht dann ganz schnell. »Du hattest Recht, Lena. Du hattest mit allem Recht. Letzte Nacht – es war schrecklich. Es gab eine Razzia ... die Party wurde aufgelöst. O Gott. Alle haben geschrien und die hatten Hunde – Lena, da war Blut. Sie haben Leute verprügelt, ihnen einfach so ihre Schlagstöcke über den Kopf gezogen, als wäre es nichts. Die Leute fielen links und rechts zu Boden und es war – oh, Lena. Es war so fürchterlich, so fürchterlich.« Hana beugt sich vor und legt die Hände auf den Bauch, als würde sie sich gleich übergeben.

Sie setzt an, noch etwas zu sagen, aber der Rest ihrer Worte geht in heftigen, bebenden Schluchzern unter, die ihren ganzen Körper schütteln. Ich mache einen Schritt nach vorn und nehme sie in den Arm. Einen Augenblick verspannt sie sich – wir umarmen uns fast nie, das macht man einfach nicht –, aber dann wird sie locker, drückt ihr Gesicht an meine Schulter und lässt ihren

Tränen freien Lauf. Es ist irgendwie seltsam, denn sie ist viel größer als ich; sie muss sich zu mir runterbeugen. Wenn es nicht so furchtbar wäre, wäre es geradezu lustig.

»Schhh«, sage ich. »Schhh. Alles wird gut.« Aber noch während ich die Worte ausspreche, kommen sie mir blöd vor. Ich muss daran denken, wie ich Grace in meinen Armen gehalten und sie in den Schlaf gewiegt habe und dabei das Gleiche sagte, während sie lautlos in mein Kissen weinte. *Alles wird gut.* Worte, die in Wirklichkeit nichts bedeuten, nur Geräusche, die wir in die endlose Weite und Dunkelheit sprechen, verzweifelte kleine Versuche, uns im Fallen an etwas festzuklammern.

Hana sagt noch etwas, das ich nicht verstehe. Ihr Gesicht ist an mein Schlüsselbein gedrückt und ihre Worte sind gedämpft.

Und dann ertönt das Klopfen. Vier leise, aber bestimmte Klopfer, einer nach dem anderen.

Hana und ich lösen uns augenblicklich voneinander. Sie fährt mit einem Arm über ihr Gesicht und vom Handgelenk bis zum Ellbogen bleibt ein Streifen Tränen zurück.

»Was ist das?«, fragt sie. Ihre Stimme zittert.

»Was denn?« Ich tue so, als hätte ich nichts gehört – und bete zu Gott, dass Alex weggeht.

Klopf, klopf, klopf. Pause. *Klopf.* Noch mal.

»Das da.« Gereiztheit schleicht sich in Hanas Stimme. Vermutlich sollte ich froh sein, dass sie nicht mehr weint. »Das Klopfen.« Sie kneift die Augen zusammen und sieht mich misstrauisch an. »Ich dachte, hier kommt nie jemand rein.«

»Stimmt ja auch. Außer … manchmal … außer den Lieferanten …« Ich stolpere über meine Worte, krame nach einer Lüge, aber mir will keine einfallen. So viel zu meinen neu entdeckten Fähigkeiten.

Dann streckt Alex den Kopf zur Tür rein und ruft leise: »Lena?« Er sieht zuerst Hana und erstarrt auf der Türschwelle.

Eine Weile lang sagt niemand etwas. Hana klappt buchstäblich der Mund auf. Sie blickt so schnell von Alex zu mir und wieder zurück, dass es aussieht, als würde ihr gleich der Kopf vom Hals fliegen. Alex weiß auch nicht, was er tun soll. Er steht einfach nur absolut unbeweglich da, als könnte er sich unsichtbar machen, wenn er sich nicht bewegt.

Und es ist das Allerdümmste auf der Welt, aber alles, was ich herausbringe, ist: »Du kommst zu spät.«

Hana und Alex sprechen gleichzeitig: »Du hast ihm gesagt, er soll herkommen?«, fragt sie, während er sagt: »Ich bin von einer Patrouille angehalten worden. Musste meinen Ausweis zeigen.«

Hana wird plötzlich sachlich. Dafür bewundere ich sie. Eben noch hat sie hysterisch geschluchzt und gleich darauf hat sie alles völlig unter Kontrolle.

»Komm rein«, sagt sie, »und mach die Tür zu.«

Das tut er. Dann steht er verlegen da und tritt von einem Fuß auf den anderen. Seine Haare stehen ganz komisch ab und in diesem Augenblick sieht er so jung und süß und nervös aus, dass ich den starken Drang verspüre, vor Hanas Augen zu ihm zu gehen und ihn zu küssen.

Aber sie vertreibt diesen Drang schnell. Sie wendet sich mir zu, verschränkt die Arme und bedenkt mich mit einem Blick, den sie sich, ich schwör's, bei Mr McIntosh, dem Schulleiter der St.-Anne-Schule, abgeguckt hat.

»Lena Ella Haloway Tiddle«, sagt sie. »Du bist mir ein paar Erklärungen schuldig.«

»Dein zweiter Name ist Ella?«, platzt Alex heraus.

Hana und ich werfen ihm beide einen finsteren Blick zu und er macht einen Schritt zurück und zieht den Kopf ein.

»Ähm.« Ich ringe immer noch nach Worten. »Hana, du erinnerst dich doch noch an Alex.«

Sie hält ihre Arme weiterhin verschränkt und kneift die Augen zusammen. »Oh, sicher erinnere ich mich an Alex. Was mir einfach nicht mehr einfällt, ist, was Alex hier zu suchen hat.«

»Er … na ja, er wollte mir … was geben …« Ich suche immer noch nach einer überzeugenden Erklärung, aber wie üblich wählt mein Gehirn genau diesen Moment aus, um seinen Dienst zu versagen. Ich sehe Alex hilflos an.

Er zuckt minimal mit den Schultern und einen Moment lang blicken wir uns einfach an. Ich habe mich immer noch nicht daran gewöhnt, in seiner Nähe zu sein, und erneut versinke ich in seinen Augen. Aber diesmal macht es mich nicht benommen. Im Gegenteil – es erdet mich, als flüsterte er mir wortlos etwas zu, als wollte er mir sagen, er sei da und alles sei gut.

»Erklär's ihr«, sagt er.

Hana lehnt sich an das Regal mit Klopapier und Bohnenkonserven und lockert ihre Arme gerade so weit, dass ich erkennen kann, dass sie nicht sauer ist, dann wirft sie mir einen Blick zu: *Genau. Besser, du erklärst es mir.*

Und das tue ich. Schwer zu sagen, wie viel Zeit uns bleibt, bis Jed keine Lust mehr hat, alleine an der Kasse zu sitzen, deshalb versuche ich mich kurzzufassen. Ich erzähle ihr, wie ich Alex bei der Roaring Brook Farm getroffen habe; wie wir beide am East End Beach zu den Bojen rausgeschwommen sind und was er mir dort gesagt hat. Ich habe Schwierigkeiten, das Wort *Invalide* auszusprechen, und Hana reißt die Augen auf – einen kurzen Augenblick sehe ich es alarmiert in ihrem Gesicht aufblitzen –, aber sie hat sich ziemlich gut in der Gewalt. Schließlich erzähle ich ihr von letzter Nacht und wie ich mich auf die Suche nach ihr gemacht habe, um sie vor der Razzia zu warnen, und von dem Hund und dass Alex mich gerettet hat. Als ich beschreibe, wie wir uns im Schuppen versteckt haben, werde ich erneut nervös – ich erwähne nicht, dass wir uns geküsst haben, aber ich kann nicht umhin daran zu denken –, aber zu diesem Zeitpunkt ist Hana schon wieder der Mund aufgeklappt und sie ist offensichtlich sprachlos, weshalb ich nicht glaube, dass sie etwas bemerkt.

Das Einzige, was sie sagt, ist: »Das heißt, du warst dort? Du warst letzte Nacht dort?« Ihre Stimme klingt seltsam und zittert, und ich fürchte, dass sie wieder anfängt zu weinen. Gleichzeitig erfasst mich eine riesige Woge der Erleichterung. Sie rastet nicht aus wegen Alex oder ist sauer, dass ich ihr nichts davon erzählt habe.

Ich nicke.

Sie schüttelt den Kopf und starrt mich an, als hätte sie mich nie zuvor gesehen. »Ich glaub's nicht. Ich glaub nicht, dass du dich während einer Razzia rausgeschlichen hast – meinetwegen.«

»Tja, na ja.« Ich verlagere unbehaglich mein Gewicht aufs andere Bein. Ich habe den Eindruck, dass ich ewig geredet und Hana und Alex mich die ganze Zeit angestarrt haben. Meine Wangen sind glühend heiß.

Genau in diesem Moment klopft es laut an der Tür, die zum Laden führt, und Jed ruft: »Lena? Bist du da drin?«

Ich fuchtele hektisch mit der Hand vor Alex herum. Gerade, als Jed von der anderen Seite dagegendrückt, schiebt Hana Alex hinter die Tür. Jed kriegt die Tür nur ein paar Zentimeter weit auf, bevor sie an die Kiste mit Apfelmus stößt.

Durch den zentimeterbreiten Spalt sehe ich, wie eins von Jeds Augen mich missbilligend anblinzelt.

»Was machst du denn die ganze Zeit?«

Hana streckt den Kopf um die Tür herum und winkt. »Hi, Jed«, sagt sie gut gelaunt, wozu sie mal wieder mühelos ihren fröhlichen Alltagsmodus anknipst. »Ich bin nur kurz vorbeigekommen, um Lena was zu geben. Und da haben wir uns ein bisschen verquatscht.«

»Wir haben Kundschaft«, sagt Jed mürrisch.

»Ich komme sofort«, erwidere ich und versuche mich Hanas

Ton anzupassen. Die Tatsache, dass Jed und Alex nur durch ein paar Zentimeter Sperrholz voneinander getrennt sind, ist Furcht einflößend.

Jed knurrt, zieht sich zurück und schließt die Tür hinter sich. Hana, Alex und ich sehen uns schweigend an. Alle drei atmen wir gleichzeitig aus, ein kollektiver Seufzer der Erleichterung.

Als Alex wieder spricht, flüstert er. »Ich hab ein paar Sachen für dein Bein mitgebracht.« Er setzt den Rucksack ab und stellt ihn auf den Boden, dann holt er Peroxid, Bacitracin, Mullbinden, Heftpflaster und Wattebäusche heraus. Er kniet sich vor mich. »Darf ich?«, fragt er. Ich krempele meine Jeans hoch und er fängt an, die T-Shirt-Streifen abzuwickeln. Ich kann kaum glauben, dass Hana dasteht und zusieht, wie ein Junge – ein Invalide – meine Haut berührt. Mir ist klar, dass sie das niemals im Leben erwartet hätte, und ich sehe weg, verlegen und stolz zugleich.

Hana schnappt nach Luft, als der provisorische Verband mein Bein frei gibt. Unwillkürlich habe ich die Augen zugekniffen.

»Verdammt, Lena«, sagt sie. »Der Hund hat dich ganz schön erwischt.«

»Das wird schon wieder«, sagt Alex und die ruhige Zuversicht in seiner Stimme erfüllt meinen ganzen Körper. Ich öffne vorsichtig ein Auge und werfe einen verstohlenen Blick auf meine Wade. Mein Magen rutscht mir in die Kniekehlen. Es sieht aus, als wäre ein riesiges Stück Fleisch aus meinem Bein gerissen worden. Ein paar Quadratzentimeter Haut fehlen einfach komplett.

»Vielleicht solltest du lieber ins Krankenhaus gehen«, sagt Hana zweifelnd.

»Und was soll sie denen erzählen?« Alex schraubt die Flasche Peroxid auf und fängt an, Wattebäusche anzufeuchten. »Dass sie bei einer Razzia auf einer illegalen Party verletzt wurde?«

Hana antwortet nicht. Sie weiß, dass ich nicht zum Arzt gehen kann. Noch bevor ich meinen Namen genannt hätte, wäre ich schon in den Labors auf dem OP-Tisch festgeschnallt oder in die Grüfte geworfen worden.

»So doll tut es gar nicht weh«, sage ich, was gelogen ist. Hana wirft mir schon wieder diesen Blick zu, als wären wir uns noch nie begegnet, und mir wird bewusst, dass sie wirklich – und wahrscheinlich zum ersten Mal in unserem Leben – beeindruckt von mir ist. Mich sogar bewundert.

Alex trägt eine dicke Schicht der antibakteriellen Salbe auf und kämpft dann mit dem Mull und dem Heftpflaster. Ich muss nicht fragen, woher er so viele Vorräte hat. Offenbar ein weiterer Vorteil davon, dass er Zugang zum gesicherten Bereich der Labors hat.

Hana geht auf die Knie. »Du machst das falsch«, sagt sie, und erleichtert erkenne ich ihren üblichen, herrischen Tonfall wieder. Ich muss beinahe lachen. »Meine Cousine ist Krankenschwester. Lass mich mal.«

Sie schubst Alex praktisch mit dem Ellbogen zur Seite. Er rückt weg und hebt ergeben die Hände. »Zu Befehl, Madam«, sagt er, dann zwinkert er mir zu.

Da fange ich wirklich an zu lachen. Ich werde von Kicheranfällen gepackt und muss mir mit den Händen den Mund zuhalten, um nicht loszukreischen und zu keuchen und uns zu verraten. Einen Augenblick starren mich Hana und Alex nur verwundert an, aber dann werfen sie sich einen Blick zu und grinsen dämlich.

Ich weiß, dass wir alle dasselbe denken.

Es ist verrückt. Es ist dumm. Es ist gefährlich. Aber irgendwie sind wir drei dort in dem drückend heißen Lagerraum umgeben von Schachteln mit Nudelauflauf, Rote-Bete-Konserven und Babypuder zu einem Team geworden.

Jetzt heißt es: wir gegen sie, wir gegen wer weiß wie viel tausend. Aber aus irgendeinem Grund und obwohl es absurd ist, glaube ich in diesem Moment, dass unsere Chancen gar nicht so schlecht stehen.

sechzehn

Unglück bedeutet Sklaverei; Glück bedeutet also Freiheit.
Glück erlangt man durch das Heilmittel.
Freiheit erlangt man also nur durch das Heilmittel.

Aus: *Tut es weh? Wissenswertes zum Eingriff*,
9. Auflage, Verband amerikanischer Wissenschaftler,
offizielle Broschüre der US-Behörde

Von da an schaffe ich es, Alex fast täglich zu sehen, sogar an den Tagen, an denen ich im Laden arbeiten muss. Manchmal kommt Hana mit. Wir sind oft bei Back Cove, vor allem abends, wenn alle anderen weg sind. Da Alex als geheilt verzeichnet ist, ist es streng genommen nicht illegal, dass wir Zeit miteinander verbringen, aber wenn irgendjemand wüsste, *wie viel* Zeit wir miteinander verbringen – oder sehen würde, wie wir lachen, uns gegenseitig untertauchen, im Wasser kämpfen oder durch den Schlamm rennen –, würde er auf jeden Fall misstrauisch werden. Wenn wir durch die Stadt laufen, achten wir daher darauf, getrennt zu gehen, Hana und ich auf einer Straßenseite, Alex auf der anderen. Außerdem halten wir uns an leere Straßen, heruntergekommene Parks, verlassene Häuser – Orte, an denen wir nicht gesehen werden.

Wir gehen wieder zu den Häusern in Deering Highlands. Ich verstehe jetzt, woher Alex während der Razzia wusste, wo der Werkzeugschuppen war und wieso er sich er so gut zurechtfand im Stockdunklen. Seit Jahren übernachtet er jeden Monat ein paarmal in den leer stehenden Häusern; er braucht manchmal ein wenig Abstand vom Lärm und von der Hektik Portlands. Er sagt es zwar nicht, aber ich weiß, dass ihn das an die Wildnis erinnert.

Zu unserem Lieblingsplatz wird Brooks Street 37, ein altes Haus im Kolonialstil, in dem eine Familie von Sympathisanten gewohnt hat. Wie viele der anderen Häuser in Deering Highlands ist das Gebäude nach der Massenflucht zugenagelt und eingezäunt worden, aber Alex zeigt uns ein loses Brett an einem der Fenster im Erdgeschoss, durch das wir hineingelangen. Es ist seltsam: Obwohl das Haus geplündert wurde, sind mehrere der großen Möbelstücke und die Bücher noch da, und wenn die Rauchspuren an Wänden und Decke nicht wären, könnte man meinen, die Bewohner kämen jeden Moment nach Hause.

Als wir zum ersten Mal dort sind, geht Hana voraus und ruft »Hallo! Hallo!« in die abgedunkelten Zimmer. Ich fröstele in der plötzlichen Dunkelheit und Kühle, nach der blendenden Sonne draußen ein starker Kontrast. Alex zieht mich dichter an sich. Ich gewöhne mich langsam daran, dass er mich berührt, und zucke nicht jedes Mal zusammen, wenn er sich vorbeugt, um mich zu küssen, oder sehe mich hektisch um, ob uns jemand beobachtet.

»Sollen wir tanzen?«, fragt er herausfordernd.

»Ach, komm.« Ich schubse ihn weg. Es fühlt sich komisch an, an einem so stillen Ort so laut zu reden. Hanas Stimme wird zu uns zurückgeworfen, sie klingt weit entfernt, und ich frage mich, wie groß das Haus wohl ist, wie viele Zimmer es gibt, alle von derselben dicken Staubschicht bedeckt, alle in Schatten getaucht.

»Ich mein's ernst«, sagt er. Er breitet die Arme aus. »Das hier ist der perfekte Platz dafür.«

Wir stehen mitten in dem Raum, der früher ein wunderschönes Wohnzimmer gewesen sein muss. Er ist riesig – größer als das gesamte Erdgeschoss in Carols und Williams Haus. Die Decke liegt weit oben in der Dunkelheit und über uns hängt ein riesiger Kronleuchter, der in den wenigen Sonnenstrahlen, die durch die vernagelten Fenster hereindringen, matt glänzt. Wenn man ganz still ist, kann man Mäuse hören, die leise in den Wänden herumlaufen. Aber das ist nicht eklig oder unheimlich. Es ist richtig nett und ich muss an den Wald denken und den endlosen Kreislauf von Wachstum und Tod und erneutem Wachstum – als wäre das, was wir hören, in Wirklichkeit das Haus, das sich Zentimeter für Zentimeter um uns herum bewegt.

»Wir haben keine Musik«, sage ich.

Er zuckt mit den Schultern, zwinkert, streckt die Hand aus. »Musik wird überbewertet«, sagt er.

Ich lasse mich von ihm an sich ziehen, bis wir Brust an Brust stehen. Er ist so viel größer als ich, dass mein Kopf gerade bis an seine Schulter reicht, und ich kann sein Herz klopfen hören. Es schlägt den Rhythmus für uns.

Das Beste an Brooks Street 37 ist der Garten hinter dem Haus. Ein riesiger verwilderter Rasen erstreckt sich zwischen uralten Bäumen, die dick und knorrig sind. Ihre obersten Zweige sind miteinander verschränkt und bilden einen Baldachin. Die Sonne dringt durch das Laub und wirft blasse weiße Flecken aufs Gras. Im ganzen Garten ist es so kühl und ruhig wie in der Schulbibliothek. Alex bringt aus Portland eine Decke mit, die er im Haus lässt. Immer wenn wir herkommen, holen wir sie, breiten sie auf dem Gras aus und liegen alle drei darauf, manchmal stundenlang, und reden und lachen über nichts Bestimmtes. Manchmal kaufen Hana oder Alex was zu essen für ein Picknick und einmal gelingt es mir, drei Dosen Limo und eine ganze Schachtel Schokoriegel aus dem Laden mitgehen zu lassen. Wir kriegen einen richtigen Zuckerrausch und spielen Kinderspiele wie früher – Verstecken, Fangen und Bockspringen.

Einige der Baumstämme sind so breit wie vier Mülleimer nebeneinander, und ich mache ein Foto von Hana, wie sie lachend versucht, die Arme um einen davon zu legen. Alex sagt, die Bäume müssen schon seit Hunderten von Jahren hier stehen, was Hana und mich verstummen lässt. Das bedeutet, dass sie schon *vorher* hier waren – bevor die Grenzen geschlossen wurden, bevor die Mauern errichtet wurden, bevor die Krankheit in die Wildnis zurückgedrängt wurde. Etwas schmerzt in meiner Kehle. Ich wünschte, ich wüsste, wie es damals hier war.

Meistens sind Alex und ich allerdings nur zu zweit und Hana ist unser Alibi. Nachdem ich Hana wochenlang überhaupt nicht getroffen habe, gehe ich plötzlich jeden Tag zu ihr – und manchmal sogar zweimal täglich (wenn ich mich mit Alex treffe; und dann, wenn ich mich wirklich mit Hana treffe). Zum Glück fragt meine Tante nicht nach. Wahrscheinlich nimmt sie an, wir hätten uns gestritten und holten jetzt die verlorene Zeit nach, was ja auch irgendwie stimmt. Ich bin glücklicher, als ich es je war. Ich bin glücklicher, als ich es mir je erträumt hätte, und als ich Hana sage, ich könne es ihr nie im Leben vergelten, dass sie mich so oft deckt, verzieht sie nur den Mund zu einem schiefen Lächeln und sagt: »Du hast es mir bereits vergolten.« Ich bin mir nicht sicher, was sie damit meint, aber ich bin einfach froh, dass wir uns wieder vertragen.

Wenn Alex und ich allein sind, machen wir nicht viel – wir sitzen einfach da und reden –, aber trotzdem scheint die Zeit zusammenzuschrumpfen, so schnell wie Papier, das Feuer fängt. In einem Moment ist es drei Uhr nachmittags. Im nächsten, ich schwöre es, schwindet das Licht bereits vom Himmel und es ist kurz vor der Ausgangssperre.

Alex erzählt mir aus seinem Leben: von seiner »Tante« und seinem »Onkel« und ein bisschen von der Arbeit, die sie leisten, obwohl er weiterhin ziemlich unbestimmt bleibt, wenn es darum geht, welche Ziele die Sympathisanten und die Invaliden verfolgen und wie sie sie erreichen wollen. Das ist in Ordnung. Ich kann sowieso nicht sagen, ob ich es wissen will. Wenn er von der Notwendigkeit spricht, Widerstand zu leisten, klingt seine Stimme angespannt und in seinen Worten flackert Wut. In diesen Augenblicken und nur ein paar Sekunden lang habe ich immer noch Angst vor ihm, dann dröhnt immer noch das Wort *Invalide* in meinen Ohren.

Aber meistens erzählt mir Alex normale Sachen, vom Tortilla-Chips-Auflauf seiner Tante und wie sein Onkel jedes Mal, wenn sie sich treffen, ein bisschen zu viel trinkt und dann immer wieder dieselben alten Geschichten aufwärmt. Sie sind beide geheilt und als ich ihn frage, weshalb sie jetzt nicht glücklicher sind, zuckt er die Achseln und sagt: »Sie vermissen auch den Schmerz.«

Das kann ich kaum glauben und er sieht mich aus den Augenwinkeln an und sagt: »Dann verliert man die Leute wirklich, weißt du? Wenn sie keinen Schmerz mehr spüren.«

Meistens erzählt er jedoch von der Wildnis und den Menschen, die dort leben, und ich lege den Kopf auf seine Brust, schließe die Augen und träume davon: von einer Frau, die alle Crazy Caitlin nennen und die riesige Windspiele aus Schrottteilen und zerquetschten Getränkedosen baut; von Grandpa Jones, der mindestens neunzig sein muss, aber immer noch täglich im Wald herumwandert, Beeren sammelt und Wildtiere fängt; von Lagerfeuern unter freiem Himmel und davon, unter den Sternen zu schlafen und lange aufzubleiben, um zu singen, zu reden und zu essen, während der Rauch zum Nachthimmel hochsteigt.

Ich weiß, dass er immer noch manchmal dorthin zurückkehrt, und ich weiß, dass er die Wildnis immer noch als sein eigentliches Zuhause betrachtet. Einmal spricht er es fast aus, als ich bedaure, dass ich nicht mit ihm nach Hause gehen kann, um mir sein Apartment in der Forsyth Street anzuschauen. Dort wohnt er, seit er mit dem Studium angefangen hat – wenn mich einer seiner Nachbarn mit ihm das Haus betreten sähe, wären wir geliefert. Aber er verbessert mich schnell: »Das ist nicht mein Zuhause.«

Er verrät mir, dass er und die anderen Invaliden einen Weg gefunden haben, in die Wildnis und wieder zurück zu gelangen, aber als ich ihn nach Einzelheiten frage, schweigt er.

»Vielleicht kommst du irgendwann selbst dorthin«, sagt er nur und ich finde die Vorstellung ebenso unheimlich wie aufregend.

Ich frage ihn nach dem Mann meiner Cousine, dem die Flucht gelang, bevor er vor Gericht gestellt werden konnte, aber Alex runzelt die Stirn und schüttelt den Kopf.

»Kaum jemand in der Wildnis benutzt seinen wirklichen Namen«, sagt er achselzuckend. »Er kommt mir allerdings nach deiner Beschreibung auch nicht bekannt vor.« Aber er erklärt, dass es Tausende und Abertausende von Siedlungen im ganzen Land gibt. Marcias Mann könnte sonst wo sein – im Norden, Süden oder Westen. Wir wissen wenigstens, dass er nicht nach Osten gegangen ist; dann wäre er im Meer gelandet. Alex sagt, dass es mindestens so viele Quadratkilometer Wildnis in den USA gibt wie anerkannte Städte. Das kommt mir völlig unvorstellbar vor, und als ich es Hana erzähle, glaubt sie es auch kaum.

Alex ist auch ein guter Zuhörer und kann stundenlang schweigen, während ich ihm davon berichte, wie ich bei Carol aufgewachsen bin und dass alle denken, Grace könne nicht sprechen, und nur ich die Wahrheit kenne. Er lacht laut, als ich ihm Jenny beschreibe mit ihrem verkniffenen Blick und dem Gesichtsausdruck einer alten Frau und ihrer Art, hochnäsig auf mich herabzusehen, als wäre *ich* die Neunjährige.

Es tut gut, mit ihm über meine Mutter zu reden und darüber, wie es war, als sie noch lebte und wir nur zu dritt waren – ich, sie und Rachel. Ich erzähle ihm von den Sockenpartys und davon, wie unsere Mutter uns immer Schlaflieder vorgesungen hat, auch wenn ich mich nur an ein paar Bruchstücke der Lieder erinnern kann. Vielleicht liegt es daran, dass er so ruhig zuhört, mich mit seinen leuchtenden warmen Augen direkt ansieht und mich nie verurteilt. Einmal erzähle ich ihm sogar von den letzten Worten, die meine Mutter je zu mir gesagt hat, und er sitzt einfach nur da und streichelt meinen Rücken, als ich plötzlich das Gefühl habe, gleich weinen zu müssen. Es geht vorbei. Die Wärme seiner Hände vertreibt es.

Und wir küssen uns natürlich. Wir küssen uns so oft, dass es sich direkt seltsam anfühlt, wenn wir uns nicht küssen, als hätte ich mich daran gewöhnt, durch seine Lippen und in seinen Mund zu atmen.

Während wir uns vertrauter werden, beginne ich langsam auch andere Teile seines Körpers zu erforschen. Das zarte Gerüst seiner Rippen unter seiner Haut, seine Brust und seine Schultern, die wie gemeißelter Stein sind, die weichen und lockigen hellen Haare auf seinen Beinen, die Art, wie seine Haut immer ein bisschen nach Meer riecht – schön und seltsam. Noch verrückter ist, dass ich zulasse, dass er auch mich ansieht. Erst erlaube ich ihm nur, mein T-Shirt zur Seite zu schieben und mein Schlüsselbein und meine Schultern zu küssen. Dann lasse ich zu, dass er mir das T-Shirt ganz über den Kopf zieht, mich ins helle Sonnenlicht legt und einfach nur ansieht. Beim ersten Mal zittere ich. Ich verspüre die ganze Zeit den Drang, die Hände vor meinem Brustkorb zu verschränken, um meine Brüste zu bedecken, sie zu verstecken. Mir wird plötzlich bewusst, wie blass ich in der Sonne aussehe und wie viele Muttermale ich auf der ganzen Brust habe, und er denkt bestimmt, ich sei hässlich oder missraten.

Aber dann haucht er: »Wie schön«, und als sich unsere Blicke treffen, weiß ich, dass er es wirklich und ernsthaft so meint.

An diesem Abend sehe ich im Badezimmerspiegel zum ersten Mal in meinem Leben kein mittelmäßiges Mädchen. Mit zurückgeworfenen Haaren, meinem Nachthemd, das eine Schulter entblößt, und leuchtenden Augen glaube ich zum ersten Mal, was Alex gesagt hat. Ich bin schön.

Aber nicht nur ich. *Alles* sieht schön aus. Im *Buch Psst* steht, dass die Deliria die Wahrnehmung verändert, das Urteilsvermögen ausschaltet, die rationalen Fähigkeiten beeinträchtigt. Aber es steht nicht darin, dass Liebe die ganze Welt in etwas Größeres verwandelt. Sogar der Müll, der in der Hitze schimmert, ein riesiger Haufen aus Schrott, schmelzendem Plastik und stinkendem Zeug, wirkt seltsam und geheimnisvoll wie etwas Außerirdisches, das auf die Erde gebracht wurde. Die Möwen, die auf dem Dach des Rathauses hocken, sehen im Morgenlicht aus, als wären sie dick mit weißer Farbe überzogen worden. Sie leuchten geradezu vor dem blassblauen Himmel, und ich habe den Eindruck, noch nie in meinem Leben etwas so Reines, Klares und Hübsches gesehen zu haben. Regengüsse sind unglaublich: herabfallende Glasscherben, die Luft voller Diamanten. Der Wind wispert Alex' Namen und das Meer wiederholt ihn. Beim Anblick schwankender Bäume denke ich ans Tanzen. Alles, was ich sehe und berühre, erinnert mich an Alex und deswegen ist alles, was ich sehe und berühre, vollkommen.

Im *Buch Psst* steht auch nicht, wie die Zeit einem davonrast.

Die Zeit fliegt. Sie springt. Sie rinnt mir wie Wasser durch die Finger. Jedes Mal, wenn ich in die Küche komme und sehe, dass der Kalender schon wieder einen Tag weiter umgeklappt wurde, weigere ich mich, es zu glauben. Übelkeit wächst in meinem Magen, ein bleiernes Gefühl, das jeden Tag schwerer wird.

Noch dreiunddreißig Tage bis zum Eingriff.

Noch zweiunddreißig Tage.

Noch dreißig.

Und dazwischen Schnappschüsse, Momentaufnahmen, einzelne Augenblicke. Alex, der mir Schokoladeneis auf die Nase schmiert, nachdem ich mich beklagt habe, mir sei so heiß; das laute Summen der Bienen, die im Garten über uns kreisen; eine ordentliche Reihe aus Ameisen, die lautlos über die Reste unseres Picknicks marschiert; Alex' Finger in meinen Haaren; seine Armbeuge unter meinem Kopf; Alex, der flüstert: »Ich wünschte, du könntest bei mir bleiben«, während ein weiterer Tag am Horizont ausblutet, rot und rosa und golden; wie wir in den Himmel starren und in den Wolken Formen sehen: eine Schildkröte mit Hut, einen Maulwurf, der eine Gurke trägt, einen Goldfisch, der ein Kaninchen jagt, das um sein Leben rennt.

Schnappschüsse, Momentaufnahmen, einzelne Augenblicke: so zerbrechlich, schön und hoffnungslos wie ein einsamer Schmetterling, der gegen heraufziehenden Wind anflattert.

siebzehn

Unter Wissenschaftlern ist umstritten, ob Verlangen ein Symptom eines mit Amor deliria nervosa infizierten Organsystems ist oder eine Voraussetzung für die Krankheit selbst. Einigkeit herrscht jedoch darüber, dass Liebe und Verlangen eine symbiotische Beziehung eingehen, was bedeutet, dass das eine ohne das andere nicht existieren kann. Verlangen ist ein Feind der Zufriedenheit; Verlangen ist Krankheit, ein fieberhafter Geist. Kann jemand, der begehrt, als gesund betrachtet werden? Das Wort »begehren« selbst suggeriert einen Mangel, Verarmung, und genau das ist Verlangen: geistige Verarmung, ein Defekt, ein Fehler. Glücklicherweise kann das heutzutage korrigiert werden.

Aus: *Die Ursachen der Amor deliria nervosa und ihre Auswirkungen auf die kognitiven Fähigkeiten* von Dr. Phillip Berryman, 4. Auflage

Der August macht es sich in Portland bequem, bläst seinen heißen und stinkenden Atem über alles. Tagsüber ist es unerträglich auf den Straßen, die Sonne brennt erbarmungslos und die Leute strömen in die Parks und an die Strände, verzweifelt auf der Suche nach Schatten oder einer Brise. Es wird schwieriger, Alex zu treffen. Jetzt ist sogar der East End Beach meistens brechend voll, auch abends nach der Arbeit. Zweimal gehe ich hin, um Alex zu sehen, doch es ist zu gefährlich, miteinander zu reden oder sich ein Zeichen zu geben, abgesehen vom kurzen Nicken, das auch zwei entfernte Bekannte austauschen könnten. Stattdessen breiten wir fünf Meter voneinander entfernt unsere Strandtücher auf dem Sand aus. Er setzt seine Kopfhörer auf, ich tue so, als würde ich lesen. Immer wenn unsere Blicke sich begegnen, leuchtet es in meinem Körper auf, als läge Alex direkt neben mir und striche mit der Hand über meinen Rücken, und obwohl sein Gesicht unbewegt ist, kann ich das Lächeln in seinen Augen erkennen. Nichts war je so schmerzhaft und köstlich, wie ihm so nah zu sein und doch nichts damit anzufangen: wie wenn man an einem heißen Tag ein Eis so schnell isst, dass man rasende Kopfschmerzen davon bekommt. Ich beginne zu verstehen, was Alex von seiner »Tante« und seinem »Onkel« erzählt hat – dass sie nach ihrem Eingriff sogar den Schmerz vermissten. Irgendwie macht der Schmerz es noch besser, noch intensiver, noch wertvoller.

Da die Strände nicht in Frage kommen, halten wir uns an das Haus in der Brooks Street 37. Der Garten leidet unter der Hitze. Es hat lange nicht geregnet und das Sonnenlicht, das durch die Bäume dringt – und das im Juli sanft hereinfiel –, schneidet jetzt wie ein Schwert durch das Blätterdach und färbt das Gras braun. Sogar die Bienen wirken wie betrunken in der Hitze, kreisen langsam, stoßen zusammen, prallen gegen die vertrocknenden Blumen, bevor sie auf dem Boden aufschlagen und dann benommen wieder in die Luft steigen.

Eines Nachmittags liegen Alex und ich auf der Decke. Ich liege auf dem Rücken; der Himmel über mir scheint in sich verändernde Muster aus Blau, Grün und Weiß zu zerfallen. Alex liegt auf dem Bauch und irgendetwas macht ihn offenbar nervös. Er zündet ständig Streichhölzer an, sieht zu, wie sie aufflackern, und bläst sie erst aus, wenn die Flamme beinahe seine Fingerspitzen erreicht. Ich muss daran denken, was er mir neulich im Schuppen erzählt hat: dass er in seiner Anfangszeit in Portland immer so wütend war, dass er damals dauernd Sachen angezündet hat.

Es gibt so viel, was ich nicht von ihm weiß – so viel Vergangenheit und Geschichte, die irgendwo in seinem Innern begraben liegen. Er musste lernen, es zu verbergen, noch mehr als die meisten von uns. Aber irgendwo tief in ihm, glaube ich, glüht das alles wie ein Stück Kohle, das langsam zu einem Diamanten gepresst wird, von vielen äußeren Schichten niedergedrückt.

Da ist so viel, was ich ihn nicht gefragt habe, und so viel, worüber wir nie reden. Auf andere Art habe ich jedoch das Gefühl, dass ich ihn sehr gut kenne und ihn immer gekannt habe, ohne dass er mir irgendetwas erzählen musste.

»Jetzt muss es schön sein in der Wildnis«, platze ich heraus, nur um etwas zu sagen. Alex dreht sich um und sieht mich an und ich stottere schnell: »Ich meine … es muss dort kühler sein. Wegen der ganzen Bäume ist es bestimmt schön schattig.«

»Das stimmt.« Er stützt sich auf einen Ellbogen. Ich schließe die Augen und hinter meinen Lidern tanzen Flecken aus Farbe und Licht. Einen Moment sagt Alex nichts, aber ich spüre, dass er mich beobachtet. »Wir könnten hingehen«, sagt er schließlich.

Das kann nur ein Witz sein, deshalb fange ich an zu lachen. Er bleibt jedoch ruhig und als ich die Augen öffne, ist seine Miene vollkommen gefasst.

»Nicht dein Ernst«, sage ich, aber in mir hat sich bereits ein tiefer Schacht aus Angst aufgetan und ich weiß, dass es ihm sehr wohl ernst ist. Irgendwie weiß ich auch, dass er sich deshalb den ganzen Tag über so komisch benommen hat: Er vermisst die Wildnis.

»Wir könnten hingehen, wenn du willst.« Er sieht mich noch einen Herzschlag länger an, dann dreht er sich auf den Rücken. »Morgen vielleicht. Nach deiner Schicht.«

»Aber wie …«, hebe ich an. Er unterbricht mich.

»Überlass das mir.« Einen Moment sehen seine Augen tiefer und dunkler aus als je zuvor, wie zwei Tunnel. »Willst du?«

Es fühlt sich irgendwie nicht richtig an, darüber so beiläufig im Liegen zu reden, deshalb setze ich mich auf der Decke auf. Die Grenze zu überqueren ist ein schweres Verbrechen, das mit dem Tod bestraft wird. Und obwohl ich weiß, dass Alex es manchmal noch tut, war mir das Ausmaß des Risikos bis jetzt gar nicht richtig bewusst. »Es geht nicht«, sage ich, fast flüsternd. »Es ist unmöglich. Der Zaun – und die Wachen – und die *Gewehre* …«

»Ich hab dir doch gesagt, überlass das mir.« Er setzt sich auch auf, streckt beide Arme aus und nimmt kurz mein Gesicht in seine Hände, lächelt. »Alles ist möglich, Lena«, sagt er, einer seiner Lieblingssätze. Die Angst lässt nach. Ich fühle mich so sicher neben ihm. Ich kann nicht glauben, dass irgendetwas Schlimmes geschehen kann, wenn wir zusammen sind. »Ein paar Stunden«, sagt er. »Damit du weißt, wie es da ist.«

Ich sehe weg. »Ich weiß nicht.« Meine Kehle ist wie ausgedörrt; die Wörter zerren auf ihrem Weg nach draußen an meinem Hals.

Alex beugt sich vor, küsst mich kurz auf die Schulter und legt sich wieder hin. »Schon okay«, sagt er, als er einen Arm über die Augen legt, um sie vor der Sonne abzuschirmen. »Ich dachte nur, du wärst vielleicht neugierig, das ist alles.«

»Ich bin neugierig. Aber …«

»Lena, es ist okay, wenn du nicht gehen willst. Im Ernst. War nur ein Vorschlag.«

Ich nicke. Obwohl meine Beine klebrig sind vom Schweiß, ziehe ich sie an die Brust. Ich bin unglaublich erleichtert, aber auch enttäuscht. Mir fällt plötzlich ein, wie Rachel mich einmal dazu herausforderte, am Willard Beach einen Kopfsprung rückwärts vom Pier zu machen, und ich stand zitternd an der Kante und traute mich nicht zu springen. Schließlich ließ sie mich in Ruhe, beugte sich vor und flüsterte: »Schon okay, Lena-Spinner. Du bist halt noch nicht so weit.« Ich hatte nichts dringender gewollt, als von der Kante des Piers wegzukommen, aber auf dem Weg zurück zum Strand fühlte ich mich elend und schämte mich.

Da wird es mir bewusst. »Ich will doch hin«, sage ich entschlossen.

Alex nimmt seinen Arm herunter. »Wirklich?«

Ich nicke, wage es nicht, die Worte zu wiederholen. Ich habe Angst, dass ich sie zurücknehmen könnte, wenn ich den Mund aufmache.

Alex setzt sich langsam auf. Ich hätte gedacht, er würde sich freuen, aber er lächelt nicht. Er knabbert nur an seiner Lippe und dreht den Kopf zur Seite. »Es bedeutet, gegen die Ausgangssperre zu verstoßen.«

»Es bedeutet, gegen eine Menge Regeln zu verstoßen.«

Da sieht er mich an und sein Gesicht ist so besorgt, dass es mir bis ins Mark fährt. »Hör zu, Lena.« Er blickt zu Boden und sortiert den Haufen aus abgebrannten Streichhölzern, den er fabriziert hat, legt sie ordentlich nebeneinander. »Vielleicht ist es doch keine so gute Idee. Wenn wir geschnappt werden – ich meine, wenn du geschnappt wirst …« Er atmet hörbar ein. »Ich meine, wenn dir irgendetwas passieren würde, könnte ich mir das nie verzeihen.«

»Ich vertraue dir«, sage ich und meine es hundertfünfzigprozentig.

Er sieht mich immer noch nicht an. »Ja, aber … Auf illegalen Grenzübertritt steht …« Er holt erneut tief Luft. »Auf illegalen Grenzübertritt steht die …« Im letzten Moment kann er nicht *Todesstrafe* sagen.

»Hey.« Ich stupse ihn sanft an. Es ist unglaublich, wie man das Gefühl haben kann, dass sich jemand so um einen kümmert, und gleichzeitig würde man für die Chance, ihn ebenso zu beschützen, sterben oder alles geben. »Ich kenne die Regeln. Ich lebe schon länger hier als du.«

Da lächelt er. Er stupst mich zurück. »Kaum.«

»Ich bin hier geboren und aufgewachsen. Du bist erst später verpflanzt worden.« Ich stupse ihn wieder, etwas fester, und er lacht und versucht meinen Arm festzuhalten. Ich entwinde mich ihm kichernd und er streckt die Hand aus, um mich am Bauch zu kitzeln. »Landei!«, quieke ich, als er mich packt und mich lachend auf die Decke drückt.

»Großstadtsnob«, sagt er und rollt sich über mich. Dann küsst er mich. Alles löst sich auf: Hitze, Farbexplosionen, Schweben.

Wir verabreden uns für den nächsten Abend, einen Mittwoch, bei Back Cove; da ich bis Samstag nicht arbeiten muss, dürfte Carol relativ einfach davon zu überzeugen sein, dass ich bei Hana übernachten darf. Alex geht die Hauptpunkte des Plans mit mir durch. Die Grenze zu überqueren ist nicht *unmöglich,* aber kaum jemand riskiert es. Wahrscheinlich weil diese ganze Darauf-steht-die-Todesstrafe-Sache nicht gerade attraktiv ist.

Ich habe keine Ahnung, wie wir es je über den Elektrozaun schaffen sollen, aber Alex erklärt mir, dass nur einzelne Abschnitte wirklich unter Strom stehen. Den Zaun über kilometerweite Strecken mit Strom zu versorgen wäre zu teuer, daher sind nur relativ wenige Stücke des Zauns »online«. Der restliche Zaun ist nicht gefährlicher als der um den Spielplatz im Deering Oaks Park. Aber solange alle *glauben,* dass durch das ganze Ding genug Kilowatt fließen, um einen Menschen zu braten wie ein Spiegelei in der Pfanne, erfüllt der Zaun seinen Zweck trotzdem.

»Alles nur Schall und Rauch«, sagt Alex und macht eine vage Handbewegung. Ich vermute, er meint Portland, die Gesetze, vielleicht die ganzen USA. Wenn er ernst wird, bildet sich eine kleine Kerbe zwischen seinen Augenbrauen, ein winziges Komma, und das ist das Süßeste, was ich je gesehen habe. Ich versuche mich trotzdem weiter zu konzentrieren.

»Ich verstehe immer noch nicht, woher du das alles weißt«, sage ich. »Ich meine, wie habt ihr das rausgekriegt? Habt ihr einfach Leute an bestimmten Stellen gegen den Zaun laufen lassen und abgewartet, ob sie geröstet werden?«

Alex lächelt sanft. »Betriebsgeheimnis. Aber ich kann dir verraten, dass es gewisse Beobachtungen und Experimente gab, bei denen Wildtiere eine Rolle spielten.« Er hebt die Augenbrauen. »Schon mal gebratenen Biber gegessen?«

»Iih.«

»Oder gebratenes Stinktier?«

»Jetzt willst du bloß, dass ich mich richtig ekele.«

Es gibt mehr von uns, als du denkst – das ist noch einer von Alex' Lieblingssätzen, ständig sagt er das. Überall Sympathisanten, ungeheilte *und* geheilte, die als Aufseher, Polizisten, Regierungsbeamte, Wissenschaftler arbeiten. So werden wir an den Wachhäuschen vorbeikommen, erklärt er mir. Eine der aktivsten Sympathisantinnen Portlands ist mit dem Wachmann verheiratet, der die Nachtschicht am nördlichen Ende der Tukey's Bridge hat, genau dort, wo wir die Grenze überqueren wollen. Alex und sie haben ein Zeichen vereinbart. In Nächten, in denen er über die Grenze will, wirft er einen bestimmten Handzettel in ihren Briefkasten, eine dieser dämlichen Kopien, die vom Pizza-Service oder von der Reinigung verteilt werden. Ein Angebot für eine kostenlose Augenuntersuchung bei einem gewissen Dr. Sindliw (was ich ziemlich offensichtlich finde, aber Alex meint, die Widerstandskämpfer und Sympathisanten stehen ständig unter solchem Druck, dass man ihnen ihre kleinen Privatwitze schon gönnen muss). Immer wenn sie den Zettel findet, schüttet sie ihrem Mann eine extragroße Dosis Valium in den Kaffee, den sie ihm für seine Schicht kocht.

»Armer Kerl«, sagt Alex grinsend. »Egal, wie viel Kaffee er trinkt, er bleibt einfach nicht wach.« Ich merke, wie viel ihm die Widerstandsbewegung bedeutet und wie stolz er darauf ist, dass es sie gibt, dass sie stark ist, floriert und ihre Arme in Portland ausstreckt. Ich versuche zu lächeln, aber meine Wangen fühlen sich steif an. Es übersteigt immer noch meine Vorstellungskraft, dass alles, was ich gelernt habe, völlig falsch ist, und es fällt mir schwer, die Sympathisanten und Widerstandskämpfer als Verbündete und nicht als Feinde zu sehen.

Aber wenn ich mich nun über die Grenze schleiche, werde ich ohne jeden Zweifel zu einer von ihnen. Gleichzeitig kann ich jetzt nicht mehr ernsthaft erwägen, einen Rückzieher zu machen. Ich will ja gehen; und muss mir eingestehen, dass ich schon vor langer Zeit zur Sympathisantin geworden bin, als Alex mich gefragt hat, ob ich mich mit ihm bei Back Cove treffen wolle, und ich Ja gesagt habe. Ich habe nur noch vage Erinnerungen an das Mädchen, das ich vorher war – das Mädchen, das immer tat, was man ihm sagte, nie log und das, wenn es die Tage bis zu seinem Eingriff zählte, Aufregung verspürte statt Entsetzen und Panik. Das Mädchen, das vor allem und jedem Angst hatte. Das Mädchen, das Angst vor sich selbst hatte.

Als ich am nächsten Tag aus dem Laden komme, frage ich Carol ganz gezielt, ob ich ihr Handy leihen darf. Dann simse ich Hana: *Heute mit A bei Dir übernachten?* Das ist in letzter Zeit unser Geheimcode geworden, wenn sie mich decken soll. Wir haben Carol erzählt, wir würden viel Zeit mit Allison Doveney verbringen, die mit uns ihren Abschluss gemacht hat. Die Doveneys sind sogar noch reicher als Hanas Familie und Allison ist eine arrogante Schlampe. Hana war ursprünglich dagegen, sie als die geheimnisvolle »A« zu benutzen, mit dem Argument, dass sie noch nicht mal so tun wolle, als unternähme sie was mit ihr, aber schließlich konnte ich sie überzeugen. Carol würde niemals bei den Doveneys anrufen, um nach mir zu fragen. Es wäre ihr zu unangenehm und wahrscheinlich peinlich – meine Familie ist unrein, verdorben, weil Marcias Mann übergelaufen ist, und natürlich wegen meiner Mutter, und Mr Doveney ist der Vorsitzende und Gründer des Ortsverbands Portland der VDFA, der Vereinigung für ein Deliria-freies Amerika. Allison Doveney konnte es in der Schule kaum ertragen, mich auch nur anzusehen, und ganz früher in der Grundschule, kurz nachdem meine Mutter gestorben war, fragte sie die Lehrerin, ob sie sich von mir wegsetzen könne, weil ich nach Verwesung riechen würde.

Hanas Antwort kommt beinahe sofort. *Ja, super. Bis heute Abend.*

Ich frage mich, was Allison denken würde, wenn sie wüsste,

dass ich sie als Alibi für meinen Freund benutze. Sie würde sicher ausrasten und beim Gedanken daran muss ich lächeln.

Kurz vor acht komme ich die Treppe herunter, meinen Übernachtungsrucksack deutlich sichtbar über der Schulter. Sogar ein Stück von meinem Schlafanzug ragt absichtlich daraus hervor. Ich habe den Rucksack genau so gepackt, wie ich es getan hätte, wenn ich wirklich zu Hana gehen würde. Als Carol mir ein flüchtiges Lächeln zuwirft und mir viel Spaß wünscht, bekomme ich kurz Schuldgefühle. Ich lüge jetzt so oft und leichthin.

Aber das hält mich nicht auf. Ich gehe in Richtung West End los, nur für den Fall, dass Jenny oder Carol mir aus dem Fenster nachsehen. Erst als ich die Spring Street erreiche, biege ich zurück zur Deering Avenue ab und laufe weiter in Richtung Brooks Street 37. Der Weg ist weit und ich komme, gerade als das letzte Licht vom Himmel schwindet, nach Deering Highlands. Die Straßen sind wie immer verwaist. Ich stoße das verrostete Metalltor vor dem Haus auf, schiebe die losen Bretter an den Erdgeschossfenstern zur Seite und klettere ins Haus.

Die Dunkelheit überrascht mich und einen Augenblick stehe ich einfach blinzelnd da, bis meine Augen sich an das Dämmerlicht gewöhnt haben. Die Luft ist stickig und abgestanden und es riecht modrig. Dann kann ich langsam verschiedene Umrisse ausmachen und ich gehe ins Wohnzimmer und zu dem stockfleckigen Sofa. Die Sprungfedern sind kaputt und die Hälfte der Polsterung ist rausgerissen, wahrscheinlich von Mäusen, aber man kann sich vorstellen, dass es früher mal hübsch gewesen sein muss – sogar elegant.

Ich angele meine Uhr aus der Tasche und stelle den Wecker auf halb zwölf. Es wird eine lange Nacht. Dann strecke ich mich auf dem unebenen Sofa aus und schiebe mir den Rucksack unter den Kopf. Er ist nicht das bequemste Kissen der Welt, aber es wird schon gehen.

Ich schließe die Augen und lasse mich vom Geräusch der trippelnden Mäuse und vom leisen Ächzen und geheimnisvollen Ticken der Wände in den Schlaf lullen.

Von einem Albtraum über meine Mutter schrecke ich hoch. Ich setze mich im Dunkeln auf und einen panischen Moment lang weiß ich nicht, wo ich bin. Die kaputten Sprungfedern quietschen unter mir und dann fällt es mir ein: Brooks Street 37. Ich taste nach meinem Wecker: bereits zwanzig nach elf. Eigentlich sollte ich aufstehen, aber ich bin immer noch geschafft von der Hitze und dem Traum und sitze eine Weile einfach da, atme tief durch. Ich schwitze; meine Haare kleben in meinem Nacken.

Mein Traum war fast der übliche, nur diesmal andersrum: Ich selbst trieb im Meer und trat Wasser, während meine Mutter auf einem zerbröselnden Felsvorsprung hundert Meter über mir kauerte – so weit entfernt, dass ich ihre Züge nicht erkennen konnte, nur ihren verschwommenen Umriss, der sich vor der Sonne abzeichnete. Ich versuchte ihr eine Warnung zuzurufen, versuchte meine Arme zu heben und ihr zu verstehen zu geben, sie solle zurückgehen, von der Kante wegtreten, aber je mehr ich mich anstrengte, desto stärker schien das Wasser an mir zu zerren und mich festzuhalten. Es war zäh wie Klebstoff, umklammerte meine Arme und sickerte in meinen Hals, um die Wörter dort zum Erstarren zu bringen. Und die ganze Zeit über trieb Sand wie Schnee um mich herum und ich wusste, dass Mom jeden Moment abstürzen und ihr Kopf auf den gezackten Felsen zerschmettern würde, die wie spitze Fingernägel aus dem Wasser ragten.

Dann fiel sie, mit rudernden Armen, ein schwarzer Punkt, der vor der gleißenden Sonne immer größer wurde, und ich versuchte zu schreien, aber es gelang mir nicht. Und als die Gestalt deutlicher zu sehen war, wurde mir bewusst, dass es gar nicht meine Mutter war, die auf die Felsen zustürzte.

Es war Alex.

Da wachte ich auf.

Schließlich stehe ich noch etwas benommen auf und bemühe mich, die aufkommende Angst zu ignorieren. Ich tappe langsam zum Fenster und bin erleichtert, als ich draußen bin, obwohl ich auf der Straße in größerer Gefahr schwebe. Aber wenigstens geht dort ein Lüftchen. Im Haus war es so stickig.

Alex wartet bereits auf mich, als ich bei der Bucht ankomme, er kauert im Schatten einer Baumgruppe neben dem alten Parkplatz. Beinahe stolpere ich über ihn, so gut ist sein Versteck. Er streckt die Hand aus und zieht mich in die Hocke runter. Seine Augen glühen im Mondlicht wie die einer Katze.

Schweigend zeigt er über Back Cove hinweg zu der Reihe aus blinkenden Lichtern direkt an der Grenze: die Wachhäuschen. Aus der Entfernung sehen sie aus wie leuchtend weiße Lampions, die für ein Mitternachtspicknick aufgehängt worden sind – beinahe fröhlich. Sechs Meter hinter den Sicherheitsposten befindet sich der Zaun und hinter dem Zaun liegt die Wildnis. Sie kam mir noch nie so seltsam vor wie jetzt und ich stelle mir vor, wie die Bäume dort im Wind tanzen und sich hin und her wiegen. Ich bin froh, dass Alex und ich ausgemacht haben, nicht zu sprechen, bis wir drüben sind. Der Kloß in meinem Hals macht mir das Atmen schwer und das Sprechen erst recht.

Wir werden an der Spitze der Tukey's Bridge rübergehen, am nordöstlichen Ende der Bucht: Wenn wir schwimmen würden, wäre es von hier aus eine direkte Diagonale. Alex drückt dreimal meine Hand. Das ist das Zeichen, uns in Bewegung zu setzen.

Ich folge ihm um die Bucht herum, vorsichtig darauf bedacht, nicht auf den Marschboden neben dem Pfad zu treten; er sieht täuschend nach Gras aus, vor allem im Dunkeln, aber man kann knietief darin versinken. Alex schießt von Schatten zu Schatten, er bewegt sich lautlos auf dem Gras. An manchen Stellen scheint er komplett aus meinem Gesichtsfeld zu verschwinden, mit der Dunkelheit zu verschmelzen.

Allmählich lassen sich die Wachstationen deutlicher ausmachen – werden wirklich zu Häusern, zu Einzimmerhütten aus Beton und kugelsicherem Glas.

Schweiß kribbelt auf meinen Handflächen und der Kloß in meinem Hals scheint seine Größe zu vervierfachen, bis ich das Gefühl habe zu ersticken. Unser Plan ist völlig verrückt. Hundert – tausend! – Sachen könnten schiefgehen. Der Wachmann in Nummer einundzwanzig hat vielleicht noch keinen Kaffee getrunken – oder vielleicht doch, aber nicht genug, um davon bewusstlos zu werden – oder das Valium wirkt nicht. Und selbst wenn er schläft, könnte sich Alex täuschen, was die Stellen des Zauns angeht, die nicht unter Strom stehen. Oder sie sind doch elektrisch aufgeladen, nur diese Nacht.

Ich habe solche Angst, dass ich fürchte, gleich ohnmächtig zu werden. Ich will Alex auf mich aufmerksam machen und ihm zuschreien, dass wir umkehren müssen, die ganze Sache abblasen, aber er bewegt sich weiterhin schnell vor mir, und wenn ich jetzt losbrülle, wird uns das auf jeden Fall die Wachen auf den Hals hetzen. Und verglichen mit den Wachen wirken die Aufseher wie kleine Kinder, die Räuber und Gendarm spielen. Aufseher und Mitglieder der Razziagruppen haben Schlagstöcke und Hunde; Wachen haben Gewehre und Tränengas.

Schließlich erreichen wir das Nordende der Bucht. Alex lässt sich hinter einen der größeren Bäume fallen und wartet, bis ich ihn eingeholt habe. Ich gehe neben ihm in die Hocke. Dies ist meine letzte Gelegenheit, ihm zu sagen, dass ich zurück will. Aber ich kann nicht sprechen und als ich versuche den Kopf zu schütteln, passiert nichts. Ich fühle mich, als wäre ich wieder in meinem Traum, würde in die Dunkelheit gesaugt, ruderte herum wie ein Insekt, das in einem Honigtopf festsitzt.

Vielleicht merkt Alex, wie ängstlich ich bin. Er beugt sich vor und tastet einen Moment nach meinem Ohr. Sein Mund stößt an meinen Hals, streicht leicht über meine Wange – trotz meiner Panik erzittere ich wohlig – und streift dann mein Ohrläppchen. »Es wird alles gut«, flüstert er und das hilft mir ein bisschen. Solange ich bei Alex bin, wird nichts Schlimmes passieren.

Dann sind wir wieder auf den Beinen. Wir hasten in Etappen vorwärts, rennen lautlos von einem Baum zum nächsten und halten dann an, während Alex lauscht, ob sich auch nichts verändert hat, dass keine Schreie oder Geräusche sich nähernder Schritte zu hören sind. Die ungeschützten Strecken – in denen wir von Deckung zu Deckung laufen – werden länger, die Bäume spärlicher, und wir kommen der Linie immer näher, wo Gras und Pflanzen ganz verschwinden und wir uns übers offene Feld bewegen müssen, vollkommen ausgeliefert. Es sind nur ungefähr fünfzehn Meter vom letzten Strauch bis zum Zaun, aber mir erscheint es wie ein See aus brennendem Feuer.

Hinter den aufgerissenen Resten einer Straße, die es schon gab, bevor Portland eingezäunt wurde, liegt der Zaun. Silbern ragt er im Mondlicht auf wie ein riesiges Spinnennetz, an dem Sachen festkleben, gefangen und gefressen werden. Alex hat mir gesagt, ich solle mir Zeit lassen, mich konzentrieren, wenn ich über den Stacheldraht oben auf dem Zaun klettere, aber ich komme nicht umhin, mir vorzustellen, wie ich von all diesen scharfen, spitzen Stacheln aufgespießt werde.

Und dann sind wir plötzlich draußen, über den begrenzten Schutz hinaus, den die Bäume bieten, bewegen uns schnell über die losen Kiesel und den Schiefer der alten Straße. Alex läuft vor mir, tief geduckt, und obwohl ich mich so klein mache, wie ich kann, fühle ich mich ausgeliefert. Die Angst kreischt, dringt von allen Seiten gleichzeitig auf mich ein; so etwas habe ich noch nie erlebt. Ich bin mir nicht sicher, ob der Wind stärker wird oder ob das nur die Panik ist, die mich durchfährt, aber mein ganzer Körper fühlt sich an wie Eis.

Die Dunkelheit scheint überall um uns herum lebendig zu werden, voller flitzender Schatten und bösartig aufragender Formen, die sich jeden Moment in einen Wachmann verwandeln können, und ich höre schon beinahe Schreie, Seufzen, Sirenen, sirrende Kugeln, die die Stille durchschneiden. Ich stelle mir brüllenden Schmerz und helle Lichter vor. Die Welt verwandelt sich in eine Reihe unverbundener Bilder: ein heller weißer Lichtkranz um Wachhäuschen einundzwanzig, das sich immer weiter ausdehnt, als wäre es hungrig und wollte uns verschlingen; darin ein Wachmann, der sich in seinem Stuhl zurückgelehnt hat und mit offenem Mund schläft; Alex, der sich lächelnd zu mir umdreht – ist es möglich, dass er *lächelt?* Steine, die unter meinen Füßen tanzen. Alles fühlt sich weit entfernt an, so unwirklich und fadenscheinig wie der Schatten einer Flamme. Selbst ich fühle mich nicht wirklich an, spüre nicht, wie ich atme oder mich bewege, obwohl ich sicherlich beides tue.

Und dann sind wir einfach so am Zaun. Alex springt in die Luft und einen Augenblick schwebt er dort. Ich will schreien: *Halt! Halt!* Ich stelle mir das Knallen und Zischen vor, wenn sein Körper mit fünfzigtausend Volt Elektrizität in Berührung kommt, aber dann landet er am Zaun und der Zaun schwankt lautlos: leblos und kalt, genau wie Alex gesagt hat.

Ich sollte hinter ihm herklettern, aber ich kann nicht. Nicht sofort. Erstaunen kriecht durch mich hindurch und schiebt die Angst langsam weg. Seit ich ein Baby war, hatte ich Angst vor dem Grenzzaun. Ich bin nie näher als anderthalb Meter rangegangen, das hatte man uns eingebläut. Man hatte uns gesagt, sonst würden wir gebraten; hatte uns gesagt, unsere Herzen würden verrücktspielen und wir wären sofort tot. Jetzt strecke ich den Arm aus und greife mit der Hand in den Maschendraht, fahre mit den Fingern darüber. Leblos, kalt und harmlos, dieselbe Art Zaun, die die Stadt für Spielplätze und Schulhöfe benutzt. In diesem Moment wird mir wirklich klar, wie tief gehend und komplex die Lügen sind, dass sie sich durch Portland ziehen wie Abwasserkanäle, sich überall stauen, die Stadt mit Gestank füllen. Die ganze Stadt ist auf einem Feld von Lügen errichtet.

Alex klettert schnell; er ist bereits halb oben. Als er einen Blick über die Schulter wirft, sieht er, dass ich immer noch reglos dastehe wie ein Idiot. Er ruckt mit dem Kopf, wie um zu sagen: *Was machst du da?*

Ich strecke meine Hand erneut zum Zaun aus und ziehe sie sofort wieder zurück. Der Schock, der mich durchfährt, hat nichts mit der Hochspannung zu tun, die eigentlich hier durchlaufen sollte. Mir ist gerade etwas aufgegangen.

Es war alles gelogen – das mit dem Zaun, den Invaliden und eine Million andere Dinge. Sie haben gesagt, die Razzien dienten unserem eigenen Schutz. Sie haben gesagt, den Aufsehern ginge es nur um den Frieden.

Sie haben gesagt, Liebe sei eine Krankheit. Sie haben gesagt, wir würden daran sterben.

Zum ersten Mal wird mir klar, dass auch das eine Lüge sein könnte.

Alex wiegt sich vorsichtig am Zaun hin und her, so dass er ein bisschen schwankt. Ich sehe ihn an und er macht mir wieder ein Zeichen. Wir sind nicht in Sicherheit. Wir müssen weiter. Ich strecke den Arm aus, ziehe mich hoch und fange an zu klettern. Am Zaun zu hängen ist irgendwie noch schlimmer, als ungeschützt unten auf dem Kies zu stehen. Dort hatten wir wenigstens noch ein bisschen Kontrolle – wir hätten gesehen, wenn sich ein Wachmann genähert hätte, hätten zurück zur Bucht rennen können und darauf hoffen, ihn in der Dunkelheit zwischen den Bäumen abzuhängen. Eine schwache Hoffnung, aber immerhin Hoffnung.

Hier wenden wir den Wachhäuschen den Rücken zu und ich komme mir vor wie ein riesiges bewegliches Ziel mit einem großen Schild auf dem Rücken, auf dem ERSCHIESS MICH steht.

Alex ist vor mir oben und bahnt sich langsam und vorsichtig einen Weg über die Schleifen aus Stacheldraht. Dann lässt er sich behutsam auf die andere Seite gleiten, klettert ein Stück hinunter und hält an, um auf mich zu warten. Ich mache es genau wie er. Jetzt zittere ich vor Angst und Anstrengung, aber es gelingt mir, über die Oberkante des Zauns zu steigen, und dann klettere ich auf der anderen Seite hinab. Meine Füße kommen auf dem Boden auf. Alex nimmt meine Hand und zieht mich schnell in den Wald, weg von der Grenze.

In die Wildnis.

achtzehn

Mary, vergiss nicht deinen Schirm –
Auch wenn der Himmel ist strahlend blau,
Regnet es Asche auf Dächer und Türm'
Und färbt deine Haare ganz grau.

Mary, halt dein Ruder fest.
Segle hinfort auf der steigenden Flut.
Pass auf, dass der Wind nicht die Kerze ausbläst,
Die rote Tide ist vielleicht Blut.

»Miss Mary« (verbreitetes Kinder-Klatschspiel
aus der Zeit der Offensive), aus:
Pattycake und die Folgen. Eine Geschichte des Spiels

Die Lichter des Wachhäuschens werden ganz plötzlich weggesaugt, als wären sie in einer Krypta verschlossen worden. Um uns herum rücken Bäume näher, Blätter und Büsche drängen von allen Seiten auf mich ein, streifen über mein Gesicht, meine Schienbeine und meine Schultern wie Tausende dunkler Hände, und überall um mich herum setzt ein seltsamer Lärm ein, aus flatternden Wesen, schreienden Eulen und Tieren, die durchs Unterholz krabbeln. Die Luft riecht so stark nach Blumen und Leben, dass es sich anfühlt, als wäre sie etwas Massives, wie ein Vorhang, den man zur Seite ziehen könnte. Es ist stockdunkel. Ich kann noch nicht mal Alex vor mir sehen, spüre nur seine Hand in meiner, die mich hinter sich herzieht.

Ich glaube, ich habe sogar noch größere Angst als vorhin und ich rucke an Alex' Hand, damit er anhält.

»Noch ein Stück«, ertönt seine Stimme aus der Dunkelheit

vor mir. Er zieht mich weiter. Wir gehen allerdings langsam und ich höre zerbrechende Zweige und das Rascheln von Blättern und weiß, dass Alex sich vortastet und versucht, einen Pfad für uns freizulegen. Es kommt mir vor, als ginge es nur in Zentimeterschritten vorwärts, aber es ist erstaunlich, wie schnell die Grenze und alles jenseits davon zurückbleibt, als hätte es nie existiert. Hinter mir ist Schwärze. Als wäre man unter der Erde.

»Alex ...«, hebe ich an. Meine Stimme klingt eigenartig und erstickt.

»Halt«, sagt er. »Warte.« Er lässt meine Hand los und ich stoße einen unterdrückten Schrei aus. Dann tasten seine Hände über meine Arme, sein Mund stößt gegen meine Nase und er küsst mich.

»Alles in Ordnung«, sagt er. Er spricht fast in normaler Lautstärke, offenbar sind wir in Sicherheit. »Ich gehe nirgendwohin. Ich muss nur diese dämliche Taschenlampe finden, okay?«

»Ja, okay.« Ich gebe mir Mühe, normal zu atmen, und komme mir blöd vor. Ich frage mich, ob Alex es wohl bereut, mich mitgenommen zu haben. Ich habe mich ja nun nicht gerade durch meinen Mut hervorgetan.

Als ob er meine Gedanken lesen könnte, gibt Alex mir noch einen kurzen Kuss, diesmal in die Nähe meines Mundwinkels. Anscheinend haben sich seine Augen auch noch nicht an die Dunkelheit gewöhnt. »Du machst das großartig«, sagt er.

Dann höre ich, wie er irgendwo zwischen den Zweigen raschelt und dabei leise Verwünschungen ausstößt, einen Monolog, dem ich nicht ganz folgen kann. Etwas später erklingt ein kurzer, begeisterter Schrei und einen Augenblick danach durchschneidet ein breiter Lichtstrahl die Dunkelheit über uns und beleuchtet die dicht gewachsenen Bäume und Pflanzen.

»Hab sie«, sagt Alex grinsend und hält mir die Taschenlampe entgegen. Er richtet den Lichtstrahl auf eine rostige Werkzeugkiste, die halb im Boden vergraben ist. »Sie ist hier versteckt für die, die über die Grenze kommen«, erklärt er. »Fertig?«

Ich nicke. Jetzt, da wir sehen können, wo wir hingehen, fühle ich mich gleich viel besser. Die Zweige über uns bilden einen Baldachin, der mich an die gewölbte Decke der St.-Paul-Kathedrale erinnert, wo ich immer in der Sonntagsschule gesessen und mir Predigten über Atome, Wahrscheinlichkeit und Gottes Ordnung angehört habe. Die Blätter rascheln und zittern um uns herum, bilden ein ständig wechselndes Muster aus Grün und Schwarz, das von unzähligen unsichtbaren Wesen, die von Ast zu Ast hüpfen, zum Tanzen gebracht wird. Immer mal wieder spiegelt sich der Strahl von Alex' Taschenlampe einen kurzen Moment in leuchtenden, weit aufgerissenen Augen, die uns ernst aus dem Blätterwerk anschauen, bevor sie wieder in der Dunkelheit verschwinden.

Es ist unglaublich. So etwas habe ich noch nie gesehen – all dieses Leben, das überallhin drängt, wächst, als dehnte es sich in jeder Sekunde weiter aus. Ich kann es nicht richtig erklären, aber irgendwie fühle ich mich dadurch klein und dumm, als wäre ich bei jemandem auf dem Grundstück eingedrungen, der viel älter und wichtiger ist als ich.

Alex geht jetzt zielstrebiger, schiebt gelegentlich einen Ast für mich beiseite oder schlägt auf die Äste ein, die uns den Weg versperren, aber ich kann keinen Pfad ausmachen und nach einer Viertelstunde fürchte ich, dass wir im Kreis gehen oder uns völlig im Wald verirren. Ich will ihn gerade fragen, woher er weiß, wo wir hinmüssen, als mir auffällt, dass er hin und wieder zögert und seine Taschenlampe über die Baumstämme schweifen lässt, die uns umgeben wie große, geisterhafte Silhouetten. Einige sind mit einem blauen Strich gekennzeichnet.

»Die Farbe …«, sage ich.

Alex wirft mir einen Blick über die Schulter zu. »Unsere Landkarte«, sagt er und drängt weiter, dann fügt er hinzu: »Glaub mir, hier drin verläuft man sich besser nicht.«

Und dann hören die Bäume ganz plötzlich auf. Gerade waren wir noch mitten im Wald und im nächsten Moment treten wir auf eine befestigte Straße hinaus, ein Band aus Beton, das vom Mondlicht silbern angestrahlt wird wie eine gerippte Zunge.

Die Straße ist voller Schlaglöcher, stellenweise aufgerissen und mit Beulen übersät und wir müssen um riesige Haufen Betonschutt herumgehen. Sie schlängelt sich einen langen niedrigen Berg hinauf und verschwindet dann hinter der Hügelkuppe, wo die nächste schwarze Reihe Bäume beginnt.

»Gib mir deine Hand«, sagt Alex. Er flüstert wieder, und ohne zu wissen, warum, bin ich froh darüber. Aus irgendeinem Grund ist mir, als hätte ich gerade einen Friedhof betreten. Auf beiden Seiten der Straße erstrecken sich riesige Lichtungen mit hüfthohem Gras, das sich singend und flüsternd aneinander reibt. Vereinzelt stehen ein paar dünne junge Bäume mitten auf dem offenen Feld, zerbrechlich und ungeschützt. Ich entdecke etwas, das aussieht wie aufeinandergestapelte riesige Holzbalken, und irgendwelche verdrehten Dinger, vielleicht aus Metall, die im Gras leuchten und glitzern.

»Was ist das?«, flüstere ich Alex zu, aber im selben Moment steigt ein kleiner Schrei in meiner Kehle auf und ich weiß, was es ist.

Mitten auf einem der Felder aus flüsterndem Gras steht ein großer blauer Lieferwagen, in perfektem Zustand, als hätte jemand einfach angehalten, um ein Picknick zu machen.

»Das hier war mal eine Straße«, sagt Alex. Seine Stimme klingt jetzt angespannt. »Sie ist während der Offensive zerstört worden. Es gibt Tausende und Abertausende davon im ganzen Land. Zerbombt, völlig kaputt.«

Ich schaudere. Kein Wunder, dass ich das Gefühl hatte, über

einen Friedhof zu gehen. Das tue ich in gewisser Weise auch. Die Offensive war ein jahrelanger Feldzug, der weit vor meiner Geburt stattgefunden hat, als meine Mutter noch ein Baby war. Er hatte angeblich alle Invaliden vernichtet und alle Widerständler, die sich weigerten, ihr Zuhause zu verlassen und in eine genehmigte Ortschaft zu ziehen. Meine Mutter hat mal gesagt, dass alle ihre frühesten Kindheitserinnerungen von Bombenexplosionen und Rauchgeruch überlagert seien. Sie sagte, dass der Geruch nach Feuer noch jahrelang über die Stadt zog und der Wind immer eine Aschewolke mit sich brachte.

Wir gehen weiter. Mir ist zum Weinen zu Mute. Hier zu sein und das hier zu sehen ist etwas völlig anderes als das, was ich im Geschichtsunterricht gelernt habe: lächelnde Piloten mit hochgereckten Daumen, Leute, die an den Grenzen jubelten, weil wir endlich in Sicherheit waren, Häuser, die kontrolliert abbrannten, ohne Chaos, als würde man sie einfach von einem Computerbildschirm löschen. In den Geschichtsbüchern lebten eigentlich keine Menschen in diesen Häusern; es waren nur Schatten, Gespenster, alles ganz unwirklich. Aber als Alex und ich Hand in Hand die zerbombte Straße entlanggehen, wird mir klar, dass es so nicht gewesen ist. Es herrschte sehr wohl Chaos und stank und es gab Blut und roch nach verbrannter Haut. Es gab Menschen: Menschen, die dort lebten und aßen, telefonierten, Spiegeleier brieten oder unter der Dusche sangen. Trauer um alles, was verloren ist, überwältigt mich, und ich bin wütend auf die Leute, die es genommen haben. Meine Leute – oder zumindest die, die *früher* meine Leute waren. Ich weiß nicht mehr, wer ich eigentlich bin oder wo ich hingehöre.

Das stimmt nicht ganz. Alex. Ich weiß, dass ich zu Alex gehöre.

Ein bisschen weiter den Berg rauf kommen wir an einem intakten weißen Haus mitten auf einem Feld vorbei. Irgendwie hat es den Angriff unbeschadet überstanden, und abgesehen von einem schiefen Fensterladen, der sanft im Wind klappert, könnte es irgendein Haus in Portland sein. Es sieht so seltsam aus, wie es da inmitten all dieser Leere steht, umgeben von den Trümmern der zerstörten Nachbarhäuser. Es sieht winzig und einsam aus wie ein einzelnes Lamm, das sich auf die falsche Weide verirrt hat.

»Wohnt hier noch jemand?«, frage ich Alex.

»Manchmal übernachten Leute hier, bei Regen oder Frost. Allerdings nur die Vagabunden – die Invaliden, die immer unterwegs sind.« Er zögert erneut einen Sekundenbruchteil, bevor er *Invaliden* sagt, und verzieht das Gesicht, als verursachte ihm das Wort einen schlechten Geschmack im Mund. »Wir halten uns lieber von hier fern. Die Leute sagen, die Bomber könnten zurückkommen und ihre Arbeit vollenden. Aber hauptsächlich ist es Aberglaube. Die Leute glauben, das Haus sei verflucht.« Er lächelt mich verkniffen an. »Es ist allerdings komplett ausgeräumt worden. Betten, Laken, Kleider – alles. Mein Geschirr ist von hier.«

Vorher hat Alex mir erzählt, dass er seinen eigenen Platz in der Wildnis hat, aber als ich ihn ausfragen wollte, hat er keinen Pieps mehr gesagt und erklärt, ich müsse abwarten und es selbst sehen. Es ist immer noch eine komische Vorstellung, dass Leute hier draußen leben, mitten in dieser Weite, und Geschirr und Decken und lauter solche gewöhnlichen Dinge benötigen.

»Hier lang.«

Alex zieht mich von der Straße und in Richtung Wald. Ich bin froh, wieder zwischen den Bäumen zu sein. Dieses seltsame offene Land mit dem einzelnen Haus, dem verrosteten Lastwagen und den zerstörten Gebäuden hat etwas Bedrückendes an sich, wie ein tiefer Schnitt in der Erdoberfläche.

Diesmal folgen wir einem ziemlich ausgetretenen Pfad. Die Bäume sind in bestimmten Abständen immer noch mit blauer Farbe gekennzeichnet, aber es macht nicht den Eindruck, als brauchte Alex sie zur Orientierung. Wir gehen schnell hintereinanderher. Die Bäume sind zur Seite gedrängt worden und das Unterholz ist weitgehend gesäubert, so dass man hier viel besser vorankommt. Die Erde unter meinen Füßen ist vom Druck vieler Schritte mit der Zeit platt getreten worden. Mein Herz beginnt kräftig gegen meine Rippen zu hämmern. Ich merke, dass wir uns dem Ziel nähern.

Alex dreht sich so plötzlich zu mir um, dass ich ihn beinahe umrenne. Er schaltet die Taschenlampe aus und in der plötzlichen Dunkelheit scheinen eigenartige Formen aufzusteigen, Gestalt anzunehmen, davonzutrudeln.

»Mach die Augen zu«, sagt er und ich merke, wie er lächelt.

»Warum? Ich sehe sowieso nichts.«

Ich kann fast hören, wie er die Augen verdreht. »Komm schon, Lena.«

»Na gut.« Ich schließe die Augen und er fasst mich an den Händen. Dann zieht er mich noch etwa fünf Meter weiter, wobei er Dinge murmelt wie: »Fuß hoch. Da ist ein Stein.« Oder: »Ein bisschen nach links.« Die ganze Zeit baut sich ein flatterndes nervöses Gefühl in mir auf. Schließlich bleiben wir stehen und Alex lässt meine Hände los.

»Wir sind da«, sagt er. Ich kann die Aufregung in seiner Stimme hören. »Augen auf.«

Ich tue, was er sagt, und einen Moment kann ich nicht sprechen. Ich klappe mehrmals den Mund auf und muss ihn wieder schließen, nachdem nichts weiter herauskommt als ein hohes Quieken.

»Und?« Alex zappelt neben mir herum. »Was sagst du?«

Schließlich stottere ich: »Das … das gibt es *wirklich*.«

Alex schnaubt. »Natürlich gibt es das wirklich.«

»Ich meine, es ist unglaublich.« Ich trete ein paar Schritte vor. Jetzt, wo ich hier bin, weiß ich nicht genau, wie ich es mir in der Wildnis vorgestellt habe – aber egal wie, so bestimmt nicht. Eine lang gestreckte, breite Lichtung durchschneidet den Wald, obwohl sich die Bäume an einigen Stellen schon langsam wieder vordrängen und schlanke Stämme in den Himmel strecken, der sich über uns ausdehnt, ein weiter und glitzernder Baldachin, in dessen Mitte hell und riesig der Mond hockt. Wildrosen schlingen sich um ein verbeultes Schild, das fast bis zur Unleserlichkeit verblasst ist. Ich kann gerade so die Wörter WOHNWAGENPARK CREST VILLAGE erkennen. Auf der Lichtung stehen Dutzende Wohnwagen neben einigen kreativeren Unterkünften: Planen, die zwischen Bäumen gespannt sind, mit Decken und Duschvorhängen als Eingangstüren; rostige Lastwagen mit Zelten, die am Führerhaus befestigt sind; alte Kleinbusse mit Stoff vor den Fenstern, damit niemand hineinsehen kann. Überall auf der Lichtung sind Löcher, in denen den Tag über Lagerfeuer gebrannt haben – jetzt, weit nach Mitternacht, schwelen sie immer noch und lassen Rauchfahnen und den Geruch nach verkohltem Holz aufsteigen.

»Siehst du?« Alex grinst und breitet die Arme aus. »Die Offensive hat nicht alles erwischt.«

»Das hast du mir nicht erzählt.« Ich gehe auf die Mitte der Lichtung zu und steige dabei über eine Reihe von Balken hinweg, die im Kreis angeordnet sind wie in einem Wohnzimmer unter freiem Himmel. »Du hast mir nicht erzählt, dass es so ist.«

Er zuckt mit den Schultern und kommt neben mich getrottet wie ein glücklicher Hund. »Das hier muss man mit eigenen Augen sehen.« Er kickt mit dem Zeh etwas Erde über ein erlöschendes Lagerfeuer. »Sieht so aus, als wären wir zu spät zur Party gekommen.«

Wir gehen über die Lichtung und Alex zeigt mir jedes »Haus« und erzählt mir ein bisschen was über die Leute, die dort wohnen, wobei er die ganze Zeit flüstert, damit wir niemanden wecken. Manche Geschichten kenne ich schon; andere sind mir völlig neu. Ich konzentriere mich noch gar nicht mal ganz auf das, was er sagt, aber ich bin dankbar für den Klang seiner Stimme, leise, fest, vertraut und beruhigend. Obwohl die Siedlung gar nicht so groß ist – vielleicht zweihundert Meter lang –, habe ich das Gefühl, die Welt hätte sich plötzlich geöffnet und enthüllte Schichten und Tiefen, die ich mir nie hätte vorstellen können.

Keine Mauern. Nirgendwo Mauern. Portland kommt mir im Vergleich dazu winzig vor, ein kleiner Fleck.

Alex bleibt vor einem schäbigen grauen Wohnwagen stehen. In den Fensteröffnungen hängen fest gespannte Quadrate aus buntem Stoff.

»Und, äh, hier wohne ich.« Alex macht eine verlegene Geste. Es ist das erste Mal in dieser Nacht, dass er nervös wirkt, was wiederum mich nervös macht. Ich unterdrücke den plötzlichen und völlig unangebrachten Drang, hysterisch zu lachen.

»Wow. Es ist … es ist …«

»Von außen macht es nicht viel her«, unterbricht er mich. Er sieht weg und kaut auf seiner Unterlippe. »Möchtest du, äh, reinkommen?«

Ich nicke, ziemlich sicher, dass ich wieder nur quieken würde, wenn ich jetzt versuchte zu sprechen. Ich bin schon unzählige Male mit ihm allein gewesen, aber das hier fühlt sich anders an. Hier gibt es keine Augen, die darauf warten, uns zu erwischen, keine Stimmen, die darauf warten, uns anzuschreien, keine Hände, die bereit sind, uns auseinanderzureißen – nur meilenweit Raum. Es ist gleichzeitig aufregend und unheimlich. Hier wäre alles möglich, und als er sich runterbeugt, um mich zu küssen, ist es, als ob in meiner Brust das Gewicht der samtigen Dunkelheit um uns herum klopft und das sanfte Flattern der Bäume, das Trippel-Trappel der unsichtbaren Tiere. Es gibt mir das Gefühl, als würde ich mich in der Nacht auflösen und zerfließen. Als er sich von mir löst, dauert es ein paar Sekunden, bis ich wieder zu Atem komme.

»Komm«, sagt er. Er drückt mit einer Schulter gegen die Tür des Wohnwagens und sie springt auf.

Drinnen ist es sehr dunkel. Ich kann nur ein paar grobe Umrisse erkennen, und als Alex die Tür hinter uns schließt, verschwinden auch diese wieder, werden von der Schwärze aufgesogen.

»Hier draußen gibt es keinen Strom«, sagt Alex. Er kramt herum, stößt gegen Dinge und flucht jedes Mal leise.

»Hast du Kerzen?«, frage ich. Im Wohnwagen riecht es eigenartig wie nach Herbstblättern, die von den Ästen gefallen sind. Es riecht gut. Es gibt auch andere Gerüche – den stechenden Zitronenduft von Reinigungsmittel und einen ganz leichten Hauch von Benzin.

»Was Besseres.« Es raschelt und kleine Äste und ein paar Blätter fallen von oben auf mich herab. Ich stoße einen kleinen Schrei aus und Alex sagt: »Tut mir leid, tut mir leid. Ich bin schon länger nicht mehr hier gewesen. Pass auf.« Wieder Rascheln. Und dann zittert die Decke über mir langsam und faltet sich auf, und plötzlich kommt der Himmel in all seiner Unendlichkeit zum Vorschein. Der Mond steht beinahe direkt über uns, scheint in den Wohnwagen und überzieht alles mit Silber. Die »Decke« ist in Wirklichkeit eine riesige Plastikplane, wie zum Abdecken eines Grills, nur größer. Alex steht auf einem Stuhl und schiebt sie zurück, und mit jedem Zentimeter kommt mehr Himmel zum Vorschein und alles im Inneren scheint nur noch heller zu leuchten.

Ich halte den Atem an. »Wie schön!«

Alex wirft mir einen Blick über die Schulter zu und grinst. Er faltet weiter die Plane zusammen, hält immer wieder inne, schiebt seinen Stuhl vor und macht weiter. »Einmal hat ein Sturm das halbe Dach weggerissen. Ich war zum Glück nicht hier.« Er leuchtet auch, seine Arme und Schultern sind ebenfalls wie von Silber überzogen. Genau wie in der Nacht der Razzia muss ich an die Bilder in der Kirche denken, auf denen die Engel ihre Flügel ausbreiten. »Da habe ich beschlossen, ich könnte es auch gleich ganz abnehmen.« Er ist fertig mit der Plane, springt geschmeidig vom Stuhl und dreht sich lächelnd zu mir um. »Jetzt habe ich mein eigenes Cabrio-Haus.«

»Unglaublich«, sage ich und meine es auch so. Der Himmel sieht so nah aus. Es kommt mir vor, als könnte ich die Hand ausstrecken und dem Mond einen Klaps geben.

»Jetzt hole ich die Kerzen.« Alex saust an mir vorbei in den Küchenbereich und fängt an herumzukramen. Ich kann jetzt die größeren Sachen erkennen, obwohl die Einzelheiten immer noch in der Dunkelheit verborgen sind. In einer Ecke steht ein kleiner Holzofen. Am gegenüberliegenden Ende ist ein Bett. Mein Magen macht einen kleinen Satz, als ich es erblicke, und sofort überkommen mich tausend Erinnerungen – wie Carol auf meiner Bettkante sitzt und mit gemessenen Worten darüber spricht, was von Eheleuten erwartet wird; Jenny, die die Hand in die Hüfte stemmt und erklärt, ich würde ja doch nicht wissen, was ich tun müsste, wenn es so weit wäre; geflüsterte Geschichten über Willow Marks; Hana, die sich mit lauter Stimme in der Umkleidekabine fragt, wie sich wohl Sex anfühlt, während ich sie anzische, leise zu sein, und mich umsehe, um sicherzugehen, dass niemand zugehört hat.

Alex findet ein Bündel Kerzen und fängt an, sie eine nach der anderen anzuzünden. Die Ecken des Raumes werden beleuchtet, als er die Kerzen vorsichtig im Wohnwagen verteilt. Was mir am meisten auffällt, sind die Bücher: Unregelmäßige Umrisse, die im Halbdunkel wie Möbel aussahen, werden jetzt zu hohen Bücherstapeln – mehr Bücher, als ich je irgendwo gesehen habe, außer in der Bücherei. Drei Bücherregale stehen an der Wand. Sogar der Kühlschrank, dessen Tür fehlt, ist mit Büchern gefüllt.

Ich nehme eine Kerze und sehe mir die Titel an. Ich kenne keinen einzigen.

»Was ist das?« Einige der Bücher sehen so alt und brüchig aus, dass ich Angst habe, sie könnten zerfallen, wenn ich sie berühre. Ich sage die Namen vor mich hin, die ich auf den Rücken lese, zumindest die, die ich erkennen kann: Emily Dickinson, Walt Whitman, William Wordsworth.

Alex sieht mich an. »Das ist Lyrik«, sagt er.

»Was ist Lyrik?« Das Wort habe ich noch nie gehört, aber der Klang gefällt mir. Es klingt elegant und irgendwie leicht, ich denke an eine schöne Frau, die sich in einem langen Kleid dreht.

Alex zündet die letzte Kerze an. Jetzt ist der Wohnwagen mit warmem, flackerndem Licht angefüllt. Er kommt zu mir zum Bücherregal, geht in die Hocke und sucht etwas. Dann nimmt er ein Buch heraus, steht wieder auf und zeigt es mir.

Berühmte Liebesgedichte. Mein Magen macht einen Satz, als ich dieses Wort – *Liebe* – einfach so, unkommentiert auf einen Buchumschlag gedruckt sehe. Alex beobachtet mich genau, und um mein Unbehagen zu überspielen, klappe ich das Buch auf und überfliege die Liste der Autoren auf der ersten Seite.

»Shakespeare?« Diesen Namen kenne ich aus dem Gesundheitsunterricht. »Der Typ, der *Romeo und Julia* geschrieben hat? Das Lehrstück?«

Alex schnaubt. »Das ist kein Lehrstück«, sagt er. »Sondern eine großartige Liebesgeschichte.«

Ich muss an meinen ersten Tag in den Labors denken, als ich Alex zum ersten Mal gesehen habe. Es kommt mir vor, als wäre das ein ganzes Leben her. Ich erinnere mich, wie mein Bewusstsein das Wort *schön* hervorgebracht hat. Ich erinnere mich daran, wie ich etwas über Opfer gedacht habe.

»Sie haben die Lyrik schon vor Jahren verboten, direkt nachdem sie das Heilmittel entdeckt hatten.« Er nimmt mir das Buch wieder ab und schlägt es auf. »Soll ich dir ein Gedicht vorlesen?«

Ich nicke. Er hustet, dann räuspert er sich, strafft die Schultern und lässt den Kopf kreisen, als würde er gleich bei einem Fußballspiel eingewechselt.

»Mach schon«, sage ich lachend. »Du hältst mich nur hin.«

Er räuspert sich erneut und fängt an zu lesen: »›Soll ich dich einem Sommertag vergleichen?‹«

Ich schließe die Augen und höre zu. Das Gefühl, von Wärme umgeben zu sein, das ich vorher schon hatte, schwillt und steigt in mir auf wie eine Welle. Lyrik ist mit nichts zu vergleichen, das ich je gehört habe. Ich verstehe nicht alles, nur Bruchstücke von Bildern, Sätze, die unvollständig scheinen, aber mit den anderen zusammen flattern wie leuchtend bunte Bänder im Wind. Mir fällt auf, dass es mich an die Musik erinnert, die mir vor fast zwei Monaten auf der Farm die Sprache verschlagen hat. Es hat denselben Effekt, es macht mich euphorisch und traurig zugleich.

Alex hört auf zu lesen. Als ich die Augen öffne, starrt er mich an.

»Was ist?«, frage ich. Die Intensität seines Blicks raubt mir beinahe den Atem – als würde er mitten *in* mich hineinstarren.

Er antwortet mir nicht direkt. Er blättert ein paar Seiten in dem Buch vor, aber er sieht es nicht an. Er hält den Blick die ganze Zeit auf mich gerichtet. »Willst du noch eins hören?« Er wartet meine Antwort nicht ab, bevor er zu rezitieren beginnt: »›Wie ich dich liebe? Lass mich zählen wie.‹«

Da ist es wieder, dieses Wort: *lieben*. Mein Herz setzt aus, als er es sagt, dann verfällt es stolpernd in einen hektischen Rhythmus.

»›Ich liebe dich so tief, so hoch, so weit, als meine Seele blindlings reicht …‹«

Ich weiß, dass er nur die Worte eines anderen spricht, aber sie scheinen trotzdem aus ihm zu kommen. In seinen Augen tanzt das Licht; in beiden spiegelt sich ein heller Fleck aus Kerzenlicht.

Er tritt einen Schritt vor und küsst mich sanft auf die Stirn. »›Ich liebe dich bis zu dem stillsten Stand, den jeder Tag erreicht …‹«

Es fühlt sich an, als würde der Boden vibrieren – als würde ich fallen.

»Alex …«, hebe ich an, aber das Wort verknotet sich in meiner Kehle.

Er küsst meine beiden Wangenknochen – ein köstlicher Hauch von einem Kuss, der kaum wahrnehmbar über meine Haut streicht. »›Frei, im Recht, und rein …‹«

»Alex«, sage ich etwas lauter. Mein Herz klopft so schnell, dass ich befürchte, es platzt mir gleich zwischen den Rippen hervor.

Er löst sich von mir und schenkt mir ein kleines, schiefes Lächeln. »Elizabeth Barrett Browning«, sagt er, dann fährt er mit einem Finger über meinen Nasenrücken. »Gefällt es dir nicht?«

Die Art, wie er das fragt, so leise und ernst, während er immer noch in meine Augen blickt, gibt mir das Gefühl, als fragte er eigentlich etwas anderes.

»Nein. Ich meine, ja. Ich meine, schon, aber …« Eigentlich weiß ich gar nicht, was ich meine. Ich kann weder klar denken noch sprechen. Ein einzelnes Wort wirbelt in mir herum – ein Sturm, ein Orkan – und ich muss meine Lippen zusammenkneifen, damit es sich nicht auf meine Zunge drängen und nach draußen kämpfen kann. *Liebe, Liebe, Liebe, Liebe.* Ein Wort, das ich noch nie ausgesprochen habe, niemandem gegenüber, ein Wort, das ich mir eigentlich noch nicht mal zu denken erlaubt habe.

»Du musst nichts erklären.« Alex tritt noch einen Schritt zurück. Ich habe schon wieder das unbestimmte Gefühl, dass wir eigentlich über etwas anderes reden. Ich habe ihn irgendwie enttäuscht. Was auch immer gerade zwischen uns vorgefallen ist – und irgendetwas ist vorgefallen, auch wenn ich nicht genau weiß, was oder wie oder warum –, hat ihn traurig gemacht. Ich kann es in seinen Augen sehen, auch wenn er immer noch lächelt, und ich würde mich am liebsten entschuldigen oder meine Arme um ihn legen und sagen, er soll mich küssen. Aber ich habe immer noch Angst, den Mund aufzumachen – Angst, dass das Wort herausgeschossen kommt, und Panik davor, was dann passieren könnte.

»Komm her.« Alex legt das Buch weg und reicht mir seine Hand. »Ich will dir was zeigen.«

Er führt mich zum Bett und erneut überkommt mich eine Welle der Schüchternheit. Ich bin nicht sicher, was er erwartet, und als er sich setzt, bleibe ich verlegen stehen.

»Schon gut, Lena«, sagt er. Wie immer wirkt es beruhigend, dass er meinen Namen sagt. Er rutscht auf dem Bett zurück und legt sich auf den Rücken und ich tue es ihm nach, so dass wir nebeneinanderliegen. Das Bett ist schmal. Es ist gerade genug Platz für uns beide.

»Siehst du?«, sagt Alex und reckt das Kinn nach oben.

Über unseren Köpfen funkeln, glitzern, strahlen die Sterne: Tausende und Abertausende, so viele Tausende, dass sie aussehen wie Schneeflocken, die durch die pechschwarze Dunkelheit wirbeln. Ich kann nicht anders, ich schnappe nach Luft. Noch nie in meinem ganzen Leben habe ich so viele Sterne gesehen. Der Himmel wirkt so nah über diesem Wohnwagen ohne Dach – so fest aufgespannt über unseren Köpfen –, dass es scheint, als könnten wir uns hineinfallen lassen. Wenn wir aus dem Bett hüpften, würde der Himmel uns auffangen, uns festhalten und wir könnten darauf springen wie auf einem Trampolin.

»Was sagst du dazu?«, fragt Alex.

»Ich liebe es.« Das Wort schnellt hervor und augenblicklich verschwindet die Last von meiner Brust. »Ich liebe es«, sage ich noch mal versuchsweise. Es ist einfach, sobald man es einmal ausgesprochen hat. Kurz. Pointiert. Gleitet von der Zunge. Unglaublich, dass ich es noch nie gesagt habe.

Ich merke, dass Alex sich freut. Das Lächeln in seiner Stimme schwillt an. »Dass es kein fließend Wasser gibt, ist schon blöd«, sagt er. »Aber du musst zugeben, dass die Aussicht der Wahnsinn ist.«

»Ich wünschte, wir könnten hierbleiben«, platze ich hervor und füge hastig hinzu: »Ich meine, nicht wirklich. Nicht für immer, aber … Du weißt schon, was ich meine.«

Alex schiebt seinen Arm unter meinen Nacken und ich rücke näher an ihn heran, um meinen Kopf an die Stelle zu legen, wo seine Schulter in die Brust übergeht und mein Kopf perfekt hinpasst. »Ich bin froh, dass ich dir das zeigen konnte«, sagt er.

Eine Weile liegen wir einfach nur schweigend da. Seine Brust hebt und senkt sich und nach einer Weile macht mich die Bewegung schläfrig. Meine Gliedmaßen werden unglaublich schwer. Die Sterne scheinen sich zu Wörtern anzuordnen und ich will sie weiter ansehen, ihre Bedeutung herauslesen, aber meine Lider sind auch schwer: unmöglich, absolut unmöglich, die Augen offen zu halten.

»Alex?«

»Ja?«

»Sag mir noch mal das Gedicht auf.« Meine Stimme klingt nicht wie meine eigene; die Worte klingen wie aus weiter Ferne.

»Welches?«, flüstert Alex.

»Das, das du auswendig kannst.« Schweben; ich schwebe.

»Ich kenne viele auswendig.«

»Dann irgendeins.«

Er holt tief Luft und hebt an: »Ich trage dein Herz bei mir. Ich trage es in meinem Herzen. Ich habe es stets dabei …«

Er spricht weiter, Worte streifen über mich hinweg, wie Sonne über eine Wasseroberfläche hüpft, in die Tiefen darunter dringt und die Dunkelheit erhellt. Ich halte die Augen geschlossen. Erstaunlicherweise kann ich immer noch die Sterne sehen: ganze Galaxien, die aus dem Nichts erblühen – rosa und purpurrote Sonnen, weite silberne Ozeane, tausend weiße Monde.

Es kommt mir vor, als hätte ich nur fünf Minuten geschlafen, als Alex mich sanft wach rüttelt. Der Himmel ist immer noch pechschwarz, der Mond steht hell und hoch am Himmel, aber die Kerzen im Wohnwagen sind heruntergebrannt. Ich muss mindestens eine Stunde weg gewesen sein.

»Zeit zu gehen«, sagt er und streicht mir die Haare aus der Stirn.

»Wie spät ist es denn?« Meine Stimme klingt verschlafen.

»Kurz vor drei.« Alex setzt sich auf und springt vom Bett, dann reicht er mir eine Hand und zieht mich hoch. »Wir müssen zurück über die Grenze, bevor Dornröschen aufwacht.«

»Dornröschen?« Ich schüttele verwirrt den Kopf.

Alex lacht leise. »Nach der Lyrik«, sagt er und beugt sich vor, um mir einen Kuss zu geben, »machen wir mit Märchen weiter.«

Dann geht es wieder durch den Wald; die kaputte Straße entlang, an den ausgebombten Häusern vorbei; und weiter durch den Wald. Die ganze Zeit fühle ich mich so, als wäre ich noch gar nicht richtig wach. Ich bin noch nicht mal ängstlich oder nervös, als wir über den Zaun klettern. Es ist jetzt beim zweiten Mal deutlich einfacher, den Stacheldraht zu überwinden, und die Schatten kommen mir wie etwas Festes vor, das uns abschirmt wie ein Umhang. Der Wachmann in Wachhaus einundzwanzig liegt immer noch in derselben Position da – den Kopf zurückgelegt, die Füße auf dem Schreibtisch, den Mund offen –, und schon bald schlängeln wir uns am Rand der Bucht entlang zurück. Dann schleichen wir durch die Straßen nach Deering Highlands und da kommt mir ein äußerst seltsamer, unheimlicher Gedanke: dass das hier alles vielleicht nur ein Traum ist und wenn ich aufwache, bin ich wieder in der Wildnis. Vielleicht – ich wünsche es mir beinahe – wache ich auf und stelle fest, dass ich schon immer dort war und dass ganz Portland – mit seinen Labors, der Ausgangssperre und dem Eingriff – nur ein langer, verworrener Albtraum war.

Brooks Street 37. Durchs Fenster rein, Hitze und Modergeruch türmen sich vor uns auf wie eine Mauer. Ich habe nur ein paar Stunden in der Wildnis verbracht und doch vermisse ich es bereits – den Wind zwischen den Bäumen, der genauso klingt wie das Meer, den unglaublichen Geruch nach blühenden Pflanzen, das unsichtbare Trippeln –, all das Leben, das in alle Richtungen drängt und sich ausdehnt, immer und immer weiter …

Keine Mauern …

Dann führt Alex mich zum Sofa und breitet eine Decke über mich, küsst mich und wünscht mir eine gute Nacht. Er hat Frühschicht in den Labors und gerade noch genug Zeit, nach Hause zu gehen und zu duschen, damit er rechtzeitig zur Arbeit kommt. Ich höre, wie seine Schritte mit der Dunkelheit verschmelzen.

Dann schlafe ich ein.

Liebe: ein einzelnes Wort, ein schmächtiges Ding, ein Wort, nicht breiter oder länger als eine Schneide. Das ist es auch: eine Schneide, eine Klinge. Es fährt durch das Zentrum deines Lebens und schneidet alles mittendurch. Vorher und nachher. Der Rest der Welt fällt auf beiden Seiten hinunter.

Vorher und *nachher* – und *währenddessen,* ein Moment, nicht breiter oder länger als eine Schneide.

neunzehn

Frei sein oder tot.

Altes Sprichwort, Herkunft unbekannt, siehe
Vollständige Sammlung gefährlicher
Wörter und Gedanken, www.vsgwg.gov.org

Das Leben ist seltsam. Es schleppt sich weiter dahin, blind und unbewusst, selbst wenn deine kleine private Welt – dein kleiner zurechtgeschnitzter Bereich – sich dreht und verändert oder ganz auseinanderbricht. Heute hast du noch Eltern; morgen bist du Waise. Heute hast du noch einen Platz und einen Weg; morgen hast du dich im Dickicht verirrt.

Und trotzdem geht die Sonne auf und Wolken ballen sich zusammen und treiben vorüber und die Leute kaufen Lebensmittel, und Toilettenspülungen laufen und Jalousien gehen hoch und runter. Da wird dir bewusst, dass das meiste davon – vom Leben, der unaufhörlichen Existenz – nichts mit dir zu tun hat. Es schließt dich überhaupt nicht mit ein. Es wird weiterdrängen, selbst wenn du über die Kante gesprungen bist. Selbst wenn du tot bist.

Als ich am Morgen zurück in die Innenstadt von Portland gehe, überrascht mich das am meisten – wie normal alles aussieht. Ich weiß nicht, was ich erwartet habe. Ich habe nicht wirklich geglaubt, dass über Nacht Gebäude eingestürzt wären, dass sich die Straßen in Trümmer verwandelt hätten, aber ich staune trotzdem über den Strom aus Leuten mit Aktentaschen, über Ladenbesitzer, die ihre Türen aufschließen, und über ein einzelnes Auto, das versucht, sich einen Weg durch eine belebte Straße zu bahnen.

Es kommt mir so absurd vor, dass sie es nicht *wissen,* dass sie keine Veränderung oder Erschütterung wahrgenommen haben, obwohl mein Leben doch komplett auf den Kopf gestellt wurde. Auf meinem Weg nach Hause fühle ich mich die ganze Zeit verfolgt, als müsste man die Wildnis an mir riechen, mir am Gesicht ablesen können, dass ich die Grenze überquert habe. Mein Nacken juckt, als würden mich Zweige kitzeln, und ich nehme immer wieder den Rucksack ab, um sicherzugehen, dass keine Blätter oder Kletten daran hängen – nicht, dass es eine Rolle spielen würde, schließlich gibt es auch in Portland Bäume. Aber niemand schaut auch nur in meine Richtung. Es ist kurz vor neun und die meisten Leute sind eilig auf dem Weg zur Arbeit. Verschwommene Gestalten, die normale Dinge tun, die Augen geradeaus gerichtet, ohne das kleine, unscheinbare Mädchen mit dem ausgebeulten Rucksack zu beachten, das sich zwischen ihnen hindurchschiebt.

Das kleine, unscheinbare Mädchen mit einem Geheimnis, das wie Feuer in ihr brennt.

Es ist, als hätte meine Nacht in der Wildnis meine Wahrnehmung geschärft. Auch wenn oberflächlich alles gleich aussieht, kommt es mir irgendwie anders vor – richtig fadenscheinig, als könnte man die Hand durch die Gebäude und den Himmel und sogar die Leute stecken. Ich kann mich erinnern, als ich noch ganz klein war und Rachel dabei zusah, wie sie am Strand eine Sandburg baute. Sie muss stundenlang daran gearbeitet haben, mit verschiedenen Bechern und Eimern, um Türme und Kuppeln zu formen. Als sie fertig war, sah die Burg perfekt aus, als wäre sie aus Stein. Aber als die Flut kam, brauchte es nicht mehr als zwei oder drei Wellen, um das Gebilde vollständig aufzulösen. Ich weiß noch, dass ich in Tränen ausbrach und meine Mutter mir ein Eis kaufte, das ich mit Rachel teilen sollte.

So sieht Portland heute Morgen aus: wie etwas, das Gefahr läuft, sich aufzulösen.

Ich muss die ganze Zeit daran denken, was Alex immer sagt: *Es gibt mehr von uns, als du denkst*. Ich werfe jedem Passanten einen Blick zu, suche nach irgendeinem geheimen Zeichen in seinem Gesicht, irgendeinem Ausdruck des Widerstands, aber alle sehen genauso aus wie immer: mitgenommen, gehetzt, genervt, abwesend.

Als ich nach Hause komme, spült Carol in der Küche das Geschirr. Ich versuche mich an ihr vorbeizustehlen, aber sie ruft mich. Ich bleibe stehen, einen Fuß auf der Treppe. Sie kommt in den Flur und trocknet ihre Hände an einem Geschirrtuch ab.

»Wie war's bei Hana?«, fragt sie. Suchend lässt sie ihren Blick über mein Gesicht schweifen, als hielte sie Ausschau nach Anzeichen für irgendetwas. Ich gebe mir Mühe, einen weiteren Anfall von Verfolgungswahn zu unterdrücken. Sie kann gar nicht wissen, wo ich gewesen bin.

»Es war gut«, sage ich achselzuckend und versuche beiläufig zu klingen. »Hab allerdings nicht viel geschlafen.«

»Mmm.« Carol sieht mich weiterhin forschend an. »Was habt ihr Mädchen denn gemacht?«

Sie fragt nie, wie's bei Hana war, das hat sie seit Jahren nicht getan. *Irgendetwas stimmt da nicht,* denke ich.

»Na ja, das Übliche, weißt du. Ein bisschen ferngesehen. Hana kriegt ungefähr sieben Sender rein.« Ich weiß nicht genau, ob meine Stimme wirklich so seltsam schrill klingt oder ob ich es mir nur einbilde.

Carol sieht weg und verzieht den Mund, als hätte sie gerade einen Schluck saure Milch getrunken. Ich merke, dass sie versucht, mir etwas Unangenehmes zu sagen; ihr Saure-Milch-Gesicht kriegt sie immer dann, wenn sie schlechte Nachrichten verkünden muss. *Sie weiß das mit Alex, sie weiß es, sie weiß es.* Die Wände rücken näher und die Hitze ist erdrückend.

Zu meiner Überraschung verzieht sie ihren Mund zu einem Lächeln, streckt die Hand aus und legt sie mir auf den Arm. »Weißt du, Lena … es wird nicht mehr lange so sein.«

Ich habe vierundzwanzig Stunden lang erfolgreich jeden Gedanken an den Eingriff verdrängt, aber jetzt schnellt diese furchtbare, bedrohliche Zahl zurück in meinen Kopf und wirft einen Schatten über alles. Noch siebzehn Tage.

»Ich weiß«, presse ich hervor. Jetzt klingt meine Stimme ganz bestimmt seltsam.

Carol nickt und hat immer noch dieses eigenartige Halblächeln im Gesicht. »Ich weiß, es ist schwer vorstellbar, aber du wirst sie danach nicht vermissen.«

»Ich weiß.« Als hätte ich einen sterbenden Frosch in der Kehle.

Carol nickt mir weiterhin energisch zu. Es sieht aus, als wäre ihr Kopf mit einem Jo-Jo verbunden. Ich habe das Gefühl, sie will noch etwas sagen, irgendetwas, um mich zu beruhigen, aber offensichtlich fällt ihr nichts ein, denn wir stehen fast eine Minute lang einfach nur starr da.

Schließlich sage ich: »Ich gehe rauf. Duschen.« Es erfordert meine ganze Willenskraft, die Worte rauszubringen. *Siebzehn Tage* dröhnt wie ein Alarm durch mein Bewusstsein.

Carol scheint erleichtert, dass ich das Schweigen gebrochen habe. »Okay«, sagt sie, »okay.«

Ich nehme immer zwei Stufen auf einmal, kann es kaum erwarten, mich im Bad einzuschließen. Obwohl es hier im Haus mindestens sechsundzwanzig Grad warm ist, will ich mich unter einen Strahl glühend heißen Wassers stellen und zu Dampf zerfließen.

»Ach, und Lena«, ruft mir Carol dann noch hinterher. Ich drehe mich um und sie sieht mich nicht an. Sie untersucht den ausgefransten Rand ihres Geschirrtuchs. »Du solltest dir was Nettes anziehen. Ein Kleid – oder diese hübsche weiße Hose, die du letztes Jahr gekriegt hast. Und frisier dich. Lass die Haare nicht einfach an der Luft trocknen.«

»Warum?« Es gefällt mir nicht, dass sie mich gar nicht ansieht, vor allem, wo sich ihr Mund schon wieder so verzieht.

»Ich habe Brian Scharff heute zu uns eingeladen«, sagt sie beiläufig, als wäre es etwas ganz Alltägliches und Normales.

»Brian Scharff?«, wiederhole ich dämlich. Der Name fühlt sich in meinem Mund eigenartig an, metallisch.

Carol hebt ruckartig den Kopf und nun sieht sie mich an. »Nicht *allein*«, sagt sie schnell. »Natürlich nicht allein. Seine Mutter kommt mit. Und ich bin selbstverständlich auch hier. Außerdem hatte Brian letzten Monat seinen Eingriff.« Als wäre es *das*, was mir Sorgen macht.

»Er kommt hierher? Heute?« Ich muss die Hand ausstrecken und mich an der Wand abstützen. Irgendwie ist es mir gelungen, Brian Scharff, diesen ordentlich ausgedruckten Namen auf einem Blatt Papier, vollkommen zu vergessen.

Carol lächelt mich beruhigend an. »Keine Sorge, Lena. Das wird schon. Du kannst uns das Reden überlassen. Ich dachte nur, ihr beide solltet euch mal kennenlernen, wo ihr doch …« Sie beendet den Satz nicht. Es ist auch nicht nötig.

Wo wir doch einander zugeteilt worden sind. Wo wir doch heiraten werden. Wo ich doch das Bett mit ihm teilen und jeden Tag meines Lebens neben ihm aufwachen werde und zulassen muss, dass er mich anfasst, und ihm beim Abendbrot gegenübersitzen muss und Dosenspargel essen und ihm dabei zuhören, wie er über Klempnerei oder Schreinerei quasselt oder was immer ihm zugewiesen wird.

»Nein!«, platze ich heraus.

Carol sieht erschrocken aus. Sie ist nicht daran gewöhnt, dieses Wort zu hören, erst recht nicht von mir. »Was soll das heißen, *nein?*«

Ich lecke mir über die Lippen. Ich weiß, es ist gefährlich, ihr zu widersprechen, und es ist auch nicht richtig. Aber ich kann Brian

Scharff nicht treffen. Ich werde ihn nicht treffen. Ich werde nicht dasitzen und so tun, als würde ich ihn mögen, oder Carol dabei zuhören, wie sie darüber reden, wo wir in ein paar Jahren leben werden, während Alex irgendwo da draußen ist – darauf wartet, sich mit mir zu treffen, oder mit den Fingern auf seinen Schreibtisch trommelt, während er Musik hört oder atmet oder irgendwas tut. »Ich meine …« Ich versuche mir eine Ausrede einfallen zu lassen. »Ich meine … ich meine, könnten wir das nicht ein andermal machen? Es geht mir nicht so gut.« Das stimmt wenigstens.

Carol runzelt die Stirn. »Es ist nur eine Stunde, Lena. Wenn du bei Hana übernachten kannst, kannst du das auch überstehen.«

»Aber … aber …« Ich balle eine Faust und presse die Fingernägel in die Handfläche, bis dort Schmerz aufblüht, was mir wenigstens etwas gibt, worauf ich mich konzentrieren kann. »Aber ich will, dass es eine Überraschung ist.«

Carols Stimme bekommt einen scharfen Unterton. »Das hat nichts mit einer *Überraschung* zu tun, Lena. Das ist der Lauf der Dinge. Das ist dein Leben. Er ist dein Partner. Du wirst ihn kennenlernen, du wirst ihn mögen und das war's. Und jetzt geh nach oben duschen. Sie kommen um eins.«

Mittags. Alex ist heute um Mittag mit der Arbeit fertig; ich wollte mich mit ihm treffen. Wir wollten in der Brooks Street 37 picknicken wie immer, wenn er von der Frühschicht kommt, und den ganzen Nachmittag zusammen genießen. »Aber …«, protestiere ich, ohne genau zu wissen, was ich noch sagen könnte.

»Kein Aber.« Carol verschränkt die Arme und funkelt mich grimmig an. »Nach oben mit dir.«

Ich weiß nicht, wie ich die Treppe raufkomme; ich bin so wütend, dass ich kaum etwas sehen kann. Jenny steht kaugummikauend auf dem Treppenabsatz, sie trägt einen von Rachels alten Badeanzügen. Er ist ihr zu groß. »Was ist denn mit dir los?«, fragt sie, als ich mich an ihr vorbeidränge.

Ich antworte nicht. Schnurstracks gehe ich ins Bad und drehe das Wasser so weit auf wie möglich. Carol mag es nicht, wenn wir Wasser verschwenden, und normalerweise dusche ich so schnell ich kann, aber heute ist mir das egal. Ich setze mich auf den Klodeckel und beiße auf meine Hand, um nicht zu schreien. Das ist alles mein Fehler. Ich habe den Termin für den Eingriff ignoriert und vermieden, auch nur an Brian Scharffs Namen zu *denken*. Und Carol hat absolut Recht: Das ist mein Leben, so ist der Lauf der Dinge. Es lässt sich nicht ändern. Ich hole tief Luft und sage mir, ich muss aufhören, mich wie ein kleines Baby zu benehmen. Jeder muss irgendwann erwachsen werden; mein Termin ist der 3. September.

Ich will aufstehen, aber ein Bild von Alex letzte Nacht – wie er so nah bei mir stand und diese eigenartigen, wunderschönen Worte sprach: *Ich liebe dich so tief, so hoch, so weit, als meine Seele blindlings reicht* – haut mich wieder um und ich plumpse zurück auf den Klodeckel.

Alex, wie er lacht, atmet, lebt – ohne mich, mir unbekannt. Eine Welle der Übelkeit überkommt mich und ich beuge mich vor, den Kopf zwischen den Knien, und kämpfe dagegen an.

Die Krankheit, sage ich mir. *Die Krankheit schreitet fort. Nach dem Eingriff wird alles besser. Das ist es ja gerade.*

Aber es nützt nichts. Als ich es schließlich unter die Dusche schaffe, versuche ich mich vom Rhythmus des Wassers, das auf die Emaille hämmert, ablenken zu lassen, aber Bilder von Alex blitzen in meinem Bewusstsein auf – wie er mich küsst, mir übers Haar streicht, seine Finger über meine Haut tanzen lässt –, sie flackern und leuchten wie das Licht einer Kerze, die kurz davor ist, ausgepustet zu werden.

Das Schlimmste ist, dass es unmöglich ist, Alex mitzuteilen, dass ich ihn nicht treffen kann. Ihn anzurufen ist zu gefährlich. Ich hatte vor, zu den Labors zu gehen und es ihm persönlich zu sagen, aber als ich geduscht und angezogen runterkomme und auf die Tür zugehe, hält Carol mich zurück.

»Wo wollen wir denn wieder hin?«, fragt sie scharf. Ich merke, dass sie immer noch wütend ist, weil ich vorhin widersprochen habe – wütend und wahrscheinlich beleidigt. Sie erwartet zweifellos, dass ich vor Begeisterung Luftsprünge mache, weil mir endlich ein Partner zugeteilt worden ist. Sie hat ein Recht, das zu erwarten – vor ein paar Monaten hätte ich wirklich Luftsprünge gemacht.

Ich senke den Blick und versuche, so lieb und zahm wie möglich zu klingen. »Ich dachte, ich mache noch einen Spaziergang, bevor Brian kommt.« Ich bemühe mich krampfhaft zu erröten. »Ich bin irgendwie nervös.«

»Du hast schon genug Zeit außer Haus verbracht«, fährt mich Carol an. »Und dann bist du nur wieder verschwitzt und dreckig. Wenn du was tun willst, kannst du mir helfen, den Wäscheschrank aufzuräumen.«

Darauf kann ich nichts entgegnen, also gehe ich hinter ihr her zurück nach oben. Dort sitze ich auf dem Boden, während sie mir ein altes Handtuch nach dem anderen reicht, ich untersuche sie auf Löcher, Flecken und andere Schäden, falte und falte und zähle Servietten. Ich bin so wütend und frustriert, dass ich zittere. Alex weiß nicht, was mit mir los ist. Er wird sich Sorgen machen. Oder schlimmer noch, er wird denken, ich würde ihm absichtlich aus dem Weg gehen. Vielleicht glaubt er, der Ausflug in die Wildnis habe mich verschreckt.

Es ist mir selbst unheimlich, wie aggressiv ich mich fühle – beinahe wahnsinnig und zu allem fähig. Ich will die Wände hochklettern, das Haus abfackeln, *irgendetwas*. Ich stelle mir mehrmals vor, wie ich eins von Carols blöden Geschirrtüchern nehme und sie damit erdrossele. Genau davor warnen all die Lehrbücher, *Das Buch Psst* und Eltern und Lehrer immer. Ich weiß nicht, ob sie

Recht haben oder Alex. Ich weiß nicht, ob dieses Gefühl – dieses *Ding*, das in mir wächst – etwas Fürchterliches und Krankhaftes ist oder das Beste, was mir je passiert ist.

Wie auch immer, ich kann es nicht aufhalten. Ich habe die Kontrolle darüber verloren. Und das wahrhaft Kranke ist, dass ich trotz allem froh bin.

Um halb eins bugsiert mich Carol runter ins Wohnzimmer, das ganz offensichtlich aufgeräumt und geputzt worden ist. Die Bestellscheine meines Onkels, die normalerweise überall verstreut liegen, sind zu einem ordentlichen Stapel gehäuft, und keins der alten Schulbücher oder kaputten Spielsachen, die sonst auf dem Boden rumliegen, sind zu sehen. Carol setzt mich auf ein Sofa und fängt an, in meinen Haaren rumzumachen. Ich fühle mich wie ein Preis-Schwein, aber ich hüte mich, irgendetwas dagegen einzuwenden. Wenn ich alles mache, was sie sagt – wenn alles glattläuft –, habe ich vielleicht immer noch Zeit, zur Brooks Street 37 zu laufen, sobald Brian weg ist.

»So«, sagt Carol, tritt einen Schritt zurück und mustert mich kritisch. »Besser wird's nicht.«

Ich beiße mir auf die Lippe und wende mich ab. Sie soll nicht merken, dass ihre Worte mich verletzen. Ich hatte ganz vergessen, dass ich ja eigentlich unansehnlich bin. Ich bin inzwischen so daran gewöhnt, dass Alex mir sagt, ich sei schön. Ich bin inzwischen so daran gewöhnt, mich in seiner Nähe schön zu *fühlen*. Plötzlich habe ich ein ganz hohles Gefühl in der Brust. So wird das Leben ohne ihn sein: Alles wird wieder gewöhnlich werden. *Ich* werde wieder gewöhnlich werden.

Ein paar Minuten nach eins höre ich, wie das Gartentor sich quietschend öffnet, jemand den Weg entlanggeht. Ich war so mit Alex beschäftigt, dass ich gar keine Zeit hatte, wegen Brian Scharffs Besuch nervös zu werden. Aber jetzt habe ich den heftigen Drang, zur Hintertür zu rennen oder durch das Fenster zu entkommen. Bei dem Gedanken daran, was Carol wohl tun würde, wenn ich einen Bauchklatscher durch das Fliegengitter hinlegen würde, muss ich unkontrolliert loskichern.

»Lena«, zischt sie mich an, gerade als Brian und seine Mutter an die Haustür klopfen. »Benimm dich.«

Warum?, würde ich am liebsten erwidern. Schließlich kann er nichts dagegen tun, selbst wenn er mich hasst. Er hat mich auf dem Hals, genau wie ich ihn auf dem Hals habe. Wir hocken beide fest.

Darum geht es vermutlich beim Erwachsenwerden.

In meiner Fantasie war Brian Scharff groß und dick, plump. In Wirklichkeit ist er keine zehn Zentimeter größer als ich – was für einen Jungen beeindruckend klein ist – und so dünn, dass ich fürchte, ihm das Handgelenk zu brechen, als wir uns die Hand geben. Seine Hände sind schweißnass und er drückt kaum zu. Es fühlt sich an, wie ein nasses Taschentuch festzuhalten. Als wir uns anschließend setzen, wische ich mir verstohlen die Handfläche an der Hose ab.

»Danke, dass Sie gekommen sind«, sagt Carol und dann herrscht lange betretenes Schweigen. In der Stille kann ich Brian durch die Nase keuchen hören. Es klingt, als säße ein sterbendes Tier in seiner Nasenhöhle.

Offenbar starre ich ihn an, denn Mrs Scharff erklärt: »Brian hat Asthma.«

»Oh«, sage ich.

»Die Allergien machen es noch schlimmer.«

»Äh … wogegen ist er denn allergisch?«, frage ich, weil sie es zu erwarten scheint.

»Staub«, sagt sie mit Nachdruck, als hätte sie darauf gewartet, dieses Wort hervorzustoßen, seit sie zur Tür hereingekommen ist. Sie blickt sich mit vernichtendem Blick im Zimmer um – das nicht staubig ist – und Carol wird rot. »Und Pollen. Katzen und Hunde natürlich und Erdnüsse, Meeresfrüchte, Weizen, Milchprodukte und Knoblauch.«

»Ich wusste gar nicht, dass man gegen Knoblauch allergisch sein kann«, sage ich. Ich kann nichts dagegen tun: Es rutscht mir einfach so raus.

»Sein Gesicht schwillt an wie ein Blasebalg.« Mrs Scharff wirft mir einen geringschätzigen Blick zu, als wäre ich irgendwie verantwortlich für diese Tatsache.

»Oh«, sage ich wieder und dann senkt sich erneut unangenehmes Schweigen über uns. Brian sagt nichts, aber er keucht lauter denn je.

Diesmal kommt Carol mir zu Hilfe. »Lena«, sagt sie, »vielleicht möchten Brian und Mrs Scharff ein wenig Wasser.«

Ich war noch nie in meinem Leben so dankbar für einen Grund, das Zimmer zu verlassen. Ich springe von meinem Sitz auf, wobei ich beinahe eine Lampe mit meinem Knie umstoße. »Natürlich. Ich hole welches.«

»Sorg dafür, dass es gefiltert ist«, ruft Mrs Scharff hinter mir her, als ich hinausstürze. »Und nicht zu viel Eis.«

Ich lasse mir Zeit, die Gläser zu füllen – natürlich aus dem Wasserhahn –, und fächle mir die kalte Luft aus dem Gefrierfach ins Gesicht. Ich höre das leise Gemurmel eines Gesprächs aus dem Wohnzimmer, aber ich kann nicht erkennen, wer spricht oder was gesagt wird. Vielleicht hat Mrs Scharff beschlossen, die Liste mit Brians Allergien fortzuführen.

Ich weiß, dass ich irgendwann zurück ins Wohnzimmer gehen muss, aber meine Füße wollen mich einfach nicht in den Flur tragen. Als ich sie schließlich dazu zwinge, sich in Bewegung zu setzen, sind sie schwer wie Blei; trotzdem bringen sie mich viel zu schnell zum Wohnzimmer. Ich sehe dauernd eine endlose Reihe aus öden Tagen vor mir, blassgelbe oder in der Farbe weißer Pillen, Tage, die denselben bitteren Nachgeschmack haben wie Medizin. Morgen und Abende, die mit einem leise summenden Luftbefeuchter angefüllt sind, mit Brians gleichmäßig keuchendem Atem, mit dem *plitsch, plitsch, plitsch* eines tropfenden Wasserhahns.

Es lässt sich nicht aufhalten. Der Flur ist nicht unendlich lang und ich betrete gerade rechtzeitig das Wohnzimmer, um Brian sagen zu hören: »Sie ist nicht so hübsch wie auf den Fotos.«

Brian und seine Mutter haben mir den Rücken zugekehrt, aber Carol klappt den Mund auf, als sie mich dort stehen sieht, und beide Scharffs drehen sich zu mir um. Wenigstens besitzen sie den Anstand, verlegen zu sein. Er senkt schnell den Blick und sie wird rot.

Ich habe mich noch nie so bloßgestellt gefühlt. Es ist sogar noch schlimmer, als bei der Evaluierung in dem durchsichtigen Krankenhauskittel unter dem grellen Neonlicht zu stehen. Meine Hände zittern so stark, dass das Wasser über den Rand der Gläser schwappt.

»Hier ist Ihr Wasser.« Ich weiß nicht, woher ich die Kraft nehme, um das Sofa herumzugehen und die Gläser auf den Couchtisch zu stellen. »Nicht zu viel Eis.«

»Lena ...« Meine Tante will etwas sagen, aber ich unterbreche sie.

»Entschuldigung.« Wundersamerweise bringe ich sogar ein Lächeln zu Stande. Ich kann es allerdings nicht länger als den Bruchteil einer Sekunde aufrechterhalten. Mein Kiefer zittert auch und ich weiß, dass ich jeden Moment in Tränen ausbrechen könnte. »Es geht mir nicht so gut. Ich glaube, ich gehe ein bisschen raus.«

Ich warte nicht auf die Erlaubnis, sondern drehe mich um und eile zur Haustür. Als ich nach draußen in die Sonne stürze, höre ich, wie Carol sich für mich entschuldigt.

»Es dauert noch ein paar Wochen bis zu ihrem Eingriff«, sagt sie. »Sie müssen ihr nachsehen, dass sie so sensibel ist. Ich bin sicher, es wird sich alles klären ...«

Sobald ich draußen bin, kommen die Tränen, heiß und schnell. Die Welt beginnt zu schmelzen, Farben und Formen verlaufen. Der Tag ist vollkommen ruhig. Die Sonne ist gerade am Zenit vorbeigekrochen, eine flache weiße Scheibe, wie ein Kreis aus erhitztem Metall. Ein roter Ballon hat sich in einem Baum verfangen. Er muss schon eine Weile da hängen, denn er ist ganz schlaff, hüpft teilnahmslos, halb ohne Luft, am Ende seiner Schnur.

Ich weiß nicht, wie ich Brian gegenübertreten soll, wenn ich wieder reingehen muss. Ich weiß nicht, wie ich ihm *jemals* gegenübertreten soll. Tausend schreckliche Dinge rasen in meinem Verstand herum, Beleidigungen, die ich ihm gerne an den Kopf werfen würde. *Wenigstens sehe ich nicht aus wie ein Bandwurm,* oder: *Schon mal überlegt, ob du gegen das Leben allergisch bist?*

Aber ich weiß, dass ich nichts davon sagen werde – sagen kann. Außerdem ist das Problem eigentlich nicht, dass er keucht oder gegen alles allergisch ist. Das Problem ist noch nicht mal, dass er mich nicht hübsch findet.

Das Problem ist, dass er nicht Alex ist.

Hinter mir geht die Tür quietschend auf. Brian sagt: »Lena?«

Ich reibe schnell mit den Handflächen über meine Wangen und wische die Tränen weg. Das Allerletzte, was Brian erfahren soll, ist, wie sehr sein dämlicher Kommentar mich getroffen hat. »Alles in Ordnung«, rufe ich zurück, ohne mich umzudrehen, weil ich sicher bin, dass ich furchtbar aussehe. »Ich komme gleich wieder rein.«

Er ist entweder doof oder stur, denn er lässt mich nicht in Ruhe. Stattdessen schließt er die Tür hinter sich und kommt die Treppenstufe herunter. Ich höre ihn einen knappen Meter hinter mir keuchen.

»Deine Mutter hat gesagt, es wäre okay, wenn ich zu dir rauskäme«, sagt er.

»Sie ist nicht meine Mutter«, verbessere ich ihn schnell. Ich weiß nicht, warum mir das so wichtig ist. Früher mochte ich es, wenn Leute Carol für meine Mutter hielten. Es bedeutete, dass sie die wahre Geschichte nicht kannten. Allerdings fand ich früher eine Menge Sachen gut, die mir jetzt albern vorkommen.

»Ach ja.« Brian muss etwas über meine richtige Mutter wissen. Es steht wahrscheinlich in den Unterlagen, die er gelesen hat. »Entschuldige. Das habe ich vergessen.«

Natürlich, denke ich, aber ich sage nichts. Wenigstens macht mich sein Herumscharwenzeln hier so wütend, dass ich nicht mehr traurig bin. Meine Tränen sind versiegt. Ich verschränke die Arme und warte darauf, dass er den Fingerzeig versteht – oder es leid wird, meinen Rücken anzustarren – und wieder reingeht. Aber das gleichmäßige Keuchen hält an.

Ich kenne ihn keine halbe Stunde und könnte ihn schon umbringen. Irgendwann habe ich es satt, schweigend dazustehen, deshalb drehe ich mich um und gehe schnell an ihm vorbei.

»Mir geht's schon viel besser«, sage ich. Ich sehe ihn nicht an, als ich auf das Haus zugehe. »Wir sollten wieder reingehen.«

»Warte, Lena.« Er streckt den Arm aus und fasst mich am Handgelenk. Wahrscheinlich ist *fasst* nicht ganz das richtige Wort. Eher *hinterlässt Schweiß*. Aber ich bleibe trotzdem stehen, obwohl ich es nicht über mich bringe, ihn anzusehen. Stattdessen halte ich den Blick auf die Haustür gerichtet und bemerke zum ersten Mal, dass das Fliegengitter drei große Löcher in der rechten oberen Ecke hat. Kein Wunder, dass das Haus diesen Sommer dauernd voller Insekten war. Grace hat neulich einen Marienkäfer in unserem Schlafzimmer gefunden. Sie brachte ihn in ihrer kleinen gewölbten Hand zu mir. Ich half ihr, ihn runterzutragen und draußen freizulassen.

Eine Woge aus Traurigkeit überspült mich, unabhängig von Alex oder Brian oder irgendetwas in dem Zusammenhang. Mich packt nur das Gefühl, dass die Zeit so schnell vergeht, weiterrast.

Eines Tages werde ich aufwachen und mein ganzes Leben wird hinter mir liegen und es wird mir vorkommen, als wäre es so schnell vorbeigegangen wie ein Traum.

»Ich hab's nicht so gemeint«, sagt er. Ich frage mich, ob seine Mutter ihn geschickt hat, um mir das zu sagen. Die Worte scheinen ihn wahnsinnige Mühe zu kosten. »Das war nicht nett.«

Als ob ich nicht schon total gedemütigt worden wäre – jetzt muss er sich auch noch dafür entschuldigen, dass er mich als hässlich bezeichnet hat. Meine Wangen fühlen sich an, als würden sie wegschmelzen, so heiß sind sie.

»Schon in Ordnung«, sage ich und versuche ihm mein Handgelenk zu entwinden. Erstaunlicherweise lässt er mich nicht los – obwohl er mich streng genommen überhaupt nicht anfassen sollte.

»Was ich eigentlich sagen wollte, war …« Sein Mund geht einen Moment auf und zu. Er sieht mich nicht an. Er mustert weiterhin die Straße hinter mir, wobei seine Augen hin und her huschen wie bei einer Katze, die einen Vogel beobachtet. »Was ich eigentlich sagen wollte, war, dass du auf den Fotos glücklicher ausgesehen hast.«

Das kommt überraschend und einen Augenblick fällt mir keine Antwort ein. »Ich wirke jetzt nicht glücklich?«, platze ich heraus und bin gleich darauf noch verlegener. Es ist so komisch, dieses Gespräch mit einem Fremden zu führen und zu wissen, dass er nicht mehr viel länger ein Fremder sein wird.

Aber die Frage scheint ihn nicht aus dem Konzept zu bringen. Er schüttelt nur den Kopf. »Ich weiß, dass du nicht glücklich bist«, sagt er. Er lässt mein Handgelenk los, aber ich will gar nicht mehr unbedingt reingehen. Er starrt immer noch die Straße hinter mir an und ich erhasche einen genaueren Blick auf sein Gesicht. Vermutlich könnte er sogar ganz gut aussehen. Natürlich nicht so großartig wie Alex – er ist total blass und sieht leicht feminin aus, mit einem vollen, runden Mund und einer kleinen spitzen Nase –, aber seine Augen sind von einem hellen Blassblau wie der Morgenhimmel und er hat eine nette ausgeprägte Kieferlinie. Und jetzt bekomme ich Schuldgefühle. Er muss wissen, dass ich unglücklich bin, weil ich ihm zugeteilt wurde. Es ist nicht sein Fehler, dass ich mich verändert habe – das Licht erblickt oder mich mit der Deliria angesteckt, je nachdem, wie man es sieht. Vielleicht beides.

»Tut mir leid«, sage ich. »Es liegt nicht an dir. Ich habe nur … ich habe nur Angst vor dem Eingriff, das ist alles.« Ich muss daran denken, in wie vielen Nächten ich mir vorgestellt habe, wie ich mich auf dem Operationstisch ausstrecke und darauf warte, dass die Narkose die Welt in Nebel verwandelt, darauf warte, erneuert aufzuwachen. Jetzt werde ich in einer Welt ohne Alex aufwachen; ich werde *im* Nebel aufwachen, wo alles grau und verschwommen und unkenntlich ist.

Brian sieht mich schließlich an, mit einem Ausdruck, den ich zunächst nicht deuten kann. Dann wird mir klar: Es ist Mitleid. Ich tue ihm leid. Plötzlich redet er ganz schnell. »Hör mal, wahrscheinlich sollte ich dir das gar nicht erzählen, aber vor meinem Eingriff war ich wie du.« Sein Blick heftet sich wieder auf die Straße. Das Keuchen hat aufgehört. Er spricht deutlich, aber leise, so dass Carol und seine Mutter ihn nicht durch das offene Fenster hören können. »Ich … ich war nicht bereit.« Er leckt sich über die Lippen und senkt seine Stimme zu einem Flüstern. »Es gab da ein Mädchen, das ich manchmal im Park getroffen habe. Sie passte auf ihre Cousins und Cousinen auf, brachte sie zum Spielplatz. Ich war Kapitän der Fechtmannschaft an unserer Schule – und wir haben im Park trainiert.«

Ja, klar warst du Kapitän der verdammten Fechtmannschaft, denke ich. Aber ich sage es nicht laut; ich merke, dass er versucht nett zu sein.

»Na ja, wir haben uns manchmal unterhalten. Es ist nichts passiert«, schränkt er schnell ein. »Nur ein paar Gespräche dann und wann. Sie hatte ein hübsches Lächeln. Und ich fühlte …« Er bricht ab.

Staunen und Angst durchströmen mich. Er will mir sagen, dass wir uns ähneln. Irgendwoher weiß er, dass es Alex gibt – nicht Alex konkret, aber dass es *jemanden* gibt. »Moment mal.« Mein Verstand dreht sich wild. »Soll das heißen, dass du vor dem Eingriff … dass du krank warst?«

»Ich meine nur, dass ich es verstehe.« Seine Augen huschen für einen Sekundenbruchteil zu meinen, aber das reicht. Jetzt bin ich mir sicher. Er weiß, dass ich infiziert bin. Ich bin gleichzeitig erleichtert und entsetzt – wenn er es erkennen kann, können andere Leute es auch.

»Worauf ich hinaus will, ist nur, dass das Heilmittel wirkt.« Er betont das letzte Wort. »Ich bin jetzt viel glücklicher. Das wirst du auch sein, ich verspreche es dir.«

Irgendetwas in mir zerbricht, als er das sagt, und ich könnte schon wieder losweinen. Seine Stimme ist so beruhigend. In diesem Moment möchte ich nichts mehr, als ihm zu glauben. Sicherheit, Glück, Stabilität: das, was ich mein ganzes Leben über wollte. Und in diesem Moment denke ich, dass die letzten paar Wochen vielleicht wirklich nur ein langes, eigenartiges Delirium waren. Vielleicht wache ich nach dem Eingriff auf wie nach starkem Fieber, kann mich nur vage an meine Träume erinnern und fühle mich unendlich erleichtert.

»Freunde?«, fragt Brian und streckt mir seine Hand entgegen, und diesmal zucke ich nicht zusammen, als er mich berührt. Ich lasse ihn meine Hand sogar ein paar Sekunden länger halten.

Er schaut immer noch auf die Straße und während wir so da stehen, runzelt er kurz die Stirn. »Was will der denn?«, murmelt er und ruft dann: »Alles in Ordnung. Sie ist meine Partnerin.«

Ich drehe mich gerade rechtzeitig um, um ein Aufblitzen von glühendem goldbraunem Haar – die Farbe von Herbstblättern –

an der Ecke zu sehen. Alex. Ich entwinde Brian meine Hand, aber es ist zu spät. Er ist weg.

»Das muss ein Aufseher gewesen sein«, sagt Brian. »Er hat hier so rübergestarrt.«

Das Gefühl der Ruhe und Bestärkung, das ich gerade noch hatte, verschwindet sofort. Alex hat mich gesehen – er hat uns gesehen, wie wir Händchen hielten, hat gehört, wie Brian sagte, ich sei seine Partnerin. Und wir waren vor einer Stunde verabredet. Er weiß nicht, dass ich nicht aus dem Haus konnte, ihm keine Nachricht zukommen lassen konnte. Ich kann mir nicht vorstellen, was er jetzt von mir denkt. Oder besser gesagt, ich *kann* es mir vorstellen.

»Alles in Ordnung?« Brians Augen sind so blass, dass sie fast grau wirken. Eine kränkliche Farbe, überhaupt nicht wie der Himmel – wie Schimmel oder Fäulnis. Unfassbar, dass ich ihn auch nur einen Augenblick für attraktiv gehalten habe. »Du siehst nicht besonders gut aus.«

»Mir geht's prima.« Ich versuche einen Schritt auf das Haus zuzumachen und stolpere. Brian streckt den Arm aus, um mich zu stützen, aber ich entwinde mich ihm. »Mir geht's prima«, wiederhole ich, obwohl alles um mich herum zerfällt und in die Brüche geht.

»Es ist heiß hier draußen«, sagt er. Ich kann es nicht ertragen, ihn anzusehen. »Lass uns reingehen.«

Er legt eine Hand auf meinen Ellbogen und schiebt mich die Treppe hoch und durch die Tür bis ins Wohnzimmer, wo Carol und Mrs Scharff uns lächelnd erwarten.

zwanzig

Ex remedium salvae.
»Rettung durch das Heilmittel.«

Aufdruck auf allen amerikanischen Geldscheinen und Münzen

Durch irgendein Wunder benehme ich mich Brian und Mrs Scharff gegenüber so, dass Carol zufrieden ist, obwohl ich den Rest ihres Besuchs über kaum etwas sage (oder vielleicht gerade deshalb). Als sie gehen, ist schon später Nachmittag und obwohl Carol darauf besteht, dass ich ihr noch ein bisschen bei der Hausarbeit helfe und zum Abendessen dableibe – jede Minute, die ich nicht zu Alex rennen kann, ist eine Qual, sechzig Sekunden reine, heftige Folter –, verspricht sie, dass ich nach dem Essen bis zur Ausgangssperre noch einen Spaziergang machen kann. Ich verschlinge meine Baked Beans und die Fischstäbchen so schnell, dass ich mich beinahe übergebe, und sitze hibbelig auf meinem Stuhl, bis Carol mich entlässt. Ich muss nicht mal das Geschirr spülen, aber ich bin zu wütend auf sie, weil sie mich überhaupt eingesperrt hat, um mich darüber zu freuen.

Als Erstes gehe ich zur Brooks Street 37. Ich rechne nicht wirklich damit, dass Alex dort wartet, aber ich hoffe trotzdem darauf. Die Zimmer sind leer, genau wie der Garten. Ich bin offenbar schon halb weggetreten, denn ich gucke sogar hinter den Bäumen und Sträuchern nach, als würde er vielleicht plötzlich auftauchen, so wie vor ein paar Wochen, als Hana, er und ich Verstecken gespielt haben. Allein beim Gedanken daran schmerzt es mich heftig in der Brust. Vor weniger als einem Monat hatten wir noch den ganzen August vor uns – lang, golden und beruhigend wie ein endlos köstlicher Schlaf.

Tja, jetzt bin ich aufgewacht.

Ich gehe noch einmal durchs Haus. Unser ganzer Kram liegt im Wohnzimmer verstreut – Decken, ein paar Zeitschriften und Bücher, eine Schachtel Cracker und einige Limodosen, alte Gesellschaftsspiele, darunter eine halb fertige Scrabble-Partie, die wir abgebrochen haben, als Alex anfing sich Wörter wie *quozz* und *yregg* auszudenken – und bei diesem Anblick werde ich unglaublich traurig. Ich muss an dieses eine Haus denken, das die Offensive überstanden hat, und an die aufgerissene, zerbombte Straße: ein Ort, wo alle Leute gedankenlos ihren alltäglichen Beschäftigungen nachgegangen sind, bis dann die Katastrophe kam, und anschließend haben alle gesagt: »Wieso haben sie das nicht geahnt?«

So was von gedankenlos – so nachlässig mit unserer Zeit umzugehen, zu glauben, wir hätten noch so viel.

Ich gehe zurück auf die Straße, hektisch, verzweifelt und unsicher, was ich tun soll. Alex hat mal erwähnt, dass er in der Forsyth Street wohnt – einer langen Reihe aus grauen Plattenbauten, die der Universität gehören –, deshalb gehe ich in diese Richtung. Aber alle Gebäude sehen gleich aus. Es muss Dutzende davon geben, Hunderte einzelner Wohnungen. Ich will jedes Haus durchsuchen, bis ich ihn gefunden habe, aber das wäre Selbstmord. Nachdem mir ein paar Studenten misstrauische Blicke zugeworfen haben – ich sehe bestimmt furchtbar aus mit meinem roten Gesicht, dem verstörten Blick und kurz vor einem hysterischen Anfall –, biege ich in eine Seitenstraße ab. Um mich zu beruhigen, beginne ich die Gebete der Elemente aufzusagen: »H steht für Wasserstoff, mit Ordnungszahl eins, bei Fusion eine Wonne, wird heiß wie die Sonne, auch heller strahlt keins …«

Ich beschließe nach Hause zu gehen, bin aber derart zerstreut, dass ich mich im Gewirr der Straßen verirre. Schließlich lande ich in einer schmalen Einbahnstraße, die ich noch nie gesehen habe, und muss wieder zum Monument Square zurückgehen. Der Gouverneur steht da wie immer, die leere Handfläche ausgestreckt. Im schwächer werdenden Abendlicht sieht er traurig und verlassen aus, als wäre er ein Bettler, auf ewig dazu verdammt, um Almosen zu bitten.

Aber er bringt mich auf eine Idee. Ich krame in meiner Tasche nach einem Stück Papier und einem Stift und kritzele: *Ich kann Dir alles erklären. Um Mitternacht im Haus. 17. 8.* Nachdem ich mich vergewissert habe, dass mich niemand von den paar noch beleuchteten Fenstern beobachtet, die den Platz überblicken, springe ich auf den Sockel der Statue und stecke die Nachricht in den kleinen Hohlraum in der Faust des Gouverneurs. Die Wahrscheinlichkeit, dass Alex auf die Idee kommt, hier nachzusehen, steht eins zu einer Million. Aber immerhin besteht die Möglichkeit.

Als ich mich in dieser Nacht aus dem Schlafzimmer stehle, höre ich ein Rascheln hinter mir. Ich drehe mich um und sehe, dass Gracie wieder aufrecht im Bett sitzt und mich anblinzelt. Ihre Augen reflektieren das Licht wie die eines Tieres. Ich lege den Finger auf die Lippen. Sie tut dasselbe, ahmt mich unbewusst nach, und ich schleiche zur Tür hinaus.

Als ich auf der Straße bin, blicke ich noch mal zum Fenster hoch. Einen Augenblick habe ich den Eindruck, dass Gracie zu mir runterschaut, ihr Gesicht so blass wie der Mond. Aber vielleicht spielen mir auch nur die Schatten, die lautlos über die Hauswand gleiten, einen Streich. Als ich noch mal hinsehe, ist sie weg.

Das Haus in der Brooks Street 37 ist ganz dunkel, als ich durchs Fenster klettere, und es ist vollkommen still. *Er ist nicht da,* denke ich. *Er ist nicht gekommen* – aber ein Teil von mir weigert sich es zu glauben. Er *muss* einfach hier sein.

Ich habe eine Taschenlampe dabei und durchsuche das Haus,

zum zweiten Mal heute. Nach ihm rufen will ich nicht, ich glaube, das bringt Unglück. Irgendwie ertrage ich den Gedanken nicht. Wenn er nicht antwortet, muss ich schließlich doch akzeptieren, dass er meine Nachricht nicht gekriegt hat – oder, noch schlimmer, sie zwar gekriegt hat, aber nicht herkommen wollte.

Im Wohnzimmer bleibe ich wie angewurzelt stehen.

All unsere Sachen – die Decken, die Spiele, die Bücher – sind weg. Der verzogene Holzboden liegt nackt und leer im Strahl meiner Taschenlampe. Die Möbel stehen kalt und schweigend da, all unserer persönlichen Gegenstände beraubt, der abgelegten Sweatshirts und halb leeren Sonnencremetuben. Es ist lange her, dass mir das Haus unheimlich erschien oder ich mich gefürchtet habe, nachts seine Zimmer zu betreten. Aber jetzt kehrt das Gefühl angesichts der riesigen kahlen Räume zurück – Zimmer um Zimmer mit einstürzenden Dingen, zerfallenden Dingen, Nagern, die einen aus dunklen Ecken anblinzeln –, und ein heftiger Schauer durchfährt mich. Alex muss also doch hier gewesen sein, um unsere Sachen wegzuräumen.

Die Botschaft ist so deutlich, als hätte er sie aufgeschrieben. Er ist fertig mit mir.

Einen Augenblick vergesse ich sogar zu atmen. Und dann kommt die Kälte, eine enorme Woge, die mir mit voller Kraft vor die Brust schlägt, als würde man direkt durch die Brandung laufen. Meine Knie geben nach und ich gehe unkontrolliert zitternd in die Hocke.

Er ist weg. Ein erstickter Laut kriecht mir aus der Kehle und zerschneidet die Stille um mich herum. Ich schluchze in der Dunkelheit laut auf. Die Taschenlampe fällt mir aus der Hand und erlischt. Ich werde weinen, bis ich das ganze Haus mit Tränen angefüllt habe und darin ertrinke.

Dann spüre ich im Nacken eine warme Hand, die mir durch die Haare fährt.

»Lena.«

Ich drehe den Kopf und da ist Alex und beugt sich über mich. Ich kann den Ausdruck in seinem Gesicht nicht genau erkennen, aber in dem schwachen Licht wirkt es hart auf mich, hart und unbeweglich, als wäre es aus Stein. Einen Augenblick fürchte ich, dass ich nur träume, aber dann berührt er mich erneut und seine Hand ist fest und warm und rau.

»Lena«, sagt er erneut, aber er scheint nicht zu wissen, was er sonst sagen soll. Ich rappele mich auf und wische mein Gesicht mit dem Unterarm ab.

»Du hast meine Nachricht bekommen.« Ich versuche die Tränen runterzuschlucken, aber jetzt habe ich einen Schluckauf.

»Nachricht?«, wiederholt Alex.

Ich wünschte, ich hätte die Taschenlampe noch in der Hand, um sein Gesicht genauer zu sehen. Gleichzeitig habe ich Angst vor der Distanz, die ich darin entdecken könnte. »Ich habe dir eine Nachricht beim Gouverneur hinterlassen«, sage ich. »Ich wollte mich hier mit dir treffen.«

»Ich hab sie nicht bekommen«, sagt er. Ich glaube, Kälte in seiner Stimme wahrzunehmen. »Ich bin nur gekommen, um …«

»Nein.« Ich kann ihn nicht ausreden lassen. Ich kann ihn nicht sagen lassen, dass er hier ist, um zusammenzupacken, dass er mich nicht mehr sehen will. Das wird mich umbringen. *Liebe, die gefährlichste aller Krankheiten.* »Hör zu«, sage ich und hickse mich durch die Wörter. »Hör zu, wegen heute Nachmittag … das war nicht meine Idee. Carol hat gesagt, ich müsse mich mit ihm treffen, und ich konnte dir nicht Bescheid sagen. Und dann standen wir da und ich habe an dich gedacht und an die Wildnis und wie sich alles verändert hat und dass keine Zeit mehr ist, dass wir keine Zeit mehr haben, und eine Sekunde lang – nur eine Sekunde – habe ich mir gewünscht, ich könnte die Zeit zurückdrehen und alles wäre wieder so wie früher.« Das ergibt kaum einen Sinn, das weiß ich.

Die Erklärung, die ich so oft in meinem Kopf durchgegangen bin, gerät total durcheinander und die Wörter purzeln herum. Aber es spielt sowieso keine Rolle: Beim Reden wird mir klar, dass es nur eins gibt, was wirklich wichtig ist. Alex und ich haben keine Zeit mehr. »Aber ich schwöre, dass ich es mir nicht wirklich gewünscht habe. Ich hätte nie … wenn ich dich nicht kennengelernt hätte, könnte ich nie … vor dir wusste ich überhaupt nichts, nicht wirklich …«

Alex zieht mich an sich und schlingt die Arme um mich. Ich vergrabe mein Gesicht an seiner Brust. Es passt da so gut hin, genau als wären unsere Körper füreinander gemacht.

»Schhh«, flüstert er in meine Haare. Er drückt mich so fest, dass es ein bisschen wehtut, aber es macht mir nichts aus. Es fühlt sich gut an, so, als könnte ich die Füße hochheben, wenn ich wollte, und völlig loslassen, und er würde mich immer noch aufrecht halten. »Ich bin nicht sauer auf dich, Lena.«

Ich löse mich ein winziges Stück von ihm. Ich weiß, dass ich selbst in der Dunkelheit fürchterlich aussehen muss. Meine Augen sind geschwollen und meine Haare kleben mir im Gesicht. Glücklicherweise umarmt er mich noch immer. »Aber du …« Ich schlucke, atme tief ein und aus. »Du hast alles weggeräumt. All unsere Sachen.«

Er blickt einen Moment zur Seite. Sein ganzes Gesicht wird von den Schatten verschluckt. Als er spricht, ist seine Stimme übermäßig laut, als müsste er die Worte hinauszwingen. »Wir wussten immer, dass das passieren würde. Wir wussten, dass wir nicht viel Zeit haben würden.«

»Aber … aber …« Ich muss nicht sagen, dass wir so getan haben. Wir haben uns benommen, als würden sich die Dinge nie ändern.

Er nimmt mein Gesicht in beide Hände und wischt mit seinen Daumen die Tränen weg. »Nicht weinen, okay? Nicht mehr weinen.« Er küsst mich sanft auf die Nasenspitze, dann nimmt er mich an der Hand. »Ich möchte dir was zeigen.« Seine Stimme wackelt ein bisschen und es ist, als würde etwas ausgehakt werden, auseinanderbrechen.

Er führt mich zur Treppe. Die Decke über uns ist teilweise verrottet, so dass das Treppenhaus in silbrigem Licht erstrahlt. Die Treppe muss einmal wunderschön gewesen sein, sie schwingt sich majestätisch hinauf, bevor sie sich in zwei Treppen teilt, die zu Absätzen auf beiden Seiten führen.

Seit Alex mich und Hana zum ersten Mal hergebracht hat und wir ganz bewusst alle Zimmer des Hauses untersucht haben, bin ich nicht mehr oben gewesen. Vorhin habe ich noch nicht mal daran gedacht, auch im ersten Stock nachzusehen. Hier ist es sogar noch dunkler als unten, falls das überhaupt möglich ist, und auch heißer, über allem liegt ein schwarzer, drückender Schleier.

Alex geht vorsichtig durch den Flur, an einer Reihe identischer Holztüren vorbei. »Hier lang.«

Über uns ein hektisch flatterndes Geräusch: Fledermäuse, die vom Klang seiner Stimme aufgescheucht worden sind. Ich stoße einen leisen Angstschrei aus. Mäuse? Na ja. Fliegende Mäuse? Nicht so toll. Das ist einer der Gründe, warum ich mich bisher ans Erdgeschoss gehalten habe. Bei unserer ursprünglichen Forschungstour kamen wir in einen Raum, der vermutlich mal das Hauptschlafzimmer war – er war riesengroß und in der Mitte standen immer noch die halb zusammengebrochenen Pfosten eines Himmelbetts –, blickten in die Düsternis hinauf und sahen haufenweise dunkle, lautlose Umrisse, die an den Holzbalken klumpten wie fürchterliche schwarze Knospen an einem Blumenstiel, kurz davor, herunterzufallen. Als wir uns bewegten, öffneten mehrere von ihnen die Augen und schienen mir zuzuzwinkern. Der Boden war mit Fledermausscheiße übersät; es stank süßlich und übelkeiterregend.

»Hier rein«, sagt er und obwohl ich mir nicht ganz sicher bin, glaube ich, dass er vor der Tür zum Hauptschlafzimmer stehen bleibt. Ich schaudere. Ich bin überhaupt nicht scharf darauf, das Innere des Fledermauszimmers wiederzusehen. Aber Alex wirkt begeistert, also lasse ich ihn die Tür öffnen und trete vor ihm ein.

Ich muss nach Luft schnappen und bleibe so unvermittelt stehen, dass er gegen mich stößt. Das Zimmer ist unglaublich; es ist völlig verändert.

»Und?« Alex' Stimme hat einen nervösen Unterton angenommen. »Was meinst du?«

Ich kann ihm nicht sofort antworten. Alex hat das alte Bett zur Seite geschoben, in eine der Ecken, und den Fußboden blank geputzt. Die Fenster – oder das, was davon übrig ist – sind aufgeklappt, so dass der Wind den Duft nach Gardenien und Nachtjasmin von draußen hereinträgt. In der Mitte des Raumes hat Alex unsere Decke und die Bücher ausgebreitet und auch einen Schlafsack ausgerollt. Dutzende und Aberdutzende Kerzen stehen in lustigen provisorischen Kerzenständern wie alten Tassen und Bechern oder leeren Coladosen, genau wie in seinem Haus in der Wildnis.

Aber das Beste ist die Decke: oder besser gesagt, die fehlende Decke. Er muss das morsche Holz zum Dach durchbrochen haben und jetzt wölbt sich auch hier ein riesiges Stück Himmel über uns. In Portland kann man weniger Sterne sehen als jenseits der Grenze, aber es ist trotzdem schön. Noch besser: Die Fledermäuse sind weg. Weit über uns sehe ich mehrere dunkle Umrisse, die vor dem Mond hin und her sausen, aber solange sie draußen bleiben, stören sie mich nicht.

Plötzlich geht es mir auf: Das hat er für mich gemacht. Selbst nach dem, was heute passiert ist, ist er hergekommen und hat das für mich gemacht. Dankbarkeit durchströmt mich und noch ein anderes Gefühl, ein schmerzender Stich. Ich habe es nicht verdient. Ich habe *ihn* nicht verdient. Ich drehe mich zu ihm um und kann noch nicht mal sprechen; sein Gesicht leuchtet und er scheint zu glühen und sich in Feuer zu verwandeln. Er ist das Schönste, was ich je gesehen habe.

»Alex …«, hebe ich an, aber ich kann den Satz nicht beenden. Plötzlich habe ich beinahe Angst vor ihm, fürchte mich, weil er so absolut und vollkommen perfekt ist.

Er beugt sich vor und küsst mich. Und als er sich so nah an mich drückt, sein weiches T-Shirt über mein Gesicht streicht und der Geruch nach Sonnencreme und Gras von seiner Haut aufsteigt, fühlt er sich schon weniger furchterregend an.

»Es ist zu gefährlich, wieder in die Wildnis zu gehen.« Seine Stimme ist heiser, als hätte er lange geschrien, und an seiner Wange zuckt ein Muskel heftig. »Also habe ich die Wildnis hergebracht. Ich dachte, es würde dir gefallen.«

»Das tut es. Ich … ich liebe es.« Ich presse die Hände an meine Brust und wünschte, ich könnte ihm irgendwie noch näherkommen. Ich hasse Haut; ich hasse Knochen und Körper. Ich möchte mich in ihm zusammenrollen und für immer dort bleiben.

»Lena.« Auf seinem Gesicht tauchen so schnell hintereinander verschiedene Ausdrücke auf, dass ich sie kaum alle wahrnehmen kann, und an seiner Wange zuckt es weiter.

»Ich weiß, wir haben nicht viel Zeit, das hast du ja gesagt. Wir haben fast gar keine Zeit mehr …«

»Nein.« Ich vergrabe mein Gesicht an seiner Brust, schlinge die Arme um ihn und drücke ihn fest. Unvorstellbar, unverständlich: ein Leben ohne ihn. Der Gedanke zerbricht mich. Dass er beinahe weint, zerbricht mich. Dass er das hier für mich gemacht hat – dass er findet, dass ich es wert bin –, bringt mich um. Er ist meine Welt und meine Welt ist er und ohne ihn gibt es keine Welt. »Ich werde es nicht tun. Ich werde es nicht durchziehen. Ich kann nicht. Ich will mit dir zusammen sein. Ich *muss* mit dir zusammen sein.«

Alex nimmt mein Gesicht in die Hände und beugt sich vor, um mir in die Augen zu sehen. Sein Gesicht strahlt jetzt, voller Hoffnung.

»Du musst das nicht durchziehen«, sagt er. Seine Wörter sprudeln hervor. Er hat offenbar schon lange darüber nachgedacht und es nur nicht ausgesprochen. »Lena, du musst gar nichts tun. Wir könnten zusammen abhauen. In die Wildnis. Einfach abhauen und nie wiederkommen. Allerdings ... Lena, wir könnten wirklich nie zurückkommen. Das weißt du, oder? Sie würden uns beide umbringen oder für immer einsperren ... Aber, Lena, es wäre möglich.«

Uns beide umbringen. Er hat natürlich Recht. Ein Leben lang auf der Flucht: Das habe ich mir gerade gewünscht. Ich trete schnell einen Schritt zurück, mir ist plötzlich schwindelig. »Moment«, sage ich. »Warte einen Augenblick.«

Er lässt mich los. Die Hoffnung in seinem Gesicht verschwindet auf einmal und eine Weile stehen wir einfach nur da und sehen uns an. »Es war nicht dein Ernst«, sagt er schließlich. »Du hast es gar nicht so gemeint.«

»Doch, ich hab es so gemeint, aber ich ...«

»Aber du hast einfach Angst«, sagt er. Er geht zum Fenster und starrt hinaus in die Nacht, sieht mich nicht an. Sein Rücken ist wieder furchterregend, so fest und undurchdringlich, eine Mauer.

»Ich habe keine Angst. Ich bin nur ...« Ich kämpfe gegen ein düsteres Gefühl an. Ich weiß nicht, was ich bin. Ich will Alex und ich will mein altes Leben und ich will Frieden und Glück und ich weiß, dass ich ohne ihn nicht leben kann, alles gleichzeitig.

»Schon okay.« Seine Stimme klingt matt. »Du musst mir nichts erklären.«

»Meine Mutter«, platze ich heraus. Da dreht Alex sich um, er sieht erschrocken aus. Ich bin genauso überrascht wie er. Bevor ich diese Wörter ausgesprochen habe, wusste ich noch nicht mal, dass ich sie sagen würde. »Ich will nicht so sein wie sie. Verstehst du das nicht? Ich habe gesehen, was es mit ihr gemacht hat, ich habe gesehen, wie sie war ... Es hat sie umgebracht, Alex. Sie hat mich verlassen, meine Schwester, alles. Alles für dieses Etwas, dieses Etwas in ihr. Ich *werde* nicht so sein wie sie.« Ich habe noch nie richtig darüber gesprochen und ich bin überrascht, wie schwierig es ist. Jetzt muss ich mich abwenden, mir ist übel und ich schäme mich, dass die Tränen schon wieder fließen.

»Weil sie nicht geheilt war?«, fragt Alex sanft.

Ich bekomme kein Wort heraus und weine jetzt einfach lautlos, hoffe, dass er es nicht merkt. Als ich meine Stimme wieder unter Kontrolle habe, sage ich: »Es ist nicht nur das.«

Dann strömt alles hervor, alle Einzelheiten, Dinge, die ich noch mit keinem Menschen geteilt habe: »Sie war so anders. Ich wusste es – dass *sie* anders war, dass wir anders waren –, aber zu Anfang war das nicht unheimlich. Es fühlte sich einfach so an wie unser kleines wunderbares Geheimnis. Meins und ihrs und auch Rachels, als wären wir in einem Kokon. Es war ... es war toll. Wir zogen alle Vorhänge zu, damit niemand reingucken konnte. Wir spielten immer dieses Spiel, wo sie sich im Flur versteckte und wir versuchten an ihr vorbeizurennen und sie raussprang und uns packte – Kobold spielen, nannte sie es. Es endete jedes Mal mit einer Kitzelattacke. Sie lachte dauernd. Wir alle lachten dauernd. Immer mal wieder, wenn wir zu laut wurden, schlug sie die Hände vor den Mund und lauschte einen Moment ganz angespannt. Wahrscheinlich lauschte sie auf die Nachbarn, um sicherzugehen, dass niemand Verdacht schöpfte. Aber es kam nie jemand.

Manchmal machte sie uns Blaubeerpfannkuchen zum Abendessen, als besonderen Leckerbissen. Die Blaubeeren pflückte sie selbst. Und sie sang immer. Sie hatte eine schöne Stimme, einfach großartig, wie Honig ...«

Meine Stimme bricht, aber ich kann jetzt nicht aufhören. Die

Wörter fließen, sprudeln hervor. »Sie tanzte auch. Das habe ich dir schon erzählt. Als ich klein war, stellte ich mich mit den Füßen auf ihre. Sie schlang die Arme um mich und wir bewegten uns langsam durchs Zimmer, während sie den Takt zählte und versuchte mir etwas über Rhythmus beizubringen. Ich war fürchterlich unbeholfen, aber sie sagte mir immer, ich sei schön.« Tränen lassen die Bodendielen zu meinen Füßen verschwimmen.

»Es war nicht alles gut, nicht immer. Manchmal, wenn ich mitten in der Nacht aufstand, um aufs Klo zu gehen, hörte ich sie weinen. Sie versuchte es immer zu ersticken, indem sie sich in ihr Kissen presste, aber ich wusste es. Es machte mir Angst, wenn sie weinte. Ich habe sonst nie einen Erwachsenen weinen sehen, weißt du? Und so, wie sie es tat, dieses Klagen … wie ein Tier. Und es gab Tage, an denen sie gar nicht aufstand. Die nannte sie ihre schwarzen Tage.«

Alex rückt näher an mich heran. Ich zittere so stark, dass ich kaum noch stehen kann. Mein ganzer Körper fühlt sich an, als versuchte er etwas auszustoßen, irgendetwas tief aus meiner Brust hervorzuhusten. »Ich habe immer gebetet, dass Gott sie von ihren schwarzen Tagen heilen möge. Dass er sie behüten möge – für mich. Ich wollte, dass wir zusammenbleiben konnten. Manchmal schien es, als wirkten die Gebete. Meistens war es gut. Besser als gut.« Ich kann die Worte kaum aussprechen. Ich muss sie leise flüsternd herauspressen. »Verstehst du nicht? Sie hat all das zurückgelassen. Sie hat es aufgegeben – für dieses *Etwas*. Liebe. Amor deliria nervosa – wie immer man es nennen will. Sie hat *mich* verlassen.«

»Es tut mir leid, Lena«, flüstert Alex, jetzt hinter mir. Diesmal streckt er die Hand aus. Er fängt an, große, langsame Kreise auf meinen Rücken zu malen. Ich lehne mich an ihn.

Aber ich bin noch nicht fertig. Ich wische mir energisch die Tränen ab, hole tief Luft. »Alle glauben, dass sie sich umgebracht hat, weil sie es nicht ertragen konnte, den Eingriff noch einmal über sich ergehen zu lassen. Sie haben immer noch versucht sie zu heilen, weißt du. Es wäre ihr viertes Mal gewesen. Nach dem zweiten Eingriff haben sie sie nicht mehr betäubt – sie glaubten, die Narkose beeinträchtige die Wirkung des Heilmittels. Sie haben ihr ins *Gehirn* geschnitten, Alex, und sie war bei *Bewusstsein*.«

Ich spüre, wie seine Hand sich vorübergehend verkrampft, und weiß, dass er genauso wütend ist wie ich. Dann fängt das Kreisen wieder an.

»Aber ich weiß, dass das nicht der eigentliche Grund war.« Ich schüttele den Kopf. »Meine Mutter war tapfer. Sie hatte keine Angst vor Schmerzen. Das war ja gerade das Problem. Sie hatte keine Angst. Sie wollte nicht geheilt werden; sie wollte nicht aufhören, meinen Vater zu lieben. Ich weiß noch, dass sie mir das einmal gesagt hat, kurz bevor sie starb. ›Sie versuchen ihn mir wegzunehmen‹, hat sie gesagt und ganz traurig gelächelt dabei. ›Sie versuchen ihn mir wegzunehmen, aber das können sie nicht.‹ Sie trug immer einen seiner Anstecker an einer Kette um den Hals. Meistens verbarg sie ihn, aber an diesem Abend hatte sie ihn hervorgeholt und sah ihn an. Es war so ein seltsames langes Ding, wie ein silberner Dolch, mit zwei hellen Rubinen am Heft wie Augen. Mein Vater hatte ihn immer am Ärmel getragen. Nachdem er starb, hatte sie ihn jeden Tag um und legte ihn noch nicht mal zum Baden ab …«

Plötzlich merke ich, dass Alex' Hand verschwunden und Alex zwei Schritte zurückgetreten ist. Ich drehe mich um und er sieht mich mit weißem Gesicht erschrocken an, als wäre er gerade einem Gespenst begegnet.

»Was ist?« Ich frage mich, ob ich ihn möglicherweise irgendwie beleidigt habe. Irgendetwas an der Art, wie er mich anstarrt, lässt Angst in meiner Brust aufsteigen, ein hektisches Flattern. »Habe ich was Falsches gesagt?«

Er schüttelt den Kopf, eine kaum wahrnehmbare Bewegung. Der Rest seines Körpers bleibt so starr und angespannt wie ein Drahtseil zwischen zwei Pfosten. »Wie groß war er? Der Anstecker, meine ich.« Seine Stimme klingt eigenartig hoch.

»Es geht nicht um den Anstecker, Alex, es geht darum …«

»Wie groß war er?« Lauter jetzt und kräftig.

»Ich weiß nicht. Etwa daumengroß vielleicht.« Alex' Verhalten verwirrt mich total. Er hat einen extrem gequälten Gesichtsausdruck, als versuchte er gerade ein ganzes Stachelschwein zu verschlucken. »Er gehörte ursprünglich meinem Großvater – wurde speziell für ihn angefertigt als Belohnung für besondere Dienste für die Regierung. Ein Einzelstück. Das hat mir meine Mutter erzählt.«

Alex sagt eine Weile gar nichts. Er wendet sich ab und im Mondschein könnte er auch aus Stein sein, mit seinem harten und ernsten Profil. Ich bin allerdings froh, dass er mich nicht mehr anstarrt. Er fing an mich nervös zu machen.

Schließlich fragt er: »Was machst du morgen?« Langsam, als sei jedes Wort eine Qual.

Die Frage kommt mir inmitten eines Gesprächs, in dem es um etwas völlig anderes ging, ziemlich seltsam vor, und ich werde langsam ärgerlich. »Hast du mir überhaupt zugehört?«

»Lena, bitte.« Da ist er wieder, dieser erstickte, gequälte Tonfall. »Antworte mir einfach. Musst du arbeiten?«

»Erst wieder am Samstag.« Ich reibe mir die Arme. Der Wind, der hereinweht, ist kühl, ich bekomme Gänsehaut. Es wird langsam Herbst. »Warum?«

»Wir müssen uns treffen. Ich muss … ich muss dir was zeigen.« Alex dreht sich wieder zu mir um und er wirkt aufgewühlt, seine Augen sind so schwarz, sein Gesicht sieht so fremd aus, dass ich einen Schritt zurücktrete.

»Du musst dir schon was Besseres einfallen lassen.« Ich versuche zu lachen, aber heraus kommt nur ein leiser gurgelnder Laut. *Ich habe Angst,* will ich sagen. *Du machst mir Angst.* »Kannst du mir nicht wenigstens einen Tipp geben?«

Alex holt tief Luft und einen Moment denke ich, er wird mir gar nicht antworten.

Aber das tut er.

»Lena«, sagt er schließlich. »Ich glaube, deine Mutter lebt.«

einundzwanzig

Freiheit durch Unterordnung;
Frieden durch Umzäunung;
Glück durch Verzicht

Inschrift über dem Tor zu den Grüften

In der vierten Klasse haben wir einmal einen Schulausflug zu den Grüften gemacht. Jedes Kind in der Grundschule muss sie im Rahmen des staatlichen Unterrichts zur Verbrechens- und Widerstandsbekämpfung mindestens einmal besichtigen. Ich habe von diesem Besuch nicht viel im Gedächtnis behalten abgesehen von einem Gefühl absoluten Schreckens, erinnere mich undeutlich an Kälte, geschwärzte Betonflure, glitschig von Schimmel und Feuchtigkeit, und schwere, elektronisch gesteuerte Türen. Um ehrlich zu sein, glaube ich, dass ich die meisten Erinnerungen daran erfolgreich verdrängt habe. Das einzige Ziel des Ausflugs war, uns so zu traumatisieren, dass wir auf dem rechten Weg bleiben würden, und das mit dem Traumatisieren ist ihnen wahrhaftig gelungen.

Woran ich mich jedoch erinnere, ist, dass ich unendlich erleichtert war, als ich anschließend ins helle Licht eines wunderschönen Frühlingstags hinaustrat – und verwirrt feststellte, dass wir, um die Grüfte zu verlassen, mehrere Treppen zum Erdgeschoss hinabsteigen mussten. Die ganze Zeit da drin, selbst, als wir hinaufgestiegen waren, hatte ich das Gefühl gehabt, unter der Erde begraben zu sein. So dunkel war es, so eng und es stank, als wäre man mit verwesenden Leichen in einem Sarg eingesperrt.

Ich weiß auch noch, dass Liz Billmun anfing zu weinen, sobald wir draußen waren, sie schluchzte einfach los, während ein Schmetterling um ihre Schulter herumflatterte, und wir waren alle ganz erschrocken, weil Liz Billmun eigentlich unerschütterlich war, eine, die andere immer schikanierte und nicht mal geweint hatte, als sie sich im Sportunterricht den Knöchel brach.

An jenem Tag habe ich mir geschworen, dass ich nie im Leben und unter gar keinen Umständen in die Grüfte zurückkehren würde. Aber am Morgen nach meinem Gespräch mit Alex stehe ich vor dem Tor und trete von einem Fuß auf den anderen, einen Arm vor den Bauch gepresst. Ich habe heute Morgen nichts runtergebracht abgesehen von dem dicken schwarzen Schlamm, den mein Onkel Kaffee nennt, eine Entscheidung, die mir jetzt leidtut. Ich habe das Gefühl, mein Inneres würde von Säure zerfressen.

Alex kommt zu spät.

Der Himmel über mir ist voll von riesigen schwarzen Gewitterwolken. Später soll es regnen, was mir passend erscheint. Jenseits des Tores, am Ende einer kurzen gepflasterten Zufahrt, erheben sich die Grüfte schwarz und stattlich. Wie sie sich vor dem schwarzen Himmel abzeichnen, sehen sie aus wie aus einem Albtraum. Etwa ein Dutzend winziger Fenster – wie der Augenkranz einer Spinne – sind über die Fassade aus Stein verteilt. Ein schmaler Grünstreifen umgibt das Gebäude. Ich habe ihn aus meiner Kindheit als Wiese in Erinnerung, aber in Wirklichkeit ist es nur ein kurz geschorener, stellenweise kahler Rasen. Das lebhafte Grün des Grases – dort, wo es ihm gelingt, sich zwischen der Erde hervorzuzwängen – scheint irgendwie fehl am Platz. Dies wirkt wie ein Ort, an dem nichts blühen oder wachsen sollte, wo die Sonne nie scheinen sollte; ein Ort am Rand, ein Ort, der vollkommen aus der Zeit, dem Glück und dem Leben herausfällt.

Streng genommen liegt er auch am Rand – die Grüfte befinden sich direkt an der Ostgrenze. Auf der Rückseite fließt der Presumpscot River, hinter dem die Wildnis beginnt. Der elektrisch geladene (oder auch nicht so geladene) Zaun schließt auf beiden Seiten mit dem Gelände der Grüfte ab, das Gebäude selbst dient als nahtloses Verbindungsstück.

»Hallo.«

Alex kommt den Bürgersteig entlang, seine Haare wippen um seinen Kopf. Der Wind heute ist richtig kalt. Ich hätte mir ein dickeres Sweatshirt anziehen sollen. Alex sieht auch aus, als fröre er. Er hat die Arme vor der Brust verschränkt. Natürlich trägt er nur ein dünnes Leinenhemd, seine offizielle Kleidung als Wachmann in den Labors. Auch seinen Dienstausweis hat er um den Hals hängen. Seit wir uns zum ersten Mal unterhalten haben, habe ich ihn nicht mehr damit gesehen. Er trägt sogar eine ordentliche Jeans, dunkel und makellos, deren Aufschläge nicht total ausgefranst sind. Das ist alles Teil des Plans: Um uns beide da reinzubringen, muss er die Gefängnisverwaltung davon überzeugen, dass wir in offizieller Mission hier sind. Ich tröste mich allerdings damit, dass er immer noch seine ausgelatschten Turnschuhe mit den tintengefärbten Schnürsenkeln trägt. Irgendwie macht es mir dieses vertraute Detail leichter, mit ihm hier zu sein und das durchzuziehen. Darauf kann ich mich konzentrieren, daran kann ich mich festhalten, ein winziges Aufblitzen von Normalität in einer Welt, die plötzlich nicht wiederzuerkennen ist.

»Tut mir leid, dass ich zu spät komme«, sagt er. Er bleibt ein ganzes Stück von mir entfernt stehen. Ich kann die Besorgnis in seinen Augen sehen, auch wenn es ihm gelingt, den Rest seines Gesichts zu beherrschen. Auf dem Hof direkt hinter dem Tor stehen und patrouillieren Wachen. Dies ist nicht der rechte Ort, um sich zu berühren oder irgendeine Art der Vertrautheit zu zeigen.

»Schon okay.« Meine Stimme klingt rau. Ich fühle mich, als hätte ich Fieber. Seit unserem Gespräch gestern Nacht dreht sich mir der Kopf und mein Körper ist abwechselnd glühend heiß und eiskalt. Ich kann nicht klar denken. Es ist ein Wunder, dass ich es heute geschafft habe, aus dem Haus zu kommen. Es ist ein Wunder, dass ich überhaupt eine Hose anhabe, und ein doppeltes Wunder, dass ich daran gedacht habe, Schuhe anzuziehen.

Es kann sein, dass meine Mutter noch lebt. Es kann sein, dass meine Mutter noch lebt. Das ist der einzige Gedanke in meinem Kopf. Er hat alle vernünftigen Gedanken ersetzt.

»Bist du bereit?« Seine Stimme ist leise und ausdruckslos, falls die Wachen uns hören – aber ich kann den besorgten Unterton darin wahrnehmen.

»Ich glaube schon«, sage ich. Ich versuche ein Lächeln, aber meine Lippen fühlen sich aufgesprungen an und trocken wie Stein. »Vielleicht ist sie es ja gar nicht. Du könntest dich geirrt haben.«

Er nickt, aber ich kann erkennen, dass er sich sicher ist. Er ist sicher, dass meine Mutter hier drin ist – an diesem *Ort,* diesem überirdischen Grab –, die ganze Zeit über hier war. Die Vorstellung ist überwältigend. Ich kann nicht zu ausführlich darüber nachdenken, dass Alex Recht haben könnte. Ich muss mich konzentrieren, meine ganze Energie darauf richten, nicht umzukippen.

»Dann komm«, sagt er. Er geht vor mir her, als führte er mich. Ich halte den Blick gesenkt. Ich bin beinahe froh, dass Alex mich wegen der Anwesenheit der Wachen ignorieren muss. Ich bezweifle, dass ich im Moment in der Lage wäre, ein Gespräch zu führen. Tausend Gefühle wirbeln durch mein Inneres, tausend Fragen sausen durch meinen Verstand, tausend unterdrückte Hoffnungen und Wünsche, die ich vor langer Zeit begraben habe – und trotzdem kann ich mich an nichts festhalten, an keiner einzigen Theorie oder Erklärung, die irgendeinen Sinn ergibt.

Alex hat sich nach gestern Nacht geweigert, mir mehr zu sagen. »Du musst es selbst sehen«, hat er stur wiederholt. »Ich will nicht, dass du dir umsonst Hoffnungen machst.« Und dann hat er mir erklärt, dass wir uns bei den Grüften treffen würden. Es war wie ein Schock. Die ganze Zeit war ich stolz auf mich, dass ich nicht ausgeflippt bin, nicht geschrien, geweint oder eine Erklärung verlangt habe, aber als ich später nach Hause kam, fiel mir auf, dass ich mich überhaupt nicht an den Heimweg erinnern konnte und gar nicht nach Aufsehern oder Patrouillen Ausschau gehalten hatte. Ich muss einfach blindlings die Straße entlanggelaufen sein.

Aber jetzt verstehe ich den Sinn eines Schocks und der Taubheit. Ohne die Taubheit wäre ich wahrscheinlich nicht in der Lage gewesen, heute Morgen aufzustehen und mich anzuziehen. Ich wäre nicht in der Lage gewesen hierherzukommen und ich würde jetzt keine vorsichtigen Schritte machen und in angemessener Entfernung hinter Alex stehen bleiben, als er einem Wachmann am Tor seinen Dienstausweis zeigt und auf mich deutet.

Alex setzt zu einer Erklärung an, die er offensichtlich einstudiert hat. »Es gab einen ... *Zwischenfall* bei ihrer Evaluierung«, sagt er mit eisiger Stimme. Der Wachmann und er starren mich beide an: der Wachmann misstrauisch; Alex so distanziert, wie er kann. Seine Augen sind wie Stahl, alle Wärme ist aus ihnen gewichen, und es verunsichert mich, dass er das so erfolgreich hinkriegt – jemand anders zu werden, jemand, der keinerlei Sympathie für mich hat. »Nichts allzu Schwerwiegendes. Aber ihre Eltern und meine Vorgesetzten waren der Meinung, eine kleine Erinnerung an die Gefahren des Ungehorsams könne nicht schaden.«

Der Wachmann lässt seinen Blick über mich hinwegstreifen. Sein Gesicht ist dick und rot, die Haut um seine Augen herum sieht angeschwollen aus, als wäre er ein halb aufgegangener Teigklumpen. Ich stelle mir vor, dass seine Augen bald ganz hinter Fleisch verborgen sein werden. »Was denn für ein Zwischenfall?«, fragt er und schnalzt mit seinem Kaugummi. Er hängt sein riesiges Schnellfeuergewehr auf die andere Schulter.

Alex beugt sich vor, so dass der Wachmann und er nur noch einen knappen Meter durch das Tor voneinander entfernt sind. Er senkt die Stimme, aber ich kann ihn immer noch hören. »Ihre Lieblingsfarbe ist die Farbe des Sonnenaufgangs«, sagt er.

Der Wachmann starrt mich noch einen Sekundenbruchteil länger an, dann macht er uns ein Zeichen. »Treten Sie zurück, während ich das Tor öffne«, sagt er. Er verschwindet in einem Wachhäuschen, das dem von Alex bei den Labors ähnelt, und nach ein paar Sekunden öffnet sich das elektronisch gesteuerte Tor schwankend nach innen. Alex und ich gehen über den Hof auf den Eingang des Gebäudes zu. Mit jedem Schritt ragt die bedrohliche Silhouette der Grüfte etwas weiter auf. Der Wind nimmt zu, wirbelt Staub über den kahlen Hof und lässt eine einsame Plastiktüte über das Gras purzeln und hüpfen. Die Luft ist aufgeladen wie vor einem Gewitter – mit einer wahnsinnigen vibrierenden Energie – und ich fürchte, jeden Moment könnte etwas Unglaubliches passieren, die ganze Welt plötzlich in Chaos versinken. Ich würde alles dafür geben, dass Alex sich umdrehte, mich anlächelte und mir seine Hand entgegenstreckte. Aber das ist natürlich nicht möglich. Er geht schnell vor mir her, den Rücken durchgedrückt, die Augen geradeaus gerichtet.

Ich weiß nicht, wie viele Leute in den Grüften inhaftiert sind. Alex schätzt, es sind ungefähr dreitausend. Dank des Heilmittels gibt es kaum Kriminalität in Portland, aber gelegentlich stehlen oder zerstören Leute etwas oder widersetzen sich der Staatsgewalt. Dann gibt es noch die Widerständler und Sympathisanten. Wenn sie nicht augenblicklich hingerichtet werden, lässt man sie in den Grüften verrotten.

Die Grüfte dienen gleichzeitig als psychiatrische Anstalt, und wenn es auch nicht viel Verbrechen gibt, haben wir trotz des Heilmittels genau wie alle anderen unseren Prozentsatz an Verrückten. Alex würde sagen, *wegen* des Heilmittels, und es stimmt, dass frühe oder misslungene Eingriffe zu psychischen Problemen führen können. Außerdem sind manche Leute nach dem Eingriff einfach nicht mehr dieselben. Sie werden katatonisch, starren und sabbern nur noch, und wenn ihre Familien es sich nicht leisten können, sie zu betreuen, werden auch sie in die Grüfte abgeschoben, wo sie vor sich hin vegetieren und irgendwann sterben.

Zwei riesige Doppeltüren führen in die Grüfte. Durch kleine, vermutlich kugelsichere Glasscheiben, die verdreckt sind und an denen tote Insekten kleben, erhält man einen verschwommenen Blick auf den langen, dunklen Flur dahinter und mehrere flackernde Lampen. Ein Schild, von Regen und Wind verzogen, hängt an der Tür. Darauf steht in großer Schrift: ALLE BESUCHER MÜSSEN SICH UMGEHEND AN DER ANMELDUNG REGISTRIEREN.

Alex zögert nur den Bruchteil einer Sekunde lang. »Bereit?«, fragt er noch einmal, ohne sich umzudrehen.

»Ja«, würge ich hervor.

Der Gestank, der uns beim Eintreten entgegenschlägt, katapultiert mich beinahe zurück – zur Tür hinaus, durch die Zeit, zurück in die vierte Klasse. Es ist der Gestank Tausender ungewaschener, dicht gedrängter Körper, überlagert durch den stechenden Geruch von Desinfektions- und Reinigungsmitteln. Es riecht feucht – nach Fluren, die nie richtig trocken sind, lecken Rohren, Schimmel, der hinter Mauern wächst und in all den kleinen verwinkelten Ecken, die Besucher nie zu sehen bekommen. Die Anmeldung ist links von uns und die Frau, die hinter einer vermutlich ebenfalls kugelsicheren Glasscheibe sitzt, trägt einen Mundschutz. Ich kann es ihr nicht verdenken.

Als wir uns ihrem Schreibtisch nähern, sieht sie auf und spricht Alex seltsamerweise mit Namen an.

»Alex«, sagt sie und nickt knapp. Ihr Blick huscht zu mir. »Wer ist das?«

Alex wiederholt seine Geschichte über den Zwischenfall bei der Evaluierung. Er kennt die Frau offenbar recht gut, denn er benutzt mehrmals ihren Vornamen. Sie tippt unsere Namen in einen alten Computer ein und winkt uns durch zur Sicherheitskontrolle. Auch dort begrüßt Alex das Personal und ich bewundere ihn für seine abgebrühte Art. Es fällt mir schon ziemlich schwer, nur meinen Gürtel vor dem Metalldetektor abzunehmen, so sehr zittern meine Hände. Die Wachen in den Grüften wirken ungefähr doppelt so groß wie normale Leute, mit Händen wie Tennisschläger und Brustkörben so breit wie Boote. Und sie tragen alle Waffen. *Große* Waffen. Ich bemühe mich nach Kräften, nicht vollkommen verängstigt zu wirken, aber es ist gar nicht so einfach, ruhig zu bleiben, wenn man sich vor Riesen mit automatischen Schusswaffen praktisch bis auf die Unterwäsche ausziehen muss.

Schließlich sind wir durch die Kontrolle. Alex und ich ziehen uns schweigend wieder an und ich bin überrascht – und erfreut –, als es mir sogar gelingt, meine Schnürsenkel selbst zuzubinden.

»Nur Block eins bis fünf«, ruft einer der Wachleute, als Alex mir ein Zeichen macht, ihm den Flur entlang zu folgen. Die Wände sind in einem widerlichen Gelb gestrichen. In einem Wohnhaus oder einem hell beleuchteten Kindergarten oder Büro könnte es freundlich wirken; aber im sporadischen Licht der Neonlampen, die immer wieder summend an- und ausgehen, und mit all den Wasserflecken, Handabdrücken, zerquetschten Insekten und was weiß ich noch allem wirkt es unglaublich deprimierend – wie ein Lächeln aus einem Mund mit schwarzen, verfaulten Zähnen.

»Du hast es gehört«, sagt Alex. Ich nehme an, dass bestimmte Bereiche für Besucher gesperrt sind.

Ich folge Alex durch einen engen Flur und dann durch noch einen. Die Gänge sind leer und bisher sind wir nicht an Zellen vorbeigekommen, obwohl Stöhnen und Kreischen immer lauter zu uns durchdringt, je öfter wir abbiegen. Es hört sich an wie seltsame Tiergeräusche – Blöken, Muhen und Krächzen –, als würde ein Haufen Leute einen Bauernhof nachmachen. Wir sind offenbar in der Nähe der psychiatrischen Abteilung. Allerdings treffen wir keinen Menschen, keine Krankenschwestern, Wachen oder Patienten. Alles ist so ruhig, dass es beinahe unheimlich ist: kein Laut, abgesehen von diesen schrecklichen Geräuschen, die aus den Wänden zu dringen scheinen.

Es ist offenbar nicht gefährlich zu reden, daher frage ich Alex: »Woher kennen die dich alle?«

»Ich komme oft hier vorbei«, sagt er, als wäre das eine befriedigende Antwort. Leute kommen nicht in den Grüften »vorbei«. Das hier ist schließlich keine öffentliche Toilette oder der Strand.

Weil er anscheinend nicht weiter ins Detail gehen möchte, will ich schon nachhaken, als er die Luft ausstößt und sagt: »Mein Vater ist hier. Deshalb.«

Ich hatte wirklich nicht gedacht, dass mich zu diesem Zeitpunkt noch irgendetwas überraschen könnte, aber das tut es. »Ich dachte, dein Vater sei tot.«

Alex hat mir erzählt, dass sein Vater gestorben sei, aber er hat sich geweigert, mir Einzelheiten zu verraten. »Er hat nie erfahren, dass er einen Sohn hatte.« Das war das Einzige, was Alex sagte, und ich war davon ausgegangen, dass sein Vater gestorben sei, bevor Alex geboren wurde.

Vor mir heben und senken sich Alex' Schultern: ein kleiner Seufzer. »Ist er auch«, sagt er und biegt abrupt rechts ab in einen kurzen Flur, der an einer schweren Eisentür endet. Auch an ihr hängt ein Schild mit großen Buchstaben. Darauf steht: LEBENSLÄNGLICHE. Unter das Wort hat jemand mit einem Stift geschrieben: HAHA.

»Was willst du …« Ich bin verwirrter denn je, aber ich habe keine Zeit, meine Frage zu Ende zu formulieren. Alex schiebt sich durch die Tür hinaus und der Geruch, der uns entgegenschlägt – nach Wind, Gras und Frische –, ist so unerwartet und wohltuend, dass ich aufhöre zu sprechen und dankbar ganz tief einatme. Ohne es zu merken, habe ich die ganze Zeit durch den Mund geatmet.

Wir stehen in einem kleinen Hof, der auf allen Seiten von den fleckigen grauen Wänden der Grüfte umgeben ist. Das Gras hier ist erstaunlich saftig und fast kniehoch. Ein einzelner Baum windet sich links von uns in die Höhe und ein Vogel zwitschert in seinen Zweigen. Es ist überraschend angenehm hier draußen, friedlich und schön – seltsam, mitten in einem kleinen Garten zu stehen, während man von den massiven Steinmauern des Gefängnisses eingeschlossen ist, als wären wir genau im Auge des Orkans und fänden Frieden und Stille inmitten von so viel kreischender Zerstörung.

Alex steht mehrere Schritte entfernt, den Blick zu Boden gerichtet. Er scheint die Friedlichkeit auch zu genießen, die Stille, die wie ein Schleier in der Luft hängt und alles mit Weichheit und Ruhe bedeckt. Der Himmel über uns ist noch dunkler als vorhin, bevor wir die Grüfte betreten haben: Vor all der Grauheit und dem Schatten wirkt das Gras lebendig und spannungsgeladen, als würde es von innen beleuchtet. Es wird jeden Moment zu regnen anfangen. Ich habe das Gefühl, als hielte die Welt den Atem an, balancierte, schwankte, bevor alles losbricht.

»Hier.« Alex' Stimme ertönt überraschend laut und erschreckt mich. »Genau hier.« Er zeigt auf eine Steinscherbe, die schief aus dem Boden ragt. »Hier ruht mein Vater.«

Das Gras wird von Dutzenden solcher Steine durchbrochen, die auf den ersten Blick willkürlich verteilt wirken. Dann wird mir klar, dass sie absichtlich in die Erde gerammt worden sind. Einige von ihnen sind mit verblichenen schwarzen Zeichen bedeckt, die meisten unleserlich, obwohl ich auf einem Stein das Wort RICHARD erkenne und auf einem anderen GESTORBEN.

Grabsteine, dämmert es mir. Wir stehen mitten auf einem Friedhof.

Alex starrt auf ein großes Stück Beton hinab, so flach wie eine Tafel, das vor seinen Füßen in die Erde gedrückt liegt. Dort ist die ganze Schrift sichtbar, es sieht aus, als hätte sie jemand immer wieder sorgfältig nachgezogen – vielleicht mit schwarzem Filzstift, die Buchstaben sind an den Rändern leicht verschwommen. Da steht: Hier ruht in Frieden WARREN SHEATHES.

»Warren Sheathes«, sage ich. Am liebsten würde ich den Arm ausstrecken und meine Hand in Alex' schieben, aber ich glaube nicht, dass wir hier sicher sind. Im Erdgeschoss führen ein paar Fenster auf den Hof heraus, und obwohl auch sie völlig verdreckt sind, könnte jeden Moment jemand vorbeigehen, hinausblicken und uns sehen. »Dein Vater?«

Alex nickt, dann zuckt er mit den Schultern, eine plötzliche Bewegung, als versuchte er den Schlaf abzuschütteln. »Ja.«

»Er war hier?«

Einer von Alex' Mundwinkeln verzieht sich zu einem Lächeln, aber der Rest seines Gesichts bleibt steinern. »Vierzehn Jahre lang.« Mit dem Zeh malt er langsam einen Kreis in die Erde, das erste körperliche Anzeichen für Unbehagen oder Ablenkung. In diesem Augenblick bewundere ich ihn: Seit ich ihn kenne, hat er mich immer nur unterstützt und getröstet und mir zugehört, und die ganze Zeit über hat er das Gewicht seiner eigenen Geheimnisse mit sich herumgeschleppt.

»Was ist passiert?«, frage ich leise. »Ich meine, was hat er ...?« Ich breche ab. Ich will ihn nicht drängen.

Alex wirft mir einen kurzen Blick zu und schaut dann weg. »Was er getan hat?«, fragt er. Die Härte ist in seine Stimme zurückgekehrt. »Ich weiß es nicht. Was all die Leute, die in Block sechs enden, getan haben. Er hat selbstständig gedacht. Sich für das eingesetzt, woran er glaubte. Nicht nachgegeben.«

»Block sechs?«

Alex meidet sorgfältig meinen Blick. »Der Todesblock«, sagt er leise. »In erster Linie für politische Gefangene. Sie sind alle in Einzelhaft. Und niemand wird je freigelassen.« Er zeigt auf die anderen Steinscherben, die aus dem Gras ragen, Dutzende improvisierte Gräber. »Niemand«, wiederholt er und ich muss an das Schild an der Tür denken: LEBENSLÄNGLICHE, HAHA.

»Es tut mir so leid, Alex.« Ich würde alles dafür geben, ihn berühren zu können, aber das Einzige, was ich tun kann, ist, ein bisschen näher zu rücken, so dass unsere Körper nur noch wenige Zentimeter voneinander entfernt sind.

Da sieht er mich an und lächelt traurig. »Er und meine Mutter waren erst sechzehn, als sie sich kennenlernten. Kannst du dir das vorstellen? Sie war erst achtzehn, als sie mich bekam.« Er geht in die Hocke und fährt den Namen seines Vaters mit dem Daumen nach. Plötzlich begreife ich, dass er so oft herkommt, um die Buchstaben immer wieder nachzuziehen, wenn sie verblassen, damit eine Erinnerung an seinen Vater erhalten bleibt. »Sie wollten zusammen weglaufen, aber er wurde geschnappt, bevor sie es in die Tat umsetzen konnten. Ich habe nicht gewusst, dass er in Haft war. Ich dachte einfach, er sei tot. Meine Mutter meinte, das sei besser für mich, und in der Wildnis kannte niemand die Wahrheit. Ich glaube, für meine Mutter war es leichter zu glauben, dass er wirklich gestorben war. Sie wollte sich nicht vorstellen, wie er an diesem Ort verrottet.« Er fährt weiter mit einem Finger über die Buchstaben, hin und her. »Als ich fünfzehn wurde, sagten mir meine Tante und mein Onkel die Wahrheit. Sie wollten, dass ich es erfuhr. Ich kam her, um ihn zu besuchen, aber ...« Ich meine zu sehen, wie Alex schaudert, ein plötzliches Rucken seiner Schultern und seines Rückens. »Na ja, es war zu spät. Er war tot, seit ein paar Monaten schon, und hier begraben, wo seine Überreste nichts *kontaminieren* würden.«

Mir ist übel. Die Mauern scheinen näher zu rücken, werden höher, schmaler und der Himmel wirkt weit entfernt, ein immer kleiner werdender Punkt. *Wir kommen hier nie wieder raus,* denke ich und hole dann tief Luft im Versuch, die Ruhe zu bewahren.

Alex richtet sich auf. »Bereit?«, fragt er mich zum dritten Mal an diesem Morgen. Ich nicke, auch wenn ich nicht genau weiß, ob ich es wirklich bin. Er erlaubt sich ein winziges Lächeln und ich sehe ein kleines bisschen Wärme in seinen Augen aufblitzen. Dann ist er wieder ganz geschäftsmäßig.

Ich werfe einen letzten Blick auf den Grabstein, bevor wir reingehen, versuche an ein Gebet oder irgendetwas Passendes zu denken, aber mir fällt nichts ein. Die Lehre der Wissenschaftler ist nicht ganz eindeutig, wenn es darum geht, was nach dem Tod passiert: Angeblich löst man sich in der himmlischen Materie, die Gott ist, auf und wird von ihm absorbiert, obwohl es auch heißt, dass die Geheilten in den Himmel kommen und für immer in perfekter Harmonie und Ordnung leben.

»Dein Name.« Ich drehe mich zu Alex um. Er ist bereits an mir vorbei auf die Tür zugegangen. »Alex Warren.«

Er nickt kaum wahrnehmbar mit dem Kopf. »Wurde mir zugeteilt«, sagt er.

»Dein richtiger Name ist Alex Sheathes«, sage ich und er nickt wieder. Er hat einen geheimen Namen, genau wie ich. Wir stehen noch einen Moment da und sehen uns an, und in diesem Augenblick spüre ich unsere Verbindung so deutlich, dass es ist, als existierte sie plötzlich körperlich, würde zu einer Hand, die uns beschirmt, uns behütet. *Das* meinen die Leute immer, wenn sie über Gott reden: dieses Gefühl, gehalten und verstanden zu werden. Sich so zu fühlen kommt einem Gebet so nah es geht, daher folge ich Alex zurück nach drinnen und halte den Atem an, als uns wieder der fürchterliche Gestank entgegenschlägt.

Ich gehe hinter Alex her durch verschiedene Flure. Das Gefühl von Stille und Frieden, das ich im Hof hatte, wird fast augenblicklich von Angst ersetzt. Stellenweise wird das Geheul lauter, fast durchdringend, und ich muss mir die Ohren zuhalten; dann verhallt es wieder. Einmal kommen wir an einem Mann in einem langen weißen Laborkittel vorbei, der aussieht wie mit Blut befleckt; er führt einen Patienten an einer Leine. Keiner von beiden sieht uns an, als wir vorbeigehen.

Wir biegen so oft ab und gehen um so viele Kurven, dass ich mich schon frage, ob Alex sich verirrt hat, vor allem, als die Flure immer dreckiger werden und die Leuchten über uns noch spärlicher, so dass wir schließlich durch dichten Nebel und Dunkelheit gehen und eine einzelne Lampe mehr als fünf Meter geschwärzten Steingang erhellen muss. In bestimmten Abständen tauchen leuchtende Neonschilder wie aus dem Nichts in der Dunkelheit auf: BLOCK EINS, BLOCK ZWEI, BLOCK DREI, BLOCK VIER. Doch Alex geht immer weiter und als wir an dem Flur vorbeigehen, der zu Block fünf führt, mache ich ihn darauf aufmerksam, überzeugt, dass er sich vertan hat.

»Alex«, sage ich, aber obwohl ich das Wort ausspreche, bekomme ich plötzlich keine Luft, weil wir genau in dem Moment an eine schwere Doppeltür mit einem kleinen Schild kommen, so schwach beleuchtet, dass ich es kaum lesen kann. Und trotzdem scheint es so hell zu brennen wie tausend Sonnen.

Alex dreht sich zu mir um und zu meiner Überraschung wirkt er außer sich. Sein Kiefer zuckt, seine Augen sind schmerzerfüllt und ich kann erkennen, dass er sich dafür hasst, hier zu sein, dafür, derjenige zu sein, der es sagt, derjenige, der es mir zeigt.

»Es tut mir leid, Lena«, sagt er. Über ihm glimmt das Schild in der Dunkelheit: BLOCK SECHS.

zweiundzwanzig

Unregulierte Menschen sind grausam und unberechenbar;
gewalttätig und egoistisch; unglücklich und streitsüchtig.
Erst wenn ihre Instinkte und Emotionen kontrolliert wurden,
können sie glücklich, großzügig und gut sein.

Das Buch Psst

Ich habe plötzlich Angst davor weiterzugehen. Das Ding in meiner Magengrube ballt sich zusammen wie eine Faust und lässt das Atmen schwer werden. Ich kann nicht. Ich will es nicht wissen.

»Vielleicht sollten wir nicht …«, sage ich. »Er hat gesagt … er hat gesagt, wir dürfen nicht.«

Alex streckt den Arm nach mir aus, wie um mich zu berühren, dann fällt ihm ein, wo wir sind, und er zwingt seine Arme an seine Seite. »Keine Sorge«, sagt er. »Ich habe Freunde hier.«

»Sie ist wahrscheinlich doch nicht hier.« Meine Stimme wird etwas lauter und ich fürchte, gleich zusammenzubrechen. Ich lecke mir über die Lippen, versuche mich zusammenzureißen. »Es war alles ein großer Fehler. Wir hätten gar nicht erst herkommen sollen. Ich will nach Hause.« Ich höre mich bestimmt an wie ein Kleinkind, das einen Wutanfall hat, aber ich kann nichts dagegen tun. Es kommt mir absolut unmöglich vor, durch diese Doppeltür zu treten.

»Lena, komm schon. Du musst mir vertrauen.« Dann streckt Alex doch die Hand aus, nur einen Augenblick, und streicht mit dem Finger über meinen Unterarm. »Okay? Vertrau mir.«

»Ich vertrau dir ja, aber …« Die Luft, der Gestank, die Dunkelheit und die Fäulnis überall um mich herum: Ich will am liebsten wegrennen. »Wenn sie *nicht* hier ist … na ja, das wäre schlimm. Aber wenn sie hier *ist* … ich glaube … ich glaube, das wäre sogar noch schlimmer.«

Alex sieht mich einen Augenblick direkt an. »Du brauchst Klarheit, Lena«, sagt er schließlich mit fester Stimme, und er hat Recht. Ich nicke. Er lächelt mir kaum wahrnehmbar zu, dann zieht er die Türen zu Block sechs auf.

Wir betreten einen Vorraum, der genauso aussieht, wie ich mir eine Zelle in den Grüften vorstelle: Die Wände und der Boden sind aus Beton, und in was für einer Farbe sie auch ursprünglich mal gestrichen waren, jetzt ist sie zu einem schmutzigen, moosbedeckten Grau verblasst. Eine einzige Glühbirne hängt hoch oben an der Decke und liefert kaum genug Licht, um diesen winzigen Raum zu erhellen. In der Ecke steht ein Hocker, auf dem ein Wachmann sitzt. Dieser Wachmann ist normal groß – geradezu schmächtig, mit Aknenarben und Haaren, die mich an zu weich gekochte Spaghetti erinnern. Sobald Alex und ich durch die Tür treten, rückt der Wachmann automatisch sein Gewehr zurecht, zieht es näher an seinen Körper und schwenkt den Lauf etwas weiter in unsere Richtung.

Alex spannt sich neben mir an. Ganz plötzlich bin ich alarmiert.

»Zutritt verboten«, sagt der Wachmann. »Sperrzone.«

Seit wir die Grüfte betreten haben, wirkt Alex zum ersten Mal unruhig. Er fummelt nervös an seinem Ausweis herum. »Ich … ich dachte, Thomas wäre hier.«

Der Wachmann steht auf. Erstaunlicherweise ist er kaum größer als ich – er ist auf jeden Fall kleiner als Alex –, aber von allen Wachen, die ich heute gesehen habe, flößt er mir am meisten Angst ein. Da ist etwas Eigenartiges in seinem Blick, eine Entschiedenheit und Härte, bei der ich an eine Schlange denken muss. Noch nie hat jemand mit einer Waffe auf mich gezielt, und der Blick in das lange schwarze Rohr ihres Laufs jagt mir einen Schauer über den Rücken.

»Doch, doch, der ist schon hier, klar. Er ist jetzt *immer* hier.« Der Wachmann lächelt humorlos und seine Finger tanzen über den Abzug. Beim Sprechen zieht er die Lippen zurück und entblößt einen Mund voller schiefer gelber Zähne. »Was weißt du über Thomas?«

Im Raum wird es schlagartig so still und aufgeladen wie vorhin im Hof und wieder ist es wie kurz vor einem Gewitter. Alex gesteht sich ein kleines Anzeichen für Nervosität zu: Er ballt seine Finger neben seinen Schenkeln und streckt sie wieder. Ich kann beinahe sehen, wie er nachdenkt, sich überlegt, was er als Nächstes sagen soll. Offenbar war es keine gute Idee, Thomas zu erwähnen – sogar ich habe die Geringschätzung und das Misstrauen in der Stimme des Wachmanns wahrgenommen.

Nach einer Weile – es erscheint mir unendlich lange, aber wahrscheinlich sind es nur ein paar Sekunden – setzt er wieder seine ausdruckslose offizielle Miene auf.

»Wir haben gehört, es habe irgendein Problem gegeben, das ist alles.« Die Aussage ist unbestimmt genug und klingt trotzdem plausibel. Alex dreht seinen Ausweis lässig zwischen zwei Fingern. Der Wachmann wirft einen Blick darauf und ich merke, wie er sich entspannt. Glücklicherweise macht er keine Anstalten, sich ihn genauer anzusehen. Alex hat in den Labors nur Sicherheitsstufe eins, was bedeutet, dass er kaum an den Schrank des Hausmeisters darf, geschweige denn, dass er dort oder irgendwo sonst in Portland durch irgendwelche Sperrzonen marschieren könnte, als gehörten sie ihm.

»Hat ja ’ne Weile gedauert«, sagt der Wachmann ausdruckslos. »Thomas ist seit Monaten weg vom Fenster. Wahrscheinlich besser für die AIK. Das ist nicht die Art von Information, die wir gerne publik machen wollen.« Die AIK ist die Abteilung für Informationskontrolle (oder, wenn man zynisch ist wie Hana, die Abteilung für institutionalisierte Korruption oder die Abteilung für intellektuelle Kapitulation), und ich bekomme Gänsehaut. Irgendwas ist in Block sechs verdammt schiefgelaufen, wenn die AIK hinzugezogen wurde.

»Ach, du weißt ja, wie das ist«, sagt Alex. Er hat sich von seinem vorübergehenden Ausrutscher erholt; das Selbstvertrauen und die Unbefangenheit kehren in seine Stimme zurück. »Unmöglich, von irgendjemandem dort eine direkte Antwort zu bekommen.« Wieder eine unbestimmte Aussage, aber der Wachmann nickt nur.

»Wem sagst du das.« Dann zeigt er mit dem Kopf auf mich. »Wer ist das?«

Ich kann spüren, wie er die Haut an meinem Hals anstarrt und feststellt, dass ich noch keine Eingriffsnarbe habe. Wie viele Leute weicht er unwillkürlich zurück – nur ein paar Zentimeter, aber genug, dass das altbekannte Gefühl der Erniedrigung, das Gefühl, irgendwie *falsch* zu sein, in mir hochkriecht. Ich senke den Blick.

»Sie ist niemand«, sagt Alex, und auch wenn ich weiß, dass er das sagen *muss*, verursacht es mir einen dumpfen Schmerz in der Brust. »Ich soll ihr die Grüfte zeigen, das ist alles. Eine Umerziehungsmaßnahme, du weißt schon.«

Ich halte den Atem an, überzeugt, dass er uns jeden Moment zum Teufel jagen wird, beinahe wünsche ich, er würde es tun. Und doch … direkt hinter dem Hocker des Wachmanns befindet sich eine einzelne Tür aus schwerem, dickem Metall, daneben ein Tastenfeld für den Zahlencode. Es erinnert mich an den Tresorraum unten in der Stadt bei der *Central Savings Bank*. Durch die Tür kann ich gerade so entfernte Geräusche wahrnehmen – menschliche Geräusche, vermute ich, aber das ist schwer zu sagen.

Meine Mutter könnte hinter dieser Tür sein. Sie könnte dort drin sein. Alex hatte Recht. Ich brauche Klarheit.

Erst jetzt verstehe ich langsam, was Alex gestern Nacht gesagt hat: Es kann sein, dass meine Mutter die ganze Zeit über am Leben war. Während ich atmete, atmete sie auch. Während ich schlief, schlief sie woanders. Wenn ich wach war und an sie dachte, dachte sie vielleicht auch an mich. Es ist überwältigend, wunderbar und überaus schmerzhaft zugleich.

Alex und der Wachmann mustern einander eine Weile. Alex lässt weiterhin seinen Ausweis um einen Finger kreisen, indem er immer wieder das Band daran auf- und abwickelt. Das scheint den Wachmann zu beruhigen.

»Ich kann euch da nicht reinlassen«, sagt er, aber diesmal klingt es entschuldigend. Er lässt seine Waffe sinken und setzt sich wieder auf den Hocker. Ich atme schnell aus; unwillkürlich habe ich die Luft angehalten.

»Du machst nur deinen Job«, sagt Alex, seine Stimme klingt neutral. »Du bist also Thomas' Nachfolger?«

»Genau.« Der Wachmann wirft mir erneut einen Blick zu und ich kann seine Augen auf meinem unmarkierten Hals spüren. Ich muss mich zurückhalten, um meine Haut nicht mit der Hand abzudecken. Aber offenbar kommt er zu dem Ergebnis, dass wir keine Schwierigkeiten darstellen, denn er schaut zurück zu Alex und sagt: »Frank Dorset. Bin im Februar von Block drei hierher versetzt worden – nach dem Zwischenfall.«

Irgendwas daran, wie er *Zwischenfall* sagt, jagt mir erneut einen Schauer über den Rücken.

»Heftiger Wechsel, was?« Alex lehnt sich an eine Wand, ein Bild der Beiläufigkeit. Nur ich kann die Anspannung in seiner Stimme wahrnehmen. Er blufft. Er weiß nicht, was er jetzt noch machen oder wie er uns da reinbringen soll.

Frank zuckt mit den Achseln. »Ruhiger hier hinten, das ist mal sicher. Kommt keiner rein oder raus. Oder zumindest *fast* keiner.« Er lächelt wieder und entblößt seine schrecklichen Zähne, aber sein Blick behält diese eigenartige Ausdruckslosigkeit bei, als wäre ein Vorhang davorgezogen worden. Ich frage mich, ob das bei ihm eine Nebenwirkung des Heilmittels war oder ob er schon immer so gewesen ist.

Er legt den Kopf zurück und sieht Alex aus zusammengekniffenen Augen an, wodurch seine Ähnlichkeit mit einer Schlange nur noch größer wird. »Und wie hast du das von Thomas gehört?«

Alex spielt weiter den Unbeteiligten, lächelt, lässt seinen Ausweis kreisen. »Gerüchte, die hier und da im Umlauf sind«, sagt er achselzuckend. »Weißt ja, wie das ist.«

»Ich weiß, wie das ist«, sagt Frank. »Aber die AIK war gar nicht glücklich darüber. Hatte uns ein paar Monate auf dem Kieker. Was hast du denn genau gehört?«

Mir ist klar, dass das eine wichtige Frage ist, eine Art Test. *Sei vorsichtig,* denke ich in Alex' Richtung, als könnte er mich irgendwie hören.

Alex zögert nur eine Sekunde, bevor er sagt: »Es hieß, er hätte vielleicht Sympathien für die andere Seite.«

Plötzlich ergibt alles einen Sinn – die Tatsache, dass Alex gesagt hat: »Ich habe Freunde hier«, dass er früher ganz offensichtlich Zugang zu Block sechs hatte. Einer der Wachmänner muss ein Sympathisant gewesen sein, vielleicht sogar ein aktives Mitglied der Widerstandsbewegung. Alex' ständiger Spruch taucht wieder in meinem Kopf auf: *Es gibt mehr von uns, als du denkst.*

Frank entspannt sich sichtlich. Offenbar war das die richtige Antwort. Der Wachmann scheint zu dem Ergebnis zu kommen, dass Alex vertrauenswürdig ist. Er streicht über den Lauf seines Gewehrs – das locker zwischen seinen Knien steht –, als wäre es ein Haustier. »Da ist was dran. Kam völlig überraschend für mich. Ich kannte ihn natürlich kaum – bin ihm manchmal im Pausenraum begegnet, ein- oder zweimal auf dem Scheißhaus, das war's. War 'n ziemlicher Einzelgänger. Das passt schon zusammen. Mit den Invaliden war er dann offenbar gesprächiger.«

Das ist das erste Mal, dass ich jemanden in offizieller Funktion einräumen höre, dass es die Leute in der Wildnis gibt, und ich atme geräuschvoll ein. Es muss schmerzhaft für Alex sein, geringschätzig von einem Freund zu sprechen, der als Sympathisant verhaftet wurde. Das Urteil wurde bestimmt umgehend gefällt und war hart, vor allem, weil er im Dienst der Regierung stand. Wahrscheinlich wurde er gehängt oder erschossen oder auf dem elektrischen Stuhl hingerichtet oder auch in eine der Zellen geworfen, um dort zu verrotten – falls das Gericht gnädig war und sich gegen Tod durch Folter entschieden hat. Wenn er überhaupt einen Prozess hatte.

Erstaunlicherweise wankt Alex' Stimme nicht. »Woher kam der Hinweis?«

Frank massiert weiterhin sein Gewehr und irgendwas an der Bewegung – die beinahe sanft ist, als wollte er es zum Leben erwecken – verursacht mir Übelkeit. »Gab eigentlich keinen Hinweis von außen.« Er streicht sich die Haare aus dem Gesicht und entbößt eine fleckige rote Stirn, die vor Schweiß glänzt. Hier drin ist es viel heißer als in den anderen Blocks. Die Luft muss zwischen diesen Wänden eingesperrt sein, verfaulen und schwären wie alles andere an diesem Ort. »Es hat sich rausgestellt, dass er was über die Flucht gewusst haben muss. Er war ja für die Zelleninspektion zuständig. Und der Tunnel ist wohl kaum einfach über Nacht gewachsen.«

»Die Flucht?« Die Wörter fliegen aus meinem Mund, bevor ich sie daran hindern kann. Mein Herz hämmert schmerzhaft in meiner Brust. Niemand ist je aus den Grüften geflohen. Noch nie.

Einen Moment hält Franks Hand auf dem Gewehr inne, seine Finger legen erneut einen Tanz auf dem Abzug hin. »Sicher«, sagt er und hält seinen Blick auf Alex gerichtet, als wäre ich gar nicht da. »Davon hast du doch bestimmt gehört.«

Alex zuckt die Achseln. »Nur Gerüchte. Nichts Konkretes.«

Frank lacht, ein schreckliches Geräusch. Ich habe mal gesehen, wie sich zwei Möwen in der Luft um ein Stück Fressen stritten und kreischend aufs Meer zutaumelten – genau so klingt sein Lachen. »Oh, das ist kein Gerücht«, sagt er. »Das war im Februar. Den Alarm hat übrigens Thomas selbst ausgelöst. Wenn er da mit drinsteckte, war es natürlich gut möglich, dass sie bereits sechs, sieben Stunden Vorsprung hatte.«

Als er das Wort *sie* sagt, scheinen die Mauern um mich herum einzustürzen. Ich trete schnell einen Schritt zurück und stoße gegen die Wand. *Das könnte sie sein,* denke ich und eine schreckliche Sekunde lang bin ich enttäuscht und habe dafür zugleich Schuldgefühle. Dann rufe ich mir ins Gedächtnis, dass sie vielleicht gar nicht hier ist – und dass da sonst wer geflohen sein kann, jede weibliche Sympathisantin oder Unruhestifterin. Aber die Benommenheit lässt trotzdem nicht nach. Ich bin bis oben hin angefüllt mit Nervosität, Angst und einer verzweifelten Sehnsucht, alles gleichzeitig.

»Was ist denn mit der los?«, fragt Frank. Seine Stimme klingt entfernt.

»Luft«, stoße ich hervor. »Es ist die Luft hier drinnen.«

Frank lacht erneut, dieses unangenehme keckernde Geräusch. »Du findest, die Luft sei schlecht?«, sagt er. »Sie ist paradiesisch verglichen mit dem Zellentrakt.« Das scheint ihn zu freuen und es erinnert mich an eine Diskussion, die ich vor ein paar Wochen mit Alex geführt habe, als er den Nutzen des Heilmittels in Frage gestellt hat. Ich habe gesagt, ohne Liebe könne es auch keinen Hass geben und ohne Hass keine Gewalt. *Hass ist nicht das Gefährlichste,* sagte er. *Sondern Gleichgültigkeit.*

Alex beginnt zu reden. Seine Stimme ist leise und immer noch beiläufig, aber sie hat einen kraftvollen Unterton: die Art Stimme, in die Straßenhändler verfallen, wenn sie einen dazu bringen wollen, eine Schachtel zerquetschte Beeren oder ein kaputtes Spielzeug zu kaufen. *Hör zu, ich mach dir einen guten Preis, kein Problem, du kannst mir trauen.* »Lass uns nur eine Minute rein. Länger wird es nicht dauern: eine Minute. Siehst ja, dass sie bereits eine Höllenangst hat. Ich musste ihretwegen den ganzen Weg hier rauskommen, an meinem freien Tag und so. Eigentlich wollte ich zum Pier gehen, vielleicht ein bisschen angeln. Was ich sagen will, ist: Wenn ich sie nach Hause bringe und sie nicht geradegebogen ist … na ja, verstehst du, dann ist es ziemlich wahrscheinlich, dass ich sie noch mal hier rausschleppen muss. Und ich habe nur noch ein paar freie Tage und der Sommer ist fast vorbei …«

»Wozu der ganze Aufwand?«, fragt Frank und zeigt mit dem Kopf auf mich. »Wenn sie Probleme macht, gibt's doch einen einfacheren Weg, sie in Ordnung zu bringen.«

Alex lächelt verkniffen. »Ihr Vater ist Steven Jones, der Laborchef. Er will keinen vorgezogenen Eingriff, keinen Ärger, keine Gewalt oder Theater. Macht keinen guten Eindruck, verstehst du.«

Das ist eine gewagte Lüge. Wenn Frank nach meinem Ausweis fragt, sind Alex und ich geliefert. Ich bin nicht sicher, was die Strafe für unerlaubtes Eindringen in die Grüfte ist, aber bestimmt nichts Gutes.

Frank scheint sich zum ersten Mal für mich zu interessieren. Er mustert mich von oben bis unten, als wäre ich eine Grapefruit, die er im Supermarkt auf ihren Reifegrad hin untersucht, und einen Moment lang sagt er nichts.

Dann steht er schließlich auf und hängt sich das Gewehr über die Schulter. »Also gut«, sagt er, »fünf Minuten.«

Als er sich an der Tastatur neben der Tür zu schaffen macht – er muss einen Code eintippen und dann seine Handfläche auf eine

Art Fingerabdruck-Scanner legen –, streckt Alex die Hand aus und nimmt meinen Ellbogen.

»Los geht's«, sagt er mit barscher Stimme, als hätte mein kleiner Anfall seine Geduld strapaziert. Aber seine Berührung ist sanft und seine Hand warm und beruhigend. Ich wünschte, er könnte sie dort liegen lassen, aber bereits nach einer Sekunde lässt er mich wieder los. In seinem Blick steht klar und deutlich eine Bitte: *Sei stark. Wir haben's fast geschafft. Sei nur noch ein kleines bisschen länger stark.*

Die Schlösser an der Tür öffnen sich mit einem Klicken. Frank stemmt sich fest mit der Schulter dagegen und sie geht gerade weit genug auf, dass wir uns in den Flur dahinter durchquetschen können. Zuerst Alex, dann ich, dann Frank. Der Gang ist so eng, dass wir im Gänsemarsch gehen müssen, und es ist sogar noch dunkler als im Rest der Grüfte.

Der Gestank hier übertrifft alles: fürchterlich, modrig, faulig wie an den Müllcontainern im Hafen, dort, wo die ganzen Fischinnereien weggeworfen werden, am heißesten Tag. Sogar Alex flucht und hustet und hält sich die Nase zu.

Ich kann mir vorstellen, wie Frank hinter mir grinst. »Block sechs hat seinen ganz eigenen Duft«, sagt er.

Der Lauf seines Gewehrs schlägt beim Gehen hörbar gegen seinen Schenkel. Ich fürchte, dass ich ohnmächtig werden könnte, und am liebsten würde ich die Hand ausstrecken und mich an den Wänden abstützen, aber sie sind von Pilzen und Feuchtigkeit überzogen. Auf beiden Seiten tauchen in regelmäßigen Abständen verriegelte Zellentüren aus Metall auf, mit jeweils einem schmutzigen, tellergroßen Fenster. Durch die Wände hören wir leises Stöhnen, ein ständiges Vibrieren. Es ist irgendwie noch schlimmer als das Kreischen und die Schreie vorhin: Dies ist das Geräusch, das Leute machen, wenn sie bereits vor langer Zeit die Hoffnung aufgegeben haben, dass jemand zuhören könnte, ein reflexhaftes

Geräusch, das einfach nur die Zeit, den Raum und die Dunkelheit ausfüllen soll.

Mir wird bestimmt gleich schlecht. Wenn Alex Recht hat, ist meine Mutter hier hinter einer dieser Türen – so nah, dass ich meine Hand ausstrecken und sie berühren könnte, wenn ich in der Lage wäre, die Atome neu anzuordnen und durch den Stein zu greifen. Näher, als ich es je für möglich gehalten hätte.

Ich denke alles auf einmal: *Sie kann nicht hier sein; es wäre besser, sie wäre tot; ich will sie sehen.* Und dann ist da noch dieses andere Wort, dass sich zwischen all den anderen Gedanken hindurchdrängt: *Flucht, Flucht, Flucht.* Eine Möglichkeit, die zu fantastisch ist, um sie auch nur in Betracht zu ziehen. Wenn meine Mutter diejenige wäre, die geflohen ist, hätte ich das gewusst. Sie wäre zu mir gekommen.

Block sechs besteht nur aus diesem einen langen Flur. Soweit ich sehe, gibt es ungefähr vierzig Türen, vierzig Einzelzellen.

»So«, sagt Frank. »Die große Führung.« Er hämmert an eine der ersten Türen. »Hier wohnt euer Freund Thomas, wenn ihr mal Hallo sagen wollt.« Dann lacht er wieder sein schreckliches Lachen.

Ich muss daran denken, was er am Anfang gesagt hat. *Er ist jetzt* immer *hier.*

Alex vor uns antwortet nicht, aber ich meine zu sehen, wie er schaudert.

Frank stößt mich heftig mit dem Lauf seines Gewehrs in den Rücken. »Und, was hältst du davon?«

»Fürchterlich«, krächze ich. Meine Kehle fühlt sich an, als wäre sie mit Stacheldraht umgeben. Frank scheint erfreut.

»Ich an deiner Stelle würde lieber gehorchen und tun, was man mir sagt«, erklärt er. »Nicht dass du noch so endest wie *dieser* Typ hier.«

Wir sind vor einer der Zellen stehen geblieben. Frank weist

mit dem Kopf auf das kleine Fenster und ich trete zögernd einen Schritt vor und halte mein Gesicht an die Scheibe. Sie ist so schmutzig, dass sie beinahe undurchsichtig ist, aber wenn ich die Augen zusammenkneife, kann ich ein paar Umrisse in der dunklen Zelle erkennen: ein Bett mit einer dünnen, dreckigen Matratze; eine Toilette, einen Eimer, der aussieht wie ein Hundenapf. Zuerst denke ich, dass da auch noch ein Berg alter Lumpen in der Ecke liegt, bis mir klar wird, dass das der »Typ« ist, den Frank gemeint hat: ein dreckiger, zusammengesunkener Haufen aus Haut, Knochen und abstehenden verfilzten Haaren. Er rührt sich nicht und seine Haut ist so schmutzig, dass sie mit dem Grau der Steinmauern hinter ihm verschmilzt. Wenn seine Augen nicht wären, die ständig hin und her rollen, als suchte er die Zelle nach Insekten ab, käme man nicht auf die Idee, dass er noch lebt. Man käme noch nicht mal auf die Idee, dass er ein *Mensch* ist.

Der Gedanke kehrt zurück: *Es wäre besser, sie wäre tot.* Nicht hier. Überall, nur nicht hier.

Alex ist weiter den Gang entlanggegangen und ich höre, wie er scharf einatmet. Ich sehe auf. Er steht unbeweglich da und sein Gesichtsausdruck macht mir Angst.

»Was ist?«, frage ich.

Einen Moment antwortet er nicht. Er starrt etwas an, das ich nicht sehen kann – irgendeine Tür wahrscheinlich. Dann dreht er sich abrupt zu mir um, ein schnelles, krampfhaftes Schütteln.

»Nein«, sagt er, seine Stimme ein Krächzen, und die Angst wird noch größer, überwältigt mich.

»Was ist los?«, frage ich wieder. Ich gehe durch den Gang auf ihn zu. Es kommt mir plötzlich vor, als wäre er sehr weit weg, und als Frank hinter mir etwas sagt, klingt seine Stimme auch entfernt.

»Da hat sie gesessen«, sagt er. »Nummer hundertachtzehn. Die Verwaltung hat noch nicht die Kohle rausgerückt, um die Wände zu flicken, deshalb lassen wir's erst mal so, wie's ist. Ist nicht viel Geld übrig für Ausbesserungen …«

Alex sieht mich an. All seine Beherrschung und sein Selbstbewusstsein sind verschwunden. Seine Augen lodern vor Wut oder vielleicht Schmerz; sein Mund ist zu einer Grimasse verzerrt. Mein Kopf ist voller Lärm.

Alex hält die Hand hoch, als hätte er vor, mich aufzuhalten. Unsere Blicke begegnen sich und irgendetwas blitzt zwischen uns auf – eine Warnung oder eine Entschuldigung vielleicht – und dann dränge ich mich an ihm vorbei in Zelle 118.

Sie ist fast in jeder Hinsicht identisch mit den Zellen, in die ich kurz durch die winzigen Flurfenster gesehen habe: grober Zementboden; eine Toilette mit Rostflecken und ein Eimer Wasser, in dem sich mehrere Kakerlaken langsam drehen; ein schmales Eisenbett mit einer papierdünnen Matratze, das jemand in die Mitte des Raumes gezerrt hat.

Aber die Wände.

Die Wände sind mit Wörtern bedeckt – dicht an dicht. Nein. Nicht mit Wörtern. Es ist ein einziges Wort aus fünf Buchstaben, das immer und immer wieder geschrieben wurde, auf jede zur Verfügung stehende Oberfläche.

Liebe.

In großen Schwüngen oder krakelig in die Ecken gequetscht; in eleganter Schrift oder massiven Blockbuchstaben; eingemeißelt, gekratzt, geritzt, als würden die Wände langsam in Lyrik übergehen.

Und auf dem Boden, zusammengerollt neben einer Wand, liegt eine matte Silberkette, an der immer noch ein Anhänger befestigt ist: ein rubinbesetzter Dolch, dessen Klinge zu einem kleinen Knubbel verschlissen ist. Der Anhänger meines Vaters. Die Kette meiner Mutter.

Meine *Mutter*.

Die ganze Zeit über, während jeder einzelnen Sekunde meines Lebens, in der ich sie für tot hielt, war sie hier: kratzte, grub, meißelte, zwischen den Steinmauern eingeschlossen wie ein lang begrabenes Geheimnis.

Ich habe plötzlich das Gefühl, wieder in meinem Traum zu sein und an einer Klippe zu stehen, während sich der Boden unter mir auflöst und unter meinen Füßen zerrinnt wie in einer Sanduhr. Und dann ist der gesamte Boden verschwunden und ich stehe auf einer Kante aus nichts weiter als Luft und werde gleich fallen.

»Es ist furchtbar, siehst du? Guck dir an, was die Krankheit mit ihr gemacht hat. Wer weiß, wie viele Stunden sie damit zugebracht hat, über diese Wände zu krabbeln wie eine Ratte.«

Frank und Alex stehen hinter mir. Franks Wörter scheinen von einer Lage Stoff gedämpft zu werden. Ich trete einen Schritt weiter vor in die Zelle, plötzlich von einem Lichtstrahl angezogen, der sich wie ein langer goldener Finger aus einem Loch in der Wand ausstreckt. Draußen müssen die Wolken aufgebrochen sein; durch das Loch sehe ich auf der anderen Seite der steinernen Festung das glitzernde Blau des Presumpscot River und Blätter, die sich bewegen und übereinanderschieben, eine Lawine aus Grün und Sonne, und ich rieche den Duft nach wilden, wachsenden Dingen. Die Wildnis.

So viele Stunden, so viele Tage hat sie immer und immer wieder dieselben fünf Buchstaben gemalt: dieses seltsame und furchterregende Wort, das Wort, dessentwegen sie hier mehr als zehn Jahre eingesperrt war.

Und das Wort, das ihr schließlich geholfen hat zu entkommen. An einer Wand hat sie das Wort so oft in so riesiger Schrift nachgezogen – LIEBE, jeder Buchstabe so groß wie ein Kind – und so tief in den Stein gemeißelt, bis der untere Teil des *B* einen Tunnel bildete und sie hier rauskam.

dreiundzwanzig

Nahrung dem Körper, Milch für die Knöchelein, Eis zum Blutstillen und einen Magen aus Stein.

Volkstümlicher Segenswunsch

Sogar nachdem das eiserne Tor ins Schloss gefallen ist und die Grüfte hinter uns zurückbleiben, fühle ich mich noch immer von allen Seiten eingeschlossen. Auf meiner Brust lastet ein fürchterlicher Druck und ich bekomme nach wie vor kaum Luft

Ein alter Gefängnisbus mit keuchendem Motor bringt uns weg von der Grenze nach Deering. Von da aus gehen Alex und ich zu Fuß ins Stadtzentrum von Portland, jeder auf einer Seite des Bürgersteigs. Alle paar Schritte dreht er den Kopf, um mir einen Blick zuzuwerfen, öffnet und schließt den Mund, als würde er unhörbare Wörter sprechen. Ich weiß, dass er sich Sorgen um mich macht und wahrscheinlich damit rechnet, dass ich jeden Moment zusammenbreche, aber ich bringe es nicht über mich, ihn anzusehen oder etwas zu sagen. Ich habe die Augen starr geradeaus gerichtet und meine Füße bewegen sich wie von selbst. Abgesehen von dem fürchterlichen Schmerz in meiner Brust und meinem Magen fühlt sich mein Körper ganz taub an. Ich spüre weder den Boden unter mir noch den Wind, der durch die Bäume fegt und über mein Gesicht streicht; auch nicht die Wärme der Sonne, die trotz allem durch die schrecklichen schwarzen Wolken gebrochen ist und die Welt eigenartig grün anstrahlt, als wären wir unter Wasser.

Ich erinnere mich, wie ich zum allerersten Mal gerannt bin, als ich klein war und meine Mutter gestorben war – als ich dachte, sie sei gestorben –, und ich mich am Ende der Congress Street, einer Straße, auf der ich mein ganzes Leben lang gespielt hatte, hoffnungslos verirrte. Ich bog um eine Ecke, stand vor der Reinigung *Bubble and Soap* und wusste plötzlich nicht mehr, wo ich war und ob es rechts- oder linksrum nach Hause ging. Nichts sah aus wie sonst. Alles sah zerbrechlich und verzerrt aus, als wäre ich in einem Spiegellabyrinth gefangen.

So fühle ich mich auch jetzt. Gleichzeitig verloren und wiedergefunden und wieder verloren. Und jetzt weiß ich, dass meine Mutter irgendwo in dieser Welt, in der Wildnis jenseits des Zauns, lebt und atmet und schwitzt und sich bewegt und denkt. Ich frage mich, ob sie an mich denkt, und der Schmerz geht tiefer, verschlägt mir gänzlich den Atem, so dass ich stehen bleiben und mich mit einer Hand auf dem Bauch vorbeugen muss.

Wir sind immer noch nicht auf der Halbinsel, nicht weit entfernt von Brooks Street 37, wo die Häuser durch breite, ungepflegte Rasenstücke und heruntergekommene Gärten voller Müll voneinander getrennt werden. Trotzdem sind Leute auf der Straße, unter ihnen ein Mann, den ich auf den ersten Blick als Aufseher erkenne: Sogar jetzt, kurz vor Mittag, hängt ihm ein Megafon um den Hals und er hat einen Holzknüppel um die Hüfte geschnallt. Alex muss ihn auch bemerkt haben. Er bleibt ein paar Schritte von mir entfernt, sieht prüfend auf die Straße und versucht unbeteiligt zu wirken, aber er murmelt mir zu: »Kannst du weitergehen?«

Ich muss mich durch den Schmerz zurückkämpfen. Er strahlt in meinen ganzen Körper aus und hämmert bis in meinen Kopf. »Glaub schon«, stoße ich hervor.

»In die Gasse da links. Los.«

Ich richte mich auf, so gut ich kann, und humple in die Gasse zwischen zwei größeren Gebäuden. In der Mitte der Gasse stehen ein paar blecherne Mülltonnen nebeneinander, die vor Fliegen summen. Der Gestank ist ekelhaft, wie vorhin in den Grüften, aber ich lasse mich trotzdem zwischen ihnen zu Boden sinken, dankbar für das Versteck und die Möglichkeit, mich zu setzen. Sofort lässt das Hämmern in meinem Kopf nach. Ich lehne den Kopf an die Ziegelsteine hinter mir und spüre, wie die Welt schwankt, ein Schiff mit gekappten Tauen.

Kurz danach gesellt sich Alex zu mir, hockt sich vor mich und streicht mir die Haare aus dem Gesicht. Es ist das erste Mal heute, dass er mich berühren kann.

»Es tut mir leid, Lena«, sagt er und ich weiß, dass er es ernst meint. »Ich dachte, du würdest gern Bescheid wissen.«

»Zwölf Jahre«, sage ich einfach. »Zwölf Jahre lang dachte ich, sie sei tot.«

Eine Weile sitzen wir schweigend da. Alex reibt kreisförmig über meine Schultern, Arme und Knie – eigentlich überall, wo er hinkommt, als wollte er unbedingt Körperkontakt mit mir halten. Ich wünschte, ich könnte die Augen schließen und zu Staub und nichts verweht werden, spüren, wie sich all meine Gedanken auflösen und wie die Samen einer Pusteblume vom Wind davongetragen werden. Aber seine Hände bringen mich immer wieder zurück: in die Gasse, nach Portland und in eine Welt, die plötzlich aufgehört hat, Sinn zu ergeben.

Sie ist irgendwo da draußen, atmet, hat Durst, isst, läuft, schwimmt. Unmöglich, auch nur in Betracht zu ziehen, einfach so weiterzuleben, eine unmögliche Vorstellung, zu schlafen, mir die Laufschuhe zuzubinden, Carol beim Abwasch zu helfen oder sogar mit Alex im Haus zu liegen, während ich weiß, dass sie lebt: dass sie da draußen ist, so weit von mir entfernt wie ein Sternbild am Himmel.

Warum ist sie nicht zu mir gekommen? Der Gedanke ist so schnell und klar wie ein elektrischer Stromschlag und bringt den sengenden Schmerz zurück. Ich presse die Augen zusammen, lasse den Kopf nach vorn sinken und bete, dass es vorbeigeht. Aber ich weiß nicht, zu wem ich beten soll. Plötzlich fallen mir keine Wörter ein, kann ich mich an nichts erinnern außer daran, dass ich als kleines Kind in der Kirche war und zusah, wie die Sonne hinter den bunten Glasfenstern aufstrahlte und dann verblasste, zusah, wie all das Licht erstarb und nichts zurückließ als matte Scheiben aus farbigem Glas, die minderwertig und dürftig aussahen.

»Hey. Sieh mich an.«

Die Augen zu öffnen ist unglaublich anstrengend. Alex ist ganz verschwommen, obwohl er nicht weiter als dreißig Zentimeter von mir entfernt hockt.

»Du hast bestimmt Hunger«, sagt er sanft. »Komm, ich bring dich nach Hause, okay? Kannst du laufen?« Er rückt ein Stück zurück, damit ich Platz habe, aufzustehen.

»Nein.« Es klingt heftiger als beabsichtigt und Alex sieht erschrocken aus.

»Du kannst nicht laufen?« Eine kleine Falte entsteht zwischen seinen Augenbrauen.

»Nein.« Es kostet mich große Anstrengung, in normaler Lautstärke zu sprechen. »Ich meine, dass ich nicht nach Hause gehen kann. Auf keinen Fall.«

Alex seufzt und reibt sich die Stirn. »Wir könnten eine Weile zur Brooks Street gehen, ins Haus. Und wenn es dir besser geht ...«

Ich unterbreche ihn. »Du kapierst es nicht.« Ein Schrei steigt in mir auf, ein schwarzes Insekt, das durch meine Kehle krabbelt. Alles, was ich denken kann, ist: *Sie haben es gewusst.* Sie haben es alle gewusst – Carol und Onkel William und vielleicht sogar Rachel – und trotzdem haben sie mich die ganze Zeit in dem Glauben gelassen, dass sie tot war. Sie haben mich in dem Glauben gelassen, dass sie mich verlassen hatte. Sie haben mich in dem Glauben gelassen, dass ich es verdient hätte. Ich bin plötzlich voller weiß glühender Wut: Wenn ich sie zu Gesicht bekomme, wenn ich nach Hause gehe, werde ich mich nicht zurückhalten können. Ich werde das Haus abfackeln oder einreißen, Brett für Brett. »Ich will mit dir abhauen. In die Wildnis. Worüber wir neulich gesprochen haben.«

Ich erwarte, dass Alex sich freut, aber stattdessen wirkt er nur müde. Er sieht blinzelnd weg. »Hör zu, Lena, es war wirklich ein langer Tag. Du bist k. o. Du hast Hunger. Du kannst nicht klar denken …«

»Und ob ich klar denken kann.« Ich rappele mich auf, damit ich nicht so hilflos aussehe. Ich bin auch auf Alex wütend, obwohl ich weiß, dass es nicht seine Schuld ist. Aber die Wut peitscht unkontrolliert in mir herum und wird immer stärker. »Ich kann nicht hierbleiben, Alex. Nicht mehr. Nicht nach … nicht nach dieser Sache.« Meine Kehle verkrampft sich, als ich erneut den Schrei hinunterschlucke. »Sie haben es gewusst, Alex. Sie haben es gewusst und mir nie gesagt.«

Er richtet sich ebenfalls auf, langsam, als täte es ihm weh. »Das weißt du nicht genau«, sagt er.

»Doch, ich weiß es«, beharre ich und es stimmt. Tief in mir drin weiß ich es. Ich muss daran denken, wie meine Mutter sich über mich gebeugt hat, sehe ihr blasses Gesicht über mir schweben, als sie mich weckte, höre ihre Stimme, die mir leise ins Ohr sprach – *Ich liebe dich. Vergiss das nicht. Das können sie uns nicht nehmen* –, das traurige kleine Lächeln, das ihre Lippen umspielte. Sie wusste es auch. Sie muss gewusst haben, dass sie sie abholen und an diesen fürchterlichen Ort bringen würden. Und nur eine Woche später saß ich in einem kratzenden schwarzen Kleid vor einem leeren Sarg, in der Hand einen Haufen Orangenschalen, an denen ich saugte, und versuchte die Tränen zurückzuhalten, während alle, denen ich vertraute, eine feste, glatte Wand aus Lügen um mich herum aufbauten (»Sie war krank«; »Das bewirkt die Krankheit«; »Selbstmord«). In Wirklichkeit war ich diejenige, die an jenem Tag beerdigt wurde. »Ich kann nicht nach Hause gehen und ich werde es auch nicht. Ich gehe mit dir. Wir können uns in der Wildnis ein Zuhause aufbauen. Andere Leute machen das doch auch, oder nicht? Andere Leute haben es bereits getan. Meine Mutter …« Ich will sagen: *Meine Mutter wird es tun,* aber meine Stimme bricht.

Alex betrachtet mich aufmerksam. »Lena, wenn du weggehst – wirklich weggehst –, wird es nicht so sein, wie es jetzt für mich ist. Das ist dir klar, oder? Du wirst nicht hin- und herwechseln können. Du wirst niemals zurückkehren können. Dein Code wird ungültig gemacht. Alle werden wissen, dass du eine Widerständlerin bist. Alle werden nach dir suchen. Wenn dich irgendjemand fände … wenn du je geschnappt werden solltest …« Alex beendet den Satz nicht.

»Das ist mir egal«, fauche ich zurück. Ich kann meine Wut nicht länger unterdrücken. »Du warst schließlich derjenige, der es vorgeschlagen hat, oder? Also? Jetzt, wo ich bereit bin, nimmst du es zurück?«

»Ich versuche nur …«

Ich unterbreche Alex erneut, rede weiter, reite auf der Welle aus Wut, getrieben von dem Wunsch, zu zerfetzen, zu verletzen und auseinanderzureißen. »Du bist genau wie alle anderen. Du bist genauso mies wie der Rest. Reden, reden, reden – das fällt dir leicht. Aber wenn es darum geht, wirklich etwas zu tun, wenn es darum geht, mir zu helfen …«

»Ich versuche ja dir zu helfen«, sagt Alex mit scharfer Stimme. »Das ist eine große Sache. Ist dir das klar? Es ist eine riesige Entscheidung und du bist gerade sauer und weißt nicht, was du sagst.« Er wird jetzt auch wütend. Es schmerzt mich, aber ich kann nicht aufhören zu reden. Zerstören, zerstören, zerstören: Ich will alles kaputt machen – ihn, mich, uns, die ganze Stadt, die ganze Welt.

»Behandle mich nicht wie ein kleines Kind.«

»Dann benimm dich nicht wie eins«, gibt er zurück. Es tut ihm sofort leid. Er wendet sich zur Seite, holt tief Luft und sagt dann mit normaler Stimme: »Hör zu, Lena. Es tut mir echt leid. Ich weiß, du hast ... ich meine, bei allem, was heute passiert ist ... ich kann mir überhaupt nicht vorstellen, wie du dich fühlst.«

Es ist zu spät. Meine Sicht verschwimmt vor Tränen. Ich drehe mich von ihm weg und fange an, mit einem Fingernagel an der Mauer zu kratzen. Ein winziges Stück Ziegelstein bricht ab. Wie es zu Boden purzelt, erinnert es mich an diese seltsamen furchterregenden Wände und an meine Mutter, und die Tränen strömen schneller.

»Wenn ich dir was bedeuten würde, würdest du mir helfen, hier wegzukommen«, sage ich. »Wenn ich dir überhaupt etwas bedeuten würde, würdest du jetzt sofort losgehen.«

»Du bedeutest mir etwas«, sagt Alex.

»Nein.« Ich weiß, dass ich jetzt wirklich kindisch bin, aber ich kann nicht anders. »Ihr hab ich auch nichts bedeutet. Überhaupt nichts.«

»Das ist nicht wahr.«

»Warum ist sie dann nicht zu mir gekommen?« Ich bin immer noch von ihm abgewandt und drücke eine Handfläche fest gegen die Mauer; ich habe das Gefühl, auch sie könnte jeden Moment einstürzen. »Wo ist sie jetzt? Warum hat sie nicht nach mir gesehen?«

»Du weißt, warum«, sagt er, mit festerer Stimme. »Du weißt, was passiert wäre, wenn sie erneut erwischt worden wäre – wenn sie mit dir erwischt worden wäre. Das wäre für euch beide der sichere Tod gewesen.«

Er hat Recht, aber das macht es auch nicht besser. Ich bleibe stur, kann einfach nicht aufhören. »Darum geht es nicht. Ich bedeute ihr nichts und dir bedeute ich auch nichts. Ich bedeute niemandem etwas.« Ich fahre mit dem Unterarm über mein Gesicht und wische mir die Nase ab.

»Lena.« Alex legt die Hände auf meine Ellbogen und dreht mich zu sich um. Als ich mich weigere, ihn anzusehen, hebt er mein Kinn an und zwingt mich dazu. »Magdalena«, sagt er. Seit wir uns kennengelernt haben, benutzt er zum ersten Mal meinen vollen Namen. »Deine Mutter hat dich geliebt. Verstehst du das? Sie hat dich geliebt. Sie liebt dich immer noch. Sie wollte dich beschützen.«

Hitze durchströmt mich. Zum ersten Mal im Leben habe ich keine Angst vor dem Wort. Irgendetwas scheint in mir aufzureißen, sich auszustrecken wie eine Katze, die sich in der Sonne räkelt, und ich möchte unbedingt, dass er es noch mal sagt.

Seine Stimme ist unwahrscheinlich sanft. Seine Augen sind warm und lichtgesprenkelt und ihre Farbe ist wie die Sonne, die an einem warmen Herbstabend wie schmelzende Butter durch die Bäume fließt.

»Und ich liebe dich auch.« Seine Finger fahren über meinen Unterkiefer, berühren kurz meine Lippen. »Das solltest du wissen. Das musst du wissen.«

Da geschieht es.

Hier, zwischen zwei ekelhaften Mülltonnen in irgendeiner schäbigen Gasse, während die ganze Welt um mich herum zerbricht und Alex diese Worte sagt, verschwindet ganz plötzlich all die Angst, die ich mit mir herumschleppe, seit ich gelernt habe zu sitzen, zu stehen, zu atmen, seit man mir gesagt hat, dass in mir drin irgendetwas Falsches, Verdorbenes und Krankes stecke, irgendetwas, das man unterdrücken müsse, seit man mir gesagt hat, dass ich immer nur einen Herzschlag davon entfernt sei, beschädigt zu werden. Dieses Etwas – das Innerste meines Herzens, das Innerste meines Selbst – streckt und reckt sich noch weiter, entfaltet sich und gibt mir das Gefühl, stärker zu sein denn je.

Ich öffne den Mund und sage: »Ich liebe dich auch.«

Es ist seltsam, aber nach diesem Moment in der Gasse verstehe ich plötzlich die Bedeutung meines Namens, den Grund, warum meine Mutter mich ursprünglich Magdalena genannt hat, und die Bedeutung der alten biblischen Geschichte von Joseph und wie er Maria Magdalena verlassen hat. Ich verstehe, dass er sie aus einem einzigen Grund verlassen hat. Damit sie gerettet werden konnte, auch wenn es ihn umbrachte, sie alleinzulassen.

Er hat sie aus Liebe verlassen.

Ich glaube, meine Mutter hatte vielleicht schon bei meiner Geburt das Gefühl, dass sie eines Tages dasselbe tun müsste. Das ist wohl einfach ein Teil davon, Menschen zu lieben: Man muss Dinge zurücklassen. Manchmal muss man sogar die Menschen selbst zurücklassen.

Alex und ich sprechen über all die Dinge, die ich zurücklassen werde, um mit ihm in die Wildnis zu gehen. Er will absolut sicher sein, dass ich weiß, was mich erwartet. Nach Ladenschluss bei der *Fat Cats Bakery* haltmachen und die restlichen Bagels und Cheddar-Brötchen für einen Dollar das Stück kaufen; draußen am Pier sitzen und den kreischenden Möwen dabei zusehen, wie sie über meinem Kopf kreisen; lange Läufe an den Farmen vorbei, wenn der Tau jeden einzelnen Grashalm schimmernd einfasst; der gleichmäßige Rhythmus des Meeres, der Portland wie ein Herzschlag erfüllt; die schmalen Kopfsteinpflasterstraßen im alten Hafen, die Läden voller bunter, hübscher Kleider, die ich mir nie leisten könnte.

Das Einzige, worum es mir leidtut, sind Hana und Grace. Der Rest dieser Stadt kann sich meinetwegen in nichts auflösen: seine glänzenden, dürren falschen Türme und die blinden Schaufensterfronten und all die vor sich hin starrenden, gehorsamen Leute, die sich mit gesenktem Kopf noch mehr Lügen anhören, wie Tiere, die freiwillig zur Schlachtbank gehen.

»Wenn wir zusammen weggehen, gibt es nur dich und mich«, wiederholt Alex immer wieder, als wollte er wirklich sichergehen, dass *ich* mir sicher bin. »Es gibt kein Zurück. Niemals.«

Und ich sage: »Das ist alles, was ich will. Nur du und ich. Für immer.«

Ich meine es vollkommen ernst. Ich habe noch nicht mal Angst. Jetzt, wo ich weiß, dass ich ihn habe – dass wir uns haben –, fühle ich mich, als müsste ich niemals wieder vor irgendetwas Angst empfinden.

Wir einigen uns darauf, Portland in einer Woche zu verlassen, genau neun Tage vor dem Termin meines Eingriffs. Es macht mich nervös, den Tag unserer Abreise so weit rauszuschieben – ich würde am liebsten einfach auf den Grenzzaun zurennen und am helllichten Tag darüber hinwegstürmen –, aber Alex beruhigt mich und sagt, es sei wichtig, abzuwarten.

In den letzten paar Jahren hat er die Grenze nur ein paarmal überquert. Es ist zu gefährlich, öfter hin- und herzugehen. Aber nächste Woche will Alex vor unserer endgültigen Flucht zweimal rüber – ein beinahe selbstmörderisches Risiko, aber er meint, es sei notwendig. Sobald er bei der Arbeit und an der Uni fehlt, wird auch seine Identität ungültig gemacht – obwohl sie streng genommen noch nie wirklich gültig war, da sie von der Widerstandsbewegung stammte.

Und dann werden wir aus dem System gelöscht. Einfach weg. *Biep!* Als hätte es uns nie gegeben. Wenigstens können wir darauf bauen, dass uns niemand in die Wildnis folgt. Es wird keine Razzien geben. Niemand wird nach uns suchen. Denn sonst müssten sie zugeben, dass es möglich ist, aus Portland rauszukommen, dass die Invaliden wirklich existieren.

Wir werden nichts weiter sein als Geister, Spuren, Erinnerungen und – da die Geheilten ihren Blick fest auf die Zukunft gerichtet haben und auf die vielen, immer gleichen Tage, die vor ihnen liegen – bald noch nicht mal mehr das.

Da Alex dann nicht länger nach Portland reinkann, müssen wir so viele Lebensmittel wie möglich mitnehmen, außerdem Kleider für den Winter und alles andere, worauf wir nicht verzichten können. Die Invaliden in den Siedlungen teilen sich in der Regel ihre Vorräte. Trotzdem sind der Herbst und der Winter in der Wildnis immer hart, und nachdem Alex jahrelang in Portland gelebt hat, ist er nicht gerade ein meisterhafter Jäger und Sammler, sagt er.

Wir vereinbaren, uns um Mitternacht im Haus zu treffen, um weiter zu planen. Ich werde den ersten Schwung Habseligkeiten mitbringen: mein Fotoalbum, eine Mappe mit Nachrichten, die Hana und ich in der zehnten Klasse in Mathe ausgetauscht haben, und außerdem alles, was ich an Lebensmitteln aus dem Lagerraum des *Stop-N-Save* schmuggeln kann.

Es ist fast drei, als wir uns trennen und ich mich auf den Weg nach Hause mache. Die Wolken sind aufgebrochen und dazwischen ist der blassblaue Himmel eingewebt wie ausgeblichene, zerrissene Seide. Die Luft ist warm, aber der Wind riecht schon leicht nach Herbst, nach Kälte und Rauch. Bald werden all die sanften Grüntöne in der Landschaft zu Rot- und Orangetönen abbrennen; und dann werden auch die abbrennen und im Winter karg, schwarz und brüchig werden. Und ich werde weg sein – irgendwo da draußen zwischen den schmächtigen zitternden Bäumen, von Schnee eingeschlossen. Aber Alex wird bei mir sein und wir werden in Sicherheit sein. Wir werden Hand in Hand spazieren gehen und uns bei helllichtem Tag küssen und uns so sehr lieben, wie wir wollen, und niemand wird je versuchen uns auseinanderzubringen.

Trotz allem, was heute passiert ist, bin ich ruhiger denn je, als hätten mich die Worte, die Alex und ich zueinander gesagt haben, in einen schützenden Umhang gehüllt.

Seit über einem Monat war ich nicht mehr regelmäßig laufen. Bis vor kurzem hatte Carol es mir noch verboten. Aber sobald ich nach Hause komme, rufe ich Hana an und schlage ihr vor, dass wir uns wie üblich am Sportplatz treffen, und sie lacht nur.

»Ich wollte gerade anrufen und dich dasselbe fragen.«

»Zwei Dumme …«, sage ich, gerade als ihr Gelächter einen Moment im Rauschen untergeht, das durch den Hörer dröhnt, als sich ein Zensor irgendwo in Portland vorübergehend in unser Gespräch einschaltet. Das ewig kreisende Auge, das ständig alles überwacht. Einen Augenblick bohrt sich Wut durch meinen Körper, aber sie vergeht schnell wieder. Bald werde ich vollständig und für immer von der Bildfläche verschwunden sein.

Ich hatte gehofft, es aus dem Haus zu schaffen, ohne Carol zu begegnen, aber sie kommt mir auf dem Weg zur Tür entgegen. Sie war wie immer in der Küche, wo sie ihren Kreislauf aus Kochen und Putzen endlos wiederholt.

»Wo warst du denn den ganzen Tag?«, fragt sie.

»Bei Hana«, antworte ich automatisch.

»Und jetzt gehst du schon wieder?«

»Nur laufen.« Vorhin hatte ich gedacht, ich würde ihr ins Gesicht springen oder sie umbringen, wenn ich sie je wiedersähe. Aber als ich sie jetzt ansehe, fühle ich mich vollkommen taub, als wäre sie eine bemalte Plakatwand oder eine Fremde, die im Bus an mir vorbeifährt.

»Um halb acht gibt's Abendessen«, sagt sie. »Ich möchte, dass du rechtzeitig zu Hause bist, um den Tisch zu decken.«

»Alles klar«, erwidere ich. Mir kommt der Gedanke, dass diese Taubheit das ist, was sie und alle Geheilten ständig verspüren: als wäre da eine dicke, dämpfende Glasscheibe zwischen einem selbst und allen anderen. Fast nichts dringt hindurch. Fast nichts spielt eine Rolle. Es heißt, bei dem Heilmittel ginge es um Glück, aber jetzt wird mir klar, dass das nicht stimmt und noch nie gestimmt hat. Es geht um Angst: Angst vor Schmerz, Angst vor Verletzung, Angst, Angst, Angst – ein blindes Tierleben, in dem man zwischen Mauern hin und her gestoßen wird, durch immer enger werdende Flure schlurft, verängstigt, stumpfsinnig und stupide.

Zum ersten Mal in meinem Leben tut mir Carol richtig leid. Ich bin erst siebzehn und weiß bereits etwas, das sie nicht weiß: dass das Leben kein Leben ist, wenn man einfach nur hindurchtreibt. Ich weiß, dass es – einzig und allein – darum geht, die Dinge zu finden, die wichtig sind, und daran festzuhalten und für sie zu kämpfen und sie niemals loszulassen.

»Okay.« Carol steht irgendwie verlegen da, wie immer, wenn sie etwas Bedeutsames sagen will, aber nicht genau weiß, wie sie es rüberbringen soll. »Noch zwei Wochen bis zu deinem Eingriff«, sagt sie schließlich.

»Sechzehn Tage«, erwidere ich, aber in Gedanken zähle ich: Sieben Tage. Noch sieben Tage, dann bin ich frei und weg von diesen Leuten und ihrem vorbeigleitenden, oberflächlichen Leben, diesen Leuten, die aneinander vorbeistreifen, treiben, treiben, treiben, vom Leben bis zum Tod. Für sie gibt es kaum einen Unterschied zwischen beidem.

»Es ist ganz normal, dass du nervös bist«, sagt sie. Das ist das Bedeutsame, das sie mir sagen wollte, die tröstenden Worte, die ihr nicht eingefallen sind. Arme Tante Carol: ein Leben aus Geschirr und grünen Bohnen in verbeulten Dosen. Ein Tag wie der andere. Da fällt mir auf, wie alt sie aussieht. Ihr Gesicht ist von tiefen Falten durchzogen und in ihren Haaren sind graue Strähnen. Nur ihre Augen haben mich davon überzeugt, dass sie alterslos ist: diese starrenden, verschleierten Augen, die alle Geheilten haben, als würden sie immer in große Ferne sehen. Sie muss hübsch gewesen sein, als sie jung war, bevor sie geheilt wurde – mindestens so groß wie meine Mutter und wahrscheinlich genauso schlank –, und in meinem Kopf blitzt ein Bild von zwei jungen Mädchen auf, zwei schmalen schwarzen Klammern, zwischen ihnen ein Streifen silbernen Meeres, die sich gegenseitig mit den Füßen Wasser ins Gesicht spritzten und dabei lachten. Diese Dinge sollte man niemals hinter sich lassen.

»Oh, ich bin nicht nervös«, antworte ich. »Glaub mir, ich kann es kaum erwarten.«

Nur noch sieben Tage.

vierundzwanzig

Was ist Schönheit? Schönheit ist nichts weiter als Betrug; eine Täuschung; aufgeregte Teilchen und Elektronen stoßen in deinen Augen zusammen und drängeln sich in deinem Gehirn wie ein Haufen überdrehter Schulkinder kurz vor der Pause. Wirst du dich täuschen lassen? Wirst du dich enttäuschen lassen?

»Über Schönheit und Falschheit«, *Die Neue Philosophie*
von Ellen Dorpshire

Als ich ankomme, lehnt Hana schon am Maschendrahtzaun, der den Sportplatz umschließt, den Kopf zurückgelegt und die Augen geschlossen, um sie vor der Sonne zu schützen. Ihre Haare sind offen und fallen ihr auf den Rücken, fast weiß im Sonnenlicht. Fünf Meter vor ihr bleibe ich stehen und wünschte, ich könnte sie mir genau so einprägen, genau dieses Bild für immer in meinem Bewusstsein festhalten.

Sie schlägt die Augen auf und entdeckt mich. »Wir haben noch nicht mal angefangen zu laufen«, sagt sie, als sie sich vom Zaun löst und demonstrativ auf ihre Uhr schaut, »und du kommst bereits als Zweite ins Ziel.«

»Ist das eine Herausforderung?«, frage ich, während ich die letzten Meter auf sie zugehe.

»Nur eine Tatsache«, erwidert sie grinsend. Ihr Lächeln zuckt ein bisschen, als ich näher komme. »Du siehst anders aus.«

»Ich bin müde«, sage ich. Es kommt mir komisch vor, sie ohne Umarmung oder so zu begrüßen, obwohl das immer so war zwischen uns, immer so sein *musste*. Es kommt mir komisch vor, dass ich ihr nie gesagt habe, wie viel sie mir bedeutet. »War 'n langer Tag.«

»Willst du drüber reden?« Sie sieht mich mit zusammengekniffenen Augen an. Sie ist über den Sommer braun geworden. Die Sommersprossen auf ihrer Nase ballen sich zusammen wie eine Sternenexplosion. Sie ist wahrscheinlich wirklich das schönste Mädchen von Portland, wenn nicht der ganzen Welt, und mir fährt ein stechender Schmerz in die Rippen, als ich daran denke, wie sie älter werden und mich vergessen wird. Irgendwann wird sie kaum noch wissen, wie viel Zeit wir gemeinsam verbracht haben – und es wird ihr weit entfernt und ein wenig lächerlich vorkommen wie die Erinnerung an einen Traum, dessen Einzelheiten bereits verblassen.

»Vielleicht nachher«, sage ich, das Einzige, was mir überhaupt einfällt. Man muss weitermachen: Das ist die einzige Möglichkeit. Man muss weitermachen, egal was passiert. Das ist das Gesetz der Welt.

»Nachdem du Staub gefressen hast, meinst du wohl«, sagt sie, während sie sich vorbeugt, um ihre Oberschenkelmuskeln zu dehnen.

»Du hast 'ne ganz schön große Klappe für jemanden, der den ganzen Sommer über faul rumgelegen hat.«

»Das musst du gerade sagen.« Sie hebt den Kopf und zwinkert mir zu. »Ich glaube nicht, dass das, was Alex und du da so getrieben habt, als Sport durchgeht.«

»Pssst.«

»Keine Panik. Hier ist keiner. Ich hab mich umgesehen.«

Es wirkt alles so normal – so herrlich, wunderbar normal –, dass mich von Kopf bis Fuß Freude erfüllt, die mich schwindeln lässt. Auf den Straßen liegt ein Streifenmuster aus goldenem Sonnenlicht und Schatten und die Luft riecht nach Salz, Gebratenem und ein bisschen nach an die Strände gespültem Seetang. Ich möchte diesen Moment für immer in mir bewahren, ihn hüten wie ein Schattenherz: mein altes Leben, mein Geheimnis.

»Hab dich«, sage ich zu Hana und klopfe ihr auf die Schulter. »Du bist.«

Und dann bin ich weg und sie schreit auf und rennt los, um mich einzuholen. Wir laufen eine halbe Runde auf der Laufbahn und schlagen dann, ohne über die Strecke zu diskutieren, den Weg Richtung Hafen ein. Meine Beine fühlen sich kräftig und fest an; die Bissverletzung, die ich mir bei der Razzia zugezogen habe, ist gut verheilt, geblieben ist nur eine dünne rote Linie hinten auf meinem Unterschenkel, wie ein Lächeln. Die kühle Luft strömt schmerzhaft in meine Lungen und wieder hinaus, aber es ist ein angenehmer Schmerz: die Art Schmerz, die einen daran erinnert, wie unglaublich es ist zu atmen, überhaupt Schmerzen zu empfinden, in der Lage zu sein, irgendetwas zu spüren. Salz brennt mir in den Augen und ich blinzele schnell, nicht ganz sicher, ob ich schwitze oder weine.

Es ist nicht der schnellste Lauf, den wir je absolviert haben, aber vielleicht unser bester. Wir laufen fast Schulter an Schulter, im genau gleichen Rhythmus, und schlagen einen Bogen vom alten Hafen bis ganz raus zum Eastern Promenade Park.

Wir sind auf jeden Fall nicht so fit wie zu Anfang des Sommers. Nach knapp fünf Kilometern werden wir allmählich langsamer und in schweigendem Einverständnis nehmen wir die Abkürzung über den abschüssigen Rasen zum Strand und sinken dort lachend zu Boden.

»Zwei Minuten«, sagt Hana keuchend. »Ich brauche nur zwei Minuten.«

»Schwach«, sage ich, obwohl ich genauso dankbar für die Pause bin.

»Selber«, sagt sie und wirft eine Handvoll Sand in meine Richtung. Wir lassen uns beide mit ausgestreckten Armen und Beinen auf den Rücken fallen, als wollten wir Schneeengel machen. Der Sand ist überraschend kühl auf meiner Haut und ein bisschen feucht. Es muss vorhin doch geregnet haben, vielleicht, während Alex und ich in den Grüften waren. Als ich wieder an diese winzige Zelle denke und an die Wörter, die geradewegs durch die Wand gebohrt wurden, die Sonne, die genau durch das *B* hereinschien wie durch ein Teleskop, zieht sich das Etwas in meiner Brust wieder zusammen. Sogar jetzt, in diesem Augenblick, ist meine Mutter irgendwo da draußen – bewegt sich, atmet, ist.

Bald werde ich auch da draußen sein.

Es sind nur wenige Leute am Strand, vor allem Familien, die spazieren gehen, und ein alter Mann, der langsam am Wasser entlangtrottet und seinen Stock in den Sand sticht. Die Sonne sinkt hinter den Wolken und die Bucht ist grau mit einem ganz leichten Grünstich.

»Unglaublich, nur noch ein paar Wochen und wir müssen uns nicht mehr um die Ausgangssperre kümmern«, sagt Hana und dreht dann den Kopf, um mich anzusehen. »Weniger als drei Wochen bei dir. Sechzehn Tage, stimmt's?«

»Ja.« Eigentlich will ich Hana nicht anlügen. Ich setze mich auf und schlinge die Arme um die Knie.

»Ich glaube, an meinem ersten Abend nach dem Eingriff werde ich die ganze Nacht draußen bleiben. Einfach bloß weil ich es kann.« Hana stützt sich auf die Ellbogen. »Wollen wir das zusammen machen – du und ich?« Es klingt wie eine Bitte. Ich weiß, ich sollte einfach sagen: *Ja, klar,* oder: *Klingt gut*. Ich weiß, dass sie sich besser fühlen würde – dass *ich* mich besser fühlen würde –, wenn wir so täten, als ginge das Leben weiter wie bisher.

Aber ich kriege die Wörter nicht raus. Stattdessen fange ich an, mit dem Daumen kleine Sandhäufchen von meinem Oberschenkel zu wischen. »Hör zu, Hana. Ich muss dir was sagen. Wegen des Eingriffs …«

»Was ist damit?« Sie sieht mich mit zusammengekniffenen Augen an. Mein ernster Tonfall macht ihr anscheinend Sorgen.

»Versprich mir, dass du nicht sauer bist, okay? Ich kann nicht …« Ich breche ab, bevor ich sage: *Ich kann nicht gehen, wenn du sauer auf mich bist.* Sonst würde ich gleich alles verraten.

Hana setzt sich ganz auf, hebt eine Hand und lacht gequält. »Lass mich raten. Du haust mit Alex ab, verschwindest und wirst eine Schurkin und Invalide.« Sie sagt es witzig, aber in ihrer Stimme ist ein flehender Unterton. Sie will, dass ich ihr widerspreche.

Doch ich sage nichts. Eine Weile lang starren wir uns einfach nur an, und auf einmal verschwinden all das Licht und die Energie aus ihrem Gesicht.

»Das ist nicht dein Ernst«, sagt sie schließlich. »Das kann doch nicht dein Ernst sein.«

»Ich muss es tun, Hana«, sage ich leise.

»Wann?« Sie beißt sich auf die Lippe und sieht weg.

»Wir haben es heute beschlossen. Heute Morgen.«

»Nein. Ich meine – *wann?* Wann gehst du?«

Ich zögere nur einen winzigen Augenblick. Nach diesem Morgen kommt es mir vor, als wüsste ich nicht sehr viel über die Welt oder irgendetwas. Aber ich weiß, dass Hana mich nie, um keinen Preis, verraten würde – zumindest jetzt nicht, nicht, bevor sie ihr Nadeln ins Gehirn bohren und sie auseinandernehmen, sie in Stücke reißen. Mir wird jetzt klar, dass beim Eingriff genau das passiert: Das Heilmittel zerteilt Menschen, schneidet sie von sich selbst ab.

Aber dann – wenn sie dran ist – wird es zu spät sein. »Freitag«, sage ich. »In einer Woche.«

Sie stößt heftig den Atem aus, die Luft pfeift zwischen ihren Zähnen hindurch. »Das kann doch nicht dein Ernst sein«, wiederholt sie.

»Ich habe hier nichts mehr verloren«, sage ich.

Da sieht sie mich an. Ihre Augen sind weit aufgerissen und ich kann erkennen, dass ich sie verletzt habe. »*Ich* bin noch hier.«

Plötzlich geht mir die Lösung auf – einfach, so lächerlich einfach. Ich lache beinahe laut auf. »Komm mit«, platze ich heraus. Hanas Blick gleitet nervös über den Strand, aber alle haben sich verteilt: Der alte Mann ist weitergetrottet, inzwischen bereits halb den Strand hinunter und außer Hörweite. »Ich mein's ernst, Hana. Du könntest mitkommen. Es würde dir in der Wildnis gefallen. Es ist unglaublich. Es gibt dort ganze Siedlungen …«

»Du warst dort?«, unterbricht sie mich scharf.

Ich werde rot, weil ich ihr gar nicht von meiner Nacht mit Alex in der Wildnis erzählt habe. Ich weiß, dass sie auch das als Verrat sehen wird. Früher habe ich ihr alles erzählt. »Nur einmal«, sage ich. »Und nur ein paar Stunden. Es ist unglaublich, Hana. Es ist überhaupt nicht so, wie wir es uns vorgestellt haben. Und wie wir über den Zaun gekommen sind … Die Tatsache, dass man überhaupt über die Grenze kommt … So viel ist ganz anders, als man uns immer gesagt hat. Sie haben uns *angelogen,* Hana.«

Ich halte überwältigt inne. Hana blickt zu Boden und zupft am Saum ihrer Laufshorts herum.

»Wir könnten es schaffen«, sage ich sanfter. »Wir drei zusammen.«

Hana sagt lange nichts. Sie sieht blinzelnd aufs Meer hinaus. Schließlich schüttelt sie den Kopf, eine kaum wahrnehmbare Bewegung, und lächelt mich traurig an. »Ich werde dich vermissen, Lena«, sagt sie und mir rutscht das Herz in die Hose.

»Hana …«, hebe ich an, aber sie unterbricht mich.

»Oder vielleicht werde ich dich auch nicht vermissen.« Sie richtet sich auf und klopft den Sand von ihren Shorts. »So ist es doch nach dem Eingriff, nicht wahr? Kein Schmerz. Zumindest nicht diese Art Schmerz.«

»Du musst es nicht durchziehen.« Ich rappele mich auf. »Komm mit in die Wildnis.«

Sie stößt ein hohles Lachen aus. »Und all das zurücklassen?« Sie zeigt um sich. Sie sagt es halb im Scherz, aber nur halb. Schließlich will Hana trotz all ihres Geredes, ihrer Untergrundpartys und der verbotenen Musik dieses Leben, diesen Ort nicht aufgeben, das einzige Zuhause, das wir kennen. Allerdings hat sie hier auch ein Leben: eine Familie, eine Zukunft, einen guten Partner. Ich habe nichts.

Hanas Mundwinkel zittern und sie lässt den Kopf sinken, kickt in den Sand. Ich möchte sie trösten, aber mir fällt nichts ein, was ich sagen könnte. In meiner Brust schmerzt es heftig. Während wir so dastehen, kommt es mir vor, als würde ich dabei zusehen, wie mein ganzes Leben mit Hana, unsere gesamte Freundschaft, auseinanderbricht: gemeinsame Übernachtungen mit verbotenen mitternächtlichen Schüsseln voll Popcorn; all die Male, die wir für den Tag der Evaluierung geprobt haben, wobei Hana, eine der alten Brillen ihres Vaters auf der Nase, immer wenn ich eine falsche Antwort gab, mit einem Lineal auf den Tisch haute und wir jedes Mal wie verrückt lachen mussten; wie sie Jillian Dawson mit voller Wucht eins reinhaute, weil Jillian gesagt hatte, mein Blut sei krank; wie wir am Pier Eis aßen und davon träumten, dass wir mit unseren Partnern in identischen Häusern nebeneinanderwohnen würden. All das wird ins Nichts gesaugt wie Sand, der von der Strömung hinweggespült wird.

»Es hat nichts mit dir zu tun«, sage ich. Ich muss die Worte an einem Kloß in meinem Hals vorbeizwängen. »Grace und du seid die einzigen Menschen, die mir hier etwas bedeuten. Sonst nichts …« Ich breche ab. »Alles sonst ist nichts.«

»Ich weiß«, murmelt sie, sieht mich aber immer noch nicht an.

»Sie … sie haben meine Mutter abgeholt, Hana.« Das wollte ich ihr eigentlich gar nicht sagen. Ich wollte nicht darüber reden. Aber die Worte sprudeln hervor.

Sie wirft mir einen scharfen Blick zu. »Wovon redest du?«

Da erzähle ich ihr von den Grüften. Erstaunlicherweise verliere ich nicht die Nerven. Ich erzähle es ihr einfach in allen Einzelheiten. Block sechs und die Flucht, die Zelle, die Wörter. Hana hört völlig erstarrt zu. Ich habe sie noch nie so still und ernst erlebt.

Als ich geendet habe, ist Hanas Gesicht weiß. Sie sieht genauso aus wie damals, als wir klein waren, nachts wach blieben und uns gegenseitig mit Gruselgeschichten Angst einjagten. In gewisser Weise *ist* die Geschichte meiner Mutter vermutlich eine Gruselgeschichte. »Es tut mir leid, Lena«, sagt sie, ihre Stimme kaum ein Flüstern. »Ich weiß nicht, was ich noch sagen soll. Es tut mir so leid.«

Ich nicke und starre aufs Meer hinaus. Ich frage mich, ob das, was wir über die anderen Teile der Erde gelernt haben – die ungeheilten Teile –, stimmt, ob sie wirklich so wild, wüst, brutal und voller Schmerz sind, wie es immer heißt. Mit ziemlicher Sicherheit ist auch das eine Lüge. Es ist auf vielerlei Art einfacher, sich einen Ort wie Portland vorzustellen – einen Ort mit seinen Mauern, Grenzen und Halbwahrheiten, einen Ort, wo Liebe nur vorübergehend aufflammt.

»Verstehst du jetzt, warum ich wegmuss?«, sage ich. Es ist eigentlich keine Frage, aber sie nickt.

»Ja.« Hana schüttelt ein wenig die Schultern, als versuchte sie einen Traum abzuschütteln. Dann dreht sie sich zu mir um. Obwohl ihre Augen traurig sind, bringt sie ein Lächeln zu Stande. »Du, Lena Haloway«, sagt sie, »bist eine Legende.«

»Ja, klar.« Ich verdrehe die Augen. Aber es geht mir besser. Sie hat mich beim Namen meiner Mutter genannt, daher weiß ich, dass sie mich versteht. »Ein Lehrstück vielleicht.«

»Ich mein's ernst.« Sie streicht sich die Haare aus dem Gesicht und sieht mich aufmerksam an. »Ich habe mich geirrt, weißt du. Erinnerst du dich noch an das, was ich zu Anfang des Sommers gesagt habe? Ich dachte, du hättest Schiss. Ich dachte, du wärst zu ängstlich, um etwas zu riskieren.« Das traurige Lächeln spielt erneut um ihre Lippen. »Und jetzt stellt sich raus, dass du mutiger bist als ich.«

»Hana …«

»Schon okay.« Sie unterbricht mich mit einer Handbewegung. »Du hast es verdient. Du hast *mehr* verdient.«

Ich weiß nicht genau, was ich darauf erwidern soll. Ich würde sie am liebsten in den Arm nehmen, aber stattdessen schlinge ich die Arme fest um meine Taille. Der Wind vom Wasser her ist schneidend.

»Ich werde dich auch vermissen, Hana«, sage ich nach einer Weile.

Sie geht ein paar Schritte aufs Wasser zu und kickt mit der Schuhspitze einen Bogen Sand weg. Er scheint den Bruchteil einer Sekunde in der Luft zu schweben, bevor er zu Boden rieselt. »Tja, du weißt ja, wo du mich findest.«

Wir stehen noch eine Weile da und hören auf die Tide, die am Ufer leckt, das Wasser, das kleine Felsbröckchen anhebt und mit sich reißt: Steine, die über Tausende und Abertausende von Jahren zu Sand wurden. Eines Tages wird all das vielleicht Wasser sein. Eines Tages wird vielleicht alles zu Staub zerfallen sein.

Dann dreht sich Hana um und sagt: »Los geht's. Wer zuerst am Sportplatz ist«, und rennt schon los, bevor ich noch *Okay* sagen kann.

»Das gilt nicht!«, rufe ich hinter ihr her. Aber ich gebe mir keine große Mühe, sie einzuholen. Ich lasse sie ein paar Meter vor mir herlaufen und versuche sie mir ganz genau einzuprägen: rennend, lachend, braun gebrannt, glücklich und schön und mein; das blonde Haar, das in den letzten Sonnenstrahlen aufblitzt wie eine Fackel, wie ein Signalfeuer für das Gute, was vor uns liegt, eine bessere Zukunft für uns beide.

Liebe. Die gefährlichste aller Krankheiten. Sie endet auf jeden Fall tödlich, ob man sie hat oder nicht.

Aber das stimmt nicht ganz.

Der Verdammende und der Verdammte. Der Henker; die Klinge; die Begnadigung in letzter Minute; der keuchende Atem und der gewölbte Himmel über einem und *danke, danke, danke, lieber Gott.*

Liebe: Sie bringt dich um, aber sie rettet dich auch.

fünfundzwanzig

Nur Eile rettet mich, Verzug ist Tod.

Aus dem Lehrstück *Romeo und Julia* von William Shakespeare, abgedruckt in: Princeton Review, *100 Zitate für die Abschlussprüfung*

Es ist kalt, als ich mich irgendwann nach Mitternacht auf den Weg zur Brooks Street 37 mache, und ich ziehe den Reißverschluss meiner Nylon-Windjacke bis ans Kinn hoch. Die Straßen sind so dunkel und ruhig, wie ich es noch nie erlebt habe. Nirgendwo ist auch nur der Hauch einer Bewegung wahrzunehmen, kein Vorhang zuckt in den Fenstern, kein Schatten huscht über Wände und erschreckt mich, in keiner Gasse glitzern Katzenaugen oder krabbeln Rattenbeine, nirgends höre ich das entfernte Trommeln von Schritten auf dem Bürgersteig, wenn die Aufseher ihre Runden drehen. Es ist, als hätten sich bereits alle auf den Winter eingestellt – als wäre die ganze Stadt tiefgefroren. Es ist seltsam. Ich muss wieder an das Haus denken, das auf irgendeine Weise die Offensive überstanden hat und noch immer dort in der Wildnis aufragt, perfekt erhalten, aber vollkommen unbewohnt.

Ich bin erleichtert, als ich um die Ecke biege und den rostigen Eisenzaun vor dem Grundstück von Brooks Street 37 erblicke, weil Alex in einem der dunklen Zimmer hockt und vielleicht gerade ernst Decken und Konservendosen in einen Rucksack packt. Bis eben war mir gar nicht klar, dass ich irgendwann im Laufe des Sommers angefangen habe, Brooks Street 37 als mein Zuhause zu betrachten. Ich schiebe meinen Rucksack etwas höher auf meine Schulter und laufe zum Tor.

Aber etwas stimmt nicht damit: Ich rüttele ein paarmal daran, aber es geht nicht auf. Erst denke ich, es klemmt. Dann merke ich, dass jemand ein Vorhängeschloss darumgeschlungen hat. Es sieht neu aus und glitzert grell im Mondlicht, als ich daran ziehe.

Brooks Street 37 ist abgeschlossen.

Ich bin dermaßen überrascht, dass ich gar nicht mal ängstlich oder misstrauisch werde. Mein einziger Gedanke gilt Alex und wo er wohl ist und ob er etwas mit diesem Schloss zu tun hat. Vielleicht hat er das Grundstück abgeschlossen, um unsere Sachen zu schützen. Oder vielleicht bin ich zu früh dran oder zu spät. Ich will gerade versuchen, über den Zaun zu klettern, als Alex plötzlich rechts von mir lautlos aus den Schatten tritt.

»Alex!« Obwohl wir nur ein paar Stunden lang getrennt waren, freue ich mich so, ihn zu sehen – bald wird er mein sein, ganz offiziell und vollständig –, dass ich vergesse, leise zu sprechen, als ich auf ihn zulaufe.

»Pssst.« Er schlingt die Arme um mich, als ich praktisch auf ihn draufspringe, und wankt ein Stück rückwärts. Aber als ich meinen Kopf hebe, um ihn anzusehen, lächelt er und ich weiß, dass er sich genauso freut wie ich. Er küsst meine Nasenspitze. »Wir sind noch nicht in Sicherheit.«

»Nein, aber bald.« Ich stelle mich auf die Zehenspitzen und küsse ihn sanft. Wie immer scheint der Druck seiner Lippen auf meinen alles Böse in der Welt auszulöschen. Ich muss mich geradezu von ihm losreißen und gebe ihm einen spielerischen Klaps auf den Arm. »Danke übrigens für den Schlüssel.«

»Den Schlüssel?« Alex kneift verwirrt die Augen zusammen.

»Für das Schloss.« Ich will ihn erneut an mich drücken, aber er tritt einen Schritt zurück und schüttelt den Kopf, sein Gesicht ist plötzlich grellweiß und entsetzt – und in diesem Augenblick kapiere ich es, wir kapieren es beide, und Alex öffnet den Mund, aber wie in Zeitlupe, und genau in dem Moment, als ich begreife, warum ich ihn plötzlich so deutlich erkennen kann, in Licht getaucht, erstarrt wie ein Hirsch, der von den Scheinwerfern eines Lastwagens erfasst wird *(die Aufseher benutzen heute Nacht starke Handstrahler)*, dröhnt eine Stimme durch die Nacht: »Halt! Alle beide! Hände über den Kopf!« Gleichzeitig erreicht mich Alex' Stimme, drängend – »Lauf, Lena, lauf!« Er geht bereits rückwärts durch die Dunkelheit, aber meine Füße brauchen länger, um sich in Bewegung zu setzen, und als sie mir endlich gehorchen und ich blindlings und ziellos in die erstbeste Straße einbiege, ist die Nacht von beweglichen Schatten erfüllt, die nach mir greifen, die schreien, an meinen Haaren ziehen – Hunderte, wie es scheint, die den Hügel herunterströmen, aus der Erde, den Bäumen, der Luft auftauchen.

»Haltet sie! Haltet sie!«

Mein Herz birst in meiner Brust und ich bekomme keine Luft. Ich hatte noch nie solche Panik. Ich sterbe vor Angst. Mehr und mehr Schatten verwandeln sich in Menschen. Alle greifen, schreien, glitzernde Metallwaffen, Gewehre und Schläger, Dosen mit Tränengas in der Hand. Ich ducke und winde mich unter rauen Händen hindurch und rase auf den Hügel zu, der zur Brandon Road führt, aber vergebens. Ein Aufseher packt mich grob von hinten. Ich kann ihn mit Mühe abschütteln, bevor ich von jemandem in der Uniform eines Wachmanns abpralle und ein weiteres Paar Hände an mir spüre. Die Angst ist ein Schatten, eine Decke – sie erstickt mich, macht mir das Atmen unmöglich.

Ein Streifenwagen springt neben mir an und seine kreisenden Lichter erleuchten alles grell, aber nur für einen Moment, und die Welt um mich herum blinkt schwarz, weiß, schwarz, weiß, bewegt sich stoßweise weiter, in Zeitlupe.

Ein Gesicht, das zu einem schrecklichen Schrei verzerrt ist; ein Hund, der mit gefletschten Zähnen von links angesprungen kommt; jemand ruft: »Ergreift sie! Ergreift sie!«

Keine Luft, keine Luft, keine Luft.

Ein hohes Pfeifen, ein Schrei; ein Knüppel, der vorübergehend in der Luft erstarrt.

Ein herabsausender Schlagstock; ein hechtender, knurrender Hund; sengender Schmerz, direkt durch mich hindurch, wie Hitze.

Dann Schwärze.

Als ich die Augen öffne, ist die Welt in tausend Teile zersprungen. Alles, was ich sehe, sind winzige Splitter aus Licht, die verschwommen herumschwirren wie in einem Kaleidoskop. Ich blinzele mehrmals, und langsam verbinden sich die Splitter, setzen sich zu einer glockenförmigen Lampe und einer cremefarbenen Decke zusammen, auf der ein großer Wasserfleck in Form einer Eule prangt. Mein Zimmer. Zu Hause. Ich bin zu Hause.

Einen Augenblick bin ich erleichtert: Mein Körper kribbelt, als wäre ich überall auf der Haut mit Nadeln gestochen worden, und ich wünsche mir nichts sehnlicher, als mich in mein weiches Kissen zurückzulehnen und in der Dunkelheit und der Besinnungslosigkeit des Schlafs zu versinken, bis sich der heftige Schmerz in meinem Kopf auflöst. Dann fällt es mir wieder ein. Das Vorhängeschloss, der Angriff, die schwärmenden Schatten. Und Alex.

Ich weiß nicht, was mit Alex passiert ist.

Mit rudernden Armen versuche ich mich aufzusetzen, aber quälender Schmerz schießt von meinem Kopf in meinen Nacken und keuchend lege ich mich wieder hin. Ich schließe die Augen und höre, wie die Tür zu meinem Zimmer kratzend aufgeht: Plötzlich werden unten Stimmen laut. Meine Tante unterhält sich in der Küche mit jemandem, einem Mann, dessen Stimme ich nicht erkenne. Wahrscheinlich ein Aufseher.

Schritte durchqueren den Raum. Ich halte die Augen fest geschlossen und stelle mich schlafend, als sich jemand über mich beugt. Ich spüre warmen Atem, der mich seitlich am Hals kitzelt.

Dann weitere Schritte, die die Treppe heraufkommen, und Jennys Stimme, ein Zischen, an der Tür: »Was hast du denn hier zu suchen? Tante Carol hat dir doch gesagt, du sollst wegbleiben. Jetzt geh runter, bevor ich's ihr sage.«

Das Gewicht hebt sich vom Bett und leichte Schritte tappen zurück in den Flur. Ich öffne die Augen einen Spaltbreit, nur ein winziges bisschen, gerade weit genug, um zu erkennen, wie Grace sich an Jenny vorbeidrückt, die in der Tür steht. Sie muss nach mir gesehen haben. Ich kneife die Augen wieder zu, als Jenny mehrere vorsichtige Schritte auf das Bett zumacht.

Dann dreht sie sich abrupt um, als könnte sie das Zimmer gar nicht schnell genug verlassen. Sie ruft: »Sie schläft noch!« Die Tür schließt sich wieder kratzend. Aber ich höre noch ganz deutlich aus der Küche: »Wer war es? Wer hat sie infiziert?«

Diesmal zwinge ich mich dazu, mich aufzusetzen, trotz des Schmerzes, der mir durch Kopf und Nacken schneidet, und des schrecklichen Schwindels, der jede meiner Bewegungen begleitet. Ich versuche aufzustehen, doch meine Beine tragen mich nicht. Ich gehe zu Boden und krabbele stattdessen zur Tür. Selbst auf allen vieren kostet es mich übermenschliche Anstrengung und ich lege mich zitternd hin, während das Zimmer weiter hin- und herschaukelt wie eine teuflische Wippe.

Mit dem Kopf auf dem Boden kann ich zum Glück einfacher hören, was unten gesprochen wird. Meine Tante sagt: »Sie müssen ihn doch zumindest gesehen haben.« Ich habe sie noch nie so hysterisch erlebt.

»Keine Sorge«, sagt der Aufseher. »Wir werden ihn schon finden.«

Immerhin. Alex muss entkommen sein. Wenn die Aufseher eine Ahnung hätten, wer da mit mir auf der Straße war – wenn sie auch nur einen Verdacht hätten –, hätten sie ihn bereits festgenommen. Ich spreche ein lautloses Dankgebet, dass es Alex gelungen ist, sich in Sicherheit zu bringen.

»Wir hatten keine Ahnung«, beteuert Carol, immer noch mit dieser zitternden Stimme, die so gar nichts mit ihrem üblichen bedächtigen Tonfall gemein hat. Und jetzt verstehe ich: Sie ist nicht nur hysterisch. Sie hat Angst. »Sie müssen uns glauben, wir hatten keine Ahnung, dass sie infiziert war. Es gab keinerlei Anzeichen dafür. Ihr Appetit war unverändert. Sie ging pünktlich zur Arbeit. Keine Stimmungsschwankungen …«

»Sie hat wahrscheinlich alles getan, um die Anzeichen zu verbergen«, unterbricht sie der Aufseher. »Das tun die Infizierten häufig.« Der Abscheu in seiner Stimme ist nicht zu überhören, als er das Wort *Infizierte* ausspricht, als würde er eigentlich *Kakerlake* oder *Terrorist* sagen.

»Was machen wir denn jetzt?« Carols Stimme klingt leiser. Der Aufseher und sie müssen ins Wohnzimmer gegangen sein.

»Wir melden uns so bald wie möglich«, erwidert er. »Mit ein bisschen Glück schon vor dem Ende der Woche …«

Jetzt kann ich nichts mehr verstehen, höre nur noch ein leises Summen. Ich lehne meine Stirn einen Moment an die Tür und konzentriere mich aufs Ein- und Ausatmen, atme gegen den Schmerz an. Dann stehe ich vorsichtig auf. Ich bin immer noch sehr benommen und muss mich an der Wand festhalten, während ich überlege, was ich für Möglichkeiten habe. Ich muss herausfinden, was genau passiert ist. Ich muss wissen, wie lange die Aufseher Brooks Street 37 schon beobachtet haben, und ich muss mich unbedingt davon überzeugen, dass Alex in Sicherheit ist. Ich muss mit Hana reden. Sie wird mir helfen. Sie wird wissen, was zu tun ist. Ich ziehe am Türknauf, aber die Tür ist von außen abgeschlossen.

Natürlich. Ich bin jetzt eine Gefangene.

Und noch während meine Hand auf dem Türknauf ruht, beginnt er zu klappern und sich zu drehen. Ich drehe mich so schnell ich kann um und hechte zurück ins Bett – sogar das tut weh –, gerade als die Tür erneut aufschwingt und Jenny wieder hereinkommt.

Ich schließe die Augen nicht schnell genug. Sie ruft in den Flur: »Sie ist wach.« Sie hat ein Glas Wasser in der Hand, will aber offenbar nicht weiter ins Zimmer kommen. Sie bleibt an der Tür stehen und betrachtet mich.

Ich bin nicht allzu scharf darauf, mit Jenny zu reden, aber ich will unbedingt was trinken. Meine Kehle fühlt sich an, als hätte ich Schmirgelpapier verschluckt.

»Ist das für mich?«, frage ich und zeige auf das Glas. Meine Stimme ist ein Krächzen.

Jenny nickt, ihre Lippen zu einem schmalen weißen Strich verzogen. Ausnahmsweise hat sie mal nichts zu sagen. Sie stürzt plötzlich nach vorn, stellt das Glas auf den kleinen wackligen Tisch neben dem Bett und stürzt genauso schnell wieder zur Tür. »Tante Carol meint, das würde helfen.«

»Wogegen helfen?« Ich trinke dankbar einen langen Schluck und das Brennen in meiner Kehle und meinem Kopf scheint etwas nachzulassen.

Jenny zuckt mit den Schultern. »Gegen die Infektion, schätze ich.«

Das erklärt, warum sie an der Tür stehen bleibt und mir nicht zu nahe kommen will. Ich bin krank, infiziert, besudelt. Sie hat Angst, sich anzustecken. »Du wirst nicht krank, nur weil du in meiner Nähe bist«, erkläre ich ihr.

»Ich weiß«, sagt sie schnell und angriffslustig, rührt sich aber trotzdem nicht und betrachtet mich misstrauisch.

Ich bin unglaublich müde. »Wie spät ist es?«, frage ich Jenny.

»Halb drei«, sagt sie.

Das überrascht mich. Es ist relativ wenig Zeit vergangen, seit ich mich mit Alex getroffen habe. »Wie lange war ich bewusstlos?«

Sie zuckt noch einmal mit den Schultern. »Du warst ohnmächtig, als sie dich nach Hause gebracht haben«, sagt sie nüchtern, als wäre das etwas ganz Normales oder etwas, das *ich* getan hätte – und käme nicht davon, dass mir ein Haufen Aufseher auf den Hinterkopf geschlagen hat. Das ist das Ironische daran. Sie schaut mich an, als wäre ich die Verrückte, die Gefährliche. Während der Typ da unten, der mir beinahe den Schädel gespalten und mein Hirn auf dem Bürgersteig verteilt hätte, der Retter ist.

Ich kann ihren Anblick nicht ertragen, deshalb drehe ich mich zur Wand. »Wo ist Grace?«

»Unten«, sagt sie. Ein Teil ihres üblichen weinerlichen Tonfalls kehrt in ihre Stimme zurück. »Wir mussten Schlafsäcke im Wohnzimmer ausrollen.«

Natürlich wollen sie Grace von mir fernhalten: Die kleine, beeinflussbare Grace muss doch vor ihrer verrückten, kranken Großcousine geschützt werden. Ich fühle mich wirklich krank, vor Angst und Abscheu. Ich muss daran denken, wie ich mir gestern vorgestellt habe, das ganze Haus abzufackeln. Ein Glück für Tante Carol, dass ich keine Streichhölzer habe. Ansonsten würde ich es vielleicht sogar tun.

»Und, wer war's?« Jennys Stimme senkt sich zu einem geschmeidigen Flüstern, wie eine kleine Schlange, die mir ihre gespaltene Zunge ins Ohr steckt. »Wer hat dich infiziert?«

»Jenny.«

Ich wende den Kopf, überrascht, Rachels Stimme zu hören. Sie steht in der Tür und beobachtet uns, ihre Miene ist vollkommen undurchdringlich.

»Tante Carol möchte, dass du runterkommst«, sagt sie. Jenny hastet eifrig zur Tür und wirft mir noch einen letzten Blick über die Schulter zu, eine Mischung aus Furcht und Faszination. Ich frage mich, ob ich auch so ausgesehen habe vor all den Jahren, als Rachel die Deliria bekam und von vier Aufsehern zu Boden gerungen werden musste, bevor es gelang, sie zu den Labors zu zerren.

Rachel kommt zum Bett herüber, wobei sie mich immer noch mit derselben undurchdringlichen Miene ansieht. »Wie fühlst du dich?«, fragt sie.

»Großartig«, antworte ich sarkastisch, aber sie blinzelt mich nur an.

»Nimm die.« Sie legt zwei weiße Tabletten auf den Nachttisch.

»Was ist das? Ein Beruhigungsmittel?«

Ihre Lider flattern. »Aspirin.« Ihre Stimme klingt jetzt gereizt und ich bin froh darüber. Es gefällt mir nicht, dass sie so beherrscht und unbeteiligt dasteht und mich mustert, als wäre ich ein ausgestopftes Tier.

»Also … Carol hat dich angerufen?« Ich bin mir nicht sicher, ob ich ihr wegen des Aspirins trauen kann, aber ich beschließe, es drauf ankommen zu lassen. Mein Kopf bringt mich um, und im Moment weiß ich nicht, ob ein Beruhigungsmittel wirklich so viel Schaden anrichten könnte. In diesem Zustand kann ich sowieso nicht zur Tür rausstürmen. Ich schlucke die beiden Tabletten mit einem großen Schluck Wasser.

»Ja. Ich bin gleich hergekommen.« Sie setzt sich aufs Bett. »Ich habe geschlafen, weißt du.«

»Tut mir leid, wenn ich dir Unannehmlichkeiten bereitet habe. Ich habe nicht direkt darum gebeten, niedergeschlagen und hierhergezerrt zu werden.« So habe ich noch nie mit Rachel gesprochen und ich sehe, dass sie überrascht ist. Sie reibt sich müde die Stirn und einen Augenblick lang blitzt die Rachel von früher auf – meine große Schwester Rachel, die mich mit Kitzelattacken gefoltert, meine Haare geflochten und sich beklagt hat, dass ich immer größere Portionen Eis bekam.

Dann ist die Ausdruckslosigkeit zurück wie ein Schleier. Es

ist unglaublich, wie ich das bisher immer einfach hingenommen habe, dass die meisten Geheilten durch die Welt gehen, als wären sie in einen dichten Umhang aus Schlaf gehüllt. Vielleicht liegt es daran, dass ich selbst auch geschlafen habe. Erst als Alex mich aufgeweckt hat, habe ich angefangen klarzusehen.

Eine Weile sagt Rachel nichts weiter. Ich habe ihr auch nichts zu sagen, also sitzen wir einfach da. Ich schließe die Augen und warte darauf, dass der Schmerz nachlässt, versuche dabei trotz der Schritte, gedämpften Ausrufe und des Fernsehers in der Küche Wörter im Stimmengewirr auszumachen, aber ich kann kein genaues Gespräch verstehen.

Schließlich sagt Rachel: »Was ist heute Nacht passiert, Lena?«

Als ich die Augen öffne, starrt sie mich wieder an. »Glaubst du, ich sag dir das?«

Sie schüttelt kaum wahrnehmbar den Kopf. »Ich bin deine Schwester.«

»Als ob dir das was bedeuten würde.«

Sie zuckt etwas zurück, nur Zentimeter. Als sie erneut spricht, klingt ihre Stimme abweisend. »Wer ist es? Wer hat dich infiziert?«

»Das ist die Frage des Abends, nicht wahr?« Ich drehe mich von ihr weg zur Wand, mir ist kalt. »Wenn du hergekommen bist, um mich auszuquetschen, verschwendest du deine Zeit. Dann kannst du auch gleich wieder nach Hause gehen.«

»Ich bin hergekommen, weil ich mir Sorgen mache«, sagt sie.

»Worum? Um die Familie? Um deinen Ruf?« Ich starre weiterhin stur die Wand an und ziehe mir die dünne Sommerdecke bis ans Kinn hoch. »Oder vielleicht machst du dir auch Sorgen, dass alle Leute denken werden, du hättest es gewusst? Vielleicht glaubst du, du wirst als Sympathisantin abgestempelt?«

»Mach nicht so ein Theater.« Sie seufzt. »Ich mache mir Sorgen um dich. Du bist mir wichtig, Lena. Ich will, dass du immun bist. Ich will, dass du *glücklich* bist.«

Ich drehe den Kopf, um sie anzusehen. Eine Welle aus Wut überspült mich – und etwas, das noch tiefer geht, Hass. Ich hasse sie; ich hasse sie dafür, dass sie mich anlügt. Ich hasse sie dafür, dass sie so tut, als sei ich ihr wichtig, sogar dafür, dass sie dieses Wort in meiner Gegenwart verwendet. »Du lügst«, stoße ich hervor. Und dann: »Du wusstest das mit Mom.«

Diesmal fällt der Schleier. Sie zuckt noch ein Stück zurück. »Wovon redest du?«

»Du wusstest, dass sie nicht … dass sie sich nicht umgebracht hat. Du wusstest, dass sie sie abgeholt haben.«

Rachel sieht mich aus zusammengekniffenen Augen an. »Ich habe wirklich keine Ahnung, wovon du sprichst, Lena.«

Und ich kann erkennen, dass ich mich wenigstens in diesem Punkt geirrt habe. Rachel weiß es nicht. Sie hat es nie gewusst. Ich bin erleichtert, und zugleich tut sie mir leid.

»Rachel«, sage ich, sanfter. »Sie war in den Grüften. Sie ist die ganze Zeit über in den Grüften gewesen.«

Rachel starrt mich einen langen Moment mit offenem Mund an. Dann steht sie abrupt auf und streicht ihre Hose glatt, als würde sie unsichtbare Krümel abstreifen. »Hör zu, Lena … Du hast einen ziemlich heftigen Schlag auf den Kopf bekommen.« Es klingt wieder so, als hätte ich das irgendwie selbst getan. »Du bist müde. Du bist verwirrt.«

Ich widerspreche ihr nicht. Es hat keinen Sinn. Für Rachel ist es sowieso zu spät. Sie wird immer hinter der Mauer leben. Sie wird immer schlafen.

»Du solltest versuchen dich etwas ausruhen«, sagt sie. »Ich hole dir noch Wasser.« Sie nimmt das Glas und geht dann auf die Tür zu. Das Deckenlicht schaltet sie aus. Sie bleibt noch einen Moment mit dem Rücken zu mir in der Tür stehen. Im trüben Gegenlicht aus dem Flur sieht ihre Gestalt ganz schwarz aus, so dass sie wirkt wie ein Schattenmensch, eine Silhouette.

»Weißt du, Lena«, sagt sie schließlich und dreht sich noch mal zu mir um, »es wird besser. Ich weiß, dass du wütend bist. Ich weiß, dass du denkst, wir würden dich nicht verstehen. Aber ich verstehe dich sehr wohl.« Sie bricht ab und starrt in das leere Glas. »Ich war genau wie du. Ich kann mich noch erinnern: diese Gefühle, diese Wut und Leidenschaft, der Eindruck, dass man ohne das nicht leben kann, dass man lieber sterben würde.« Sie seufzt. »Aber glaub mir, Lena. Das liegt nur an der Krankheit. In ein paar Tagen wirst du es verstehen. Das alles wird dir wie ein Traum vorkommen. Mir ist es wie ein Traum vorgekommen.«

»Und, bist du jetzt glücklicher? Bist du froh, dass du es getan hast?«, frage ich sie.

Vielleicht interpretiert sie meine Frage als Zeichen dafür, dass ich zuhöre und ihr Aufmerksamkeit schenke. Auf jeden Fall lächelt sie. »Sehr«, sagt sie.

»Dann bist du einfach nicht wie ich«, flüstere ich heftig. »Du bist überhaupt nicht wie ich.«

Rachel öffnet den Mund, um noch etwas zu sagen, aber in diesem Moment kommt Carol an die Tür. Ihr Gesicht ist rot und erhitzt und ihre Haare stehen wild ab, aber als sie spricht, klingt sie ruhig. »Alles in Ordnung«, sagt sie leise zu Rachel. »Es ist alles geregelt.«

»Gott sei Dank«, erwidert Rachel. Dann sagt sie grimmig: »Aber sie wird nicht freiwillig gehen.«

»Tun sie das je?«, fragt Carol trocken. Dann verschwindet sie wieder.

Carols Tonfall hat mir Angst gemacht. Ich versuche mich auf die Ellbogen zu stützen, aber meine Arme fühlen sich an, als wären sie aus Pudding. »Was ist geregelt?«, frage ich, überrascht, dass meine Stimme so nuschelig klingt.

Rachel sieht mich einen Moment an. »Ich hab dir doch gesagt, wir wollen nur, dass du immun wirst«, sagt sie unbewegt.

»Was habt ihr geregelt?« Panik erfüllt mich und wird noch verstärkt durch die Schwere, die mich gleichzeitig überkommt. Ich muss mich anstrengen, die Augen offen zu halten.

»Deinen Eingriff.« Das ist Carol. Sie ist gerade zurück ins Zimmer getreten. »Wir haben es geschafft, ihn vorzuverlegen. Gleich Sonntagmorgen wirst du geheilt. Danach geht's dir hoffentlich wieder gut.«

»Unmöglich.« Ich muss würgen. Das sind keine achtundvierzig Stunden mehr. Keine Zeit, um Alex zu benachrichtigen – keine Zeit, um unsere Flucht zu planen. Keine Zeit, um irgendetwas zu unternehmen. »Das mach ich nicht.« Meine Stimme klingt gar nicht nach meiner eigenen: Es ist ein langes Ächzen.

»Eines Tages wirst du es verstehen«, sagt Carol. Rachel und sie kommen auf mich zu und dann sehe ich, dass sie Nylonschnur in den Händen halten. »Eines Tages wirst du uns dankbar sein.«

Ich will um mich schlagen, aber mein Körper ist unglaublich schwer und vor meinen Augen verschwimmt alles. Wolken ziehen durch meinen Verstand. Ich denke: *Sie hat mich also doch angelogen mit dem Aspirin,* dann denke ich: *Aua,* als etwas Scharfes tief in meine Handgelenke schneidet, und dann denke ich gar nichts mehr.

sechsundzwanzig

hier ist das tiefste geheimnis, das keiner kennt
(hier ist die wurzel, die knospe der knospe
und der himmel des himmels eines baums genannt leben; der wächst
noch höher als seele hoffen, als geist verbergen kann)
und dies ist das wunder, das die sterne in bahnen hält

ich trage dein herz (ich trage es in meinem herzen)

Aus: »ich trage dein herz bei mir«, ein Gedicht von E. E. Cummings, verboten, siehe *Vollständige Sammlung gefährlicher Wörter und Gedanken,* www.vsgwg.gov.org

Ich wache auf, weil jemand immer wieder meinen Namen sagt. Als ich mich ins Bewusstsein zurückkämpfe, sehe ich blonde Haarsträhnen wie ein Heiligenschein, und einen wirren Moment lang denke ich, vielleicht bin ich tot. Vielleicht haben sich die Wissenschaftler geirrt und nicht nur die Geheilten kommen in den Himmel.

Dann werden Hanas Züge schärfer und ich stelle fest, dass sie sich über mich gebeugt hat. »Bist du wach?«, fragt sie. »Kannst du mich hören?«

Ich stöhne und sie rückt ein bisschen ab und atmet geräuschvoll aus. »Gott sei Dank«, sagt sie. Sie flüstert und sieht verängstigt aus. »Du warst so still, dass ich schon dachte, du wärst … dass sie …« Sie bricht ab. »Wie geht es dir?«

»Beschissen«, krächze ich laut und Hana zuckt zusammen und wirft einen Blick über die Schulter. Ich bemerke einen Schatten, der direkt vor der Zimmertür herumhuscht. Natürlich. Ihr Besuch wird überwacht. Entweder das, oder irgendjemand ist rund um die Uhr dort postiert. Wahrscheinlich beides.

Wenigstens sind meine Kopfschmerzen etwas besser, obwohl ich jetzt einen glühenden Schmerz in meinen Schultern spüre. Ich bin immer noch ziemlich k. o. und versuche meine Lage zu verändern, bevor mir Carol, Rachel und die Nylonschnur einfallen und ich feststelle, dass meine Arme über dem Kopf ausgestreckt und an den Bettpfosten festgebunden sind wie bei einer waschechten Gefangenen. Da ist die Wut wieder, sie wallt auf, gefolgt von Panik, als mir einfällt, dass mein Eingriff auf Sonntagmorgen vorverlegt worden ist.

Ich drehe den Kopf. Die Sonne scheint durch die dünnen Plastikjalousien, die vor den Fenstern runtergelassen wurden, und beleuchtet die Staubflocken im Zimmer.

»Wie spät ist es?« Ich versuche mich aufzusetzen und schreie auf, als die Schnur tiefer in meine Handgelenke schneidet. »Welcher Tag ist heute?«

»Psst.« Hana drückt mich zurück ins Bett und hält mich fest, während ich mich unter ihr winde. »Es ist Samstag. Drei Uhr.«

»Du verstehst nicht.« Jedes Wort kratzt mir in der Kehle. »Sie bringen mich morgen zu den Labors. Sie haben den Eingriff vorgezogen …«

»Ich weiß. Ich hab's gehört.« Hana starrt mich eindringlich an, als versuchte sie mir etwas Wichtiges mitzuteilen. »Ich bin so schnell gekommen, wie ich konnte.«

Selbst der kurze Kampf lässt mich erschöpft zurück auf die Kissen sinken. Mein linker Arm ist taub, weil er die ganze Nacht nach hinten ausgestreckt war, und die Taubheit breitet sich weiter aus und verwandelt mein Innerstes in Eis. Hoffnungslos. Die ganze Sache ist hoffnungslos. Ich habe Alex für immer verloren.

»Woher weißt du das?«, frage ich Hana.

»Alle reden davon.« Sie steht auf, geht zu ihrer Tasche, kramt darin herum und holt eine Wasserflasche heraus. Dann kommt sie zurück und kniet sich neben das Bett, so dass wir Auge in Auge sind. »Trink das«, sagt sie. »Davon wird's dir besser gehen.« Sie muss mir die Flasche an die Lippen setzen wie bei einem Kleinkind. Irgendwie peinlich, aber ich bin weit davon entfernt, dass mir das etwas ausmachen würde.

Das Wasser lindert das Feuer in meiner Kehle. »Wissen die Leute … sagen sie …?« Ich lecke mir über die Lippen und werfe einen Blick über Hanas Schulter. Da ist der Schatten. Als er sich bewegt, erkenne ich eine bunt gestreifte Schürze. Ich senke meine Stimme zu einem Flüstern. »Wissen sie, wer …?«

Hana sagt übermäßig laut: »Sei nicht so stur, Lena. Früher oder später finden sie sowieso heraus, wer dich infiziert hat. Du kannst uns also genauso gut gleich sagen, wer es war.« Diese kleine Rede ist ganz offensichtlich für Carol bestimmt. Während des Sprechens zwinkert mir Hana zu und schüttelt kaum wahrnehmbar den Kopf. Alex ist also wirklich in Sicherheit. Vielleicht besteht ja doch noch Hoffnung.

Mit dem Mund forme ich ein Wort: *Alex*. Dann rucke ich mein Kinn in Hanas Richtung und hoffe, sie versteht, dass sie ihn suchen und ihm sagen soll, was passiert ist.

Ihre Augen zucken und das kleine Lächeln verschwindet von ihren Lippen. Ich weiß, dass sie schlechte Nachrichten für mich hat. Sie spricht immer noch extra laut und deutlich: »Das ist nicht nur stur, Lena, sondern auch egoistisch. Wenn du es ihnen sagst, kapieren sie vielleicht, dass ich nichts damit zu tun hatte. Ich find's nicht so spitze, rund um die Uhr einen Babysitter zu haben.« Mir rutscht das Herz in die Hose. Natürlich haben sie jemanden auf Hana angesetzt. Sie vermuten wohl, dass sie irgendwie darin verwickelt ist oder zumindest über Informationen verfügt.

Vielleicht ist es selbstsüchtig, aber in diesem Augenblick tut es mir noch nicht mal leid, dass ich ihr Ärger mache. Ich bin nur fürchterlich enttäuscht. Sie kann Alex nicht benachrichtigen, ohne ihm die gesamte Polizei von Portland auf den Hals zu hetzen. Und wenn sie herausfinden, dass er sich als Geheilter ausgegeben hat und zur Widerstandsbewegung gehört ... Tja, dann werden sie sich kaum die Mühe machen, einen Prozess anzustrengen. Sie werden direkt zur Hinrichtung übergehen.

Hana liest die Verzweiflung in meinem Gesicht. »Es tut mir leid, Lena«, sagt sie, diesmal nur ein Flüstern. »Du weißt, ich würde dir helfen, wenn ich könnte.«

»Ja, na ja, du kannst eben nicht.« Kaum haben die Worte meinen Mund verlassen, bereue ich sie. Hana sieht schrecklich aus, fast so schlimm, wie ich mich fühle. Ihre Augen sind geschwollen und ihre Nase ist rot, als hätte sie geweint, und es ist offensichtlich, dass sie schnell hergekommen ist. Sie trägt ihre Laufschuhe, einen Faltenrock und das extragroße Tanktop, in dem sie normalerweise schläft, als hätte sie die erstbesten Klamotten angezogen, die sie vom Boden aufgehoben hat.

»Tut mir leid«, sage ich, weniger scharf. »War nicht so gemeint.«

»Schon okay.« Sie steht vom Bett auf und geht im Zimmer hin und her, wie immer, wenn sie nachdenkt. Einen Augenblick lang – einen winzigen Sekundenbruchteil lang – wünschte ich fast, ich wäre Alex nie begegnet. Ich wünschte, ich könnte zum Anfang des Sommers zurückspulen, als alles so klar und einfach und leicht war; oder sogar noch weiter zurück, bis zum letzten Herbst, als Hana und ich um den Gouverneur herumgesprungen sind und auf dem Boden in ihrem Zimmer für Mathearbeiten gelernt haben und die Tage bis zu meinem Eingriff vorwärtsklackten wie Dominosteine, die nacheinander umkippen.

Der Gouverneur. Wo Alex mich zum ersten Mal gesehen hat; wo er eine Nachricht für mich hinterlassen hat.

Und da, einfach so, kommt mir eine Idee.

Ich gebe mir Mühe, beiläufig zu klingen. »Was ist eigentlich mit Allison Doveney?«, frage ich. »Wollte sie sich nicht verabschieden?«

Hana dreht sich um und starrt mich an. Allison Doveney war immer unser Codewort für Alex. Sie zieht die Augenbrauen zusammen. »Ich habe sie nicht erreicht«, sagt sie vorsichtig. Der Ausdruck auf ihrem Gesicht besagt: *Das habe ich dir doch schon erklärt.*

Ich hebe die Augenbrauen: *Vertrau mir.* »Es wäre schön, sie vor dem Eingriff morgen noch mal zu sehen.« Ich hoffe, Carol hört zu und interpretiert das als Zeichen, dass ich mich mit den veränderten Plänen abgefunden habe. »Danach wird nichts mehr so sein, wie es war.«

Hana zuckt die Achseln und breitet die Arme aus. *Was soll ich tun?*

Ich stoße einen Seufzer aus und wechsele scheinbar das Thema. »Erinnerst du dich noch an den Unterricht bei Mr Raider? In der fünften Klasse? Wie wir uns die ganze Zeit Nachrichten geschickt haben?«

»Ja«, sagt Hana misstrauisch. Sie sieht immer noch verwirrt aus. Ich merke, dass sie langsam überlegt, ob der Schlag auf meinen Kopf mein Denkvermögen vielleicht doch beeinträchtigt hat.

Ich seufze erneut übertrieben, als würde ich mich nostalgisch an die guten alten Zeiten erinnern. »Weißt du noch, wie er uns erwischt und uns daraufhin auseinandergesetzt hat? Und dann sind wir immer, wenn wir uns was sagen wollten, aufgestanden, um unseren Bleistift zu spitzen, und versteckten eine Nachricht in dem leeren Blumentopf beim Papierkorb.« Ich lache gekünstelt. »An einem Tag habe ich bestimmt siebzehnmal meinen Bleistift gespitzt. Und er hat nichts gemerkt.«

Ein kleines Licht geht in Hanas Augen auf und sie wird ganz still und überaus wachsam wie ein Hirsch, der auf Raubtiere lauscht, kurz bevor er davonrennt – sogar, als sie lacht und sagt: »Ja, ich weiß. Armer Mr Raider. Total ahnungslos.«

Trotz ihres lässigen Tonfalls lässt sich Hana auf Gracies Bett nieder, stützt die Ellbogen auf ihre Knie und sieht mich aufmerksam an. Und jetzt weiß ich, dass sie verstanden hat, was ich ihr wirklich sagen will, während ich hier von Allison Doveney und Mr Raiders Unterricht quatsche.

Ich wechsele erneut das Thema. »Und weißt du noch, wie wir zum ersten Mal einen langen Lauf gemacht haben? Anschließend hatte ich richtige Puddingbeine. Und wie wir zum ersten Mal vom West End bis zum Gouverneur gelaufen sind? Und ich bin hochgesprungen und habe seine Hand abgeklatscht.«

Hana kneift etwas die Augen zusammen. »Wir haben ihn jahrelang missbraucht«, sagt sie vorsichtig und irgendwie scheint sie es nicht so ganz zu durchblicken, noch nicht.

Ich bemühe mich, jegliche Anspannung und Aufregung aus meiner Stimme zu verbannen. »Irgendjemand hat mir mal erzählt, dass er früher was in der Hand hatte. Der Gouverneur, meine ich. Eine Fackel oder eine Schriftrolle oder so was. Jetzt ist da nur dieses kleine Loch in seiner Faust.« Das war's: Ich hab's gesagt. Hana holt tief Luft und ich weiß, dass sie's jetzt verstanden hat, aber um sicherzugehen, frage ich: »Würdest du mir einen Gefallen tun? Würdest du diese Strecke noch mal für mich laufen? Ein letztes Mal?«

»Jetzt werd mal nicht melodramatisch, Lena. Das Heilmittel wirkt in deinem Gehirn, nicht in deinen Beinen. Auch nach morgen kannst du noch laufen gehen.« Hanas Antwort klingt flapsig, genau wie es sein sollte, aber sie lächelt jetzt und nickt mir zu. *Ja. Ich tu's. Und ich verstecke die Nachricht dort.* Hoffnung durchströmt mich, ein warmes Leuchten, das einen Teil des Schmerzes wegbrennt.

»Ja, aber es wird nicht mehr das Gleiche sein«, jammere ich. Carols Gesicht blitzt einen Moment an der Tür auf, die einen

Spaltbreit geöffnet ist. Sie sieht zufrieden aus. Offenbar hat sie den Eindruck, dass ich mich schließlich mit dem Gedanken an den Eingriff angefreundet habe. »Außerdem könnte ja auch was schiefgehen.«

»Es wird nichts schiefgehen.« Hana steht auf und sieht mich einen Moment lang an. »Ich verspreche dir«, sagt sie langsam und betont dabei jedes Wort, »dass alles gut gehen wird.«

Mein Herz setzt einen Schlag aus. Diesmal hat *sie mir* eine Nachricht übermittelt und ich weiß, dass sie nicht von dem Eingriff gesprochen hat.

»Ich geh dann mal besser«, sagt sie, während sie auf die Tür zugeht, fast schon springt. Sollte es funktionieren – sollte es Hana irgendwie gelingen, Alex die Nachricht zu übermitteln, und sollte es ihm irgendwie gelingen, mich aus meiner häuslichen Gefängniszelle zu befreien –, dann war dies wirklich meine letzte Begegnung mit Hana.

»Warte«, rufe ich, als sie schon fast an der Tür ist.

»Was denn?« Sie dreht sich um. Ihre Augen blitzen. Sie ist aufgeregt, bereit loszulegen. Wie sie da im Nebel aus Sonnenlicht steht, das immer noch durch die Jalousien hereindringt, scheint sie einen Augenblick lang von innen heraus zu leuchten. Und jetzt weiß ich, warum man Wörter für die Liebe erfunden hat: Um wenigstens annähernd zu beschreiben, was ich in diesem Moment verspüre, diese verwirrende Mischung aus Schmerz, Vergnügen, Angst und Freude, die mich alle gleichzeitig durchströmen.

»Was ist denn nun?«, wiederholt Hana ungeduldig und tritt auf der Stelle. Ich weiß, dass sie losgehen und den Plan in die Tat umsetzen will. *Ich liebe dich,* denke ich, aber ich sage, etwas atemlos: »Ich wünsche dir einen guten Lauf.«

»Oh, den werde ich haben«, erwidert sie und dann ist sie einfach so weg.

siebenundzwanzig

Wer den Himmel stürmt, kann abstürzen.
Aber vielleicht fliegt er auch.

Altes Sprichwort, Herkunft unbekannt, siehe *Vollständige Sammlung gefährlicher Wörter und Gedanken*, www.vsgwg.gov.org

Ich habe schon erlebt, dass Zeit sich ausdehnt wie Ringe, die sich auf dem Wasser ausbreiten; ich habe auch schon erlebt, dass sie mit solcher Kraft vorbeirauscht, dass sie einen benebelt. Aber bis heute habe ich nie erlebt, dass sie beides gleichzeitig tut. Die Minuten scheinen um mich herum anzuschwellen, mich mit ihrer Trägheit zu ersticken. Das Licht kriecht zentimeterweise über die Decke. Ich versuche den Schmerz in meinem Kopf und meinen Schulterblättern zu unterdrücken. Die Taubheit strahlt von meinem linken Arm zu meinem rechten aus. Eine Fliege kreist durch den Raum, summt immer wieder gegen die Jalousien, im Versuch, einen Weg nach draußen zu finden. Schließlich fällt sie erschöpft runter und schlägt mit einem winzigen klickenden Geräusch auf dem Boden auf.

Tut mir leid, Kumpel. Ich fühle mit dir.

Gleichzeitig beobachte ich entsetzt, wie viele Stunden seit Hanas Besuch bereits verstrichen sind. Mit jeder Stunde rückt der Eingriff näher und damit der Verlust von Alex. Und auch wenn mir jede Minute wie eine Stunde vorkommt, scheint jede Stunde in einer Minute vorbeizufliegen. Ich wünschte, ich könnte herausfinden, ob Hana die Nachricht beim Gouverneur verstecken konnte. Selbst wenn, besteht nur wenig Hoffnung, dass Alex auf die Idee kommt, dort nach einem Lebenszeichen von mir zu suchen – nur eine winzige Hoffnung, der Hauch eines Hauchs.

Aber immerhin Hoffnung.

An die anderen Hindernisse bei meiner Flucht habe ich gar nicht gedacht – wie zum Beispiel die Tatsache, dass ich aufgehängt bin wie eine Salami, oder die Tatsache, dass entweder Carol oder Onkel William oder Rachel oder Jenny immer direkt vor meiner Zimmertür stehen. Man kann es Realitätsverweigerung, Verbohrtheit oder Wahnsinn nennen, aber ich muss einfach daran glauben, dass Alex kommen und mich retten wird – wie in einem der Märchen, von denen er mir auf dem Rückweg aus der Wildnis erzählt hat. Der Prinz holt die Prinzessin aus einem verschlossenen Turm, schlachtet Drachen ab und kämpft sich durch Wälder aus giftigen Dornen, nur um zu ihr zu gelangen.

Am späten Nachmittag kommt Rachel mit einer Schüssel dampfender Suppe herein. Sie setzt sich wortlos zu mir ans Bett.

»Noch mehr Aspirin?«, frage ich sie sarkastisch, als sie mir einen Löffel voll anbietet.

»Jetzt, wo du geschlafen hast, geht's dir besser, oder?«, erwidert sie.

»Es würde mir besser gehen, wenn ich nicht gefesselt wäre.«

»Es ist nur zu deinem Besten«, sagt sie und hält mir erneut den Löffel vor den Mund.

Das Letzte, was ich möchte, ist, Essen von Rachel anzunehmen, aber falls Alex mich holen kommt *(wenn; wenn er mich holen kommt; ich muss weiter daran glauben)*, sollte ich bei Kräften sein. Außerdem, wenn Carol und Rachel denken, dass ich den Gedanken an Widerstand aufgegeben habe, lockern sie vielleicht meine Fesseln oder hören auf, vor der Zimmertür Wache zu halten, und bieten mir so die Gelegenheit zur Flucht.

Also schlürfe ich eine große Portion Suppe, ringe mir ein Lächeln ab und sage: »Nicht schlecht.«

Rachel strahlt mich an. »Du kannst so viel haben, wie du willst«, sagt sie. »Morgen musst du in guter Verfassung sein.«

Du sagst es, denke ich und leere die ganze Schüssel, ohne es mir zweimal sagen zu lassen.

Weitere Minuten: eine langsame Last, wie ein Gewicht, das mich nach unten zieht. Aber dann nimmt das Licht im Zimmer plötzlich die warme Farbe von Honig an, darauf das zitternde Gelb frischer Sahne, und dann beginnt es plötzlich ganz von den Wänden hinwegzuwirbeln wie Wasser durch einen Abfluss. Ich habe nicht ernsthaft erwartet, dass Alex vor Einbruch der Nacht hier auftauchen würde – das wäre Selbstmord –, aber trotzdem pocht der Schmerz tief in meiner Brust. Es bleibt kaum noch Zeit.

Zum Abendessen gibt es wieder Suppe, gekrönt von durchweichten Stücken Brot. Diesmal bringt mir Carol das Essen, während Rachel draußen wartet. Carol bindet kurz meine Hände los, nachdem ich sie gebeten habe, aufs Klo gehen zu dürfen, aber sie besteht darauf, mich zu begleiten, und bleibt neben mir stehen, während ich pinkele, was mehr als demütigend ist. Meine Beine sind wacklig und im Stehen nimmt der Schmerz in meinem Kopf zu. An meinen Handgelenken sind tiefe Rillen von der Nylonschnur und meine Arme hängen wie zwei tote Gewichte von meinen Schultern. Als Carol mich wieder festbinden will, überlege ich kurz, ob ich mich wehren soll – obwohl sie größer ist als ich, bin ich auf jeden Fall stärker –, aber dann entscheide ich mich dagegen. Das Haus ist voller Leute, darunter mein Onkel, und soweit ich weiß, sind auch immer noch ein paar Aufseher da unten. Sie hätten mich in Minutenschnelle festgenommen und ruhiggestellt, und noch eine Betäubung kann ich mir nicht leisten. Heute Nacht muss ich wach und aufmerksam sein. Wenn Alex nicht kommt, muss ich mir selbst einen Plan ausdenken.

Eins ist sicher: Ich werde den Eingriff morgen nicht über mich ergehen lassen. Lieber sterbe ich.

Ich konzentriere mich darauf, meine Muskeln so fest anzuspannen wie möglich, während Carol mich festbindet. Als ich mich wieder entspanne, habe ich ein kleines bisschen Spielraum, gerade mal einen Zentimeter. Vielleicht genug, um mich zu befreien. Und noch eine gute Nachricht: Gegen Ende des Tages sind alle bei der Bewachung meines Zimmers ein wenig laxer geworden, genau, wie ich gehofft hatte. Rachel verlässt ihren Platz für fünf Minuten, um aufs Klo zu gehen; Jenny verbringt die meiste Zeit damit, Grace einen Vortrag über die Regeln irgendeines Spiels zu halten, das sie erfunden hat; Carol verlässt ihren Posten eine halbe Stunde lang zum Geschirrspülen. Nach dem Abendessen übernimmt Onkel William. Darüber bin ich froh. Er hat ein kleines tragbares Radio dabei. Ich hoffe, dass er einnicken wird, wie sonst auch nach dem Essen.

Und dann schaffe ich es vielleicht – nur vielleicht –, hier auszubrechen.

Gegen neun ist das gesamte Licht aus dem Zimmer verschwunden und ich bleibe im Dunkeln zurück, Schatten liegen wie Stoff über der Wand. Der Mond ist groß und hell, dringt durch die Jalousie und überzieht alles mit einem schwachen, verschwommenen Silberglanz. Onkel William sitzt immer noch draußen und hört leise Radio, ein unverständliches Rauschen. Geräusche dringen durch den Boden zu mir durch – Wasser, das in der Küche und im unteren Bad rauscht, Stimmen, die im Erdgeschoss murmeln, und das Schlurfen gepolsterter Füße –, ein letztes Husten und Schütteln, bevor das Haus für die Nacht zur Ruhe kommt wie ein Mensch im Todeskampf. Jenny und Grace dürfen immer noch nicht bei mir im Zimmer schlafen. Sicher legen sie sich wieder im Wohnzimmer schlafen.

Rachel kommt ein letztes Mal mit einem Glas Wasser herein. Es ist in der Dunkelheit schwer zu erkennen, aber es sieht verdächtig trüb aus, als wäre etwas darin aufgelöst.

»Ich habe keinen Durst«, sage ich.

»Nur ein paar Schlucke.«

»Ehrlich, Rachel. Ich habe keinen Durst.«

»Mach kein Theater, Lena.« Sie setzt sich aufs Bett und drückt mir das Glas an die Lippen. »Du warst den ganzen Tag über so brav.«

Ich habe keine Wahl, als ein paar Schlucke zu trinken – und schmecke dabei den bitteren Geschmack nach Medizin. Das Wasser ist definitiv mit irgendwas versetzt – weiteren Schlaftabletten zweifellos. Ich behalte das Wasser im Mund, und sobald Rachel aufsteht und sich wieder zur Tür wendet, drehe ich den Kopf und lasse das Wasser auf mein Kissen, in meine Haare laufen. Es ist ziemlich eklig, aber besser als die Alternative. Nässe sickert in mein Kissen und kühlt vorübergehend den brennenden Schmerz in meinen Schultern.

Rachel zögert an der Tür, als versuchte sie sich einen bedeutungsvollen Satz einfallen zu lassen. Aber alles, was sie schließlich sagt, ist: »Bis morgen.«

Nicht, wenn ich's verhindern kann, denke ich, entgegne jedoch nichts. Dann geht sie und macht die Tür hinter sich zu.

Ich bleibe in völliger Dunkelheit zurück, allein mit dem Verstreichen der Stunden, dem Vorwärtsticken der Minuten. Und während ich so daliege, ohne etwas anderes tun zu können, als zu denken – während das Haus um mich herum zur Ruhe kommt –, kehrt die Angst zurück. Ich sage mir, dass Alex kommen muss – er *muss* einfach –, aber die Uhr kriecht immer weiter vorwärts, voller Hohn, und die Straßen draußen sind still, abgesehen von gelegentlichem Hundebellen.

Damit mein Verstand nicht endlos um dieselbe Frage kreist (*Kommt Alex oder kommt er nicht?*), denke ich über alle Möglichkeiten nach, wie ich mich auf dem Weg zu den Labors umbringen kann. Wenn auf der Congress Street viel los ist, werfe ich mich vor einen der Lastwagen. Oder vielleicht schaffe ich es, zum Hafen zu rennen. Es dürfte nicht allzu schwierig sein zu ertrinken, vor allem, wenn meine Hände immer noch gefesselt sind. Wenn es ganz schlimm kommt, kann ich versuchen, mich zum Dach der Labors hinaufzukämpfen wie das Mädchen vor all den Jahren, das wie ein Stein vom Himmel fiel und die Wolken durchtrennte.

Ich muss an das Bild denken, das an jenem Tag im Fernsehen kam, das kleine Rinnsal Blut, der eigenartig friedliche Gesichtsausdruck. Jetzt verstehe ich es. Es klingt krank, aber mir diese Pläne auszudenken beruhigt mich, drängt das schreckliche Flattern aus Nervosität und Angst in mir zurück. Ich will lieber unter meinen Bedingungen sterben als unter ihren leben. Ich sterbe lieber in Liebe zu Alex, als ohne ihn zu leben.

Bitte, Gott, mach, dass er mich holen kommt.

Ich werde dich auch nie wieder um was anderes bitten.

Ich werde alles aufgeben, was ich habe.

Bitte mach einfach, dass er kommt.

Um Mitternacht wird aus der Angst plötzlich Verzweiflung. Wenn er nicht kommt, muss ich allein hier raus.

Ich bewege die Hände in ihren Fesseln und versuche den zusätzlichen Zentimeter Raum zu nutzen. Die Schnur schneidet mir tief in die Haut und ich beiße mir auf die Lippen, um im Dunkeln nicht laut aufzuschreien. Wie sehr ich auch ziehe und zerre, die Schnur gibt einfach nicht weiter nach, aber ich versuche es trotzdem, bis mir der Schweiß von der Stirn tropft und ich befürchte, dass jemand auf mich aufmerksam wird und ins Zimmer kommt, wenn ich weiter so herumzappele. Etwas Feuchtes sickert meinen Unterarm entlang, und als ich den Kopf nach hinten drehe, sehe ich einen dicken, dunklen Strich Blut, der sich über meine Haut zieht wie eine schreckliche schwarze Schlange.

Die Straßen draußen sind so ruhig wie immer und in diesem Moment weiß ich, dass es hoffnungslos ist: Allein kann ich nicht entkommen. Morgen werde ich aufwachen und meine Tante, Rachel und die Aufseher werden mich in die Stadt bringen und die einzigen Fluchtmöglichkeiten, die ich habe, führen ins Meer oder vom Labordach.

Ich denke an Alex' Augen, die die Farbe flüssigen Honigs haben, und an seine zarte Berührung und daran, unter einem Baldachin aus Sternen zu schlafen, die sich über uns ausdehnen, als wären sie extra für uns dort platziert worden. Jetzt, nach so vielen Jahren, verstehe ich, was die »Kälte« war und wo sie herkam – dieses Gefühl, dass alles verloren, wertlos und sinnlos ist. Schließlich legt sich die Verzweiflung wie ein dunkler Schleier über mein Bewusstsein und, Wunder über Wunder, ich schlafe ein.

Etwas später wache ich in tiefpurpurner Dunkelheit auf. Jemand ist im Zimmer und lockert die Fesseln an meinen Handgelenken. Mein Herz macht einen Satz und ich denke: *Alex,* aber dann blicke ich auf und sehe Gracie, die am Kopfende meines Bettes sitzt und sich an der Schnur zu schaffen macht, mit der ich an den Bettpfosten festgebunden bin. Sie zieht und entwirrt und beugt sich gelegentlich vor, um mit den Zähnen am Nylon zu zerren. Wie ein leises, emsiges Tier, das sich durch einen Zaun beißt.

Und dann ist die Schnur durchtrennt und ich bin frei. Der Schmerz in meinen Schultern ist eine Qual: Meine Arme werden von tausend Nadelstichen durchbohrt. Aber trotzdem könnte ich vor Freude springen und schreien. So muss sich meine Mutter gefühlt haben, als sie den ersten Sonnenstrahl durch den Spalt in ihrer steinernen Gefängnismauer dringen sah.

Ich setze mich auf und reibe meine Handgelenke. Gracie kauert sich an das Kopfteil und beobachtet mich, und ich beuge mich vor und umarme sie fest. Sie riecht nach Apfelseife und ein bisschen nach Schweiß. Ihre Haut ist ganz heiß und ich kann mir gar nicht vorstellen, wie nervös sie gewesen sein muss, als sie sich in mein

Zimmer gestohlen hat. Ich bin überrascht, wie dünn und zerbrechlich sie sich anfühlt, sie zittert ganz leicht in meinen Armen.

Aber sie ist nicht zerbrechlich – ganz und gar nicht. Gracie ist stark, wird mir bewusst, vielleicht sogar stärker als wir alle. Sie führt schon lange ihren eigenen Widerstandskampf, und die Tatsache, dass sie eine geborene Widerstandskämpferin ist, lässt mich in ihre Haare lächeln. Sie wird klarkommen. Sie wird bestens klarkommen.

Ich löse mich nur ein bisschen von ihr, damit ich ihr ins Ohr flüstern kann: »Ist Onkel William noch da draußen?«

Gracie nickt und legt dann beide Hände seitlich an ihren Kopf, um zu zeigen, dass William schläft.

Ich beuge mich erneut vor. »Sind Aufseher im Haus?«

Gracie nickt wieder und hält zwei Finger hoch, und mir wird ganz flau im Magen. Nicht nur ein Aufseher – gleich zwei.

Ich stehe auf und probiere meine Beine aus, in denen ich Krämpfe habe, nachdem ich sie fast zwei Tage lang nicht bewegen konnte. Ich gehe auf Zehenspitzen zum Fenster und ziehe so leise wie möglich die Jalousie hoch. Mir ist bewusst, dass Onkel William nur drei Meter von mir entfernt schlummert. Der Himmel draußen ist auberginefarben, und die Straße ist mit samtigen Schatten überzogen. Alles ist absolut ruhig, vollkommen still, aber am Horizont kann man ein ganz leichtes Erröten wahrnehmen, es wird allmählich hell. Die Morgendämmerung ist nicht mehr weit.

Ich schiebe vorsichtig das Fenster auf, weil ich plötzlich das Verlangen habe, das Meer zu riechen. Da ist er, der Geruch nach Salz, Gischt und Dunst, ein Geruch, der sich in meinem Kopf mit der Vorstellung von ständiger Bewegung vermischt, einer ewigen Tide. Da werde ich unglaublich traurig. Es besteht keine Möglichkeit, Alex mitten in dieser riesigen, ausgedehnten schlafenden Stadt zu finden, und keine Möglichkeit, dass ich es allein bis zur Grenze schaffe. Mir bleibt nur der Versuch, zu den Klippen runterzukommen, ans Meer, und ins Wasser zu gehen, bis es über meinem Kopf zusammenschlägt. Ich frage mich, ob es wehtun wird. Ich frage mich, ob Alex an mich denken wird.

Irgendwo in der Stadt läuft ein Motor, ein entferntes, dumpfes Brummen wie von einem schnaufenden Tier. Bald wird die leuchtende Morgenröte sich durch all diese Dunkelheit drängen, alle Umrisse werden wieder zum Vorschein kommen, die Menschen werden aufwachen und gähnen und Kaffee kochen und sich für die Arbeit fertig machen, alles wie immer. Das Leben wird weitergehen. Etwas schmerzt in meinem Innersten, etwas Urtümliches, Tiefes, das stärker ist als Worte: der Faden, der jeden von uns mit dem Ursprung des Lebens verbindet, dieses urtümliche Ding, das sich aufrollt, widersetzt und verzweifelt um Halt kämpft, um eine Möglichkeit, *hierzubleiben, zu atmen, weiterzumachen*. Aber ich schiebe es mit aller Macht beiseite; ich zwinge es dazu, sich wieder einzurollen, loszulassen.

Lieber sterbe ich auf meine Art, als zu leben wie ihr.

Das Motorengeräusch wird lauter, nähert sich. Und jetzt sehe ich ein einsames Motorrad – einen dunklen, schwarzen Fleck – die Straße entlangkommen. Einen Augenblick halte ich fasziniert inne. Ich habe bisher erst zweimal ein fahrendes Motorrad gesehen, und selbst in meiner aussichtslosen Situation finde ich es wunderschön, wie es sich die Straße heraufschlängelt und dabei glitzert, durch die Dunkelheit schneidet wie der glatte schwarze Kopf eines Otters durchs Wasser. Und auch den Fahrer, nur ein fließender Umriss, der sich vorbeugt, so dass ich nur seine Haare sehe, während er immer näher kommt und die Einzelheiten immer deutlicher werden.

Die Haare: in der Farbe von Blättern im Herbst, die brennen, brennen.

Alex.

Ich kann nicht anders: Mir entfährt ein leiser Schrei.

Vor der Schlafzimmertür ertönt ein dumpfes Geräusch, als würde etwas gegen die Wand stoßen. Ich höre, wie Onkel William murmelt: »Scheiße.«

Alex biegt in den schmalen Durchgang ein – eigentlich nur ein Grasstreifen mit einem einzelnen kümmerlichen Baum und hüfthohem Maschendrahtzaun –, der unser Grundstück von den Nachbarn trennt. Ich winke ihm heftig zu. Er stellt den Motor ab und hebt den Kopf. Es ist immer noch sehr dunkel und ich bin nicht sicher, ob er mich sehen kann.

Ich riskiere es, leise seinen Namen runter in den Garten zu rufen. »Alex!«

Er hebt den Kopf, ein Grinsen erscheint auf seinem Gesicht und er breitet die Arme aus, als wollte er sagen: *Du hast doch gewusst, dass ich kommen würde, oder?* Es erinnert mich daran, wie er aussah, als ich ihn auf der Tribüne in den Labors zum ersten Mal gesehen habe, funkelnd und blitzend, wie ein Stern, der nur für mich durch die Dunkelheit blinkt.

Und in diesem Augenblick bin ich so von Liebe angefüllt, dass es ist, als verwandelte sich mein Körper in einen glühenden Lichtstrahl, der ganz weit nach oben schießt, über das Zimmer und die Wände und die Stadt hinaus; als würde alles hinter uns zurückfallen und Alex und ich wären alleine in der Luft, vollkommen frei.

Dann fliegt die Tür zu meinem Zimmer auf und Onkel William fängt an zu brüllen.

Plötzlich ist das Haus voller Lärm und Licht, Schritte und Schreie. Onkel William steht einfach nur in der Tür und ruft nach Carol und es ist wie in einem dieser Horrorfilme, wenn ein schlafendes Ungeheuer geweckt wird, nur dass jetzt das Haus das Ungeheuer ist. Schritte trampeln die Treppe herauf – die Aufseher, denke ich – und am Ende des Flurs stürzt Carol aus dem Schlafzimmer, das Nachthemd flattert hinter ihr her wie ein Umhang, ihr Mund ist zu einem langen, unverständlichen Schrei verzogen.

Ich drücke, so fest ich kann, gegen das Fliegengitter, aber es klemmt. Unter mir schreit auch Alex etwas, aber ich kann es über dem Lärm des Motorrads, das wieder anspringt, nicht verstehen.

»Halt sie auf!«, ruft Carol und da kommt Leben in Onkel William, er erwacht aus seiner Starre und bewegt sich auf mich zu. Schmerz brennt in meiner Schulter, als ich erneut gegen das Fliegengitter drücke, spüre, wie es sich einen Moment nach außen dehnt und doch standhält. Keine Zeit, keine Zeit, keine Zeit. Jeden Augenblick wird er mich packen und alles wird vorbei sein.

Dann ruft Gracie: »Wartet!«

Alle erstarren nur eine Sekunde lang. Es ist das erste und einzige Mal, dass Gracie je etwas zu ihnen gesagt hat. William stolpert über seine eigenen Füße und stiert seine Enkelin mit offenem Mund an. Carol erstarrt auf der Türschwelle und hinter ihr reibt sich Jenny die Augen, als wäre sie überzeugt zu träumen. Sogar die Aufseher – beide – halten oben an der Treppe inne.

Diese Sekunde ist alles, was ich brauche. Ich drücke noch einmal und das Fliegengitter wackelt, fliegt nach draußen und landet klappernd auf der Straße. Und bevor ich darüber nachdenken kann, was ich tue oder wie tief es vom ersten Stock bis zur Straße ist, schwinge ich mich aus dem Fenster und stoße mich ab. Die Luft streichelt mich wie eine Umarmung, so dass mein Herz einen Moment lang erneut singt und ich denke: *Ich fliege*.

Dann komme ich mit solcher Wucht auf dem Boden auf, dass meine Beine unter mir nachgeben und es mir den Atem verschlägt. Ich knicke mit dem linken Knöchel um und ein zerrender Schmerz durchzuckt meinen ganzen Körper. Auf allen vieren rutsche ich weiter und kugele an den Zaun. Über mir hat das Schreien wieder eingesetzt und kurz darauf wird die Haustür aufgerissen und zwei Männer rennen heraus.

»Lena!« Das ist Alex' Stimme. Ich sehe auf. Er beugt sich über den Maschendrahtzaun und streckt die Hand nach mir aus. Ich recke einen Arm hoch und er packt mich am Ellbogen und zieht mich fast über den Zaun. Ich bleibe mit meinem Tanktop daran hängen, zerreiße den Stoff, zerkratze mir die Haut. Es ist keine Zeit, um Angst zu haben. Auf der Veranda hört man ein lautes Rauschen. Ein Aufseher brüllt in sein Walkie-Talkie. Der andere lädt ein Gewehr. Eigenartigerweise kommt mir mitten in all dem Chaos der blödsinnige Gedanke: *Ich wusste gar nicht, dass Aufseher Gewehre tragen dürfen.*

»Schnell!«, ruft Alex. Ich klettere hinter ihm auf das Motorrad und schlinge die Arme fest um seine Taille.

Die erste Kugel trifft direkt rechts von uns den Zaun. Die zweite prallt klirrend von der Wand ab.

»Los!«, schreie ich und Alex gibt Gas, gerade als eine dritte Kugel an uns vorbeisaust, so nah, dass ich den Luftzug spüren kann.

Wir rasen nach vorn zum Ende des Durchgangs. Alex reißt den Lenker nach rechts, so dass wir auf die Straße hinausschleudern und das Motorrad sich so weit zur Seite neigt, dass meine Haare über den Asphalt streifen. Mein Magen macht einen Riesensatz und ich denke: *Das war's,* aber wundersamerweise richtet sich das Motorrad wieder auf und dann brausen wir durch die dunkle Straße, während die Schreie und die Schüsse hinter uns zurückbleiben.

Die Stille hält jedoch nicht lange an. Als wir in die Congress Street einbiegen, höre ich das Heulen von Sirenen, die immer lauter werden. Ich will Alex sagen, dass er schneller fahren soll, aber mein Herz hämmert so heftig, dass ich die Worte nicht aussprechen kann. Außerdem würde meine Stimme im wütenden Peitschen des Fahrtwindes sowieso untergehen, und ich weiß, er fährt schon, so schnell er kann. Die Gebäude rechts und links von uns sind ein einziger verschwommener Fleck, eine graue und formlose Masse wie aus geschmolzenem Metall. Die Stadt ist mir noch nie so fremd vorgekommen, so schrecklich und deformiert. Das Heulen der Sirenen schneidet wie eine dünne Klinge wild in mir hin und her. In den Gebäuden um uns herum gehen flackernd Lichter an, als die Leute aus dem Schlaf gerissen werden. Am Horizont geht die Sonne auf, rostfarben, die Farbe alten Blutes, und ich habe solche Angst, qualvoll, bohrend, schlimmer als jeder Albtraum.

Dann tauchen aus dem Nichts plötzlich zwei Mannschaftswagen am Ende der Straße auf und versperren uns den Weg. Aufseher und Polizisten – Dutzende, alle nur Köpfe und Arme und schreiende Münder – strömen auf die Straße hinaus. Stimmen dröhnen, durch Funkgeräte und Megafone verstärkt und verzerrt.

»Stehen bleiben! Stehen bleiben! Stehen bleiben oder wir schießen!«

»Halt dich fest!«, ruft Alex und ich kann spüren, wie sich seine Muskeln unter mir anspannen. Im letzten Moment reißt er den Lenker nach links und wir biegen in eine enge Gasse, wobei wir die Backsteinmauer streifen. Ich schreie auf, als mein rechtes Bein gegen die Mauer gedrückt wird. Ich schürfe mir das Schienbein auf, als wir mehrere Sekunden lang an dem Gebäude entlangschleudern, bevor Alex das Motorrad wieder unter Kontrolle bekommt und wir vorwärtsschießen. Sobald wir am anderen Ende der Gasse hinausrasen, biegen zwei weitere Streifenwagen hinter uns ein.

Meine Arme zittern, während ich mich festkralle, und in einem plötzlichen Anfall von Ruhe und Klarheit wird mir bewusst, dass wir es niemals schaffen werden. Wir werden beide heute sterben, werden erschossen oder gehen in einer Explosion aus Feuer und Metall auf, und wenn man uns beerdigt, werden wir so miteinander verschmolzen sein und einander umschlingen, dass man unsere Körper nicht vollständig trennen kann. Teile von ihm werden bei mir bleiben und Teile von mir bei ihm. Komischerweise macht mir dieser Gedanke überhaupt nichts aus. Ich bin beinahe bereit aufzugeben, bereit, meinen letzten Atemzug zu tun, während ich mich an seinen Rücken presse und zum letzten Mal spüre, wie sich seine Rippen und seine Lunge im Gleichklang mit meinen bewegen.

Aber Alex will offenbar nicht aufgeben. Er biegt in die schmalste Gasse ein, die er finden kann, und zwei der Autos, die uns verfolgen, stoßen zusammen, kommen schlitternd zum Stehen und verstellen die Einfahrt, so dass auch die anderen Wagen gezwungen sind anzuhalten. Hupen dröhnen. Der durchdringende Gestank nach Rauch und verbranntem Gummi treibt mir Tränen in die Augen, aber dann sind wir aus der Gasse und rasen auf die Franklin Arterial zu.

Weitere Sirenen jetzt, aus der Entfernung: Verstärkung ist unterwegs.

Aber vor uns taucht die Bucht auf, entfaltet sich – ruhig, flach und grau wie Glas. Der Himmel schwelt, eine wachsende Flamme aus Rosa- und Gelbtönen. Alex biegt auf den Marginal Way ein und meine Zähne schlagen aufeinander, als wir über das alte, löchrige Pflaster rumpeln. Wir nähern uns unserem Ziel. Die Sirenen heulen lauter, wie ein Hornissenschwarm. Wenn wir nur die Grenze erreichen, bevor noch mehr Mannschaftswagen eintreffen … Wenn wir irgendwie an den Wachen vorbeikommen, wenn es uns gelingt, über den Zaun zu klettern …

Dann steigt ein Hubschrauber vor uns auf wie ein riesiges Insekt, seine Lichter suchen im Zickzack die dunkle Straße ab, das Rattern seines Propellers ist ohrenbetäubend.

Eine Stimme dröhnt aus dem Helikopter: »Im Namen der Regierung der Vereinigten Staaten von Amerika befehle ich Ihnen, stehen zu bleiben und sich zu ergeben!«

Büschel langen, sonnengebleichten Grases tauchen rechts von uns auf. Wir haben es in die Bucht geschafft. Alex reißt das Motorrad von der Straße aufs Gras und wir fahren halb schlitternd in den Schlamm, schräg rüber auf die Grenze zu. Matsch spritzt mir in Mund und Augen und nimmt mir den Atem. Ich huste, spüre, wie Alex sich gegen mich lehnt. Die Sonne ist jetzt ein Halbkreis und sieht aus wie ein halb geöffnetes Augenlid.

Rechts von uns ragt Tukey's Bridge auf, schwarz und dürr im Halbdunkel. Vor uns in den Wachhäuschen brennt noch Licht. Aus dieser Entfernung sehen sie so friedlich aus, genau wie hängende Papierlampions, zerbrechlich und zart. Dahinter sind der Zaun, der Gürtel aus Bäumen, Sicherheit. So nah. Wenn wir nur genug Zeit hätten ... Zeit ...

Irgendetwas knallt; eine Explosion in der Dunkelheit; der Schlamm wird in einem Bogen hochgeschleudert. Sie schießen wieder, diesmal aus dem Hubschrauber.

»Anhalten, absteigen und Hände über den Kopf!«

Die Streifenwagen sind auf der Straße angelangt, die die Bucht umgibt. Immer mehr Autos kommen mit quietschenden Bremsen zum Stehen und Polizisten strömen die Wiese hinunter auf den Marschstreifen zu – Hunderte, mehr, als ich je auf einmal gesehen habe, sie sehen dunkel und unmenschlich aus wie ein Schwarm Kakerlaken.

Wir sind jetzt wieder oben, auf dem kurzen Streifen Gras, der das Wasser von der alten, aufgerissenen Straße und den Wachhäuschen trennt, und schlängeln uns schnell durch ein Gewirr aus Sträuchern, deren Zweige schmerzhaft gegen meine Haut schlagen.

Und dann hält Alex ganz plötzlich an. Ich knalle gegen ihn, wobei ich mir heftig auf die Zunge beiße und Blut im Mund schmecke. Über uns schwankt das Licht aus dem Hubschrauber ein bisschen, versucht uns zu finden und hält uns dann in seinem Strahl gefangen. Alex nimmt die Arme über den Kopf und klettert vom Motorrad, dreht sich zu mir um. In dem grellweißen Licht ist sein Gesichtsausdruck undurchdringlich, als hätte er sich in diesem Moment in Stein verwandelt.

»Was tust du da?«, schreie ich über den Lärm der Propeller und das Gebrüll und die Sirenen hinweg und unter allem hört man das stetige, ewige Ächzen des Wassers, als die Flut zurück in die Bucht strömt – es ist immer da, spült alles hinweg, verwandelt alles in Staub. »Wir können es noch schaffen!«

»Hör zu.« Er schreit nicht, aber irgendwie kann ich ihn trotzdem verstehen. Es ist, als spräche er mir direkt ins Ohr, obwohl er immer noch mit erhobenen Armen dasteht. »Wenn ich dir sage, los, fährst du los. Du musst dieses Ding fahren, okay?«

»Was? Ich kann nicht …«

»Bürgerin 914–238–619–3216. Steigen Sie ab und nehmen Sie die Hände über den Kopf. Wenn Sie nicht sofort absteigen, müssen wir schießen.«

»Lena.« Die Art, wie er meinen Namen sagt, lässt mich verstummen. »Sie haben den Zaun unter Strom gesetzt. Er ist an.«

»Woher weißt du das?«

»Hör mir einfach zu.« Verzweiflung und Angst kriechen in Alex' Stimme. »Wenn ich ›los‹ sage, fährst du los. Und wenn ich ›spring‹ sage, springst du. Du wirst es über den Zaun schaffen, aber du hast nur dreißig Sekunden, bevor der Strom wiederkommt, allerhöchstens eine Minute. Du musst so schnell wie möglich rüberklettern. Und dann rennst du, okay?«

Mein ganzer Körper wird eiskalt. »Ich? Und was ist mit dir?«

Alex' Miene verändert sich nicht. »Ich bin direkt hinter dir«, sagt er.

»Sie haben zehn Sekunden … neun … acht …«

»Alex …« Eisige Finger strecken sich aus meinem Magen aus.

Alex lächelt – nur das allerkleinste Lächeln, als wären wir bereits in Sicherheit, als würde er sich gleich vorbeugen, um mir die Haare aus den Augen zu streichen oder mich auf die Wange zu küssen. »Ich verspreche dir, dass ich direkt hinter dir sein werde.«

Sein Gesichtsausdruck wird wieder ernst. »Aber du musst schwören, nicht zurückzublicken. Auch nicht eine Sekunde. Okay?«

»Sechs … fünf …«

»Alex, ich kann nicht …«

»Schwör es, Lena.«

»Drei … zwei …«

»Okay«, sage ich und ersticke beinahe an dem Wort. Tränen lassen meinen Blick verschwimmen. Keine Chance. Wir haben keine Chance. »Ich schwöre.«

»Eins.«

In diesem Augenblick explodiert alles rund um uns herum, Salven aus Lärm und Feuer. Gleichzeitig schreit Alex: »Los!«, und ich beuge mich vor und drehe am Gasgriff, wie ich es bei ihm beobachtet habe. Ich spüre, wie er im letzten Moment die Arme um mich schlingt, und beinahe hätte es mich vom Motorrad gerissen, wenn ich den Lenker nicht so fest umklammert hielte.

Noch mehr Schüsse. Alex schreit auf und löst einen Arm um meine Taille. Ich drehe mich um und sehe, wie er sich den rechten Arm hält. Wir holpern auf die alte Straße und dort steht eine Reihe Wachen und wartet mit angelegten Gewehren auf uns. Sie schreien alle irgendetwas, aber ich kann sie gar nicht hören: Das Einzige, was ich hören kann, ist das andauernde Rauschen des Windes und das Summen der Elektrizität im Zaun, genau wie Alex gesagt hat. Hinter dem Zaun werden die Bäume in der Wildnis gerade im Morgenlicht grün, all diese breiten, flachen Blätter, die sich wie Hände nach uns ausstrecken.

Die Wachen sind jetzt so nah, dass ich einzelne Gesichter erkennen, einzelne Mienen ausmachen kann: gelbe Zähne bei einem, eine große Warze auf der Nase eines anderen. Ich halte nicht an. Wir rasen auf unserem Motorrad zwischen ihnen durch und sie weichen zurück und springen auseinander, um nicht überfahren zu werden.

Der Zaun ragt vor uns auf: noch fünf Meter, noch drei, noch anderthalb. Ich denke: *Wir werden sterben.*

Dann Alex' Stimme, klar und kräftig und unglaublich ruhig, so dass ich mir gar nicht sicher bin, ob ich ihn wirklich höre oder mir nur einbilde, dass er mir die Worte ins Ohr spricht. *Spring. Jetzt. Mit mir.*

Ich lasse den Lenker los und rolle mich zur Seite, als das Motorrad nach vorn in den Zaun schlittert. Schmerz durchfährt jeden einzelnen Teil meines Körpers – meine Knochen werden von meinen Muskeln gerissen, meine Muskeln von meiner Haut –, während ich über spitze Steine kugele, Staub ausspucke, huste, mit Mühe Atem schöpfe. Einen Moment lang wird die Welt schwarz.

Dann ist alles Farbe und Feuer. Als das Motorrad auf den Zaun trifft, zerreißt ein enormes Dröhnen die Luft. Feuer steigt auf, riesige Zungen, die am immer heller werdenden Himmel lecken. Einen Augenblick stößt der Zaun ein hohes, schrilles Jaulen aus, dann verstummt er wieder. Zweifellos hat es einen Kurzschluss gegeben.

Das ist meine Chance zu klettern, genau wie Alex gesagt hat. Irgendwie finde ich die Kraft, mich auf allen vieren zum Zaun zu schleppen. Ich höre Geschrei hinter mir, aber alles klingt weit entfernt, wie Geräusche unter Wasser. Zentimeter für Zentimeter ziehe ich mich am Zaun hoch. Ich klettere, so schnell ich kann, aber es kommt mir unendlich langsam vor. Alex muss hinter mir sein, denn ich höre ihn rufen: »Los, Lena! Los!« Ich konzentriere mich auf seine Stimme, das Einzige, was mich dazu bringt, weiterzuklettern. Irgendwie erreiche ich die Oberkante des Zauns und steige über die Schleifen aus Stacheldraht, wie beim letzten Mal, und dann kippe ich auf die andere Seite und lasse mich über fünf Meter zu Boden fallen, wo ich mit einem harten Schlag auf dem Gras aufkomme, halb bewusstlos jetzt und unfähig, noch mehr Schmerz zu empfinden. Nur noch ein paar Schritte, dann werde ich von der Wildnis aufgesogen; dann bin ich hinter ihrem undurchdringlichen Schild aus ineinander verwobenen Bäumen, Pflanzen und Schatten verschwunden. Ich warte darauf, dass Alex neben mir aufkommt.

Aber das tut er nicht.

Da tue ich das, was ich geschworen habe, nicht zu tun. Plötzlich ist meine ganze Kraft wieder da, durch die Panik geweckt. Ich rappele mich auf, als der Zaun erneut zu summen beginnt.

Und ich blicke zurück.

Alex steht immer noch auf der anderen Seite des Zauns hinter einer flimmernden Wand aus Rauch und Feuer. Er hat sich nicht einen Zentimeter vorwärtsbewegt, seit wir vom Motorrad gesprungen sind, hat es noch nicht mal versucht.

Eigenartigerweise muss ich in diesem Moment daran zurückdenken, was ich vor all diesen Wochen bei meiner ersten Evaluierung gesagt habe, als man mich nach *Romeo und Julia* fragte und mir nichts anderes einfiel als *schön*. Ich hatte es erklären wollen; ich hatte etwas über Opfer sagen wollen.

Alex' T-Shirt ist rot und einen Moment denke ich, es läge am Licht, aber dann wird mir klar, dass es durch und durch blutgetränkt ist. Blut sickert über seine Brust, wie die Farbe über den Himmel sickert, wenn ein neuer Tag beginnt. Hinter ihm ist diese Insektenarmee aus Männern, die alle gleichzeitig mit gezückten Waffen auf ihn zurennen. Auch die Wachen kommen von beiden Seiten, als wollten sie ihn genau in der Mitte auseinanderreißen. Der Hubschrauber hält ihn mit seinem Scheinwerfer fest. Er steht weiß, still und unbeweglich in seinem Strahl und ich glaube, ich habe noch nie in meinem Leben etwas Schöneres gesehen als ihn.

Er sieht mich durch den Rauch, durch die Maschen des Zauns hindurch an. Er wendet den Blick nicht von mir ab. Seine Haare sind eine Krone aus Blättern, aus Dornen, aus Flammen. Seine Augen glühen vor Licht, mehr Licht als alle Lichter in jeder Stadt der ganzen Welt, mehr Licht, als wir je in zehn Billionen Jahren erfinden könnten.

Und dann macht er den Mund auf und sein Mund bildet das letzte Wort, das er je zu mir sagt.

Das Wort ist: *Lauf.*

Anschließend fallen die Insektenmänner über ihn her. Er wird von all ihren zuschnappenden, verheerenden Armen und Mündern angegriffen wie ein Tier, auf das es die Geier abgesehen haben, von all ihrer Dunkelheit eingehüllt.

Ich weiß nicht, wie lange ich laufe. Stunden vielleicht oder Tage.

Alex hat gesagt, ich solle laufen. Also laufe ich.

Ihr müsst das verstehen. Ich bin niemand Besonderes. Ich bin einfach nur ein Mädchen. Ich bin eins siebenundfünfzig groß und in jeder Hinsicht Mittelmaß.

Aber ich habe ein Geheimnis. Sie können Mauern bis zum Himmel bauen und ich werde doch einen Weg finden, darüber hinwegzufliegen. Sie können mich mit hunderttausend Armen festhalten und ich werde doch einen Weg finden, mich zu wehren. Und es gibt viele von uns da draußen, mehr als ihr denkt. Menschen, die sich weigern, den Glauben aufzugeben. Menschen, die sich weigern, auf den Boden der Tatsachen zurückzukehren. Menschen, die in einer Welt ohne Mauern leben und lieben. Menschen, die gegen Gleichgültigkeit und Zurückweisung anlieben, aller Vernunft zum Trotz und ohne Angst.

Ich liebe dich. Vergiss das nicht. Das können sie uns nicht nehmen.

Dank

An meine wunderbar geduldige und aufmerksame Lektorin Rosemary Brosnan, die teils Mentorin, teils Zuchtmeisterin, teils Therapeutin, aber vor allem Freundin ist;

an Elyse Marshall, eine außergewöhnliche Pressefrau, für ihre immense Unterstützung;

an den besten Agenten der Welt, Stephen Barbara, dafür, dass du mich erträgst (ich weiß nicht, wie du das schaffst);

an alle bei Foundry Literary + Media, insbesondere Hannah Gordon und Stephanie Abou;

an Deirdre Fulton dafür, dass du mich während der Recherche für dieses Buch einen ganzen Sommer lang beherbergt hast;

an das *Arabica Coffee House* in Portland, Maine, für euren köstlichen Kaffee und Toast und für eure Steckdosen;

an Allison Jones für ihre Begeisterung, ihren Einsatz und überhaupt für ihre Liebenswürdigkeit und dafür, dass sie ganz allein *Wenn du stirbst, zieht dein ganzes Leben an dir vorbei, sagen sie* an ganz Williamsburg, Virginia, verkauft hat;

an all meine netten Bloggerfreunde und Fans dafür, dass ihr dem, was ich tue, einen Sinn gebt;

wie immer an meine Familie dafür, dass ihr mich liebt;

und natürlich an meine Freunde, weil ihr wie eine Familie für mich seid.

Geografische Anmerkung bezüglich der Beschreibung von Portland, Maine: Auch wenn es einige der Orte, die in diesem Buch vorkommen, wirklich gibt (wie z. B. Tukey's Bridge, Back Cove, Munjoy Hill und das Viertel Deering Highlands), wie ich zu meinem Vergnügen während meines Aufenthalts zu Recherchezwecken für dieses Buch dort feststellen konnte, habe ich die meisten (wenn nicht alle) Straßen, Sehenswürdigkeiten, Strände und Universitäten erfunden. An die Bewohner Portlands: Bitte entschuldigt die künstlerischen Freiheiten, die ich mir mit eurer wunderbaren Stadt erlaubt habe.

Bis bald!